Mitchell Hogan

Das Juwel von Mahrusan

Das Buch

Anasoma, die prächtigste Stadt des Mahrusischen Kaiserreiches, ist gefallen. Zum zweiten Mal in seinem Leben muss der junge Magier Caldan alles hinter sich lassen und aus der Stadt fliehen, in der er eigentlich ein neues Leben hatte beginnen wollen. Gemeinsam mit seinen Gefährten trotzt er den Gefahren einer Welt, der ein schrecklicher Krieg bevorsteht und in der das Böse aus den alten Legenden plötzlich lebendig zu werden scheint. Doch es ist vor allem Miranda, um deren Leben Caldan bangt. Ein verbotener Zauber droht sie zu töten. Caldan weiß, dass er sich seiner außergewöhnlichen Begabung stellen muss, um Miranda - und das gesamte Kaiserreich - zu retten. Doch Magie hat einen tödlichen Preis ...

Ein dunkler Fluch, eine ewige Liebe und der ultimative Kampf zwischen Gut und Böse - nach *Die Feuer von Anasoma* setzt Mitchell Hogan mit *Das Juwel von Mahrusan* sein großes Epos um den Magier Caldan fort.

Der Autor

Mitchell Hogan entdeckte mit elf Jahren seine Liebe zur Fantastik, als ihm zum ersten Mal *Der kleine Hobbit* und *Der Herr der Ringe* in die Hände fielen. Seitdem füllt sich sein Bücherregal stetig mit Fantasy- und Science-Fiction-Romanen. Inzwischen hat er seine große Leidenschaft zum Beruf gemacht und arbeitet als frei schaffender Schriftsteller. Mitchell Hogan lebt mit seiner Frau und den beiden gemeinsamen Töchtern in Sydney, Australien.

Mehr über Autor und Werk erfahren Sie auf:
www.mitchellhogan.com

MITCHELL HOGAN

Das Juwel von Mahrusan

Roman

Aus dem Englischen von
Michael Siefener

WILHELM HEYNE VERLAG
MÜNCHEN

Titel der englischen Originalausgabe:
BLOOD OF INNOCENTS

MIX
Papier aus verantwortungsvollen Quellen
FSC® C014496
FSC
www.fsc.org

Verlagsgruppe Random House FSC® N001967

Deutsche Erstausgabe 06/2018
Redaktion: Diana Mantel

Neumarkter Straße 28, 81673 München
Printed in Germany
Karten: Maxime Plasse
Umschlaggestaltung: DAS ILLUSTRAT, München
Satz: GGP Media GmbH, Pößneck
Druck und Bindung: GGP Media GmbH, Pößneck

ISBN: 978-3-453-31935-6

www.heyne.de

DAS MAHRUSISCHE REICH
(UND UMGEBUNG)
Wüste
Indryalla
Serdanne
Isnel
Ralkol
N
Meliror
Attrym
Smaragdmeer
SOTHARLE-UNION
DER STÄDTE
Schikur
DAS MAHRUSISCHE REICH
Eremita
Flussrand
Die Hauptstadt
Anasoma
Wüste
Die Steppe
Wüste
Die Dareske-Ruinen
PLASSE
2015

Die Stadt
Anasoma
Totgaulviertel
Aschehügel
Fluss Modder
Gräberviertel
Wellenbrecher
Friedhof
Westgrab
Hafenviertel
Fluss Stock
N
Fünf-
blumenviertel
Parkviertel
Kohl-
dorf
Gereinigtes
Gebiet
Wellenbrecher
Galgen
PLASSE
2015

Dramatis Personae

CALDAN, ein Waise und Zaubererlehrling bei den Protektoren
MIRANDA, eine Unternehmerin und frühere Matrosin
AMERDAN LEPHAR, ein Ladenbesitzer
VASILE LAURIS, ein Richter, früher Hauptermittler bei der Kanzler-Garde
ELPIDIA, eine Ärztin
IZAK FOURIE, ein Adliger
LADY FELICIENNE (FELICE) SCHEUSTEIG, Dritte Adjudikatorin des Kaisers
SIR AVIGDOR, Lady Feliciennes Assistent
RENNEN, ein Informationshändler

DIE PROTEKTOREN UND DIE ZAUBERERGILDE

SIMMON, ein Meister, Caldans Lehrer
JAZINTHA, eine Meisterin

DIE HANDELSGESELLSCHAFT DER FÜNF OZEANE

GAZIJA, der Erste Erlöser
LUPHILDERN QUISS, ein Haupthändler
MAZOET MIANGLINE, ein Zauberer
REBECCI WALRAFFEN, eine Zauberin

LADY CAITLYNS TRUPPE

LADY CAITLYN, eine Adlige und Kreuzritterin
AIDAN, Caitlyns Stellvertreter
CHALAYAN, ein Stammeszauberer
ANSHUL CEL RAU, ein Schwertkämpfer aus der Steppe

INDRYALLANER

KELHAK, Gott-Kaiser von Indryalla
GLÖCKCHEN, eine Zauberin
SCHLÜSSELCHEN, ein Zauberer

1

Caldan setzte Glöckchen so sanft auf dem Boden ab, wie es ihm möglich war. Ihr Kopf rollte zur Seite, und kurz regte sie sich, bevor sie wieder still wurde. Sie befanden sich einige Stunden von Anasoma entfernt, und während der ganzen Reise war sie bewusstlos gewesen.

Er reckte sich und unterdrückte einen Fluch. Dunkle Wolken sammelten sich am Horizont, und der Gedanke, eine lange Strecke durch den Regen marschieren zu müssen, gefiel ihm gar nicht.

Vor ihm führte Amerdan Elpidia und Miranda über den staubigen Pfad zwischen frisch besäten Feldern hindurch. Hinter ihm war Rennen stehen geblieben und schaute den Weg zurück, auf dem sie hergekommen waren. Auch Amerdan warf nun einen Blick hinter sich und winkte kurz, dann lief er auf ein Gehöft zu. Caldan wusste nicht, ob sie einem fremden Haus trauen konnten, aber sie brauchten dringend Vorräte, und hier gab es die Möglichkeit, an sie heranzukommen.

Caldan erstickte ein Ächzen, hob Glöckchen wieder auf und trottete hinter Amerdan her. Sie wand sich in seinem Griff, sodass er sie kaum halten konnte. Dabei murmelte sie etwas Unverständliches, dann öffnete sie die Augen.

Vorsichtshalber legte Caldan ihr die Hand über den Mund. »Psst«, sagte er. »Wir werden dir nichts tun.«

Sie hingegen gab keine solchen Versprechungen ab.

Glöckchen griff nach seinen Augen, aber Caldan drehte ruckartig den Kopf von ihr weg. Er ließ sie fallen, packte ihren Arm und drehte ihn hinter ihren Rücken, während er ihr mit der anderen Hand weiterhin den Mund zuhielt. Glöckchen wimmerte, erschlaffte, sank auf die Knie. Caldan folgte ihr auf den Boden, während sie mit aller Kraft die Nägel ihrer freien Hand in seinen Arm schlug. Er bleckte die Zähne vor Schmerz, lockerte aber nicht seinen Griff um sie. Stattdessen drückte er ihr Gesicht in den Staub und stieß ihr das Knie in den Rücken.

Am liebsten hätte er sie für das erdrosselt, was sie Miranda angetan hatte. Sein Verlangen danach war so groß, dass seine Hand zu ihrem Hals gekrochen war, bevor er bemerkte, was er da tat.

Glöckchen atmete schwer; die Luft drang pfeifend durch ihre Nase. Sie wand sich und versuchte sich zu befreien, aber Caldan hielt sie unbarmherzig fest. Er unterdrückte ein Schluchzen und nahm die Hand von ihrem Hals. Nein, er durfte sie nicht töten, noch nicht. Zunächst musste er herausfinden, wie Miranda geheilt werden konnte. Aber danach ...

»Hör mir zu!«, sagte Caldan zu Glöckchen. »Du kannst nicht weglaufen. Wir haben all deine Zaubermittel an uns genommen. Wir sind zu fünft, und du bist allein. Es wird leichter für dich sein, wenn du dich beruhigst.«

Glöckchens Gegenwehr ließ nach.

»Gut«, sagte er. »Jetzt wirst du aufstehen, und wir gehen weiter. Nicke, wenn du einverstanden bist.«

Einen Augenblick lang glaubte Caldan, Glöckchen würde wieder gegen ihn kämpfen, doch schließlich nickte sie.

»Ich nehme jetzt die Hand von deinem Mund. Es ist niemand in der Nähe, also wäre es sinnlos zu schreien.«

Glöckchen nickte noch einmal. Langsam zog Caldan die Hand zurück, drehte Glöckchen um und packte sie an beiden

Armen. Sie bedachte ihn mit einem Blick, in dem reines Gift lag.

»Du bist ein ganz Starker, was?«, meinte sie.

»Ja, wenn ich es sein muss«, erwiderte Caldan. Mit ein wenig Glück würde sie glauben, dass er wusste, was er tat, und darum keinen Fluchtversuch mehr unternehmen.

»Am Ende wird es keine Rolle mehr spielen. Ich werde euch alle töten.«

Während Glöckchen redete, lief Rennen herbei. »Sieben Soldaten folgen uns«, sagte er.

Caldan lächelte dünnlippig. »Entweder wir kämpfen, oder wir fliehen.« Er sah zuerst Miranda und dann Glöckchen an. »Aber ich glaube nicht, dass wir weit kommen werden.«

»Wir können aber auch nicht gegen sieben schwer bewaffnete Soldaten kämpfen.«

»Bei den Ahnen!« Er wusste, dass Rennen recht hatte, aber das machte die Entscheidung nicht gerade leichter. Doch am Ende würde Caldans magisch aufgeladener Armreif keinen weiteren Druck mehr aushalten, und sie waren bereits jetzt völlig erschöpft.

»Ihr werdet alle sterben«, sagte Glöckchen.

Amerdan hob die Hand und wollte Glöckchen schlagen, aber Caldan trat zwischen die beiden.

»Nein«, sagte er. »Sie darf nicht verletzt werden.«

Amerdan sah Glöckchen an, als ob er von ihr eine Reaktion erwartete, aber die Zauberin blieb stumm. »Und was ist mit ihrer Magie?«

Caldan schüttelte den Kopf. »So funktioniert das nicht«, sagte er ungeduldig. »Sie braucht Zugang zu ihren Hilfsmitteln, und den hat sie nicht. Solange ihre Hände gefesselt sind und wir sie im Auge behalten, haben wir nichts von ihr zu befürchten.« Er traf eine Entscheidung. »Glöckchen ist unser Druckmittel und meine Hoffnung für Miranda. Also laufen wir weg. Uns bleibt keine andere Wahl. Anscheinend gibt es in dieser Gegend viele Gehöfte und Dörfer. Sie werden es nicht riskieren, dass wir uns in einem von ihnen verstecken und ihnen entgehen, also müssen sie jedes einzelne Haus durchsuchen. Das sollte uns ein wenig Zeit verschaffen. Kommt.«

Eine Stunde später öffnete sich der Himmel, und ein kalter Regen ging nieder. Es war kein angenehmes Marschieren. Zuerst war es nur ein störendes Nieseln gewesen, aber inzwischen regnete es so heftig, dass Caldan die Schritte seiner Gefährten hinter ihm nicht mehr hören konnte. Andauernd musste er sich das Wasser aus dem Gesicht wischen, und der Boden verwandelte sich allmählich in einen einzigen großen Teich. Links von ihnen war der ruhige Bach, dem sie bisher gefolgt waren, stark angeschwollen und wirkte nun wie ein tobendes Wildwasser. Caldan hielt Glöckchens Handgelenk umfasst und zerrte sie durch den Schlamm. Sie hatten ihr die Hände vor dem Bauch gefesselt und überdies die Oberarme an die Seiten gebunden, sodass nur ihre Beine frei waren, damit sie gehen konnte.

»Caldan!«

Caldan drehte sich zu Elpidia um, die seinen Namen gerufen hatte. Obwohl sie dicht hinter ihm lief, musste sie schreien, damit sie in dem Platzregen überhaupt zu hören war.

»Wir müssen weg von hier!«, brüllte sie. »Miranda friert, und ich auch!«

»Amerdan ist vorausgegangen und sucht nach einem Unterschlupf. Rennen sagt, es gibt in dieser Gegend viele verlassene Gebäude«, meinte Caldan. »Wir müssen weitergehen, bis wir eines gefunden haben.«

»Je schneller, desto besser.«

Caldan nickte. Er hatte gar nicht bemerkt, dass der Regen so kalt war. Als es ihm jetzt bewusst wurde, begann er zu zittern. Suchend sah er sich um und hoffte, Anzeichen für einen geeigneten Unterschlupf zu finden, und wie zur Antwort auf seine Gedanken erschien Amerdan vor ihm aus dem Regenschleier.

»Gute Neuigkeiten«, sagte der Ladenbesitzer. »Weiter stromaufwärts steht ein verlassenes Haus. Es ist sogar ziemlich groß und hat mehrere kleine Nebengebäude. Vielleicht ist es eine alte Mühle.«

»Den Ahnen sei Dank«, sagte Elpidia und drückte sich an Caldan vorbei, während sie Miranda an der Hand hinter sich herzog.

Caldan verspürte einen Stich im Herzen, als Miranda ohne ein Flackern des Wiedererkennens in den Augen an ihm vorbeiging.

Sie folgten Elpidia und hatten sie rasch eingeholt. Amerdan ging voraus, bis sie die alte Mühle erreicht hatten. Seine Stiefel platschten durch die tiefen Pfützen.

Ein großes Scheunentor war unversehrt, während eine kleinere Tür aufgebrochen worden zu sein schien. Sie hing nur noch an einer Angel und war zur Seite gekippt. Wilder Wein bedeckte die Hälfte des Gebäudes, und drinnen roch es nach Feuchtigkeit und Tieren. Eine Steintreppe führte in ein oberes Stockwerk, aber das Dach war schon vor langer Zeit eingestürzt. Allerdings hielt das Holz der Zimmerdecke den größten Teil des Regens fern; es war nur hier und da ein wenig Tröpfeln zu bemerken – doch darüber durfte er sich nicht beschweren. Neben dem Wohnbereich und der Mühle befanden sich die Lagerräume, vermutlich für Getreide und Mehl. Das Dach war zu großen Teilen eingesackt. Alles schien verrottet und wirkte bedrückend, aber wenigstens bot dieses Gebäude Schutz.

Das ist immerhin etwas Positives, dachte Caldan und schaute hinüber zu Miranda.

Elpidia kümmerte sich um die junge Frau, half ihr sich an

einer trockenen Stelle niederzusetzen, und rieb ihr die Hände in dem Versuch, sie etwas zu wärmen.

Miranda reagierte nicht darauf.

Caldan seufzte und kletterte die alte Treppe zur Hälfte hoch. Ein Blick auf das obere Stockwerk, dessen Boden mit Unkraut und Gras bedeckt war, reichte aus, um ihn sofort zur Umkehr zu bewegen.

Rennen packte ihn am Arm, als er von der letzten Stufe hinuntertrat.

»Wie sicher sind wir hier?«, fragte Rennen. »Ich habe euch bis hierher geführt, aber ich werde bald zurückkehren, und dann müsst ihr auf euch selbst achtgeben.«

Caldan schob Rennens Hand beiseite. »Wenn du gehen musst, dann geh. Aber wenn du nach Anasoma zurückkehrst, musst du dort eine Botschaft für mich überbringen.«

Rennen kniff berechnend die Augen zusammen. »Eine Botschaft? Für wen?«

Caldan schüttelte den Kopf. »Das sage ich dir, wenn du uns verlässt. Es sind Informationen, die auch du nutzen kannst. Es wird sich für dich lohnen.«

Rennen nickte und gesellte sich schließlich zu Elpidia.

»Hier drinnen gibt es nicht viel, was wir verbrennen können«, sagte Caldan zu Amerdan. »Ich werde die anderen Gebäude durchsuchen.«

»Und ich kümmere mich um unsere Mitflüchtlinge«, sagte Amerdan.

Caldan warf einen ängstlichen Blick hinüber zu Miranda, aber er hätte nicht mehr für sie tun können, als Elpidia bereits für sie tat. Er stand in der Tür, und dicke Tropfen fielen vor ihm nieder. Dann blinzelte er durch den Wolkenbruch und sah drei Umrisse, von denen er sich sicher war, dass es sich bei ihnen um die anderen Gebäude handelte, die einmal zu dieser Mühle gehört hatten.

Caldan stählte sich kurz und rannte dann quer über den offenen Platz zu dem Haus, das ihm am nächsten stand. Er duckte sich in die geöffnete Tür, schüttelte den Kopf und wischte sich das Wasser aus den Augen.

Der Boden war mit den Trümmern eines Tisches und einigen Stühlen übersät, die in feuchter Fäule zerfielen. Wasser tröpfelte durch die Reste des Daches, das in keinem besseren Zustand als jenes der Mühle zu sein schien. Rechts von ihm gab es eine Tür, und zur linken Seite öffnete sich das Zimmer in einen großen, leeren Raum mit festgestampftem Lehmboden. Ein noch unversehrter Holztrog deutete an, dass hier während der Nacht das Vieh gehalten worden war. Er sah sich im Zimmer um, und es gelang ihm, einige relativ gut erhaltene Stuhlbeine aufzutreiben. Der nächste Raum enthielt ein verfaulendes Bett und eine Kommode, und Caldan entdeckte nur wenige weitere brennbare Holzstücke.

Er sammelte so viel ein, wie ihm möglich war, und steckte es sich unter den Arm, dann suchte er das nächste Gebäude auf. Es war ebenfalls ein Wohnhaus, aber es war völlig leer und besaß nicht einmal verfaulende Möbel. Caldan hoffte, dass er im letzten Haus mehr Glück hatte, denn sonst würde es eine kalte, elende Nacht werden.

Ein Umriss bewegte sich im Regen, und Caldan runzelte die Stirn. Niemand sollte dort draußen sein. Metall klirrte gegen Metall, und die Stimme eines Mannes drang an sein Ohr, gefolgt von der eines weiteren Mannes.

Bei den Ahnen!

Caldan duckte sich hinter die Wand und hielt den Atem an. Die Soldaten hatten sie entdeckt, oder sie waren auf diesen Ort gestoßen, ohne zu wissen, dass ihre Beute hier war. Er schüttelte den Kopf. *Seit unserer Flucht aus Anasoma haben wir wirklich kein Glück gehabt.*

So leise wie möglich machte er einige Schritte in das

Gebäude hinein. Schließlich fand er eine trockene Stelle, an der er sein Holz ablegen konnte. Der Regen trommelte auf das Dach und übertönte alle anderen Geräusche. All seine magischen Gegenstände und Materialien befanden sich in der Mühle; er hatte nur seinen beinahe wertlosen Armreif und Meister Simmons Schwert bei sich. Noch immer hatte er keine Ahnung, wie dieses Kleinod funktionierte, und damit war es so gut wie nutzlos. Außer eben als normales Schwert.

Wenigstens weiß ich, wie ich damit umgehen muss. Aber es sind immer noch sieben gegen einen ...

Caldan schlich zur Tür und spähte hinaus. Von den Soldaten war nichts mehr zu sehen - und dann drang ein Schrei durch den Regen. *Elpidia!* Es folge das harsche Lachen eines Mannes. Caldan griff hinter sich und zog das Schwert. Es schimmerte in einem sanften Licht.

Zwei Soldaten - Indryallaner, wie er vermutete - traten aus der Tür des Mühlenhauses. Der eine trug eine Zauberkugel, die ihnen Licht spendete, und ihre Rüstungen und Waffen glänzten im Regen. Bei der eingeschränkten Sicht und dem niederprasselnden Regen, der die meisten anderen Geräusche übertönte, gab es vielleicht keinen besseren Zeitpunkt, ihre Zahl zu dezimieren, als jetzt. Die Frage war nur: Würde er es schaffen, jemanden zu töten?

Ich glaube, mir bleibt keine andere Wahl.

Er beobachtete, wie die beiden Indryallaner auf das erste Gebäude zuliefen, das er vorhin betreten hatte. Sie hielten die Köpfe gesenkt, um dem Regen ein wenig zu entgehen. Kurz vor der Tür blieben sie stehen und stellten sich mit gezogenen Schwertern rechts und links neben sie. Einer warf die Zauberkugel ins Innere, steckte kurz den Kopf hinein und beäugte dann für einen Moment prüfend den Raum hinter der Tür. Caldan sah, wie sich die Schultern des Soldaten entspannten, und er nickte seinem Gefährten zu. Sie gingen hinein.

Jetzt holte Caldan tief Luft und rannte auf die Soldaten zu. Er hielt dort neben der Tür an, wo der eine der Soldaten noch vor wenigen Augenblicken gestanden hatte. Wasser strömte an seinem Gesicht herunter, und seine Hände zitterten. Ihm war heiß, aber es war nicht die Hitze, die mit seinen ungewöhnlichen Fähigkeiten einherging. Nein, seine Gaben hatten hier keinen Platz, er musste sich auf seine normalen Schwertkünste verlassen. Wieder quälte ihn der Gedanke, jemanden töten zu müssen. Aber dann dachte er an Miranda, und das reichte aus, um ihn für diese Aufgabe zu stählen.

Für Miranda.

Caldan trat durch die Tür. Der eine indryallanische Soldat hatte ihm den Rücken zugewandt, während der andere nirgendwo zu sehen war. *Er ist im Schlafzimmer,* dachte Caldan. Ein flüchtiger Blick bestätigte ihm, dass in diesem Raum ein Licht brannte.

Er machte einen Schritt auf den Soldaten zu und hob sein Schwert. Noch zögerte er, weil er sich schuldig fühlte, jemanden heimtückisch zu töten. Doch leider verursachte das Schimmern des Schwertes eine Veränderung im Spiel der Schatten, und der Soldat bemerkte sofort, dass etwas nicht stimmte. Unter einem wortlosen Schrei sprang er von Caldan weg.

Caldan stürzte ihm nach, als ein Antwortschrei aus dem Zimmer rechts von ihm drang. Der Mann vor ihm drehte sich um und hob sein Schwert zur Verteidigung. Er war jung, sauber rasiert und wohl kaum zwanzig Jahre alt. Caldan schwang sein eigenes Schwert gegen das des jungen Mannes, stieß es zu Boden und rammte dem Soldaten dann die linke Faust ins Gesicht. Blut tropfte aus der Nase des Mannes, als er rückwärts taumelte und zu Boden stürzte. Das Schwert fiel ihm aus der Hand.

Hinter Caldan ertönte ein Kratzen. Er hatte den anderen Indryallaner nicht vergessen und wirbelte herum – gerade rechtzeitig, um den Schlag zu parieren. Der zweite Soldat war älter – ein grauhaariger Veteran mit einem buschigen Bart. Er stolperte zurück und wich nach rechts. Caldan folgte ihm mit der Spitze seines Schwertes. Schließlich stach er zu, und der Soldat sprang zurück. Caldan rannte einige Schritte auf den am Boden liegenden jungen Soldaten zu, der gerade nach seinem Schwert tastete. Caldan trat es weg und stellte sich über ihn. Er bückte sich, packte den jungen Mann bei den Haaren, riss den Kopf zur Seite und entblößte dadurch das Genick. Sein Schwert lag nun an der zarten Haut des Soldaten.

So viel Leben, geschützt durch so wenig, dachte Caldan.

Der alte Soldat hielt inne. Licht schimmerte durch die Finger seiner Hand, mit der er die Zauberkugel hielt.

»Keinen Schritt weiter«, keuchte Caldan.

»Du hast ihn noch nicht getötet. Vermutlich wirst du es nie tun.«

»Gehst du das Risiko ein?«

Der alte Soldat leckte sich über die Lippen. Er murmelte einen leisen Fluch ... dann drehte er sich um und rannte davon.

Verdammt!

Das war nicht die Reaktion, die Caldan erwartet hatte. Die Schritte des Soldaten tappten über den aufgeweichten Boden. Bald würde er die anderen alarmiert haben, und jeder Vorteil, den Caldan gehabt hatte, wäre dann verloren. Das durfte nicht geschehen.

Caldan zog einen Strang aus seiner Quelle und griff damit nach der Zauberkugel. Sie befand sich schon auf halbem Weg zur Mühle. Er tastete nach der Verbindungsrune, fand sie, drückte dann Kraft aus seiner Quelle in die Kugel und kappte den Anker.

Die Kugel zerplatzte mit einem scharfen Knall und erhellte kurz den gesamten Hof. Die Schritte erstarben, und es war ein

Platschen zu hören, als der Körper des fliehenden Soldaten zu Boden fiel.

Vernichtung sollte nicht so leicht sein, sagte Caldan zu sich selbst. Aber das war sie, und nichts, was er sagte, würde etwas daran ändern. Für den Augenblick konnte er nur hoffen, dass sein Einsatz von Magie – um die Explosion erst gar nicht zu erwähnen – von ihren Feinden unbemerkt geblieben war.

Der junge Indryallaner sah ihn angstvoll an. Karmesinrotes Blut rann an seiner Oberlippe herunter. Caldan schlug mit dem Griff seines Schwertes so heftig zu, wie er es wagen konnte. Der Soldat ächzte und versuchte sich zu befreien. Caldan schlug erneut zu, härter diesmal. Daraufhin verlor der Mann das Bewusstsein.

Mit ein wenig Glück wird er eine Weile außer Gefecht sein, und wenn er wieder zu sich kommt, ist alles vorbei. Aber wenn wir uns auf mein *Glück verlassen müssen ...*

Und dann wurden seine Gedanken schwarz.

Caldans Hände zitterten, und seine Haut brannte. Das herabtropfende Wasser fühlte sich auf seiner Haut wie Eis an. Ruhe überkam ihn. Er hatte soeben wieder durch Magie getötet. Und er bedauerte nicht das Töten, sondern nur die Methode. Was war bloß aus ihm geworden?

Schnell überquerte Caldan den Hof. Diesmal fiel der Regen nur noch sanft, als ob es ihm widerstrebte, auf dem Boden aufzutreffen. Alles bewegte sich langsam ... so langsam ...

Er kam an der Leiche des Soldaten vorbei, den er umgebracht hatte. Der Leichnam war nur noch ein verkohltes Stück Fleisch. An manchen Stellen ragten weiße Knochensplitter heraus.

Caldan schluckte. *Für Miranda,* sagte er sich abermals. Er spürte, dass er trotz der kalten Luft schwitzte. Das Blut brannte in seinen Adern wie geschmolzenes Metall. Es pochte und erinnerte ihn an schlagende Flügel. Sein Kleinod, der Metallring an seinem Finger, schien ihn zu stechen, als ob ihm Dornen gewachsen wären. Er hatte keine Ahnung, wie viele weitere Soldaten hier waren, aber das spielte auch keine Rolle. Jetzt musste er alle töten, oder alles war verloren.

In der Mühle hatten sich Elpidia, Rennen und Amerdan dicht an eine der Wände gedrängt. Neben ihnen standen Miranda und Glöckchen. Glöckchen grinste wie eine Verrückte. Sie wusste, dass sie bald frei sein würde. Sowohl Amerdan als auch Rennen hielten ihre Messer gegen fünf indryallanische Soldaten ausgestreckt. Zwei von ihnen hatten sich zu Caldan umgedreht; sie hatten entweder ihre Gefährten erwartet oder wollten sehen, was die Explosion verursacht hatte.

Caldan hasste es, ihre Gesichter erkennen zu müssen.

Schnell nahm er eine Abwehrstellung ein, hielt das Schwert mit beiden Händen über die rechte Schulter erhoben. Seine Sinne waren geschärft. Er roch die Erde und den Regen, den Schweiß und Dreck der Soldaten – und er konnte ihre Herzen schlagen hören.

Einer der Soldaten grinste ihn höhnisch an und machte einen Schritt nach vorn. »Leg das weg, Junge, damit du dir nicht selbst wehtust. Du wirst es bedauern, wenn wir es dir abnehmen müssen.«

Seine Worte klangen langsam in Caldans Ohren, und der Soldat bewegte sich lethargisch, als ob ihn etwas zurückhalte.

Caldan beachtete ihn nicht. Es gab hier nichts zu sagen. Entweder sie starben, oder er starb. Ein Zittern durchlief ihn. Sein Ring wurde schwer, und es fühlte sich an, als würde er sich ins Fleisch eingraben. »Es tut mir leid«, sagte er.

Sein Schwert blitzte auf, ein Strich aus glühender Magie in der Nacht. Er sprang vor, und die Klinge wurde zu einer verschwommenen Linie leuchtender Gewalt. Ein Schnitt von der Schulter bis zur Hüfte. Ein Schritt. Ein Schnitt nach oben. Eine Drehung. Er griff mit blendender Schnelligkeit an, das Schwert lag federleicht in seinen Händen. Die Soldaten reagierten kaum; es war, als würden sie sich durch Honig bewegen. Sprung. Drehung, Schlag. Ein letzter Hieb.

Caldan stand still und hielt das scharlachrote Schwert in der gleichen Pose über den Kopf, in der er den Kampf begonnen hatte. Um ihn herum lagen fünf Leichen; ihr Blut sickerte in den Lehmboden.

Auf der anderen Seite des Raumes kicherte Amerdan. »Fünf«, sagte er leise.

»Mist«, rief Rennen.

Caldan drehte sich um und bemerkte, dass alle ihn anstarrten. Glöckchen betrachtete ihn nachdenklich, während Elpidia entsetzt auf das Blut schaute. Seine Kraft verließ ihn schlagartig, und das Schwert wurde wieder schwer. Er senkte es und atmete heftig ein und aus. Galle stieg in seiner Kehle hoch, und sein Blickfeld verschwamm auf beunruhigende Weise. Dann sank er auf die Knie und rang nach Luft.

Nach wenigen Augenblicken war die Übelkeit vergangen. Er spürte eine Hand auf seiner Schulter und schaute hoch zu Amerdan.

»Du hattest keine andere Wahl«, sagte der Ladenbesitzer. »Es ist das Beste so.«

Caldan senkte den Blick und schaute auf das Blut, das überall im Raum verspritzt war. Die Soldaten hatten nur verlieren können, als das Fieber ihn überfallen hatte, und davor hatte er raue, zerstörerische Magie zum Töten eingesetzt – wieder einmal war er nichts anderes als ein Mörder. Seine Hände bebten, und er unterdrückte ein Schluchzen. Das Grauen dessen, was er getan hatte, überflutete ihn ... und der Ekel und die Schuldgefühle, weil er die Empfindung der Macht genossen hatte.

Vorsichtig legte Amerdan die Hand auf Caldans Kopf. »Es ist in Ordnung. Wir ziehen sie nach draußen und marschieren bei

Tagesanbruch los. Morgen früh werden wir bereits weit weg von hier sein.«

Caldan kämpfte sich auf die Beine und schüttelte dabei Amerdans Hand ab. Er wischte sein Schwert am Mantel eines der Soldaten ab und vermied es, die anderen anzusehen. Dann steckte er das Schwert zurück in die Scheide, ging auf die Tür zu und hielt dort inne.

»In einem der anderen Gebäude befindet sich ein weiterer Soldat. Er ist bewusstlos, aber er lebt. Ich bringe ihn hierher. Vielleicht können wir von ihm erfahren, ob uns noch andere folgen.«

Als Caldan zu dem Haus zurückkehrte, in dem er den jungen Soldaten liegen gelassen hatte, war von diesem nichts mehr zu sehen. Offensichtlich war er wieder zu sich gekommen und weggelaufen. Caldan seufzte und entschied sich, ihn nicht zu verfolgen. Für einen Tag waren genug Menschen gestorben. Und all ihr Blut klebte an seinen Händen. Erst einmal hatte er genug vom Töten, auch wenn er diese Haltung vielleicht später bedauern würde.

2

Caldan zerriss einen Brotlaib in kleine Stücke und tunkte sie in einen Topf mit wässeriger Suppe, die über einem kleinen Feuer köchelte, wobei er sorgsam darauf bedacht war, Abstand zu den Flammen zu halten. Feuer verursachte ihm stets verstörende Erinnerungen an den Tod seiner Familie.

Dass das Brot altbacken und die Suppe so gut wie geschmacklos waren, störte ihn nicht, als er über dem Topf hockte und hastig sein spätes Abendessen in sich hinein schaufelte. Er war hundemüde. Das waren sie alle. In den letzten Tagen hatten sie so viel Abstand wie möglich zwischen sich und Anasoma gebracht und nur nachts für kurze Ruhepausen angehalten. Caldan konnte nie länger als eine oder zwei Stunden hintereinander schlafen; seine Gedanken kehrten stets zu den Soldaten zurück, die er umgebracht hatte.

Eine launische Windbö blies ihm Rauch in die Augen, und er blinzelte. Er löffelte die dünne Suppe in eine hölzerne Schale und trug sie zu Mirandas zusammengekauerter Gestalt, die gegen einen Baumstamm gelehnt saß. Dann machte er sich daran, sie mit dem Löffel zu füttern, wobei er jedes Mal zuerst über die Suppe blies, damit sich Miranda nicht den Mund verbrannte. Sanft entfernte er jedes Tröpfchen von ihren Mundwinkeln, während sie methodisch kaute und schluckte. Dabei ließ sie das Feuer niemals aus dem Blick. Als ihre Schale halb leer war, kniff sie den Mund zu und weigerte sich, einen weiteren Löffel von ihm zu empfangen. Caldan seufzte, wischte ihr mit einem Tuch über die Lippen, ging hinüber zum Topf und kippte das Ungegessene zurück.

Glöckchen saß auf der anderen Seite des Feuers. Das Ende des Seils, mit dem ihre Hände und Füße gefesselt waren, war um den Stamm des Baumes hinter ihr geschlungen. Caldan schaute kurz in ihre Richtung, bevor er Schale und Löffel auf dem Boden abstellte.

»Bekomme ich nichts?«, fragte Glöckchen mit einer Spur von Belustigung in der Stimme. »Seit heute Morgen habe ich nichts mehr gegessen.«

Caldan biss die Zähne zusammen. »Später wird dir jemand etwas geben.«

Glöckchen kicherte. »Aber du hast es so gut gemacht, so ... sanft und zart.«

Caldan schloss die Augen für einige Sekunden und holte tief Luft. Noch immer würde er am liebsten die nötigen Informationen für Mirandas Heilung aus Glöckchen herausprügeln. Aber Informationen, die durch Gewalt erlangt wurden, konnte man nicht trauen.

Dennoch ...

Er erkannte, dass er Glöckchen mit einer Intensität hasste, die ihn beunruhigte. Sie war auch für Meister Simmons' Tod verantwortlich, und für den aller anderen, die er in Anasoma verloren hatte. Es wäre so erschreckend leicht, sie einfach zu erledigen. Mit langsamen, bedächtigen Schritten ging er zu den Habseligkeiten der Flüchtlinge – es waren nur ein paar kleine Päckchen und Säckchen. Caldan nahm das Kleinod-Schwert von dem Haufen ... und verließ das Lager. Er suchte nach Elpidia.

»Sie werden weitere Soldaten hinter mir herschicken«, rief Glöckchen in seinem Rücken. »Und beim nächsten Mal wirst du nicht mehr so leicht mit ihnen fertig werden.«

Er beachtete sie nicht.

Die Ärztin saß auf einem kleinen Hügel und beobachtete die Sonne, die langsam zum Horizont niederstieg. Elpidia regte sich nicht, als er sich ihr näherte. Die Wunde an ihrem Hals hatte sich entzündet, und grellrote Linien zeigten sich dort, wo sie sich gekratzt hatte.

Er setzte sich neben sie und legte das Schwert quer über seine Schenkel.

Elpidia verlagerte ihr Gewicht und sagte: »Es geht ihr nicht besser, oder? Ich meine ...« Sie schwenkte die Hand durch die Luft. »Ich hatte nach ein paar Tagen eine Verbesserung erwartet, aber ...«

Caldan schüttelte den Kopf. »Ich dachte, das Zittern würde nachlassen, aber das tut es nicht. Sie kann noch immer nicht allein essen, und auch ihre Sprachfähigkeit ist nicht zurückgekehrt ... Ich vermute, sie braucht mehr Zeit.«

»Die Medizin, die ich ihr gegeben habe, hat nicht gewirkt«, sagte Elpidia. »Ich weiß nicht, was ich sonst noch tun kann. Wenn wir in Anasoma oder einer der anderen Städte wären, würde ich empfehlen, sie zu jemandem zu bringen, der größere Kenntnisse als ich hat.« Sie sah Caldan an. »Besteht die Möglichkeit, dass wir bald zu einer Stadt kommen, die so groß ist, dass es dort einen Arzt gibt?«

»Vielleicht. Wenn es nötig ist. Ich kenne das Reich westlich von Anasoma nicht, aber sowohl Amerdan als auch Rennen behaupten zu wissen, wo die meisten großen und kleinen Städte liegen. Aber je weiter wir nach Westen ziehen, desto unsicherer werden sie.« Caldan beobachtete, wie sich Elpidia zuerst am Hals und dann an der Schulter kratzte, bevor er weiterredete. »Es ist keine körperliche Krankheit - es ist ihr Geist. Ich glaube, sie ... haben etwas darin beschädigt, als sie versucht haben, ihren Geist zu kontrollieren. Kein Arzt kann das heilen. Ich weiß nicht, ob es überhaupt irgendjemanden gibt, der dazu in der Lage ist. Mir fällt nichts anderes ein als abzuwarten. Vielleicht erholt sie sich ja von selbst.«

Elpidia sah ihn an. »Gib noch nicht auf, Caldan. Einige Ärzte studieren auch die Krankheiten des Geistes, und sie wissen vielleicht, was zu tun ist. Ich bin nicht daran gewöhnt, einfach dazusitzen und abzuwarten, bis es jemandem besser geht. Normalerweise ist es so, dass es dem Patienten umso besser geht, je mehr ich für ihn tun kann. *Normalerweise.* Aber nicht alles ist heilbar. Wenn ich versuchen sollte, jemandes Geist zu heilen, der durch Zauberei beeinträchtigt wurde, dann würde ich damit beginnen, jemanden zu suchen, der sich in dieser Zauberei auskennt.«

»Nein«, sagte Caldan. »Ich lasse Glöckchen nicht in Mirandas Nähe, damit sie noch einmal ihre Magie bei ihr einsetzt.«

Als Elpidia seinen barschen Tonfall hörte, hob sie beschwichtigend die Hände. »Das hatte ich damit auch nicht gemeint. Aber sie besitzt vielleicht das Wissen, und du selbst bist recht begabt in der Zauberei. Wenn du sie befragst ...«

»Nein«, wiederholte Caldan und schüttelte den Kopf. »Wir dürfen ihr nicht vertrauen, und ich wäre nicht in der Lage, eine Falle zu erkennen, wenn sie mir eine stellen sollte. Ich weiß einfach nicht genug, und es wäre zu leicht für sie, uns zu schaden.«

»Könntest du nicht selbst etwas versuchen?«

»Im Augenblick habe ich keine Ahnung, wie zwingende Magie funktioniert, außer dass sie sich stark von der Zauberei unterscheidet, die ich kenne. Demzufolge, was ich gesehen habe, braucht sie keinen körperlichen Gegenstand, damit sie funktioniert. Eigentlich hatte ich das für unmöglich gehalten.«

»Woher weißt du das?«

»Wie bitte?«

»Ich meine, woher weißt du, dass diese Zauberei nicht dasselbe wie ein einfaches magisches Wirken ist? Sowohl Glöckchen als auch ihr Partner hatten viele magische Objekte bei sich, vielleicht hat eines davon sie in die Lage versetzt, zwingende Magie zu wirken?«

»Ich ... ich fürchte, daran hatte ich bisher nicht gedacht.«

Sie sah ihn an; Sanftheit lag in ihrem Blick. »Weißt du, du musst nicht alles selbst machen. Und damit meine ich nicht mich oder Amerdan oder Rennen. Du besitzt eine Informationsquelle ... wenn du bereit bist, ein Risiko einzugehen.«

»Ich werde darüber nachdenken.«

»Gut.«

»Brauchst du irgendetwas?«, fragte Caldan und sah wieder ihre Wunde an. »Etwas gegen die Entzündung?«

Elpidia wandte das Gesicht von ihm ab. »Du weißt, was ich brauche.«

»Aber was würde das ohne ein Laboratorium nützen?«

Elpidia zögerte, dann sagte sie: »Du weißt nicht so viel über Alchemie wie ich. Aber was ich vor allem brauche, ist Zeit. Es macht mich nervös, mitten im Nirgendwo herumzusitzen. Ich spüre, wie mir die Zeit durch die Finger rinnt.«

Während sie sprach, bewegte Caldan seine Schultern und fuhr mit der Hand an dem Futteral seines Schwertes entlang. Es bestand aus zweckdienlichem, unverziertem Leder und war völlig anders als die Klinge, die es verbarg.

Möglichkeiten und Abwägungen schossen ihm durch den Kopf, wie es in den letzten Tagen immer wieder der Fall gewesen war. Doch wie bisher konnte er sich nicht entscheiden. Einer der Gründe, warum seine Gedanken andauernd im Kreis liefen, war die Frau neben ihm. Er kam einfach nicht zu einem Entschluss, was sie anging. Es war eine Tatsache, dass Elpidia verzweifelt war, und verzweifelte Menschen neigten dazu, verzweifelte Dinge zu tun. Also konnte er nur darauf vertrauen, dass die Ärztin das tun würde, was für sie das Beste war, und das schloss jeden Rat ein, den sie geben mochte.

Doch wichtiger als die Sorge um Elpidias Unpässlichkeit war es, eine Botschaft an die Protektoren außerhalb von Anasoma zu schicken. Wussten sie bereits von der Invasion und dem Gebrauch unerlaubter Zauberei durch die Indryallaner? Wussten sie, dass Simmon tot war und Caldan nun das Schwert des Meisters trug, auch wenn er dessen völlig unwürdig war? Er spürte einen Stich des Kummers und der Trauer und schloss die Augen beim Gedanken an Simmon. Und an Jazintha. Und an Senira. Alle waren tot. Caldan ballte die Fäuste, bis die Knöchel weiß wurden.

Er hatte geglaubt, in der Zauberergilde und vor allem bei den Protektoren ein Zuhause gefunden zu haben. Doch diese Welt war durch mehr als nur die indryallanische Invasion zerstört worden. Nein, dazu hatte auch sein Wissen beigetragen, dass die Protektoren zerstörerische Magie einsetzten, um gegen schurkische und abtrünnige Magier zu kämpfen - dass sie etwas taten, von dem sie vor der Welt behaupteten, es sei unmöglich. Und auch wenn ihn das entsetzt hatte, war doch die daran anschließende Frage noch verstörender für ihn: Benutzten sie ebenfalls zwingende Magie? Und würde er sich in ihren Augen selbst verdammen, wenn er es wagen sollte, diese Grenze zu überschreiten, auch wenn er damit nur jemand anderen retten wollte?

Caldan schüttelte den Kopf. Es gab so vieles, was er nicht wusste. Aber er durfte Miranda nicht aufgeben. Jetzt wollte er - nein, er *musste* - alles tun, was in seiner Macht stand, um ihre Gesundheit wiederherzustellen. Koste es, was es wolle.

Er sah Elpidia an, die geduldig neben ihm wartete, dann richtete er den Blick wieder auf das magere Lager. Rennen und der Kaufmann Amerdan kehrten gerade von ihrer Suche nach Feuerholz zurück. Rauch stieg auf, als sie einige Zweige auf die Kohlen warfen, danach legten sie den Rest daneben zu einem Stapel zusammen.

Es gab zu viele Schwierigkeiten. Dabei hatte er sich vor kurzer Zeit bloß Sorgen darum machen müssen, dass er genügend magisches Wirken erwarb und Miranda zum Essen in das bestmögliche Lokal ausführte. Er betastete den Ring an seinem Finger, sein Metall-Kleinod, und dann das Knochen-Kleinod, das um seinen Hals hing. Wie sehr sich die Dinge doch innerhalb weniger Monate geändert hatten.

Die Sonne senkte sich hinter den Horizont – ein weiterer Tag des Weglaufens und der Angst war vorbei. Das war alles, was sie seit ihrer Flucht aus Anasoma getan hatten: Laufen, über die Schulter sehen und mit schmerzhafter Schnelligkeit so viel Raum wie irgend möglich zwischen sich und die Stadt bringen. Caldan vermutete, dass Glöckchens Verschwinden und Schlüsselchens Tod sowie die Ermordung der sechs Soldaten weitere Verfolger anziehen würden. Und er erkannte, dass es *das* war, was absoluten Vorrang für ihn hatte: überleben.

Er rieb sich mit den Fingern über die juckende Kopfhaut, dann massierte er sich den steifen Nacken. Leider hatte er wieder Kopfschmerzen, so wie am Ende eines jeden Tages seit dem Beginn ihrer Flucht.

»Zu angespannt? Lastet zu viel auf dir?«, fragte Elpidia. »Jetzt weißt du, wie ich mich fühle.«

Caldan stieß schwer die Luft aus und rieb sich die Augen. Es war nicht das erste Mal, dass sie versuchte, ihm Schuldgefühle einzureden. Aber die Blutabnahme war wenigstens etwas, das er ihr gewähren konnte, auch wenn er ursprünglich dagegen gewesen war. »Wir sollten es rasch hinter uns bringen.«

»Was?«

»Hol alle Gefäße und Nadeln, die du brauchst.«

»Oh!« Elpidias Augen weiteten sich, und sie stand auf. »Danke! Ich ...« Sie rang die Hände und brach beinahe in Tränen aus. »Ich brauche bloß ein wenig Hoffnung.«

»Ich verstehe aber noch immer nicht, wie du es ohne ein Laboratorium schaffen willst.«

»Du wirst schon sehen. Vertraue mir.«

Er nickte ihr zu. »Es ist das wenigste, was ich tun kann, wenn es denn hilft.« Es wäre ein Problem weniger, das ihn bedrückte, wenn er Elpidia davon abhalten konnte, ihn andauernd mit hungrigen Blicken zu bedenken.

Elpidia eilte davon, durchwühlte ihre Habseligkeiten im Lager und kehrte mit zwei kleinen Phiolen, einem Stück Stoff und einer großen hohlen Nadel zurück. Sie hockte sich nieder und bedeutete ihm, den Ärmel aufzurollen. Er enthüllte die rohe rote Haut an seinem linken Unterarm und dem Handgelenk. Sein magisch aufgeladener Armreif befand sich zusammen mit seinen übrigen Sachen im Lager. Das Kleinod war während des Kampfes mit Glöckchen und Schlüsselchen beschädigt worden, und er wusste nicht, ob in seiner Struktur noch genügend Kraft für weitere Einsätze steckte. Jedenfalls durfte er sich nicht auf es verlassen, solange sie auf der Flucht waren und er keine Möglichkeit hatte, den Ring auf die Probe zu stellen. Dies war ein weiterer Umstand, der ihm Sorge bereitete. Und er hatte noch nicht die Zeit gefunden, die magischen Gegenstände zu untersuchen, die er Glöckchen abgenommen hatte.

Elpidia schnalzte mit der Zunge, als sie sein Handgelenk sah. »Es ist noch immer nicht verheilt. Es dauert länger, als ich vermutet hatte, aber es war schließlich eine schlimme Verbrennung. Ich habe schon früher Verletzungen durch Magie geheilt, doch die meisten Zauberer wissen, wann ihre Kunst versagt, und sie treffen entsprechende Vorkehrungen.«

»Ich war nicht in der Lage, viel dagegen zu unternehmen. Ich kann von Glück reden, dass ich überlebt habe.«

»Wie steht es um deine andere Wunde, wo Miranda ... wo sie ...?« Elpidia verstummte.

Caldan fuhr mit der Hand an seine Seite, wo ein Verband unter dem Hemd um seinen Körper gewickelt war. »Sie verheilt. Aus irgendeinem Grund ist sie nicht so schlimm wie die Verbrennung.«

»Wenn du willst, kann ich den Faden später entfernen. Es sollte bald erfolgen.«

»Vielleicht morgen früh.«

Elpidia säuberte die Nadel mit einer farblosen Flüssigkeit aus der einen Phiole; die andere war leer. »Ich kann dir noch ein wenig mehr Salbe dafür geben, aber ich habe keine großen Vorräte mehr.« Sie hob die Nadel in die Nähe seines Ellbogens und setzte die Spitze an die Haut. »Welche Stadt liegt in unserer Nähe?«, fragte sie.

»Ich weiß nicht. Rennen könnte - autsch! Du hättest mich warnen sollen.«

»Benimm dich nicht wie ein Baby.«

Caldan grunzte und sah zu, wie die Tropfen seines Blutes in die leere Phiole fielen. Bald war sie beinahe voll, und Elpidia zog die Nadel heraus. Mit dem Daumen drückte sie auf die Einstichstelle. Den Rest des Raums in der Phiole füllte sie mit einer klaren Flüssigkeit, setzte den Stopfen ein und hielt sie fest in der Hand.

»Ich nehme an, das ist alles, was du brauchst?« Es lag etwas Beunruhigendes an Elpidias Verlangen, mit seinem Blut zu experimentieren.

»Eigentlich schon, aber ich brauche mehr. Es hängt davon ab, was ich finde. Hier draußen ... kann ich nicht viel tun. Wir müssen uns in eine Stadt begeben - je größer, desto besser. Dort kann ich ...«

»Zuerst müssen wir uns um Miranda kümmern. Ich werde nicht einfach dasitzen und abwarten, während du deine Experimente durchführst. Es gibt Wichtigeres für mich.«

»Für mich nicht. Vielleicht habe ich mich nicht klar genug

ausgedrückt. Hör mir also zu. Hier geht es nicht bloß um mich. Wenn ich ein Heilmittel für mich selbst finden kann, werde ich auch in der Lage sein, es bei anderen Krankheiten einzusetzen – bei Krankheiten, die bisher tödlich verlaufen oder zumindest ernsthafte Schäden hinterlassen. Denk darüber nach. Das ist wichtig. Es könnte das Ende vieler Leiden bedeuten.«

Caldan seufzte. »Ich weiß. Aber nach der Invasion ist es unerlässlich, dass ich die Protektoren warne und Miranda zu heilen versuche. Hoffentlich wissen die Protektoren, was zu tun ist.«

»Warum? Handelt es sich etwa doch nicht um Zauberei, die noch niemand zuvor gesehen hat?«

Innerlich verfluchte sich Caldan für seinen Ausrutscher. »Ja«, log er. »Aber sie müssen irgendeine Vorstellung haben, wie man ihr helfen könnte.«

Elpidia schaute auf die Glasphiole in ihrer Hand, die rot von Caldans Blut war. »Wir sollten morgen in aller Frühe aufbrechen. Heute Nacht aber müssen wir uns erholen. Wir haben uns zu sehr verausgabt.«

»Das werden wir. Du kümmerst dich um deine Angelegenheiten, und ich kümmere mich um den Rest.«

Elpidia zuckte mit den Schultern. »Ich will mich nicht dafür entschuldigen – ich fürchte den Tod. Aber vergiss nicht, dass es nicht nur mich retten wird, wenn es funktioniert, sondern auch viele andere Menschen mit ähnlichen Leiden. Es ist kein hoher Preis für dich.«

»Falls es dir entgangen sein sollte, bemühe ich mich ebenfalls, andere zu retten«, fuhr er sie an. Er schaute hinunter auf Miranda, die ins Nichts starrte.

»Du bist nicht dafür verantwortlich«, sagte sie sanft. »Bring Miranda zu einem Arzt. Etwas anderes kannst du nicht tun.«

»Vielleicht nicht ... aber das heißt nicht, dass ich es nicht wenigstens versuchen sollte.« Er stand auf und ging zurück zum Feuer. Elpidia folgte ihm ins Lager.

Dort saß Amerdan im Schneidersitz einige Schritte vom Feuer entfernt und starrte in die Flammen, während Rennen etwas abseits vom Rauch stand und die Hände in die Hosentaschen gesteckt hatte. Nur Rennen schaute auf, als sie sich näherten.

»Dukaten«, sagte er.

Amerdan lächelte knapp, sagte aber nichts und sah Rennen an, als wäre er ein Idiot. Elpidia schüttelte nur den Kopf und beschäftigte sich dann mit ihren Sachen. Zweifellos sorgte sie dafür, dass ihre kostbare Phiole gut gesichert war und blieb.

»Was ist damit?«, fragte Caldan.

»Ich habe ein Geschäft, zu dem ich zurückkehren muss. Vermutlich haben wir unsere Verfolger abgeschüttelt, und niemand weiß, dass ich bei euch war. Jeder, der mich erkennen könnte, ist entweder tot oder …« Rennens Blick wanderte hinüber zu Glöckchen.

»*Ich* werde dich wiedererkennen«, hallte Glöckchens Stimme um sie herum. »Und ich vergesse nichts und niemanden.«

Rennen schluckte und schaute weg. »Morgen früh gehe ich zurück nach Anasoma und schleiche mich in die Stadt ein. Wegen der Invasion wird es eine Menge Möglichkeiten dazu geben. Hier draußen bin ich zu nichts gut, aber die Stadt kenne ich durch und durch. Ich werde von hier aus zu einer kleinen Siedlung im Süden gehen und mich dann nach Osten wenden. Ohne … äh … das Mädchen, das mich langsam macht«, sagte er und vermied es angestrengt, Miranda anzusehen, »werde ich ziemlich schnell zurück sein.«

Caldan nickte langsam. »Das macht Sinn. Aber wie ich schon gesagt habe, musst du für mich eine Nachricht überbringen. Ich will, dass du einen Freund von mir namens Izak Fourie aufsuchst – und auch dessen Freund, Sir Avigdor.«

Rennen kratzte sich an der Wange. »Ich habe von ihnen gehört, aber es erstaunt mich, dass du je von Avigdor gehört hast.«

»Ihr seid beide im gleichen Geschäftszweig tätig und handelt mit etwas, das ich brauche.«

»Informationen.«

»Genau.«

Rennen zuckte die Achseln. »Ich war bloß neugierig. Falls er sich nicht gerade versteckt, was soll ich ihm sagen? Auch das wird dich ein paar Dukaten kosten.«

Caldan dachte kurz nach. Aus dem, was Avigdor bei ihrem Treffen mitgeteilt hatte, schloss Caldan, dass der Mann mehr über die Protektoren wusste, als er zugab.

»Ich weiß nicht, wie viel ihm über die Invasion bekannt ist, und deshalb könnten die Informationen, die wir besitzen, wertlos für ihn sein, aber ... sag ihm, dass alle Protektoren in Anasoma tot sind.« Caldan hoffte, dass der Mann wusste, was das bedeutete. »Und sag ihm, dass wir versuchen werden, die Protektoren in den anderen Städten zu warnen. Die Indryallaner suchen offenbar etwas Bestimmtes in Anasoma. Ich könnte mir keinen anderen Grund vorstellen, warum sie sonst die Stadt versiegelt haben. Offenbar wollen sie nicht, dass jemand oder etwas sie verlässt.«

»Bist du dir dessen so sicher?«, unterbrach Glöckchen ihn. »Dein Kaiser hat den Leuten das Leben ausgesaugt. Vielleicht sind wir nur gekommen, um euch alle zu befreien.«

»Sei still«, fuhr Caldan sie an. Wütend deutete er auf Miranda, dann hielt er inne. Er musste vorsichtig mit dem sein, was er sagte, damit er nicht zu viel preisgab. Doch hatte er das vielleicht bereits getan.

»Ich bin gleich wieder da.«

»Wohin gehst du?«, fragte Rennen. »Oder ist das die Botschaft?«

»Ich sagte, ich bin gleich wieder da«, zischte er und deutete mit einem Kopfnicken auf Glöckchen. »Es gefällt mir nicht, wenn sie bei unseren Besprechungen dabei ist. Also werde ich sie wegbringen.«

»Nein, wie klug«, höhnte Glöckchen.

»Halt den Mund.« Caldan ging zu den dreien hinüber, band Glöckchen von dem Baumstamm los, ließ ihre Hände und Füße aber gefesselt. Während die anderen zusahen, zerrte er sie außer Hörweite und fesselte sie an einen anderen Baum. Dieser Baum war weit vom Feuer entfernt, und in der Nacht war es kalt, aber Caldan musste feststellen, dass ihm das inzwischen gleichgültig war.

»Jetzt, wo wir allein sind, kannst du mich losbinden.« Glöckchen leckte sich die Lippen und drängte sich gegen den Baum, und Caldan erhaschte einen Blick auf ihre nackte Haut, als sich ihr Hemd über der Brust spannte. »Es wird dunkel, und sie können es nicht sehen. Ich werde es unvergesslich für dich machen.«

Caldan runzelte die Stirn und hockte sich neben sie. »Es wird sicherlich unvergesslich für mich sein, wenn du mich krank machst.«

Glöckchen wand sich nicht mehr und schüttelte den Kopf. »Dein Pech. Ich bin wohl nicht so verführerisch wie das züchtige kleine Ding da drüben beim Feuer. Und nicht so fügsam. Ich bin sicher, sie würde alles tun, was du von ihr verlangst.«

Er wollte sie schlagen, und nur ein winziger Teil von ihm, der einen gewissen Anstand behalten hatte, verhinderte dies. Sie lachte.

»Armes kleines Ding. Sie hat den Rückstoß nicht vertragen. Wenn sie stirbt, ist das eine teilweise Rache für Schlüsselchens Tod.« Ihr Blick wurde stumpf. »Dann müssen ihr nur noch vier folgen.«

»Du kannst uns nicht dafür verantwortlich machen. Du hast es selbst heraufbeschworen. Wenn ihr uns nicht gejagt hättet, wäre er nicht gestorben.«

»Wenn ihr nicht entkommen wäret und dem Meister erlaubt hättet, sich eigenhändig zu töten, hätten wir euch nicht gejagt.«

Also hatte Simmon es selbst getan. Caldan schloss die Augen, als plötzliche Trauer in ihm aufbrandete. Er hatte gehofft, Simmon würde versuchen, im Kampf zu sterben. Was immer Glöckchen ihm angetan hatte, es hatte ihn zu einer leeren menschlichen Hülle gemacht. Ein weiterer Grund, der gegen sie sprach.

Er öffnete die Augen. »Warum habt ihr die Zauberer und Protektoren getötet? Die Zauberer hatten für euch keine Bedrohung dargestellt, und die Protektoren hätten nicht so unbarmherzig ausgelöscht werden müssen. Ihr hättet sie mit Magie fangen können.«

»Armer kleiner Caldan. Du spielst mit Dingen herum, von denen du keine Ahnung hast.«

»Kannst du mir nicht endlich einmal eine klare Antwort geben?«

Sie sah ihn mit ihren schwarzen Augen durchdringend an. Lange sprach keiner von beiden, dann schüttelte Glöckchen den Kopf. »Warum sollte ich das tun?«

»Wenn du mir hilfst, kann ich vielleicht auch dir helfen.«

Sie sah ihn argwöhnisch an. Schließlich sagte sie: »Es ist komisch, aber ich glaube, ich kann dir wirklich trauen, wenn du so etwas sagst. Du bist tatsächlich unschuldig.«

»So unschuldig, dass ich noch immer darunter leide, Schlüsselchen getötet zu haben.«

Sie spuckte ihm ins Gesicht.

Er wischte den Speichel weg und sah ihr wieder tief in die Augen. »Ich kann nicht sagen, dass es mir um ihn leidtut, denn ich hatte keine andere Wahl. Aber es tut mir leid um *deinen* Verlust. Vielleicht finden wir einen Weg, die Dinge wieder in Ordnung zu bringen. Aber du musst anfangen. Also frage ich dich noch einmal: Warum habt ihr alle Protektoren getötet?«

Glöckchens Augen wirkten hart, aber er wandte seinen Blick nicht ab. Zwar wurde sie nicht sanfter, aber sie schien mürrisch die Lage anzuerkennen, in der sie sich befand. »Wir hatten unsere Befehle«, sagte sie schließlich.

»Sie alle zu töten? Warum? Von wem kamen diese Befehle?«

»Unser Gott-Kaiser war der Ansicht, dass sie eine Bedrohung darstellten.«

»Und ihr habt seine Befehle blind ausgeführt?«

Glöckchen zuckte die Achseln. »Nein, ich hatte Einwände. Viele von uns waren damit nicht einverstanden. Aber er irrt sich nie, und da er der Gott-Kaiser ist, muss ihm gehorcht werden.«

Caldan erhob sich und ging vor ihr auf und ab. »Ich vermute, du wirst mir nicht verraten, warum ihr in Anasoma eingedrungen seid.«

»Du vermutest richtig. Kluger kleiner Protektor.«

Caldan runzelte die Stirn, obwohl er wusste, dass sie ihn nur ärgern wollte. »Ich bin bloß ein Lehrling.«

»Aber sieh dir nur einmal an, was du schon alles erreicht hast! Sie wissen eindeutig nicht, was wirkliche Zauberei ist, und sie haben keine Ahnung von deinen Gaben.«

»Und jetzt werden sie es auch nie erfahren.«

Glöckchen zuckte die Achseln. »Der Tod kommt zu uns allen. Und zu euch fünf kommt er sehr bald.«

Er beachtete ihre Sticheleien nicht. »Ich dachte, du hast gesagt, ihr hättet die Invasion durchgeführt, um das Volk zu befreien.«

»Das habe ich gesagt.«

»Aber gerade hast du mir mitgeteilt, dass du mir den wahren Grund nicht verraten wirst.«

Glöckchen lachte so leise, dass es kaum zu hören war. »Es ist so leicht, dich zu verwirren. Wir sind zur Befreiung gekommen, aber welche Pläne der Gott-Kaiser hat, kann ich nicht sagen. Seine geistigen Fähigkeiten liegen so weit über den meinen wie deine über denen einer Ratte.«

»So weit?«, fragte Caldan.

Wieder bedachte die Zauberin ihn mit einem durchdringenden Blick. »Der Gott-Kaiser ist ... der Gott-Kaiser. Nichts entgeht seiner Aufmerksamkeit, nichts übertrifft seine Magie. Seit mehr als hundert Jahren weilt er unter uns. Du tätest gut daran, ihn zu fürchten.«

Caldan spottete über ihre Worte. »Hundert Jahre? Willst du mich zum Narren halten? Niemand lebt so lange.«

»Der Gott-Kaiser schon. Wie ich bereits gesagt habe, übertrifft seine Magie jede andere.«

»Hundert Jahre?«, wiederholte Caldan. »Das kannst du nicht ernst meinen.«

Der Blick von Glöckchens Augen bohrte sich in ihn. »Oh doch. Niemand weiß, wie er das macht, und ich glaube, viele haben versucht, es herauszufinden. Sie sind allesamt tot.« Sie zuckte nochmals mit den Achseln. »Er ist, was er ist. Man bringt uns schon in der Kindheit bei, dass er ohnegleichen ist und uns zur Macht geführt hat, indem er sich seit Generationen um uns kümmert.«

»Und das glaubst du?«

»Es gibt unumstößliche Beweise, und er beschützt uns alle. Unter seiner Herrschaft blüht und gedeiht unser Volk.«

»Es muss irgendeine List dabei geben.«

»Warum? Wie vieles hast du in den letzten Tagen gelernt, was du bis dahin nie begriffen hattest? Könnte es bei ihm nicht genauso sein?«

Caldan schüttelte den Kopf. »Vielleicht wird er in regelmäßigen Abständen ersetzt, während andere im Hintergrund die Fäden ziehen?«

»Nein.« Sie seufzte. »Er ist dieselbe Person, die er schon war, als meine Mutter geboren wurde – und als ihre Mutter geboren wurde. Sie alle haben schon von ihm gesprochen.«

Sie wirkte verzweifelt und gereizt, aber er verstand den Grund dafür nicht. War sie etwa so verblendet, dass sie wirklich glaubte, der Gott-Kaiser sei unsterblich? Er begriff, dass er keine vernünftige Aussage von ihr erhalten würde. Angesichts der Trauer, die sie um den Verlust von Schlüsselchen empfand, und ihrem Verlangen nach Rache war es erstaunlich, dass er bereits so viel erfahren hatte. Natürlich bestand die Möglichkeit, dass sie ihm nur das sagte, was zu ihrem Plan passte, aber aus irgendeinem Grund glaubte er das nicht. Doch jetzt hatte er erst einmal genug; er würde morgen früh einen weiteren Versuch unternehmen.

»Elpidia wird bald fertig sein, und dann kannst du es dir … wieder bequem machen. Aber du wirst nicht fliehen können, dafür werden wir wie immer sorgen.«

»Wie nett. Ich bin umgeben von Kerlen, die mir dabei zusehen, wie ich in die Hocke gehe.«

Caldan errötete. »Wir sehen dir bei gar nichts zu, wir hindern dich bloß am Weglaufen.« Er drehte sich um und ging.

Ihre Stimme folgte ihm. »Es ist mir egal, ob ich beobachtet werde oder nicht, denn ich habe das, was ich gesagt habe, auch genauso gemeint. Ich werde euch alle töten.«

Caldan und Elpidia sahen Rennen nach, als dieser auf seinem Weg nach Süden und zu einer kleinen Siedlung langsam verschwand. In der Ferne stieg Rauch von Kochfeuern auf, aber sie waren so weit weg, dass es nicht zu sagen war, um wie viele es sich handelte.

Caldan hatte dem Mann so viele Informationen wie möglich über die Eindringlinge und ihren Gebrauch der Zauberei mitgegeben, aber darüber hinaus war ihm kaum etwas eingefallen. Mit ein wenig Glück würde Rennen Avigdor finden, der die Informationen dann an Lady Felicienne weitergeben würde, und sie wäre hoffentlich in der Lage, sie mit den Erkenntnissen abzugleichen, die sie sicherlich inzwischen gewonnen hatte.

Auch Amerdan hatte mit Rennen gesprochen und ihm ein paar Dukaten ausgehändigt, was Caldan seltsam fand. *Vielleicht hat er irgendwo Familie oder jemanden, der ihm nahesteht, und er will, dass Rennen sich um sie kümmert, solange er weg ist.*

Er dachte nicht lange darüber nach.

Als Rennens zurückweichende Gestalt so klein geworden war, dass er kaum mehr zu erkennen war, gingen sie zurück zum Lager. Amerdan hockte vor Glöckchen, die noch immer an den Baum gebunden war, und die beiden waren in ein leises Gespräch vertieft. Miranda saß links von ihm und starrte ins Feuer. Sie hatte sich die ganze Nacht nicht bewegt.

Caldan rief den Ladenbesitzer weg von Glöckchen und runzelte die Stirn. Amerdan stand auf und kam auf ihn zu – lächelnd wie immer.

»Sie ist gefährlich. Ich würde es bevorzugen, wenn du nicht mit ihr sprichst. Vermutlich versucht sie, dich zu überzeugen, dass du sie gehen lassen sollst. Und sobald sie frei ist, wird sie versuchen, uns Schaden zuzufügen.«

Amerdan zuckte die Schultern. »Du meinst, dass sie uns töten will?«

»Ja.«

Amerdan deutete auf Miranda. »Sie ist nutzlos. Wir sollten sie hierlassen.«

»Was? Nein, ich lasse sie nicht im Stich!«

»Dann wird man uns erwischen, und wir sterben. Sie hat keine Gabe. Lass sie hier. Sogar Elpidia macht uns langsamer.«

Caldan runzelte die Stirn. *Keine Gabe? Was soll das heißen?* »Wir lassen niemanden hier. Außerdem wissen unsere Verfolger nicht, welche Richtung wir eingeschlagen haben.«

»Eine armselige Annahme.« Amerdan deutete mit dem Kinn auf Glöckchen. »Die hier hat Biss. Und Leute mit Biss werden nach ihr suchen.« Er hielt inne, als ob er über etwas nachdenken würde.

Biss? Der Ladenbesitzer hatte eine eindeutig seltsame Art, sich auszudrücken.

Aber das, was er vorschlug, war Wahnsinn. »Ich kann sie nicht im Stich lassen. Wenn du gehen willst, dann geh. Vermutlich hast du sowieso bessere Chancen ohne uns, aber ich sähe es gern, wenn du bei uns bleibst.«

»Nein. Natürlich hätte ich das. Würdest du das wirklich?«

Caldan kratzte sich am Kopf und versuchte einen Sinn in Amerdans Antwort zu erkennen. Schließlich begriff er, dass Amerdan auf beide seiner Bemerkungen gleichzeitig geantwortet hatte – was bedeutete, dass er glaubte, ohne die anderen besser dran zu sein. *Vielleicht wäre das wirklich so, aber im Augenblick ist er der Einzige hier, der für mich von irgendeinem Wert ist.* »Natürlich würde ich das. Wir sollten zusammenbleiben. Elpidia ist Ärztin und daher von großem Wert, und ich vermute, dass Glöckchen Miranda helfen kann. Ich muss die Informationen aus ihr herauslocken. Aber wie dem auch sei, sie ist so ziemlich die einzige Lebensversicherung, die wir im Augenblick haben.«

»Ah. Ich verstehe. Du brauchst sie für etwas. Nun, dann sollten wir jetzt packen und uns auf den Weg machen.« Amerdan rieb sich die Hände und strahlte. Er pfiff unmelodisch und machte sich daran, das Feuer mit einem Topf voller gebrauchtem Waschwasser zu löschen.

Caldan schüttelte das seltsame Gespräch aus seinem Kopf und begab sich zum Haufen ihrer Habseligkeiten. Er gürtete sich das Schwert um und hob seine und Mirandas Ledertaschen auf. Elpidia war bereits fertig; sie hatte die Phiole mit dem Blut in ein Tuch gewickelt, bevor sie sie eingepackt hatte. Amerdan wischte sich den Dreck von den Händen und stellte sich neben die anderen.

Sie alle sahen Glöckchen an, die noch an ihren Baum gefesselt war. Caldan wusste, dass Elpidia sich nicht um die Frau kümmern wollte. Bei den Ahnen, niemand wollte das. Ihr Verhalten und die Tatsache, dass sie eine Zauberin war, bereiteten ihnen allen Unbehagen.

»Ich kümmere mich um sie«, sagte Caldan. Er band das Seil los, ließ aber ihre Hände gefesselt, und befahl der Zauberin, sich vor ihn zu stellen.

»Weiter nach Westen?«, fragte Elpidia.

Caldan und Amerdan nickten gleichzeitig.

»Wenn wir zu Fuß gehen, verlieren wir zu viel Zeit. Wir müssen Pferde finden – oder zumindest einen Wagen für Miranda und Glöckchen«, meinte Amerdan.

»Rennen hat gesagt, dass einige Tage von hier entfernt ein Dorf liegt«, teilte Caldan ihm mit, »westlich der Siedlung. Ich glaube, das ist unsere beste Möglichkeit.« Er stieß Glöckchen in den Rücken, und sie ging los.

Amerdan beschattete seine Augen vor der Sonne und deutete nach Süden. »Ich glaube, wir haben ein Problem.« Am Horizont stieg schwarzer Rauch von der Siedlung auf. »Anscheinend ist Rennen auf Schwierigkeiten gestoßen.«

Glöckchen gab ein Kichern von sich, unter dem Caldans Blut gefror.

Der Tag verging, und als die Sonne sank, fanden sie sich bei einem schlammigen Fluss wieder. Amerdan drängte sich zwischen sie, klopfte Caldan auf die Schulter und meinte fröhlich, dass es ihnen wohl – entgegen seiner früheren Einwände – gelungen war, jeglicher Verfolgung zu entgehen. Währenddessen entzündeten sie ein Feuer und bereiteten ihr Abendessen aus altem Brot und Käse vor. Ein Topf Grütze für Miranda köchelte bald über den Flammen. Halbflüssige Nahrung war alles, was sie zu sich nehmen konnte.

Nachdem Caldan sein Essen heruntergeschlungen hatte, setzte er sich neben Miranda. Der Schmerz, den er so nahe bei ihr empfand, war beinahe körperlich. Wenn sie ihm nicht begegnet wäre, würde sie sich jetzt nicht in diesem Zustand befinden, und auch wenn es grundsätzlich möglich sein sollte, sie mit Magie zu heilen, konnte *er* hingegen nichts für sie tun.

Doch das bedeutete nicht, dass er es nicht versuchen würde.

Er öffnete seine Quelle und streckte sich aus, damit er ihren Verstand untersuchen konnte. Aber wie in jeder vorangegangenen Nacht fand er gar nichts. Nichts, worauf er seine Aufmerksamkeit richten konnte. Weder fand er einen Hinweis darauf, wie zwingende Magie funktionierte, noch hatte er eine Idee, wie er deren Auswirkungen beseitigen konnte.

Er seufzte vor Enttäuschung, holte seinen Armreif hervor und untersuchte dessen magische Ladung. So wollte er überprüfen, ob er nach den Belastungen, denen er ausgesetzt gewesen war, überhaupt noch funktionierte. Am Feuer war Elpidia eifrig damit beschäftigt, etwas in ein Notizbuch zu schreiben, während Amerdan im Lager auf und ab ging. *Wenigstens bleibt er diesmal in der Nähe,* dachte Caldan. In manchen Nächten konnte der Mann einfach nicht still dasitzen und verschwand für längere Spaziergänge, während Caldan über das Lager und die Personen in ihm wachen musste.

Wieder schloss er die Augen, denn er war sich Glöckchens durchdringendem Blick nur allzu deutlich bewusst. *Es ist fast so, als würde sie über mich wachen.*

Er zog eine Linie von seinen Verbindungsrunen bis zu den Puffern, Ankern und Entschleierungen und wusste dabei die ganze Zeit, dass sie allesamt in Ordnung waren und es höchstenfalls mit dem Metall selbst Schwierigkeiten geben könnte. Schließlich streckte er seine Sinne weiter aus, drang in das Metall ein und führte ein Rinnsal aus seiner Quelle in die Verbindungen. Sein Schild umgab sich mit einem blauen Nebel, stetig und stark, zumindest an der Oberfläche.

Im Innern war es anders. Unter seinen Händen wurde das magische Wirkstück warm, als das beschädigte Metall versuchte, die hindurch rinnende Kraft seiner Quelle auszuhalten. Es war unleugbar: Nach all seinen langwierigen Bemühungen war der Armreif beinahe wirkungslos geworden. Das Metall war durch die Spannung in Mitleidenschaft gezogen worden und konnte die geringe Kraft, die er in es lenkte, kaum halten. Auf keinen Fall reichte es aus, um ihn zu schützen. Er schnitt seine Quelle ab, und der Schild verblasste.

Mit bemüht gleichgültiger Miene drängte er sich näher an Miranda. Die Nacht war beträchtlich kühler geworden, und ihre Haut war trotz des Feuers kalt. Er umarmte sie fest, und ihr Körper schwankte sanft.

»Wie süß. Bekomme ich auch eine Umarmung?« Glöckchen zeigte ein spöttisches Zittern. »Es ist so furchtbar kalt und ... nun ja ... Ich glaube nicht, dass sie dir im Augenblick etwas zurückgeben kann. Vielleicht nie mehr.«

Caldan schloss die Augen und bemühte sich nach Kräften, Glöckchen nicht zu beachten, aber trotzdem stieg ihm die Hitze ins Gesicht, und er musste die Zähne zusammenbeißen.

»Und wie steht es um deinen Schild? Ganz abgenutzt? Armer kleiner Protektor.«

»Er hat deiner Zauberei standgehalten.«

»Hat er das? Ich habe die Verbrennungen an deinem Arm gesehen, und das kann nur eines bedeuten.«

Er zuckte die Achseln, weigerte sich aber, darauf einzugehen.

»Ich kann dir helfen«, sagte Glöckchen leise. »Dazu musst du mich nur gehen lassen. Ich verspreche es.« Ihre Zähne blitzten weiß auf, als sie lächelte.

»Aus irgendeinem Grund glaube ich dir nicht. Schließlich hast du auch versprochen, uns alle zu töten.«

»Ach«, meinte sie, »das war nur Gerede. Ihr haltet mich jetzt schon seit mehreren Tagen gefangen. Was soll ich denn tun? Um Vergebung betteln?« Sie wand sich in ihren Fesseln. »Ich kann ihr und auch dir helfen. Binde mich einfach nur los.«

Er rieb sich die müden Augen. Unter den andauernden Sorgen und dem Schlafmangel der letzten Tage konnte er nicht mehr klar denken. Doch einer Sache war er sich sicher: Das einzige Versprechen, das Glöckchen halten würde, war das, sie alle zu töten.

Aber er durfte die Hoffnung nicht verlieren. Die Hoffnung, dass das zitternde Mädchen neben ihm irgendwann um eine Decke bitten würde, statt nur in stummer Stille zu leiden. »Wie könntest du ihr helfen? Wenn ich wüsste, was zu tun ist, wäre ich vielleicht selbst in der Lage dazu.«

Glöckchen schüttelte den Kopf und grinste. »Sie kann nur mit zwingender Magie geheilt werden, die nicht so einfach zu wirken ist wie zerstörerische Magie. Du musst sie jahrelang studieren, bis du all ihre Feinheiten kennst. Und dann brauchst du noch eine Gabe für sie. Manche Menschen haben sie nicht, und …« Sie hob den Blick, als ob sie über etwas nachdachte. »Hast du schon einmal Rührei zubereitet? Ihr Geist könnte genauso enden.«

»Ich verstehe. Aber ich darf dich trotzdem nicht gehen lassen. Kann ich irgendetwas tun, das dich dazu bringt, ihr zu helfen?«

»Vielleicht ... gewisse Zugeständnisse. Allerdings war Schlüsselchen ...« – sie verstummte, schluckte und redete mit brechender Stimme weiter – »... derjenige mit der Gabe und auch mit den magischen Mitteln dafür. Es kann also durchaus sein, dass du sie vernichtet hast, indem du ihn getötet hast.« Er wollte etwas sagen, aber sie schnitt ihm das Wort ab. »Allerdings verstehe ich die Wirkungsweise und bin vermutlich in der Lage, sie zu heilen. Gewiss wäre es besser als alles, was du versuchen könntest, selbst wenn du diese Kraft jahrelang studiert hättest.«

Caldan dachte über ihre Worte nach; seine Gedanken waren träge. Wenn die magischen Mittel für die zwingende Zauberei bei Schlüsselchen verblieben waren, wie konnte Glöckchen dann helfen? Hier besaßen sie nicht die Materialien und Rohstoffe, die für magisches Wirken notwendig waren. Entweder log sie und war zu gar nichts in der Lage, oder ... Eine Idee drang durch seine trüben Gedanken. Er lachte leise.

Dann ließ er Miranda los und stand auf.

»Wohin gehst du?«, fragte Glöckchen mit schriller Stimme.

Caldan antwortete nicht, sondern schritt um das Feuer herum zu dem Haufen ihrer Habseligkeiten. Er durchsuchte sie, bis er das fand, wonach er gesucht hatte: die magisch aufgeladenen kleinen Glocken, die sie der Zauberin bei ihrer Ergreifung abgenommen hatten. Dann kehrte er zu Glöckchen zurück und legte sie auf den Boden vor ihr. Sie schaute die magischen Objekte schweigend an.

Es waren elf Glocken verschiedener Größe und aus unterschiedlichen Metallen sowie ein Amulett und ein Armreif. Er untersuchte die Glocken, drehte einige mit dem Finger um und betrachtete die Runen und Glyphen auf ihren Oberflächen. Einige hatten ein glattes Äußeres, andere wiesen Symbole auf. Bei genauerer Betrachtung hob sich eine besonders von den anderen ab.

Ein Kleinod.

Bedeutet das, dass die übrigen Glocken allesamt Duplikate sind? Nein, die Symbole unterschieden sich, es waren also keine Kopien. Dennoch hatten sie nicht annähernd die Kraft des Kleinods. Er begriff, dass sie nur Blendwerk waren, das den einen mächtigen Gegenstand verdecken sollte. Ohne Glöckchens Hilfe würde er niemals herausfinden, was die Funktion des Kleinods war, falls sie es überhaupt wusste. Aber die übrigen magischen Gegenstände ... das war eine ganz andere Sache. Er konnte sie ausprobieren und herauszufinden versuchen, wozu sie dienten. Bestimmt war einer von ihnen dazu in der Lage, einen Schild errichten.

»Das solltest du wirklich nicht tun«, sagte Glöckchen.

»Was sollte ich nicht tun?«

»Fremde Sachen durchstöbern, ohne zu wissen, ob es Fallen gibt. Willst du etwa wie deine Freundin enden?«

Er schenkte ihren Worten keine Beachtung. »Welcher ist der Schild?«

»Keiner«, antwortete Glöckchen allzu schnell. »Schlüsselchen war es, der mich abgeschirmt hat.«

»Das kann nicht stimmen, denn dann hätte dein eigener Schild zur selben Zeit wie der seine versagt.«

Glöckchen hob die Brauen. »Endlich denkt er.«

Caldan runzelte verärgert die Stirn. »Ich war bisher mit anderem beschäftigt.«

»Sind wir das nicht alle?«

»Ja ... aber bei deinen Problemen kann ich dir nicht helfen. Schlüsselchen ist tot, und das tut mir leid. Wirklich«, sagte er, doch offensichtlich glaubte sie ihm nicht. Es war gleichgültig. »Aber den Lebenden kann ich noch helfen. Also halt entweder den Mund, oder sag mir, was ich wissen muss.«

Ihr Schweigen war ein eindeutiges Nein. Ihr Blick war eine mörderische Drohung.

Dann soll es so sein.

Er bezweifelte, dass die magischen Gegenstände mit Fallen versehen waren, denn wozu sollten diese gut sein? Kurz sah er hinüber zu Glöckchen, die ihn nun ausdruckslos anstarrte. Das Problem war, dass er viel zu wenig wusste: über sie, über die Indryallaner, über zerstörerische und zwingende Magie. Müde setzte er sich mit untergeschlagenen Beinen vor Glöckchen, ihre magischen Gegenstände lagen zwischen ihnen. Er zuckte die Achseln, holte tief Luft und machte sich daran, sie zu untersuchen.

Also nahm er eine Glocke nach der anderen in die Hand und suchte sie nach vertrauten Glyphen und Runen ab. Er berührte seine Quelle und streckte seine Sinne in dem Versuch aus, herauszufinden, wozu diese Dinge in der Lage waren.

Die meisten Runen und Muster waren ihm ein Rätsel, er erkannte sie einfach nicht. Manche waren Abwandlungen von solchen, die er schon einmal gesehen hatte, aber er war sich nicht sicher, welche Bedeutung diese Abwandlungen hatten. Lange saß er da und war ganz in seine Bemühungen vertieft, während Glöckchen ihn beobachtete. Immer wieder entfernte er einen Gegenstand von den anderen und legte ihn beiseite. Das waren die magischen Wirkstücke, deren Funktion er nicht einmal ansatzweise erkannte, und er war sich fast sicher, dass er in diesem Haufen etwas für zwingende und zerstörende Zauberei finden würde. Er wusste, dass Glöckchen ihn angelogen hatte, als sie behauptet hatte, Schlüsselchen sei der Einzige gewesen, der etwas über zwingende Magie wusste. Sie wusste nicht, dass er zuerst von dieser Kraft gehört hatte, als Simmon ihm im Kerker der Gilde davon berichtet hatte. Und dabei hatte er über niemand anderen als *sie* geredet.

Er spürte, wie sich die Wolke, die seinen Geist zu umschweben schien, unter diesen Erkenntnissen ein wenig hob. Mit einem verschlagenen Lächeln legte er eine weitere Glocke beiseite. Ihre Glyphen und Runen ähnelten seinem Schildzauber, auch wenn die Strukturen leichte Abweichungen aufwiesen.

»Vorsicht«, sagte Glöckchen. »Denke an das Rührei.«

Caldan grunzte verbittert und kratzte sich am Kinn.

Er hielt die Glocke in der einen Hand und schaute hoch in den Nachthimmel. Einige Augenblicke lang beobachtete er die Sterne, dann sah er hinüber zu Miranda.

Schließlich berührte er seine Quelle, betastete die Glocke und achtete darauf, sich nicht mit den Runen zu verbinden. Sanft folgte er dem Fluss des Musters von den Verbindungen zu den Ankern, den Puffern und Brücken bis zu den Runen der Entschleierung und Übertragung. Wenige, sehr wenige verstand er nicht, aber das allgemeine Muster und die grundlegende Struktur waren ähnlich wie die seines eigenen Schildes - mit Ausnahme der zahlreichen Verbindungsrunen-Paare.

Mehr kann ich nicht tun - ich muss sie testen. Er wählte ein Muster, das dem auf seinem Armreif nahekam, holte tief Luft, teilte seine Quelle in zwei Stränge auf und lenkte sie auf ein Paar Verbindungsrunen.

Nichts geschah.

Glöckchen beobachtete ihn und lächelte knapp. Caldan spürte, dass sie ihre Quelle ebenfalls angerührt hatte, wohl weil sie wissen wollte, was er gerade machte. Das war eine weitere Sache, die ihm Sorgen bereitete. Er hatte keine Möglichkeit, sie davon abzuhalten, Zugang zu ihrer Kraft zu erhalten. Und wenn sie an magische Gegenstände herankam, die nicht unter seiner Kontrolle standen ...

Er schürzte die Lippen und runzelte dabei die Stirn. Als den Lehrlingen das Errichten eines Schildes beigebracht worden war, hatte der Kniff darin bestanden, die eigene Quelle in zwei Stränge aufzuspalten und diese Verbindung beizubehalten, so anstrengend das auch war. Je besser und fortgeschrittener man in der Zauberei war, in desto mehr Stränge konnte man die eigene Quelle aufspalten, was eine Barriere für all jene darstellte, die geringere Gaben oder Kräfte besaßen.

Und es mochte erklären, warum er diese Wirkstücke hier nicht benutzen konnte: Er ging an sie heran wie ein Lehrling, aber Glöckchen war eindeutig eine Meisterin.

Caldan riss sich zusammen, konzentrierte sich und spaltete seine Quelle in vier Stränge auf. Zuerst fiel es ihm schwer, sie alle festzuhalten und seinen Geist auf vier verschiedene Dinge gleichzeitig zu richten – fast hätte er sie verloren. Er schaffte es aber, sie wie Zügel zu packen, und hielt einen Augenblick inne, bevor er sie zu dem anderen Verbindungsrunen-Paar lenkte.

Seine Haut spannte sich, und sein Blickfeld verschwamm, als ihn plötzlich ein Schild umgab. Der inzwischen vertraute Duft von Zitronen und heißem Metall drang ihm in die Nase. Er stand auf, umhüllt von einem vielfarbigen Dunst, der wie Fischschuppen schimmerte. Irgendwie fühlte es sich anders an, dichter als sein eigener Schild, und er brauchte beträchtlich mehr Kraft aus Caldans Quelle. Aber es war ein Schild – und *er* hatte es geschafft, ihn zu errichten.

Er drehte sich zu Glöckchen um, die ihn mit neugieriger Miene beobachtete.

»Guter kleiner Protektor«, sagte sie. »Vielleicht bist du doch zu etwas nützlich.«

Caldan lächelte und verschloss seine Quelle, der Fluss der vier Stränge wurde unterbrochen. Dann steckte er die Glocke in die Hosentasche. Das schien ihm der beste Ort dafür zu sein, denn schließlich konnte er sich die Glocke nicht in die Haare flechten, so wie Glöckchen es getan hatte. Seine Haare waren noch nicht stark gewachsen, seit er das Kloster verlassen hatte. Immer wenn er sie berührte, erinnerte er sich an das, was Miranda gesagt hatte: *Lass deine Haare wachsen, ich glaube, das würde dir gut stehen.*

Vielleicht werde ich das jetzt tun.

Er beachtete Glöckchens Bitten, bei ihr zu bleiben, nicht – zweifellos wollte sie wieder versuchen, ihn zu überlisten – und verstaute die restlichen Glocken in seinem Gepäck, dann wärmte er sich beim Feuer und rückte noch ein wenig näher an Miranda heran. Kälte war in die Nachtluft gekrochen, also musste er dafür sorgen, dass sie es warm genug hatte.

Amerdan nickte ihm zu, dann lief er weiter auf und ab. Er hatte einen blattreichen Ast von einem Baum abgeschnitten und machte sich daran, Zweige und Reisig vom Lagerplatz zu fegen.

Elpidia schob weitere Scheite in das Feuer und rührte in dem darauf stehenden Topf herum.

»Schon wieder Haferbrei«, sagte sie. »Wir brauchen neue Vorräte, wenn wir noch länger hier draußen auf dem Land bleiben wollen. Wir müssen uns irgendwo eindecken – in einem Dorf oder einer Stadt.«

»Rennen zufolge soll eine Stadt etwa eine Wochenreise von hier liegen«, sagte Caldan. Darüber hatten sie schon am vergangenen Abend und am heutigen Morgen geredet.

»Ja. Flussrand. Ich habe bloß …« Sie seufzte schwer. »Ich will endlich mit meinen Experimenten anfangen.«

Ich weiß – du redest über nichts anderes. Aber er verstand ihre Ungeduld – vermutlich würde er sich genauso fühlen, wenn er kurz vor dem Tod stünde. »Bald«, versicherte er ihr zum dritten Mal an diesem Tag. »Ich bin sicher, du kannst dich in dieser Stadt niederlassen und Arbeit und natürlich einen Ort finden, an dem du deine Experimente durchführen kannst, worum es sich dabei auch immer handeln mag.«

»Das hoffe ich«, sagte sie nur.

Amerdan stellte sein Fegen ein und näherte sich ihnen. Er blinzelte und kratzte sich am Kopf, dann hustete er laut und absichtlich in die Hand. »Es tut mir leid, wenn ich euren kleinen Plausch unterbreche, aber da draußen waren einige Personen und haben uns beobachtet.«

Caldan erstarrte.

Elpidia stand ruckartig auf und spähte in die Nacht.

»Zeigt ihnen nicht, dass wir von ihrer Anwesenheit wissen«, sagte Amerdan.

Elpidia trat näher an das Feuer heran und runzelte die Stirn. »Was sollen wir jetzt machen?«, fragte sie mit leiser Stimme.

Amerdan zuckte die Achseln. »Alles, außer alarmiert zu wirken.« Mit einer diskreten Geste bedeutete er ihr, sich wieder zu setzen, was sie sofort tat. Ihre Kleidung raschelte, während sie ihren Rock glatt strich und sich vornüber beugte, als ob sie versuchen würde, sich kleiner zu machen.

»Woher weißt du, dass da draußen jemand ist?«, flüsterte Caldan mit ausdrucksloser Miene.

»Die Nachtgeräusche stimmen nicht. Das ist eine Gabe, die ich besitze. Als ich jung war, bin ich oft auf die Jagd gegangen.« Amerdan grinste. »Das mache ich noch immer gelegentlich. Und ich kann euch garantieren, dass dort draußen jemand ist.«

Caldan warf Glöckchen einen raschen Blick zu. Sie saß mit geschlossenen Augen da. Er war sich ziemlich sicher, dass die Zauberin sie nicht hören konnte, denn sie war weit weg, und die anderen redeten sehr leise. Aber wenn sie wüsste, dass da draußen jemand war, würde sie sich vermutlich durch Schreien bemerkbar machen. Oder auch nicht. Solange sie nicht sicher sein konnte, dass es eindeutig ihre eigenen Leute waren, hatte es keinen Sinn, Aufmerksamkeit auf das kleine Lager zu lenken.

Sie war wie der Reisende auf einem Dominion-Brett: Caldan hatte keine Ahnung, auf welche Weise sie dieses Spiel beeinflussen würde.

»Du sagst, sie *haben* uns beobachtet«, sagte Caldan. »Sind sie weg?«

»Soweit ich es sagen kann, ja. Sie sind sehr gut. Es hat einige Zeit gedauert, bis ich mir sicher war, dass sie wirklich verschwunden sind.«

»Was sollen wir tun?«, fragte Elpidia noch einmal. »Glaubst du, sie werden zurückkehren?«

»Mit an Sicherheit grenzender Wahrscheinlichkeit. Sie haben uns beobachtet und unsere Stärken abgeschätzt ... und unsere Schwächen. Ich glaube, das werden sie noch eine Weile tun. Dass sie sich uns noch nicht gezeigt haben, spricht für ihre Vorsicht und Geduld. Sie wissen, was passiert ist, als wir aus Anasoma entkommen sind, und sie wissen, dass wir eine ihrer Zauberinnen entführt haben. Ich bezweifle, dass sie uns schon heute Nacht überfallen werden.«

Das war die längste Rede, die sie je von dem Ladenbesitzer gehört hatten. Caldan und Elpidia tauschten einen raschen Blick aus.

»Aber wir können nicht sicher sein«, sagte Caldan. »Bei den Ahnen, wir können nicht einmal sicher sein, dass sie zu Glöckchen gehören.«

Elpidia schaute in die Nacht hinein. »Sollen wir allesamt wach bleiben und aufpassen?«, fragte sie zitternd.

Amerdan zuckte leichthin mit den Schultern. »Wenn wir hierbleiben, sind wir genau dort, wo sie uns morgen früh haben wollen. Wir wissen nicht, wie viele es sind, auch wenn ich es für sehr wahrscheinlich halte, dass es sich nur um einen oder zwei handelt.«

Der Ladenbesitzer zog einen langen, ausgefransten Stoffstreifen aus einer seiner Taschen. Anscheinend war er von einem Kleidungsstück abgerissen worden. Er bedeutete Caldan und Elpidia durch eine Geste, näher an ihn heranzutreten. Caldan glaubte zu wissen, was Amerdan sagen würde.

»Knebelt diese verdammte Schlampe von Zauberin«, meinte der Ladenbesitzer und bestätigte damit Caldans Gedanken, auch wenn es nicht genau dieselben Worte waren, die er selbst benutzt hätte. »Werft mehr Holz in das Feuer, damit es länger brennt, und dann sollten wir von hier verschwinden.« Elpidia wollte etwas einwenden, doch er hob die Hand und schnitt ihr damit die Worte ab. »Wir sind zur Stadt unterwegs, nicht wahr? Bisher haben wir uns von der Straße ferngehalten, damit man uns nicht so leicht folgen kann, aber das hat uns langsamer gemacht. Und jetzt ... jetzt hat es keinen Sinn mehr, uns zu verstecken, falls wir wirklich entdeckt worden sind. Daher bin ich der Meinung, dass wir die Straße nehmen und so weit wie möglich gehen sollten. *Heute Nacht.* Mit ein wenig Glück und einigen Stunden Vorsprung werden diejenigen, die uns aufgespürt haben, das Nachsehen haben. Vielleicht schaffen wir es sogar bis nach Flussrand, wo wir eine bessere Aussicht darauf haben, sie abzuschütteln.« Er zuckte nochmals die Achseln. »Das ist bloß meine Meinung.«

Caldan nickte – und Elpidia ebenfalls, wenn auch widerstrebend. Er fand das, was der Ladenbesitzer sagte, vernünftig. Aber sie würden nur langsam vorankommen, denn sowohl Glöckchen als auch Miranda waren ein Hindernis für sie. Außerdem waren sie alle müde und brauchten eine Rast, doch es war besser zu gehen, als die Nacht hier zu verbringen und am nächsten Morgen überfallen zu werden.

Er streckte die Hand nach dem Stoffstreifen aus. »Einverstanden«, sagte er.

Amerdan lächelte. »Ich mache es selbst. Sammelt eure Sachen ein, und seid leise dabei.«

3

Vasile Lauris nippte an seinem Wasserbecher und betrachtete die groben Männer, die um ihn herum am Tisch saßen. Inzwischen sah er sie alle als starr und unbeugsam an, doch in Wirklichkeit war das nur einer von ihnen: Aidan. Der Zauberer Chalayan und der Schwertkämpfer Anshul hatten sich eigentlich als recht anpassungsfähig erwiesen, als er sie näher kennengelernt hatte.

Das Schiff, auf dem sie sich befanden, knirschte und schaukelte unablässig. Die winzige Kajüte wirkte überfüllt und eng, und nie schien frische Luft hereinzudringen. Widerwillig atmete er die Feuchtigkeit ein.

Er betrachtete die Bierhumpen, aus denen die anderen tranken, und leckte sich über die Lippen. Aus irgendeinem Grund zitterten seine Hände in letzter Zeit, und er verbarg sie auf seinem Schoß unter dem Tisch. Links von ihm leerte Mazoet einen weiteren Krug. Der Zauberer trank wie ein Fisch und aß für drei, soweit Vasile es bisher hatte beobachten können. Und immer wenn Vasile mit Aidan redete, folgten ihnen entweder Luphildern Quiss oder Mazoet wie ein Schatten.

Seit dem Fall von Anasoma hatten sie viele Tage an Bord verbracht, während das Schiff in der geschützten Bucht ankerte. Gazija, die Ahnen mochten ihn verfluchen, hatte ihnen gesagt, sie müssten geduldig sein. Die ganze Zeit hindurch hatte der alte Mann Vasile bedrängt und ihm immer wieder erklärt, warum es unbedingt notwendig war, dass Aidan und seine Männer bei ihnen waren. Vasile schätzte es nicht, auf diese Weise benutzt zu werden. Gazija und Luphildern mochten seine Gabe entdeckt haben, aber das berechtigte sie noch lange nicht, ihn für ihre Zwecke zu missbrauchen.

Er vermutete, dass Aidan und dessen Männer zu nichts gebracht werden konnten, was ihrem Verhaltenskodex widersprach, und auch wenn nichts, was Gazijas Leute bisher getan hatten, jenseits des Üblichen lag, waren es vermutlich die Zauberkräfte des alten Mannes, die ihn davon abhielten, direkt mit Aidan zu sprechen. Möglicherweise begriff Gazija, dass es ein umstrittenes Thema war, denn obwohl Chalayan eindeutig Ehrfurcht vor Mazoet empfand, betrachtete Aidan den Zauberer doch mit Argwohn, wenn nicht gar mit offenem Misstrauen.

Vasile schnaubte in sein Wasser und hustete, als ein wenig davon die falsche Abzweigung in seinem Hals nahm.

Die vier Männer, die in der Kajüte um ihn herum saßen, lachten.

»Ist das Wasser zu stark für Euch?«, fragte Chalayan und grinste.

Anshul cel Rau rülpste und goss sich aus einem Krug nach. Er blieb stumm, während Aidan lächelte. Auch wenn alle vier steif und formell gewesen waren, als Vasile und Mazoet erschienen waren, tranken sie nun schon seit Stunden, und ihre Manieren hatten ein wenig gelitten. Sie plauderten immer entspannter, je weiter die Nacht voranschritt.

Vasile war der Meinung, dass dieses Misstrauen nicht ungerechtfertigt war. Mazoets Anwesenheit bedeutete, dass er für Gazija die Augen und Ohren offen hielt. Und doch waren sie alle hier, tranken und ließen es sich gut ergehen.

Mazoet verschränkte die Arme vor der Brust und lehnte

sich auf seinem Stuhl zurück, der unter seiner Masse beängstigend knirschte. »Also, Vasile«, sagte er laut und mit einer Fröhlichkeit, die in Vasiles Ohren falsch klang, »wie können wir einem Mann vertrauen, der nicht trinkt?«

Vasile lächelte schwach. Mazoet sollte ihm doch helfen, oder etwa nicht? Auf keinen Fall sollte er alles noch schwieriger machen. »Ich habe in meinem Leben schon mehr als genug getrunken und mir geschworen, keinen Alkohol mehr anzurühren. Ich glaube nicht, dass mich das unglaubwürdig macht. Vielmehr zeigt es eine Stärke, welche die meisten Menschen nicht haben.«

»Stärke?«, fragte Mazoet skeptisch. »Oder Schwäche?«

Vasile blickte finster drein. »Mehr Stärke, als Ihr aufbringen könntet.«

»Ihr wisst nicht, was ich alles kann.«

»Ich bin sicher, Ihr könntet sechs Brathähnchen und ein ganzes Fass Bier auf einen Schlag vertilgen.«

Anshul und Chalayan lachten.

»Bitte«, unterbrach Aidan sie. »Es reicht. Die Tugenden und Fähigkeiten eines Menschen liegen außerhalb seines Erscheinungsbildes.«

»Oder innerhalb«, fügte Chalayan hinzu.

Anshul kicherte. »Dann muss Mazoet sehr tugendhaft sein.«

»Ich dachte, als jemand, der Euch das Leben gerettet hat, würde ich mit mehr Höflichkeit behandelt«, sagte Mazoet mit ruhiger Würde.

»Ein Mann kann mit allen möglichen Personen zechen«, sagte Aidan, »aber es zeugt von wahrem Vertrauen, wenn er mit anderen scherzen kann. Glaubt mir, das ist die größte Höflichkeit, die wir jemandem erweisen können. Es bedeutet, dass wir Euch als einen der unseren akzeptiert haben.«

Mazoet hob seinen Humpen. »Dann trinken wir auf das Vertrauen.«

Die anderen hoben ihre Krüge ebenfalls, und Vasile folgte ihrem Beispiel mit seinem Wasser. Nachdem er etwas davon getrunken hatte, wand er sich auf seinem Stuhl. Aidans Worte waren nett gewesen, aber sie änderten nichts daran, dass das Auftauchen seiner Truppe mehr Fragen aufwarf als beantwortete. Auch wenn Gazijas Männer Mazoet treu ergeben waren, bestand dennoch die Möglichkeit, dass er sich dazu hatte verleiten lassen, die Füchse in den Hühnerstall zu holen.

Es ist wohl an der Zeit, dass ich mich nützlich mache.

»Ihr sprecht von Vertrauen, doch bisher habt Ihr mir noch keinen Grund zu der Annahme gegeben, dass Ihr der seid, der Ihr zu sein vorgebt.«

»Das stimmt«, sagte Aidan. »Aber wir wurden eingeladen, an Bord dieses Schiffes zu kommen, und daher sollte das Vertrauen von unserem Gasteber kommen und nicht von irgendeinem Mann, den wir zufällig gerade erst getroffen haben.«

»Er vertraut *mir*. Und das ist der Grund, warum er mich gebeten hat, mit Euch zu sprechen. Ich frage daher noch einmal: Wer seid Ihr wirklich?«

Aidan kicherte leise, während Chalayan Vasile mit kaum verhohlener Verachtung ansah. Cel Rau nahm noch einen Schluck von seinem Bier. Schließlich meinte Aidan: »Wie ich schon gesagt habe, haben wir einen Auftrag vom Kaiser höchstpersönlich. Wir sollen das Böse aufspüren und es überall dort vernichten, wo wir es vorfinden. Er gab Cait... uns eine schriftliche Anordnung. Wir sind nur ihm zur Auskunft verpflichtet.« Aidan beugte sich vor und hielt Vasiles durchdringendem Blick stand. »Das, was wir gesehen haben, würde Euch vermutlich Übelkeit erregen.«

Chalayan nickte und sah Vasile höhnisch an. Vasile rollte mit den Augen über die Angeberei des Mannes. »Spart Euch Eure bösen Blicke für jemanden, der sich davon einschüchtern lässt.«

Darüber lachte Mazoet, und Chalayan errötete. »Weiter, Aidan«, sagte Vasile. »Na los, verursacht mir Übelkeit. Was habt Ihr gesehen?«

»Böse Zauberei«, fuhr Aidan fort und beachtete Vasiles Einwurf nicht weiter, »die Euch dazu bringen würde, Euren Glauben an das Gute im Menschen infrage zu stellen. Und Jukari. Ihr solltet hoffen, nie sehen zu müssen, wozu sie und die anderen Überbleibsel aus der Zerschmetterung in der Lage sind ... Wir haben Bösartigkeiten und Verderbnis beobachtet, vor denen jeder gewöhnliche Soldat zurückschreckt. Ich will sie nicht beschreiben, denn ich habe mich nach Kräften bemüht, das alles zu vergessen. Ihr wollt also wissen, wer wir sind? Wir sind ein Teil der Verteidigungsmaßnahmen des Reiches.«

Vasile spürte die Wahrheit in Aidans Worten, und das gab ihm zu denken. Aidan mochte an das glauben, was er sagte – und die Überzeugungen dieses Mannes waren stark –, aber das bedeutete nicht, dass alles wirklich der Wahrheit entsprach. Es klang so, als wären sie eine umherstreifende Bande von Söldnern, die niemandem verpflichtet waren und ein Schriftstück vom Kaiser besaßen, der allem zustimmte, was sie taten. Kein Beamter, wie Vasile einer war, reiste mit ihnen, und jeder, den sie als böse ansahen, wurde abgeschlachtet. Für ihn waren sie nicht besser als etliche der Verbrecherbanden, die er verurteilt hatte.

Du hast recht, junger Mann – der Gedanke an das, was du bist, erregt Übelkeit in mir.

Das brachte ihn in eine schwierige Lage, denn diese kleine Gruppe wirkte wie eine Bande von Eiferern. Wenn Vasile versagte, könnte Aidan zu der Überzeugung gelangen, manipuliert zu werden. Der Soldat war zu gerissen, um dies durchgehen zu lassen, und wenn Vasile richtig vermutete, würde Aidan nicht zögern, sie alle zu töten, falls er Gazijas Beweggründe als böse ansehen sollte. Er biss sich auf die Unterlippe.

Verdammt, denk nach!

Mit einem Seufzen stellte Mazoet seinen Humpen auf den Tisch. »Eine solche Gabe, und er weiß nicht, was er damit anfangen soll. Eine Schande, nicht wahr, Jungs?«

Auf welcher Seite steht dieser fette Bastard eigentlich?

»Welche Gabe soll das denn sein?«, fragte Aidan. »Und wo liegt das Problem? Vielleicht können wir helfen.«

»Ich bin sicher, dass Ihr das könntet«, murmelte Mazoet.

Vasile schenkte ihm einen düsteren Blick. Jahrelang hatte er seine Gabe versteckt, und jetzt wollten sie, dass er sie offenbarte.

Er sah Mazoet an. »Müssen sie es wirklich wissen?«

»Das über Eure Gabe? Natürlich! Es ist doch sehr amüsant.«

»Amüsant?«

»Ja. Wie ein Zaubertrick.«

Vasile starrte auf den Bierhumpen und leckte sich wieder die Lippen. Ruckartig wischte er sich mit dem Handrücken über die Stirn.

»Was ist das denn für eine Gabe, Stadtmensch?«, fragte Chalayan.

»Biertrinken ist es sicher nicht«, warf Anshul ein, und die anderen lachten.

Vasile schüttelte den Kopf. *Ich sollte sie nach ihren eigenen Gaben fragen, denn Gazija will ihre Unterstützung unbedingt bekommen.* Soweit er es beurteilen konnte, bestanden sie darin, sich zu betrinken und abscheulich zu sein. Aber er hatte versprochen, dass er versuchen wollte, sie zu überzeugen, und – wichtiger noch – er hatte sich selbst versprochen, endlich etwas Vernünftiges mit seiner Gabe anzustellen. Nie zuvor hatte er seine Gabe offenlegen wollen – er hatte es nicht gemusst –, aber vielleicht gab es einen Weg, sie nicht aus der Fassung zu bringen. Er räusperte sich und sagte: »In Anasoma habe ich als Richter gearbeitet. Ich habe Leute befragt, die uns darum gebeten haben, über Dinge zu urteilen, die sie uns vorgelegt haben, und auch über Menschen, die sie angezeigt haben. Und manchmal über andere Zeugen.« Er faltete die Hände. »Ein gewöhnlicher Richter hat etwa zwanzig Fälle in der Woche bearbeitet. Ich hingegen habe fast hundert geschafft. Wisst ihr, was das bedeutet?«

»Dass Euch die Fälle gleichgültig waren, oder dass Ihr nicht besonders gut wart?«, merkte Chalayan an.

Aidan und Anshul cel Rau lachten.

Vasile schüttelte den Kopf. »Nein, weit gefehlt. Ich konnte so viele Klagen verhandeln und aburteilen, weil es ... mir leichtfällt zu sagen, ob jemand lügt oder die Wahrheit spricht – oder etwas dazwischen.« Er verstummte, damit diese Information bei den anderen einsinken konnte. Mazoets Blick war auf ihn gerichtet.

Auf der anderen Seite des Tisches zuckte Aidan mit den Achseln. »Ich bin der Meinung, dass ich ebenfalls gut beurteilen kann, ob jemand lügt oder nicht. Na und?«

»Ich will damit sagen, dass ich keine Beweise benötige, um herauszufinden, ob jemand lügt oder nicht. Ich *weiß es*. Ohne Ausnahme. Wenn ich gesagt habe, dass jemand lügt, dann gab es an meinen Worten nicht den geringsten Zweifel, und deshalb hat auch niemand meine Worte angezweifelt.«

»Ein nettes Kunststück, wie mir scheint«, sagte Chalayan und wiederholte damit Mazoets Auffassung.

»Ihr habt es noch immer nicht verstanden, oder? Es bedeutet, dass ich weiß, was wirklich geschieht, wenn sich Menschen unterhalten. Ich weiß, was sie verbergen oder zu verbergen versuchen, selbst wenn ich es gar nicht wissen will. Jeder hat Geheimnisse, von denen niemand etwas erfahren soll, und die Wahrheit wird immer dann verdunkelt, wenn jemand glaubt, dass ihm dies einen Vorteil bringt.« Nun zitterte Vasile. Es machte ihn nervös, so offen über das zu sprechen, was er viele

Jahre lang verborgen hatte. »Aber ich *weiß* es. Niemand kann etwas vor mir verstecken.« Er verstummte und nahm einen Schluck Wasser.

Cel Rau sah seine Gefährten ungläubig an, während Chalayan nur mit den Schultern zuckte.

»Ich könnte mir vorstellen, dass das vielen Leuten nicht gefällt«, sagte der Zauberer schließlich.

»Das stimmt. Aber es hat ihnen gefallen, mich zu benutzen, wenn es ihnen passte und meine Gabe für sie von Nutzen war, weil sie einen Vorteil über jemand anderen erlangen wollten.« Er sah Mazoet eindringlich an, als er dies sagte. Der große Mann grinste.

Vasile schloss die Augen. *Hier kommt eine Wahrheit: Ich mag diesen Mann nicht.*

»Nun«, sagte Aidan, während er sich zurücklehnte und in seinen Krug schaute, »ich glaube, ich könnte noch ein Bier vertragen.«

»Nein«, erwiderte Vasile, dessen Augen noch immer geschlossen waren. Aidan hob die Brauen. Mazoet lächelte.

»Warum nicht?«, fragte Aidan.

»Weil Euer Humpen noch voll ist.«

»Ach, tatsächlich.«

Chalayan und cel Rau lachten.

»Vermutlich hat er gesehen, wie du ihn vor einer Weile aufgefüllt hast, und er hat nachgerechnet, wie viel du inzwischen getrunken hast!«, rief der Zauberer.

Unter Kopfschütteln öffnete Vasile die Augen wieder und sah jeden einzeln an. »Wir sollten wetten. Jeder von Euch macht zehn Aussagen, von denen ich unmöglich wissen kann, ob sie stimmen oder nicht. Ich sage Euch, ob sie der Wahrheit entsprechen oder nicht. Ein Silberdukaten für die erste Antwort – aber der Einsatz erhöht sich. Wenn ich zwei falsche Antworten gebe, schulde ich Euch zwei Dukaten, bei drei falschen Antworten sind es schon vier, und so weiter. Einverstanden?«

Aidan sah Chalayan an, der vom einen Ohr zum anderen grinste.

Der Zauberer rieb sich die Hände. »Ich bin bereit. Ihr könnt nichts über mich wissen, und ein paar zusätzliche Dukaten sind immer eine schöne Sache.«

Allerdings - ich kann das Geld gut gebrauchen.

»Ist jemand bereit, diese Wette zu bestätigen?«, meinte Chalayan.

Zustimmendes Murmeln antwortete seiner Frage.

Aidan schenkte Vasile einen durchdringenden Blick.

Vasile hob die Hand. »Es müssen Dinge sein, die einem der anderen bekannt sind, denn sonst wissen wir nicht, ob Ihr uns zu täuschen versucht.«

Chalayan schaute nachdenklich zur Kajütendecke. »Der Name meiner Mutter lautete Frühlingsblüte.« Er sah Vasile erwartungsvoll an.

»Fünfhundertzwölf Silbermünzen?«, rief Chalayan aus. Speichel flog ihm bei seinen Worten aus dem Mund.

Aidan erhob sich von seinem Stuhl und trat zwischen den Zauberer und Vasile. Er lachte, genau wie cel Rau, der sich vor Lachen krümmte. Auch Mazoet kicherte und schüttelte den Kopf.

»Du bist die Wette eingegangen«, sagte Aidan.

»Aber ... er hat mich übers Ohr gehauen! Das sind mehr als fünfzig Golddukaten! Ich werde nicht bezahlen.«

»Oh doch, das wirst du«, sagte Aidan. »Wettschulden sind Ehrenschulden.« In seiner Stimme lag eine deutliche Warnung.

Vasile mischte sich in den Versuch ein, den heraufziehenden Streit zu beschwichtigen. »Egal. Eigentlich wollte ich nur beweisen, dass ich recht habe.«

»Siehst du, sogar er gibt zu, dass er mich übers Ohr gehauen hat.«

Aidan schüttelte den Kopf. »Nein, er gibt zu, dass er – im Gegensatz zu dir – Ehre hat. Er wusste zehnmal, ob du lügst oder die Wahrheit sagst. Das war kein Trick.«

Chalayan haspelte, starrte Aidan finster an und zeigte auf Vasile. »Ich werde nicht bezahlen.«

»Ich sagte bereits, es ist egal, und das ist es auch«, sagte Vasile. »Wichtig ist nur, dass Ihr mir jetzt endlich glaubt.«

»Es könnte trotzdem ein Trick sein«, murmelte Chalayan.

Aidan sah Vasile nachdenklich an. »Das glaube ich nicht. Wie dem auch sei, es wäre wohl das Beste, wenn wir den Abend damit beenden. Wir können morgen weiter darüber reden.«

Mazoet klopfte Vasile lautlos auf die Schulter und stand schwankend auf. »Also, ich glaube, ich habe ein wenig zu viel gebechert.« Er drückte sich an dem Tisch vorbei und blieb vor der Tür stehen. »Denkt darüber nach, was das bedeutet«, sagte er zu ihnen allen. »Es ist eine seltene Gabe, die Vasile nicht gerade Reichtum und Wohlergehen eingebracht hat. Aber sie ist etwas, das Gazija besonders respektiert.«

Jetzt hilfst du mir also. Herzlichen Dank.

Mazoet lächelte Vasile an, als ob er seine Gedanken gelesen hätte; dann verließ er den Raum.

Chalayan schüttelte Aidans Hand von seinem Arm und folgte ihm.

Anshul erhob sich ebenfalls. Trotz des vielen Biers, das er getrunken hatte, stand er fest wie ein Fels. »Fünfhundertzwölf«, sagte er, kicherte und nickte Vasile zu. »Ihr seid ein lustiger Kerl.«

Ja. Aber jetzt ist Schluss mit den Scherzen. Morgen kommt der Ernst.

4

Auf der Straße nach Westen half Caldan der taumelnden Miranda, die immer wieder mit den Füßen gegen einen Stein stieß. Hinter ihm führte Amerdan das gefesselte Glöckchen, während Elpidia die Nachhut bildete. Sie hielt den Blick auf die Pflasterung vor ihr gerichtet und hatte sich ganz in ihren Gedanken verloren.

Caldans Schwert - er musste sich immer wieder in Erinnerung rufen, dass es das Schwert des Protektors war - war ihm mehr als einmal zwischen die Beine geraten, wenn er sich um Miranda kümmerte. Er hatte den Gürtel fester gezurrt, und nun lag es auf seinem Rücken mit dem Griff gegen die Schulter, sodass er es leicht erreichen konnte.

Trotz all seiner Erfahrung mit dem Schwert hatte niemand ihm beigebracht, wie man es am besten trug.

Sie gingen weiter, immer weiter.

Das Reich hielt die Hauptstraßen in gutem Zustand, wofür er jetzt dankbar war. Als sie in der letzten Nacht endlich die gepflasterte Straße erreicht hatten, waren sie erheblich schneller geworden. Und wenn der Kaiser seine Truppen losschickte, damit sie sich um die Invasion kümmerten, würden sie auf diesem Weg sehr rasch nach Anasoma gelangen.

Caldan runzelte die Stirn. Das wussten die Indryallaner sicherlich, und aus diesem Grund hatten sie die Stadt versiegelt.

Je mehr Zeit verging, bis das Reich von der Invasion erfuhr, desto besser waren die Indryallaner vorbereitet, wenn der Kaiser mit seinen Köcherern und Zauberern und Protektoren eintraf. Doch es ergab noch immer keinen Sinn. Warum hatten sie eine so wichtige Stadt wie Anasoma erobert und warteten dann, bis Verstärkungskräfte eintrafen und die Stadt belagerten? Wenn die Ermordung der Zauberer und Protektoren ihr einziges Ziel gewesen sein sollte, dann hatten sie es erreicht, und es war sinnlos, länger zu bleiben.

Nein, sie hatten noch etwas anderes im Sinn. Immer wieder dachte er an sein Gespräch mit Glöckchen und daran, wie vage sie über ihre Motive geredet hatte. Er hatte das Gefühl, dass die Indryallaner das, weswegen sie nach Anasoma gekommen waren, entweder noch nicht gefunden oder noch nicht beendet hatten.

Caldans Gedanken wurden in eine neue Richtung geworfen, als er spürte, wie sich der Schwertgriff gegen seinen Rücken presste. Simmon war es gelungen, die zwingende Zauberei zu überwinden, wenn auch nur für eine Weile, und seine erste Handlung hatte darin bestanden, das Schwert zu verstecken. War das Kleinod so wichtig, oder war das Verstecken das Einzige gewesen, was er in der knappen Zeit hatte tun können?

Kann irgendetwas davon Miranda helfen?

Hinter sich hörte Caldan, dass die anderen stehen geblieben waren, während er tief in seinen Gedanken gesteckt hatte. Sanft packte er Mirandas Schultern und brachte sie dazu, schlurfend anzuhalten.

Sie blinzelte einige Male, und ihr Kopf zitterte. »W…« Dann schluckte sie heftig, und er strich ihr über das Haar, bis sie sich beruhigt hatte. Die anderen konnten ruhig kurz warten.

In den letzten Tagen hatte sich ihr Zustand verschlechtert. Caldan hatte darauf gehofft, dass es ihr bald besser ging, wenn sich ihr Verstand an die Brüche gewöhnte und einen Weg fand, damit fertig zu werden. Aber stattdessen ging es langsam bergab.

Er klopfte ihr auf die Schulter. »Warte hier«, murmelte er. »Es dauert nicht lange.« Wie immer, wenn er mit ihr redete, versuchte er, aufmunternd zu klingen und zu verhindern, dass sein Kummer hörbar wurde.

Dann ließ er sie stehen, schaute hinter sich und bemerkte, dass Amerdan, Glöckchen und Elpidia alle in dieselbe Richtung starrten. Ungefähr dort, wo sie ihr Lager aufgeschlagen hatten, stieg nun eine Säule aus dunklem Rauch in den Himmel. War es ein Signal oder eine Warnung? Er hatte nicht die geringste Ahnung.

Während er dorthin schaute, kam Elpidia auf ihn und Miranda zu. Sie drückte sich an Caldan vorbei, ergriff Mirandas Hand und ging mit ihr weiter die Straße entlang.

Amerdan drehte sich zu ihm um. Ein Lächeln umspielte seinen Mund, als er sagte: »Der Rauch kommt von unserem alten Lager. Wer immer uns gefolgt ist, hat gerade erkannt, dass wir nicht die ganze Nacht dort geblieben sind. Sie signalisieren, dass sie wissen, was wir getan haben. Sie wollen, dass wir Angst haben. Und dass wir deshalb unvorsichtig werden. Wenn wir Miranda und Elpidia weiterhin bei uns behalten ...« Er verstummte.

»Ich werde sie niemals im Stich lassen«, sagte Caldan fest.

Amerdan zuckte die Achseln. »Dann müssen wir eine größere Menschenmenge finden, unter die wir uns mischen können, damit wir unsere Verfolger verwirren. Hier draußen ...« – er deutete auf ihre ländliche Umgebung – »... sind wir leicht zu entdecken und können uns nirgendwo verstecken.«

»Und wo sollen wir eine solche Menge finden?«

»Uns bleibt nur die Hoffnung, dass irgendwo vor uns ein Gasthaus oder ein Ort liegt, wo wir außerdem ein paar Pferde bekommen oder uns einer anderen Gruppe anschließen können, die nach Westen reist.«

Caldan bedeutete den anderen, weiterzugehen, während er die geknebelte Zauberin vor sich hertrieb. »Und wie sollen wir uns Pferde beschaffen? Wir haben nicht mehr viele Dukaten, und ich kann keines von Glöckchens Zauberwerken verkaufen.«

Sie gab einen Laut des Protestes von sich und war offensichtlich von der bloßen Möglichkeit entsetzt, dass ihre magischen Besitztümer veräußert werden könnten. Caldan beachtete sie nicht weiter.

Amerdan lächelte dünn. »Überlass das mit den Pferden mir.«

Kurze Zeit später näherten sie sich vorsichtig und ängstlich einer Straßenkreuzung. Um die Kreuzung drängten sich einige Häuser zusammen, und ein beachtlicher Markt fand an der Seite der Straße statt. Bauern aus der Umgebung hatten wacklige Holzbuden aufgestellt und boten ihre Waren in Körben und Kisten feil: Eier, Gemüse und Früchte sowie Hühner in kleinen Käfigen aus Schilfrohr.

Mit den Jahren war dieser Ort offenbar zu einer Art von Haltepunkt geworden. Keine Zeichen schmückten die Häuser, aber dem Aussehen nach waren zumindest zwei von ihnen Herbergen. Eines bestand aus Stein und hatte einen hölzernen Stall an der Seite.

Caldan sah, dass etliche Köcherer auf dem behelfsmäßigen Markt patrouillierten. Zwei der Soldaten verschwanden in dem Steinhaus, das vermutlich ihre Kaserne war.

Eine starke Hand packte seine Schulter.

»Bedenke genau, was du tust«, sagte Amerdan.

»Was soll das heißen? Hier sind Soldaten. Wir müssen ihnen von der Invasion in Anasoma berichten.« Doch vielleicht hatte Amerdan recht. Caldan wollte Glöckchen nicht an die Köcherer verlieren, aber er musste sie trotzdem benachrichtigen.

»Du brauchst ihre Hilfe, und auch wenn es mir nicht gefällt, haben wir keine andere Wahl – vor allem nicht angesichts der Personen, die uns folgen. Sie wollen zuerst Glöckchen retten und dann uns töten. Und wir sind verwundbar.« Amerdan deutete auf Miranda und Elpidia. »Kannst du die Köcherer davon überzeugen, dass Glöckchen ohne dich und deine Fähigkeit, ihrer Zauberkraft entgegenzuwirken, einfach zu gefährlich für jedermann ist? Vielleicht gelingt es uns, ihnen eine Eskorte für uns abzuschwatzen. Das wäre das Sicherste und Beste für uns alle.«

Caldan zögerte. Er konnte den Köcherern keine zerstörerische Zauberei zeigen, aber vielleicht gab es eine andere Möglichkeit, sie davon zu überzeugen, Glöckchen nicht in ihre Obhut zu nehmen. Er nickte.

»Ja, das wäre vielleicht möglich. Sie werden nicht viel von Zauberei verstehen, und so müssen sie mir glauben.«

Amerdan machte eine wegwerfende Handbewegung. »Es ist egal, wie du es schaffst. Lüge und unternimm alles, was nötig ist.« Er legte die Hand auf Caldans Schulter. »Je schneller wir nach Flussrand kommen, desto besser. Dort kann Elpidia uns verlassen und ihre eigenen Ziele verfolgen. Und dann werden wir weiterziehen.«

»Weiterziehen? Nein, das ist unmöglich. Ich muss mich bei den dortigen Protektoren melden, die sich in der Zauberergilde befinden werden.«

»Befürchtest du denn nicht, dass die Obrigkeit dir Glöckchen wegnehmen könnte? Dass man sie einsperrt, weil man sie befragen will? Dann hättest du keinen Zugang mehr zu ihr.«

Der Gedanke, die Protektoren anzulügen, gefiel Caldan gar nicht. Sie waren stets gut zu ihm gewesen, aber ... »Ich muss gestehen, dass ich das Gleiche schon seit einiger Zeit denke. Vermutlich würden sie genau das tun. Glöckchen wäre zu wichtig für sie, und mein Wort hat bei ihnen kein Gewicht. Ich bin nicht einmal ein Geselle, und deshalb würden sie Glöckchen niemals bei mir lassen. Ich könnte mir vielleicht Zutritt zu ihr verschaffen, aber ... auch das ist zweifelhaft.«

»Es ist nicht zweifelhaft, sondern klar und deutlich. Sie würden dich niemals zu ihr vorlassen. Das weißt du genau. Und du weißt auch, dass Glöckchen vermutlich deine einzige Möglichkeit ist, Miranda zu heilen. Du hast dich bisher geweigert, jemanden zurückzulassen, um schneller in Sicherheit zu kommen. Wäre es da sinnvoll, sie zu verlieren, sobald wir nach Flussrand kommen? Nein, du darfst es nicht zulassen, dass man sie dir wegnimmt, wenn wir die Stadt erreicht haben.«

»Aber was dann? Ich kann doch nicht so tun, als würde ich sie an die Protektoren übergeben, nur um dann mit ihr zu fliehen.«

Amerdan hob die Brauen. »Warum nicht?«

»Das ist ...«, stotterte Caldan. »Das könnte ich nicht! Sie hat Informationen über die Indryallaner und die Invasion, die überaus wichtig sein könnten.«

»Wie wichtig könnten sie denn sein? Egal, es bedeutet nur, dass du dich entscheiden musst, was für dich wichtiger ist: Miranda oder ein paar Bruchstücke von Informationen, die die Protektoren vielleicht aus Glöckchen herauskitzeln können, *falls* es ihnen gelingt, sie zu brechen, und *falls* sie ihren Aussagen trauen dürfen. Es liegt an dir.«

Caldans Gedanken tobten wütend durch seinen Kopf. Es war unwahrscheinlich, dass Glöckchen ihren Befragern Einzelheiten über die Invasion verraten würde. Amerdan hatte recht: Sicherlich würde Caldan keinen Zugang zu ihr erhalten, sobald sie erkannten, dass er nur ein Lehrling war. Meister Simmon hatte ihn in den Rang eines Gesellen erheben wollen, doch selbst wenn Caldan schon befördert worden wäre, würden sie ihm Glöckchen wegnehmen.

Er drehte sich um und beobachtete Elpidia, Glöckchen und Miranda, die allesamt seine Blicke ausdruckslos erwiderten, doch seine hauptsächliche Aufmerksamkeit lag auf Glöckchen. Es würde nur wenige Tage dauern, bis sie die Stadt erreichten, und bis dahin musste er eine Möglichkeit finden, mit ihr zu reden oder ... oder er müsste etwas tun, was er nicht tun wollte. Es war eine sehr unangenehme Lage für ihn. Würde er, wenn Glöckchen nicht auf Drohungen reagierte, den Mut aufbringen, zur Tat zu schreiten? Und wäre das gerechtfertigt?

»Elpidia kann den Köcherern die Nachrichten überbringen«, sagte er schließlich.

Amerdan nickte, ein schmales Lächeln lag auf seinen Lippen. »Ich unterstütze dich, was immer du tust.« Er warf einen Blick in Richtung des Marktes. »Wir brauchen weitere Vorräte, und ich besitze noch ein paar Dukaten. Bleib außer Sichtweite. Ich werde einkaufen.«

Mit einem zustimmenden Grunzen wandte sich Caldan an die anderen, während Amerdan zum Markt ging.

»Was ist hier los?«, fragte plötzlich eine barsche Stimme rechts von ihm.

Er wirbelte herum, griff mit der Hand nach seinem Schwert und stand plötzlich zwei Köcherern gegenüber. Elpidia keuchte auf, während Caldan sie argwöhnisch betrachtete. Beide waren in den Zwanzigern und hatten die sauberen Uniformen und schwielenlosen Hände von Männern, die eine Menge Freiheit genossen, es aber nicht bevorzugten, sie zu ihrer Kampfausbildung zu benutzen. Der eine hatte einen dünnen Mund und ein fliehendes Kinn, das er unter einem Bart zu verdecken versuchte. Der andere grinste verächtlich – es war das Grinsen von jemandem, der glaubte, besser als alle anderen zu sein. Sie hatten weder Bögen noch Köcher dabei, beide trugen nur ein Kurzschwert an der Hüfte. Misstrauisch sahen sie Caldan, Glöckchen, Miranda und Elpidia an. Sie mussten aus dem Steinhaus gekommen sein, und er hatte es nicht bemerkt.

Drinnen brüllte jemand etwas, und es folgten schallendes Gelächter sowie das Klirren von Gläsern.

Hatten sie getrunken? Aber es blieb ihm keine andere Wahl.

»Wir waren auf dem Weg zum Garnisonskommandanten«, sagte Caldan hastig. »Seid ihr beide im Dienst?«

»Ich stelle hier die Fragen«, fuhr ihn der bärtige Köcherer an. »Warum habt ihr diese Frau gefesselt? Wer seid ihr?«

Glöckchen gab ein halb ersticktes Geräusch von sich und bewegte den Mund, als wollte sie sich des Knebels entledigen.

»Sie ist eine Zauberin. Indryalla ist in Anasoma eingefallen, und sie ist eine der Invasoren.«

Die Köcherer tauschten einen raschen Blick aus.

Sie wissen es bereits, dachte Caldan. *Oder sie haben es wenigstens vermutet.* Glöckchen gab weitere Grunzer von sich. »Sie ist gefährlich. Ihr müsst ...«

»Sei still! Wir müssen gar nichts. Der Kommandant wird dir ein paar Fragen stellen. Schließlich könnte das hier eine Finte sein.«

»Bitte«, sagte Caldan. »Wir haben nicht ...«

Der bärtige Köcherer packte eine Pfeife, die um seinen Hals hing. »Wenn ich hier hineinblase, kommen weitere Köcherer herbei. Kein Wort mehr von euch! Nehmt die Hände von euren Waffen und geht zu dem Gebäude da drüben. Hübsch langsam, damit wir euch im Auge behalten können.«

Caldan zögerte. Sollte er es riskieren, Zauberei einzusetzen und einen Fluchtversuch zu unternehmen? Er wollte die Köcherer nicht verletzen, wenn es nicht unbedingt sein musste, aber ...

Elpidia seufzte, legte den Arm um Miranda und ging die Straße hinunter auf das Steinhaus zu. Caldan unterdrückte einen eigenen Seufzer. Er hätte schwören können, dass Glöckchen hinter ihrem Knebel grinste.

Er packte sie und stieß sie vor sich her.

In der Kaserne saßen einige Köcherer um einen Tisch hinter einer hölzernen Theke, die den Raum in zwei Hälften teilte, und spielten Karten. Nur einer von ihnen wirkte erfahren: Es war ein Mann mittleren Alters, der ein wenig abseits von den anderen in einem Schaukelstuhl saß - vermutlich war es ihr Offizier. Der Rest war so jung, dass er sich noch kaum rasieren musste. Schwerter und Keulen hingen an einer der Wände, zusammen mit Bögen, Köchern voller Pfeile und Eisenketten.

Als sie Caldan und die anderen eintreten sahen, schauten die Köcherer kurz auf, kehrten aber rasch zu ihrem Kartenspiel und ihrer Unterhaltung zurück. Einer der jungen Soldaten seufzte schwer, wuchtete sich von seinem Stuhl und näherte sich seiner Seite der Theke. Sein Blick glitt über sie und nahm ihre ungepflegte Erscheinung in sich auf. Interessiert hob er die Brauen, als er Glöckchens gefesselte Hände und geknebelten Mund bemerkte. Aber als er sah, dass die beiden Köcherer hinter Caldan hereinkamen, kniff er die Augen misstrauisch zusammen.

»Was geht hier vor, Ettmo?«

Der bärtige Köcherer trat vor. »Also, Barnard, wir haben die hier aufgegriffen, als sie versucht haben, sich in den Ort einzuschleichen. Sie haben sich allesamt verdächtig benommen, vermutlich wegen der Frau, die sie gefesselt haben. Also haben wir beschlossen, sie hierher zu bringen.«

Der junge Köcherer, Barnard, sah Ettmo nachdenklich an. »Gut gemacht«, sagte er und rief dann über die Schulter: »Kommandant, das wollt Ihr bestimmt sehen.«

Caldan stellte seine staubige Ledertasche auf den Boden. »Erlaubt mir zu erklären, dass wir so schnell wie möglich von Anasoma hierher gekommen sind. Es hat eine Invasion stattgefunden.«

Barnard kratzte sich am Kinn. »Eine Invasion, sagst du? Dazu kommen wir gleich, aber zuerst beantwortest du mir diese Frage: Warum ist die Frau gefesselt?« Er zeigte auf Glöckchen. »Es ist deutlich zu sehen, dass sie keine Einheimische ist.«

Caldan wandte seine Aufmerksamkeit dem diensthabenden Offizier zu, der inzwischen aufgestanden war und seine Uniform glättete. »Herr«, bat er und erhob die Stimme. »Bitte hört mich an. Sie ist eine der Invasoren. Wir ...«

»Helft mir!«, kreischte Glöckchen, der es irgendwie gelungen war, ihren Knebel zu lockern. Sie wich von Caldan und Elpidia zurück, machte große Augen und setzte eine verzweifelte Miene auf. »Dieser Mann hat mich ausgeraubt und gefangen genommen! Ich weiß nicht, was er vorhat, aber bitte helft mir!«

»Was? Nein, ich habe nicht ...«

»Lügner!«

»Einen Augenblick! Sie ist die Lügnerin. Glaubt ihr kein Wort.« Er sah zuerst Barnard und dann den Kommandanten an. »Sie ist eine der Invasoren.«

Barnard runzelte die Stirn und hob die Hände. Seine Soldatengefährten hinter ihm grinsten und beobachteten die Szene mit Vergnügen, während der Kommandant zur Theke kam.

»Bitte, Herr, lasst mich nicht mit ihnen allein. Er hat mich angefasst ...«

Ein harter Blick richtete sich auf Caldan.

»Ich ...«, stotterte er. »Das habe ich nicht getan.« Er machte einen Schritt auf Glöckchen zu.

»Zurück«, warnte Barnard. »Komm ihr nicht zu nahe. Gut. Und du ...«, er zeigte auf Glöckchen. »Stell dich rechts an die Wand.«

»Danke. Das werde ich gern tun.« Glöckchen lächelte ihn an, und der Soldat errötete.

Elpidia schüttelte den Kopf und sah Caldan missbilligend an.

»Ihr müsst mir zuhören«, flehte Caldan.

»Sei still«, erwiderte Barnard.

Elpidia stieß einen leisen Fluch aus und sagte: »Er sagt die Wahrheit - sie ist gefährlich.«

»Das beurteilen wir selbst«, meinte der Kommandant. »Für mich sieht sie nicht gefährlich aus. Barnard und Ettmo, trennt sie voneinander. Wir werden sie einzeln befragen.«

Glöckchen nickte heftig, und Caldan begriff, dass es nicht reichen würde, einfach nur die Wahrheit zu sagen. Es bestand die Gefahr, dass Glöckchen den Spieß umdrehte und sie vielleicht sogar verhaftet wurden.

»Warum sollten wir den Ort bei hellem Tageslicht mit einer gefesselten Frau betreten, wenn wir sie vorher ausgeraubt haben?«, fragte Caldan. »Das ergibt doch keinen Sinn.«

»Ettmo sagt, ihr habt euch hereingestohlen«, erwiderte der Kommandant. »Ich bezweifle, dass ihr uns einen Besuch abstatten wolltet. Und jetzt hältst auch du den Mund!«

Caldan warf Glöckchen einen finsteren Blick zu. Die Zauberin jammerte leise und bemühte sich nach Kräften, entsetzt zu wirken. Sie beachtete ihn nicht, sondern hatte ihre ganze Aufmerksamkeit auf die Köcherer gerichtet. Die Lage geriet außer Kontrolle.

»Soll ich sie losbinden?«, fragte Ettmo den Kommandanten.

»Ja, bitte«, flehte Glöckchen. »Ich kann meine Hände schon nicht mehr spüren.«

Der Kommandant nickte. »Mach es«, sagte er mit barscher Stimme, dann deutete er auf Caldan. »Du solltest einen guten Grund für dein Verhalten haben. Rede. Jetzt.«

»Ich habe es Euch schon gesagt. Es hat einen Einmarsch in Anasoma gegeben«, begann Caldan und beobachtete, wie der Soldat die Theke umrundete und ein Messer zog. »Sie gehört zu den Anführern. Nachdem wir sie gefangen genommen hatten, sind wir zusammen mit ihr entkommen und so schnell wie möglich von dort geflohen. Bitte, Ihr müsst sie gefesselt lassen ...«

Der Soldat durchschnitt das Seil um Glöckchens Handgelenke, es fiel zu Boden.

Sie rieb sich die Hände, und ein Ausdruck des Schmerzes lag auf ihrem Gesicht. »Vielen Dank, guter Herr«, schnurrte sie. »Das Seil hat meinen Blutfluss gestaut. Wäret Ihr so freundlich, mir einen Becher Wein oder Bier zu bringen? Sie haben mich nicht gut behandelt, und ich bin fast verdurstet.«

»Selbstverständlich, Mädchen.« Der Soldat nickte Glöckchen zu und füllte hinter der Theke einen Becher mit Wein.

Elpidia zeigte auf Caldan. »Er sagt die Wahrheit. Ihr müsst ihm glauben.«

»Ihr erwartet also, dass ich euch glaube, Anasoma sei von einer Armee eingenommen worden, und euch ist es rein zufällig gelungen, jemanden von den Anführern zu erwischen und zu entkommen?«, meinte der Kommandant und schüttelte den Kopf. »Ich gebe zu, dass ich meine Zweifel daran habe, aber wir werden jemanden losschicken, der die Wahrheit in dieser Sache herausfinden wird.«

Glöckchen nahm den Becher von dem Soldaten entgegen und nippte daran. »Er lügt«, sagte sie beiläufig. »Er hat meine Zaubergegenstände gestohlen; sie befinden sich in seinen Hosentaschen und in seinem Gepäck.«

»Sie gehören dir nicht«, sagte Caldan mit einem Anflug von Verzweiflung in der Stimme.

Der Kommandant machte große Augen bei der Erwähnung von magischen Dingen. Er brachte Caldan mit einer Handbewegung zum Schweigen und sah Glöckchen an. »Bist du eine Zauberin?«

Sie hielt dem Blick des Kommandanten stand, näherte sich der Theke, stellte ihren Becher ab und beugte sich über die Holzplatte. »Das bin ich. Ich bin eine Protektorin. Und ich kann die Gegenstände beschreiben – die Runen und Glyphen auf jedem einzelnen, ihre Größe und das Material, aus dem sie bestehen.« Sie grinste Caldan an. »Kannst du das auch?«

Verdammt.

»Das läuft gar nicht gut«, flüsterte Elpidia. »Unternimm etwas.«

»Ich ... kann sie nicht so genau beschreiben wie diese Frau«, sagte Caldan. »Aber ich kann beweisen, dass ich ein Zauberer bin.«

»Das kann ich auch«, sagte Glöckchen.

Der Kommandant sah die beiden nacheinander an und seufzte. »Also, Jungs, es sieht so aus, als hätten wir heute Morgen nicht viel Freizeit. Nehmt sie alle in Gewahrsam, bis wir Licht in diese Angelegenheit gebracht haben.«

»Nein!«, sagten Caldan und Glöckchen gleichzeitig. Sie sahen einander böse an.

Der Kommandant räusperte sich. »Bis wir der Sache auf den Grund gegangen sind, bleibt ihr in Haft.«

Das war nicht gut. Das durfte nicht sein. Verzweifelt suchte Caldan nach etwas, das dazu geeignet war, die Soldaten von der Wahrheit zu überzeugen. Er konnte sich weder als Zauberer noch als Protektor ausweisen, was ihm nur möglich gewesen wäre, wenn er schon den Gesellenstatus erreicht hätte. Was immer Glöckchen plante, bedeutete sicherlich seinen Tod und den der Soldaten sowie ihre rasche Rückkehr nach Anasoma mitsamt ihren magischen Gegenständen.

Die Köcherer kamen näher, und zwei packten Caldans Arme. Aus den Augenwinkeln heraus sah er, wie Glöckchen einen Finger hob und ihn in ihren Becher tunkte, dann berührte sie die Theke mit der Fingerspitze. Rasch zeichnete sie zwei Runen vor dem Kommandanten und wich zurück.

»Nein!«, rief Caldan; seine Stimme hallte laut durch den Raum.

Elpidia zuckte unter seinem Schrei zusammen.

Caldan kämpfte gegen die Soldaten an, die ihn festhielten. Dabei gelang es ihm, eine Hand in die Hosentasche zu stecken und seine Quelle zu öffnen, die er sogleich mit der Schildglocke verband. Er spürte, wie Glöckchen ebenfalls ihre Quelle berührte, während der Duft von Zitronen den Raum durchdrang.

Ein vielfarbiger Dunst umgab ihn. Die Hände, die ihn hielten, wurden entsetzt zurückgerissen. Er warf sich quer durch den Raum und auf die Theke und versuchte die Runen zu verwischen, die Glöckchen in einer Mischung aus Wein und ihrem eigenen Speichel gezeichnet hatte.

Zu spät.

Chaos brach aus. Ein scharfes Donnerkrachen ertönte. Caldan spürte ein Zittern in der Luft, und sein Herz setzte einen Schlag lang aus. Orangenfarbene Funken sprangen aus der Theke unter ihm. Es fühlte sich an, als würde ihm ein Pferd gegen die Brust treten, und er wurde in die Luft geschleudert. Sein Schild stieß violette Funken aus und dehnte sich, um die gefährlichen Kräfte abzuwehren.

Zwei der Soldaten in seiner Nähe fielen um, als ob sie mit einer Streitaxt niedergemäht worden wären, und auch die anderen sackten zuckend zu Boden.

Elpidia hatte gesehen, wie Glöckchen zurückgewichen war, bevor Caldan seinen Ruf ausgestoßen hatte. Sie handelte schnell, warf sich auf Miranda und hielt sie fest. Als die Schockwelle sie traf, taumelten sie, blieben aber stehen. Der Kommandant ächzte vor Schmerzen und stolperte rückwärts. Rauch erfüllte die Luft.

Caldan prallte gegen die Zimmerdecke und fiel mit einem dumpfen Knall zurück auf die Theke. Staub und Schutt regneten von der Decke auf ihn herab. Er keuchte vor Schmerz auf. Als er den Kopf drehte, sah er, wie Glöckchen über den Boden kroch. Von draußen hereindringender Sonnenschein erleuchtete den Rauch im Innern des Hauses.

Glöckchen hastete auf Caldans Satteltasche zu. Sie glitt auf den Knien vor, packte das Gepäckstück gierig und taumelte auf die offene Tür zu.

Caldan versuchte sich zu bewegen, aber sein Körper weigerte sich. »Halte sie auf!«, krächzte er zu Elpidia, die ihn kurz ansah und dann rasch den Kopf schüttelte.

Glöckchen nahm sich die Zeit, stehen zu bleiben und ihm ein böses Grinsen zuzuwerfen. Sie öffnete den Mund und wollte etwas sagen, doch Amerdans Faust traf sie auf einmal am Hinterkopf. Dann zuckte sie nach vorn, und ihr Blick wurde glasig. Schlaff sackte sie zu Boden.

Amerdan trat ein, wedelte den Rauch vor seinem Gesicht weg und betrachtete die Szenerie mit ruhigem Blick. Er beachtete die reglosen Körper nicht weiter, sondern machte sich sogleich daran, Glöckchen mit den Resten des Seils zu fesseln. Schließlich riss er Streifen aus seinem Hemd und wand diese fest um ihre Finger.

»Ich glaube, das sollte reichen.« Fragend hob er eine Braue.

Caldan nickte, mühte sich in eine sitzende Position und ließ die Beine an der Theke herabbaumeln. Er schloss seine Quelle, und der Dunst, der ihn umgeben hatte, verschwand.

»Fast wäre sie davongekommen«, sagte er unter Mühen. Bei den Ahnen, alles tat ihm weh.

»Das habe ich gesehen. Wir können von Glück reden, dass sie es nicht geschafft hat.«

Die Soldaten auf dem Boden um sie herum regten sich. Die beiden, die die geringsten Verletzungen davongetragen hatten, halfen ihren Kameraden beim Aufstehen.

Caldan wischte sich die feuchten Hände an der Hose ab, rutschte von der Theke herunter und stand auf unsicheren Beinen. Miranda hatte während der ganzen Ereignisse keine

Reaktion gezeigt; ihre Augen waren noch immer blank. Er bezwang die in ihm aufquellenden Gefühle und holte tief Luft.

Es war nicht alles verloren. Amerdan hatte die Situation gerettet, und es schien, dass Glöckchen für eine Weile bewusstlos sein würde. Ihr Verhalten sollte die Köcherer von der Wahrheit seiner Worte überzeugt haben.

Einige Soldaten halfen dem Kommandanten auf die Beine. Sobald er wieder aufrecht stand, richtete er seinen wütenden Blick auf Glöckchen.

Bevor der Mann etwas Unüberlegtes tun konnte, beschloss Caldan sich einzumischen.

»Herr, ich glaube, dass das, was gerade hier passiert ist, Euch davon überzeugt haben wird, dass ich die Wahrheit gesagt habe. Diese Frau hat soeben versucht, uns alle zu töten und dann zu fliehen.« Er versuchte zuversichtlich zu klingen, aber innerlich bebte er. Doch er fuhr fort: »Ich bin ein Mitglied der Zauberergilde.«

Der Kommandant runzelte die Stirn. »War das Zauberei? So etwas habe ich noch nie gesehen. Was genau hat sie gerade gemacht?«

Caldan dachte hektisch nach. Er entschied sich für dies: »Etwas ist schiefgegangen. Der Zauber, den sie benutzt hat, war für viel stärkere Materialien gedacht. Er ist unter dem Druck zusammengebrochen. Ich weiß allerdings nicht genau, warum er so reagiert hat.« Er hustete in seine Hand. »Aber es zeigt Euch, wie verzweifelt sie ist. Sie würde alles tun, um zu entkommen. Ich nehme an, dass Ihr uns jetzt glaubt?«

Der Kommandant kniff die Augen zusammen und dachte kurz nach. Er sah sich im Raum um und betrachtete den Rauch, der noch darin schwebte. »Vielleicht. Aber ich habe noch einige Fragen, und ich brauche eine Bestätigung für das, was in Anasoma geschehen ist. Allerdings ... ich bin bereit, dir zuzuhören.«

Als sie Stunden später zum Aufbruch bereit waren, sah Caldan Amerdan auf dem Markt. Er kaufte keine Vorräte, weil der Kommandant dafür gesorgt hatte, dass sie nun gut ausgestattet waren, sondern er gab nur Dukaten an einige der abgerissen wirkenden Kinder, die barfuß hier herumliefen.

Der Lärm und Rauch aus der Kaserne sowie die hastigen Vorbereitungen zur Weiterreise hatten große Aufmerksamkeit erregt, auch wenn die Einheimischen Abstand hielten. Sie wussten, dass es nicht gut war, die Nase in die Angelegenheiten der Köcherer zu stecken.

In den Stallungen neben der Kaserne war ein Wagen mit einer Plane über der Pritsche vorbereitet worden - auf Anregung des Kommandanten, nachdem sie ihm mitgeteilt hatten, dass sie verfolgt wurden. Es war unwahrscheinlich, dass ihre Verfolger sie in einem Wagen vermuten würden, und außerdem waren sie so vor allen neugierigen Blicken verborgen. Zwei Soldaten sollten ihnen vorausreiten, während zwei weitere die Nachhut bildeten. Jarmund, der Kommandant, stellte seine Soldaten rasch vor. Korporal Lavas hatte den Befehl über die Eskorte, er war ein stämmiger Mann mit einem ergrauenden Bart. Die drei Soldaten waren Breyton, Boyas und Ettmo. Auf Caldan machten sie allesamt einen jungenhaften und unreifen Eindruck. Nur Ettmo - der bärtige Soldat, der sie aufgegriffen hatte - schien an Caldan und dessen Gefährten wirklich interessiert zu sein. Die anderen wirkten so, als wäre diese Reise für sie ein seltenes Vergnügen fernab von ihrer gewöhnlichen Monotonie. Jarmunds Worten zufolge lag Flussrand nur eine einwöchige Wagenreise entfernt.

Caldan und Elpidia halfen Miranda ins Innere. Amerdan stieß Glöckchen an, die inzwischen zu sich gekommen war, bis sie sich unbeholfen aufrichtete. Die Ketten, mit denen sie gefesselt war, behinderten sie.

Der Wagen setzte sich ruckartig in Bewegung, und Caldan

musste sich an seinem groben Holzsitz festhalten. Die anderen hatten sich im Inneren verteilt, nachdem Glöckchen an einen Eisenring gekettet worden war, der mit überaus festen Halterungen in der Wand des Wagens verankert war. Elpidia saß bei Miranda, während Amerdan im hinteren Teil hockte und durch einen schmalen Spalt in der Plane auf die Straßenkreuzung schaute, die allmählich in der Ferne verschwand.

Caldan suchte in seinem Gepäck herum und zog die magischen Glocken heraus. Er hielt sie für einige Augenblicke hoch und fragte sich, ob er eine andere Wahl hatte. Unter den Glocken spürte er den Ring an seinem Finger. Es war ihm noch immer unangenehm, das Kleinod offen zu zeigen, aber da er nun Glöckchens Schild hatte, war er entschlossen, den Ring so oft wie möglich zu tragen und so vielleicht Hinweise auf seine Funktion zu erhalten. Er schüttelte den Kopf und kroch hinüber zu Glöckchen. Der stark schaukelnde Wagen machte es schwer, auf den Beinen zu bleiben.

Als er sich ihr näherte, beobachtete sie ihn mit kaltem Blick. Ein geschwollener roter Bluterguss verfärbte ihre Stirn dort, wo sie auf den Boden gefallen war, als Amerdan sie niedergeschlagen hatte. Als sie ihr Gewicht verlagerte, klirrten ihre Ketten. Sie zog eine Grimasse, starrte die Wagendecke aus Segeltuch an und beachtete Caldan nicht weiter.

Er kniete sich vor sie, und die Glocken wurden warm in seinen Händen. Eine nach der anderen legte er vor ihr auf den rauen Holzboden. Das Klingeln, das sie von sich gaben, zog sowohl Glöckchens als auch Elpidias Blicke an.

Wenn er Miranda heilen wollte, musste er mehr über zwingende Magie wissen. Aber war sie ihm als angehendem Protektor nicht verboten? Würde es ihn in den Augen der Protektoren nicht verdammen, wenn er etwas darüber erfuhr?

Er hob die Hand und entfernte Glöckchens Knebel. »Sag mir alles, was du über zwingende Magie weißt«, flüsterte er ihr zu.

Sie sah ihn eindringlich an. »Armer kleiner Protektorenlehrling. Es gibt so vieles, was du nicht weißt.«

»Dann bring es mir bei.«

Glöckchen schüttelte den Kopf. »Warum sollte ich das tun? Ich werde dich umbringen, sobald ich Gelegenheit dazu habe.«

Caldan ballte die Fäuste, bis ihm die Finger schmerzten. Zitternd kniete er vor Glöckchen. Dann hob er die Hand und versetzte ihr eine Ohrfeige, unter der ihr Kopf zur Seite flog.

»Caldan!«, rief Elpidia. »Was machst du da? Halte dich von ihr fern!«

»Sie muss wissen, dass ich es ernst meine«, sagte Caldan und hielt den Blick starr auf Glöckchen gerichtet.

Sie erwiderte seinen Blick, und der Abdruck seiner Hand bildete sich rot auf ihrer Wange.

Elpidia packte ihn am Arm und zog ihn weg von Glöckchen. Caldan leistete einen Moment lang Widerstand, dann fügte er sich.

Glöckchen leckte das Blut auf, das aus ihrem Mundwinkel getreten war, und lachte, bis Amerdan sie wieder knebelte.

Caldan wandte sich von ihr ab und setzte sich neben Elpidia. Die Ärztin sah ihn missbilligend an. Er bedeckte sein Gesicht mit beiden Händen.

Von seinem Ausguck auf dem Dach einer der Herbergen aus betrachtete Mahsonn die anderen Gebäude und den Markt. Seine Position war gut, und er hockte schon seit einiger Zeit hier oben.

Die Soldaten des Reiches - sie nannten sich Köcherer - huschten umher und strömten in die Kaserne und wieder aus ihr heraus wie Ameisen, die in ihrem Bau aufgescheucht worden waren. Obwohl die Sonne herabschien und ihm den Rücken wärmte, konnte ihn unter seinem magischen Tuch niemand sehen.

Mahsonn schirmte die Augen vor der Sonne ab und beobachtete, wie sich einige Gruppen auf dem Markt versammelten. Manche deuteten auf die Kaserne und zuckten die Achseln oder schüttelten die Köpfe.

Er wusste, wie sie sich fühlten. Er wusste, was Unwissenheit war, und er mochte sie nicht.

Während er auf dem Dach hockte, fuhren drei Wagen mit hochgezogenen Planen in die Stallungen ein und kamen kurze Zeit später wieder heraus; sie entfernten sich in drei verschiedenen Richtungen. Kurz überlegte er, ob er hinuntereilen und versuchen sollte, einen Blick in die Wagen zu erhaschen, aber er verwarf diesen Gedanken sofort wieder. Er war dumm und närrisch. Sie wussten sicherlich, dass jemand Glöckchen folgte, und auch wenn er glaubte, die Soldaten besiegen zu können, war es doch unmöglich vorherzusehen, wie sich ein Kampf entwickelte. Ein Fehler oder ein glücklicher Zufall für die andere Seite konnte das eigene Ende bedeuten. Und die Tatsache, dass jemand dort unten stark genug war, Schlüsselchen zu töten und Glöckchen gefangen zu nehmen ... nein, so verhielten sich nur Dummköpfe, die den Nervenkitzel der Erledigung einer Aufgabe vorzogen.

Er saß noch eine Weile still da und dachte nach. Ihm blieb nichts anderes übrig, als nach unten zu gehen und die Leute auf dem Markt zu befragen. Vielleicht erwischte er auch einen der Soldaten allein. Die Benutzung von drei Wagen war eine so durchsichtige List, dass sie lächerlich war, aber da sie hier durchaus funktionierte, lachte er nicht. Es konnte Tage dauern, bis er den Wagen gefunden hatte, in dem Glöckchen steckte, oder er hatte Glück und entdeckte sie sofort. Aber Glücksspiele entsprachen nicht seiner Natur. Er wollte stets auf der sicheren Seite sein.

Von Süden drangen dichte, dunkle Wolken herbei, und als der Wind auffrischte, brachte dieser den Geruch von Regen mit. Mahsonn hasste Regen. Trotz seiner großen Fähigkeiten machte ihm der Regen die Arbeit schwer.

Ein Kiesel traf das Dach neben ihm. Er erstarrte. Auf der Straße unter ihm schaute ein kleines Mädchen hoch zum Dach. Das Kind bückte sich und hob einen weiteren Stein auf. Dieser prallte in einiger Entfernung unter Mahsonn vom Dach ab und fiel zurück auf die Straße. Das Mädchen hob den Kiesel auf und warf ihn erneut. Diesmal schlug er links von Mahsonn gegen das Dach. Das Kind wartete, zuckte die Achseln und lief zum Markt.

Mahsonn kletterte über den Dachfirst und glitt auf der anderen Seite nach unten, bis er das Ende erreicht hatte und sprang. Er landete sanft auf den Beinen. Rasch schaute er sich um, stellte fest, dass er allein war, und schloss zufrieden seine Quelle. Im Gegensatz zu einem gewöhnlichen Schild, der ein leise knallendes Geräusch machte, wenn er verschwand, löste sich das Tuch lautlos auf, und Mahsonn wurde sichtbar.

Rasch schritt er um die Ecke des Gebäudes herum und lief so schnell zum Markt, wie es möglich war, ohne Aufmerksamkeit zu erregen. Er blieb kurz stehen und hob den Kiesel auf, den das Mädchen geworfen hatte. Dann spuckte er in die Hände, fuhr mit ihnen durch seine Haare und glättete sie in dem Versuch, sich vorzeigbarer zu machen. Er nickte einer Frau zu, die mit einem Korb voller Pilze an ihm vorbei ging.

Dort. Das Mädchen hatte sich zu einer Gruppe schmutziger Kinder gesellt, die ziellos über den Markt schlenderten. Missbilligend schüttelte er den Kopf. Wo waren ihre Eltern?

Er holte die Gruppe ein, drängte sich von hinten durch sie hindurch und stellte sich vor das Mädchen. Es sah ihn fragend an, als er ihr den Kiesel reichte.

»Ich glaube, der gehört dir?«, sagte er.

Sie starrte zuerst den Kieselstein und dann den Mann an und öffnete den Mund. »Ein echter Geist!«, rief sie.

Mahsonn hielt den Kopf schräg. »Wie bitte?«

»Der Mann. Er hat gesagt, dass ein Geist uns beobachtet. Vom Dach aus. Er hat mir einen Dukaten gegeben und mir gesagt, ich soll Kieselsteine nach ihm werfen.«

»Aha. Nun ...« Er beugte sich zu dem Mädchen vor. »Sag es niemandem, ja, meine Liebe?«

Zitternd schüttelte es den Kopf und wich einen Schritt zurück. Die anderen Kinder beobachteten das Geschehen mit einem Ausdruck erschrockener Ehrfurcht.

Sie zögerte, doch dann streckte sie die Hand aus.

»Was soll das?«, fragte er.

»Der Mann hat gesagt, wenn ich dich gefunden habe, wirst du mir Gold geben.«

Mit einem Lächeln steckte Mahsonn die Hand in die Tasche, zog einen Golddukaten hervor und hielt ihn zwischen zwei Fingern. Sechs Augenpaare starrten ihn an, als wären ihre Blicke festgeklebt.

»Hat dir dieser Mann sonst noch etwas gesagt?«

Das Mädchen nickte und sah die Goldmünze unverwandt an.

»Und was war das?«

Die ausgestreckte Handfläche hob und senkte sich. »Zuerst das Gold«, verlangte das Mädchen.

Mahsonn rümpfte die Nase, als er die Kinder und den Markt beobachtete. Zu viel los. Zu viele Augen. Er legte die Münze auf die Handfläche des Mädchens.

»Der Mann hat gesagt: ›Bleib bei deinen Freunden, bis der Geist kommt. Dann kann er dir nicht wehtun.‹« Das Mädchen nickte, und seine Freunde nickten ebenfalls.

»Sonst noch etwas?«

»Westen. Der Mann hat Westen gesagt.«

Mit einem Grunzen drehte sich Mahsonn um, ging rasch davon und überließ die Kinder ihrem Streit um die Münze.

5

Durch das Holz eines Schiffsrumpfes drang ein Schrei. Laute Stimmen folgten dem Jammern, und Stiefel stampften über die Decks - einige in Richtung des Lärms, andere von ihm weg.

Lady Felicienne wand sich in ihrem Bett, dann drehte sie sich so weit, dass sie sich am Rücken kratzen konnte. Schreie in der Nacht machten ihr nichts mehr aus, genauso wenig wie die Kakerlaken in ihrem Raum oder die Ratten, die sie durch ihre halb geschlossenen Lider sah, wenn sie einschlief.

Aber sie war gut versteckt, und das war jede Unbequemlichkeit wert.

Die kleine Zahl von Schiffen, die ihre Männer vom Friedhof hatten wegbringen können, diente ihr nun als Basis. Beim ersten Anzeichen von Schwierigkeiten war sie aus ihren Räumlichkeiten in der Festung geflohen, hatte die wenigen Soldaten und Diener um sich geschart, denen sie vertrauen konnte, und hatte einen taktischen Rückzug organisiert. Ohne jede Angst hatte sie die Muster erkannt und gewusst, dass die Invasion sehr schnell erfolgreich sein würde. Sie hatte ihren Untergebenen Avigdor losgeschickt, damit er alle Schreibtische und Schränke durchsuchte und alles, was er tragen und was ihr nach der Flucht helfen konnte, mitnahm - hauptsächlich Geldbörsen voller Dukaten und Listen mit Informanten und wichtigen Kontakten. Wie immer hatte er die Aufgabe, die sie ihm übertragen hatte, zu ihrer vollen Zufriedenheit ausgeführt.

Die Stadt war im Chaos versunken, obwohl es überraschenderweise nur sehr wenige Kämpfe gegeben hatte. Es hatte eine seltsame Entwicklung eingesetzt, in der Soldaten, die Felice als dem Kaiser treu ergeben angesehen hatte, ihren Truppen befohlen hatten, einfach die Waffen niederzulegen. Bald darauf waren die Verräter allesamt tot aufgefunden worden, umgekommen durch die eigene Hand, was ... merkwürdig gewesen war.

Die Tür, die in ihre Kajüte führte, wurde unter lautem Knirschen aufgezogen, und ein Mann drängte sich fluchend zwischen einigen Hindernissen zu ihr hindurch. Felice rieb sich die müden Augen, setzte sich auf und schwang die Beine über die Bettkante. Ihre Kleidung war zerknittert und schweißfleckig, und sie stank wie ein Matrose, der schon zu lange auf See war. Während der letzten Tage hatte sie sich um vieles kümmern müssen und keine Zeit für die nötige Körperpflege gehabt. Sie fuhr sich mit der Zunge über die pelzigen Zähne und schwor, sich sehr bald eine Wäsche zu erlauben – sobald einige Dinge geklärt waren. Dann seufzte sie und fuhr sich mit der Hand durch das ölige Haar. Ihre Zöpfe hatten sich schon vor langer Zeit gelöst, und bisher hatte sie keine Gelegenheit gehabt, sie neu zu flechten. Wenigstens hatte sie ihre Ohrringe bisher noch nicht verloren.

Avigdor erschien hinter einem Stapel aus Kisten und sah beinahe so schlecht aus, wie sie sich fühlte. Er lächelte sie an – es war das knappe, dünne Lächeln eines Mannes, der eigentlich keinen Grund mehr zum Lächeln hatte. Schweißperlen rannen an seinem Gesicht herunter, als er vor ihr stehen blieb. Sein Lächeln verwandelte sich in ein Stirnrunzeln.

»Heraus damit«, sagte sie.

»Ich habe Neuigkeiten durch meinen Freund Izak erfahren.«

Sie kniff die Augen zusammen. »Ich bin ihm begegnet. Rede weiter.«

»Rennen, einer seiner Informanten, behauptet, nach der Invasion zusammen mit einer Reihe von Personen aus der Stadt geflohen zu sein. Einer dieser Personen sind wir beide schon begegnet: Caldan, der Protektorenlehrling. Er hat Rennen gebeten, Informationen an uns zu überbringen.«

Felice warf Avigdor einen scharfen Blick zu und suchte nach Anzeichen für einen Scherz. Caldan war doch der junge Mann, der sie im Dominion-Spiel besiegt und der später Avigdors Angebot abgelehnt hatte, sich ihnen anzuschließen! Obwohl er einen guten Grund gehabt hatte, nicht auf dieses Angebot einzugehen, hatte sie ihn wegen seines seltsamen Kleinods trotzdem in ihrer Nähe haben wollen. Vielleicht war er wegen der Invasion aus der Stadt geflohen, oder ... es wäre auch möglich, dass er etwas zu verbergen hatte. Aber die Tatsache, dass er jetzt Kontakt mit ihr aufnehmen wollte, machte sie dazu geneigt, den Informationen zu trauen, die er weitergab. Doch etwas anderes, das Avigdor soeben gesagt hatte, war erst einmal wichtiger für sie.

»Dieser Rennen ist aus der Stadt entkommen und später in sie zurückgekehrt?«

Avigdor nickte.

»Dann muss er einen Weg hinein und hinaus kennen.«

»Oder er kennt Leute, die einen solchen Weg kennen.«

»Das können wir uns zunütze machen.«

»Genau mein Gedanke.«

Sie bedeutete ihm fortzufahren, während sich ihre Gedanken angesichts der neuen Möglichkeiten überschlugen.

»Caldan behauptet, dass die Invasoren, die Indryallaner, Zauberer von großer Macht sind und unbekannte Magie zur

Vernichtung der Zauberergilde und der Protektoren eingesetzt haben.«

»Unbekannte Magie?«

»Das sind seine Worte. Izak sagte, Rennen habe großen Nachdruck auf diese Formulierung gelegt.«

»Unbekannte Magie«, wiederholte sie spöttisch. »Hat dieser helle junge Mann denn keine Ideen und Theorien dazu?«

Avigdor zuckte die Achseln und sah ihr in die Augen. »Seltsam, nicht wahr?«

»Mehr als seltsam. Eindeutig verdächtig. Die überlebenden Zauberer haben hundert Theorien darüber, wie es den Indryallanern gelungen ist, die Flammen auf der Stadtmauer hervorzubringen, aber keiner von ihnen behauptet, ebenfalls dazu in der Lage zu sein. Und was die Protektoren angeht, nun ... wir haben bisher keinen gefunden.«

»Ja. Caldans Erklärung ist kurz und, wie ich zu sagen wage, verdächtig.«

Felice rieb sich die pockennarbigen Wangen und dann die Augen. »Dem stimme ich zu. Er weiß um die ›unbekannte‹ Magie, bietet aber keine Erklärung an. Soweit ich diesen Mann kenne, hätte er einige Theorien und würde sie auch darlegen, wenn er wirklich nichts Genaues darüber wüsste.« *Also haben sie zerstörerische Magie eingesetzt.* Sie sah Avigdor an. *Aber das kann ihm nicht bekannt sein.* Manches Wissen war einfach zu gefährlich. Wenn der Kaiser und seine Zauberer es je herausfinden sollten ...

In ihrer Position als Dritte Adjudikatorin hatte sie eine Vorstellung davon, wozu Magie in der Lage war, aber sogar sie wurde über sehr viele Dinge im Dunkeln gelassen.

»Das bedeutet«, sagte Avigdor, »dass er Kenntnisse erlangt hat, die er nicht mitteilen will, oder er wusste es bereits vorher und verschweigt es.«

»Ich vermute, das Letztere ist der Fall.«

»Ich ebenfalls.« Avigdor zögerte. »Wie ich Euch schon sagte, erwähnte er, dass er ein Protektorenlehrling war, was ich seltsam fand.«

»Allerdings. Ich glaube, wir erkennen beide, wohin das führt.« Sie holte tief Luft. »Die Protektoren wussten um diese Art von Zauberei. Ich weiß, dass du Fragen hast, Avigdor, aber glaube mir, wenn ich sage, dass du sie für dich selbst behalten solltest.«

Avigdor schwieg für einige Augenblicke und dachte über ihre Worte nach, dann nickte er.

Felice lächelte kurz. Sie hasste es, ihn im Ungewissen zu lassen, aber es war zu seinem eigenen Besten. »Vielleicht besaßen sie dieses Wissen erst seit kurzer Zeit, aber eigentlich bezweifle ich das. Die Indryallaner sind auf die Protektoren losgegangen, weil sie wussten, dass sie die Einzigen waren, die Widerstand leisten konnten, und dann haben sie sich zur Sicherheit auch noch die übrigen Zauberer vorgenommen.«

»Nur für den Fall, dass sie ebenfalls etwas wussten oder die Protektoren unter ihnen Hilfe für den Notfall positioniert hatten.«

»Genauso würde ich es machen. Aber die Magie der Invasoren hat obsiegt, und die Protektoren und Zauberer wurden dahingerafft. Und angesichts des fehlenden Widerstands durch die kaiserlichen Soldaten scheint auch an dieser Front etwas schiefgegangen zu sein.«

»Daran arbeiten wir noch«, sagte Avigdor. »Informationen sind schwer zu bekommen, wie Ihr wisst. Es sieht bisher so aus, als ob die meisten Kommandanten entweder falsch über den Angriff unterrichtet waren oder sich schnell ergeben haben.«

»Glaubst du, das steht mit dem in Zusammenhang, was Caldan uns verschweigt?«

»Das kann ich nicht sagen ... doch es scheint mir doch etwas weit hergeholt zu sein.«

Felice stimmte ihm zu, aber der Gedanke nagte noch immer an ihr. »Was hat Rennen sonst noch zu sagen?«

»Nur dass die Protektoren allesamt tot sind und wir versuchen sollten, die Protektoren in anderen Städten zu warnen, falls es uns möglich ist, und dass die Invasoren Anasoma aus einem ganz bestimmten Grund eingenommen haben müssen.«

»Aus einem ganz bestimmten Grund ... nun, das ist wohl offensichtlich«, sagte sie trocken. »Vielleicht wäre es doch falsch gewesen, ihn zu rekrutieren.«

»Das glaube ich nicht, Mylady. Was ihn so anziehend macht, ist auch der Umstand, dass keine Falschheit in ihm ist. Er ist von der ehrlichen Sorte, und für solche Menschen haben wir durchaus Verwendung.«

»Vermutlich. Aber ... glauben wir den Informationen unbesehen? Und wenn ja, was machen wir damit, wo wir doch in dieser Stadt festsitzen und keine Protektoren übrig sind?«

»Nun, er hat Rennen mit seiner Nachricht zu uns geschickt. Und Rennen hat einen Weg durch die Blockade gefunden.«

Felice lächelte. »Das stimmt allerdings, Avigdor. Es scheint, dass die lange Zeit auf diesem Schiff meinen Verstand ein wenig eingenebelt hat. Also hat Caldan zumindest vorhergesehen, dass du die Möglichkeiten erkennst.«

»Oder Ihr, Mylady«, sagte er. Er wollte höflich sein, und sie war erstaunt, dass sie es sich gefallen ließ. Er fuhr fort: »Wenn wir Rennen benutzen, können wir zumindest Botschaften an andere Städte und nahe Außenposten senden. Doch jedermann in der Nähe wird bereits wissen, dass die Stadt verbarrikadiert ist, denn die Bauern und Händler von außerhalb sind ja an den Stadttoren abgewiesen worden.«

»Sie haben zwar keine genauen Informationen, aber wir können sie ihnen geben. Also ... stell zwanzig von unseren Männern und Frauen zusammen, schicke sie je zu zweit los und suche zehn Städte und Außenposten aus, die wir warnen sollten. Von dort aus können die Informationen an jeden weitergegeben werden, der sie benötigt. Aber weiter solltest du nicht gehen, denn wir haben andere Prioritäten.«

Avigdor runzelte die Stirn. »Andere Prioritäten?«

»Wir müssen die Invasoren überall dort treffen, wo es uns möglich ist. Ich werde mich nicht zurücklehnen und abwarten, bis Hilfe eintrifft. Wir sollten mit Izak sprechen und hören, was er sonst noch von Rennen erfahren hat - aber nicht hier, denn dieser Ort soll geheim bleiben. Wenn es ihnen schon möglich war, die Zauberer und Protektoren auszuschalten, wären wir verloren, wenn wir diesen Rückzugsort nicht mehr hätten. Also sollten wir uns irgendwo im Dockland treffen. Sorge dafür, dass er allein kommt.«

»Natürlich. Und ich werde versuchen, mehr über diese ›unbekannte‹ Magie herauszufinden. Vielleicht könnte es etwas bringen, einen der Gefangenen zu befragen?«

»Eine gute Idee. Wir müssen genau wissen, wozu sie in der Lage sind. Aber sei vorsichtig. Unsere Leute werden umgebracht oder verschwinden mit beängstigender Geschwindigkeit.«

Avigdor nickte niedergeschlagen.

»Also gut. Vereinbare ein Treffen«, sagte Felice. »Und wenn du einige von den Invasoren in die Hände bekommst, mach mit ihnen, was du für richtig erachtest. Ich halte nicht viel von Folter, aber wir müssen wissen, womit wir es zu tun haben.« Sie stand auf. »An die Arbeit.«

Felice saß auf den Laken, hatte den Rücken gegen das Kopfbrett gelehnt und schloss die Augen. Das Zimmer quoll geradezu an Üppigkeit und schlechtem Geschmack, wie er vermutlich überall in den Edelbordellen der Stadt anzutreffen war, über.

Fresken mit erotischen Szenen schmückten die Wände. Die Möbel waren von guter Qualität, aber die vorherrschende tiefrote Farbe verursachte ihr Kopfschmerzen. Sie erinnerte

Felice an Blut und an die Befragung der beiden Indryallaner, die sie gestern gefangen genommen hatten. Es waren keine angenehmen Erinnerungen, und sie hoffte, dass sie mit der Zeit verblassten. Außerdem hatte sie nicht viel von den Indryallanern erfahren, was eine Schande war. Sie hegten den Irrglauben, dass sie hier waren, um die Bewohner des Reiches zu befreien, aber keiner von ihnen wusste etwas über Zauberei. Vielleicht musste sie einen ihrer Zauberer erwischen.

Felice atmete tief durch und versuchte sich zu entspannen. Avigdor sollte bald mit Izak hier eintreffen. Er hatte diesen Ort wegen der Diskretion ausgesucht – hier fiel ein heimliches Treffen zwischen einer Frau und zwei Männern nicht weiter auf – und sie musste zugeben, dass er eine gute Wahl getroffen hatte. Dennoch hoffte sie, dass niemand sie erkannte. Schließlich brauchte sie ihren guten Ruf noch, wenn all das hier vorbei war.

Es klopfte an der Tür, und sie richtete sich ein wenig auf, kreuzte die Beine unter sich und lehnte mit dem Rücken weiterhin gegen das Kopfbrett. Ein Schlüssel klapperte im Schloss, und die Tür wurde geöffnet und enthüllte Avigdor, gefolgt von Izak.

Izak war makellos gekleidet, wie üblich: teure Stücke, silberne Knöpfe am Hemd, und sein ergrauendes Ziegenbärtchen war erst vor Kurzem gestutzt worden. Ihre eigene Erscheinung wirkte daneben abgerissen und ungepflegt. Sie fuhr sich mit der Hand durch die Haare und glättete einige gelockerte Strähnen.

Avigdor und Izak plauderten freundlich miteinander, während Avigdor die Tür hinter ihnen schloss und verriegelte. Mit einer knappen Geste schickte er Izak zu einem der Polsterstühle. Izak drehte sich um und blieb entsetzt stehen, als er Felice bemerkte.

»Mylady!«, rief Izak und verneigte sich aus der Hüfte heraus. Er ging auf sie zu, und bevor sie etwas unternehmen konnte, ergriff er ihre Hand und berührte sie mit seinen Lippen. »So lieblich wie immer.«

Lügner. Sie neigte ihm den Kopf zu. »Bitte nimm Platz.«

Izak gehorchte; seine Stiefel schabten über den Teppich auf dem Boden. Vorhin hatte sie die Stühle so gestellt, dass sie dem Bett zugewandt waren. Izak wich ihrem Blick aus und regte sich unbehaglich. Die Ausstattung des Zimmers und der Umstand, dass sie sich in einem Bordell trafen, machten ihn nervös, und das war ein weiterer Grund, warum Avigdor diesen Ort für das Treffen ausgewählt hatte.

»Verzeih die Umgebung«, sagte Felice. »Aber wir waren der Meinung, dass es das Beste sei, dieses Treffen so geheim wie möglich zu halten, und die Abgeschiedenheit dieses Hauses ist ideal dafür, auch wenn es schwer zu finden ist.«

»Oh, ich kenne es gut.« Izak zögerte, und er wurde bleich, als er begriff, was er soeben gesagt hatte.

Avigdor legte die Hand vor den Mund und versteckte dahinter ein Grinsen.

»Was ich sagen wollte ...«, begann Izak und räusperte sich. »Mylady, wenn ich betonen darf ...«

»Das darfst du nicht«, unterbrach Felicienne ihn.

Izak verstummte und war offenbar verblüfft darüber, dass ihm das Wort so grob abgeschnitten worden war.

Felice schloss die Augen und seufzte tief. Sie hatte das Gespräch anders beginnen wollen, aber sie war so ungeheuer müde. Doch vielleicht reichte es ihr sogar zum Vorteil. »Verzeih meinen Ausbruch. Wir alle sind aufgrund der jüngsten Ereignisse sehr angespannt. Uns läuft die Zeit davon. Ich habe dieses Treffen einberufen, weil ich mit euch besprechen will, was wir gegen die Invasion tun können.«

»Tun?«, fragte Izak. Er sah Avigdor an, der mit den Schultern zuckte.

»Ja, *tun.* Falls du es noch nicht bemerkt hast: Wir sind im

Krieg, und dagegen müssen wir etwas unternehmen. Wir wissen, dass du gute Verbindungen hast, und wir müssen sie benutzen. Daher nehme ich dich hiermit offiziell in den Widerstand auf.«

Izak prustete und stand auf. Er schaute hinüber zu Avigdor.

»Tut mir leid«, sagte Avigdor ohne großes Mitgefühl.

Izak sah Felice finster an. »Was für ein Widerstand? Und was könnte ich wohl dazu beitragen? Ich habe mich vermutlich selbst verdammt, indem ich mich mit Euch treffe.«

»Beruhige dich«, sagte Felice. »Und setz dich wieder. Bitte.« Sie wartete, während Izak noch einige Augenblicke wütend dastand, dann nahm er abermals Platz. »Gut. Bestimmt sind wir alle der Meinung, dass die Köcherer ein wenig ... wirkungslos waren.«

»Ja«, sagte Izak. »Das war schwer zu übersehen. Sie haben überhaupt keinen Widerstand mehr geleistet, als die blauen Flammen plötzlich die Stadt umgaben.«

Felice lächelte dünnlippig. »Und deswegen müssen wir mehr Menschen für unsere Sache verpflichten. Insbesondere solche, die uns helfen können, Informationen zu sammeln.«

»Nicht mich!«, rief Izak. »Ich stecke meinen Kopf lieber in den Sand, bis diese ganze Sache vorbei ist. Und ich gehe jedem Unheil aus dem Weg, solange noch keine Klarheit herrscht.«

»Aber ich fürchte, das passt nicht zu *meinem* Plan, und da ich Vollmacht vom Kaiser persönlich habe, muss ich von dir verlangen, dich mir anzuschließen.«

Izak wollte etwas entgegnen, aber Felice hob die Hand.

»Und jetzt kommt die gute Nachricht: Ich werde von dir nicht wesentlich mehr verlangen als das, was du bisher schon getan hast. Ich will, dass du deine Position dazu benutzt, Informationen für uns zu besorgen. Du bist bei den Adligen und in etlichen Beamtenkreisen wohlbekannt.«

»Und was ist die schlechte Nachricht?«

»Offensichtlich kannst du das nicht tun, indem du deinen Kopf in den Sand steckst, wie du es ausgedrückt hast. Ich brauche jemanden im Innern des Systems. Die Indryallaner benötigen die Beamten, damit das System weiterläuft und die Störungen so gering wie möglich sind. Also musst du einfach das tun, was du schon immer getan hast ... und dabei Augen und Ohren für uns offenhalten.«

Izak runzelte die Stirn und rutschte auf seinem Stuhl herum. »Das klingt nicht allzu schlimm. Ich vermute, ich brauche Codewörter und geheime Orte, wo ich Nachrichten hinterlegen kann, nicht wahr?«

Sie seufzte. *Stets wollen sie Codewörter und sichere Orte haben. Wie kommt es, dass niemand begreift, wie die Spionagearbeit wirklich funktioniert?* »Nein. Gib alle Informationen einfach an Avigdor weiter.«

»Oh. Ich war der Meinung, Ihr wollt ... Egal. Das werde ich tun. Und zwar, weil Rennen mir gesagt hat, was sie mit Caldans Freundin Miranda gemacht haben.«

Felice richtete sich auf und warf Avigdor einen kurzen Blick zu, der ihn gleichermaßen verunsichert erwiderte. »Was willst du damit sagen?«

»Ihre Zauberei.« Izak machte eine weite Handbewegung. »Sie haben den Tunnel unter den Mauern gesprengt und dabei irgendwie den Geist des armen Mädchens völlig durcheinandergebracht.«

»Fang von vorn an«, sagte Felice. »Was ist nach Rennens Meinung genau geschehen?«

»Ihr wisst doch von ihrer Zauberei, oder? Ich meine ... das hatte ich angenommen.«

»Geh davon aus, dass wir keine Ahnung haben, wovon du sprichst.«

»Als Caldan, Elpidia und die anderen geflohen sind, haben sich Zauberer auf die Jagd nach ihnen gemacht.«

»Zauberer?«

»Ja. Zwei Indryallaner.«

»Wirklich?« Felice kniff die Augen zusammen und sah Avigdor an.

»Ich habe nicht daran gedacht, ihn weiter zu befragen«, sagte Avigdor. »Sobald er mir von Caldan erzählt und gesagt hatte, was er uns mitteilen muss, habe ich die Informationen unverzüglich zu Euch getragen. Wie Ihr selbst sagtet, muss diese lange Tatenlosigkeit meinen Geist beeinträchtigt haben.«

Felice schenkte ihm ein trockenes Lächeln und richtete dann den Blick wieder auf Izak. »Fahre fort.«

»Caldan ist es gelungen, die Angriffe der Zauberer abzuwehren. Sie haben das Gebäude zerstört, das den Eingang zu dem Tunnel verdeckt hat, aber Caldan konnte sie aufhalten, sodass seine Gruppe zur Flucht in der Lage war. Anscheinend war es ein spektakulärer Anblick: Blitze flogen umher, und Staubwolken ...« – er wedelte mit den Händen in der Luft herum – »... und es ertönte ein ohrenbetäubender Lärm wie Donnerhall. Rennen war sehr eingeschüchtert. Caldan hat es unverletzt überstanden, aber Miranda, sein Mädchen, hatte nicht so viel Glück. Sie haben irgendetwas mit ihrem Verstand gemacht. Danach konnte sie kaum mehr gehen oder sprechen.«

Das roch nach verbotener Zauberei. Felice machte eine ausdruckslose Miene, während Avigdor ihr Gesicht beobachtete und falkengleich nach einer Reaktion suchte.

»Es ist ihm gelungen, einen der beiden Zauberer zu töten, und den anderen hat er gefangen genommen«, fuhr Izak fort. »Es handelt sich um eine Frau. Der Tote ist Schlüsselchen – das hat zumindest Rennen gesagt. Ich glaube, er und die Zauberin waren ... ein Liebespaar, oder zumindest standen sie sich sehr nahe. Die Frau war sehr aufgebracht, als Schlüsselchen gestorben ist.«

Felice warf Avigdor einen vernichtenden Blick zu. Er senkte den Blick zu Boden. »Anscheinend besitzt du viel mehr Informationen, als ich zuerst geglaubt habe. Könntest du bitte diesen Kampf ausführlicher schildern und uns sagen, wer die gefangen genommene Zauberin ist?«

»Rennen sagt, sie nennt sich Glöckchen. Ich glaube, sie hat sich diesen Namen aus Affektiertheit zugelegt, denn sie hat sich eine Menge magisch aufgeladener Glocken ins Haar gesteckt. Er hat gesagt, sie sei gefährlich. Das hat er an der Art abgelesen, wie sie sich aufgeführt und was sie nach ihrer Gefangennahme gesagt hat. Sie wirkte zuversichtlich und anmaßend. Wer wäre das nicht, wenn er mit solcher Zauberei um sich werfen kann?« Izak schwenkte die Finger. »Blitz und Donner. Dabei läuft es mir kalt den Rücken herunter. Das sollte unmöglich sein.« Er runzelte die Stirn und verschränkte die Arme vor der Brust.

Felice wischte Izaks Worte mit einer Handbewegung fort, als ob sie unwesentlich wären, doch nichts konnte weiter von der Wahrheit entfernt sein. Sie brauchten Izak, aber sie mussten auch dafür sorgen, dass er seine Informationen nicht als allzu wertvoll ansah. Während sich für Felice allmählich ein Bild des Ganzen ergab, behielt sie doch eine ausdrucklose Miene bei, auch wenn Avigdor, der hinter Izak stand, deutlich zeigte, dass er die richtigen Schlüsse zog.

Ihr Wissen war bruchstückhaft: Über einiges war sie selbst gestolpert, anderes hatte sie von ihrem alten Meister erfahren. Außerdem kannte sie einige Zauberer, doch diese waren für gewöhnlich sehr verschlossen. Als Felice sie bedrängt hatte, ihr mehr zu verraten, war es nicht gut für sie ausgegangen. Wenn man vom Kaiser oder seinen Zauberern den Befehl bekam, nicht weiter nachzuforschen, dann hielt man sich daran. Es erklärte auch vieles hinsichtlich der Invasoren und der Protektoren.

Felice streckte die Beine aus und ging hinüber zu Izak. Sie kniete sich vor ihn und sah ihm in die Augen. »Danke. Das ist eine bemerkenswerte Geschichte, und ich bin froh, dass du sie uns erzählt hast. Aber ich will offen zu dir sein: Wir brauchen dich. Wir brauchen deine Kontakte und dein Netzwerk in der Bevölkerung. Es vervollständigt das unsere und wird uns dabei helfen, dieser Invasion Widerstand zu leisten. Du musst dir im Klaren darüber sein, dass wir uns im Krieg befinden, Izak, und zwar gegen einen Feind, den wir kaum kennen.« Allerdings wusste sie eine Menge über das, wozu dieser Feind fähig war.

Aber was wollen sie erreichen?

Izaks Gesicht war rot angelaufen – ob aus Stolz oder wegen ihrer Nähe, vermochte sie nicht zu sagen. Beides führte zu dem gewünschten Ergebnis. Er schluckte heftig. »Solange es mich nicht umbringt ...«

»Tot nützt du mir nichts«, sagte sie und lächelte. Felice klopfte ihm auf das Knie und stand auf. »Wir müssen Seite an Seite kämpfen. Das meine ich in rein übertragenem Sinne, soweit es dich angeht, Izak. Es gibt mehr als nur einen Weg, diesen Invasoren zu trotzen, und wir haben Männer fürs Grobe. Informationen sind deine Waffe, und sie ist für uns genauso wertvoll. Also, dieser Weg hinaus aus der Stadt ...?«

Izak setzte sich unter dem Lob ein wenig aufrechter. »Rennen hat vielleicht ein paar Freunde, die einen anderen Tunnel haben. Die Indryallaner werden inzwischen den eingenommen haben, den Rennen vorher benutzt hat.«

»*Vielleicht?* Ich nehme an, damit willst du sagen, dass sie einen Tunnel haben, aber es könnte schwierig für uns sein, Zugang zu ihm zu erhalten?«

»Äh, ja. Diese Leute ... sie verdienen ihre Dukaten nicht auf legalem Weg. Wenn jemand von ... Eurer Stellung sich an sie wenden würde, wären sie vermutlich nicht sehr erfreut.«

»Du kannst es für uns durch Rennen arrangieren. Wir müssen zwanzig Personen nach draußen bringen.«

»Zwanzig! Das wird Euch eine Menge kosten.«

»Mylady«, sagte Avigdor, »Geld ist ein Problem.«

»Ich weiß. Wir brauchen einen Plan.« Felice ächzte vor Verbitterung über ihre missliche Lage. Es war ihr zwar gelungen, die meisten Personen in ihrer Abteilung zu warnen und ihnen Verstecke zu verschaffen, wenn auch nur in den verrottenden Schiffswracks, in denen auch sie selbst Unterschlupf gefunden hatte, aber ihre Leute waren keine Soldaten. Sie waren außerordentlich fähig, was ihre Aufgaben anging, doch sie konnten keinen wirkungsvollen Feldzug gegen die Invasoren führen. Und wie Avigdor soeben betont hatte, waren ihre Geldmittel äußerst beschränkt. Die wenigen Dukaten, die sie vor der Flucht hatte retten könnten, waren beinahe aufgebraucht. Ihre Rücklagen waren von Anfang an gering gewesen, und sie wurden immer geringer.

Sie schaute hoch zur Decke, die mit unzüchtigen Fresken bedeckt war. »Irgendwelche Vorschläge?«, fragte sie.

Avigdor nahm wieder Platz und faltete die Hände. Er nahm sich Zeit, über ihre Lage nachzudenken, wie es seine Art war.

Neben ihm zog Izak ein Taschentuch aus der Hose und wischte sich die Nase ab, dann hob er die Hand. »Wenn ich es mir erlauben darf«, sagte er.

Felice bedeutete ihm, er solle fortfahren.

»Danke. Nun, offenbar werden wir nicht die Adligen um Unterstützung angehen können. Zumindest nicht, was Geld angeht. Solange sie nicht genau wissen, aus welcher Richtung der Wind weht, dürfen wir uns nicht auf sie verlassen. Und bei den Kaufleuten wird es genauso sein.« Er stand auf und lief im Zimmer hin und her. »Sie werden erst einmal das festhalten, was sie haben – für den Fall, dass die Lage schlechter werden sollte. Vorräte, Nahrung, Waren, Dukaten – es wird unmöglich sein, jetzt etwas von ihnen zu bekommen, und viele würden Euch wegen des Kopfgeldes verraten, das auf Euch ausgesetzt ist. Nein, wir müssen Leute finden, die sehr reich sind, an ihre angeborene Habgier appellieren und sie davon überzeugen, dass diese Situation rasch beendet sein wird, wenn der Kaiser zurückschlägt. Dann werden sie zehnfach belohnt und erhalten den tiefen Dank des Kaisers. Das sollte reichen, um den einen oder anderen an Bord zu holen.«

»Aber wie du korrekt gesagt hast, würde im Augenblick kein Adliger und auch kein Kaufmann so etwas tun«, sagte Avigdor.

Felice nickte. Es musste doch etwas geben, was sie tun konnte. Sie durfte nicht einfach aufgeben. »Was hast du sonst noch gehört?«

»Ah«, meinte Izak mit einem selbstgerechten Lächeln. »Da gibt es ein interessantes Gerücht, das mir einer meiner Freunde mitgeteilt hat. Eine der größten Handelsgesellschaften hat die Tage unmittelbar vor der Invasion damit verbracht, so viele ihrer Waren wie möglich aus Anasoma herauszubringen, einschließlich der Dukatenreserven von ihrem Bankenzweig.«

»Wer sind diese Kaufleute? Sie mussten gewusst haben, was kommt.« Was genau war dieser Gesellschaft bekannt gewesen? Und wovor hatten sie Angst gehabt?

»Es handelt sich um die Handelsgesellschaft der Fünf Ozeane«, sagte Izak. »Einige ihrer Büros haben noch geöffnet und werden mit einer Notbesetzung betrieben.«

Felice fuhr sich mit der Hand durch das ölige Haar. Es musste unbedingt gewaschen werden. »Das sind verdächtige Aktivitäten. Ich frage mich, woher sie es wussten ... und warum sie nicht vollständig geflohen sind.«

Felice setzte sich wieder auf das Bett und runzelte nachdenklich die Stirn. Izak öffnete den Mund und wollte etwas sagen, wurde aber durch eine Bewegung von Avigdors Hand zum Schweigen gebracht.

Sie betrachtete die Lage aus jedem möglichen Blickwinkel, aber alles lief auf die Tatsache hinaus, dass sie noch mehr Informationen benötigte. Wenn diese Kaufleute im Bund mit den Indryallanern stehen würden, dann wären sie geblieben. Das war offensichtlich. Falls ihre Abreise kein reiner Zufall gewesen war - aber an Zufälle glaubte sie nicht -, dann hatten sie mehr Informationen als Felice, und das ärgerte sie. Izak hatte davon gesprochen, dass gefährliche, geheime Zauberei benutzt worden war. Was war, wenn die Kaufleute davon gewusst hatten? War das möglich?

Sie musste diese Kaufleute befragen und herausfinden, was sie wussten.

»Es bleibt uns nichts anderes übrig, als Kontakt mit ihnen aufzunehmen«, sagte sie. »Mit den Kaufleuten. Und zwar vorsichtig.«

»Ich möchte betonen«, fuhr Izak fort, »dass wir nicht wissen, warum sie aus der Stadt gezogen sind und ob es überhaupt etwas mit der Invasion zu tun hatte.«

»Es passt zu den Fakten«, erwiderte Felice.

»Zu denen, die wir kennen«, fügte Avigdor hinzu. »Aber ich gebe zu, dass ihr Verhaltensmuster nicht allzu viele Deutungen zulässt. Izak, du musst uns vertrauen. Diese Kaufleute wussten von der Invasion, bevor sie sich ereignet hat, und sie wollten nicht hier sein, wenn es so weit ist.«

»Aber ...«, stammelte Izak, »wie könnten sie es gewusst haben, es sei denn, sie sind mit den Indryallanern verbündet? Ich meine, immerhin habt sogar Ihr es nicht gewusst.« Er hielt inne, und sein Gesicht wurde rot. »Ich wollte Euch nicht beleidigen.«

Felice seufzte. »Vermutlich sind sie nicht mit ihnen verbündet. Das würde bedeuten, dass sie bessere Informationen als wir haben, was ich aber bezweifle. Oder sie haben in bestimmten Ereignissen ein Muster gesehen und daraus geschlossen, dass eine Invasion bevorsteht, was ich aber ebenfalls bezweifle. Darin sind wir die Besten, und wir haben es nicht kommen gesehen. Also haben sie auf andere Weise davon erfahren.«

»Wie?«, murmelte Izak.

»Ohne Informationen sind unsere Spekulationen sinnlos«, sagte Avigdor lässig, sah Felice an und neigte dabei den Kopf in Izaks Richtung.

Felice wusste, dass er ihren Worten genau gefolgt und zu den gleichen Schlussfolgerungen gekommen war. Dass die Fünf Ozeane die Stadt verlassen hatten, deutete eine Verbindung zu den Indryallanern an, und deshalb war es sinnvoll, sie zu befragen. Sie mussten auf alle Fälle gründlich vorgehen. »Wir haben keine Wahl. Izak, du wirst für uns den Kontakt mit ihnen herstellen.« Sie lächelte ihn süßlich an.

»Wie? Ich? Aber ...«

»Psst. Du verkehrst in denselben Kreisen, und zweifellos macht der eine oder andere deiner Bekannten Geschäfte mit der Handelsgesellschaft der Fünf Ozeane. Wir wissen bereits eine Menge über ihre Tätigkeiten, aber offenbar ist uns etwas Wichtiges entgangen. Finde mehr heraus, dann können wir ein Empfehlungsschreiben verfassen, das ihr Interesse wecken wird.« Aber sie mussten vorsichtig sein. Wenn die Handelsgesellschaft der Fünf Ozeane tatsächlich im Bündnis mit den Indryallanern stand, konnte dies auch in einer Katastrophe enden. Es war eine gefährliche Situation.

»Ich ... bei den Ahnen ...« Izaks Gesicht war ganz bleich geworden. »Was ist, wenn sie uns hintergehen und eine Falle stellen?«

»Still. Wir können ein Treffen an einem Ort vereinbaren, an dem du sicher bist und die Gespräche belauschen kannst. Du wirst geschützt sein. Das verspreche ich dir.«

»Wir könnt Ihr mir so etwas versprechen? Wenn sie glauben, dass ich etwas über sie weiß, was niemand wissen darf, dann bin ich verloren!«

Felice lachte höhnisch. »Ein gut geschriebener Brief an sie, in dem alles steht, was wir wissen, und einiges, was wir vermuten, wird bei ihnen großes Interesse wecken. Insbesondere falls sie vor den Indryallanern geflohen sein sollten.«

»Falls? Ich dachte, Ihr seid Euch dessen sicher?«

»So sicher, wie man sich nur sein kann.«

»Aber ...«

»Genug, Izak, bitte. Es ist eine einfache Aufgabe. Finde mehr über diese Handelsgesellschaft heraus, dann schicken wir ihnen einen Brief und locken einige von ihnen, die wichtig genug sind, zu einem Treffen. Und dort befragen wir sie. Danach haben wir weitaus mehr Informationen als vorher. Du siehst, es ist ganz einfach.«

Izak schluckte und nickte langsam.

»Gut«, fuhr Felice fort. »Avigdor wird dich morgen um diese Zeit kontaktieren, und du kannst ihm mitteilen, was du bis dahin erfahren hast. Dann werde ich den Brief vorbereitet haben. Wir müssen rasch handeln.«

Izak verneigte sich vor Felice. »Lebt wohl. Auch wenn ich mich großer Gefahr aussetze, tue ich es gern, Mylady - für Euch.« Er streckte die Hand aus, doch Felice beachtete sie nicht. Irritiert räusperte er sich und glättete sich mit großer Geste das Ziegenbärtchen. »Ähem ... Dann also bis morgen.«

Avigdor stand auf, schüttelte ihm die Hand und lächelte freundlich. Einige leise Worte wurden zwischen den beiden gewechselt, dann verließ Izak den Raum.

Avigdor verriegelte die Tür hinter ihm und trat vor Felice.

»Morgen Nachmittag«, sagte er, »wird Rennen also zwanzig unserer Leute aus der Stadt schmuggeln und sich mit Izak treffen. Was ist mit den Dukaten, die Rennen brauchen wird? Die

Leute, mit denen er es zu tun hat, werden ihre Bezahlung im Voraus erwarten.«

»Überlass das mir. Bis morgen werde ich ein wenig Geld aufgetrieben haben.« Sie besaß einige persönliche Habseligkeiten, die sie verkaufen konnte. Es würde ihnen erst einmal weiterhelfen.

Mit einem Ausdruck der Besorgnis hob Avigdor eine Braue, aber er sagte nichts.

Ein letztes Mal betrachtete Felice die geschmacklose Raumdekoration. »Avigdor, kannst du die Rechnung für das Zimmer begleichen? Ich muss mich sofort an die Arbeit machen und ein paar Dukaten holen sowie den Brief schreiben.«

»Natürlich. Ich glaube, es ist bei solchen Gelegenheiten üblich, dass der Mann die Rechnung bezahlt.«

Sie schenkte ihm einen müden Blick. »Das ist nicht lustig.«

6

Nie zuvor in seinem Leben hatte sich Amerdan eine solche Zurückhaltung auferlegen müssen. Glöckchen und Caldan waren so nahe, und doch hielt ihn etwas vom Tätigwerden ab: ein Zupfen, beinahe körperlich spürbar, jedes Mal dann, wenn er nach seinem Messer griff. Er vermochte nicht zu sagen, was es war und was ihn davon abhielt. Dotty, die Lumpenpuppe, wand sich wie eine Katze, die gefangen unter seinem Hemd steckte, wenn er seine Hand ausstreckte. Zwei Zauberer – und er konnte sich einfach nicht dazu bringen, sie zu töten ... noch nicht.

In seinem Kopf surrte es bei diesen Gedanken, und er leckte sich die Lippen – beinahe hätte er gesabbert. Aber er entschied, dass es zu gefährlich war. Das war es, was ihn abhielt. Er kicherte leise.

Gefährlich. In seinen Gedanken drehte er das Wort hin und her. Er war sich sicher, dass er es mit allen aufnehmen konnte. Caldan war derjenige, der ihm die meisten Sorgen machte, aber ein schneller Stich mit seinem Messer würde den jungen Mann rasch erledigen. Dann wären die Soldaten an der Reihe, gefolgt von Elpidia. Und am Ende wäre er mit Glöckchen allein.

Aber dann hätte er nur eines, wo hier doch zwei begabte Gefäße existierten ... Nein. Das war nicht richtig. Warum sollte er bloß eines nehmen, wenn zwei so viel besser wären?

Und so wartete er ab. Und hielt sich zurück. Nacht für Nacht. Tag für Tag.

Amerdan schloss die Augen und lehnte sich gegen die raue Borke eines Baumes. Er lauschte in die Nacht hinein und ließ es zu, dass sie um ihn herum und durch ihn hindurch floss. Grillen zirpten. Kleine Nachttiere raschelten im Gras und in den Blättern. Stimmen trieben vom Lager herbei, hauptsächlich die der groben Köcherer, aber hin und wieder auch die von Caldan und Elpidia. Er hatte das Lager verlassen, nachdem sie zur Nacht angehalten hatten. Denn er hatte einfach allein sein müssen.

Nun, da er endlich allein war, durfte er die Haut abstreifen, die er in ihrer Gegenwart angelegt hatte. Sie drückte und war ein andauerndes Gewicht auf seinen Schultern. In seinem Laden hatte es wenigstens Zeiten gegeben, in denen er keine Kundschaft gehabt hatte und sich entspannen konnte. Doch hier draußen, wo er andauernd beobachtet wurde, gab es für ihn keine Möglichkeit, sich gehen zu lassen. Er durfte nicht er selbst sein.

Unvermittelt sprang er auf die Beine und begab sich noch weiter vom Lager weg. Das vom Abendtau feuchte Gras benetzte seine Hose. Tiere und Insekten hörten und spürten ihn kommen und erstarrten oder huschten davon. Aber er sah sie alle. Für ihn war die Nacht hell, so wie es schon seit Jahren der Fall war. Eines der Gefäße, die er in sich aufgenommen hatte, war für einige Überraschungen gut gewesen. Oder vielleicht hatte er sich auch nur bereits am Rande befunden, und die Gaben jener Frau hatten ihn über den Rand gekippt. Es war letztlich gleichgültig.

Er bemerkte schwaches Licht und änderte seinen Weg. Es war weit entfernt, aber ... zu ruhig für ein Lagerfeuer.

Ist es das, wonach du suchst?, fragte er sich selbst. *Ist es das, was du brauchst?*

Er wurde schneller, bahnte sich einen Weg durch das Dickicht der Bäume hindurch. Ein breiter Bach schnitt ihm den Weg ab, aber er hielt kaum inne, bevor er hindurch watete, während er seine Stiefel über den Kopf hielt. In der Mitte reichte ihm der Bach bis zur Hüfte, und er nahm einige Handvoll Wasser und löschte damit seinen Durst. Es schmeckte süß, aber es genügte ihm nicht. Gerade dürstete er nach etwas anderem.

Er blieb zwischen den Steinen auf der anderen Seite stehen, wrang seine Hose aus und beobachtete das Wasser, das dabei auf die Felsen spritzte. Der Wind frischte auf und heulte in den schwankenden Bäumen. Staub und Blätter umwirbelten ihn, und er blinzelte und drehte den Kopf weg von der Brise. Er kam zu einem schmalen Pfad, der ausgetreten war und zu dem Bach führte – oder von ihm weg, je nach der Blickrichtung.

Seine Stiefel verursachten kaum einen Laut, als er dem schmalen Weg hin zum Licht folgte. Zu beiden Seiten wich die Wildnis bestellten Feldern. Als er näher kam, löste sich das Licht zu zwei einzelnen, stetigen Quellen auf. Wenige Minuten später erkannte er, dass sie rechteckig waren, und er grinste. Fenster.

Amerdan blieb auf dem Pfad und machte sich nicht mehr die Mühe, sich zu verstecken. Zu dieser Nachtzeit war es unwahrscheinlich, dass ihn jemand beobachtete. Die Bewohner waren sicherlich im Innern des Hauses und hatten die Türen und Fenster gegen den Wind und die Finsternis verbarrikadiert.

Ein Tor ragte vor ihm auf, und er blieb stehen. Es war von guter Qualität und gehörte zu einem Zaun, der das ebenfalls gut erhaltene Gebäude umgab. Es waren keine fehlenden Schindeln zu sehen, und kein Unkraut wuchs auf dem Dach. Jemand hatte sich hier ein Heim geschaffen, das er liebte. Eine Familie vielleicht.

Ein gutturales Knurren schreckte ihn auf, dann sprang ihn der Hofhund an. Er jaulte auf, als Amerdan sich mit seinem ganzen Gewicht auf das Tier warf und ihm das Messer in Höhe des Herzens in den Rumpf rammte. Mit der einen Hand hielt Amerdan dem Tier die Schnauze zu, sodass es nur noch leise jaulen konnte. Bald lag es ganz still da. Seltsamerweise war eine rote Schnur um sein Lederhalsband geschlungen.

Eine Minute lang lag Amerdan auf dem Hund, reglos und still. Als er sicher war, dass niemand die Laute des Hundes gehört hatte, stand er auf und wischte sich Hose und Hemd ab. Es wäre ungezogen, schmutzig und schäbig in das Heim eines Fremden zu treten.

Gegen das Blut konnte er natürlich nichts unternehmen.

Rechts von ihm schwang das Scheunentor im Wind auf und schlug gegen den Pfosten. Offensichtlich hatte der Bauer nicht mit solchem Wetter gerechnet, und er hatte es versäumt, dafür zu sorgen, dass alles fest verschlossen war. Amerdan ließ den Hund im Schmutz liegen, ging zu dem Scheunentor und trat es zu. Es erzitterte in seinen Angeln.

Komm schon, liebevoller Bauer. Das sollte dich herauslocken.

Eines der Fenster wurde kurz dunkel, als jemand vor der Lichtquelle hin und her ging. Amerdan gab dem Tor einen weiteren Tritt, und wieder prallte es gegen den Pfosten. Dann machte er ein paar Schritte zur Seite und hockte sich hinter eine Wassertonne.

Ein senkrechter Lichtstrich spaltete die Nacht, als die Tür des Hauses eine Handbreit geöffnet wurde. Ein Kopf wurde herausgestreckt, und Amerdan hörte einen Mann mit tiefer Stimme fluchen.

Die Tür schwang auf, und ein großer, bulliger Kerl trat auf die Veranda und schirmte die Augen gegen den Wind ab. Er stieß einen Pfiff aus und wartete. Mit seinen übernatürlich scharfen Augen sah Amerdan, wie der Mann die Stirn runzelte, als der Hund nicht erschien. Das dumme Tier war nicht weit weg, aber er bezweifelte, dass der Bauer den Kadaver sehen konnte, da er gerade aus einem hellen Zimmer in die Dunkelheit getreten war.

Er rollte mit den Augen, als der Bauer einen weiteren Pfiff ausstieß. Noch ein Fluch, noch ein Pfiff. Dann schüttelte der Bauer den Kopf und ging auf die Scheune zu. Als er gerade das Tor schließen wollte, stand Amerdan auf und schlüpfte hinter ihn.

Wenige Augenblicke später lag der Bauer auf dem Rücken im Innern der Scheune, und Amerdans Hand hatte sich um seine Kehle geschlossen. In der Dunkelheit weiteten sich die Augen des Bauern, als sie die Messerklinge bemerkten, die vor seinem Gesicht geschwungen wurde.

Er kämpfte. Das taten sie alle. Aber am Ende wussten sie, dass ihre Zeit gekommen war. Ihre Nutzlosigkeit war vorbei.

Als der Mann zu flehen begann, lächelte Amerdan. Es war gut, dass er nicht um sein eigenes Leben bettelte, sondern um das seiner Frau und seiner Kinder.

Er schloss die Augen und lauschte dem Wimmern des Dings.

Einen Augenblick lang drückte Miranda Caldans Hand ganz fest - und dann noch einmal. Sie saß noch dort, wo die anderen sie vor vielen Stunden hingesetzt hatten: nahe genug beim Feuer, um dessen Wärme spüren zu können, doch so weit von ihm entfernt, dass sie nicht hineinstolpern konnte, ohne dass sie vorher jemand aufhielt. Seit dem gemeinsamen Abendessen hatte er ununterbrochen mit ihr geredet: unbedeutende Dinge aus seinem Leben im Kloster, von der Schiffsreise nach Anasoma, auf der sie einander zum ersten Mal begegnet waren, und von seinen Prüfungen in der Zauberergilde. Währenddessen hielt er unablässig ihre Hand, streichelte sie und versuchte dafür zu sorgen, dass sich Miranda nach der langen Tagesreise im Wagen entspannte.

Sie hatten die Straße auf einem Lehmweg verlassen und waren zu einer Wiese gekommen, die die Soldaten bereits kannten.

Nun stand er auf, reckte sich und schaute sich in ihrem behelfsmäßigen Lager um. Glöckchen war im Wagen angebunden, und auch ihre Finger waren noch mit den Stoffstreifen gefesselt, damit sie keine Zaubereien durchführen konnte. Vorhin war sie von Elpidia kurz nach draußen geführt worden, damit sie sich ein wenig die Beine vertreten konnte, bevor sie wieder im Innern angekettet wurde.

Elpidia hatte ihre Habseligkeiten vor sich auf dem Boden ausgebreitet. Es waren kleine Phiolen und Flaschen, in Papier eingewickelte Päckchen und kleine hölzerne Schachteln. Seit die Gruppe angehalten hatte, beschäftigte sich Elpidia mit diesen Dingen. Caldan sah, wie sie einige Tropfen aus der Phiole mit seinem Blut auf ein Stück Stoff goss. Dann schnitt sie das Material in vier Stücke und legte jedes in eine Phiole mit klarer Flüssigkeit, die rasch eine rosige Färbung annahm. Er vermutete, sie hatte seinem Blut etwas hinzugefügt, das es am Gerinnen hinderte – sie war wirklich gut ausgestattet.

Amerdan hatte das Lager schon vor einiger Zeit verlassen, weil er sich die Beine vertreten wollte. Während des ganzen Tages hatte er so gewirkt, als gehe es ihm nicht gut. Zweifellos wollte er sich nach der langen Zeit im Wagen ein wenig entspannen.

Die Köcherer unterhielten sich leise miteinander, während sie ihre Ausrüstung säuberten und ihre Waffen untersuchten. Zusätzlich zu ihren Bögen trug jeder ein Schwert und einen Dolch.

Caldan packte sein eigenes Schwert und machte sich auf den Weg zu einem abgebrochenen Ast knapp hinter dem

Lichtkreis des Feuers. Seit ihrer Abreise aus Anasoma hatten sie eine so rasende Geschwindigkeit beibehalten, dass er keine Zeit gehabt hatte, sich Gedanken über dieses Schwert zu machen, und niemand sollte wissen, dass er ein solch wertvolles Kleinod in seinem Besitz hatte. Also war es in der Scheide geblieben, und er hatte dafür gesorgt, dass er es immer im Blick hatte. Doch nun, da alle beschäftigt waren, bot sich die perfekte Gelegenheit, es genauer zu untersuchen - und ebenso den Knochenring, der ein weiteres Rätsel war, über das er noch nicht hatte nachdenken können. Dieser Ring bestand nicht aus der üblichen unbekannten Legierung, aus der alle anderen Kleinode gefertigt waren, und das machte dieses Schmuckstück vermutlich zu dem wertvollsten Gegenstand, den er je gesehen hatte. Er war weitaus kostbarer als zehn seiner Kleinod-Ringe und stellte alles, was die Zauberer über Kleinode wussten, auf den Kopf. Caldans Eltern hatten ihn versteckt und waren vermutlich für ihn gestorben.

Caldan setzte sich und zog die Schwertklinge eine Handspanne weit heraus, und dann noch eine, weil er nicht widerstehen konnte. Eine solche Handwerkskunst hatte er nie zuvor gesehen. Selbst wenn es sich nicht um ein Kleinod-Schwert gehandelt hätte, wäre es ein Wunder an Schmiedekunst gewesen. Wie Caldans Ring bestand auch die Klinge aus einer unbekannten Legierung, deren Zusammensetzung zweifellos während der Zerschmetterung verloren gegangen war.

Caldan berührte seine Quelle und fuhr mit seinen Sinnen über das Schwert. Ähnlich wie bei seinem Ring gab es hier keine Verbindungsrunen, an die er sich hängen konnte - nichts, was in der Lage war, dem Kleinod seine Kraft zu verleihen. Doch irgendetwas drang hinein - ohne dass dazu die übliche Quelle und die formenden Runen nötig gewesen wären. Die Herstellung eines solchen Artefaktes stellte ein Rätsel dar, das auch klügere Zauberer als er bisher nicht hatten lösen können, zumindest soweit er wusste. Er fuhr mit dem Finger über die Oberfläche der Klinge; sie war glatt und hart und kalt. Das silbrige Metall schimmerte gedämpft in der Nacht.

Caldan schüttelte den Kopf, steckte die Klinge zurück in das Futteral und richtete seine Aufmerksamkeit auf eine der magischen Glocken in seiner Tasche. Sie war klein und silbern, nicht größer als sein Daumennagel. Er kannte das Metall nicht, aus dem sie geschmiedet war, aber er vermutete, dass sich in der Legierung viele Spuren seltener Erden fanden. Die Runen und Glyphen auf der Außen- und Innenseite waren außerordentlich fein – zu fein, um von einer Wachsform stammen zu können, wie es bei den Symbolen auf seinem Armreif der Fall war. Es ärgerte ihn, dass er nicht mehr die Möglichkeit haben würde, in der Gilde zu studieren und alles über die Glocke herauszufinden.

Doch immerhin wusste er inzwischen mehr darüber als vor einigen Tagen beim Beginn seiner Forschungen. Obwohl er bedauerte, Glöckchen geschlagen zu haben, waren seine Drohungen doch fruchtbar gewesen, denn nach vielen Ausflüchten hatte sie am Ende diese Magie als diejenige bezeichnet, die er brauchte, um Miranda zu heilen. Danach hatte sie sich natürlich hartnäckig geweigert, ihm zu verraten, wie er die Glocke benutzen sollte, aber es war immerhin ein Anfang. Was ihm die größte Sorge bereitete, war die Frage, warum sie ihm diese Information überhaupt gegeben hatte. Hoffte sie vielleicht, er würde die Glocke ausprobieren und sich damit selbst verletzen?

Er kehrte an Mirandas Seite zurück und sah nach ihr, dann ging er wieder weg vom Feuer, umkreiste das Lager und war tief in Gedanken versunken.

»Caldan.« Das Flüstern drang aus dem Wagen, gerade als er daran vorbeiging. »Hier drüben.«

Er schüttelte den Kopf und schlenderte weiter. Als er später erneut an dem Wagen vorbeikam, flüsterte Glöckchen ihm wieder zu.

»Kleiner Protektor, komm her.«

Er blieb stehen und betastete ihre magischen Glocken in seiner Hosentasche, dann setzte er rasch seinen Weg fort.

Wir werden reden, Glöckchen. Aber nicht auf deinen Befehl hin.

Caldan kehrte zu seiner Ausrüstung zurück und holte drei seiner Zauberkugeln hervor, die er in den Aquädukt-Tunneln benutzt hatte. Er öffnete seine Quelle und verband sich mit zwei von ihnen. Die Glaskugeln erglühten in einem sauberen weißen Licht. Dann näherte er sich den Soldaten und gab ihnen die beiden Kugeln mit einem Lächeln.

»Ich glaube, ihr könnt sie heute Nacht ganz gut gebrauchen«, sagte er.

Die Soldaten nahmen die Kugeln mit einem Ausdruck der Ehrfurcht entgegen. Zauberkugeln waren teuer, und vermutlich hatten die Soldaten noch nie eine aus der Nähe gesehen.

»Danke«, platzte der eine heraus.

Caldan nickte. »Ich will euch nicht sagen, was ihr zu tun habt, aber ... ich vermute, einer von euch wird heute Nacht Wache stehen?«

Die drei jüngeren Soldaten sahen Lavas, den ältesten der vier an. Caldan wusste, dass der Mann ein Korporal war, doch er trug auch ein besonderes Ehrenabzeichen, das »zerbrochene Schwert«, über dem Herzen. Irgendwo hatte Caldan gelesen, dies zeige an, dass der Träger in vielen Schlachten mitgekämpft habe.

»Das werden wir. Wir teilen die Wache unter uns auf. Breyton hier ...« – der Korporal zeigte auf einen der Soldaten – »... übernimmt die erste Wache.« Er kniff die Augen zusammen. »Und er sollte bald damit anfangen.«

Breyton stand mit zerknirschter Miene auf, nahm eine der Zauberkugeln entgegen und ging hinaus in die Nacht.

Die Blicke des älteren Soldaten schweiften über die verbliebene Kugel. »Verzeih mir die Frage, aber bist du ein Zauberergeselle?«

»Nur ein Lehrling«, erwiderte Caldan mit einem Kopfschütteln. »Allerdings wäre ich bald befördert worden, wenn … nun, wenn die Invasion nicht dazwischengekommen wäre.«

»Oh, keine Sorge. Sobald wir den Kaiser benachrichtigt haben, wird er diesen Invasoren eine Lektion erteilen.«

»Dessen bin ich mir sicher. Wenn ihr mich jetzt entschuldigen wollt …« Caldan schritt weiter um das Feuer herum. Als er seine Hand in die Hosentasche steckte, klimperten darin die kleinen Glocken.

Elpidia schaute kurz auf, als sie den Klang hörte, dann wandte sie sich wieder ihrer Arbeit zu. Sie schrieb etwas mit einer Feder auf ein Stück Papier und tunkte die Metallspitze hin und wieder in ein Tintenfässchen. Von Amerdan war noch immer nichts zu sehen.

Caldan kam an Miranda vorbei und drückte beruhigend ihre Schulter, dann ging er geradewegs zum Wagen und wuchtete sich ins Innere. Er sah Glöckchen vor der Hinterwand, obwohl es hier drinnen kein Licht gab. Doch wie schon zuvor in den Aquädukten wollte er diese Gabe auch weiterhin geheim halten.

Abermals öffnete er seine Quelle, und wieder strahlte ein sauberes Licht aus der Zauberkugel in seiner Hand. Sie erhellte Glöckchen, die unter einer Decke steckte, welche ihr einer der Soldaten gegen die Kälte der Nacht übergeworfen hatte. Sie regte sich, als sie die Bewegung hörte und ihn in den Wagen klettern sah, dann wandte sie den Blick von der leuchtenden Zauberkugel ab.

Wie immer, wenn er in ihre Nähe kam, teilte er seine Quelle

zu einem weiteren Strang auf und verband diesen mit dem Schildzauber, aktivierte ihn jedoch nicht. Er wusste zwar, dass ein Zauberer seine magischen Objekte am Körper tragen musste, wenn er sie benutzen wollte, aber er war sich Glöckchens Fähigkeiten nicht bewusst und war deshalb vorsichtig. Falls sie etwas versuchen sollte, musste er darauf vorbereitet sein.

»Guter kleiner Protektor«, schnurrte Glöckchen.

»Ich bin nicht dein kleiner Protektor.«

»Das bist du allerdings nicht. Weit gefehlt.« Sie sah ihn eindringlich an und wand sich unter der Decke, die ihr dadurch von der Schulter rutschte. »Ich habe aber gewusst, dass du kommen wirst. Du und ich, wir sind aus demselben Holz geschnitzt.«

»Weit gefehlt«, wiederholte Caldan ihre Worte. »Wir könnten nicht ungleicher sein.«

»Ah«, sagte sie sanft und regte sich, bis ihr die Decke in den Schoß fiel. »Irgendwie glaube ich das nicht. Menschen wie wir ... Begabte ... begabter als andere ... wir wissen, dass wir anders sind.«

»Ich bin nicht wie du«, wiederholte er mit einem Anflug von Wut. »Ich töte keine unschuldigen Menschen.«

»Du hast die Soldaten getötet, die nach mir gesucht haben.«

»Sonst hätten sie uns getötet. Oder du hättest es getan, sobald du in Freiheit gewesen wärest.«

»Ja. Aber du siehst alles schwarz oder weiß. So etwas wie unschuldige Menschen gibt es nicht – es existiert nicht nur Gut und Böse auf dieser Welt, Caldan. Es gibt nur Menschen, die versuchen, das Beste aus dem zu machen, was sie haben.«

»Indem ihr die Zauberer und Protektoren abgeschlachtet habt, habt ihr also nur das Beste aus dem gemacht, was ihr hattet?«, meinte er. »Bei den Ahnen, erspare mir deine verblendeten Erklärungen.«

Glöckchen zuckte mit den Achseln. »Wir wollten sie nicht töten. Wir dachten, wir können sie gefangen nehmen, aber der Gott-Kaiser hat sie als zu gefährlich angesehen. Und wenn er eine Entscheidung trifft, stellt niemand sie infrage.«

»Ihr habt also nur Befehle ausgeführt. Wäscht das etwa das Blut von euren Händen?«

»Du willst über mich richten? Wir konnten nichts anderes tun. Du kennst den Gott-Kaiser nicht.« Sie schüttelte den Kopf. »Kelhak ist schon lange unser Anführer, und er hat die absolute Macht. Niemand kommt an seine Zauberkraft und seinen Scharfsinn heran. Wenn er dir befiehlt, etwas zu tun ... nun, falls du es nicht tust, gibt es viele Leute, die liebend gern deinen Platz einnehmen.«

Caldan hörte ihr bereits nicht mehr zu. *Es kann nicht sein ... Aber der Name ist derselbe.* »Was hast du gesagt? Kelhak?« Caldan runzelte die Stirn und starrte Glöckchen an. »Das ist unmöglich ...«

»Was meinst du damit?«

»Es gab einmal einen Kelhak in dem Kloster, in dem ich aufgewachsen bin – vor hundert Jahren. Er wurde verbannt und reiste nach Anasoma, wo er einen Dominion-Wettbewerb gewann. Und dann ist er verschwunden.«

»Der Gott-Kaiser ist noch nie im Dominion geschlagen worden. Nie.«

»Reiner Zufall«, murmelte Caldan. Es konnte nicht dieser Kelhak sein, denn dann wäre er ein ganzes Jahrhundert alt. Aber hatte Glöckchen nicht gesagt, der Gott-Kaiser sei mehr als hundert Jahre alt ...

Nein. Das ist unmöglich.

Caldan verdrängte die Gedanken an diesen Gott-Kaiser. »Das ist unwichtig«, sagte er plötzlich. »Ich bin hergekommen, weil ich deine Hilfe brauche.«

Glöckchen hielt den Kopf schräg und sah ihn neugierig an.

»Und ich war der Meinung, du willst nur ein wenig plaudern, wie immer. Glaubst du wirklich, dass ich dir helfen werde? Nach allem, was du getan hast?« Sie drehte den Kopf und spuckte auf den Wagenboden.

»Miranda ist unschuldig. Sie ...«

»Niemand ist unschuldig«, sagte Glöckchen noch einmal. »Jeder hat irgendeine Schuld auf sich geladen.«

»Sie nicht. Sie wollte bloß ein Leben haben, ohne jeden Tag einen Überlebenskampf führen zu müssen. Ein bequemes Leben ohne Aufruhr. Das ist alles, was sie wollte.«

»Das bezweifle ich sehr.«

»Es stimmt aber.« Caldan griff in seine Hosentasche und zog eine der kleinen Glocken hervor. Er hielt die ausgestreckte Handfläche nach oben und setzte die Glocke darauf. Das Licht seiner Zauberkugel schimmerte auf der hellen Oberfläche.

Glöckchens Blicke flogen zu dem magischen Gegenstand und wieder von ihm weg. Sie wirkte uninteressiert, aber er wusste, dass sie ihm das nur vorspielte.

»Gibt es wirklich eine Möglichkeit, sie zu heilen?«, fragte er leise.

»Du gehst ein großes Risiko ein, indem du die Glocke in meine Nähe bringst.« Glöckchen lächelte; es war ein wildes Zucken ihrer Lippen, das aber nicht bis zu ihren Augen drang.

»Das glaube ich nicht. Ich glaube, es muss in Kontakt mit einem Teil von dir stehen, wenn du an die Macht darin gelangen willst, wie bei deinem Schildzauber.«

»Und wenn du dich irrst?«

»Dann würden wir nicht dieses Gespräch führen.« Er kniete sich vor sie. »Bring mir bei, wie ich die Glocke einsetzen kann.«

Die Worte hingen zwischen ihnen in der Luft. Caldan wusste, dass Glöckchen genau sah, wie verzweifelt er war. Obwohl sie seine Gefangene war, hatte sie doch Macht über ihn.

»Warum?«, fragte Glöckchen.

»Damit ich Miranda heilen kann. Sie ist ... Ich ertrage es nicht, sie in diesem Zustand zu sehen.«

»Nein, du hast mich falsch verstanden. Ich wollte nicht wissen, warum du willst, dass ich es dir beibringe, sondern *warum* ich das tun sollte. Mir stehen Folter und vermutlich ein langsamer Tod bevor. Ist das etwa meine Belohnung dafür, dass ich dir helfe?«

»Das würden die Köcherer niemals tun. Sie wissen, wie wertvoll du bist.«

»Wertvoll? Sobald die Protektoren alle Informationen aus mir herausgezogen haben, bin ich wertlos und nur eine Last für sie. Sie versuchen seit Hunderten von Jahren, das Wissen um die zerstörerische und die zwingende Magie zu verstecken und zu vernichten, und hier bin ich, die Verkörperung eines ihrer schlimmsten Albträume. Ich fürchte, dass ich dann nicht mehr lange leben werde. Also frage ich dich erneut: Was habe ich davon?«

Caldan atmete tief durch. »Freiheit«, sagte er. Er wehrte sich gegen das Unbehagen, das diese Worte in ihm auslösten, denn er war sich nicht sicher, ob das die richtige Antwort war, aber wie sonst sollte er Glöckchen dazu überreden, Miranda zu heilen? Er bemerkte, dass er die Hände rang, und er zwang sich, sie ruhig zu halten. Wurde sein Verstand gerade durch seine Verzweiflung, seine Schuldgefühle und seine Zuneigung zu Miranda ausgeschaltet? Vielleicht ... er wusste es nicht.

Glöckchen muss die Wahrheit sagen ... sie muss.

»Bevor wir Flussrand erreichen«, sagte er, »werde ich es so aussehen lassen, als ob du entkommen wärest. Du kannst entweder in der Stadt untertauchen oder versuchen, zurück nach Anasoma zu gehen – das ist mir gleichgültig. Aber wenn du es geschafft hast, Anasoma zu erreichen, wird der Kaiser bereits Truppen dorthin geschickt haben, und die Stadtmauern werden umringt sein. Du wirst keine Gelegenheit haben, ihnen aus dem Weg zu gehen und in die Stadt hinein zu gelangen. Vermutlich wirst du am Ende sein, noch bevor du dich auf die Suche nach einem Loch im Belagerungsring machen oder zu deinen eigenen Truppen zurückkehren kannst.«

Glöckchen betrachtete ihn mit ihren dunklen Augen. »Und du gibst mir meine magischen Gegenstände zurück.«

»Nein, sie gehören nicht zu unserer Abmachung. Du wirst ohne sie auskommen müssen.«

Glöckchen ächzte und deutete mit dem Kopf hinter ihn. »Was ist mit deinen Freunden? Ich wage zu behaupten, dass sie mich nicht gehen lassen wollen. Du wirst sie anlügen und einen Plan aushecken müssen, wie ich entkommen kann, ohne dass sie es sofort bemerken.«

»Darüber mache ich mir später Gedanken. Jetzt brauche ich erst einmal deine Hilfe für Miranda.«

»Ich werde dir helfen. Gib mir einfach meine Magie.«

»Hältst du mich für dumm? Nein. Du wirst es mir beibringen müssen.«

»Ich fürchte, das kann ich nicht. Dazu reicht die Zeit nicht. Und ist es nicht etwas, das die Protektoren verboten haben? Würdest du dich nicht selbst verdammen, wenn ich es dir beibringe?«

Ja. Aber das muss sie nicht wissen. »Ich glaube nicht, und außerdem ist es einen Versuch wert. Und leider kann ich ja keinen meiner Meister fragen, denn schließlich habt ihr sie alle umgebracht. Schon vergessen?«

Sie schnaubte verächtlich, als ob sie ihm in diesem Punkt zustimmen würde. »Das ändert aber nichts an den Schwierigkeiten, dich zu unterrichten. Zwingende Zauberei ist sehr riskant, viel riskanter als alle anderen Arten, und ich bin keine Expertin. Ich kann nichts anderes tun – wenn ich es denn will – als einiges von dem an dich weiterzugeben, was wir alle schon zu Beginn unserer Ausbildung über die Funktionsweise des

Verstandes und das Beheben von Schäden an ihm erfahren. Aber wir erfahren nur die Grundlagen, weil diese Art von Zauberei so gefährlich ist. Selbst wenn du glaubst, du hast alles unter Kontrolle, kann es schrecklich schiefgehen. Nur sehr wenige werden auserwählt, mehr als die Grundlagen darüber zu lernen – das sind diejenigen, von denen die Meister glauben, dass sie die geistigen Fähigkeiten dazu mitbringen. Diejenigen, die den Anfang dieser besonderen Ausbildung überhaupt überlebt haben.«

Caldan nickte und schwieg. Er wollte Glöckchens Wortschwall nicht unterbrechen, damit sie nicht plötzlich innehielt und ihre Lage überdachte. Der Sieg schien ihm so nahe zu sein ...

Sie verlagerte ihr Gewicht, reckte den Hals und kniff die Lippen kurz zu einer dünnen Linie zusammen. »Wenn ich dir ein paar Dinge zeige, musst du mich dafür losbinden, weit weg von den Soldaten, und mir ein paar Tage Vorsprung geben, bevor man mich verfolgt. Ob ich mich in der Stadt vor uns verstecke oder zurück nach Anasoma gehe, bleibt allein mir überlassen. Du musst versprechen, mir nicht nachzustellen.«

Caldan zögerte. Er hatte nicht erwartet, dass sie das Angebot annahm, und nun fragte er sich, ob sie glaubte, aus diesem Handel mehr als nur die Freiheit zu erlangen. »Darüber muss ich erst nachdenken.«

»Denke nicht zu lange, kleiner Protektor. Wer weiß, was währenddessen mit deiner kostbaren Miranda geschieht? Ich kann nur hoffen, dass es nicht bereits zu spät ist.«

Unter ihren Worten versteifte sich Caldan, während Glöckchen ihn mit starrem Blick ansah. Das Wissen darum, dass sie versuchte, ihn zu einer schnellen Entscheidung zu bewegen, nahm ihm nicht die Schuldgefühle, die er wegen Mirandas schlimmer Lage empfand. Er seufzte, entspannte sich und schüttelte den Kopf.

»Welche Versicherung habe ich, dass du nicht deine Drohung wahrmachen und uns alle töten wirst?«

»Nun ... keine. Aber entweder willst du Miranda in ihrem ursprünglichen Zustand zurückhaben, oder du willst es nicht. So, wie ich es sehe, bleibt dir keine Wahl. Niemand sonst kann dir helfen.«

Mit einem Grunzen betrachtete Caldan die Glocke, die noch immer in seiner Handfläche lag. Die Zauberin hatte recht. Er wusste es, und sie wusste es. Es blieb ihm keine andere Wahl, als einen Handel mit ihr einzugehen und zu hoffen, dass sie die Wahrheit sagte. Sie sah Miranda nicht als verantwortlich für Schlüsselchens Tod an – Miranda war unschuldig daran. Und wenn Glöckchen ganz allein auf der Flucht war und keinen ihrer magischen Gegenstände hatte, was sollte sie ihm dann antun können, wogegen er sich nicht abzuschirmen vermochte?

Lange saß er schweigend da und dachte über ihre Worte nach. Er rief sich ihre Taten und Worte während der letzten Tage in Erinnerung und versuchte herauszufinden, ob er ihr in dieser Angelegenheit vertrauen konnte.

Plötzlich drang ein schriller Schrei durch die Nacht. Er kam von Elpidia, aus der Nähe des Wagens. Caldan sprang auf die Beine. Die Rufe der Soldaten, die sie begleiteten, gesellten sich zu dem allgemeinen Aufruhr.

»Was hast du getan?«, wollte er von Glöckchen wissen.

Sie grinste ihn mit blendend weißen Zähnen an. »Nichts, aber es hört sich so an, als brauchte ich dir nichts mehr beizubringen.«

Er wich von ihr zurück und sprang aus dem Wagen.

Im Lager hatten drei der Soldaten ihre Schwerter gezogen und rückten zu Amerdan vor, zu dessen Füßen der Körper ihres Kameraden Breyton lag. Die Uniform des flach auf dem Bauch liegenden Soldaten war blutbespritzt und wies unzählige kleine, präzise Schnitte auf, als ob er von Hunderten winziger Messer getroffen worden wäre. Amerdan sah die vorrückenden Soldaten finster an und hob die Hände in einer Geste der Beschwichtigung. Elpidia sah mit ängstlichem Blick auf den am Boden liegenden Soldaten und hielt sich die Hände vor den Mund, um ihr Schluchzen zu ersticken.

Caldan schaute sich rasch um, suchte nach Miranda und bemerkte sie am Rand der Lichtung unter einer Decke. Elpidia musste es ihr bequem gemacht haben, während er mit Glöckchen geredet hatte.

»Was hast du gemacht?«, schrie Ettmo Amerdan an.

Der Ladenbesitzer streckte die Hände aus und hielt die Handflächen nach oben, weil er wohl zeigen wollte, dass er keine Waffe hatte. »Nichts«, antwortete er ruhig. »Als ich von meinem Spaziergang ins Lager zurückgekommen bin, wäre ich in der Dunkelheit beinahe über ihn gestolpert. Er hat schon so dagelegen, als ich ihn gefunden habe.«

Einen Moment lang herrschte Schweigen, als die Köcherer seine Worte bedachten. Eine Windbö pfiff in den Bäumen um sie herum. Sie brachte einen Duft nach Zitronen mit, der sich rasch in der Brise auflöste.

Elpidia brach die Spannung, als sie zu ihrem Gepäck eilte, ihre Tasche ergriff, damit zu dem verletzten Soldaten lief und sich neben ihn kniete.

Amerdan schaute hinunter auf sie.

»Steckt eure Schwerter weg, und helft eurem Freund«, sagte er zu den Soldaten. »Ich fürchte, er braucht alle Hilfe, die er bekommen kann.«

»Du musst das getan haben«, sagte Boyas, und die andere nickten.

Amerdan lachte. »Wir brauchen euch, falls ihr Idioten das noch nicht begriffen habt. Deshalb sind wir zu euch gekommen.«

Als Caldan erkannte, dass die Lage außer Kontrolle zu geraten drohte, mischte er sich ein. »Hört mir zu! Beruhigt euch. Alle! Es gibt für ihn keinen Grund, so etwas zu tun. Überhaupt keinen. Hier geht irgendetwas anderes vor.«

Amerdan nickte bei seinen Worten, während sich die Köcherer flüsternd unterhielten. Elpidia lehnte sich über dem verwundeten Breyton zurück, wischte sich mit der blutigen Hand über die Stirn und hinterließ dort eine rote Spur.

»Er ist ...« Sie schaute hoch zu den Soldaten. »Ich fürchte, er ist tot. Zu großer Blutverlust.« Sie schüttelte den Kopf. »Wir hätten nichts für ihn tun können, selbst wenn wir ihn früher gefunden hätten. Es sind einfach zu viele ... Schnitte.« Langsam erhob sie sich und trat von dem Leichnam zurück.

Alle drei Soldaten fluchten und näherten sich Breytons Leichnam, während ihre Blicke zwischen ihm und Amerdan hin und her flogen. Der Ladenbesitzer machte einen Schritt nach hinten und verschaffte ihnen somit mehr Raum.

»Ich hätte ihm das niemals antun können, ohne dass er dabei großen Lärm gemacht und euch alarmiert hätte, oder?«, meinte er. »In seiner Haut sind Hunderte von Schnitten. Wie hätte ich die Zeit dazu haben sollen? Sicherlich hätte er doch wohl geschrien, oder?«

»Ja«, sagte Lavas, »aber das hat er nicht getan, oder? Und irgendjemand hat ihm das angetan. Warum nicht du?« Lavas grinste Amerdan höhnisch an und befahl dann den beiden anderen, eine Decke für den Leichnam zu holen.

»Ich bin bloß ein kleiner Ladenbesitzer«, erwiderte Amerdan. Er sah hinüber zu Caldan. »War das ... Zauberei?«

Alle drei Soldaten folgten seinem Blick und starrten Caldan an.

»Ich glaube, er hat recht«, sagte Caldan und erinnerte sich an den Zitronenduft.

Doch das schien die Köcherer noch nicht zufriedenzustellen. Boyas wandte den Blick ab, Abscheu lag auf seinem Gesicht. Ettmo grinste Caldan an. »Warum bist du dann hier? Ich war der Meinung, du wärst unser Schutz gegen Zauberei!«

»Ich kann niemanden vor einer Zauberei schützen, über die ich nichts weiß!«

»Dann kannst du uns also gar nicht schützen«, sagte Lavas und steckte sein Schwert zurück in die Scheide. »Lasst Breyton liegen.«

»Das dürfen wir nicht«, protestierte Ettmo.

»Nur fürs Erste, Ettmo. Ihr beide müsst um das Lager herum patrouillieren und euch vergewissern, dass es sicher ist. Bleibt zusammen. Und dann sammelt ihr unsere Ausrüstung ein und bereitet den Wagen vor. Wir verschwinden von hier.«

Die beiden Soldaten nickten, verließen den Lichtkreis und traten zwischen die Bäume.

»Was? Warum sollten wir aufbrechen?«, fragte Caldan.

Elpidia verschränkte die Arme vor der Brust, während Amerdan die Achseln zuckte und sich die Hände am Feuer wärmte.

»Weil es hier nicht sicher ist. Was mit Breyton passiert ist, könnte auch jedem anderen während der Wache zustoßen.« Er zeigte auf Caldan. »Und du kannst uns offensichtlich nicht schützen. Es ist das Beste, wenn wir zusammenbleiben, und da ich annehme, dass heute Nacht sowieso niemand schlafen wird, sollten wir so viel Raum wie möglich zwischen uns und diesen Ort bringen.«

»Warte«, sagte Caldan, während er verzweifelt nachdachte. »Einen Augenblick! Was ist, wenn sie genau das wollen?«

»Sie?«, höhnte Lavas. »Woher willst du wissen, dass es mehr als einer ist? Du stellst Vermutungen an, und du hast Angst. Das kann ich verstehen, aber sage mir nicht, dass du weißt, was hier passiert ist oder wie du etwas dagegen tun kannst. Uns läuft die Zeit davon.«

Darauf fiel Caldan nichts mehr ein.

Lavas grunzte und schaute sich im Lager um. Seine Soldaten kehrten gerade zurück und bedeuteten ihm, dass sie nichts gefunden hatten. Nun beschäftigten sie sich mit ihrer Ausrüstung.

Elpidia sah ihnen eine Weile zu, dann hob sie ihre Tasche auf und machte sich daran, den Rest ihrer Habseligkeiten zusammenzupacken.

»Wir brechen auf. Keine Widerrede.« Die Worte des Korporals klangen hohl und tonlos. »Holt eure Sachen zusammen und geht in den Wagen. Ich will weit weg von hier sein, wenn die Sonne aufgeht.«

Caldan ließ Lavas bei der Leiche stehen und machte sich zusammen mit Elpidia und Amerdan daran, ihre Habseligkeiten einzupacken. Elpidia murmelte etwas Unverständliches und sah ihn böse an, auch wenn er nicht wusste, warum das alles seine Schuld sein sollte. Amerdan beobachtete die beiden bei der Arbeit. Wie gewöhnlich hatte er nicht viel einzupacken: Jede Nacht nahm er bloß seinen Gürtel mit den Börsen und Messern daran ab, bevor er sich schlafen legte.

Caldan durchsuchte seine Sachen, zog eines der wenigen ihm verbliebenen Blätter Papier sowie Feder und Tinte hervor und benutzte seinen Schenkel als behelfsmäßige Unterlage. Bald hatte er das Papier mit rasch dahingeworfenen Symbolen bedeckt. Es war nichts Kompliziertes, aber es sollte helfen. Nachdem er über die Tinte geblasen hatte, damit sie rasch trocknete, faltete er das Papier in vier Quadrate, wobei das wichtigste Symbol sichtbar blieb. Er ging hinüber zu einem Baum und wählte einen dünnen Zweig aus. Mit seinem Messer ritzte er eine Kerbe in die Rinde und steckte das gefaltete Papier hinein. Mit ein wenig Glück würde er in der Lage sein, einen Blick auf ihren Angreifer zu erhaschen und zu erkennen, womit sie es zu tun hatten.

Als er sich umdrehte, stellte er fest, dass Amerdan hinter ihm stand.

»Was soll das bewirken?«

»Vielleicht hätte ich das früher tun sollen ... Es ist die Abwandlung eines Attributs, das ich bei meinem Metallautomaten eingesetzt habe. Ich werde in der Lage sein, durch es hindurchzusehen, wenn auch nur für kurze Zeit. Das Papier wird nicht lange halten.«

»Bemerkenswert. Du musst mir unbedingt mehr über Zauberei erzählen.«

Caldan nickte. »Eines Tages, wenn wir die Zeit dazu haben.«

Der Ladenbesitzer nickte ebenfalls und ging auf den Wagen zu. Die Soldaten hatten ihre Ausrüstung in ihm verstaut und halfen gerade Elpidia und Miranda nach drinnen. Amerdan sprang leichtfüßig in den Wagen, und Caldan gesellte sich zu ihm.

Wieder ließen sie das Feuer brennen und flohen in die Nacht. Im Innern des Wagens beachtete Caldan Glöckchen nicht weiter. Sie hatte höhnisch gekichert, als er eingestiegen war.

Er öffnete seine Quelle, trennte einen Strang ab und verband ihn mit seiner Papiermagie in dem Baum. Dann schloss er die Augen und bereitete sich darauf vor, Wache zu halten.

Schließlich streifte er seinen zerbeulten Armreif über den linken Arm, steckte die Hand in die Tasche und schloss die Finger um Glöckchens Schildzauber. Er wusste, dass seine eigene Schutzmagie nicht lange halten würde, wenn sie unter starken Druck geriet, aber ein zusätzlicher Schild konnte den Ausschlag geben, wenn es zum alles entscheidenden Kampf kommen sollte.

7

»Ihr seht besorgt aus, Vasile. Beunruhigt Euch etwas?«

»Was? Nein, nichts. Ich meine ... die Invasion natürlich, und alles, was seitdem passiert ist.« Vasiles Antwort klang sogar für ihn selbst gezwungen, aber Aidan lächelte nur, bevor er wegschaute.

Die Morgendämmerung war gerade erst hereingebrochen, und die Brise hatte zugenommen, sodass sich das Schiff gedreht hatte und nun dem Ufer zugewandt war. Möwen kreisten über ihm, weil sie es irrtümlich für ein Fischerboot hielten, und ihre heiseren Schreie kratzten an seinen Trommelfellen.

Vasile drehte sich wieder um und pinkelte über die Reling. Aidans Bemerkung hatte ihn ein wenig verärgert, genau wie der Umstand, dass sich Aidan neben ihn gestellt und ebenfalls über die Reling gepinkelt hatte. Doch das hatte Aidan vermutlich beabsichtigt. Eilig zog er die Hose hoch und stopfte das Hemd wieder hinein, bevor Aidan fertig war. Er drehte sich um und wäre beinahe mit Chalayan zusammengestoßen.

»Entschuldigung«, murmelte er und wollte sich an dem Zauberer vorbeidrücken, der ihm jedoch den Weg versperrte.

Anshul erschien mit steinerner Miene hinter Chalayan und machte jedes Entkommen unmöglich.

Vasile sah Chalayan finster an. »Was habt Ihr vor?«

Der Zauberer packte ihn an der Schulter und betrachtete ihn mit Abscheu. »Ich werde Euch nicht bezahlen«, sagte er und sprach dabei jedes Wort langsam und überdeutlich aus. »Fünfhundertzwölf Silberdukaten. Ich habe schon Menschen für weniger getötet.«

Vasile schluckte und war sich der Tatsache deutlich bewusst, dass Aidan hinter ihm stand und die beiden Männer ihm den Weg nach vorn abschnitten. Er bezweifelte, dass Aidan ein blutrünstiger Mörder war, aber bei den anderen beiden war er sich nicht so sicher. Und Chalayan hatte die Wahrheit gesagt, als er behauptet hatte, schon für weniger getötet zu haben.

»Ich habe doch betont, dass die Schuld unwichtig ist. Ich erwarte keine Bezahlung«, sagte er in der Hoffnung, damit einem Streit vorzubeugen.

»Hier geht es nicht um Dukaten«, sagte Aidan.

Vasile drehte sich zu ihm um und sah, dass er gegen das Dollbord lehnte und die Arme vor der Brust verschränkt hatte. Dann schaute er wieder in die andere Richtung und bemerkte, dass Chalayan und cel Rau einige Schritte zurückwichen. Er schüttelte den Kopf.

»Worum geht es denn sonst hier?«, fragte er.

Aidan kratzte sich am Kopf. »Ich bin der Meinung, dass wir uns ein wenig unterhalten sollten, ohne dass sich jemand anderes einmischen kann.«

»Wer hat sich denn bisher eingemischt? Mazoet hat doch keine Schwierigkeiten gemacht, oder?«

»Nein, überhaupt nicht. Wir sind von diesen angeblichen Kaufleuten sehr herzlich aufgenommen worden. Aber ich frage mich warum.«

»Warum was?« Vasile wischte sich den Schweiß von der Stirn. Seit er nicht mehr trank, schwitzte er heftig, und andauernd hatte er Kopfschmerzen.

»Kaufleute sind ihrem Wesen nach nur an Dukaten interessiert. Man weiß genau, dass sie reich sein wollen, was immer sie auch sagen mögen. Es ist wie ... ein Gesetz. Es gibt keine Ausnahmen. Außer bei diesen Kaufleuten hier.«

Vasile schluckte, und es gelang ihm, mit den Schultern zu zucken. »Vielleicht sind sie Kaufleute mit einem sozialen Gewissen?«, meinte er. »Ist das so schwer zu glauben?«

»Ehrlich gesagt, ja. Insbesondere dann, wenn die betreffenden Kaufleute Zauberkräfte besitzen und offensichtlich mehr wissen, als sie mitteilen wollen. Da ist ein alter Mann, der sich mit seinen Worten immer im Kreis dreht. Und da ist Mazoet, der uns vor dem sicheren Tod gerettet hat und uns folgt, als brauchten wir jemanden, der uns andauernd daran erinnert. Und dann Ihr ...«

»Ich!«, rief Vasile. »Ich versichere Euch ...«

»Was?«, sagte Aidan. Was wollt Ihr mir versichern? Ihr seid keiner von ihnen, das ist offensichtlich. Aber Ihr arbeitet mit ihnen zusammen, das ist genauso offensichtlich.« Er wandte den Blick ab, sah ihn wieder an. »Was habt Ihr vor?«

»Was wollt Ihr damit sagen?«

»Es sind keine Kaufleute – keine richtigen. Vielleicht tun sie so, ja, aber das ist nur eine Vortäuschung. Es muss eine sein. Gazija redet und erteilt Befehle an die anderen, als ob er ein Kommandant und nicht nur der Kopf eines großen Handelshauses wäre. Das ist ein Unterschied. Die anderen verehren ihn.«

Vasile breitete die Hände aus. »Wirklich, ich habe keine Ahnung. Ich kenne sie selbst noch nicht lange.«

»Und dennoch wollen sie, dass Ihr uns von etwas überzeugt.«

»Ja«, sagte Vasile. »Aber ich bin mir selbst nicht sicher, worum es dabei geht, außer dass sie wollen, dass Ihr Euch ihnen anschließt. Zu welchem Unterfangen, vermag ich nicht zu sagen.«

»Also bitte«, schnaubte Chalayan.

»Das ist die Wahrheit! Ich stimme Euch aber zu«, sagte er zu Aidan, »dass an Gazija und seinen Leuten irgendetwas seltsam ist. Es ist bloß ein Gefühl, das ich nicht mit Tatsachen untermauern kann – außer mit meiner Erfahrung und der Art, wie sie gewissen Fragen und Themen ausweichen. Aber trotz alldem vertraue ich ihnen. Was immer sie tun – und ich weiß nicht, was das ist – es muss getan werden. Wie ich gestern Abend bewiesen habe, können sie mich nicht in die Irre führen. Wenn Ihr nicht bereit seid, ihnen zu vertrauen, dann vertraut *mir.*«

Aidan nickte, als ob Vasiles Worte für ihn einen Sinn ergäben.

Vasile wiederum nickte allen drei zu, dann drängte er sich zwischen Chalayan und cel Rau hindurch.

Vasile saß allein im Schneidersitz auf dem Boden, lehnte mit dem Rücken gegen eine Holzwand, und eine grüne Glasflasche mit einem starken alkoholischen Getränk stand vor ihm, knapp außer Reichweite. Die Luft war kühl. Eine einzelne brennende Kerze stand auf einem Bord und warf Schatten um ihn herum. Es war spät. Die meisten Mitglieder der Mannschaft schliefen schon seit Stunden.

Seine Kajüte war kärglich eingerichtet. Er hatte keine persönlichen Besitztümer mitgebracht. Nichts band ihn mehr an sein Haus. Dieses Leben war wie viele andere, die er gelebt hatte, nun für ihn tot. Er benötigte seine Gabe nicht, um die Wahrheit dieses Umstandes zu erkennen – es gab keinen Weg zurück. So hatte er die Gelegenheit erhalten, sein Leben zu ändern und etwas Sinnvolles zu tun. Aber das würde bedeuten, dass er zu seinem alten Selbst zurückkehrte, was gar nicht gut wäre. Es war eine schwierige Entscheidung.

Er rieb sich die Arme und schaukelte vor und zurück. Ein

Finger blutete dort, wo er den Nagel bis zum Fleisch abgekaut hatte. Gleichzeitig spürte er, wie sich das Schiff bewegte: vor und zurück, vor und zurück. Er hörte das Knirschen und Ächzen des Holzes.

Vasile wischte das Blut, das von seinem Finger getropft war, vom Boden auf und rieb unter einem Murmeln des Abscheus mit dem Ärmel seines Hemdes über den roten Streifen. Lange starrte er den Flecken auf seinem Hemd an, dann griff er nach der vollen Flasche, die er früher am Tag aus Gazijas Kabine gestohlen hatte, als der alte Mann an Deck gewesen war. Es war ein guter Tropfen, besser als alles, was ihm seit vielen Jahren begegnet war.

Im Kerzenschein wirkte die Flasche beinahe rätselhaft und wie von einem inneren Schimmern erhellt. Mit einer kurzen Bewegung erbrach er das Siegel und zog den Korken heraus.

»Ah ...« Der Duft des Alkohols erreichte ihn: Er war durchdringend, verlockend, stechend.

Vasile neigte die Flasche ein wenig und goss sich ein dünnes Rinnsal der goldenen Flüssigkeit auf den zernagten und blutenden Finger. Als es brannte und stach, biss er die Zähne zusammen, aber er goss weiterhin den Alkohol auf die Wunde und ertrug die Qual, bis die Flasche leer war und sich eine Lache vor ihm auf dem Boden ausbreitete.

Sein Finger schmerzte, als ob er in eine zufallende Tür geraten wäre, und er pochte im Gleichklang mit Vasiles Herzschlag. Er rollte die Flasche zur Wand, gegen die sie prallte und liegen blieb.

»Ich behaupte nicht, ihre Ziele zu kennen«, sagte Vasile, »aber ich weiß, dass diejenigen, gegen die sie kämpfen – jene, die Euch angegriffen haben, wie ich Euch in Erinnerung rufen will – schlimme und schlechte Leute sind. Ihr habt mit eigenen

Augen gesehen, wozu sie fähig sind.« Er befand sich in einem weiteren Gespräch mit Aidan und dessen Männern.

»Sie haben uns also gerettet«, sagte Chalayan. »Es wäre nicht das erste Mal, dass jemand vorgibt, auf unserer Seite zu stehen, um sich unser Vertrauen zu erwerben, bevor er uns in den Rücken fällt.« Er sah seine Gefährten an.

Cel Rau und Aidan schwiegen.

»Sie sind nur an den Zauberern interessiert – an jenen, die Euch angegriffen haben. Sie sind ihre Feinde.« Vasile zuckte hilflos mit den Achseln.

»Und ihre Feinde sind auch die unseren?«, fragte Aidan. »Nur weil sie Zauberer sind?«

»Sie sind Eure Feinde, weil ich Euch sage, dass sie es sind. Deshalb bin ich hier, und Ihr wisst, dass ich die Wahrheit sage.«

»Das wissen wir nicht, oder?«

»Was wisst Ihr nicht?«

»Ob Ihr die Wahrheit sagt.« Aidan hob die Hand und unterdrückte damit Vasiles Einwände. »Natürlich, Ihr erkennt, wenn jemand lügt, das will ich Euch gern zugestehen. Aber woher sollen wir wissen, dass *Ihr* nicht lügt?«

Er musste eingestehen, dass das ein gutes Argument war. Dazu konnte er nur sagen: »Was würde ich dadurch gewinnen?«

»Ja, was? Wenn wir Euch besser kennen würden, könnten wir Euch vielleicht vertrauen, aber heutzutage ist Vertrauen ein knappes und seltenes Gut.«

»Allerdings«, murmelte Chalayan.

»Also«, fuhr Aidan fort und warf dem Zauberer einen düsteren Blick zu, »ich bin sicher, dass Ihr es versteht, wenn wir Eure Worte nicht einfach glauben.« Sein Gesicht kräuselte sich in Abscheu. »Wir leben in harten Zeiten – sie sind härter, als es mir bis vor Kurzem klar war.«

Vasile machte eine unglückliche Miene. »Gazija und seine Leute haben Euch vor dem sicheren Tod gerettet ...«

»So sicher war er nicht«, unterbrach Chalayan ihn. »Wir wissen nicht, was ...«

Aidans erhobene Hand unterbrach ihn. Er wandte sich an Vasile. »Einverstanden. Sie haben uns gerettet.«

Vasile fuhr fort: »Dann haben sie Euch hierher gebracht, und sie sind durchweg freundlich zu Euch gewesen.«

»Das stimmt«, gab Aidan zu. »Aber ich mag keine Geheimnisse; am Ende sind sie meistens tödlich.« Sein Blick bohrte sich in Vasiles Augen.

Vasile schluckte, und sie sahen einander für eine Weile schweigend an. »Ihr wisst, dass Gazija gegen diese Zauberer ist, und Ihr wisst, was sie in dem ... Ort getan haben, auf den Ihr gestoßen seid«, sagte Vasile langsam. »Seine Leute setzen ihre nicht unbeträchtliche Macht dazu ein, sie zu vernichten.«

»Das behaupten sie.«

»Das haben sie *bewiesen*.«

Aidan unterstrich diese Aussage mit einer Handbewegung und bedeutete Vasile, weiterzureden.

»Warum also helft Ihr ihnen nicht bei dieser Aufgabe? Sie werden Euch alles geben, was Ihr dazu braucht. Wenn Ihr ihre Absichten anzweifelt, könnt Ihr jederzeit aussteigen.«

Aidan sah sich in dem Raum um und zögerte. »Einfach so?«

»Einfach so. Sie brauchen Eure Männer. Und Ihr«, fügte er hinzu, »seid keine Gefangenen.« *Zumindest glaube ich das.*

Es entstand ein langes Schweigen.

Aidan betrachtete Vasile mit einem Ausdruck des Unglaubens. »Ich kann kaum glauben, dass Gazija Unterstützung von mir benötigt.«

»Ich weiß nicht, was er von Euch benötigt, aber Gazija glaubt, dass Ihr ihm dabei helfen könnt, das aufzuhalten, was im Augenblick geschieht.«

»Ich schätze Eure Ehrlichkeit«, sagte Aidan ruhig. »Aber sicherlich besitzt Gazija doch genügend Möglichkeiten, seine Ziele zu erreichen, worum es sich dabei auch immer handeln mag.«

»Offenbar nicht. Warum wäre ich sonst hier? Warum hätten sie mir sonst aufgetragen, Euch um Eure Mithilfe zu bitten?«

»Damit wir nicht weggehen«, sagte Chalayan.

»Ich sagte doch gerade, dass Ihr keine Gefangenen seid!«

»Dann sind wir also frei zu gehen.« Aidan stand auf und bedeutete den anderen, sich ihm anzuschließen.

»Das war es also? Ihr geht?«

Aidan zuckte die Achseln. »Ich habe nichts gehört, was mich vom Gegenteil überzeugen könnte, also werden wir dieses Schiff bei der ersten sich bietenden Gelegenheit verlassen.«

Vasile dachte kurz über die Lage nach und kam zu einem Entschluss. »Dann nehmt mich mit.«

»Ah ... jetzt kommen wir der Sache näher.«

8

Caldan, Elpidia, Miranda und Amerdan saßen im Wagen, Breytons kalter Leichnam lag zwischen ihnen. Glöckchen, die noch immer gefesselt war, lächelte einen nach dem anderen an - sogar Miranda.

Beunruhigend, dachte Caldan.

Sie schaukelten vor und zurück, während sich der Wagen über die Straße bewegte, auf der stetigen Fahrt nach Westen. Zu dieser Nachtzeit war die Straße leer. Die Reisenden lagen vermutlich in Decken gewickelt bei ihren Feuern oder schmiegten sich in die Betten der Herbergen am Weg.

Nur wir sind mit einem Leichnam und einer angeketteten Psychopathin unterwegs.

Caldan kratzte sich am Kinn. Borstige Stoppeln waren darauf gewachsen, seit er Anasoma verlassen hatte, und sie hatten zu jucken begonnen. Die Mönche waren glatt rasiert gewesen, und er war stets ihrem Beispiel gefolgt. Darum war er nicht daran gewöhnt, sich länger als ein paar Tage nicht zu rasieren, und es störte ihn.

Eine seiner Zauberkugeln hing an dem Holzgestänge, über das die Segeltuchabdeckung des Wagens gespannt war, und sie gab nur so viel Licht, dass die meisten Schatten vertrieben wurden, ohne hingegen die Position des Wagens weithin zu verraten. Er wollte seinen Gefährten ein Gefühl des Trostes geben, auch wenn der Leichnam, der in einer Decke eingewickelt auf dem Boden lag, nicht gerade dazu beitrug, die Ängste zu bannen.

Wie er es seit ihrer Flucht immer wieder getan hatte, schloss Caldan die Augen und verschaffte sich Zugang zu seiner Quelle. Er folgte dem Strang bis zu dem magischen Papier, das er in der Rinde des Baums zurückgelassen hatte, und wieder änderte sich sein Blickwinkel, was ihm ein schwaches Schwindelgefühl verursachte.

Vor ihm wurde die verlassene Lagerstelle schwach vom ersterbenden Feuer beleuchtet. Ein dünner Rauchfaden stieg in die Luft. Caldan konzentrierte sich und hielt die Verbindung in seinem Geist so lange aufrecht wie möglich. Dabei suchte er die Szenerie nach allem ab, was ungewöhnlich war. Er bemerkte aber nichts. Wie immer bisher.

Als er wieder ganz im Wagen war, schmerzte ihm der Kopf, und er rieb sich die Schläfen. Je weiter sie weg waren, desto schwerer war es für ihn, die Verbindung aufrechtzuerhalten, und desto verschwommener wurde das Bild.

Er knurrte und wollte gerade die Verbindung trennen, als eine Bewegung seine Aufmerksamkeit erhaschte. Dort, knapp außerhalb des Feuerscheins. Ein schwarzer Umriss huschte durch das Lager, zielstrebig und stetig; es war keinesfalls einer der zuckenden Schatten, die vom Feuer geworfen wurden.

Caldan beobachtete ihn und zwang sich, die stärker werdenden Schmerzen in seinem Kopf zu ignorieren, während er sich gleichzeitig bemühte, die Verbindung zu halten. Nun verschwand dieser Schatten zwischen den anderen. Caldan hielt den Atem an. Da war etwas ... etwas, das nicht ganz richtig war ... Sein Blick wurde immer verschwommener. Nein, nur ein Fleck war verschwommen, er bewegte sich durch das Lager. Das musste die Person sein, die ihnen folgte, und sie hatte sich unter ihrer eigenen Zauberei versteckt.

Er keuchte auf, als winzige weiße Funken um den verschwommenen Fleck herum aufblitzten, wieder verschwanden und einen Mann enthüllten, der eine hellbraune Hose und ein zerknittertes Hemd trug. Der magische Schild des Mannes hatte ihn gut verborgen, bis er ihn abgestreift hatte. Doch auch jetzt war er trotz des Feuerscheins nur schwer zu erkennen.

Der Mann umkreiste langsam das Lager und untersuchte die Abdrücke im Boden, wo die Gepäckstücke gelegen und die Soldaten sich versammelt hatten. Dann ging er dorthin, wo der Wagen abgestellt gewesen war. An beiden Handgelenken trug er silberne Reifen, und um seinen Hals hing ein Medaillon in Gestalt eines gehörnten Tieres mit Smaragden als Augen.

Caldan senkte den Kopf und drückte die Hände fest gegen seine Schläfen. Die Schmerzen waren so stark geworden, dass er sie kaum mehr ertragen konnte. Er wusste, dass er die Verbindung bald kappen musste, doch dann wäre sein magisches Wirkstück wertlos. Der Mann würde bereits weitergezogen sein, wenn Caldan den Kontakt erneut aufnahm.

Aber es war zu viel.

Caldan holte tief Luft, zerbrach den Anker, und die Kräfte aus seiner Quelle verzehrten sein behelfsmäßiges magisches Werkstück. Unter dem unangenehmen Ruck wurde ihm schwindlig, aber der Schmerz ließ nach. Er hielt sich an seinem Sitz fest, damit er nicht das Gleichgewicht verlor.

Es vergingen einige Augenblicke, in denen er versuchte, sich nicht zu übergeben.

In seiner Nähe hörte er Glöckchen lachen. »Und was hat das gebracht?«, fragte sie.

Er wischte sich mit dem Handrücken über den Mund und rieb sich dann die Augen, die immer noch schmerzten. »Ich weiß es nicht«, antwortete er. Plötzlich bemerkte er, dass sie ihre eigene Quelle offen hielt, vermutlich weil sie mitbekommen wollte, was er tat.

»Hast du etwas gesehen, was dir nicht gefallen hat?«, fragte Glöckchen.

Caldan schaute auf, und unter der plötzlichen Bewegung kehrte die Übelkeit zurück. Vorsichtig schluckte er, atmete heftig durch die Nase und unterdrückte dadurch den Drang, sich zu übergeben. Elpidia und Amerdan beobachteten sowohl ihn als auch Glöckchen. Amerdan zeigte seine übliche Gleichgültigkeit, während Elpidia verängstigt wirkte. Er hob die Hand und sah sie an.

»Keine Sorge. Ich wollte bloß einen Blick auf die Person erhaschen, die uns verfolgt.«

»Wirklich?«, fragte Glöckchen. »Dann sag mir, mein kleiner Lehrling, wer folgt uns denn?«

»Ich bin nicht dein kleiner Lehrling«, knurrte Caldan.

»Ach, willst du nicht mehr lernen, wie du Miranda heilen kannst?«

»Natürlich will ich das …«

»Dann bist du also doch mein Lehrling.« Glöckchen grinste. »Und du kannst Gelerntes nicht ungeschehen machen, also bist du einer von uns.«

»Wenn dir solche Gedanken helfen, dir die Zeit in Ketten zu vertreiben, dann sei es so«, sagte Caldan. Glöckchen lachte darüber.

»Wer ist dieser Mann, der uns folgt?«, fragte Elpidia.

Mit einem Schulterzucken, unter dem die Ketten klirrten, erwiderte Glöckchen: »Woher soll ich das wissen? Vielleicht kommt mir mein Vater zu Hilfe?« Sie lachte. »Aber ich fürchte, dieses Glück habe ich nicht. Er ist vermutlich im Augenblick vollauf mit der Invasion beschäftigt.«

»Dein Vater gehört zu den Invasoren?«, fragte Amerdan. »Was ist seine Aufgabe? Ich meine, ist er ein Zauberer wie du?«

Caldan war überrascht von seiner Neugier und auch von dem Umstand, dass Glöckchen überhaupt etwas sagte.

»Natürlich ist er das – ohnegleichen. Von ihm habe ich meine Gabe.«

Etwas klickte in Caldans Kopf. »Ohnegleichen? Willst du damit sagen …?«

Glöckchen sagte nichts, aber ihr Lächeln war seltsam.

»Der Gott-Kaiser ist dein Vater.« Es war keine Frage.

»Wie scharfsinnig von dir. Möglicherweise«, gab sie zu. »Oder ich bin eine entferntere Verwandte. Wir sind viele: seine Söhne und Töchter, Enkel und Enkelinnen. Deswegen wird er nicht persönlich kommen, um mich zu retten.« Sie machte eine gespielt traurige Miene.

»Du lügst.«

»Im Hinblick auf meine Rettung?«

»Im Hinblick darauf, dass er dein Vater ist.«

»Glaube, was du willst«, sagte sie gleichgültig, »aber warum sollte ich lügen? Sein Blut fließt stark in mir, und es wird von mir erwartet, ohne fremde Hilfe zu überleben. So ist das nun einmal: Die Starken überleben, während die Schwachen untergehen.«

»Dieser Mann, der uns folgt, hat also nichts mit dir zu tun? Das glaube ich *nicht*. Ich frage dich also noch einmal: Wer ist er?«

»Armer kleiner Protektor, immer suchst du nach Antworten. Wenn ich mit deiner Erziehung beginne, wird es dir nicht mehr an Antworten mangeln … und auch nicht an Macht.«

Er hörte, wie Elpidia scharf die Luft einzog, und schüttelte den Kopf. »Beachte sie nicht«, sagte er zu der Ärztin und wandte sich dann wieder an Glöckchen. »Ich will jetzt Antworten haben, und ich werde sie bekommen. Wer ist der Mann, der uns verfolgt?«

»Wie sieht er denn aus?«

»Ich ... ich weiß nicht. Er war sehr unauffällig, vermutlich absichtlich. Aber er war ein Zauberer, das weiß ich genau. Sein Schild hat ihn irgendwie verdeckt. Alles außer ...«

»Was?«

»Einen Augenblick lang habe ich etwas an seinem Hals gesehen. Ein Medaillon, das ein gehörntes Tier dargestellt hat.«

Glöckchen schwieg lange. Schließlich stieß sie einen Pfiff aus. »Ich bin beeindruckt, Caldan. Es überrascht mich, dass du in der Lage warst, seinen Schild zu durchdringen.«

»Also weißt du *doch*, wer er ist.«

»Ich hatte einen Verdacht, und du hast ihn bestätigt.«

»Also«, sagte Elpidia, »um wen handelt es sich?«

»Um meinen Bruder – er wird euch alle töten.« Sie sah jeden einzelnen an, und sogar Amerdan schien unter der Eindringlichkeit ihres Blicks zusammenzuzucken.

»Hat er auch einen Namen?«, fragte Caldan.

Glöckchen zuckte mit den Achseln. »Natürlich hat er einen, aber er spielt keine Rolle. Wichtig ist nur, dass er kommt und dass er sehr gut im Töten ist. Und dass er töten *wird*. Grundsätzlich ist es dem Gott-Kaiser egal, ob ich lebe oder sterbe, aber dass er jemanden hinter mir her geschickt hat, zeigt sein persönliches Interesse an diesem Fall. Und ihr wollt bestimmt nicht, dass die Aufmerksamkeit des Gott-Kaisers auf euch ruht.«

Die Drohung hing in der Luft, und obwohl Caldan eine Spur von Melodramatik bemerkte, war die Angst in Glöckchens Stimme nicht zu überhören.

Wenn sie Angst vor diesem Mann hat, müssen wir alles tun, was wir können, um ihm Widerstand zu leisten.

»Wisst ihr«, sagte Glöckchen, »ich kann euch viel besser helfen, wenn ich frei bin.«

»Netter Versuch. Solange Miranda nicht wieder gesund ist, werde ich dich nicht gehen lassen. Vergiss das nicht. Du weißt, wozu ich in der Lage bin, und es ist dir sicherlich klar, dass derjenige, der zu deiner Befreiung ausgesandt wurde, durchaus versagen könnte. Wir werden ihn entweder abwehren oder besiegen. Er muss handeln, bevor wir unser Ziel erreicht haben, und das bedeutet, dass wir zumindest ungefähr wissen, wann er kommt. Ich besitze jetzt deinen Schildzauber, und du weißt besser als ich, was er aushalten kann. Und ich wette, dass ich diesen Zauber einsetzen kann, um ihn aufzuhalten, bis wir die Stadt erreicht haben und es zu spät ist. Zu spät für dich, denn er wird nicht in der Lage sein, dich vor den Hunderten von kaiserlichen Soldaten zu beschützen, die dort stationiert sind.«

»Aber dann ist es auch zu spät für dich. Weil du dich ganz auf ihn konzentrierst, werde ich nicht in der Lage sein, dir zu zeigen, wie du deine kostbare Miranda heilen kannst.«

»Sie hat nicht ganz unrecht«, warf Amerdan ein. »Sobald wir die Stadt erreichen, wird man sie uns abnehmen, und wer weiß, was dann mit ihr passiert?«

»Genau«, sagte Glöckchen.

»Da hast du es. Caldan, du musst an Mirandas Wohl denken.«

»Ich denke an nichts anderes«, murmelte Caldan.

Elpidia stand auf und sah Amerdan finster an. »Warum willst du sie unbedingt gehen lassen? Sie hat gesagt, dass sie uns alle töten wird.«

»Bitte.« Caldan streckte die Hände aus, senkte sie langsam und bedeutete Elpidia auf diese Weise, sie solle sich beruhigen. »Das ist es doch, was sie will: Wir streiten, anstatt zu planen. Also bitte – wir sollten ganz friedlich und gelassen darüber reden.«

Elpidia warf Amerdan und Glöckchen böse Blicke zu, setzte sich wieder und verschränkte die Arme vor der Brust. »Was sollen wir denn tun?«, fragte sie.

»Zuerst muss ich den Köcherern mitteilen, was ich gesehen habe. Ihr beiden bleibt bei Glöckchen.«

Caldan verließ sie und begab sich zu dem Soldaten, der den Wagen fuhr. Die anderen ritten neben ihm. Sie wirkten nicht gerade glücklich, als sie erfuhren, dass sie von einem Zauberer verfolgt wurden. Er riet ihnen, besonders aufmerksam zu sein und ihn sofort zu holen, wenn sie irgendetwas Außergewöhnliches sahen, was immer es auch sein mochte. Lavas meinte, er sollte sich seinen überflüssigen Rat in einen unbequemen Teil seines Körpers stecken.

Als Caldan wieder bei Elpidia und Amerdan war, spürte Caldan, wie die Verantwortung auf ihn niederdrückte. Die Köcherer würden sich an ihn wenden, wenn es darum ging, gegen Zauberei zu kämpfen, Elpidia und Amerdan verließen sich ganz auf ihn, und Miranda und Glöckchen waren ebenfalls eine Last. Er musste sich von so vielen Ablenkungen wie möglich befreien.

Also begann er mit den nächstliegenden.

»Ursprünglich hatte ich geglaubt, wir könnten Glöckchen ausliefern, wenn wir in der Stadt sind, aber jetzt bin ich mir nicht mehr so sicher.«

Amerdan nickte bei seinen Worten, und Glöckchen grinste. Er beachtete beide nicht. Elpidia schüttelte den Kopf.

»Wir haben nicht mehr viel Zeit«, sagte Caldan. »Und wir müssen die Soldaten loswerden, vorzugsweise auf eine Art, die nicht dafür sorgt, dass sie uns ebenfalls verfolgen.«

»Darf ich etwas sagen?«, meinte Amerdan und stieß dabei den bedeckten Leichnam zwischen ihnen mit der Stiefelspitze an. »Die Person, die uns verfolgt, könnte mit ihren Fähigkeiten all unsere Schwierigkeiten für uns lösen.«

Die Worte des Ladenbesitzers hingen in der Luft. Caldan war sich nicht sicher, ob er richtig gehört hatte, aber ein Blick auf Elpidia, auf deren Gesicht sich Grauen und Entsetzen abzeichneten, brachte ihn zu der Erkenntnis, dass er sich nicht geirrt hatte.

»Wir können die Soldaten nicht einfach als Ablenkung zurücklassen und das Risiko eingehen, dass sie dabei getötet werden«, sagte er mit fester Stimme.

Amerdan stieß ein leises Lachen aus. »O nein, das hatte ich damit nicht vorschlagen wollen.«

Caldan runzelte die Stirn, denn er war sich vollkommen sicher, dass Amerdan genau das hatte sagen wollen. Er sah Elpidia eindringlich an, und sie schluckte und wandte den Blick ab.

»Ich will bloß irgendwo sein, wo ich ohne all das hier arbeiten kann«, murmelte sie.

»Wie ich schon sagte«, fuhr Amerdan fort, »stellen sie bereits jetzt eine Ablenkung dar. Der Mann, der uns folgt, muss dafür sorgen, dass er gegen uns gewinnen kann. Deshalb hat er diesen armen Kerl hier getötet und wird sich vermutlich auch die drei anderen vornehmen. Sie sind offensichtlich einfache Soldaten, nicht wie wir. Wir sind diejenigen, die Glöckchen eskortieren, und wenn er uns beobachtet hat, dann weiß er das. Wir sind die Unbekannten in seiner Rechnung, und er muss vorsichtig mit uns umgehen. Schließlich weiß er, dass wir Glöckchen gefangen genommen haben ... und dass wir Schlüsselchen besiegt haben. Sicherlich wird er uns nicht angreifen, ohne vorher unsere Fähigkeiten ausgelotet zu haben.«

Die Worte des Ladenbesitzers ergaben einen Sinn für Caldan. »Aber ich bin der einzige Zauberer von uns«, sagte er.

Amerdan zeigte mit dem Finger auf ihn. »Das bist du.« Dann deutete er auf Glöckchen und schließlich auf Elpidia. »Aber woher soll er wissen, was wir alles können? Er könnte auch drei Zauberern gegenüberstehen.«

»Wenn er nahe genug an uns herankommt, wird er die

Wahrheit erkennen«, sagte Caldan. »Wenn er die Gabe hat, wird er spüren, wer von uns eine Quelle hat.«

»*Wenn* er die Gabe hat?«, fragte Amerdan. »Gibt es denn verschiedene Gaben? Sind alle Zauberer unterschiedlich?«

»Nicht wirklich. Wir alle können bestimmte Dinge tun, aber es gibt Gaben, die manche in größerem Maße besitzen als andere. Ich zum Beispiel kann eine Quelle in anderen Menschen spüren, genau wie Glöckchen.« Sie neigte den Kopf und bestätigte damit seine Worte. »Aber dazu sind nur wenige Zauberer in der Lage – von zehn schafft es vermutlich nur einer.«

»Einer von dreizehn«, berichtigte Glöckchen ihn zu seiner Überraschung. »Sieh nicht so erstaunt drein. Alle Gaben wurden eingehend studiert und katalogisiert. Du hättest sie als Geselle allesamt kennengelernt. Zumindest nehme ich das an.« Sie zuckte die Achseln. »Ihr Zauberer ... nun, sagen wir einfach, dass ihr nicht ganz so gut seid, wie ihr glaubt.«

»Wie dem auch sei, er könnte schnell herausfinden, dass er nur einem einzigen Zauberer gegenübersteht, wenn er nahe genug an uns herankommt und die Gabe zum Aufspüren von Quellen hat. Und nach dem, was ich gesehen habe, wird es ihm gelingen, in unsere Nähe zu schleichen, ohne dass wir es bemerken.«

»Einer von dreizehn«, sagte Amerdan. »Mir wäre eine geringere Wahrscheinlichkeit lieber. Ich kann auf mich selbst aufpassen, aber Elpidia und Miranda sind höchst gefährdet.«

Glöckchen sah den Ladenbesitzer an und höhnte: »Gegen einen Zauberer würdest auch du nicht lange bestehen.«

»Vielleicht«, erwiderte Amerdan gelassen, »vielleicht auch nicht.«

»Messer werden dir nicht helfen.«

Amerdan zuckte nur die Achseln.

»Wir brauchen einen Plan«, sagte Caldan. Er versuchte auf und ab zu gehen, aber der schaukelnde Wagen und der Leichnam auf dem Boden machten dies unmöglich, und er gab es auf. Er sah Glöckchen an. »Wozu ist dieser Mann in der Lage? Wie hat er Breyton getötet?«

»Woher soll ich das wissen? Ich habe keine Ahnung, wer er ist.«

»Vorhin hast du gesagt, dass er dir bekannt ist!«

»Ich habe gesagt, dass er mein Bruder ist. Weißt du, wie viele Kinder der Gott-Kaiser hat?«

»Das ist egal. Du hast ihn erkannt, als ich dir von dem Medaillon mit dem gehörnten Tier erzählt habe.«

»Vielleicht. Aber ich frage dich zum hundertsten Mal: Warum sollte ich euch helfen?«

»Vielleicht weil er uns töten will und du das lieber selbst erledigen würdest.«

Schweigen folgte auf Caldans Worte. Amerdan nickte, während sich Elpidia entsetzt die Hand vor den Mund hielt.

Glöckchen sah ihn nachdenklich an. »Ich werde es mir durch den Kopf gehen lassen«, sagte sie.

»Gut. Ich ...«

Ein seltsames Geräusch wie von einem Bienenschwarm erfüllte plötzlich die Luft, aber nur für einen Augenblick. Es ertönte ein erstickter Schrei, gefolgt von einem dumpfen Laut außerhalb des Wagens, und die Alarmrufe der Soldaten waren zu hören.

Caldan packte sein Schwert und sprang über Breytons Leichnam zwischen den Segeltuchbahnen hinaus, die den hinteren Teil des Wagens bedeckten. Halb fiel er zu Boden, halb wurde er gezogen, während er seine Quelle öffnete und sie mit Glöckchens Schildzauber verband. Als ihn der Dunst umschloss, streckte er seine Sinne in dem Versuch aus, die Position des indryallanischen Zauberers zu erkennen. Etwas befand sich links von ihnen, aber es war eher eine Abwesenheit als eine Gegenwart.

Wie dem auch sei, es sollte nicht da sein, dachte er und richtete seine Aufmerksamkeit in diese Richtung.

Er sah nichts.

Neben ihm an der Seite der Straße lag Boyas, bedeckt mit kleinen Schnittwunden, wie sie auch Breyton aufgewiesen hatte. Blut trat aus ihnen hervor, als der Mann die Finger in den Boden krallte und sich vor Schmerzen wand. Ein gequälter Laut drang zwischen seinen Lippen hindurch, und verzweifelt schaute er Caldan an. Hinter ihnen fuhr der Wagen noch eine kurze Strecke weiter, dann hielt er an.

Amerdan landete neben Caldan, hielt in beiden Händen ein Messer und schaute in die Dunkelheit. Caldan hörte, wie Elpidia im Innern des Wagens schluchzte. »Bitte, ich will nicht sterben ... bitte ...«

Kurz flackerte über ihnen ein Licht auf.

Caldan packte Amerdan und den verwundeten Boyas an den Armen und erstreckte seinen Schild über die beiden.

Das Licht explodierte, und der Schild kräuselte sich, als er hundert kleine Stöße abfing. Violette Funken behinderten Caldans Blickfeld, während Glöckchens magisches Wirkstück summte, doch sofort wurde die Sicht wieder klar, als der Schild die Energie zerstreute. Caldan runzelte die Stirn und war erstaunt über die geringe Menge an Zauberei, die hier eingesetzt worden war.

»Bring Boyas zu Elpidia«, rief er Amerdan zu, der seine eigene vielfarbige Hand erstaunt anstarrte. »Und sag den Köcherern, sie sollen weiterziehen. Ich werde versuchen, diesen Zauberer zu finden.«

Der Kaufmann nickte, und Caldan zog seinen Schild enger um sich. Die anderen beiden waren nun nicht mehr geschützt. »Beeilt euch«, drängte er, als hinter ihnen die beiden anderen Soldaten abstiegen. Ihre Stiefel stampften über den Boden, während sie Boyas zu Hilfe eilten. Als sie ihn erreicht hatten und ihren blutigen Kameraden sahen, rissen sie die Augen auf.

Caldan packte Korporal Lavas am Arm. »Ihr müsst in Bewegung bleiben. Bringt ihn in den Wagen zu Elpidia. Sie wird alles tun, was sie kann, um ihn zu retten. Beeilt euch!«

»Nein.« Lavas schüttelte den Kopf. »Wer immer das war, wird dafür bezahlen.«

»Er ist stärker als ihr. Tut mir leid, aber so ist es nun einmal. Ihr würdet in euren Tod laufen.«

Lavas fluchte und sah Caldan wütend an. »Sag mir nicht, was ich zu tun habe. Ich hole mir diesen Zauberer, und du kannst mich nicht daran hindern.«

Du stolzer Narr, dachte Caldan, aber er hatte nicht die Zeit, ihn davon zu überzeugen, dass er sein Leben wegwarf.

Amerdan und Ettmo trugen den verletzten Boyas auf den Wagen zu. Bluttropfen fielen auf die Straße und bildeten eine dunkelrote Spur.

»Dort entlang«, sagte Caldan zu Lavas und rannte in jene Richtung, in der er die Abwesenheit gespürt hatte. Er hoffte, dass der Korporal ihn in die Nacht hinein folgen würde.

Sobald Caldan die Straße verlassen hatte, konzentrierte er sich auf seine Quelle und sein magisches Objekt und zog so viel Kraft wie möglich in den Zauberschild. Lavas wirkte nicht überrascht, und Caldan vermutete, dass der Soldat in seinem Leben schon vieles gesehen hatte.

»Wir wissen nicht, wo er steckt, und er ist in der Lage, rasch zu töten. Ich muss den Schild aufrechterhalten.«

Lavas nickte grimmig. »Dann sollten wir zusammenbleiben. Ich nehme an, du kannst mich ebenfalls abschirmen, wenn du genug Zeit dazu hast?«

»Ja, wenn ich vorgewarnt werde.«

»Gut. Also los.« Er wollte sich in Bewegung setzen, doch Caldan hielt ihn fest.

»Hier entlang«, sagte er und deutete nach links. Wenn der Zauberer ein Jäger war, der einen nach dem anderen erledigen wollte, dann würde er sich bereits von seiner vorherigen Position entfernt haben. Und links von ihnen gab es viele Möglichkeiten, in Deckung zu gehen, und die Bäume standen dichter beisammen.

Sie bewegten sich vorsichtig, umrundeten Felsen und Bäume und hielten stets die Stämme zwischen sich und der Richtung, in die Caldan wies. Der Wind blies durch die trockenen Blätter auf dem Boden und brachte dadurch ein Rascheln hervor, das ihre Schritte überdeckte. Aus der Ferne drang das Knirschen des weiterfahrenden Wagens an ihre Ohren, die harten Eisenreifen auf den hölzernen Rädern klapperten über die gepflasterte Straße.

Jetzt konzentrierte sich Caldan ganz auf seine Quelle. Er blieb stehen, war völlig versunken in seine Tätigkeit.

»Was machst du da?«, fragte der Korporal.

Caldan ergriff seinen Arm und zog ihn näher zu sich heran. Mit leiser Stimme sagte er: »Ich sollte in der Lage sein, den Zauberer und seine Quelle zu spüren.«

»Seine ... was?«

»Egal. Einige von uns fühlen es, wenn andere Zauberer in der Nähe sind. Ich besitze diese Gabe ebenfalls, aber ... hier ist nichts.« Er runzelte die Stirn und schüttelte den Kopf.

»Dann sollten wir uns beeilen. Vielleicht ist er auf der Flucht.«

»Nein, das glaube ich nicht. Er wird in der Nähe bleiben. Ich sage es nicht gern, aber nachdem er zwei eurer Männer ausgeschaltet und uns von den anderen getrennt hat, befinden wir uns jetzt vielleicht genau dort, wo er uns haben wollte. Wir müssen ihn erwischen, sonst wird er uns hintereinander erledigen.«

Lavas gab ein Grunzen der Zustimmung von sich. »Also gut. Dann finde den verdammten Zauberer«, zischte er.

»Ich kann nichts spüren. Eigentlich sollte ich dazu in der Lage sein, wenn er seine Quelle geöffnet hat.«

»Dann ist sie eben nicht offen, was immer es auch sein mag.«

»Das ergibt keinen Sinn. Wenn er sich schützen oder uns angreifen will, muss er sie öffnen. Außerdem verbirgt er sich irgendwie, und dazu muss er seine Kraft einsetzen.«

Es sei denn ...

»Bei den Ahnen!«, stieß Caldan gedämpft hervor. Er zog weitere Kraft aus seiner Quelle und verstärkte den Schild. »Bleib dicht bei mir.«

Sie begaben sich einige Schritte nach links und hockten sich hinter einen Baum. Caldan zerrte an der Scheide und zog das Kleinod-Schwert heraus. Im Tageslicht war die Klinge weiß, wie ein Band aus Mondschein, aber in der Dunkelheit war sie fast unsichtbar, als ob sie die Nacht in sich hineinsaugen würde.

Lavas hielt sich mit der Hand an der Borke fest, beugte sich um den Stamm und spähte vorsichtig in die Finsternis. Einige Augenblicke lang waren der Wind und das Atmen der beiden Männer die einzigen hörbaren Geräusche.

»Bemerkst du irgendetwas?«, fragte Caldan.

»Nein, nichts.« Lavas fluchte leise. »Setz doch deine Zauberei ein.«

Caldan unterdrückte ein Seufzen und packte den Griff seines Schwertes vor Frustration noch fester. »Ich kann ihn nicht sehen. Ich weiß nicht, wo er ist.«

»Nun, du bist der Zauberer.«

Caldan sah ihn finster an. Der Soldat hatte recht, und Caldan war wütend auf sich selbst, weil er nicht wusste, was nun zu tun war.

Eigentlich wollte er immer wieder betonen, dass er nur ein Lehrling war, aber das spielte im Augenblick wahrhaftig keine Rolle. Vermutlich würde es nie wieder eine Rolle spielen.

Wichtig war jetzt nur noch der Umstand, dass er der Einzige in ihrer Gruppe war, der etwas gegen diesen indryallanischen Schatten unternehmen konnte, und es lag an ihm, sich gegen ihn zu stellen …

Er sog die Luft ein.

Noch einmal.

»Was machst du da?«

»Ruhe, bitte«, sagte er und drückte Lavas' Arm.

Es lag ein ganz schwacher Duft nach Zitronen in der Luft, aber Caldan vermochte nicht zu sagen, wie alt er war oder woher er kam. Es war jedoch immerhin *etwas*. Ein Plan kam ihm in den Sinn.

Caldan griff in seine Tasche und holte eine Zauberkugel hervor. Sie war matt, da sie bisher nicht aktiviert worden war. Er sammelte sich, konzentrierte sich ganz auf die Zauberei, die er ausüben wollte, und spielte die einzelnen Elemente in seinem Geist durch, bis er glaubte, sie rasch durchführen zu können, sodass seine Quelle nur sehr kurz offen sein würde.

Dann warf er die Kugel mit einer Drehung des Handgelenks etwa zwanzig Fuß weit fort. Das Geräusch, das sie bei der Landung machte, wurde vom Wind fast völlig überdeckt.

»Wir hätten sie bestimmt noch gebraucht«, sagte Lavas. »Außerdem ist sie wertvoll.«

»Nicht so wertvoll wie unser Leben«, erwiderte Caldan. »Ich kann jederzeit neue herstellen.«

Wieder einmal gab der Korporal ein zustimmendes Grunzen von sich.

»Schließ die Augen«, sagte Caldan, »und mach kein Geräusch, was immer auch geschehen mag.«

Caldan schloss ebenfalls die Augen und konzentrierte sich wieder. Dann öffnete er seine Quelle, so schnell er es vermochte, und verband sie mit der Kugel.

Licht brach in der Nacht aus und verbannte die Finsternis.

Er schlug die Augen auf, und wie er es vorhergesehen hatte, wurden sie von dem langen Schatten des Baumes verborgen, hinter dem sie hockten. Er spähte um den Stamm herum.

Links von ihnen ballte sich Kraft zusammen. Caldan schloss seine Quelle, und während er das tat, spürte er, wie die Kraft verschwand. Der fremde Zauberer hatte seine eigene Quelle ebenfalls wieder geschlossen, als er begriffen hatte, dass es sich nur um eine Zauberkugel handelte, von der keine wahre Bedrohung ausging. Caldan wunderte sich über das, was er gespürt hatte. Die Quelle des Zauberers war schmal und schartig gewesen und keineswegs so stark, wie er es erwartet hatte. Aus einer solchen Quelle würde der Zauberer nicht viel herausholen können, und gewiss war er nicht in der Lage, sie in viele verschiedene Stränge aufzuspalten – höchstens in zwei oder drei, je nach Ausbildung und Übung des Zauberers. Es sei denn, er verbarg seine wahre Macht, so wie Simmon es getan hatte ...

Bei den Ahnen, wenn er das tut, haben wir bereits gegen ihn verloren.

Erneut brach Caldan in Schweiß aus, als seine Haut heiß wurde. Angst und Müdigkeit waren wie fortgewischt, und nun war er ruhig und erfrischt.

»Bleib hier«, befahl er dem Korporal, der widerstrebend nickte.

Caldan atmete tief ein, huschte um den Baum herum, öffnete seine Quelle und lief auf die Zauberkugel zu.

Als er den magischen Gegenstand erreicht hatte, spürte er wieder das Aufwallen der Macht, diesmal rechts von ihm. Während er gezögert hatte, war der gegnerische Zauberer rasch zu einer anderen Position gewechselt.

Caldan warf sich auf den Lehm und die Blätter des Waldbodens und spaltete zwei Stränge von seiner Quelle ab. Seine Hand schloss sich um die Zauberkugel, erstickte das Licht, und er verband sich mit seinem Armreif und errichtete seinen Schild.

Als ihn der Dunst umgab, zerriss ein scharfer Knall die Luft, und einen Augenblick lang erfüllte ein Summen seine Ohren, dann brach sein Schild in einen Funkenregen aus, als er von allen Seiten gleichzeitig getroffen wurde.

Der Schild war ernstlich beschädigt, aber er hielt, so wie Caldan es vermutet hatte. Nach dem zu urteilen, was er von der fremden Quelle gespürt hatte, bezweifelte er, dass der Zauberer genügend zerstörerische Magie aufbringen konnte, um die Barriere zu durchdringen. Es war ein Risiko, aber es bedeutete, dass er nicht so viel eigene Kraft brauchte, um Glöckchens Schild aufrechtzuerhalten.

Irgendwo zwischen den Bäumen schwankte die Macht, dann erlosch sie. Er warf die Leuchtkugel in die Richtung des Zauberers. Schatten tanzten in der Nacht, als sie in einem Bogen zwischen den Stämmen hindurchflog.

Als sie landete, kniff Caldan die Augen zu und zerriss den Anker. Ohrenbetäubender Donner ertönte, der Lärm drückte auf ihn nieder. Licht blitzte vor seinen geschlossenen Lidern.

Zwei Schreie drangen durch die Nacht. Der eine kam von Lavas, der offensichtlich die Augen nicht geschlossen hatte, und der andere von dem unbekannten Zauberer.

Caldan sprang auf die Beine, seine Quelle hatte er noch nicht geschlossen. Feuer sprenkelten den Rand des kleinen Kraters im Boden, denn die Pflanzen waren von der entfesselten Energie in Brand gesetzt worden.

Ein Schatten huschte von Baum zu Baum und zog eine Rauchwolke hinter sich her. Kurz blitzte er auf, dann verschwand er. Caldan hob sein Schwert und rannte auf die Stelle des Blitzes zu. Schon im nächsten Augenblick hatte er die Strecke hinter sich gebracht. Vor ihm stand ein Mann in angesengter Kleidung und mit einem Ausdruck der Überraschung auf dem Gesicht. Die Quelle des Zauberers wallte auf, und er schien sich zu kräuseln …

Und dann war er verschwunden.

Caldan kam schlitternd zum Stillstand. Schweiß tropfte von ihm herunter. Bei den Ahnen, er hatte Fieber! Seine Hände zitterten, und es kostete ihn große Willensanstrengung, sie wieder ruhig zu halten.

Abermals erfüllte ein seltsames Summen die Luft, und sein Schild dehnte sich unter dem Aufprall unzähliger Schläge. Diesmal schwankte der Schild, und einige Funken wurden größer, bevor sie weggewischt wurden, viele davon waren rot. Der magische Reif an seinem Handgelenk, das noch empfindlich von den früheren Verbrennungen war, wurde heißer und heißer. Er biss die Zähne vor Schmerzen zusammen.

Ein Lachen ertönte links von ihm. Weitere ungezählte Treffer flackerten an seinem Schild auf, und er spürte, wie dieser unter dem ungeheuren Druck Risse bekam. Caldan unterbrach die Verbindung zu ihm und schüttelte den Reif von seinem Handgelenk. Er verbrannte sich die Finger seiner rechten Hand, als sie instinktiv den Reif packten.

Inzwischen war er sich sicher, dass der Zauberer ihn in der Dunkelheit nicht sehen konnte. Rasch verband er sich mit Glöckchens Schildmagie, und wieder war er von schützendem Dunst umgeben. Doch diesmal drosselte er den Kraftfluss aus seiner Quelle zu einem bloßen Rinnsal. Wegen der geringeren Kraft schimmerte der Schild nun nicht mehr in den üblichen Farben, sondern zeigte lediglich ein schwaches Blau. Caldan holte tief Luft, ließ den leeren Armreif los, zögerte kurz, trat dann aber hinter dem Baum hervor und hob die Hände in einer Geste der Kapitulation.

»Oh, das ist lustig«, sagte der Zauberer und lachte leise. »Entweder war dein magisches Werkstück Schrott, oder deine Quelle ist der meinen unterlegen.«

Caldan tat so, als wäre er enttäuscht und verärgert. Er zuckte mit den Schultern, doch er fütterte noch immer seinen Schild mit der tröpfelnden Kraft und war bereit, jederzeit die volle Macht seiner Quelle einzusetzen. Noch konnte er den Zauberer nicht sehen, der sicherlich so lange verborgen bleiben wollte, bis er sicher war, dass Caldan entweder entwaffnet oder tot war.

Zu seiner Überraschung schimmerte plötzlich die Luft vor ihm, und der Zauberer erschien. Seine Haut wurde von seinem eigenen Schild bedeckt, der ebenfalls nicht vielfarbig, sondern blau war. Er schaute über Caldans Schulter hinweg auf Lavas, der sich mit vorgestrecktem Schwert näherte.

Caldan hob die Hand und packte den Arm des Korporals. »Nicht«, sagte er. »Es würde nichts bringen.«

Lavas kämpfte kurz gegen Caldans Griff an, dann knurrte er enttäuscht: »Ich bringe ihn um.«

»Später«, sagte Caldan, und der Zauberer lachte erneut.

»Unwahrscheinlich. Dein Schild ist erschöpft, und nach deinem unkonzentrierten Angriff zu urteilen – du hast immerhin eine Kugel zerstört – bist du kein würdiger Gegner für mich.«

Caldan schaute auf seine rechte Hand herunter, die das Schwert hielt. Seine Finger schmerzten, weil sie den Griff so fest umkrallten. »Das sagst du.«

»Dein Schild ist vor ein paar Augenblicken fast zusammengebrochen, und deshalb ... ja, das sage ich.« Er sah Lavas an. »Ich fürchte, du wirst sterben müssen. Bitte, nimm es nicht persönlich.«

Caldan spürte, wie der Zauberer mehr Kraft aus seiner Quelle zog, und er zerrte den Korporal an sich heran und legte seinen Schild auch um den Soldaten, der darunter zusammenzuckte. Eine neue Funkensalve explodierte auf dem Schild und verschwand sogleich wieder.

Mit einem Grinsen schüttelte Caldan den Kopf über den verwirrten Blick des Zauberers. Er hob sein Schwert und stellte sich vor den Korporal. »Ich kann deine Quelle spüren. Sie ist nicht sehr stark. Und da du sie nur dann öffnest, wenn es unbedingt nötig ist, gehe ich davon aus, dass du das ebenfalls weißt. Kannst du meine spüren?«

»Nein«, antwortete der Zauberer. »Aber meine sollte noch so stark sein, dass sie diesmal durch deinen Schild dringen kann.« Er zögerte und spürte, dass etwas nicht stimmte. »Ah, gut gespielt. Du hast einen zweiten magischen Gegenstand.«

Caldan nickte; er sah keinen Grund, seine Kriegslist aufrechtzuerhalten. »Und das bedeutet, dass du nicht an uns herankommen kannst.«

»Aber die anderen werden nicht so viel Glück haben.«

Lehm wurde vom Boden aufgewirbelt, als der Zauberer seine Quelle öffnete. Bald konnte Caldan kaum mehr etwas sehen.

»Verdammter Kerl!«, fluchte der Korporal. »Er läuft weg!«

Caldan griff in seine Quelle und erlaubte es dem Schild, seine volle Stärke anzunehmen. Er zog Lavas auf die Straße zu. »Hier entlang!«, rief er. Sie rannten durch die Staub- und Lehmwolke, stolperten über Felsen und Grasbüschel und prallten von Bäumen ab.

Zum Glück schützte sie der Schild auch vor dem Staub. Sie liefen weiter und wollten den Wagen unbedingt vor dem Zauberer erreichen.

Als Caldan aus der Staubwolke trat, taumelte er einige Schritte und verlor den Griff um Lavas. Das inzwischen vertraute Summen erhob sich hinter ihm, und der Korporal kreischte vor Schmerzen auf. Caldan hörte, wie er stöhnend zu Boden fiel. Kurz blieb Caldan stehen und knurrte wütend, aber ihm blieb keine Wahl.

Er rannte auf die Straße und den Wagen zu.

Und rannte mit voller Geschwindigkeit gegen eine unsichtbare Kraft zwischen zwei Bäumen. Der Aufprall warf ihn auf den Rücken und machte ihn benommen. Er fühlte sich taub an und versuchte aufzustehen. Das Schwert rutschte ihm aus den gefühllosen Fingern, und sein Blickfeld verschwamm. Sein Brustkorb schmerzte, und ihm drehte sich der Magen um. Verblüfft und verständnislos lag er da.

Funken sprühten um ihn herum, als sein Schild einen weiteren Angriff abwehrte. Gerade war er so verwirrt, dass er das Lösen der Zauberei nicht einmal gespürt hatte. Caldan rang nach Luft und vergrub die Finger im Waldboden. In seinen Ohren brüllte es, und seine Haut war schweißgetränkt.

Er nahm wahr, dass in der Ferne jemand schrie. Es war die Stimme einer Frau - Elpidia vielleicht? Rufe drangen durch das Summen in seine Ohren.

»... nicht!«, rief die Stimme in der Ferne, gefolgt von einer tieferen Erwiderung - der Stimme eines Mannes.

»... sicher ... müssen ...«

Caldan hörte Elpidia schreien, es war ein hoffnungsloses, verlorenes Jammern, dann ertönten ein scharfer Knall und ein Summen.

»Bei den Ahnen«, hörte Caldan sich selbst sagen. Er packte sein Schwert, mühte sich zuerst auf die Knie und dann auf die Beine. So schnell er konnte, rannte er auf den Wagen zu, war noch ganz benommen, aber es gelang ihm, die Verbindung zu seinem Schild aufrechtzuerhalten.

Der Wagen vor ihm war von einer der Zauberkugeln erhellt, die Elpidia hochhielt, als sie sich durch die Stoffbahnen reckte. Der Wagen bewegte sich nicht mehr die Straße entlang, und von dem Soldaten, der ihn gefahren hatte, war nichts mehr zu sehen - und auch nichts von Amerdan.

Der Zauberer stand gegen einen Baum gelehnt und betrachtete seine Umgebung mit wildem Blick. Blut tropfte aus

Schnitten überall in seiner Kleidung und sickerte in den Boden. Eine Spur aus dunklen Tropfen führte von ihm zum Wagen und um ihn herum, Flecken hatten sich auf dem Segeltuch-Verdeck ausgebreitet. Mit der einen Hand drückte der Zauberer gegen seine Wunden, während er mit der anderen ein Medaillon um seinen Hals festhielt. Als er sah, dass Caldan auf den Wagen zutaumelte, schlich sich ein Ausdruck der Panik auf sein Gesicht.

Sein Bild verschwamm, dann verschwand er. Caldan fluchte und lief schwankend weiter. Er hatte keine Ahnung, wo sich der Zauberer nun befand.

Als er den Wagen erreicht hatte, hielt er sich an dessen Seitenwand fest. Elpidia schaute hinunter auf ihn. Die grauen Haare hingen ihr wild um das Gesicht, und ihre Augen waren rot gerändert und zeugten von Angst. Tränenspuren streiften ihre Wangen.

»Er ist hier!«, schrie sie ihn an. »Irgendwo! Tu etwas!«

»Wo ist Miranda?«, rief Caldan zurück. »Ist sie verletzt?«

»Nein! Sie ist hier bei mir. Finde den Zauberer!«

Schlurfende Schritte näherten sich ihm. Er drehte sich um ... und sah in Amerdans Augen. Sie wirkten ausdruckslos, ruhig, sorglos. Ein Grinsen flog über Amerdans Gesicht, während er einen Finger vor Caldans Lippen legte.

»Psst«, flüsterte er und drehte die Augen zu den Bäumen um sie herum. »Hör mir zu.«

Elpidia verschwand im Innern des Wagens. Caldan hörte, wie sie schluchzte und murmelte.

»Hör mir zu«, wiederholte Amerdan. Er hielt eines seiner Messer hoch, Blut überzog die Klinge.

Caldan richtete seine Aufmerksamkeit von dem Wagen auf die Umgebung und schüttelte den Kopf in dem Versuch, den Rest seiner Benommenheit loszuwerden.

Stöhnen kam von dort, wo er zum ersten Mal auf den Zauberer getroffen war – vermutlich kam es von dem Korporal. Amerdan deutete in diese Richtung.

»Der ältere Soldat. Verwundet. Er stirbt. Beachte ihn nicht weiter.« Dann zeigte er nach links. Caldan hörte, wie jemand über den Boden rutschte und dabei vor Schmerzen stöhnte. »Der andere Soldat. Er stirbt ebenfalls.« Die Hand streckte sich nun in Richtung des Wageninneren aus. »Elpidia, Miranda und Glöckchen. Beachte sie nicht weiter.« Dann wies die Hand in die Dunkelheit hinein. Diesmal spreizte er die Finger und bewegte die Hand vor und zurück. »Was bleibt?«

Caldan bemühte sich zu lauschen, aber es klingelte noch immer in seinen Ohren. »Wind«, sagte er. »Blätter, Gras.«

»Gut. Und ...?«

»Nichts ... ich ...«

»Da ist noch etwas. Höre genau hin.«

Erneut lauschte Caldan angestrengt, während das Klingeln abnahm. Trotz seiner Angst atmete er nun langsamer. Er versuchte, über all den anderen Geräuschen das zu hören, worauf Amerdan ihn hinweisen wollte.

Noch mehr Wind ... das sanfte Rascheln des Grases und der Blätter an den Bäumen ... ein Tröpfeln ...

»Da«, sagte Amerdan leise. »Tropf, tropf. Das ist er. Sein Blut.«

Ein weiteres Tröpfeln: Es war wie das Geräusch, das Wasser macht, wenn es auf ein Blatt trifft. Caldan hörte die einzelnen Tropfen deutlich und fragte sich, wie das sein konnte. War das ein Teil seiner besonderen Fähigkeiten? Und wie war es möglich, dass auch Amerdan sie hörte? Das ergab keinen Sinn.

Caldan wartete. Diesmal traf ein Tropfen weiter rechts einen Flecken trockener Erde.

Er spürte Amerdans heißen Atem an seinem Ohr.

»Kannst du ihn hören? Ich habe ihm die Schnittwunden beigebracht, so wie er es bei den anderen getan hat. Und jetzt ...

er blutet so, wie sie geblutet haben, und er kann sich nicht enthüllen, um es aufzuhalten.« Ein weiterer Tropfen traf auf ein Blatt, wieder rechts von ihnen. Der Kaufmann kicherte leise. »Ich höre dich«, flüsterte er in die Nacht hinein.

Caldan schluckte, öffnete seine Quelle und streckte seine Sinne zur rechten Seite aus. Schwach, ganz schwach bemerkte er etwas, aber es war eindeutig da. Der Zauberer, ganz in der Nähe. Was nun?

Äußerst langsam hob Caldan die rechte Hand, das Schwert stieg zwischen ihm und dem unsichtbaren Zauberer auf. Er wusste nicht, was er sonst tun sollte. Jetzt besaß er keine Zauberkugeln mehr und auch keine anderen magischen Gegenstände, die er als Waffe einsetzen konnte, indem er sie mit Zauberei auflud. Darum hatte er keine Ideen und keine anderen Möglichkeiten mehr außer einem körperlichen Kampf.

Aber es war nicht mehr sein eigener Kampf.

Im einen Augenblick war der Kaufmann noch neben ihm gewesen, und im anderen war er fort - nur noch ein verschwommener Fleck. Amerdan hastete nach links, machte dann eine plötzliche Bewegung nach rechts dorthin, wo Caldan den Zauberer vermutete. Noch nie hatte er jemanden sich so schnell bewegen gesehen - außer ihm selbst natürlich ... wenn er von seinen unbeherrschbaren Fähigkeiten gepackt wurde.

Mit weit offen stehendem Mund sah Caldan zu, wie Amerdans linke Hand hervorschoss. Die Klinge seines Messers verschwand bis zum Griff. Er sprang hoch, drehte seinen Körper, die rechte Hand fuhr herunter, und sein zweites Messer drang in Fleisch ein.

Während ein böses Grinsen auf seinem Gesicht erschien, landete er leichtfüßig, und die Luft vor ihm verschwamm.

Der Zauberer wurde sichtbar und hatte die Augen im Schock weit aufgerissen. Er hatte die eine Hand um die Klinge in seiner Seite geschlossen und versuchte mit der anderen das Messer herauszuziehen, das in seinem Hals steckte.

Mit einem Gurgeln brach er auf dem Boden zusammen, zuckte noch einige Male und lag dann ganz still da. Blut sickerte aus den beiden Stichwunden, und an Armen, Beinen und Rumpf waren etliche lange Schnittverletzungen zu erkennen. Matte graue Augen starrten hoch zu den funkelnden Sternen.

Mit unsicheren Schritten ging Caldan hinüber zu dem Leichnam. Amerdan stand reglos neben ihm und beobachtete Caldan. Dieser kniete sich über den Zauberer, der kaum bemerkenswert wirkte, abgesehen von den magisch aufgeladenen Gegenständen, die Caldan aufgrund seiner Quelle spüren konnte. Da waren ein paar Amulette, zwei Ringe, und seine Armreifen aus Metall waren schlecht geschmiedet, aus minderwertigen Materialien und fehlerhaft. Sonst war da nichts. Überhaupt keine Waffen, keine Habseligkeiten. Es war, als befände sich der Mann nur wenige Augenblicke von seinem Heim entfernt – nichts deutete darauf hin, dass er die Gruppe in den letzten Tagen gejagt hatte.

»Ist alles in Ordnung mit dir?«, fragte er Amerdan mit zitternder Stimme.

»Natürlich.« Der Kaufmann deutete auf die Leiche. »Er hat geglaubt, er ist ein Jäger, aber ... das war er nicht. Nicht wirklich.«

Caldan nickte langsam, stand auf und wischte sich die schweißigen Hände an den Hosenbeinen ab.

Amerdans Blick ruhte weiterhin auf ihm.

Caldan räusperte sich. »Du bist sehr schnell«, brachte er lahm hervor.

Amerdan nickte und erwiderte: »Manchmal. Wenn ich es will. Ich habe einmal gesehen, wie du es getan hast, kurz nachdem wir Anasoma verlassen hatten. Damals hast du die Soldaten getötet.«

Caldan bemerkte, dass er nie »geflohen« oder »entkommen« sagte, sondern stets nur »verlassen« oder »abgereist«. Er nickte ebenfalls und wagte es nicht, der Erkenntnis Ausdruck zu verleihen, die soeben über ihn gekommen war. Amerdan sagte, er könnte sich schnell bewegen, wenn er es wollte. Es musste ihm möglich sein, seine Fähigkeiten zu kontrollieren, was Caldan nicht konnte.

Es war ein Schock für ihn, dass Amerdan ähnliche Fähigkeiten wie er besaß.

»Ich kann es nicht kontrollieren«, gab Caldan zu. »Ich weiß nie, wann es mich überkommt. Und für gewöhnlich bringt es Schwierigkeiten mit sich.«

»Wir sind uns ähnlicher, als du es dir vorstellen kannst. Ich wäre in der Lage ... dich zu unterrichten. Und im Gegenzug könntest du mir etwas über Zauberei beibringen.«

Es war verführerisch. Aber dabei stellten sich einige ernste Fragen, vor allem diese: Warum gab er sich als einfacher Ladenbesitzer aus? Caldan wollte gern das lernen, was Amerdan wusste, aber ihm war nicht klar, ob er diesem Mann wirklich vertrauen durfte.

All die Soldaten - tot. Genau wie er es wollte, dachte Caldan. *Was bedeutet das?* Amerdan beobachtete ihn und gab keine Antworten auf seine Zweifel, also richtete Caldan den Blick auf den Wagen. »Komm«, sagte er, »wir sehen nach, ob es allen gut geht.«

9

Eselsköpfiger, dämlicher Schweinskopf, Ziegenf...«

»Daraus schließe ich, dass etwas schiefgegangen ist?«, unterbrach Avigdor.

Felice senkte das Messingteleskop und kniff die Augen zusammen, bis sie sich wieder an ihre Umgebung gewöhnt hatten. Sie gab Avigdor das Instrument und hielt sich ein parfümiertes Taschentuch an die Nase.

»Er ist nicht dafür geschaffen«, merkte sie an. Keiner von ihnen war das.

Avigdor setzte sich das eine Ende des Zylinders an das Auge und suchte die Straße unter ihnen nach Izak ab. »Wir haben es von Anfang an gewusst. Das ist der Grund, warum er nicht alles weiß.«

Felice hockte auf einem Hausdach, das ihnen einen Blick auf die Hauptstraße unter ihnen bot. Es war gefährlich gewesen, die schmutzigen und manchmal lockeren Schindeln hochzuklettern, aber als sie oben angekommen waren, hatte sie dort, wo zwei Dächer zusammenstießen, eine relativ bequeme und sichere Position gefunden. Trotz seiner Masse war es Avigdor gelungen, hinter ihr her zu steigen, wobei er eine gewisse Behändigkeit gezeigt hatte, auch wenn er es jedes Mal ablehnte, an Felices Waffenübungen und Körperertüchtigungen teilzunehmen, die dreimal in der Woche stattfanden. Sie glaubte daran, auf alles vorbereitet sein zu müssen, während er sich allein auf seinen Verstand verließ.

Die Morgensonne schien heiß auf sie herunter, aber die Nähe des Hafens sorgte dafür, dass eine kühle Brise blies und die Hitze halbwegs erträglich machte. Allerdings war der charakteristische Gestank des Docklands sehr unangenehm.

Die Straße unter ihnen war übervoll: Es wurden Geschäfte getätigt und Erledigungen gemacht, und während der letzten Tage war wieder so etwas wie Normalität eingekehrt. Es war seltsam, wie die Einwohner auf die Invasion reagiert hatten: zuerst mit Angst, später mit Wut, dann mit Ergebenheit, und schließlich ... was war es nun? Die gewöhnliche Routine? Für viele Menschen bestand die einzige Veränderung darin, dass nun die Patrouillen der Invasoren durch die Straßen marschierten und die Hafenwache sowie die Köcherer des Kaisers ersetzt hatten. Ein Herr löste den anderen ab, aber die Diener scherte das nicht.

Die Indryallaner hatten Arbeitsbrigaden eingesetzt, die aus den Insassen der kaiserlichen Gefängnisse und unselbstständigen Arbeitern bestanden, und sie wurden sogar für ihre Mühen bezahlt. Die Brigaden räumten die Trümmer weg, die durch die Kämpfe entstanden waren, und sie beerdigten die Toten beider Seiten. Tagelang war die Straße zum Friedhof auf dem Schlackenberg mit Karren verstopft gewesen, gefolgt von Gruppen, die Sand auf der Straße ausstreuten, damit alle möglichen herabgetropften Flüssigkeiten aufgesaugt wurden.

Avigdor zog seine laufende Nase hoch und würgte, während seine Augen wässerig wurden. »Uh, das riecht wie madiger Fisch.«

»Hör auf, du machst mich hungrig.«

Avigdor stieß ein schnaubendes Lachen aus und beobachtete wieder die Straße unter ihnen. Besonders konzentrierte er sich auf die Front des Gebäudes der Handelsgesellschaft der Fünf Ozeane.

»Ist Izak drinnen?«, fragte Avigdor.

»Ja, aber er wurde verfolgt - vielleicht von seinem Haus aus, vielleicht die ganze Nacht hindurch.« Felice ächzte. »Rebecci Walraffen versteht ihr Handwerk.«

Auf ihre Bitte hin hatte es Izak so eingerichtet, dass er »zufällig« bei einem gesellschaftlichen Ereignis auf einen der Haupthändler der Fünf Ozeane gestoßen war. Er hatte den Brief übergeben, den Felice aufgesetzt hatte - ein sorgsam formuliertes Schreiben, welches das Interesse der Kaufleute erregen sollte und Dinge andeutete, von denen sie glauben mussten, dass niemand sonst um sie wusste. Nun war Izak auf dem Weg, ihre Antwort abzuholen.

»Das macht mir Sorgen«, sagte Avigdor. »Izak hat Vorsichtsmaßnahmen getroffen, und trotzdem hat er nicht bemerkt, dass er verfolgt wurde. Eine einfache Handelsgesellschaft sollte nicht so geschickt täuschen können.«

»Natürlich sollte sie es! Wenn ich ein Geschäft hätte, würde ich es genauso führen.«

»Wenn Ihr eines hättet, würde ich Anteile daran erwerben.«

Sie lächelte über dieses Kompliment.

Avigdor kratzte sich am Kopf. »Er kommt heraus«, sagte er plötzlich.

»Behalte ihn im Auge. Wird er noch immer verfolgt?«

Nach einiger Zeit nickte Avigdor. »Ja.«

»Geht er geradewegs auf den Friedhof zu?«

»Anscheinend. Er ist nach Norden unterwegs.«

Felice fluchte. Sie holte tief Luft und ballte die Hände an ihren Seiten zu Fäusten.

»Du hättest ihm nicht davon erzählen dürfen. Wir müssen ihn aufhalten. Wir dürfen es nicht zulassen, dass er versehentlich den Ort unseres Verstecks verrät.«

»Einverstanden, aber wie?«

Felice drehte ihm den Rücken zu und machte sich daran, das Dach auf demselben Weg hinabzusteigen, auf dem sie hier hinauf gelangt waren. Dabei dachte sie verzweifelt nach.

Felice senkte das Messingteleskop und schob es mit geschickten Bewegungen zu einem kleinen Zylinder zusammen, den sie in ihre Gürteltasche steckte.

»Er ist gelaufen«, sagte sie verärgert.

Avigdor kicherte. »Zweifellos war er bestürzt. Wir können von Glück sagen, dass wir diesen Straßenjungen gefunden haben, der Eure Nachricht überbringen konnte, und sie war nicht gerade besonders subtil. Rebeccis Leute werden ihn bestimmt verfolgen, egal was er tut. Kommt, wir bringen diesen Brief zur Eigentümerin des Bordells, und sie kann den Brief von Izak für uns besorgen. Einer unserer Männer kann ihn abgeben.«

»Ich vermute, es bleibt uns nichts anderes übrig«, sagte Felice und biss sich auf die Unterlippe. Sie hatte Izak einigen Vorsprung gegeben, auch wenn ihr sein Verhalten nicht gefiel. Dieses Spiel hatte einen viel höheren Einsatz, als sie es gewöhnt war, aber sie stellte fest, dass sie es trotz der Gefahr genoss.

Es war beinahe Mittag, als sie ihr Hauptquartier auf dem Schiffsfriedhof erreicht hatten. Felice musste stehen bleiben und einigen Mitgliedern des Widerstands Befehle erteilen. Ihr mögliches Bündnis mit Rebecci war nur ein kleiner Teil ihres Plans, und alles schien andauernd geändert und angepasst zu werden.

Sie verließen eine Gruppe von Männern auf einem der herrenlosen Schiffe, nachdem sie sich mit ihnen unterredet und ihnen neue Anweisungen erteilt hatten. Dann kletterten Felice und Avigdor über die Schiffsrümpfe und Planken, die als behelfsmäßige Brücken dienten, bis sie das Wrack erreicht hatten, in dem sich ihr eigenes Quartier befand.

Ratten und Kakerlaken huschten vor ihnen über graue, ausgetretene Dielen davon – ein Frühwarnsystem, über das sie oft Scherze machten. Deshalb entriegelten sie ohne Bedenken das helle Metallschloss, das sie an der Tür angebracht hatten, und betraten Felices Räumlichkeiten.

Avigdor trat beiseite, während Felice nach einem Streichholz suchte und schließlich eine Lampe entzündete. Die Dunkelheit wich und enthüllte eine Gestalt, die auf einem der Armlehnstühle lümmelte. Es war eine Frau, dünn und mit wirren weißen Haaren. Sie trug einfache Kleidung – einen lockeren schwarzen Rock und eine burgunderrote Bluse – aber Schnitt und Stoff waren eindeutig von hoher Qualität.

Beide erstarrten – Avigdor, während er die Tür schloss, und Felice, während sie noch die Lampe in der Hand hielt.

»Ich hatte schon geglaubt, Ihr kommt gar nicht mehr. Dieser Stuhl ist nicht besonders bequem, aber ich wäre trotzdem beinahe eingeschlafen.«

Rebecci, die Abgesandte der Handelsgesellschaft der Fünf Ozeane, unterdrückte ein Gähnen und hielt sich die Hand anmutig vor den offenen Mund. Sie setzte sich auf und sah die beiden erwartungsvoll an.

Felice reagierte als Erste. Sie stellte die Lampe mit einem leisen Klappern auf einem Sims ab und verneigte sich kurz vor der Frau.

»Wie ich sehe, fühlt Ihr Euch ganz wie zu Hause. Möchtet Ihr ein Glas Wein haben?«

»Das ist eine ausgezeichnete Idee.«

Felice warf Avigdor einen kurzen Blick zu, begab sich zu dem Schrank, in dem sie die Getränke aufbewahrte, und holte drei Gläser heraus, die sie auf den Tisch stellte. Dann nahm sie eine Flasche, schaute auf das Etikett, stellte sie zurück und wählte eine andere aus. Nachdem sie sich auch diese Flasche genau angeschaut hatte, nickte sie und hielt sie Avigdor entgegen. »Wärest du so freundlich, sie zu öffnen?«

»Und wie soll ich das tun? Mit meinen Zähnen?«

Felice holte einen Korkenzieher aus der Schublade und gab ihn Avigdor.

Er nahm ihn entgegen, wobei seine Hände ganz leicht zitterten, und machte sich daran, das Wachssiegel um den Korken abzukratzen.

Felice zog einen Stuhl von der Wand herbei und stellte ihn wenige Fuß vor Rebecci – zusammen mit einem zweiten Stuhl für Avigdor, der inzwischen den Wein eingoss, der von einem tiefen, beinahe schwarzen Rot mit winzigen Goldflecken war.

»Redet weiter«, sagte Felice, nahm ein Glas und beobachtete, wie Rebecci und Avigdor das ihre hoben.

Sie neigte ihr Glas Rebecci zu, nickte und setzte es an die Lippen. Das Bouquet des Weins erfüllte ihre Nase mit dem Duft von Brombeeren und Kirschen, verbunden mit einem Hauch von Pfeffer.

»Verzauberter Wein«, bemerkte Rebecci. »Teuer. Vermutlich nach den jüngsten Ereignissen noch teurer als zuvor.«

»Ein kleiner Kontrapunkt zu unserer unmittelbaren Umgebung.« Felice unterstrich ihre Aussage mit einer Handbewegung, die das gesamte heruntergekommene Mobiliar einschloss. Die einzige Ausnahme war eine schimmernde Messinguhr, deren mechanisches Ticken die Stille erfüllte.

»Allerdings.«

Dann betrachtete sie die Frau eingehend. Felice hatte schon gehört, dass sie sehr dünn sei, aber aus der Nähe schien sie noch dünner zu sein. Die Hand, die den Stiel des Weinglases hielt, war dürr, fast ausgezehrt, und die Haut beinahe durchscheinend. Ihre Gegenwart hier nach dem kurzen Kontakt mit Izak am letzten Abend verriet ein gefährliches Maß an Möglichkeiten und Informationen. Doch die Tatsache, dass sie allein war - und Felice und Avigdor nicht bereits in Ketten gelegt oder sogar tot waren -, deutete auf ein gewisses Interesse an ihrer Sache hin. Oder zumindest auf die Bereitschaft, unter persönlichem Risiko mehr darüber herauszufinden.

Felice nahm ein wenig Wein, ließ ihn kurz im Munde kreisen, dann schluckte sie ihn hinunter. Sie beschloss die Dumme zu spielen, obwohl sie annahm, dass es nicht funktionieren würde. Aber man konnte nicht vorsichtig genug sein, insbesondere wenn man die Anführerin des Widerstands war.

»Miss Rebecci, wie ich annehme?«

Rebecci hob eine Braue und lehnte sich auf ihrem Stuhl zurück. Sie sah Felice durch halb geschlossene Lider an. »Ja«, antwortete sie knapp.

»Welchem Umstand verdanke ich das Vergnügen?«

»Das ... Vergnügen?«

»Eurer Gesellschaft.«

Felice rutschte auf ihrem Stuhl hin und her und versuchte eine bequemere Position einzunehmen. Sie schlug ein Bein über das andere und benutzte diese Bewegung dazu, die linke Hand bis an ihren Stiefelschaft zu senken, wo sie gegen das Messer stieß, das sie dort versteckte. Irgendetwas an der Kauffrau stimmte nicht. Bisher deutete alles auf eine mögliche Unterstützung hin, doch wenn es ihr gelungen war, so schnell das Hauptquartier des Widerstands zu finden, wären die Invasoren sicherlich ebenfalls dazu in der Lage. Izak war nicht erwischt worden, also war er nicht daran schuld, aber irgendjemand musste geredet haben. Entweder gab es einen Verräter, oder es war aus Sorglosigkeit geschehen, aber am Ende war das Ergebnis dasselbe. Sie schob diesen unangenehmen Gedanken beiseite.

»Ihr braucht keine Angst zu haben«, sagte Rebecci. »Es ist nicht nötig, herumzurutschen und die Hand nahe an Eurem Messer zu halten. Bisher habt Ihr Euch seit dem Beginn der Invasion gut geschlagen – natürlich mit Unterstützung von zweien ihrer Anführer. Sind sie in der Nähe? Ich würde ihnen gern persönlich danken, wenn ich darf.«

»Nein. Sie sind ... anderweitig beschäftigt.«

»Schade. Ich hätte sie gern getroffen. Der Widerhall dieser Begegnung war, um es vorsichtig auszudrücken, bemerkenswert.«

Felice warf Avigdor einen kurzen Blick zu. Er sah sie an und zuckte mit den Achseln.

»Was haben wir zu verlieren?«, fragte er.

»Alles«, antwortete Felice schnell.

Rebecci kicherte bei ihrem Wortwechsel; es war ein seltsam kindischer Laut. »Wir sollten zumindest Verbündete sein«, sagte sie. »Kollaborateure. Komplizen. Sogar Freunde. Das wäre schön. Ich habe nicht viele Freunde.«

Felice runzelte die Stirn. »Es tut mir leid, aber Ihr werdet mir verzeihen, wenn ich Eure Worte nicht ungeprüft glaube.«

»Verziehen. Darf ich trotzdem anfügen, dass es meiner stets unmaßgeblichen Meinung nach klug von Euch wäre, dem zu lauschen, was ich zu sagen habe?«

»Also wirklich ...«, sagte Felice gedehnt, dann riss sie sich zusammen. »Redet weiter.«

»Ich werde es so offen und einfach ausdrücken, wie ich kann. Wenn ich mit den Indryallanern zusammenarbeiten würde, dann säßet Ihr inzwischen entweder im Gefängnis, oder Ihr wäret tot. Wenn meine Leute mit ihnen unter einer Decke stecken würden, wäre es genauso. Und wenn sie Euch finden, was sie früher oder später tun werden, dann werdet Ihr entweder gefangen genommen oder getötet. Und sobald ihr Gott-Kaiser hier eintrifft, werdet Ihr Euch einen raschen Tod wünschen.« Sie hielt inne und benetzte ihre Lippen mit Wein. »Meine Leute sind unterschiedlicher Meinung. Einige haben sich mit den Indryallanern zusammengetan. Andere, wie ich, glauben, dass das eine sehr schlechte Idee ist. Ich bin hier, weil ich Euch helfen will.«

Felice schwieg darauf.

»Sie werden Euch genauso leicht finden, wie ich Euch gefunden habe, und wenn sie hier sind, werdet Ihr ihnen nichts entgegenzusetzen haben.«

Zauberei, dachte Felice. Niemand wusste, dass sie hier waren, niemand war ihnen gefolgt, und diese Frau wusste allzu genau, wozu die Indryallaner in der Lage waren. Rebecci war eine Zauberin. Eine andere Erklärung gab es nicht. »Warum sind sie dann noch nicht hier?«, fragte sie.

Rebecci zuckte kurz die Achseln und erwiderte: »Ihr habt noch nichts getan, was ihre Aufmerksamkeit auf Euch hätte lenken können.«

»Das wird sich ändern.«

»Und deshalb bin ich hier. Ich will Euch sagen, dass das keine gute Idee ist«, meinte Rebecci. »Ihr müsst aus der Stadt verschwinden. Genau wie wir.«

»Was können wir dann noch erreichen? Ich würde lieber hierbleiben.«

»Denkt darüber nach. Im Augenblick sitzen die Indryallaner genauso in der Stadt fest wie alle anderen. Aber draußen habt Ihr die Freiheit, alles Nötige zu einem Kampf gegen sie zu besorgen. Ist das etwa nicht der Grund, warum Ihr Dukaten braucht? Um Menschen aus der Stadt zu schleusen und den Kaiser zu warnen?«

»Woher ...?«, begann Felice. »Egal. Was habt Ihr denn vor? Wollt Ihr uns alle heimlich aus der Stadt bringen?«

»Genau. Wie ich schon sagte, ist Anasoma verloren. Unser Plan sieht vor, die Stadt zu verlassen und uns an der Küste neu zu formieren. Seit der Invasion haben wir hier alles getan, was wir tun konnten. Ich bin mir sicher, dass sich uns draußen noch viele weitere unserer Art anschließen werden.«

»Von Eurer Art? Ich vermute, Ihr meint damit die Handelsgesellschaft der Fünf Ozeane?«

Rebecci lächelte. »Natürlich.«

»Was können denn einfache Kaufleute tun?«

»Ihr wisst bereits, dass wir keine einfachen Kaufleute sind«, entgegnete Rebecci. »Wie dem auch sei, hier kommt mein Vorschlag. Hört mir zu, und trefft dann Eure Entscheidung.«

Sie stand auf und enthüllte dadurch zwei schwer aussehende Ledersäcke auf ihrem Stuhl, die unter ihrem weiten Rock verborgen gewesen waren. Dann hob sie den einen an und stellte ihn unter einem Klirren auf den Tisch, das nach vielen Münzen klang.

»Gold«, sagte sie.

Der zweite Sack gesellte sich rasch zu dem ersten und gab ein ähnliches Geräusch von sich.

»Silber.«

Rebecci stellte ihr Glas achtsam neben die beiden Säcke. »Der indryallanische Gott-Kaiser wird in drei Tagen hier eintreffen. Ich rate Euch dringend, so viele loyale Männer und Frauen zu sammeln, wie Ihr könnt, und mit ihnen die Stadt zu verlassen. Ich weiß, dass es Wege hinaus gibt, und dazu sind diese Dukaten da. Reist sieben Tage lang die Küste hinunter, und wartet dann. Wir werden Euch finden und alles erklären.«

Sie sah Avigdor an, wandte sich wieder an Felice und schenkte ihr einen harten Blick. »Wenn Ihr es nicht tut, werdet Ihr vermutlich sterben.«

Felice betrachtete die schweren, mit Dukaten gefüllten Säcke und richtete den Blick dann wieder auf Rebecci. »Der Tod macht mir keine Angst.«

»Nein? Das ist klug – Ihr solltet wirklich keine Angst vor dem

Tod haben. Aber das, was davor kommt, sollte Euch große Sorgen bereiten.«

Felice wusste, dass ein Messer nicht reichen würde, wenn sie sich der Zauberin entgegenstellen wollte. Es blieb ihr nichts anderes übrig, als die Frau gehen zu lassen. *Ihre Worte drehen sich im Kreis,* dachte sie. *Ich will bloß eine einzige klare und direkte Antwort haben.*

»Bevor ich irgendetwas zustimme, muss ich wissen, was los ist. Ihr schuldet uns eine Erklärung.«

Rebecci schüttelte den Kopf – Felices Widerstand schien sie nicht zu bekümmern. »Alles zu seiner Zeit.«

»Welche Zeit sollte dafür besser sein als die gegenwärtige? Wie soll ich Euch trauen, wenn Ihr mir nicht mehr verratet?«

»Dafür sind die Dukaten da, Felicienne. Welchen größeren Vertrauensbeweis als Gold gäbe es denn? Aber ich sehe, dass Ihr noch immer misstrauisch seid. Das ist eine ausgezeichnete Eigenschaft – in Maßen. Vielleicht sollte ich Euch ein Beispiel für meine Fähigkeiten und meine Ernsthaftigkeit geben. Das kann ich tun. Aber vergesst nicht: sammelt Eure Leute, und verschwindet von hier. Ihr habt drei Tage.«

Felice glaubte in Rebeccis Augen ein Blitzen zu sehen, und sie griff nach unten zu ihrem Messer. Doch bevor sie auch nur den Griff berühren konnte, drang ein Schmerz, der so spitz wie eine Nadel war, in ihren Schädel, und sie schrie auf. Das Weinglas fiel ihr aus den taub gewordenen Fingern und zersprang am Boden.

Sie sackte zusammen, ihre Muskeln wurden zu Wasser, und sie hörte, wie Avigdor ein wortloses Heulen ausstieß.

Der Druck in ihrem Kopf drohte, ihn zum Explodieren zu bringen. Dunkelheit überfiel sie.

Felice erwachte auf dem Holzboden. Ihr Kopf pochte unter den Schmerzen, an die sie sich immer noch viel zu gut erinnerte. Sie setzte sich auf. Rebecci war nirgendwo zu sehen. Die Tür war weit geöffnet.

Ein Blutrinnsal tröpfelte aus ihrem linken Nasenloch in den offenen Mund. Mit dem Handrücken wischte sie sich über die Oberlippe und entfernte dann den Speichel an ihrem Kinn.

»Avigdor«, krächzte sie schwach.

Sie kämpfte sich auf die Beine und schlurfte dorthin, wo er zusammengesackt auf seinem Stuhl hockte. Er lebte, sein Puls war noch stark, aber er war bewusstlos.

Felice stieß einen Seufzer der Erleichterung aus, schwankte zum Tisch und trank aus Rebeccis abgestelltem Weinglas. Schon bald fühlte sie sich besser; der Schmerz in ihrem Kopf sank auf ein erträgliches Maß.

Dann stolperte sie zu ihrem Stuhl, brach darauf zusammen und stützte den Kopf in die Hände.

Bei den Ahnen, was um alles in der Welt geht hier vor?

10

Sie begruben die Soldaten in flachen Gräbern, weit entfernt von der Straße, denn sie wollten beim Graben nicht von zufälligen Passanten beobachtet werden, deren Fragen schwierig zu beantworten wären.

Danach brachten sie den Wagen wieder ins Rollen, fuhren auf die Straße und machten sich erneut auf den Weg nach Westen. Den Rest des Morgens sagte niemand mehr etwas.

In dieser Nacht begab sich Caldan abermals zu Glöckchen, nachdem er einige Zeit damit verbracht hatte, Miranda zum Essen zu bewegen. Sie hatte nur wenige Happen zu sich genommen, als sie die Lippen wieder schloss und sich weigerte, noch etwas zu essen. Caldan sah, dass sie bereits an Gewicht verloren hatte. Ihre Haut hatte jede Spannkraft eingebüßt und war matt, und ihr Gesicht wirkte leblos.

»Worauf sollte ich schauen?«, fragte Caldan und holte eine von Glöckchens magischen Glocken aus dem Schatten ins Sonnenlicht. Die Oberfläche war mit haarfeinen Runen bedeckt, genau wie die Innenseite. Ein schwaches Klingeln erfüllte den Wagen.

Seit dem Kampf gegen den Zauberer war Glöckchen überraschend gefügig geworden. Es hatte fast den Anschein, als wäre sie froh über den Tod des Mannes.

Sie rollte mit den Augen und knurrte vor Ungeduld. »Siehst

du es denn nicht? Es ist ein Wunder moderner Magietheorie. Und ich habe es gemacht. Ich.«

Caldan spähte ins Innere der Glocke. »Ich sehe es noch immer nicht. Aber ich weiß auch nicht, wofür die Hälfte der Runen da ist.«

»Natürlich nicht. Angesichts der Zauberer, die dich unterrichtet haben, wundert mich das auch nicht. Ich war der Meinung, dass die Protektoren ein größeres Wissen besitzen, aber anscheinend ist es bei ihnen ebenfalls zu einer Art von Stillstand gekommen.«

»Vergiss nicht, dass ich bloß ein Lehrling war.«

Glöckchen schnaubte ihr Missfallen heraus. »Ich bringe dir so viel bei, wie es mir in der Kürze der Zeit möglich ist, aber ich bin nicht besonders gut im Unterrichten. Es wäre besser, wenn du für deine Studien nach Indryalla gehst.« Sie lächelte ihn an.

»Das wird nicht geschehen. Ich muss nur wissen, wie ich Miranda heilen kann. Alles andere kann warten.«

»Prima. Aber wie ich dir schon sagte, gibt es Personen, die darin viel besser sind als ich. Ich kenne zwar die Grundlagen, aber jede schwierigere zwingende Zauberei übersteigt meine Fähigkeiten.«

»Willst du damit sagen, dass du nicht weißt, wie ihr Geist geheilt werden kann?«

»Das habe ich nicht gesagt. Es könnte bloß länger dauern, als ich vorhergesehen hatte.«

»Spielst du auf Zeit?«

»Nein, du närrischer Bitterfisch! Du hast mir versprochen, dass du mich freilässt, wenn sie geheilt ist. Warum also sollte ich Zeit schinden wollen? Das ergibt doch keinen Sinn.«

»Nicht viel von dem, was du bisher getan hast, ergibt einen Sinn.«

»Für mich schon.«

Darauf wusste Caldan nichts mehr zu antworten. Allmählich bekam er Kopfschmerzen, wie es stets der Fall war, wenn er so hart an einem schwierigen Zauber arbeitete. Er atmete tief durch. »Noch einmal.«

Glöckchen schüttelte den Kopf. »Noch einmal?«

»Mach es einfach«, sagte er und fügte nicht hinzu: *Und diesmal vielleicht ohne jeden Kommentar.*

Glöckchen rollte mit den Augen. »Wie du willst. Vielleicht könntest du mich heute Abend losbinden. Es wird ziemlich kalt in den Nächten.«

»Nein«, sagte Caldan mit großer Bestimmtheit.

Glöckchen zuckte mit den Achseln und gab es auf. »Bei der zwingenden Magie geht es darum, dir gleichsam mit der Keule einen Weg in den Geist eines anderen Menschen zu bahnen – auch wenn es sich anders anfühlen mag«, fügte sie hinzu, als Caldan sie finster ansah. »Man braucht eine Menge Feingefühl. Es ist schwierig, mit mehreren Fäden aus deiner Quelle umzugehen. Die meisten Zauberer können nicht mehr als fünf gleichzeitig halten. Nur sehr wenige schaffen es mit sieben und noch weniger mit acht oder mehr. Und je mehr Fäden du kontrollierst, desto weniger Kraft haben sie, was am Ende natürlich von deiner Quelle abhängt. Bei zwingender Magie ist es erforderlich, mindestens sieben Fäden von deiner Quelle abzuspalten, und jeden einzelnen musst du sehr geschickt handhaben.«

Sie verstummte kurz. »Könnte ich bitte etwas Wasser haben?«

Caldan holte einen Wasserschlauch aus ihren Vorräten und spritzte Glöckchen einen Strahl in den Mund.

»Du bist ein guter kleiner Protektor.«

»Red weiter.«

»Zwei Fäden für dich selbst: einen als Verbindung zu deiner Quelle, einen anderen für dein Bewusstsein.«

Caldan nickte. Das hatte sie ihm bereits gesagt. »Ich nenne sie meistens Stränge. Wir hatten gerade angefangen, sie in der Ausbildung durchzunehmen – zur Errichtung eines Schildes.«

Glöckchen zuckte die Achseln. »Ein Wort ist so gut wie das andere, glaube ich. Wie dem auch sei, das sind also die beiden ersten Fäden. Ein weiterer Faden muss die restlichen vier tragen und bei der Einführung unterstützen. Wie ich schon gesagt habe, ist es schwer zu beschreiben. Du musst viel an Freiwilligen üben, bevor du die Technik beherrschst.«

Der Begriff »Freiwillige« verwirrte ihn, aber er unterbrach sie nicht.

»Er trägt die anderen Fäden, wie ein Seil aus verschiedenen Strängen; er umhüllt sie und erlaubt es ihnen, unbeschädigt in den Geist eines Menschen einzudringen. Dann können die anderen Fäden ihre Arbeit machen, die Handlungen der Person sowie ihre Erinnerungen unterdrücken, Gedanken eingeben, sogar die vollständige Kontrolle übernehmen.«

»Sag noch einmal, was deiner Meinung nach mit Miranda geschehen ist.«

»Ich *weiß*, was geschehen ist. Ein *Rückstoß*. Schlüsselchen ...« Ihre Stimme versagte. Sie senkte den Blick.

Caldan wusste, dass er für eine Weile nicht mehr viel aus ihr herausholen konnte. Immer wenn sie Schlüsselchen erwähnte, verstummte sie. Während er wartete, dachte er über ihre Worte nach, betrachtete sie aus verschiedenen Blickwinkeln und versuchte, einen Sinn in ihren Informationen zu erkennen.

Als er sie das letzte Mal befragt hatte, hatte sie auch von einem Rückstoß gesprochen, während die Verbindung einer zwingenden Magie zu einer anderen Person vorzeitig gekappt worden war. Wenn die Fäden durchgeschnitten wurden, peitschten sie in den Geist der Person zurück, in die sie eingedrungen waren. Jeder Faden drosch entweder umher, bevor er verblasste, oder er blieb mit dem Bewusstsein der Zielperson verbunden und bildete eine Art von Symbiose. Der Schaden war entweder dauerhaft oder zeitlich begrenzt und verschwand mit der Zeit, was jedoch Jahre dauern konnte. Glöckchen hatte behauptet, Mirandas Schädigung sei dauerhaft, aber schließlich würde sie niemals etwas anderes behaupten, denn damit gab sie Caldan einen Grund, sie in seiner Nähe zu behalten, anstatt sie an die nächstbesten Protektoren auszuliefern, denen sie begegneten.

So wie Glöckchen es beschrieb, war Mirandas Verstand nicht unbedingt beschädigt, aber verwirrt. Ihre Gedanken waren durcheinandergeraten, sowohl die bewussten als auch die unbewussten.

Ihm blieb nichts anderes übrig, als Glöckchens Meinung zu folgen, wie gering die Aussicht, Miranda zu heilen, auch sein mochte. Der Gedanke, dass sie den Rest ihres Lebens in diesem Zustand verbringen musste, war unerträglich für ihn.

Ein Klumpen bildete sich in seiner Kehle. Er erkannte, dass sie sehr wichtig für ihn geworden war - wichtiger, als er es ihr gegenüber zum Ausdruck gebracht hatte.

Caldan versuchte das Gespräch auf ein anderes Thema zu lenken, damit Glöckchen von ihren traurigen Gedanken an Schlüsselchen abgelenkt wurde. »Du hast gesagt, dass der Mann, der uns angegriffen hat, nicht der Einzige gewesen ist. Warum hat er uns allein gejagt?«

Glöckchen hob den Kopf und wischte sich mit den gefesselten, leicht zitternden Händen durch die Augen. Das andauernde Scheuern des Seils hatte ihre Handgelenke gerötet und wund gemacht, und Caldan sah an manchen Stellen getrocknetes Blut. Was sie hier taten, gefiel ihm gar nicht, aber er sagte sich, dass es unerlässlich war.

»Sie hätten nicht Mahsonn hinter mir herschicken sollen«,

sagte Glöckchen leise. »Sie hätten wissen müssen, dass er nicht stark genug ist, mich zu ...« Sie verstummte.

Nicht stark genug, dich zu retten, beendete Caldan den Satz stumm für sie. *Das heißt, dass es ihnen in Wahrheit gleichgültig war, ob sie zurückkehrte. Ist das ein Machtkampf, oder geht es hier um etwas anderes?*

Glöckchen wandte den Blick ab und fuhr fort: »Wenn das hier vorbei ist, werde ich mir ihre Köpfe holen. Er war nur ein Bluter, aber trotzdem ...«

»Ein Bluter? Was ist das denn?« Caldan ahnte es, wenn er an den Zustand der Soldaten dachte, die der Zauberer getötet hatte.

»Was und warum ... Diese Frage willst du beantwortet haben, und ich ebenfalls.« Sie sah weg, wirkte bekümmert.

»Was ist ein Bluter?«, fragte er erneut.

»Ein Zauberer.« Sie seufzte und schüttelte den Kopf. »Einer von sehr wenigen. Es ist keine besonders mächtige, aber seltene Gabe. Sie ist nur dann nützlich, wenn es ums Töten geht. Ein Zauberer, der mit einer schwachen, schmalen und rauen Quelle geboren wird, ist manchmal in der Lage, seine Kraft in winzigen Fäden zu bündeln. Wer das kann und es schafft, viele dieser Fäden gleichzeitig zu beherrschen, ist ein Bluter. Und damit meine ich wirklich *viele* Fäden. Viel mehr, als die meisten Zauberer kontrollieren können. Ich sage ›die meisten‹, aber eigentlich meine ich damit fast alle.« Sie stieß ein kurzes, ironisches Lachen aus. »Es ist eine Gabe, für die jeder Zauberer töten würde, und sie befindet sich stets in jemandem, dessen Macht fast gar nicht vorhanden ist. Das Schicksal ist manchmal sehr ungerecht. Bluter sind für gewöhnlich verbittert und verdreht, und Mahsonn war es auf alle Fälle.«

»War es das, was das Summen verursacht hat? Viele einzelne Fäden?«

»Guter kleiner Protektor.«

Ihre Beleidigung klang nicht mehr sonderlich giftig. Caldan vermutete, dass sie nicht mehr so wütend war wie bei ihrer Gefangennahme. Vielleicht ließ auch der Schmerz über Schlüsselchens Verlust allmählich nach. Oder sie spielte ihm nur etwas vor. Er schloss die Augen, seine Gedanken liefen im Kreis.

Er stand so plötzlich auf, dass sein Kopf gegen die Leinwand stieß, die das Wageninnere bedeckte.

Glöckchen lächelte ihn an – sowohl wild als auch wissend. »Du besitzt die Befähigung zur Zauberei, Caldan. Das kann ich sehen. Ich könnte dich noch vieles lehren …«

»Ja, dessen bin ich mir sicher. Aber was willst du dafür haben?«

»Dass du deine Vorurteile ablegst. Wir sind nicht der Feind, für den du uns hältst.«

Caldan befürchtete, dass das stimmen könnte.

In den letzten beiden Tagen waren die Gehöfte und Häuser, die Herbergen und kleinen Dörfer beständig zahlreicher geworden, bis bald das ganze Land von Feldern, Weiden, Scheunen und Häusern bedeckt war – ein untrügliches Anzeichen dafür, dass sie sich einer großen Stadt näherten.

Auch der Verkehr auf der Straße nahm zu. Viele kleine Nebenstraßen mündeten in sie, bis bald beständig jemand zu sehen war, entweder vor oder hinter ihnen. Andauernd wirbelte Staub in der Luft, verklebte ihre Nasen, und der Gestank vom Mist der Pferde und des Viehs, der in der Sonne buk, trieb ihnen das Wasser in die Augen. Nachdem sich Elpidia das Gesicht mit einem Halstuch bedeckt hatte, verlangte Glöckchen das Gleiche, und Caldan und Amerdan folgten ihrem Beispiel. Miranda wurde ganz unruhig, als sie versuchten, auch ihr ein Tuch umzubinden, und stets zerrte sie es sich wieder vom Gesicht, bis Caldan es aufgab.

Ihre offensichtliche Qual traf Caldan tief. Er fühlte sich hilflos.

Seine Sitzungen mit Glöckchen machten Fortschritte, aber er hatte das Gefühl, noch immer weit davon entfernt zu sein, Miranda heilen zu können, und allmählich lief ihnen die Zeit davon. Immer wenn er versuchte, Glöckchen zur Eile anzutreiben, sagte sie, das Lernen lasse sich nicht beschleunigen.

Am liebsten hätte er laut geschrien.

Außerdem weigerte sich Amerdan, Fragen über seine unheimliche Schnelligkeit und Geschicklichkeit zu beantworten, was Caldan zusätzlich verärgerte. Es war offensichtlich, dass der Kaufmann Geheimnisse hatte, und das machte seine Entscheidung, Anasoma zu verlassen und die Gruppe zu begleiten, verdächtig. Außerdem erfüllte die Leichtigkeit, mit der Amerdan den Zauberer abgeschlachtet hatte, Caldan mit Unbehagen. Er nahm sich vor, Amerdan allein zu erwischen und auf Antworten zu drängen, auch wenn der Ladenbesitzer bisher stets geschwiegen hatte.

Caldan befragte einen Zug von Bauern, die sie auf der Straße getroffen hatten, und Elpidia, die den Wagen fuhr, hatte die Geschwindigkeit in der Hoffnung erhöht, die Stadt noch vor Anbruch der Nacht zu erreichen. Er war erleichtert, als sie stattdessen beschlossen, eine letzte Nacht im Freien zu lagern und sich erst am kommenden Morgen den Stadttoren zu nähern.

Vom Grat eines Hügels schauten sie hinunter auf zahllose Lichter, die den dunklen Himmel erhellten. Die Sterne waren hier viel matter als draußen auf dem Land. Ein gewundenes Band aus widergespiegeltem Mondlicht lag an der einen Seite der Lichter: ein Fluss. Er vermutete, dass die Stadt mindestens so groß wie Anasoma war, aber sie war viel flacher, denn sie lag in einer Ebene.

Caldan warf einen kurzen Blick hinüber zu Glöckchen, die

hinter Elpidia stand. Amerdan hielt das Seil um ihren Hals fest gepackt.

Schließlich schüttelte Caldan den Kopf und vertrieb seine Gedanken, dann wandte er sich den anderen zu.

»Morgen gehe ich in die Stadt«, verkündete er. »Es gibt vieles, was die Protektoren wissen müssen, und wir dürfen nicht länger warten. Wer weiß, was geschehen ist, seit wir auf der Reise sind.«

Elpidia senkte den Blick und schüttelte den Kopf, während Amerdan langsam nickte. Der Ladeninhaber machte einen Schritt nach vorn.

»Wir bleiben hier bei Miranda und Glöckchen, während du hineingehst. Ich nehme an, du wirst ein paar Tage weg sein?«

»Vielleicht. Ich ... ja, vermutlich. Sie werden mich eingehend befragen und wollen sicherlich, dass ich bei ihnen bleibe, während sie meine Geschichte überprüfen.«

»Das könnte Tage oder sogar Wochen dauern!«, rief Elpidia. »Wir waren lange genug auf der Straße. Ich kann meine Experimente nicht noch weiter verschieben. Ich kann es nicht!«

Caldan hob die Hand in dem Versuch, sie zu besänftigen.

»Ich werde nicht viele Tage dort bleiben, das verspreche ich. Höchstens bis übermorgen.«

»Was ist, wenn sie dich nicht gehen lassen?«

»Sie haben keinen Grund, mir nicht zu glauben. Aber selbst wenn sie versuchen sollten, mich bei ihnen zu behalten, kann ich dich beruhigen. Mir ist es früher sogar gelungen, mich aus dem Kloster fortzustehlen, um ein paar Dukaten zu verdienen, und keiner hat es bemerkt. Und ich bin den Invasoren in der Gilde entkommen. Ich bin sicher, dass mir etwas einfallen wird.«

Elpidia wirkte nicht überzeugt. Amerdans Miene war weiterhin ausdruckslos.

»Nun«, warf Glöckchen ein, »könnten wir vielleicht mit dieser Nabelschau aufhören und das Abendessen zubereiten? Ich weiß nicht, wie es euch geht, aber ich habe großen Hunger.«

Amerdan riss kurz an dem Seil und zwang sie auf die Knie. »Still«, zischte er.

Elpidia sah ihn missbilligend an, während Caldan zu ihm trat und nach dem Seil verlangte.

»Ich kümmere mich um sie«, sagte er. Amerdans Verhalten war manchmal unberechenbar, und Caldan gefiel es nicht, wie er Glöckchen behandelte. Er brauchte ihre Hilfe.

Amerdan gab ihm das Seil ohne Einwände. Ein leichtes Schulterzucken deutete an, dass es ihm gleichgültig war, wer sich mit der Zauberin abgab. Glöckchen warf ihm einen verächtlichen Blick zu, aber sie schwieg.

»Heute wirst du mir vieles beibringen«, sagte Caldan mit harter Stimme zu Glöckchen. »All das, was du bisher zurückgehalten hast, solltest du mir jetzt sagen. Denn morgen gehe ich in die Stadt und suche die Protektoren auf, und ich habe noch nicht entschieden, was ich mit dir machen werde. Wenn ich glaube, dass du mich hintergangen und getäuscht hast, werde ich dich an sie übergeben. Du solltest nicht daran zweifeln, dass ich dazu in der Lage wäre. Wenn du weit weg von ihnen bleiben willst, hast du heute Nacht die Gelegenheit, mir einen Grund dafür zu geben.«

»Caldan«, sagte Elpidia, »vielleicht solltest du sie tatsächlich an die Protektoren ausliefern. Ich meine …« Sie machte eine nervöse Handbewegung. »Vielleicht können die Protektoren Miranda heilen.«

»Das können sie nicht«, knurrte Glöckchen.

»Caldan, du weißt es nicht«, sagte Elpidia. »Was ist ihr Wort schon wert?«

»Wenn du mich ihnen übergibst, wirst du mich nie wiedersehen. Sie werden mich umbringen, und Miranda wird so bleiben, wie sie ist. Willst du sie andauernd mit Haferbrei füttern? Willst du ihr für den Rest ihres Lebens den Speichel vom Kinn wischen und andauernd hinter ihr sauber machen?«

Caldans Hände packten das Seil fester, die Knöchel stachen weiß hervor. »Das ist eine der Fragen, die ich ihnen stellen werde, wenn ich dort bin. Wenn sie mir sagen, dass sie helfen können, geht Glöckchen zu ihnen. Aber wenn sie mir heute Nacht *tatsächlich* hilft, werde ich mein Versprechen halten.«

Als niemand etwas dagegen einwandte, sagte Caldan: »Es ist also beschlossen. Morgen bleibt ihr beide bei Glöckchen und Miranda, während ich in die Stadt gehe. Ich will nicht behaupten, dass es hier draußen sicherer ist. Vielleicht sind wir verfolgt worden, aber solange wir nicht wissen, wie es in der Stadt aussieht, ist es hier vermutlich doch weniger gefährlich.«

»Auch wenn ich es nicht gern zugebe, hast du wahrscheinlich recht. Außerdem werden sie nach dem ersten Verfolger keine weiteren losschicken«, sagte Elpidia. »Wenn es mehrere wären, hätte man sie zusammen ausgesandt.«

»Vielleicht, vielleicht nicht. Es wäre auch denkbar, dass der Bluter nur der Anfang war.« Caldan drehte den Lichtern unter ihnen den Rücken zu und ging den Hang hinunter zum Wagen. »Wir sollten das Lager aufschlagen.«

Caldans Magen knurrte. Er verdrängte mit aller Macht den nagenden Hunger in seinen Eingeweiden. Schon seit Tagen fühlte er sich, als würde er verhungern, aber ihre mageren Vorräte hatten es ihm nicht mehr erlaubt, sich satt zu essen. Morgen würde er eine vollständige Mahlzeit auf Kosten der Protektoren genießen können und wäre unter ihrem Dach sicher und unter Freunden. Unter Freunden, die er möglicherweise anlügen würde.

Einige Sterne schimmerten in dem bewölkten Nachthimmel, und im Westen ging der Mond unter. In dieser Entfernung von der Straße war die Luft süßer, auch wenn sie noch immer mehr nach den Gehöften in der Nähe als nach Wildnis roch.

Er nahm den Arm von Mirandas Schultern und schob ihr die Haare aus dem Gesicht. In ihren Augen spiegelten sich die orangeroten Flammen des Lagerfeuers wider. Nichts an ihr sagte ihm, ob sie seine Berührung spürte.

Caldan zögerte kurz, dann küsste er sie sanft auf die Wange. Er fühlte sich leer und unbeholfen, denn es erfolgte keinerlei Reaktion.

Schließlich stand er auf, wischte sich den Staub von der Hose, nahm einen Wasserschlauch und schlenderte durch das Lager. Elpidia hatte den Kopf in ihrer ledernen Ausrüstung vergraben, murmelte und klapperte mit den Flaschen. Sie schaute mit grimmiger Miene zu ihm auf, als er an ihr vorbeiging, und kehrte dann zu ihrer Tätigkeit zurück, worum es sich dabei auch immer handeln mochte. Elpidia war eine seltsame Frau, die mit der kalten Wirklichkeit rang, die sie bedrängte.

Amerdan saß ein wenig entfernt vom Feuer und schärfte seine Messer. Das Schaben des Metalls gegen den Wetzstein kratzte an Caldans Nerven, aber er wollte Amerdan befragen, bevor dieser wieder zu einem seiner nächtlichen Spaziergänge verschwand. Caldan hatte keine Ahnung, was der Mann tat, wenn er das Lager verließ, aber er fühlte sich sicherer, wenn Amerdan bei ihm war.

»Wir müssen reden«, sagte Caldan, als er sich dem Kaufmann näherte.

Amerdan schüttelte den Kopf und deutete nacheinander auf Glöckchen und Elpidia. »Nicht, wenn die anderen uns hören können. Und vielleicht sogar nie.«

»Was soll das heißen: Vielleicht sogar nie? Du gehst mir schon seit Tagen aus dem Weg!«

»Beruhige dich und sprich leiser.«

Caldan bemerkte, dass er noch einige Schritte auf Amerdan zu gemacht hatte, der nun nicht mehr seine Messer schärfte, sondern mit einem von ihnen unmittelbar auf ihn zeigte. Beschwichtigend hob Caldan die Hände und wich ein wenig zurück.

Würde er dieses Messer wirklich gegen mich einsetzen?, fragte sich Caldan und fürchtete, die Antwort bereits zu kennen.

»Es tut mir leid«, sagte er. »Es ist bloß ... ich muss wissen, wo wir alle stehen. Das ist wichtig.«

»Alles zu seiner Zeit.«

»Aber ich muss es wissen!«

»Kann ich dir etwa vertrauen? Als du von Glöckchen nicht das bekommen hast, was du haben wolltest, hast du sie geschlagen.« Amerdan hob die Brauen. »Du hast dich kaum unter Kontrolle. Und die Geheimnisse, die ich besitze ... sie sind nicht für jedermann bestimmt. Mein Wissen hat mich und andere viel gekostet. Glaubst du, dass ich es mit dir teile, bloß weil du mich darum bittest?«

Caldan runzelte die Stirn. »Was muss ich dafür denn noch tun? Reicht es etwa nicht, dass ich in den Höhlen alle gerettet habe? Oder dass ich die Soldaten auf dem Bauernhof getötet habe?«

»Nein«, sagte Amerdan einfach.

Caldan wurde wütend. *Er redet so sachlich von Vertrauen, aber was weiß ich schon über diesen Mann? Vielleicht sollte* ich *es sein, der einen Vertrauensbeweis fordert.* Aber noch während er diesen Gedanken fasste, wurde ihm klar, dass er niemanden vor den Kopf stoßen durfte, der ihm helfen konnte – der ihm bereits dabei geholfen hatte, aus Anasoma zu fliehen. Der Mann war ein Händler, das behauptete er zumindest, und so entschied Caldan, auf eine Weise mit ihm umzugehen, die Amerdan sicherlich verstand. »Was willst du von mir haben?«

»Ah, jetzt denkst du nach. Jeder will von jedem irgendetwas.

Aber was will ich …?« Amerdan verstummte, als ob er über seine eigene Frage nachdenken würde. Er stand auf, steckte seine Messer und den Wetzstein weg. »Ich mache jetzt einen kleinen Spaziergang. Vielleicht reden wir morgen früh weiter. Aber du musst mich davon überzeugen, dass du vertrauenswürdig bist, und ich will im Gegenzug etwas von dir haben.«

Mit diesen Worten wandte Amerdan ihm den Rücken zu und verschwand in der Dunkelheit.

Caldans Enttäuschung war groß. Es geschah so viel, worüber er keine Kontrolle hatte. Er schaute hinüber zu Elpidia, die krank war und ein überwältigendes Verlangen nach seinem Blut hatte. Und zu Miranda mit ihrer verlorenen Seele. Und zu Glöckchen …

Er näherte sich Glöckchen. Sie beobachtete ihn durch halb geschlossene Lider.

Caldan lächelte. Er hockte sich vor sie und zog sein Messer. Grillen zirpten um ihn herum.

Glöckchen beobachtete die Klinge, während er sie hob. In dem schwachen Licht war diese kaum sichtbar - ein beinahe unbedeutender Gegenstand. Argwöhnisch sah Glöckchen ihn an und drückte sich noch fester gegen den Baumstamm.

Er steckte das Messer zwischen ihre Hände und schob die Klinge vor und zurück. Glöckchen jammerte, als das Seil gegen ihre verletzten Handgelenke scheuerte, dann aber fielen die Fesseln zu Boden, und sie seufzte auf. Ihre Füße waren noch zusammengebunden, wie jede Nacht, und so war er sicher, dass sie nicht entkommen konnte.

Caldan steckte sein Messer weg und hob den Wasserschlauch. »Gib mir deine Hände«, sagte er.

Glöckchen zögerte, dann streckte sie die Hände aus, deren Finger noch immer mit dem Stoff umwickelt waren. Er goss Wasser über ihre schlanken Handgelenke. Sie zischte, als der Schmerz kam, aber sie beruhigte sich bald wieder, denn das kühle Wasser tat ihren Wunden gut. So sanft wie möglich rieb Caldan das getrocknete Blut ab.

»Ich werde Elpidia bitten, dir eine ihrer Salben aufzutragen. Ich bin sicher, sie hat in ihrer Ausrüstung etwas Passendes.«

Glöckchen drehte beide Gelenke, dann schüttelte sie die Hände aus. Sie sagte nichts.

Caldan setzte sich mit untergeschlagenen Beinen vor sie. Er legte den Wasserschlauch neben sich ab, fuhr sich mit den Fingern durch die kurzen Haare und starrte in die Finsternis. »Morgen zu dieser Zeit wirst du entweder in Ketten liegen und dich in der Gewalt der Protektoren befinden, oder du wirst hier bei Amerdan und Elpidia sein.«

Glöckchen leckte sich die Lippen, und ihre Blicke glitten unruhig umher. »Sie trinkt dein Blut. In winzigen, verstohlenen Schlucken«, sagte sie mit einem angespannten Lächeln und beobachtete neugierig seine Reaktion.

»Nein, das tut sie nicht. Sie ...« Er hielt inne. Bei dem Gedanken, dass Elpidia sein Blut trank, drehte sich ihm der Magen um, aber er glaubte Glöckchen. Die kranke Frau war bisher nicht in der Lage gewesen, richtige Experimente durchzuführen, und sie würde zu ihrer eigenen Heilung alles Mögliche versuchen.

»Ich habe sie beobachtet. Sie starrt das Blut an und scheint sich zu fragen, ob es sie retten kann. Und dann ... saugt sie gierig an der Flasche wie ein Kind an einer Süßigkeit.« Sie kicherte, dann machte sie wieder ein ernstes Gesicht. »Genau wie dein Kaiser es angeblich mit denen macht, die eine Gabe haben.«

Caldan zog vor Abscheu eine Grimasse. Er hatte keine Ahnung, warum sie jetzt den Kaiser ins Spiel brachte, aber wenn Elpidia tatsächlich sein Blut trank, musste sie ziemlich verzweifelt sein. Er schob den Gedanken beiseite und sagte mit harter Stimme: »Wenn du mir bis morgen früh nicht etwas

Brauchbares beigebracht hast, werde ich dich an die Protektoren ausliefern und darauf hoffen, dass sie Miranda heilen können.«

Glöckchen schwieg weiterhin und sah ihn kühl an. Einige Schweißperlen auf ihrer Stirn waren das einzige Anzeichen dafür, dass sie sich Sorgen machte.

»Ich binde dir die Hände nicht wieder zusammen. Denk über das nach, was ich gesagt habe.«

»Lass das Wasser hier«, sagte Glöckchen.

Caldan schob ihr den Schlauch entgegen, dann erhob er sich. Er drehte sich um und ging hinüber zu Miranda.

»So, so«, sagte eine Stimme oberhalb von Glöckchen, gerade so laut, dass sie der Zauberin ins Ohr dringen konnte. Eine knappe Bewegung enthüllte Amerdan, der im Astwerk saß. »Er hat sich Zeit gelassen. Und gerade er wehrt sich stets dagegen, alles auf die lange Bank zu schieben.«

Glöckchen reagierte nicht darauf. Sie griff nach dem Wasser und zog es zu sich hin. Diese Bewegung benutzte sie dazu, etwas zu sagen, wobei sich ihre Lippen kaum bewegten.

»Er eignet sich nicht für dieses Spiel.«

Der Wind wisperte eine Weile in den Blättern, dann erwiderte Amerdan: »Noch nicht. Bald aber wird er es sein. Schneller als du es für möglich hältst.«

Zur Erwiderung gab Glöckchen nur ein Grunzen von sich.

»Vergiss nicht unsere Abmachung«, rief er ihr in Erinnerung. »Er gehört mir. Berühre ihn nicht. Du kannst die Frau – Elpidia – haben, wenn du willst. Sie bedeutet mir nichts.«

Glöckchen schüttelte kurz den Kopf.

»Ah, du willst sie nicht haben. Warum auch? Sie ist nur eine Last. Ein Niemand, ein Nichts.« Amerdan verstummte und bewegte sich auf den nächstniedrigeren Ast, sodass er Glöckchen näher war.

Selbst jetzt konnte sie ihn kaum sehen, und er verursachte nicht den geringsten Laut. Ihre Hände verkrampften sich, und sie zitterten. Glöckchen verschränkte die Arme vor der Brust und verdeckte auf diese Weise ihre Schwäche.

Ein leises Rascheln zeigte ihr an, dass Amerdan nun auf dem Boden in ihrer Nähe hockte, hinter dem Baum, sodass niemand im Lager ihn sehen konnte. Sie hörte sein Atmen. Seine Nähe und dieses Geräusch verursachten ihr eine Gänsehaut. Die Haare an ihren Armen richteten sich auf.

»Wirst du ihm etwas beibringen?«, fragte Amerdan neugierig.

»Vielleicht«, flüsterte sie. »Ich weiß es nicht.«

»Du musst doch eine gewisse Vorstellung von dem haben, was du tun wirst.«

»Ich werde es wohl tun.«

»Damit du sein Vertrauen gewinnst? Verständlich. Wenn er beschließen sollte, dich an die Protektoren auszuliefern, könnte es für uns beide schlecht ausgehen.« Er streckte die Hand um den Baum und streichelte eine Locke ihres Haars. Sie erstarrte.

»Wenn ich an deiner Stelle wäre«, fuhr Amerdan fort, »würde ich ihm etwas beibringen, das ihm weiterhilft. Wir brauchen hier keine Protektoren.«

Glöckchen nickte langsam. »Ich verstehe. Wenn ich meine magischen Gegenstände hätte, würde ich leicht mit den Protektoren fertig, aber es würde die Aufmerksamkeit auf mich lenken – eine Aufmerksamkeit, die ich nicht gebrauchen kann.«

Die Hand klopfte ihr sanft auf die Schulter und wurde dann zurückgezogen.

»Gut. Wir verstehen uns. Es ist sinnlos, für weitere Komplikationen zu sorgen.«

Er entfernte sich von dem Baum, aber sie fühlte es eher, als dass sie es sah.

»Ich überlasse dich jetzt deinen Gedanken. Bis morgen.«

Glöckchen wartete und lauschte auf Anzeichen dafür, dass Amerdan verschwunden war. Dann hörte sie nichts anderes mehr als die Geräusche der Nacht: Wind, Grillen, das Knistern des Feuers.

Sie atmete tief ein und versuchte sich zu beruhigen. Amerdan war ein schwieriger Mensch, und er hatte bewiesen, dass er viele Gaben besaß. Er faszinierte sie. Und wenn sie ehrlich zu sich selbst war, musste sie zugestehen, dass er überdies ein außerordentlich schöner Mann war, auch wenn sie ihn fürchtete.

»Nun«, sagte Caldan mit einer Stimme, die müde von den Anstrengungen der letzten Stunden war. Er massierte sich den Nacken und presste seine Muskeln in dem Versuch, die Schmerzen ein wenig zu lindern. »Bald platzt mir der Kopf.«

Drei kleine silberne Glocken lagen auf seinen ausgestreckten Handflächen. Er saß wieder vor Glöckchen, und in den letzten Stunden hatte sie ihm Techniken gezeigt, wie er Stränge aus seiner Quelle aufspalten konnte.

»Du wirst stärker«, bemerkte Glöckchen.

Caldan runzelte die Stirn. »Ich will nicht stärker werden. Ich will in der Lage sein, Miranda zu heilen.«

»Das ist unmöglich, wenn du schwach bist. Du besitzt die Fähigkeit dazu, aber du brauchst eine richtige Ausbildung. Hier geht es nicht um einfache Zauberei. Wie ich schon so oft gesagt habe, musst du erst die Grundlagen kennen, bevor du dich der schwierigeren, verzwickteren Magie zuwenden kannst.«

Mit einem Seufzen schloss Caldan die Finger um die magischen Glocken. »Und das wird heute Nacht nicht der Fall sein, oder?«

»Natürlich nicht!«, rief Glöckchen aus. Sie schürzte die Lippen und beugte sich vor. »Du hast es geschafft, fünf starke, getrennte Stränge zu halten. Nicht viele voll ausgebildete Zauberer können das.«

»Aber es ist mir nur einen Augenblick lang gelungen.«

»Für einen Augenblick heute, für mehrere Augenblicke morgen und den Tag danach noch länger. So ist das nun einmal. Übung, verbunden mit Fähigkeit. Du wirst immer besser und geschickter. Eines Tages wird es dir zur zweiten Natur.«

»Aber nicht heute Nacht.«

»Natürlich nicht. Niemand meistert so etwas an einem einzigen Abend.«

»Ich bin mir nicht sicher, ob ich es überhaupt meistern *will*.«

Glöckchen schnaubte verächtlich. »Selbstverständlich willst du es – wenn du Miranda heilen willst. Es gibt keinen anderen Weg.«

»Ich weiß. Es ist nur so, dass ...« Er schüttelte den Kopf. »Das ist ein Weg, den ich lieber nicht beschreiten würde.«

»Mach dir keine Sorgen über deine kostbaren Protektoren – du musst es ihnen ja nicht verraten.«

»Natürlich werde ich es ihnen sagen.«

»Nein, das wirst du *nicht*. Sie sind nicht deine Freunde. Sie unterdrücken Wissen.«

»Nur gefährliches Wissen, und das aus gutem Grund.«

»Glaubst du wirklich, sie scheuen vor dem Gebrauch von zerstörerischer und zwingender Magie zurück?«

»Ja ... ich habe zwar gesehen, wie sie zerstörerische Magie eingesetzt haben, aber immer nur zu einem guten Zweck.«

»Ihrer Meinung nach. Wer entscheidet, ob ein Zweck gut ist oder nicht? Und wenn sie zerstörerische Magie einsetzen, nachdem sie dir weisgemacht haben, dass sie böse ist, wie kannst du dann sicher sein, dass sie nicht auch zwingende Magie benutzen?«

Caldan bemerkte, dass er nickte. Er erstarrte. »Weil sie so etwas niemals tun würden. Dessen bin ich mir sicher ...« Und bei seinen Worten klang er alles andere als sicher und verstummte.

»Nur ein Narr wirft ein Werkzeug weg, das er benutzen könnte. Und wenn es wirklich um so viel geht, wie du sagst, werden sich die Protektoren wohl kaum wie Narren verhalten, oder?«

»Nein, keineswegs. Aber ich vertraue ihnen mehr als dir.«

»Du kennst mich kaum.«

»Ich kenne dich gut genug«, gab Caldan zurück.

»Dann weißt du, dass ich an Mirandas Verletzung nicht schuld bin. Es war ein Unfall, als ...« Glöckchen schluckte den Klumpen in ihrer Kehle herunter. »Ein Unfall. Und du siehst, dass ich in der knappen Zeit, die wir haben, alles unternehme, um dir zu helfen.«

»Vielleicht. Ich kann noch keine Entscheidung treffen.«

»Dann will ich dir dabei helfen.« Glöckchen verlagerte ihr Gewicht und sah ihm in die Augen. »Ich kann dir hier und jetzt etwas beibringen, eine kleine Zauberei. Eine, die dir sicherlich dabei helfen wird, zu einer Entscheidung zu kommen.«

»Dann bring sie mir bei«, sagte Caldan unbeeindruckt.

»Dazu brauche ich eine meiner Glocken.«

Caldan hob die Brauen.

»Du wirst sie halten«, erwiderte Glöckchen. »Es ist mir klar, dass du mir nicht erlauben wirst, sie zu berühren.«

Glöckchen beschrieb ihm, welche sie benötigte, und schon nach wenigen Augenblicken kehrte Caldan damit zurück. Diese Glocke war von ausgezeichneter Qualität, und in ihre Innenseite waren kleine Halbedelsteine eingelassen, eine Art von orangefarbenem Jaspis, wie er glaubte, und er fand weitere Runen, die er nicht verstand.

»Warum in der Innenseite der Glocke?«, fragte er.

Glöckchen schenkte ihm ein kurzes Lächeln. »Es hat nichts mit der Magie selbst zu tun, sondern soll sie bloß verbergen.

All diese Steine dienen der grundlegenden zwingenden Magie.« Sie brachte sich in eine bequemere Lage, und ihre Miene wurde sanfter. »Was spürst du in der Glocke?«

Caldans Geist berührte seine Quelle. Er wollte sie nicht öffnen, sondern nur verbinden. Langsam und behutsam streckte er seine Sinne zu der Glocke aus.

Sie vibrierte unter seinem Kontakt, und ein schwacher Duft nach Zitronen stieg ihm in die Nase. Er sog ihn ein.

Vor ihm versteifte sich Glöckchen kurz, doch dann entspannte sie sich wieder. Sie blinzelte. »Du riechst etwas.«

»Nein.« Diese Zauberin sollte auf keinen Fall mehr wissen, als unbedingt nötig war.

»Sag mir, was du spürst.« Ihre Stimme klang gepresst. »Was kannst du sehen, Caldan?«

»Nichts.«

»Dann versuchst du es nicht richtig. Öffne dich der Magie. Na los, sie wird dir nicht wehtun.«

Als ob du es mir sagen würdest, wenn es anders wäre. Trotzdem öffnete er seine Quelle und verband sie mit dem Anker der Glocke.

Um ihn herum flossen die Farben der Nacht ab. Nun wirkte das Lager, als ob ein Schleier über es gebreitet worden wäre, der jede Andeutung von Leben erstickte.

Doch das galt nicht für Miranda.

Ihr Kopf wirkte wie ein Durcheinander aus Farben, die umeinander her trieben und miteinander verschmolzen, wie schillernde Schlangen, die sich auf einem Haufen winden, oder wie ein unentwirrbares Garnknäuel. Die Farben brodelten unablässig und verursachten ihm ein Gefühl der Übelkeit.

Caldan zischte, als würde er einen Schmerz spüren, und schloss seine Quelle. Schweiß trat aus jeder Pore aus. Er wischte sich über die Stirn und atmete langsam und lange aus.

»Jetzt habe ich es gesehen.«

Glöckchen nickte. »Wenn sie unter dem Einfluss von zwingender Magie stehen würde, wären die Farben nicht chaotisch, sondern hätten Form und Struktur. Und was das Entwirren dieses Knäuels angeht, so würde bereits ein einziger falsch abgeschnittener Faden eine vollkommene Katastrophe bedeuten.«

Caldan stieß einen leisen Fluch aus. »Das ist es also, was ich tun muss? Ich muss diesen verworrenen, chaotischen Knoten lösen?«

Ein schwaches Lächeln umspielte Glöckchens Mund. »Ja, aber ohne dabei ihren Geist und Verstand gleich mit aufzulösen.«

Er schloss die Finger um die magische Glocke, stand auf, und Glöckchen sah schweigend zu, wie er sich von ihr entfernte.

11

Felice sah zu, wie die letzten ihrer Widerstandskämpfer in dem kleinen Haus verschwanden, das zwei Straßen von Anasomas Stadtmauer entfernt stand, die noch immer in hellblauem Feuer badete. Aufgrund dieser beeindruckenden Barriere war es für die Indryallaner nicht nötig, an der Mauer zu patrouillieren. Nur wenige Soldaten hielten hier Wache und schützten die Belagerungsmaschinen.

Es war ein so unscheinbares Haus, das soeben einige Dutzend ihrer Leute in sich aufgesogen hatte.

Neben ihr wuchtete sich Avigdor auf eine Regentonne – ein außerordentlicher Anblick angesichts seiner Masse. Er kritzelte eine Nachricht auf ein Stück Papier, das auf seinem Knie lag.

»Das wäre geschafft«, sagte er.

Sie nickte. Es war drei Stunden nach Mitternacht, und sie hatten den größten Teil der sonnenlosen Zeit damit verbracht, einzelne Gruppen zusammenzustellen und dafür zu sorgen, dass jeder seine Position einnahm. Es war schwierig gewesen, den Indryallaner-Patrouillen auf den Straßen aus dem Weg zu gehen, aber Felice hatte ihre Truppen in kleine Einheiten aufgespalten und ihnen Späher mitgegeben, und so war es nicht zu Zwischenfällen gekommen.

Die letzten Tage waren voller rasender Gedanken und hitziger Diskussionen mit Avigdor gewesen, die schließlich zu einer Übereinkunft und einem Plan geführt hatten. Keinem von beiden gefiel er, aber ihr Treffen mit Rebecci hatte sie zu einer anderen Auffassung über Anasoma und die Indryallaner gebracht und ihnen, was noch wichtiger war, deutlich gezeigt, wie ihr letztendliches Ziel aussehen musste.

Felice würde ihr einiges sagen, wenn sie der Frau das nächste Mal begegnete, aber sie konnte nicht verhehlen, dass die »Kauffrau« vernünftige Dinge gesagt hatte. Seit der Invasion waren regelmäßig indryallanische Schiffe in den Hafen eingefahren. Bis an den Rand beladen waren sie leer wieder abgesegelt, nachdem sie Soldaten und Vorräte ausgespuckt hatten, welche die bereits übervölkerten Straßen stundenlang vollkommen verstopften.

Felices Leute durften nicht darauf hoffen, innerhalb der verbarrikadierten Stadt einen direkten Kampf zu gewinnen. Es war geradezu schmerzhaft offensichtlich, aber sie hatten trotzdem stundenlang darüber debattiert. Auch kleinere Scharmützel waren nicht sinnvoll, denn sie hatten nicht genügend Kämpfer dafür.

Sich mit anderen zusammenzuschließen war und blieb die einzige Möglichkeit, auch wenn Rebeccis vage Aussagen sie zum Grübeln gebracht hatte. Fürs Erste waren Felice und ihre Leute auf sich gestellt, und auf lange Sicht war sie sich noch nicht sicher, ob sie Rebecci vollkommen trauen konnte. Aber sie wusste, dass sie weiterhin Widerstand leisten wollte, und dies schien die beste Aussicht darauf zu bieten.

Allerdings habe ich an den Plänen eine kleine *Veränderung vorgenommen - etwas, das all dies möglicherweise unnötig macht ...*

»Sollen wir aufbrechen?«

Avigdors Frage unterbrach ihre Gedanken.

»Ja, das sollten wir.«

Gemeinsam schlenderten sie eine Gasse entlang und hielten sich dicht bei der Mauer, weil sie zum einen so unbemerkt wie möglich bleiben wollten und zum anderen auf diese Weise dem ekelhaften Unrat ausweichen konnten, der sich stets in den Hintergassen ansammelte. An diesen Gestank würde sie sich nie gewöhnen können.

»Der Wagen sollte jetzt bereit sein«, merkte Avigdor an.

»Das sollte er. Uns läuft die Zeit davon.«

Er holte eine Messinguhr hervor und blinzelte im schwachen Licht auf die Zeiger.

»So spät ist es noch nicht. Wir können sogar noch etwas Warmes essen und uns ausruhen, bevor wir unsere Position einnehmen.«

»Das klingt gut.« Ihre Worte waren allerdings hohl, denn sie war nicht hungrig. Seit dem Beginn der Invasion hatte sie nur wenig gegessen. Aber sie wusste, dass Avigdor seinen Appetit noch nicht verloren hatte.

Eine Stunde später betraten sie ein Lagerhaus an der Südseite der Docks. Avigdor, ein Mann mit überraschenden Talenten, brach das Schloss an einer Seitentür auf, und sie traten ein. Ihnen folgten zwei stämmige Männer, die sich für diese Mission freiwillig gemeldet hatten: die Zwillinge Nilas und Nolar. Zwei weitere Freiwillige hatten ihr Ziel am Morgen ausgespäht, und zwei andere hatten dafür gesorgt, dass ihr Weg heute Abend frei von Patrouillen war.

Alchemistische Gerüche überspülten sie - beißend, bitter, die Tränen in die Augen treibend. Kein Wunder, dass diese Lagerhäuser tagsüber gut durchlüftet wurden. Felice und ihre Gruppe bewegten sich so schnell wie möglich durch die Büros bis zum eigentlichen Lagerhaus. Fässer, Truhen und Säcke waren in Reihen aufgeschichtet und überragten manchmal sogar ihre Köpfe.

Avigdor hustete in ein Taschentuch und holte ein weiteres

Blatt Papier aus einer seiner Taschen. Es war so düster, dass er kaum etwas entziffern konnte, und so begab er sich zum nächsten Fenster.

»Reihe sechs, fünfzehnter Stapel.«

Ohne ein Wort begaben sich Nilas und Nolar zu der angegebenen Stelle in einer Ecke des Warenhauses. Hier war ein kleiner Bereich mit einem behelfsmäßigen Zaun aus leeren Kisten abgetrennt, hinter dem sich quadratische Kisten mit je einer Elle Seitenlänge befanden.

»Wir brauchen zehn davon«, sagte Avigdor. Die beiden Zwillinge machten sich sofort an die Arbeit; jeder griff nach einer der Kisten.

»Immer nur eine«, zischte Felice. »Und lasst sie nicht fallen, wenn euch euer Leben lieb ist.« Ihr alchemistischer Inhalt war flüchtig, und auch wenn es nicht schwierig war, sie zu tragen, wäre es doch eine Katastrophe, wenn eine von ihnen zu Boden fiel.

Die Zwillinge zuckten die Achseln, nahmen eine einzelne Kiste zwischen sich und trugen sie an den eisernen Seitengriffen. Bald war auch die letzte auf dem Wagen verstaut, und sie bedeckten die Ladung mit einer Plane.

Bisher war alles nach Plan verlaufen, aber nun kam der entscheidende Teil. Es war gefährlich, die gestohlenen Güter mitten in der Nacht durch die Straßen zu bewegen. Sie durften es nicht riskieren, erwischt zu werden. Felices Männer hatten die strikte Anweisung, beim ersten Anzeichen dafür, dass sie entdeckt worden waren, wegzulaufen. Jede der drei Gruppen kannte nur einen Teil des Gesamtplans, sodass dieser nicht enthüllt werden konnte, wenn jemand gefangen genommen wurde.

Sie trieben die Pferde stetig und leise an. Schließlich hielten sie hinter einem anderen Haus an, das verlassen und zu vermieten war. Geplant war, dass sie nur eine Nacht hierbleiben würden, und deshalb hatten sie sich nicht die Mühe gemacht, mit dem Eigentümer Kontakt aufzunehmen. Es besaß eine ideale Lage für ihre Bedürfnisse und bot so viel Platz, dass die acht Personen den Rest der Nacht bequem hier verbringen konnten. Nach dem kommenden Tag würden sie nicht länger in der Stadt bleiben.

Das Haus lag etwa hundert Ellen vom letzten der Steinpiere entfernt, die in den Hafen hinausragten. Es war das Pier, das für die Schiffe des Kaisers errichtet worden war, doch nun lagen indryallanische Schiffe dort - genauer gesagt, ihre besten und größten, deren Kajüten für die Kommandanten reserviert waren.

Felice und Avigdor begaben sich durch eine Hintertür in einen gepflasterten Innenhof und halfen den Männern beim Entladen des Wagens. Als sie alle unrechtmäßig erworbenen Kisten im Innern des Hauses verstaut hatten, verbarrikadierten sie sich darin.

Felice ließ köstliche und reichliche Speisen an ihre Männer austeilen. Sie verzehrten das Mahl leise und unterhielten sich nur flüsternd, aber angeregt. Ihre Männer wussten, dass sie etwas Außerordentliches geplant hatte.

Avigdors Schnarchen brachte ein Lächeln auf ihre Lippen. Er hatte sich nach dem Essen auf ein Sofa gelegt und war rasch eingeschlafen. Abermals ging sie in Gedanken die Einzelheiten des Plans für den kommenden Tag durch, beleuchtete ihn von allen Seiten und suchte nach Mängeln. Aber es war kein komplizierter Plan. Ihre Hauptsorge bestand darin, nicht erwischt zu werden, bevor sie handeln konnten.

Die Ankunft des indryallanischen Gott-Kaisers stand bevor, was dazu führte, dass die Invasoren nervös wurden und sich bei den Vorbereitungen gegenseitig behinderten. Weitere Nachforschungen durch Felice hatten den Zeitpunkt des Eintreffens auf morgen festgesetzt, irgendwann nach dem Anbruch der Morgendämmerung.

Sie nahm einen kleinen Schluck aus einer fast leeren Schnapsflasche. Ihre Männer hatten ihr etwas übrig gelassen, nachdem sie ihnen die Flasche gegeben hatte. Nilas war gerade damit fertig geworden, nach dem Mahl aufzuräumen. Er schaute sich um und war anscheinend zufrieden mit seiner Arbeit. Als er bemerkte, dass sie ihn ansah, neigte er höflich den Kopf und schenkte ihr ein knappes Lächeln.

Gute Männer, sie alle.

Die Mauern von Anasoma waren gewaltig und mit Türmen und Belagerungsmaschinen gesprenkelt. Schon lange galt es als herrschende Meinung, dass der Hafen als einzige Schwachstelle der Stadt anzusehen war - er war sowohl das Lebensblut als auch der größte Nachteil von Anasoma.

Vor vielen Jahrhunderten hatte der Kaiser in seiner Weisheit den von ihm eingesetzten Herrschern der Stadt befohlen, in der Nähe der Docks und auf den Hügeln oberhalb des Hafens zahlreiche Plattformen zu errichten. Sie alle bestanden aus festem Stein und waren so groß, dass alle möglichen Belagerungsmaschinen, von Wurfgeschützen bis zu Bliden, darauf Platz fanden, um im Fall eines Angriffs vom Meer Widerstand leisten zu können. Die späteren Herrscher hatten diese Plattformen instand gehalten und stets mit den neuesten Maschinen bestückt. Eine so reiche Stadt wie Anasoma knauserte nicht bei ihren Verpflichtungen gegen das mahrusische Reich.

Während der indryallanischen Invasion hatten die Waffen verdächtig geschwiegen; ganze Soldatenkompanien waren abwesend oder bis zur Besinnungslosigkeit betrunken gewesen, während andere einfach abgeschlachtet worden waren.

Felice schaute nach Osten, wo die Sonne allmählich über den Horizont stieg, und blinzelte in das gleißende Licht. Sie sah keine Schiffe, aber das konnte sich jeden Augenblick ändern. Sie mussten bereit sein.

Von ihrer Position auf der Ladefläche des Wagens gab sie ihren Männern Handzeichen.

Auf ihr Signal hin zogen vier von ihnen lange Messer, einer drehte einen Schlüssel um, der das Tor zu einem ummauerten Hof öffnete. Sie liefen hinein und hasteten einige Steinstufen zu einer großen Wurfmaschine hoch. Zwei weitere Männer trugen Kübel herbei.

Zwei indryallanische Soldaten, die die Maschine bewachten, fielen unter etlichen Messerstichen, und Blut spritzte auf die Steine. Beide Leichen wurden von der Plattform in den Hof geworfen, der sie umgab.

Die Männer warfen Sägespäne aus den Kübeln auf den Boden, damit das Blut überdeckt wurde. Es wäre nicht gut, wenn sie hier oben ausrutschten.

Felice war auf alle Eventualitäten vorbereitet.

Kurze Zeit später hockten Felice, Avigdor und die übrigen Männer auf der Plattform und waren von den zehn Kisten umgeben, die sie in der Nacht zuvor entwendet hatten. Sie hatten den Wagen in den Hof gerollt und die Tür wieder verschlossen, da ein verlassener Wagen mit angespannten Pferden natürlich Verdacht erregen würde.

Felice öffnete eine der Kisten. Darin befanden sich zwei Glaskugeln, jede von der Größe ihres Kopfes, die mit groben Netzen zusammengebunden waren. Beide enthielten eine alchemistische Mischung in flüssiger Form; die eine war farblos, die andere schimmerte in einem unheimlichen Grün.

Sie musste grinsen, als Nilas ein überraschtes Zischen von sich gab.

»Seid vorsichtig«, sagte sie. »Wir müssen alle Kisten öffnen, damit die Blide bestückt werden kann. Avigdor?«

»Ja?«

»Kannst du die Männer anweisen, die Blide richtig auszurichten?«

»Gewiss.« Er schaute sich auf der Plattform um. In die Mauer, die sie umgab, waren zahlreiche Zeichen eingeritzt: Linien und Symbole. Damit übereinstimmende Zeichen fanden sich auf einem Balken der Belagerungsmaschine.

»Richtung und Reichweite«, meinte Nilas.

»Allerdings«, erwiderte Avigdor. Er zeigte zuerst auf eine der Markierungen in der Wand und dann auf ihre Entsprechung an der Blide. »Siehst du diese beiden Zeichen? Bitte richte die Maschine danach aus. Außerdem hat es den Anschein, dass sie noch ein wenig mehr gespannt werden muss, damit sie die notwendige Reichweite erhält.«

Nolar deutete auf einen Steinhaufen an der Seite. »Sollen wir sie zusätzlich auch damit laden?«

Felice lächelte. »Warum nicht?«

Kurze Zeit später war die Maschine ausgerichtet, geladen und gespannt. Avigdor stand vor ihr, hatte den Teleskopzylinder aus Messing an das Auge gehoben und betrachtete den Hafen. Hier fiel der Boden steil in Richtung der Docks ab, und die Stadt breitete sich vor ihnen aus.

Das große Gegengewicht der Maschine ragte neben Felice auf.

»Und jetzt warten wir«, sagte sie.

Die Sonne stieg unaufhaltsam in den Himmel.

»Das Schiff kommt!«, rief Avigdor.

Felice stand auf. »Bitte nehmt eure Positionen ein«, sagte sie ruhig. Sie hob den Arm, beschirmte die Augen vor der Sonne und folgte mit ihren Blicken Avigdors ausgestrecktem Arm.

Es war nicht nur eines. Mindestens zehn Schiffe näherten sich. Sie fluchte. Es war unmöglich zu entscheiden, auf welchem sich ihr Ziel befand.

Offensichtlich teilte Avigdor ihre Frustration, denn er versuchte sie zu beruhigen. »Wir haben die Blide so eingestellt, dass sie das Schiff trifft, welches der Stadt am nächsten liegen wird. Die meisten Kommandanten würden sich auf diesem befinden, da sie dann nicht so weit zu Fuß gehen müssen.«

»Dann können wir nur hoffen, dass er wie die meisten Kommandanten ist.«

Felice wartete ungeduldig, als sich die Schiffe näherten und umso deutlicher zu sehen waren, je näher sie kamen. Ihre Größe und Gestalt zeigten unverkennbar ihre indryallanische Herkunft, aber Felice bemerkte keine wesentlichen Unterschiede zwischen den einzelnen Schiffen. Es blieb ihr nichts als die Hoffnung, dass sich der Gott-Kaiser auf dem Schiff befand, auf das sie zielten.

Entweder das, oder wir müssen uns um eine Ladung Indryallaner weniger kümmern.

Die Schlinge war mit einem der Steine und vier Glaskugeln beladen. Sie hatten nur Zeit für ein paar Probeschüsse gehabt, denn sonst hätten sie ihre Position verraten, und es wären Soldaten zu ihnen geschickt worden.

Einer der Männer, Monrad, trat an die Blide heran.

»Ganz ruhig«, sagte sie. »Warte, bis das Schiff angelegt hat.«

Monrad nickte. Die acht hatten Strohhalme gezogen und dadurch ausgelost, wer die einzelnen Schüsse abfeuern durfte. Mehr hatte sie nicht für die Männer tun können, doch aus Langeweile hatten sie am Morgen mit einem Würfelspiel begonnen, dessen Einsatz rasch von Dukaten zu ihrer Reihenfolge beim Schießen gewechselt war. Felice war dazwischengetreten, bevor jemand seinen Strohhalm verlieren konnte. Schließlich wollte sie, dass jeder an die Reihe kam.

Sie wartete, während sich die Schiffe näherten – viel zu langsam für Felices Geschmack.

In der Nähe der Docks teilten sich die Schiffe auf. Einige segelten zu den kleineren hölzernen Kais; es waren insgesamt sieben. Felice stieß einen Seufzer der Erleichterung aus. Auf keinem dieser sieben Schiffe konnte sich ihr Ziel aufhalten. Also blieben nur die drei anderen übrig, die weiterhin auf die Steinkais zuhielten.

Avigdor grinste und gab zur Erheiterung der anderen eine kleine Tanzeinlage.

Die verbliebenen Schiffe machten an den leeren Stellen des Kais fest. Felice war ungeduldig, aber sie durfte nichts überstürzen. Sie wusste, dass es einige Zeit dauern würde, bis die Schiffe vertäut waren und sich die Mannschaft bereit zum Landgang machte.

Avigdor beobachtete die Schiffe durch das Teleskop und untersuchte sie eingehend. Nach einer Weile schüttelte er den Kopf.

»Ich kann niemand von Rang auf den Decks erkennen. Vermutlich sind sie alle noch unten.«

Felice grunzte. Es war eine schwache Hoffnung, denn sie war davon ausgegangen, dass einer der Anführer einen Blick auf die Stadt werfen wollte, sobald sie sich in Sichtweite befand. Sie zuckte die Achseln und drehte sich zu ihren Männern um. »Wir fangen an.«

Erwartungsvoll standen sie an der Kurbel für das Gegengewicht, und der glückliche Gewinner des ersten Schusses hatte sich neben die Vorrichtung zur Entsperrung begeben und hielt einen hölzernen Hammer umfasst.

Felice stand auf der Steinmauer, welche die Plattform umgab. Einen Moment lang wurde ihr schwindlig, als sie auf die Straße tief unter ihr schaute. Sie wandte sich dem Hafen zu; der Wind fühlte sich auf ihrem Gesicht kalt und sauber an.

»Für den Kaiser!«, rief Felice.

»Möge er ewig leben!«, antworteten ihre Männer.

Bei der Blide hielt Monrad inne und holte tief Luft.

»Überraschung«, sagte er gelassen und brachte den Mechanismus mit einem raschen Hammerschlag in Gang.

Holz knirschte, und Stahl kreischte. Das Gegengewicht sackte nach unten, während der lange Holzbalken in die Luft schwirrte und seine Ladung verschoss. Alle standen wie erstarrt da und hatten die Gesichter der Sonne zugewandt. Der Steinbrocken und die Glasflaschen flogen hinaus über die Stadt und wurden kleiner und kleiner. Sie erreichten den höchsten Punkt ihrer Flugbahn und stiegen zum Hafen ab; dabei wurden sie immer schneller. Auf dem Steinpier verließen die ersten Soldaten die Schiffe und formierten sich zu ordentlichen Regimentern, ohne zu ahnen, dass dieser Tag bald in den völligen Wahnsinn abgleiten würde.

Avigdor kicherte vor Freude. Jubelrufe stiegen von den Männern neben der Blide auf.

»Wieder spannen!«, rief Felice. »Wir haben keine Zeit zum Feiern.«

Die Männer machten sich sofort an die Arbeit. Sechs von ihnen hoben das Gegengewicht mit Hilfe der Kurbel, während sich zwei bemühten, einen weiteren Stein in die Schlinge zu legen.

Felice schützte ihre Augen vor der stechenden Sonne und blinzelte in die Richtung des Ziels.

Der erste Felsbrocken hatte das Pier und die Schiffe verfehlt und wirbelte das Wasser auf, als er recht weit vom Ziel in das Hafenbecken fiel.

»Mist«, fluchte Felice. »Avigdor ...«

»Ich weiß, ich weiß ...«, sagte er und brüllte einige Befehle. Zwei Männer entfernten sich von der Kurbel und richteten die Maschine neu aus.

Felice wusste, dass sie noch ein paar Probeschüsse benötigten, aber sie hatte gehofft, die Blide durch die Markierungen bereits sehr genau eingerichtet zu haben. Aber es war nichts daran zu ändern, und sie hatten es vorhergesehen. Auf dem Pier hatte noch keine große Verwirrung eingesetzt. Die meisten Leute dort wussten sicherlich nicht, was das Aufspritzen des Wassers ausgelöst hatte. Und falls einige erfahrenere Soldaten die Wahrheit ahnten, konnten sie nicht wissen, woher der Schuss gekommen war, es sei denn, sie hatten die Blide beobachtet.

Die zweite Ladung wurde unter dem Ächzen des Holzes und der Seile in die Luft geschleudert.

»Na los«, murmelte Felice.

Nun wurde das Pier in der Nähe des ersten Schiffes mit unglaublicher Macht getroffen, und die Steine erzitterten bis ins Fundament hinein. Der Munitionsstein zerbrach in tausend scharfkantige Splitter, und die Glaskugeln platzten auf. Die alchemistischen Elemente vermischten sich mit der Luft und reagierten heftig. Ein Donnergrollen rollte von dem Ort des Aufpralls herbei, und eine unaufhaltbare Kraftwelle zerschmetterte Soldaten und Seeleute gleichermaßen. Haut brach in Flammen aus, Organe wurden zu Gallert. Knochen brachen. Aus der Ferne wirkten die Vernichtung durch den Stein und die darauf folgende alchemistische Reaktion wie losgelöst von der Wirklichkeit.

Auf dem Pier krochen die Soldaten herum wie Ameisen, in deren Bau jemand getreten hatte.

Felicienne brüllte einen wortlosen Kampfruf, in dem sich ihre Frustrationen und ihre Wut entluden, die sich seit dem Beginn der Invasion angestaut hatten. Aber es war noch immer nicht das, was sie wollte. Sie mussten die Schiffe treffen.

»Avigdor!«, rief sie. »Das ging wieder daneben! Neu ausrichten! Sofort!«

»Selbe Stärke«, befahl Avigdor gelassen. »Ganz leicht nach rechts. Halt! Das reicht.«

Er scheuchte die Männer zurück an die Kurbel, und wenige Augenblicke später war der Mechanismus gespannt. Alles war bereit für einen weiteren Schuss.

»Schnell!«, drängte Felice. Sie hob die Hände und packte ihre Zöpfe so fest, dass ihre Knöchel bald weiß hervorstachen.

Nun packte ein anderer Mann den Hammer und löste nach einem zustimmenden Nicken von Felice den nächsten Schuss.

»Nicht warten!«, brüllte Felice, während die Übrigen zusahen, wie der Stein in der Ferne verschwand. »Kurbelt, als würde euer Leben davon abhängen! Was es vermutlich sogar tut.«

Avigdor trat von der Maschine zurück, hob das Teleskop und richtete es auf das erste Schiff. »Gleich«, flüsterte er.

Der dritte Stein traf das Schiff, durchschlug das Deck und setzte seinen Weg fort. Holzsplitter flogen in die Luft, Feuer breitete sich an Deck aus und verbrannte all jene Männer, die sich unglücklicherweise gerade dort befanden. Die Leinwandsegel brachen in Flammen aus. Schaum umgab das Schiff.

»Ich ... ich glaube, das war ein Volltreffer!«

Mit einem Freudenschrei hüpfte Felice auf und ab. »Bewegt die Blide! Bewegt sie!«, krächzte sie. »Zielt auf das nächste Schiff! Mal sehen, ob wir alle drei zerstören können!«

Die Männer bewegten sich so schnell wie irgend möglich und richteten die Blide nach Avigdors gebrüllten Anweisungen aus, dann machten sie sich wieder daran, die Schlinge zu beladen.

»Wartet nicht auf mich!«, rief Felice. Sie überließ die Arbeit den Männern, die inzwischen mit der Funktionsweise der Blide ausreichend vertraut waren.

»Fernglas, bitte«, sagte sie zu Avigdor und streckte die Hand aus. Er legte ihr das Instrument auf die Handfläche, und sie beobachtete damit ihre Ziele.

Blutiges Chaos hüllte das Pier und die Schiffe ein. Rauch stieg in den Himmel, und Blut überzog das Steinpier und das hölzerne Deck. Sie richtete die Linse auf das zweite Schiff. Hinter ihr ächzte die Blide, als der nächste Stein hoch in die Luft schoss und einen Bogen über der Stadt zog.

Felice zischte. Etwas stimmte nicht. Da, auf dem zweiten Schiff. Ein Mann stand an Deck und schaute in ihre Richtung. Anscheinend schien er sich nicht darum zu kümmern, ob er das nächste Opfer wurde. Er hob die Arme.

Ein violetter Dunst stieg aus seinen Händen zum höchsten Mast auf, berührte die Spitze und breitete sich aus, bis eine funkelnde Kuppel das ganze Schiff umgab. Und sie wurde noch größer. Felice beobachtete, wie die Basis immer breiter wurde, bald auch das Pier einhüllte und sich über weitere Kais und Schiffe stülpte.

Mit einem scharfen Krachen schlug der Stein gegen die Kuppel. Gewaltige violette Funken stoben davon und breiteten sich über den Schild aus. Ein Blitz aus Licht, Flammen und Rauch bedeckte die Stelle.

Der Schild hielt. Klümpchen aus brennendem Gestein fielen ins Wasser.

»Verdammter Mist ... Arghh!«, schrie Felice den Zauberer an. Nie zuvor hatte sie eine solche Macht gesehen, doch eigentlich hätten ihr die Flammen auf Anasomas Stadtmauer eine Vorstellung von den Fähigkeiten der fremden Zauberer geben müssen. Sie wusste, wann sie einer Situation nicht mehr gewachsen war.

Und dann schoss ein knisternder Blitz aus dem heiteren Himmel.

Grellweiß traf er das Haus rechts von ihr. Die Mauern wurden nach außen geblasen und zerfielen zu einer Wolke aus Staub.

»Weg von hier!«, brüllte sie. »Springt!«

Ihre Männer zerstreuten sich, als sie das Ausmaß der Gefahr erkannten, in der sie schwebten. Sie stürzten sich über die niedrige Mauer, mit der die Plattform eingefasst war, und fielen auf die Pflastersteine darunter.

Avigdor rannte auf die Treppe zu.

»Dazu ist keine Zeit!«, kreischte Felice. »Spring!« Ohne einen Blick zurückzuwerfen und nachzusehen, ob Avigdor ihr gehorchte, warf sie sich über die Mauer.

Es ertönte ein ohrenbetäubendes Knallen, als ein weiterer Blitz die Mauer über ihr traf. Der Geruch von verbranntem Metall erfüllte die Luft, und Steinsplitter regneten auf sie herunter. Sie schirmte die Augen vor den Bruchstücken ab.

Avigdor landete mit einem Grunzen zehn Fuß entfernt auf der Ladefläche ihres Wagens. Es war ein ekliges Geräusch zu hören, als sein Fußknöchel wie ein Zweig brach. Er schrie vor Schmerz auf, sackte zusammen und hielt sich das Bein fest.

Felice sprang auf den Wagen zu. »Öffnet das Tor! Sofort!«

Ihre Männer hatten es schon entriegelt, und zwei von ihnen zogen es auf. Metall knirschte über Stein. Dann rannten sie zu dem Wagen und quetschten sich hinein. Einer übernahm die Zügel, während ein anderer Felice beim Einsteigen half.

Ein ungeheurer Knall! Ein Blitz hatte die Steine hinter ihnen getroffen, und die Druckwelle riss Felice von den Beinen. Sie fiel auf den Boden der Ladefläche.

Mit einem Ruck setzte sich der Wagen in Bewegung.

»Los! Los!«, schrie sie. »Duckt euch!«

Der Wagen raste durch das Tor und auf die Straße dahinter. Passanten, die sich vor dem Blitz unter die Traufen der Häuser geduckt hatten, starrten den Wagen verständnislos an.

Felice sprang auf und brüllte die Leute an: »Flieht! Flieht, oder ihr werdet sterben!«

Bei ihren Worten zerstreuten sie sich in alle Richtungen; die Frauen kreischten, die Männer brüllten. Einige zerrten Kinder hinter sich her oder hoben sie auf die Arme und flüchteten.

Ein weiteres Krachen ertönte, dann wurde die ganze Welt weiß. Ein Wall aus etwas, das sich wie verfestigte Luft anfühlte, traf den Wagen von hinten. Der Druck presste Felices Haut zusammen und fuhr ihr bis in die Eingeweide.

Nilas, der den Wagen fuhr, schaffte es, die Kontrolle über ihn zu behalten. Er schlug die Pferde mit den Zügeln. »Ho! Ho!«

Felice warf einen Blick zurück.

Die Blide war verschwunden. Staub und Rauch erfüllten die Luft dort, wo sie gestanden hatte, und die steinerne Plattform war geborsten. Schwarze Flecken bedeckten sie, und an manchen Stellen brannten Feuer. Die Gebäude um die Plattform herum standen in Flammen.

Avigdor schrie vor Schmerz auf, als sie über die unebenen Pflastersteine rumpelten, und das Blut wich aus seinem Gesicht.

Felice drehte sich zu ihm und wollte ihm helfen. Da rannte ein indryallanischer Soldat aus einer Seitengasse hinter ihnen heraus und kam schlitternd zum Stillstand. Rasch hatten sich fünf weitere zu ihm gesellt. Sie schauten sich wild um. Einer bemerkte den rasenden Wagen und zeigte auf ihn. Einige setzten ihm nach, während der Rest auf die zerstörte Blidenplattform zulief.

Felice kümmerte sich um Avigdors Knöchel. Sein Hosenbein war blutdurchtränkt. Sie hob es an und sah, wie darunter der weißen Knochen aus dem Fleisch herausragte. Sanft bedeckte sie den Knöchel wieder.

Eine starke Hand drückte ihre Schulter.

»Hier trennen sich unsere Wege«, sagte Nolar über dem Lärm des klappernden Wagens und bedachte Avigdor mit einem grimmigen Blick. »Wir können nichts für ihn tun. Wenn wir versuchen, ihn zu tragen, wird man uns alle einholen.«

Avigdor gab ein schwaches Lachen von sich. »Ich kann nicht laufen«, sagte er grimmig. »Ich bin nicht in der Lage zu fliehen.«

Felice biss die Zähne zusammen, dann nickte sie.

»Viel Glück, Herrin«, sagte Nilas. »Wir sehen Euch beim Friedhof.«

Avigdor ächzte und packte Felices Hand. »Bringt mich ... Ich will den Wagen fahren.«

Sie dachte kurz nach. »Tragt ihn nach oben«, befahl sie. »Dann könnt ihr fliehen.«

Nach wenigen Augenblicken war Avigdor auf die Fahrerbank gesetzt worden. Dabei hatte er nur einmal aufgeschrien. Die anderen drückten ihm die Zügel in die Hände.

Avigdor biss die Zähne vor Schmerz zusammen und scheuchte die Männer fort. Schweiß schimmerte auf seinem Gesicht.

»Geht«, sagte er mühsam. »Ich werde sie aufhalten.«

Felice zerrte an den Zügeln und lenkte den Wagen nach rechts, eine Hauptstraße hinunter. Einige Augenblicke lang waren sie nun außerhalb der Sichtweite ihrer Verfolger.

Ein Mann nach dem anderen sprang von dem Wagen; sie zerstreuten sich in verschiedene Richtungen.

Felicienne schenkte Avigdor einen letzten Blick.

Er grinste schwach.

»Geht«, sagte er.

»Ich werde dir beistehen.«

»Seid nicht dumm. Geht einfach.«

Ohne ein weiteres Wort folgte sie ihren Männern durch die Straßen und überließ es Avigdor, die Soldaten in die Irre zu führen. Sie wischte sich die Hände an den Hosenbeinen ab. Avigdors Blut hatte sie rot eingefärbt.

»Na los, weiter«, keuchte Felice sich selbst zu. »Es ist nicht mehr weit.«

Sie steckte den Kopf um die Ecke des Gebäudes, hinter dem sie sich versteckte. *Mist.* Sechs indryallanische Soldaten standen kaum zehn Schritte von ihr entfernt. Mit langsamen, vorsichtigen Bewegungen glitt sie von der Hausecke weg, zurück zur Mauer, bis sie leichter atmen konnte, ohne die Befürchtung hegen zu müssen, gehört zu werden.

Ihre Zöpfe hatten sich halb gelöst, und ihre Kleidung stank nach Schweiß und Schmutz.

Ihre Beine schmerzten vom andauernden Rennen, genau wie ihr Brustkorb. Sogar die Lunge, die durch ständige Übungen sehr stark war, hatte in den letzten Stunden die Grenze der Leistungsfähigkeit erreicht.

Die Indryallaner waren überall. Sie befanden sich in jeder zweiten Straße, durch die Felice gegangen war, und auf jedem Platz, den sie hatte überqueren wollen, war sie auf mindestens eine Schwadron gestoßen. Felice hoffte, dass es ihren Männern besser ergangen war, aber sie bezweifelte es. Und Avigdor ... Hoffentlich hatte er aufgegeben und nichts Dummes getan. Falls es doch so war, würde sie ihn hauen, wenn sie ihm das nächste Mal begegnete.

Felice wischte sich durch die Augen und zog die Nase hoch. Welche Möglichkeiten hatte sie? Sie atmete tief ein und versuchte, ihr rasend klopfendes Herz zu beruhigen.

Rechts von ihr, hinter der Ecke, befanden sich die Soldaten, während sie, wenn sie sich nach links wandte, bald einen belebten Platz überqueren müsste, was auch keine gute Idee war. Ihr gegenüber öffnete sich eine schmale Gasse, in die sie unbemerkt schlüpfen konnte. Es war die Art von Gasse, die sie normalerweise nicht betreten würde. Aber ihr blieb wohl nichts anderes übrig.

Sie wollte zu der Gasse gehen und musste auf einmal feststellen, dass sie sich nicht bewegen konnte. Es war, als hätten sich Bänder um sie gelegt; sie drückten gegen ihre Arme und Beine. Felice jaulte auf, als sie zu Boden fiel und mit dem Kopf gegen die Pflastersteine stieß. Sie wand sich wild und versuchte gegen ihre Fesseln anzukämpfen.

Es ertönte ein leises Summen, dann war ein knallender Laut zu hören. Rechts von ihr stand plötzlich ein Mann, der vorhin noch nicht dagewesen war. Er war muskulös und hübsch und hatte hellgrüne Augen. Sie misstraute ihm sofort.

Es musste ein verdammter Zauberer sein. Es erforderte nicht viel, jemanden zu überwältigen, wenn man nicht nahe an ihn herantreten oder ihn gar berühren musste. Oder unsichtbar war. Felice kniff die Augen zusammen. Das war eine Gabe, von der sie noch nie etwas gehört hatte.

»Na so etwas«, schnurrte der Mann mit einer Stimme, der sie bei einer anderen Gelegenheit die ganze Nacht hätte zuhören können. »Wen haben wir denn hier?«

»Ich war gerade auf dem Weg zum Markt«, beschwerte sich Felice und tat so, als wäre sie wütend. »Lasst mich sofort los, oder ich werde dafür sorgen, dass Eure Vorgesetzten davon erfahren.«

Der Mann kicherte und tappte mit dem einen Fuß auf den Boden. »Ihr werdet meine Vorgesetzten sehr bald kennenlernen, Lady Felicienne.«

Sie stellte ihre Gegenwehr ein, setzte sich auf und fluchte leise. Das Spiel war vorbei. Aus dieser Sache konnte sie sich nicht mehr herausreden.

»Ihr habt mir eine hübsche Jagd geliefert. Ich könnte wetten, dass Ihr müde seid.«

Felice nickte schwach; sie ließ sich jedoch nicht dazu herab, etwas zu erwidern.

»Dann will ich Euch einen netten Ort suchen, an dem Ihr Euch erholen und wieder zu Kräften kommen könnt – mit freundlicher Genehmigung der Indryallaner natürlich.«

Sie konnte seinen Akzent nicht einordnen. Er gehörte nicht zu den Indryallanern, und seine Worte klangen beinahe wie Musik in ihren Ohren. Und seine Kleidung war dermaßen aus der Mode, dass es schon fast lächerlich war. Es wirkte so, als hätte er den Kleiderschrank seiner Großeltern geplündert. Er war ein eindeutig seltsamer Zauberer. Eine ganze Reihe magisch aufgeladener Ringe schmückte seine Finger, und um den Hals trug er einen seltsamen flachen offenen Reif.

»Wer seid Ihr?«, wagte sie zu fragen. »Ihr gehört nicht zu ihnen, oder?«

Er verneigte sich aus der Hüfte heraus. »Mein Name ist Savine Khedevis, und Eure Annahme ist korrekt. Aber ich habe mich ihnen angeschlossen und wurde damit beauftragt, die Mitglieder des Widerstands aufzuspüren, die seltsamerweise bisher kaum etwas anderen getan zu haben scheinen, als durch die Gegend zu schleichen und sich miteinander ausgiebig zu unterreden. Bis heute.«

Felice schenkte ihm ein wissendes Lächeln. »Ich wette, sie waren überrascht.«

»Oh, das waren sie allerdings. Und dann waren sie wütend. Und dann wollten sie Rache üben.«

»Ich hoffe, sie ersticken daran.«

Savine zuckte mit den Achseln. »Ich vermute, sie werden mir vorwerfen, Euch nicht rechtzeitig gefunden zu haben. Aber das werde ich überleben. Ich überlebe es immer.« Er trat an sie heran, bis er über ihr stand.

»Und nun wappnet Euch«, sagte er fröhlich. »Es wird wehtun.«

Felice schrie auf, als sich Nadeln des Schmerzes in ihren Schädel bohrten. Wellen der Qual rollten über ihren Körper, gingen aus von ihrem Kopf. Ihre Haut fühlte sich an, als stünde sie in Flammen. Sie sackte zu Boden und rollte sich zu einer Kugel zusammen, während sich ihre Finger um die Pflastersteine krallten.

Nach wenigen Augenblicken war sie bewusstlos.

12

»Mit ein wenig Glück werde ich heute Abend zurück sein. Ich will diese Sache so schnell wie möglich hinter mich bringen«, sagte Caldan.

Ihm gefiel die Vorstellung nicht, Glöckchen und Miranda bei Elpidia und Amerdan zu lassen, vor allem da er das Gefühl hatte, dem Ladenbesitzer nicht mehr trauen zu können. Aber er musste die Nachricht von der Invasion verbreiten, und er hatte Simmon versprochen, das Schwert abzuliefern. Und er wollte sein Wort unbedingt halten. Sobald er sich dieser Pflichten entledigt hatte, hoffte er das Wohlwollen der Protektoren erlangt zu haben. Sie würden ihm sagen können, ob es jemanden gab, der die Fähigkeit besaß, Miranda zu heilen. Und dann würde er entscheiden, was mit Glöckchen geschehen sollte.

Er gürtete sich das Schwert um und schlang sich die Tasche über die Schulter. Mit der einen Hand fuhr er über die beiden Glocken, während um seinen Hals unter dem Hemd der Knochenring hing. In seiner Tasche befanden sich die magischen Gegenstände des Zauberers, den Glöckchen Mahsonn genannt hatte, und die es vielleicht wert waren, zur geeigneten Zeit untersucht zu werden.

Während er sich zum Aufbruch bereit machte, stand Elpidia einige Schritte von ihm entfernt und machte eine düstere

Miene. Amerdan war wieder verschwunden; er hatte gesagt, er wolle die Gegend untersuchen. Er war kurz vor Sonnenaufgang losgegangen, ohne auf das Frühstück zu warten.

Caldan sah kurz hinüber zu Miranda und wandte den Blick wieder ab. Manchmal brachte er es kaum fertig, sie nur anzuschauen.

»Beeil dich«, sagte Elpidia und deutete mit dem Kopf in Richtung der Stadt. Sie kratzte sich an der Wunde an ihrem Hals und fuhr mit den Fingern über eine Schwellung in der Haut. »Je schneller du es hinter dich bringst, desto schneller ist diese ganze Geschichte vorbei, und ich kann mich wieder an meine Forschungen begeben. Vergiss nicht, dass es hier nicht nur um mich geht. Wenn ich ein universelles Heilmittel finde …«

»Am wichtigsten ist mir Miranda, und danach entscheide ich, was mit Glöckchen geschehen soll. »Aber ja«, sagte er und schnitt damit ihren Einwand ab, »ich werde das tun, was ich versprochen habe. Ich weiß, dass uns die Zeit davonläuft, aber es ist *mein* Blut. Ich habe uns bis hierher gebracht, also vertraue mir bitte.«

Sie wirkte nicht glücklich, doch andererseits hatte er Elpidia seit langer Zeit nicht mehr glücklich gesehen. Aber immerhin hatte er sie von ihrem einzigen Gesprächsthema wegbewegt.

Caldan schaute in Richtung der Stadt. Ein Tuch aus Rauch und Staub bedeckte sie unablässig.

»Kleiner Protektor«, rief Glöckchen von ihrem Baum aus.

Er drehte sich zu ihr um und schluckte einen Fluch herunter. Natürlich wollte sie ihn ärgern und reizen, bevor er aufbrach.

»Was willst du?«, fragte er mit einem Seufzen.

»Komm her.«

Also ging er zu ihr hinüber, blieb aber einige Schritte vor ihr stehen und drehte sich dabei zur Straße hin. Er wollte endlich losgehen. »Mach es schnell.«

»Ich möchte dir nur etwas sagen. Als ein Zeichen meines Vertrauens.«

Caldan schwieg.

»Weißt du, Glöckchen ist gar nicht mein richtiger Name.« Sie stieß ein kurzes Lachen aus. »So haben mich die Leute genannt, als ich angefangen habe, magische Glocken herzustellen. Und der Name ist an mir hängen geblieben, wie es bei allen dummen Namen der Fall ist.«

»Warum sagst du mir das?« Er hatte keine Zeit für ihre Spielchen.

Sie wandte den Blick ab und starrte die Bäume an. »Wenn ich lebend aus dieser Sache herauskommen sollte – und du auch –, dann wirst du nicht in der Lage sein, mich zu finden, wenn du nach ›Glöckchen‹ suchst.«

»Warum sollte ich dich überhaupt finden wollen?«

»Weil es mir eine Ehre wäre, deine Ausbildung fortzusetzen. Außerdem glaube ich, dass du wieder mit mir in Kontakt treten willst, sobald du die Wahrheit hinter den Protektoren erkannt hast.«

»Das ist nicht sehr wahrscheinlich.«

Glöckchen schenkte ihm ein verschlagenes Grinsen. »Es geschehen andauernd seltsame Dinge. Und unwahrscheinliche Ereignisse. Das ist es, was das Leben so interessant macht.«

»Na gut – wie lautet denn dein richtiger Name?«

»Sorche. Vergiss ihn nicht.«

Caldan atmete lang und tief aus. Er wandte Glöckchen – oder Sorche – den Rücken zu und näherte sich Elpidia.

»Ich komme so schnell wie möglich zurück«, sagte er der Ärztin. »Nimm das hier, falls es nötig werden sollte, mich zu suchen.« Er gab ihr den magischen Kompass, den sie hergestellt hatte. Zum ersten Mal seit er ihr sein Versprechen hinsichtlich seines Blutes abgegeben hatte, schien sie etwas, das er tat, wirklich zu schätzen.

Ein kleines Wunder.

Dann warf er Miranda und Glöckchen einen letzten Blick zu, verließ das Lager und ging zur Straße. Kleine Staubwolken wirbelten bei jedem Schritt hoch.

Amerdan beobachtete zwischen den Bäumen, wie Glöckchen lächelte und Elpidia ihr einen finsteren Blick zuwarf.

»Entschuldigung«, sagte Glöckchen, »aber diese Seile sind ein wenig fest. Könntest du sie vielleicht lockern? Ich spüre meine Füße nicht mehr.«

Elpidia überprüfte die Knoten und zog an ihnen. »Alles in Ordnung damit«, sagte sie misstrauisch.

»Ah, schon besser«, sagte Glöckchen trotzdem, und Elpidia rollte mit den Augen. Es war deutlich zu sehen, dass Glöckchen mit ihr spielte, aber nur jemand, der weitaus gerissener als die Heilerin war, hätte die Bedeutung dieses Spiels erkannt.

»Du bist so gut zu mir gewesen«, fuhr Glöckchen fort, und Elpidia warf ihr erneut einen bösen Blick zu.

Darauf lächelte Glöckchen nur. »Das ist der Grund, warum ich dich leben lassen werde.« Das war sein Stichwort.

Im nächsten Augenblick war er bei Elpidia, und bevor sie sich halb umgedreht hatte, schlug er ihr mit dem Griff seines Messers gegen den Schädel. Die Frau sackte zu Boden.

Nervös näherte sich Caldan dem Stadttor. Er war umgeben von etlichen Menschen, die an diesem frühen Morgen in die Stadt zu gelangen versuchten, vor allem Bauern mit Wagen voller Gemüse und Obst, Viehhändler mit ihren Tieren und Wagen, die mit Käfigen vollgestopft waren, in denen sich Kaninchen und Hühner befanden. Wolken trieben aus dem Süden herbei, und der Wind frischte auf und roch nach dem kommenden Regen.

Caldan trat in einen Dunghaufen und wäre beinahe ausgerutscht. Ein kleines Kind, das auf einem beladenen Wagen saß, lachte ihn aus. Er lächelte es an und begab sich zur Seite der Warteschlange. Von dort aus schritt er zu ihrem vorderen Ende.

Rufe und Flüche folgten ihm, weil er sich vordrängelte. Er beachtete sie nicht, und als er sich dem Tor näherte, traten zwei Wächter hervor und stellten sich ihm entgegen. Sie waren ähnlich gekleidet wie die Hafenwache in Anasoma, aber ihre Lederrüstungen waren von einem braunen Wappenrock bedeckt, der einen gelben Schlüssel und eine Eule zeigte. Sie hielten lange Holzkeulen in den Händen.

»Halt!«, befahl der eine von ihnen. »Was willst du in Flussrand? Du solltest einen guten Grund haben, warum du dich vordrängelst.«

Zwar besaß er keinerlei Ausweispapiere, aber er hatte auf dem Weg zum Tor über dieses Problem nachgedacht. Er steckte eine Hand in die Tasche und berührte Glöckchens Schildzauber. Inzwischen konnte er die Glocken durch seinen Tastsinn auseinanderhalten. Mit einem kurzen Gedanken öffnete er seine Quelle, verband sie mit dem Anker und aktivierte sie.

Mal sehen, ob das reicht.

Ein sanftes Schimmern hüllte ihn ein, und die Wächter traten einen Schritt zurück. Sie keuchten vor Erstaunen auf, während sich um ihn herum ein leerer Raum bildete, weil die Passanten in Ehrfurcht und Überraschung Platz machten.

»Ich bin ein Protektor«, verkündete Caldan. »Und ich muss so schnell wie möglich mit den anderen Protektoren sprechen.« Er deutete auf einen der Wächter. »Du bringst mich zu ihnen. Sofort.«

Der Wächter schluckte und nickte, dann sprach er mit seinem Gefährten. »Ich führe ihn schnell zu den Protektoren.«

Caldan durchtrennte die Verbindung zu seiner Quelle, und der Schild verschwand.

»Also los«, sagte er einfach.

Es dauerte nicht lange, bis der Wächter Caldan vor ein Gebäude innerhalb der Stadtmauern geleitet hatte. Es war ein weitläufiges, dreistöckiges Haus, das an allen Seiten von Straßen umgeben war. Ein eisenbeschlagenes Holztor, dessen beide Flügel offen standen, führte in einen Innenhof mit einem Boden aus festgestampftem Lehm. Caldan konnte keine Wachen am Tor sehen.

Er holte tief Luft, trat ein und schaute sich um. Blätter bedeckten den Hof, und Unkraut wuchs an den Mauern. Zu seiner Überraschung sah er zwei Milchkühe, die in einer Ecke an einem Eisenring festgebunden waren; beide fraßen zufrieden an einem Heuballen. Um sie herum sprenkelten etliche Kuhfladen den Boden.

Das war nicht ganz das, was er erwartet hatte. Nach der Disziplin und straffen Organisation in der Zauberergilde und bei den Protektoren in Anasoma schockierte ihn der Zustand dieses Gebäudes.

Eine Gruppe abgerissen wirkender Kinder, die Fangen spielte, schoss aus einer Tür quer über den Hof. Caldan zuckte unter dem Geschrei zusammen. Eines der Kinder, ein Junge von ungefähr zwölf Jahren, blieb stehen, als er Caldan beim Tor bemerkte. Er sah seine Spielgefährten an, dann kam er herüber.

Caldan griff in die Hosentasche, holte einen Kupferdukaten heraus und warf ihm den Jungen zu, der die Münze mit überraschender Geschicklichkeit auffing.

»Was kann ich für Euch tun, Herr?«, fragte der Junge ehrerbietig.

»Ich muss mit demjenigen sprechen, der die Oberaufsicht über die Protektoren hat.«

»Das ist Meister Schimmel. Er hat heute Dienst.«

»Schimmel?«

»Wie das Pferd, nicht der … Pilz.« Der Junge sah sich um und vergewisserte sich, dass niemand sonst ihm zugehört hatte.

»Dann bring mich zu ihm.«

»Sehr gern, Herr. Folgt mir.«

Der Junge machte eine einladende Handbewegung und setzte sich in Bewegung, aber Caldan rührte sich nicht vom Fleck. Dieser Ort missfiel ihm. Hier stimmte etwas nicht. Diese Protektoren schienen … nachlässiger als jene in Anasoma zu sein. Niemand bewachte das Vordertor, und er hatte ihr Hauptquartier betreten, ohne dass jemand versucht hatte, ihn daran zu hindern. Das war keineswegs das, was er erwartet hatte.

Als der Junge sah, wie Caldan zögerte, hielt er wieder an. Sein Blick flog zu einer Reihe verdunkelter Fenster links von Caldan.

Ohne lange nachzudenken öffnete Caldan seine Quelle. Sein Schild sprang um ihn herum auf, und er griff nach dem Schwert, dessen Griff über seine rechte Schulter ragte.

»Keine plötzlichen Bewegungen«, befahl eine Stimme aus einer der Fensteröffnungen – eine tiefe männliche Stimme mit ernstem Tonfall.

Caldan sah, wie der Junge zurückwich. Er machte große Augen, als er den Schutzschild sah, und nach einigen Schritten drehte er sich um und rannte davon. Die anderen Kinder waren verschwunden, ohne dass er es bemerkt hätte.

Als sich Caldan dem Fenster zuwandte, sah er, dass sich Schatten in dem Gebäude bewegten. Drei Armbrüste ragten nun aus der Öffnung heraus; alle waren auf ihn gerichtet. Selbst aus der Entfernung spürte er, dass sie magisch aufgeladen waren.

Langsam und vorsichtig nahm er die Hand vom Schwertgriff. Er holte tief Luft. Schweiß tropfte ihm an der Wange herunter. Dann streckte er die Arme vor sich aus; die Handflächen hielt er nach oben.

»Ich muss mit demjenigen sprechen, der hier das Sagen hat«, rief Caldan mit fester Stimme.

Geflüster ertönte hinter den Armbrüsten. Dort gab es dann ein kurzes Gedrängel, Kleidung raschelte, und wenige Augenblicke später öffnete sich eine Tür rechts von ihm. Ein großer Mann mit kurzem, ergrauendem Haar trat heraus. Er trug eine abgewetzte braune Lederhose und ein cremefarbenes Hemd. Langsam ging er einige Schritte auf Caldan zu und beobachtete ihn mit ernsten, grauen Augen, die unter buschigen Brauen hervorspähten. Prüfend sah er Caldan von oben bis unten an, betrachtete seine schäbige, von der Reise schmutzig gewordene Kleidung und den Staub auf Schuhen und Hose. Sein Blick ruhte kurz auf Caldans Ring, dann glitt er weiter.

»Fürs Erste«, sagte der Mann – es war dieselbe Stimme, die ihm vorhin den Befehl erteilt hatte – »wirst du mit mir reden. Ich bin Meister Schimmel.«

Caldan nickte. Er wusste nicht, ob die Armbrustbolzen in der Lage waren, seinen Schild zu durchdringen, aber er legte keinen großen Wert darauf, es herauszufinden, und er wollte es sich nicht gleich mit diesen Protektoren verderben ... falls sie überhaupt Protektoren waren.

Meister Schimmel trug zahlreiche magische Ringe und Amulette. Vorsichtig streckte Caldan seine Sinne aus und untersuchte die Quelle des Meisters. Wie die von Simmon war sie zusammengezogen – die wahre Kraft war verborgen. Er musste unbedingt lernen, wie das funktionierte.

Langsam nahm Caldan die Hände herunter. »Ich komme aus Anasoma. Die Invasion ... die Protektoren dort ... sie sind alle tot.«

Ausdrücke von Entsetzen und Überraschung begleiteten seine Worte. Meister Schimmels Gesicht nahm einen grimmigen Ausdruck an.

»Wir hatten gehofft, dass es nicht so schlecht um sie steht«, knurrte er und fuhr sich mit der Hand über das Gesicht. »Aber das ist schlimmer, als wir erwartet hatten.«

Caldan zögerte. *Es ist das Beste, die schlechten Nachrichten so schnell wie möglich hinter mich zu bringen.* »Auch die Zauberergilde wurde zerstört. Vielleicht hat der eine oder andere überlebt. Ich weiß es wirklich nicht.«

»Und wer bist du?«

»Meister Simmon hatte mich als Lehrling aufgenommen.«

Er spürte eine sanfte Berührung an seiner Quelle und bemerkte, dass er ebenfalls geprüft wurde.

Meister Schimmel sah Caldan an und wirkte finster und gleichzeitig neugierig. »Ich kenne Meister Simmon gut, aber wir nehmen niemals Lehrlinge auf. Die jungen Leute hier werden von der Zauberergilde ausgebildet.«

»Das hatte man mir auch gesagt, aber es stimmt wirklich. Ich hatte schon vorher eine gewisse Ausbildung, und Meister Simmon hat für mich eine Ausnahme gemacht. Leider ... hat er nicht überlebt.«

Meister Schimmels Schultern sackten nach unten, und sein Gesicht wurde ausdruckslos. »Nicht Simmon ...«

»Es tut mir leid.«

Meister Schimmel schwieg für eine Weile. »Simmon hat dich also als Lehrling aufgenommen.« Sein Tonfall deutete an, dass er noch immer glaubte, Caldan lüge ihn an.

»Ja«, antwortete dieser, obwohl er sich ziemlich sicher war, dass es keine Frage gewesen war.

Meister Schimmel rieb sich das Kinn, nickte und schien zu einer Entscheidung gekommen zu sein. »Was stand immer auf seinem Schreibtisch?«

Caldan dachte verzweifelt nach und versuchte sich an die Zeit zu erinnern, die er in Meister Simmons Arbeitszimmer verbracht hatte. Er sah den Raum vor sich, die Truhen ... Was stand auf dem Tisch? *Ah, ja ...*

»Blumen«, antwortete Caldan mit großer Bestimmtheit. »In einer Vase. Von seiner Frau.«

Der Meister schenkte ihm ein dünnes Lächeln und sagte dann: »Senkt die Armbrüste, Jungs. Er stellt keine Bedrohung dar.«

Caldan stieß einen Seufzer der Erleichterung aus, als die Waffen, die auf ihn gerichtet waren, langsam in dem Gebäude verschwanden. Er kappte die Verbindung zu seinem Schild.

Meister Schimmel trat auf ihn zu und streckte die Hand aus. »Du hast da einen ziemlich starken Schild, soweit ich es spüren konnte. Hast du ihn selbst geschmiedet?«

Caldan schüttelte den Kopf. »Nein, meiner ist während der Invasion verbrannt. Diesen habe ich bei der Flucht an mich genommen.«

»Ich habe eine Menge Fragen an dich - zum Beispiel die, wo du einen so starken Schild an dich nehmen konntest - und ich bin sicher, dass auch die anderen Meister einiges von dir wissen wollen, aber du siehst ganz fürchterlich aus. Komm mit.«

Caldan nickte, und sie verließen den Hof.

»Wir benötigen gesicherte Erkenntnisse über das, was in Anasoma vorgeht«, sagte Meister Schimmel. »Wir wissen so wenig ... zu wenig. Du bist ein willkommener Anblick, auch wenn du schlechte Nachrichten bringst.«

»Ich werde helfen, wo ich kann. Aber ich muss gestehen, dass ich nicht viel über die Invasoren weiß.« *Und dass ich euch noch nicht alles sagen will,* dachte er.

»Wir fangen mit einer einfachen Frage an. Wie heißt du?«

»Caldan.«

Er wurde durch die Tür in das Innere des Gebäudes geleitet und schritt neben dem Meister her. Türen zweigten rechts und links von einem Korridor ab. Zauberkugeln erhellten das Innere; jede saß in einem Metallkäfig an der Wand, vermutlich damit niemand sie stahl.

Meister Schimmel berührte Caldans Schulter und leitete ihn eine knarrende Treppe hoch. Die Dielen waren manchmal mit fingerbreitem Abstand auf die Tragbalken genagelt und zeugten von schlechter Handwerksarbeit.

Meister Schimmel bemerkte, dass Caldan das genau betrachtete. »Manche Protektoren und Zauberer aus der Gilde sind entsetzt, wenn sie diesen Ort zum ersten Mal sehen«, erklärte er. »Doch die Mehrzahl der Zauberer – insbesondere diejenigen, die die meiste Zeit in Städten wie Anasoma verbracht haben – begreift nicht, dass wir hier einfach keine Zeit mehr für Überflüssiges haben. Dieses Gebäude ...« – er machte eine weit ausholende Handbewegung, als sie den nächsten Stock erreicht hatten – »... ist einer der Orte, an dem die wichtigsten Arbeiten der Protektoren stattfinden.« Er hielt inne und hob die buschigen Brauen. »Du weißt, was ich damit meine, oder?«

Ein weiterer Test, dachte Caldan und nickte. »Ihr sucht nach verbrecherischen Zauberern, die zerstörerische Magie benutzen.«

»Genau. Und wir kümmern uns natürlich um die Überbleibsel der Zerschmetterung. Da draußen gibt es ein paar sehr unangenehme Dinge.«

Seltsam. Darüber hatte Simmon nie etwas gesagt. »Zum Beispiel?«, wollte er wissen und erhielt dafür einen fragenden Blick.

»Zum Beispiel Bestien, die vor und während der Zerschmetterung durch Zauberei erschaffen wurden. Es sind bösartige, grausame Wesen. Die Jukari zum Beispiel. Und dann gibt es da noch die übrig gebliebenen Zaubererlabore und dergleichen. Ich bezweifle, dass wir sie je alle finden werden. Da draußen existiert noch eine Menge gefährliches Wissen.«

Verwirrt runzelte Caldan die Stirn. »Es gibt sie also wirklich? Die Jukari, meine ich. Ich dachte, sie sind nur eine Legende.«

»Sie sind genauso wirklich wie du und ich, und sie sind viel schrecklicher, als es in den Legenden erzählt wird. Die meisten Protektoren in Anasoma haben vermutlich nie ein solches Wesen gesehen und schon gar nicht gegen eines gekämpft. In dieser Stadt waren sie ein wenig zu sehr behütet. Sie haben zu viel Zeit damit verbracht, magische Gegenstände und Kleinodien zu studieren, und zu wenig Zeit für die wirkliche Welt übrig gehabt. Aber ich sollte nicht schlecht über sie reden. Die meisten von ihnen waren ganz in Ordnung. Doch du wirst noch sehen, dass das meiste, was du als Legenden bezeichnest, in Wirklichkeit Dinge sind, gegen die wir zu kämpfen geschworen haben.«

Was hätte ich nicht alles noch gelernt, wenn die Indryallaner nicht alle Mitglieder meiner Gilde umgebracht hätten. Trotz dieses trüben Gedankens tat es gut, endlich wieder Informationen zu erhalten. Nach der enttäuschenden Reise mit Personen wie Glöckchen und Amerdan sah es nun endlich so aus, als würde er einige Antworten erhalten.

Meister Schimmel bedeutete Caldan, vor einer hölzernen Tür anzuhalten. Dahinter waren Stimmen zu hören.

»Die Meister haben sich hier zu ihrem regelmäßigen morgendlichen Treffen versammelt. Du hast also Glück – du musst nicht erst warten, bis wir einige von ihnen zusammengetrommelt haben. Ich musste sie verlassen, als du aufgetaucht bist. Aber ich muss dich warnen. Es wird dir nicht leichtfallen, sie davon zu überzeugen, dass Simmon dich als Lehrling angenommen hat. Ich kann mich nicht erinnern, wann so etwas zum letzten Mal passiert ist.« Er schenkte Caldan einen durchtriebenen Blick. »Aber im Hinblick auf deine Quelle ist mir klar, was er sich dabei gedacht hat. Es ist ein Wunder, dass die Zauberer es dir erlaubt haben, dich zu uns zu gesellen. Zwar werden wir als Teil der Gilde angesehen, aber es gibt noch immer eine gewisse Rivalität zwischen uns und ihnen.«

»Ah … ich glaube, es war mein Alter.« Als er daran zurückdachte, fiel ihm auf, dass die Gilde ihn damals nicht freiwillig hatte ziehen lassen – es war Simmons Rang gewesen, der sie dazu gezwungen hatte. »Sie waren sich nicht ganz sicher, was sie von mir halten sollten. Ich war erst wenige Monate zuvor in Anasoma eingetroffen.«

»Und Simmon hat dich geholt, bevor sie es konnten? Er war immer ein sehr gerissener Kerl. Ich werde ihn vermissen. Also, bist du bereit?«

Caldan schluckte, dann nickte er.

Meister Schimmel öffnete die Tür und führte ihn in den Raum.

Sechs Augenpaare starrten ihn an, als er vor dem Meister das Zimmer betrat. Er sah die vier Männer und zwei Frauen an, die vor ihm saßen, und nahm sofort die magischen Gegenstände einschließlich einiger Kleinodien in sich auf, die zwischen ihnen ausgebreitet lagen. Erst wollte er seine Quelle öffnen, damit er die ihren spüren und einschätzen konnte, doch er unterließ es im letzten Augenblick. *Ich sollte sie nicht neugierig auf meine eigenen Fähigkeiten machen.* Er war hier, weil er ihnen so viele Informationen wie möglich über Anasoma und die Invasoren geben und dann so schnell wie möglich wieder aufbrechen wollte.

Die Meister saßen in bequem wirkenden Sesseln, drei weitere waren leer. An der einen Wand stand ein mit Lederbänden und Schriftrollen gefüllter Bücherschrank. Durch ein großes, offenes Fenster drangen Luft und Licht in das Zimmer, und darunter saß einer der Meister, der eine hölzerne Pfeife in der Hand hielt, aus der Rauchwölkchen aufstiegen.

»Schimmel«, rief eine der Frauen. Sie war dünn und mittleren Alters und hatte lange, blonde Haare. »Das hier ist eine Zusammenkunft nur für Meister, wie du sicherlich weißt. Ich schlage vor, dass du diesen jungen Mann anderswo hinbringst, es sei denn, es gibt für seine Anwesenheit einen guten, dringenden Grund.«

»Wenn man dich hört, könnte man glauben, dass ich noch nie an einem solchen Treffen teilgenommen habe, Annelie«, sagte Meister Schimmel. »Friede – gleich werdet ihr froh sein für diese Unterbrechung. Dieser Junge ist den ganzen Weg von Anasoma bis hierher gereist, weil er uns sprechen will. Er ist ein Protektorenlehrling unter Meister Simmon, wie er sagt.«

Diese Worte wurden mit allgemeinem Luftschnappen beantwortet, gefolgt von einem Lachen und gleichzeitigen Bemerkungen aller Meister.

»Soll das ein Witz sein?«

»Schimmel hat endgültig den Verstand verloren!«

»Wirklich, Meister Schimmel, solche unbegründeten und absurden Behauptungen sollten zuerst überprüft werden, bevor sie uns vorgebracht werden.«

»Mist und Quatsch!«

Meister Schimmel hob die Hand und wartete, bis es ein wenig ruhiger im Raum geworden war. »Hört mich an«, sagte er und übertönte dabei alle anderen Stimmen. »Ihr wisst, dass ich euch nicht belästigen würde, wenn ich nicht der Meinung wäre, es sei wichtig.«

Caldan schaute sich in dem Zimmer um. Einige der Meister beäugten ihn kritisch, und seine Quelle erfuhr etliche Berührungen. Bemerkenswerterweise waren einige rauer und unbeholfener als andere. Eine spürte er kaum, so federleicht und flüchtig war der Kontakt.

Hier waren sechs weitere Meister, die er davon überzeugen musste, dass er Simmon kannte und ein Protektorenlehrling war. Er hatte keine Ahnung, wie viele von ihnen Simmon je begegnet waren, und vermutlich wusste niemand, dass auf seinem Schreibtisch die Blumen seiner Frau gestanden hatten. Möglicherweise würden sie ihn viele Stunden befragen und doch zu keinem Ergebnis kommen, obwohl Meister Schimmel für ihn bürgte. Ihre Dummheit würde sich endlos hinziehen, und er wollte es so rasch wie möglich hinter sich bringen. Je schneller er hier fertig war, desto eher konnte er zur Miranda zurückkehren. Er sah nur eine Möglichkeit, sie davon zu überzeugen, wer er war und dass er ihr Vertrauen verdiente, und gleichzeitig sein Versprechen an Meister Simmon einzulösen.

Also trat er in die Mitte des Zimmers und klatschte in die Hände. Alle Stimmen verstummten. Schweigen legte sich über die Meister.

»Ich heiße Caldan. Ich war nur kurz bei den Protektoren, nachdem Meister Simmon mich aufgenommen hat. Ich wusste nicht, dass Ihr für gewöhnlich keine Lehrlinge nehmt, aber das ist jetzt nicht von Belang. Ihr mögt mir glauben oder nicht, doch das Wichtigste ist, dass Anasoma gefallen ist, die Protektoren vernichtet und vermutlich allesamt tot sind, und auch Meister Simmon selbst ist gestorben.«

Nun redeten die Meister durcheinander.

Caldan hob seine Stimme und sagte über den Aufruhr hinweg: »Ich verstehe, dass Ihr Fragen an mich habt, aber ich bitte Euch, erst einmal weiterreden zu dürfen. Bevor er starb, hat Simmon mir aufgetragen, zu fliehen und Hilfe zu suchen. Er wollte, dass ich Euch vor der zerstörerischen Magie warne, die gegen sie eingesetzt wurde, und auch vor der zwingenden Magie.«

Einige Meister gaben zischende Geräusche von sich. Einer stieß einen wortlosen Schrei der Bestürzung aus.

»Er sollte nicht wissen, dass ...«

»Das ist verbotenes Wissen ...«

»Seid still!«, rief Caldan.

Die Meister, einschließlich Schimmel, starrten ihn entsetzt an.

»Wie ich schon gesagt habe, bitte ich Euch, mich ausreden

zu lassen. Ich wurde hergeschickt, damit ich Euch warne, aber Meister Simmon hatte noch eine weitere Aufgabe für mich.« Caldan packte den Griff seines Schwertes und zog die Klinge vollständig aus dem Futteral. »Er hat mich gebeten, Euch das hier zu bringen.«

Sogar in dem gedämpften Licht des Zimmers leuchtete die Klinge auf. Alle Augen waren nun auf sie gerichtet. Die Meister schnappten erstaunt nach Luft, doch dann machten sie allesamt eine ausdruckslose Miene.

Caldan spürte eine Hand auf seiner Schulter – es war Meister Schimmels fester Griff.

»Danke, mein Junge«, sagte der Meister ernst. »Das ist ... Meister Simmons kostbarstes Eigentum. Nur sehr wenige Menschen kennen es. Vermutlich wollte er, dass du es uns bringst, weil es deine Geschichte bestätigt. Wenn ich einmal ...«

Meister Schimmel griff nach dem Schwert, und Caldan ließ es los. Obwohl die anderen Meister offenbar versuchten, ihre Reaktionen zu unterdrücken, bemerkte Caldan doch ein merkliches Nachlassen der Spannung im Raum, als Meister Schimmel das Kleinod an sich nahm.

Caldan tat so, als gehe ihn all das nicht viel an. Er löste seinen Schwertgürtel und gab ihm Schimmel, der die Klinge sofort in das Futteral steckte, sodass nur noch der einfache, zerbeulte Griff und der Knauf sichtbar blieben.

Als die Klinge in der Scheide verschwand, hatte Caldan abermals das Gefühl, dass die Spannung im Zimmer nachließ. Er speicherte diese Information in seinem Hinterkopf ab. Im Augenblick war ihm die Bedeutung des Schwertes gleichgültig, und es war ihm ebenso gleichgültig, ob es Simmons oder den Protektoren gehörte. Jedenfalls bewies es seine Geschichte und machte ihn vertrauenswürdig. Und das bedeutete, dass er umso schneller hier fertig wurde und zu Miranda zurückkehren konnte.

Er bereitete sich auf die Fragen vor.

Meisterin Annelie stand auf und näherte sich ihm. Sie reichte ihm nur bis zur Schulter, und aus der Nähe sah er, dass ihre Augen von einem bemerkenswerten Grün waren. Die Art, wie sich die übrigen Meister ihr fügten, deutete an, dass sie eine gewisse Macht besaß.

»Nun«, sagte sie sanft, »ich bin sicher, dass du einige Fragen an uns hast, aber diese können bis später warten. Wir danken dir dafür, dass du uns Meister Simmons Schwert gebracht hast.«

»Kleinod«, berichtigte Caldan sie.

Annelie kniff die Augen zusammen. »Ja. Natürlich. Ich bin mir sicher, dass du dich jetzt ausruhen willst.«

»Es ist erst Morgen, und wenn es Euch nichts ausmacht, hätte ich ein paar Fragen an Euch, auf die ich gern sofort eine Antwort bekommen möchte. Ehrlich gesagt bin ich überrascht, dass Ihr keine weiteren Fragen an mich habt.«

Sie schüttelte den Kopf. »Doch, die haben wir. Aber wir können uns all das für später aufsparen, sobald du dich frisch gemacht hast. Wir sind mit unseren morgendlichen Angelegenheiten und Besprechungen noch nicht fertig.«

»Aber …«

»Ja«, fügte Meister Schimmel hinzu, ohne seinen Einwand zu beachten, »es gibt einige Dinge, die wir erledigen müssen – das Übliche, mit dem wir dich nicht langweilen wollen.«

Caldan machte ein ausdrucksloses Gesicht. Was immer es war, es hatte sicherlich mit ihm oder dem Schwert zu tun – vermutlich mit dem letzteren. Bestimmt waren sie sowohl überrascht als auch erleichtert gewesen, als er ihnen die Klinge gezeigt hatte.

Annelie packte Caldan am Arm und drängte ihn durch die Tür.

Er sah Meister Schimmel an.

»Geh mit ihr«, sagte der Meister. »Sie wird dir einen Platz zuweisen, wo du bleiben kannst, bis wir dich brauchen.«

Er nickte und ließ es zu, in den Korridor hinausgeführt zu werden.

»Folge mir«, sagte sie und schritt schnell davon. »Wir haben ein paar Gästezimmer. Ich bin sicher, du wirst dich nach der langen Reisezeit auf ein angenehmes Bett freuen. Und vermutlich hättest du auch nichts gegen ein Bad einzuwenden. Bestimmt weiß du, dass Flussrand bekannt für seine heißen Bäder ist, nicht wahr? Aber sicher weißt du das ...«

Ihre Worte verhallten in Caldan, als er nachdachte, was er nun tun sollte. Sein Versprechen an Simmon war erfüllt, aber die Protektoren hatten ihm bereits bewiesen, dass sie Geheimnisse vor ihm hatten. Doch das war ihm gleichgültig. Natürlich war er neugierig auf das, was sie über Simmons Schwert zu sagen haben würden, aber es gab nur ein einziges Geheimnis, für das er sich interessierte. Praktizierten sie zwingende Magie, und waren sie in der Lage, Miranda zu helfen? Doch er hatte keine Ahnung, wie er diese Information von ihnen bekommen konnte.

Meisterin Annelie führte ihn über eine Treppe hinunter ins Erdgeschoss und schritt einen weiteren Gang entlang, dessen Boden mit fadenscheinigen und verblichenen Teppichen ausgelegt war.

»Ah, hier sind wir.«

Der Gang endete vor einer Mauer. Eine kleine, durch einen Wandbehang verdeckte Öffnung führte in einen anderen Bereich des Hauses.

Annelie führte ihn hindurch, und nun bestand der Boden aus nacktem Stein. Aus warmem Stein. Feuchte Luft überflutete ihn. Hinter einer Ecke öffnete sich der Korridor in einen großen, von Dampf erfüllten Raum. In dessen Mitte befand sich ein großes Bad – es wirkte wie ein See, der in den Boden eingelassen war. Einige Holzbänke standen an den Wänden, und an einer Seite des Raumes befanden sich Kübel, kleine Schemel und Schwämme.

Annelie öffnete einen Schrank neben dem Eingang und nahm ein Handtuch heraus. »Hier«, sagte sie und reichte es ihm mit einem Lächeln.

Sie deutete auf die Kübel. »Scheuere dich zuerst sauber, und dann nimmst du ein gutes, langes Bad. Das heiße Wasser wird dir alle Sorgen nehmen. Jetzt bist du bei uns und in Sicherheit.«

Caldan dankte ihr, und sie drehte sich um, schritt auf den Türdurchgang zu, blieb wieder stehen.

»Oh, fast hätte ich es vergessen. Bitte spaziere nicht allein im Haus herum. Ich werde jemanden herschicken, der vor dem Bad auf dich wartet und dich danach zu deinem Zimmer bringt. Wir wollen ja nicht, dass du dich verirrst und verloren gehst.«

Mit diesen Worten verließ sie ihn.

Egal was sie und die anderen Meister vorhatten – er brauchte jetzt vor allem ein gutes, langes Bad. Er zog seine Kleidung aus und versteckte all seine magischen Gegenstände auf dem Boden seiner Tasche. Bald hatte er sich vom gröbsten Schmutz befreit und genoss die Wärme des Wassers, die bis in seine müden Muskeln drang.

Nach dem Bad würde er sich Gedanken über die Protektoren machen und herauszufinden versuchen, was sie über zwingende Magie wussten.

Caldan steckte den Kopf unter Wasser. Es fühlte sich so gut an. Inzwischen schien es nicht bloß wenige Tage, sondern viele Monate her zu sein, seit er aus Anasoma geflohen war.

Er fragte sich, wie Amerdan und Elpidia mit Glöckchen fertig wurden, während er weg war.

13

Vor Anbruch der Morgendämmerung ließ Gazija Vasile und die anderen wecken und ihnen den Befehl mitteilen, sich für einen Tagesausflug ans Ufer fertig zu machen.

Vasile schüttelte den Kopf und murmelte einen Fluch. *Befehle!* Als ob sie unter dem Kommando des alten Mannes stünden. Aber er würde fürs Erste mitspielen.

In Ruderbooten wurden sie an Land gebracht und folgten Gazija zu den grauen, trostlosen und überwucherten Ruinen eines alten Turms. Nachdem sie dort angekommen waren, entzündeten Gazijas Männer drei große Feuer und machten sich daran, einen Baldachin aufzuspannen, der von einer Mauer des Turms ausging. Vasile wärmte sich an einem der Feuer, bis er fortgescheucht wurde, weil das Feuer nun dazu benutzt wurde, Töpfe mit lecker duftendem Eintopf zu erhitzen. Unter dem Baldachin wurde ein Tisch aufgestellt, der bald mit Brotlaiben überladen war. All das - das Feuerholz, die Töpfe, das Brot - war kurz nach ihnen auf zwei Wagen hier angekommen. Gazija traf Vorbereitungen, viele Menschen zu verköstigen, aber Vasile hatte keine Ahnung, wer sie sein mochten.

Vasile war der Meinung, dass es sich um einen traurigen Ort für ein Treffen handelte. Da half es auch nicht gerade, dass aus dem dunklen Himmel ein stetiger Nieselregen niederging. Wasser tropfte ihm von Nase und Haaren, rann ihm den Nacken herunter und in den Hemdkragen. Sie standen in Gruppen im Innern der Ruine. Ihm war nicht nach Reden zumute, und so ging er auf dem kleinen Hügel umher, auf dem der Turm errichtet worden war. Aidan, cel Rau und Chalayan saßen auf herabgestürzten Steinquadern und sprachen kaum ein Wort miteinander. Vasile vermutete, dass Männer, die so viel Zeit miteinander auf der Straße verbracht hatten, sich schon lange nichts mehr zu sagen wussten.

Gazija hielt sich am Arm einer Frau fest und stand geduldig da, während sein Blick beständig in Richtung Norden gerichtet war, als ob er jederzeit erwartete, dass dort jemand erschien. So stand er schon seit einer ganzen Stunde.

Vasile seufzte, als sich seine Hose in den Dornen eines Busches verfing. Er befreite sich und trat gegen die widerspenstige Pflanze. Noch nie hatte er die Stadt gern verlassen; der Rest der Welt war zu chaotisch für ihn. Aber wenigstens logen sich Pflanzen und Tiere nicht gegenseitig an. Bei diesem Gedanken kicherte er und fing sich einen missbilligenden Blick von Quiss ein. Der dünne Mann stand bei Mazoet, und sie unterhielten sich in gedämpftem Tonfall. Was für ein gegensätzliches Paar!

Während der letzten Tage hatte Vasile keine Gelegenheit gehabt, mit Gazija oder Mazoet zu reden, denn beide waren sehr beschäftigt gewesen – womit, wusste er nicht. Doch ihm war es egal, denn so hatte er mehr Zeit mit Aidan und dessen Männern verbringen und einen Plan schmieden können.

Doch leider hatten sie bisher nichts anderes beschlossen als abzuwarten und zu beobachten.

Gazija und seine Leute mochten behaupten, gegen ein größeres Übel zu kämpfen, und sie mochten dies auch *glauben*, aber das bedeutete nicht, dass dem so war. Es bedeutete lediglich, dass sie etwas glaubten, dessen Wahrheitsgehalt Vasile mit seiner Gabe nicht zu bestätigen vermochte. Manchmal führte ihn seine Gabe in die Irre, wie er oft bemerkte, denn wenn jemand etwas mit Herz und Verstand glaubte, wurde es deshalb noch lange nicht zu *der* Wahrheit. Nur zu *seiner* Wahrheit. Deshalb zog er es vor, Urteile auf Aussagen und Beweise zu stützen und seine Gabe nur zur weiteren Bestätigung heranzuziehen.

Alles, was er hatte, war Gazijas Wort und das seiner Leute. *Kann ich es rechtfertigen, einem kleinen Übel zu helfen, um ein größeres Übel zu besiegen? Und ist es das wirklich, was ich hier mache?*

Er zitterte im Regen. Es war ein trauriger Stand der Dinge.

Ein Wiehern unterbrach seine Gedanken, und er hob den Kopf. Einige Personen hatten sich dem Hügel genähert. Es waren fünf, um genau zu sein, mit nur einem Pferd zwischen ihnen.

Aidan, cel Rau und Chalayan hatten sich inzwischen erhoben, und einige von Gazijas Leuten hatten einen Ring um ihren Anführer gebildet.

Trotz des heruntergekommenen, durchnässten Erscheinungsbildes der Neuankömmlinge war etwas Gespanntes an ihnen – sie verströmten ein Gefühl von Zielstrebigkeit und unterdrückter Bereitschaft. Gazija trat vor und begrüßte sie, als sie sich ihm näherten, indem er den Arm durch die Luft schwenkte. Vasile eilte herbei zu ihm, während die Gruppe weiter herankam.

»Ho!«, rief Gazija und erlitt einen Hustenanfall. Er beugte sich vor und bedeutete Luphildern, er möge das Gespräch weiterführen.

Mit langen Schritten und auf dürren Beinen schritt Quiss der Gruppe entgegen. Vasile entschied sich, hinter ihm her zu eilen, was ihm einen missbilligenden Blick von Gazija einbrachte, als er an dem alten Mann vorbeikam, doch diesen Blick beachtete er nicht weiter.

Die Gruppe blieb etwa zehn Ellen vor Quiss stehen – es

waren drei Männer und zwei Frauen, in sehr unterschiedlichen Stilen gekleidet, und daher nahm Vasile an, dass es sich nicht um Soldaten handelte. Doch in ihren Blicken lag eine Unbarmherzigkeit, die ihm eine Gänsehaut verursachte. Entweder hatten sie grausame Dinge getan, oder sie hatten Schlimmes mitangesehen, oder das Leben war sehr unfreundlich zu ihnen gewesen - vielleicht alles zusammen.

Er vermutete, dass das in der letzten Zeit auf viele Menschen zutraf.

Das Pferd trug keinen Reiter, sondern eine Reihe von Bündeln, die in grobes Tuch eingewickelt und mit Seilen festgebunden waren.

»Nun«, meinte Luphildern, »das ist ja wirklich ein wunderschöner Tag für einen Spaziergang.«

Vasile schenkte ihm einen fragenden Blick und schüttelte den Kopf. Luphilderns Worte stießen auf Schweigen.

Der dünne Mann hüstelte in seine Hand. »Ah, ihr müsst entschuldigen. Meine Versuche, eine leichte Plauderei vom Zaun zu brechen, sind manchmal ... nicht so gern gesehen.«

Einer der Neuankömmlinge machte einen Schritt nach vorn und sprach. Er war ein großer Mann, sauber rasiert und mit ordentlich geschnittenem schwarzen Haar.

»Wir sind nur auf der Durchreise, wir wollen keine Schwierigkeiten bekommen.«

»Oh, ich kann euch versichern, dass euch von uns keine Schwierigkeiten drohen.« Luphildern schaute auf die beiden Frauen. »Wer von euch ist Lady Felicienne?«

Der sauber rasierte Mann warf einen Blick zurück auf seine Gefährten, deren Gesichter ausdruckslos blieben, dann wandte er sich wieder Luphildern zu.

»Nie von ihr gehört.«

Luphildern winkte Vasile zu sich. »Und was glaubt Ihr, Vasile?«, flüsterte er. »Sollten wir diesem Mann glauben?«

»Ah, nein. Sie wissen, wer sie ist.«

»Ausgezeichnet!« Luphildern rieb sich die Hände und erhob die Stimme. »Man hat mir gesagt, weitere Personen zu erwarten. Ich vermute also, dass sie sich noch auf dem Weg befinden? Nein, antwortet nicht – wir wissen von Lady Felicienne, die sich mit unserer ... Abgesandten Rebecci getroffen hat. Sie hat dafür gesorgt, dass eine große Zahl von euch aus Anasoma fliehen konnte, und sie hat euch gesagt, dass ihr euch mit Freunden an der Küste treffen werdet. Nun ...« – Luphildern machte eine weite Handbewegung, die alle Neuankömmlinge einschloss – »... wir sind diese Freunde, und wir erwarten Rebeccis Eintreffen jederzeit. Also frage ich euch noch einmal: Wer von euch ist Lady Felice?«

Die Männer und Frauen tauschten grimmige Blicke aus. Schließlich antwortete der erste Mann.

»Sie sollte sich uns schon vor Tagen anschließen – an dem Tag, an dem wir Anasoma verlassen haben – aber sie ist nicht am Treffpunkt erschienen. Wir haben ein paar Tage gewartet, aber ... von ihr war und blieb nichts zu sehen. Wir fürchten, sie hat es nicht geschafft.«

»Entweder wurde sie gefangen genommen, oder es war ihr aus irgendeinem Grund unmöglich zu fliehen«, sagte Quiss.

Müde fuhr sich der Mann mit der Hand über das Gesicht, dann zuckte er die Schulter. »Wir wissen es nicht.«

»Nun«, meinte Luphildern, »ich bin mir sicher, dass sie sich bald zu uns gesellen wird. Soweit ich gehört habe, ist die Dame sehr scharfsinnig und einfallsreich. Was haltet Ihr davon, Vasile?«

»Von Lady Felicienne? Ich kenne sie. Sie steht im Ruf einer gewissen Härte. Eine kluge und geschickte Frau, wie es heißt.«

»Na bitte, da hört ihr es! Alles wird gut. Vermutlich kann uns Rebecci mehr berichten, wenn sie eintrifft. Ich bin sicher, ihr könnt eine warme Mahlzeit gut gebrauchen. Bedient euch, bitte.« Er deutete auf die Kochfeuer und den Tisch unter dem Baldachin.

Sie bewegten sich auf die Speisen zu und ließen Vasile mit mehr Fragen als Antworten zurück.

Den ganzen Morgen hindurch kamen immer mehr Gruppen von Männern und Frauen in das Gebiet um den Turm. Am Mittag speiste Vasile zusammen mit Aidan und dessen Gefährten. Er sah, wie Luphildern die Nase über das Essen rümpfte, doch auf Gazijas Bitten nahm er einige Bissen. Kein Wunder, dass er so dünn war. Am Nachmittag hörte der Zustrom der Flüchtlinge auf.

Gazijas Leute hielten die Feuer in Gang und füllten die Eintöpfe nach; allerdings wurde das Brot weich, als sich der Wind drehte und den Regen auf den Tisch warf. Der Tag zog sich dahin.

Vasiles Kopf fiel ihm auf die Brust, und er wäre trotz des Regens und der Kälte beinahe eingeschlafen. Doch dann regte sich etwas im Lager.

Er grunzte, als ihm Aidan einen Stups zwischen die Rippen versetzte.

»Noch eine Überraschung«, bemerkte Chalayan.

Aidan schob sich einen Löffel mit Eintopf in den Mund und kaute nachdenklich.

Auf dem ausgetretenen Pfad zum Turm erschien ein Pferd. Er trug eine Reiterin: eine dünne, bleiche Frau mit langen blonden Haaren, die hinter ihr her trieben.

»Ihr Aussehen«, sagte Aidan, und Chalayan nickte.

Vasile kniff die Augen zusammen und betrachtete die Frau. »Ihr Aussehen?«

»Dünn. Ausgemergelt. Als ob sie seit Wochen nichts mehr gegessen hätte«, sagte Aidan.

»Wie Luphildern«, bemerkte Vasile.

»Genau. Wir wissen nicht warum, aber einige von ihnen essen nicht gern.«

Chalayan kicherte in sich hinein, und die anderen sahen ihn an.

»Vielleicht trinken sie nur Blut«, flüsterte der Zauberer und rollte mit den Augen.

»Wie die Jukari«, sagte cel Rau.

Aidan sagte verächtlich: »Wir wissen wenig genug über sie, auch ohne Dinge über sie zu erfinden. Außerdem trinken die Jukari nicht nur Blut, sie essen auch Fleisch.«

Macht es das etwa besser?, dachte Vasile.

Chalayan zuckte mit den Achseln und starrte weiterhin die Frau an, die ihr Pferd zu einem langsameren Schritt gezügelt hatte und schließlich neben Luphildern anhielt. Sie stieg mit großer Leichtigkeit ab und umarmte den dünnen Mann rasch.

»Sie ist mit magischen Gegenständen beladen«, meinte Chalayan. »Vielleicht ist das eine oder andere Kleinod darunter; das kann ich von hier aus nicht mit Sicherheit sagen.«

Mazoet erschien an Vasiles Seite. Der große Mann hatte ganz allein einen Brotlaib und dazu mehrere Schalen mit Eintopf vertilgt. Währenddessen hatte Luphildern ihn mit einem Ausdruck des Abscheus beobachtet.

»Kommt, wir machen einen Spaziergang«, sagte Mazoet und machte sich auf den Weg vom Turm den Hang hinunter. Vasile sah Aidan an, zuckte mit den Schultern und beeilte sich, dem Zauberer zu folgen. Für einen so großen Mann war Mazoet erstaunlich leichtfüßig.

»Gazija hat eine Aufgabe für uns«, sagte Mazoet, sobald Vasile ihn eingeholt hatte. Er trug einen Ledersack auf dem Rücken, der jedoch halb leer wirkte.

»Was für eine Aufgabe? Und was soll ich dabei tun?«

»Das werdet Ihr noch früh genug herausfinden, aber da Ihr es seid, will er bestimmt nicht, dass wir schwere Felsbrocken schleppen, oder? Man braucht für jede Aufgabe das richtige Werkzeug.« Er schenkte Vasile einen finsteren Blick. »Seid Ihr ein Werkzeug, Vasile?«

»Wie bitte? Was meint Ihr damit?«

»Seid Ihr ein Werkzeug? Oder seid Ihr der Handwerker, der das Werkzeug benutzt?«

Vasile spürte, wie ihm die Hitze ins Gesicht stieg. »Ich weiß noch immer nicht, was Ihr meint.«

»Doch, ich glaube, das wisst Ihr. Oder seid Ihr ein Handwerker, der seine eigenen Werkzeuge für seine Zwecke – oder für die der ganzen Welt – benutzt?«

»Ich wage zu behaupten, dass ich bisher das Werkzeug war.«

»Dann ist es an der Zeit, dass Ihr Euch Gedanken über Eure schwierige Lage macht.«

»Oh, das habe ich schon getan«, sagte Vasile.

Mazoet betrachtete ihn gleichmütig. »Ich bezweifle, dass Ihr mehr getan habt, als Euch in Selbstmitleid zu suhlen. Ihr seid nicht mehr der Mann, der Ihr einmal wart.«

Seine Worte und sein Tonfall ärgerten Vasile, doch er ließ die Schultern hängen. Er wusste, dass Mazoet recht hatte. Was hatte es für einen Sinn, die Wahrheit abzuschätzen, wenn er diese Fähigkeit nicht auch bei sich selbst anwendete?

»Was schlagt Ihr vor?«

»Tut das, worin Ihr gut seid. Wendet Vernunft und Logik auf die Probleme an, die Euch umgeben. Kommt zu Schlussfolgerungen, und überprüft sie. Seht nach, ob Eure Ableitungen den Tests standhalten. Erst dann kennt Ihr die echte Wahrheit.«

Welche Probleme? Deine Probleme? Oder eher die von Gazija? Vasile war nicht überzeugt. Doch er hatte keine Ahnung, was er hier draußen tun sollte, und die vage Aufgabe, »die Wahrheit zu finden«, bedeutete ihm nichts.

Doch was blieb ihm übrig? Auf jeden Fall würde er nie etwas erfahren, indem er in einem Boot oder bei den Ruinen eines

Turms herumsaß. Wahrheit. Darum ging es. Er musste die Wahrheit finden.

Also werde ich Mazoet fürs Erste helfen. Vielleicht wird dann die Wahrheit ans Licht kommen.

Mazoet schwieg. Ihr Weg führte sie auf der Straße nach Süden entlang und ein wenig ins Landesinnere hinein, sodass sie das Meer nicht mehr sehen konnten.

Mazoet blieb stehen und schaute sich um. Niemand war zu in ihrer Nähe. »Kommt, schnell.«

Der große Mann verließ die Straße und begab sich zu einer Baumreihe, die den Rand eines Waldes markierte. Er umrundete einen kleinen See, während Vasile hinter ihm her lief. Sie bahnten sich einen Weg zwischen niedrigen Zweigen hindurch, die immer dünner wurden, je tiefer sie in den Wald eindrangen. Bald betraten sie ein Gebiet, wo die Bäume bis an den See heranreichten und nur noch ein schmaler Streifen aus dunklem Sand zwischen ihnen und dem stillen Wasser lag.

Als Mazoet ein relativ freies Fleckchen Erde gefunden hatte, hob er die Hand und bedeutete Vasile, anzuhalten.

»Was machen wir hier?«, fragte Vasile.

Ohne ein Wort hob Mazoet einen trockenen Zweig auf und kratzte damit einen Kreis mit einem Umfang von mehreren Ellen in den Sand. Dann zog er seinen Stiefel über die Krümmung und vertiefte sie.

»Einen Augenblick«, sagte Mazoet. Er drehte sich in die Richtung, aus der sie hergekommen waren. »Ich will mich erst vergewissern, ob er uns gefolgt ist.«

Vasile zog den Kopf ein, doch er erkannte, dass sie sich tief im Schutz der Bäume befanden und vermutlich niemand gesehen hatte, wie sie in den Wald abgebogen waren.

»Der Zauberer«, sagte Mazoet. »Der Unausgebildete.«

»Chalayan? Ich würde nicht sagen, dass er unausgebildet ist.«

»*Ihr* vielleicht nicht. Aber woher sollt Ihr es auch wissen? Glaubt mir, seine Magie ist eine Mischung aus wissenschaftlichen und volkstümlichen Elementen. Soweit ich sehen kann, hat er sie sich selbst zusammengefügt. Er hat herausgefunden, dass er die Gabe besitzt, und seitdem treibt ihn sein Durst nach Wissen an - aber er hatte keinen Meister zum Lehrer.«

»So wie Gazija es für Euch war?«

Mazoet erwiderte nichts darauf, aber die Frage war ihm eindeutig unangenehm. *Wie seltsam,* dachte Vasile. *Mag er keine Fragen über Gazija, oder hat er Schwierigkeiten mit der Art seiner Beziehung zu dem alten Mann?*

Manchmal wünschte er sich, er könnte nicht nur die Wahrheit, sondern auch die Gedanken der anderen Menschen erkennen.

Doch nun konzentrierte er sich ganz auf Chalayan. »Spioniert er uns aus?«

»Uns, Euch - wen auch immer. Es ist ihm egal. Allerdings vermute ich, dass Aidan ihm befohlen hat, ein Auge auf Euch zu haben.«

»Auf mich?«, fragte Vasile zweiflerisch.

»Ja. Aidan ist ein verschlagener, gerissener und idealistischer Mann. Ihr seid für ihn ein Werkzeug.«

Vasile schenkte Mazoet einen vernichtenden Blick. »Das glaube ich kaum.«

»Dann steht Euch eine Überraschung bevor.« Mazoet hielt kurz inne. »Ich kann nicht spüren, dass er uns folgt, und ich wäre erstaunt, wenn er in der Lage sein sollte, sich so gut vor mir zu verbergen. Aber Magie ist in der Nähe ...« Mazoet runzelte die Stirn und drehte sich auf der kleinen Lichtung um, als würde er nach etwas suchen. Sein Blick blieb bei Vasile hängen.

»Kommt her«, befahl er.

»Warum? Was ist hier los?«

Mazoet stieß einen Seufzer aus und trat auf ihn zu. »Leert Eure Taschen aus.«

»Ich habe nichts gestohlen.«

Mazoet streckte eine fleischige Hand aus; in seinen Augen blitzte Ärger. »Legt den Inhalt Eurer Taschen in meine Hand. Sofort.«

Vasile schüttelte den Kopf, aber er gehorchte. Es waren einige Kupferdukaten, einige Fusseln, ein Faden und ein kleiner schwarzer Stein, den er heute Morgen bei seinem Spaziergang um die Turmruine bemerkt und der ihm gefallen hatte.

»Pah«, rief Mazoet. »Das ist es alles nicht. Nehmt es zurück. Was habt Ihr sonst noch an Euch? Hat der Zauberer Euch irgendetwas gegeben?«

»Nur meine Geldbörse.« Vasile klopfte gegen eine fest an seinen Gürtel gebundene Börse. »Er hat mir einen Golddukaten als teilweise Bezahlung für eine Wette gegeben, die wir eingegangen waren, obwohl ich ihm gesagt habe, dass ich sein Geld nicht haben will.«

»Zeigt ihn mir.«

Vasile durchsuchte seine Börse, bis er den Golddukaten gefunden hatte. Mazoet nahm ihn ihm aus der Hand.

»He!«

Der große Mann beachtete ihn nicht, sondern hielt die Münze zwischen seinen Fingern und kniff die Augen zusammen. Er hob den Dukaten, bis er sich vor einer hellen Stelle in der Wolke befand, und betrachtete das Geldstück eingehend. »Ha! Ich wusste es.«

»Was?«

Mazoet zeigte auf die eine Seite der Münze, und Vasile schaute genau hin. Kratzer waren auf der Oberfläche zu erkennen, überall um das Profil des Kaisers herum.

»Es sieht wie ... eine Schrift aus?«

»Runen, Symbole, Glyphen ... nennt es, wie Ihr wollt. Es ist

Zauberei. Solange das hier in Eurem Besitz ist, weiß er jederzeit, wo Ihr Euch aufhaltet. Er kann Euch sogar belauschen. Allerdings ist der Zauber im Augenblick nicht aktiviert.«

Vasile war wütend, das Blut schoss ihm ins Gesicht. »Warum sollte er so etwas tun?«, wollte er wissen.

»Weil Ihr ein Werkzeug seid – ein Instrument, das sie benutzen wollen. Ein Mittel zum Zweck.«

»Bin ich das für Euch etwa nicht?«

Mazoet dachte einige Augenblicke nach, bevor er antwortete. Er lächelte schwach, dann neigte er den Kopf in einer Geste des Respekts, wobei seine Wangen wackelten. »Nein. Ihr könntet allerdings unsere Rettung sein.«

Das war nicht das, was Vasile zu hören erwartet hatte – vor allem nicht, weil er deutlich spürte, dass Mazoet von der Wahrheit seiner Worte überzeugt war. »Das verstehe ich nicht. Was genau meint Ihr damit?«

Mazoet gab zunächst keine Antwort darauf. Stattdessen drehte er sich um und warf den Golddukaten in den See. Er fiel auf die Wasseroberfläche, versank und hinterließ nur ein paar Kräuselungen.

Sprachlos starre Vasile das Wasser an, in dem seine Goldmünze verschwunden war. Die Kräuselungen verschwanden allmählich. Er drehte sich zu Mazoet um, der mit den Schultern zuckte.

»Es war doch bloß eine Münze.«

Nein, es war meine *Münze.* Er hasste es, ausspioniert zu werden, aber er hasste es auch, das einzige Goldstück zu verlieren, das er noch besessen hatte. Enttäuscht biss Vasile die Zähne zusammen.

Mazoet sah ihn eindringlich an und nahm währenddessen ein gefaltetes Tuch aus seinem Rucksack. Er schlug es auseinander und enthüllte eine lange, dünne Kette aus goldenen Gliedern. An ihr hingen in regelmäßigen Abständen geschliffene Steine, groß wie Taubeneier – durchsichtige Edelsteine und auch rote und grüne, zusammen mit einigen Scheiben aus geschlagenem Silber, die mit Runen bedeckt waren.

Vasile starrte die Kette mit offenem Mund an.

»Das sind …«, sagte er und schluckte. »Diamanten?« Mit dieser Kette hätte er eine ganze Schiffsflotte oder eine kleine Stadt kaufen können – sogar ein Kleinod, nein, drei davon.

»Gold und Diamanten und andere Edelsteine«, bestätigte Mazoet. »Ein überragendes magisches Werkstück, wenn ich das sagen darf. Aber grundsätzlich sind es nur Steine. Es ist nur ein *Ding*.« Während er redete, breitete Mazoet die Kette aus. Es dauerte eine Weile, bis er eine verknotete Stelle entwirrt hatte. Vorsichtig legte er sie in den Kreis, den er in den Sand gezeichnet hatte. »Eure Welt steht am Abgrund, aber nicht viele Menschen wissen es. Wir dürfen nicht zulassen, dass das, was mit uns geschehen ist, auch hier geschieht. Es ist … unvorstellbar. Wir dürfen nicht … wir werden nicht zulassen, dass es wieder passiert. Der Gedanke an eine Flucht ist für die meisten von uns unerträglich.« Er starrte in Vasiles Augen, bis sich dieser abwandte. »Wir sind möglicherweise die einzige Hoffnung Eurer Welt auf eine Rettung, so wie Ihr möglicherweise unsere Hoffnung seid. Aber wir müssen vorsichtig sein, denn unsere Einmischung könnte Eure Vernichtung bewirken.«

»Meine Welt?«, fragte Vasile.

»Eine Redensart.«

Die Wahrheit, erkannte Vasile. Doch er hatte das Gefühl, dass Mazoet hinter seinen Worten eine noch viel größere Wahrheit verbarg. Kälte legte sich auf seine Haut.

Mazoet trat in den Kreis aus Gold und Edelsteinen und deutete auf die Kette, die ihn nun umgab. »All dies … Gold, kostbare Steine, was immer Ihr sonst noch als wertvoll erachtet … hat keine Bedeutung mehr, wenn es zu einer weiteren

Zerschmetterung kommt. Wir beabsichtigen, das zu verhindern, egal, was es kostet.« Er hielt inne, holte Luft und streckte die Hand aus. »Kommt zu mir in den Kreis.«

Vorsichtig trat Vasile über die Kette und stellte sich neben den Zauberer.

»Nehmt meine Hand«, befahl Mazoet. »Es muss Körperkontakt bestehen.«

»Was wird jetzt passieren?«, fragte Vasile, als er die ihm dargebotene Hand ergriff.

Mazoet schloss die Augen. »Wir werden einen Teil unseres Plans beschleunigen. Die indryallanische Invasion kam schneller, als wir es für möglich gehalten hatten. Unsere Vorbereitungen waren noch nicht abgeschlossen.«

»Ihr wusstet, dass es eine Invasion geben wird?«

»*Wissen* ist ein zu starkes Wort. Wir haben es vermutet. Wir waren der Meinung, dass sich etwas Wichtiges ereignen wird. Und jetzt seid bitte still, ich muss mich konzentrieren.«

Ohne Vorwarnung strahlte die Kette plötzlich Hitze ab, und schon nach wenigen Augenblicken erglühte sie in einem hellen Orange, als ob sie in eine Esse gelegt worden wäre. Dampf stieg in die Luft und trieb in der leichten Brise umher.

»Was geht hier vor?«

Ohne die Augen zu öffnen sagte Mazoet: »Wir müssen schnell zu einem anderen Ort gelangen. Mit dem Pferd dauert es zu lange, also müssen wir uns anderer Mittel bedienen.«

Vasile drehte sich der Magen um. Ihm wurde übel.

»Erst sind wir hier, dann sind wir dort«, erklärte Mazoet, als ob das einen Sinn ergäbe.

»Was geschieht mit der magischen Kette?«

»Sie ist zerstört. Seht es als Beweis unserer Ernsthaftigkeit, unserer Hingabe und unserer guten Absichten an. Opfer müssen gebracht werden, und obwohl es sich hier nur um einen materiellen Wert handelte, dient es doch vielleicht zur Veranschaulichung der Tatsache, dass wir es ernst meinen. Denn Worte könnten so gewählt werden, dass sie der Wahrheit zu entsprechen scheinen, obwohl sie es nicht tun.«

Bevor Vasile etwas darauf erwidern konnte, machten sein Kopf und sein Magen einen Sprung, als ob er irgendwie zusammengefaltet würde, körperlich und geistig. Die Wirklichkeit verdrehte sich. Einer der Edelsteine gab ein knackendes Geräusch von sich und explodierte. Grell gleißende Splitter sprenkelten den Sand zu ihren Füßen.

Vasiles Blick verschwamm. In seinem Kopf drehte sich alles, er fiel zu Boden, doch da war kein Boden mehr. Es war ein weiteres Knacken zu hören, und noch eines, und noch eines. Funken tanzten vor seinen Augen und verblassten wieder.

Mit dem Gesicht voran fiel er in den Sand. Der Atem wurde aus seiner Lunge gequetscht. Er keuchte wie ein Fisch an Land und bemerkte, dass seine Augen noch geschlossen waren. Langsam öffneten sie sich, als ob sie zusammengeklebt wären.

Inzwischen saß er auf Sand, aber dieser hatte eine andere Farbe als der Sand am Seeufer. Dieser hier war weiß.

Mazoet saß neben ihm und betrachtete ihn mit gleichgültiger Miene. Die Bäume und der See waren verschwunden. Hell schien die Sonne in einem wolkenlosen Himmel. Wellen schlugen gegen den sandigen Strand links von ihm.

Ein dünner Rauchfaden stieg von Vasiles rechtem Stiefel auf, und er kratzte mit dem Absatz des anderen Stiefels an der betreffenden Stelle. Dabei löste sich das grüne Bruchstück eines Smaragds, das rauchend in den Sand fiel. Beinahe hätte es ihm ein Loch in den Stiefel gebrannt.

»Nun«, sagte Aidan vorsichtig, »ein paar Hundert Leute ergeben noch keine Armee.«

Gazija kicherte und rieb sich die welken Hände. Heute war der alte Mann in guter Stimmung. Nachdem sich alle Flüchtlinge aus Anasoma bei seinen eigenen Leuten versammelt hatten, legte sich ein Grinsen auf sein Gesicht.

»Nein, wirklich nicht. Alles fängt irgendwann einmal klein an. Insbesondere wenn man ein wenig vorausschauend plant.«

»Was habt Ihr vor, alter Mann?«

»Ich helfe dem Kaiser, sein Reich zu verteidigen, *junger* Mann. Ich versuche mein Bestes unter den gegebenen Umständen – und das ist viel mehr, als du bisher getan hast, wie ich wohl sagen darf.«

»Das ist nicht mein Kampf.«

»Pah. Das ist er wohl. Du weißt es nur noch nicht.«

Aidan schniefte. Ein Wassertropfen hing an seiner Nasenspitze. Er wischte ihn weg. »Ich lasse mich gern überzeugen. Bisher habe ich aber noch nichts von Schreckenstaten der Invasoren gehört – außer der Invasion selbst natürlich. Soweit ich weiß, geht es der Stadt gar nicht so schlecht.«

Er hatte die Gelegenheit ergriffen, einige Flüchtlinge zu befragen. Auch wenn sie alle ihre Treue zum Kaiser bekräftigten und schworen, dass die Indryallaner böse seien, bestand der bisher einzige Beweis dafür in der Tatsache, dass sie die Zauberergilde und die Protektoren ausgelöscht hatten.

Je weniger Zauberer in der Welt, desto besser, dachte Aidan. Allerdings konnten sie manchmal ganz hilfreich sein. Eine solche Macht in den Händen schwacher Menschen war ein Weg ins Verderben, aber solange es Leute wie ihn und Caitlyn auf der Welt gab, würde das Böse nicht ungestraft davonkommen. Chalayan würde wachsam sein. Er schlich schon seit Tagen unter Gazijas Leuten umher und versuchte ihre Geheimnisse zu ergründen. Seit dem Kampf, in dem Caitlyn ... gestorben war und der Zauberer die dabei entfesselte Macht gesehen hatte, war ihm unwohl, auch wenn er es gut verbarg. Aidan sah, dass er den anderen ihre Macht neidete. Das Begehren hatte Chalayan überhaupt erst dazu gebracht, Zauberer zu werden, und inzwischen hatte Aidan erkannt, dass er sogar den Elementen selbst würde befehlen können, wenn er eine bessere Ausbildung gehabt hätte. Für Chalayan wäre das die Erfüllung all seiner Träume.

Ja, ich muss ihn im Auge behalten.

»Du glaubst also nicht, dass ein blaues Feuer, das die Menschen daran hindert, die Stadt zu betreten oder zu verlassen, eine schlechte Sache ist?«, fragte Gazija als Reaktion auf Aidans Bemerkungen. Er schüttelte den Kopf. »Wie dem auch sei, es ist nicht wert, darüber zu streiten. Ich würde lieber über die Leute sprechen, die du da draußen im Wald postiert hast. Es sind inzwischen mehr als zu der Zeit, als Mazoet dich gefunden hat. Die Überreste deiner Truppe.«

»Ihr überrascht mich, alter Mann. Ihr wisst Dinge, die Ihr nicht wissen solltet.«

»Das ist meine Aufgabe.« Gazija hustete heftig und hob ein Taschentuch an seine Lippen. Als er es wieder wegnahm, befanden sich scharlachrote Flecken darauf. Er machte eine Handbewegung, und einer seiner Diener brachte ihm seine Stöcke, damit er sich auf sie stützen konnte.

Aidan betrachtete das Blut, sagte aber nichts.

»Du kannst mich einen alten Mann nennen, und das bin ich auch, aber du solltest nicht den Fehler begehen, mich für einen Narren zu halten, Aidan. Die Macht kennt viele Formen. Wissen ist eine davon, das gebe ich zu, aber Dukaten und Druckmittel sind andere. Ein Kaiser hat mehr Macht als ein Bauer, nicht wahr? Und warum? Wegen seiner Position. Eine Belohnung kann Macht enthalten, und persönliches Charisma ist Macht. Nur ein Narr bleibt beim Wissen stehen.«

»Das sagt Ihr.«

»Das sage ich allerdings. In meinem langen Leben habe ich einiges gelernt, und das ist eine der wichtigsten Erkenntnisse.« Gazija hustete erneut, bevor er fortfuhr: »Kommen wir zu der

Aufgabe, die vor uns liegt. Wir brauchen eure Unterstützung, wenn wir Anasoma befreien wollen. Einiges können wir allein tun, aber nicht alles.«

»Wie viele von Euch gibt es?«

Gazija schenkte ihm einen durchdringenden Blick. »Genug.«

»Ich weiß noch nicht, ob ich Euch wirklich helfen will, alter Mann.«

»Doch, das willst du. Du wirst nicht in der Lage sein, dich davon abzuhalten.«

»Und warum nicht?«

»Weil es in deiner Natur liegt.«

»Es liegt in meiner Natur, das Böse und Ungerechte zu finden, wann immer es mir möglich ist, und es zu vernichten.« Das waren Caitlyns Ideale, die er teilte. Das war es, was sie zusammengeführt hatte. Aber im Gegensatz zu ihr würde es ihn nicht zerbrechen.

»Genau. Es ist diese Natur, die dich für uns so nützlich macht. Dich und deine Leute. Eine Bande, die für das, was sie ist und was sie tut, allgemein bekannt ist. Ich bin ehrlich zu dir: Ich freue mich, dass du es bist, der die Truppe anführt, und nicht Lady Caitlyn. Ich fürchte, sie hätte schon längst versucht, mich umzubringen, wenn sie noch bei euch wäre.«

Aidan sah ihn finster an. »Redet nicht über sie.«

Gazija neigte den Kopf. »Ich weiß, dass dich die Erinnerung an sie schmerzt. Sie muss dir viel bedeutet haben.«

»Ihr wisst gar nichts, alter Mann.«

»Ich weiß genug.« Gazija seufzte; es war der tiefe, müde Laut, den ein Mensch von sich gibt, der mit großen Lasten beladen ist. Seine Schultern sackten leicht nach vorn. »Das Problem ist, dass ich zu viel weiß. Die Vergangenheit ist ein Joch, das um jedermanns Hals liegt, sei er jung oder alt.« Er regte sich, richtete sich auf. »Aber ich schweife ab. Wir haben davon geredet, wie ihr uns helfen könnt.«

»Sagt mir, was Ihr von uns wünscht«, meinte Aidan. Ihn fröstelte, wenn er nur daran dachte, mit Gazija zusammenzuarbeiten, ohne dessen Motive und Ziele zu kennen, aber er musste das tun, was zu tun war. Brutale Gewalt würde überhaupt nichts bringen, er musste feinfühlig vorgehen. Nur aus dem Innern heraus konnte er ihre Schwächen finden. Caitlyn hatte einen anderen Weg eingeschlagen, aber er hatte sie in Wahnsinn und Verzweiflung geführt.

»Ich will, dass ihr geht.« Gazija kicherte, als Aidan ihm einen scharfen Blick zuwarf. »Ich weiß, dass es dir widerstrebt, unsere Gesellschaft zu verlassen, nachdem ihr unsere Gastfreundschaft genossen habt, aber ich fürchte, es muss so sein. Die Pläne der Indryallaner sind in Gang gesetzt, unsere eigenen Pläne sind in Gang gesetzt, und auch die Pläne des Reichs werden ausgeführt. Und ich hasse es, nicht zu wissen, was die anderen vorhaben.«

»Habt Ihr denn keine Spione, die Euch das verraten könnten?«

»Für die Welt sind wir keine Spione, sondern die Handelsgesellschaft der Fünf Ozeane. Natürlich haben auch wir unsere Informationsquellen: freundliche Händler und Kaufleute, die in unserer Schuld stehen und uns nur allzu bereitwillig alles sagen, was sie wissen.«

Gazija hustete in seine leberfleckige Hand, es war ein harsches, abgerissenes Geräusch. Etliche seiner Leute warfen ihm besorgte Blicke zu und regten sich nervös. Aidan hingegen sah ihn ohne Mitgefühl an. Gazija schien es zu bemerken und seufzte erneut. Auch wenn sich Aidan nicht sicher war, hatte er doch das Gefühl, dass dies kein Seufzer des Selbstmitleids war, sondern ein Seufzer der Trauer um *ihn*.

Behalte dein Mitleid für dich selbst, alter Mann. Mir bedeutet es nichts.

»Offensichtlich sind wir nicht bloß Kaufleute«, sagte Gazija,

»aber diese Deckung erlaubt es uns, mit einer gewissen Freiheit tätig zu werden. Doch das ist keine Entschädigung für all unsere Opfer.« Er fuhr nachdenklich fort: »Das ist kein Leben für uns. Einst waren wir ein so stolzes Volk. Sieh dir uns jetzt an. Wir sind herabgesunken – ein Schatten dessen, was wir einmal waren. Wir sind zu lange weggelaufen. Wir sind schon einmal weggelaufen, aber ich glaube, es war damals die richtige Entscheidung. Jetzt stehen wir wieder vor der Wahl, aber diesmal waren wir vorgewarnt. Es ist an der Zeit, dass wir nicht mehr weglaufen, was auch immer geschehen mag.«

Was bedeutet das alles? Welches »stolze Volk«?

Bei den Ahnen, wovon redet dieser Mann?

»Ich frage noch einmal«, sagte Aidan, »was wollt Ihr?«

»Vasile hat zwei Aufgaben. Seine Gabe befähigt ihn auf einzigartige Weise zur Erledigung der einen, und es besteht eine geringe Aussicht darauf, dass er auch die zweite erfüllen kann.« Gazija sah Aidan argwöhnisch an, dann wandte er den Blick ab. »Wir wollen, dass ihr ihm bei der zweiten Aufgabe helft.«

»Und was wäre das ...?«

»Inzwischen hat sich die Nachricht von der Invasion im ganzen Reich verbreitet. Die Menschen haben die Flammen gesehen, von denen Anasoma eingeschlossen ist und die sie nicht überwinden können. Boten werden sicher schon in alle Himmelsrichtungen ausgesandt worden sein und reisen so schnell, wie es ihnen irgend möglich ist. Selbst eure Zauberer haben ihre Möglichkeiten, sich mitzuteilen. Wir wissen, dass der Kaiser bereits informiert wurde und eine Antwort ersonnen hat. Eine heftige und unbarmherzige, sicherlich. Seine Streitkräfte werden sich schon auf dem Weg befinden.«

»Dann sollten wir ihnen die Sache überlassen. Sie werden die Stadt zurückerobern und die Indryallaner überwältigen, und gleichzeitig werden sie damit eine Botschaft an alle anderen senden, die darüber nachdenken mögen, die Macht des Kaisers herauszufordern.«

»Vielleicht ...«

»Was? Heraus damit, Gazija.«

»Wir vermuten, dass etwas nicht stimmt.«

»Und was wäre das?«

»Wenn wir es wüssten, würde ich es dir sagen.«

»Ach, wirklich?«

Gazija zuckte die Achseln. »Vermutlich nicht.«

»Warum sollte ich Euch dann vertrauen?«

»Beurteile uns nach unseren Taten.«

»Das kann ich nicht, wenn ich nicht hier bin.«

»Stimmt. Aber du hast schon einiges von uns gesehen. Zum Beispiel hat Mazoet dich gerettet. Unsere Taten werden dieselben sein, ob du hier bist oder nicht.« Gazija machte eine Handbewegung nach Norden, die wohl Anasoma und das Land dahinter einschließen sollte. »Diese Sache wird nicht durch kleine Taten und Gespräche wie das unsere entschieden, auch wenn das alles zum großen Plan gehört. Oder vielleicht wird sie doch so entschieden ... ich vermag nicht in die Zukunft zu sehen. Ich will damit sagen, dass die größeren Ereignisse dir ein deutlicheres Bild zeigen werden.«

Aidan hatte lange genug zugehört; er ertrug es nicht mehr. Er drehte den Kopf und spuckte aus. Dieses ganze Vor und Zurück hatte ihm einen sauren Geschmack im Mund verursacht. *Alte Männer und ihr wichtigtuerisches Gerede! Sie lieben doch nur den Klang ihrer eigenen Stimme.* Er hatte sich Lady Caitlyn angeschlossen, weil er solchen Männern entkommen wollte – Männern wie seinem Vater.

»Bringt es auf den Punkt, alter Mann. Euer Gerede geht mir auf die Nerven.«

Gazija neigte den Kopf. »Wie du willst. Ich will, dass du Vasile nach Westen bringst, weg von Anasoma.«

»Und warum?«

»Weil der Kaiser Soldaten als Antwort auf die Invasion dorthin schicken wird. Vermutlich werden es sehr viele sein, und Protektoren und Zauberer werden sie begleiten. Eine solche Herausforderung seiner Herrschaft darf er nicht hinnehmen. Meinen Informationen zufolge wird er persönlich herkommen – in der Nachhut seiner Armee und vermutlich gegen die Empfehlung seiner Ratgeber. Aber die Aussicht darauf, einen solchen Sieg mit eigenen Augen zu sehen, ist wohl zu verlockend. An der Spitze der siegreichen Armee in die zurückeroberte Stadt einzumarschieren, nachdem er seine Macht und Stärke eindrücklich zur Schau gestellt hat ... Er wird kommen. Ich bin mir dessen sicher.«

»Und was hat das mit Vasile zu tun? Und mit mir?«

»Vasile hat den Kaiser vor langer Zeit flüchtig kennengelernt. Wir glauben, der Kaiser könnte ihm sogar in gewissem Maße vertrauen. Wir haben Vasile damit beauftragt, um eine Audienz beim Kaiser nachzusuchen und ihm zu erklären, was wir zu seiner Hilfe unternommen haben. Vasile wird als unser Abgesandter handeln und den Kaiser davon überzeugen, dass er uns trauen kann. Ich darf dir nicht alles enthüllen, aber es ist unerlässlich, dass der Kaiser uns als wertvollen Verbündeten betrachtet. Wir hoffen, dass Vasile ihn davon überzeugen kann.«

»Ich will ja nicht gerade auf Euer Feuer pinkeln«, sagte Aidan und wollte genau das tun, »aber mir scheint, dass Ihr eine Menge auf diese schwache Hoffnung setzt.«

»Die Welt ist auf schwachen Hoffnungen errichtet, Aidan. Nimm zum Beispiel deine Mission. Du versuchst das Böse auszulöschen, und doch scheint es immer mehr davon zu geben, nicht wahr? Hält dich das davon ab, weiterzumachen? Natürlich nicht – du versuchst es immer wieder, weil es wichtig ist. Ja, wir setzen unsere Hoffnung auf viele *wenns* und *falls*. Aber von einem hat mich all mein *altes* Wissen überzeugt: Reiche sind komplexe Systeme, und Kaiser sind komplexe Wesen. Du kannst nicht besser vorhersagen als ich, was er tun wird. Aber es ist einen Versuch wert, dem Reich das Ausmaß unserer Macht und unsere Bereitschaft zur Hilfe zu erklären - zu unseren eigenen Bedingungen.«

Eine nette Rede, dachte Aidan. Doch trotz aller großen, hohl klingenden Worte verspürte er unwillkürlich ein gewisses Vertrauen, als er sie hörte. *Er sagt mir vielleicht nicht alles, aber wenigstens ist sein Eifer von Pragmatismus durchsetzt.*

Das ist mehr, als man von Caitlyn hatte sagen können ...

Aidan holte bei diesem Gedanken tief Luft und sagte: »Ich werde über Eure Bitte nachdenken, Gazija, während wir auf Vasiles Rückkehr warten. Wisst Ihr, wann er voraussichtlich wieder hier sein wird?«

»Bald, sehr bald. Er ist mit Mazoet fortgegangen, weil sie unsere Armee zur Eile antreiben wollen - unter anderem.«

Aidan öffnete erstaunt den Mund.

Sie haben eine Armee?

Gazija lächelte.

14

Amerdans Erinnerungen an seine Kindheit waren verworren und zersplittert. Gewisse Szenen waren überdeutlich, andere waren verblasst, wie ausgewaschen. Die kräftigen Erinnerungen waren für ihn die, welche das Leben zu verändern imstande waren. Es war, als ob sein Geist das, was er gesehen, gerochen, berührt und gehört hatte, in seine Seele eingeätzt hatte, wie eine Tätowierung. Und im Gegensatz zu dem, was die meisten Menschen sagten, wurden seine Erinnerungen mit der Zeit immer klarer und deutlicher. Dies war eine Seltsamkeit, die er als Ausfluss seiner Neuerfindung ansah - als ein Teil seiner Verwandlung auf dem Weg zur Neugeburt.

Seine klarsten Erinnerungen kamen oft ungebeten zu ihm, wenn er mit gewöhnlichen, alltäglichen Aufgaben befasst war - als ob sie ihn auf ein bestimmtes Ziel ausrichten wollten.

Die vielleicht stärkste Erinnerung war die an seine Familie: Es waren die Gesichter seiner Mutter und seines Vaters und seiner Geschwister. Und an ihr gemütliches Haus, das einige Tagesmärsche vom Ort entfernt lag. Und an seinen Vater, der immer nach Schmutz und Schweiß roch, wenn er den Tag über hart auf dem Hof gearbeitet hatte, aber seiner Mutter schien das nie etwas ausgemacht zu haben.

Staub schimmerte im Sonnenlicht, das in das Haus fiel; es strömte durch die Fenster, die weit geöffnet waren und den

Sommer hereinließen. Das war der Tag, an dem sein Vater gestorben war. Und seine Mutter. Der Tag, an dem der Zauberer mit seinen ... Dingen gekommen war. Mit seinen Ungeheuern. Er hatte nach Kindern für seine Experimente gesucht. Monate verbrachten sie in dem Eisenkäfig; die Zeit konnten sie nur an dem Licht ablesen, das durch ein Eisengitter in der Steinmauer fiel.

Ihnen war kalt, sie waren schmutzig und hatten kaum genug zu essen, und so bettelten Amerdans Schwestern einen der Diener des Zauberers um zusätzliche Nahrung an ... die sie stets an ihn weitergaben, damit er seine Kraft behalten konnte. Schließlich war er der Älteste von ihnen. Sie erwarteten von ihm, dass er sie rettete.

Amerdan schloss die Augen bei dieser Erinnerung – der schmerzhaftesten von allen, schlimmer noch als der Tod seiner Eltern. Er hatte es nicht geschafft, sie zu retten. Die Kraft und Gelegenheit, den Zauberer zu besiegen, war für ihn zu spät gekommen. Selbst das warme Blut des Mannes hatte nicht ausgereicht, seine Scham und Schande wegzuwaschen.

Hasste er Zauberer? Er dachte oft über diese Frage nach, und die Antwort lautete stets: ja. Hass war das einzige Gefühl, das er empfinden konnte. Ehrlich gesagt, war ihm alles gleichgültig – außer dem, was er haben oder erreichen wollte.

Amerdan packte die silberne Kette um seinen Hals und zog sein Kleinod hervor – das zweite Ding von Wert, das der Zauberer ihm gegeben hatte. Er hob den kugelförmigen Anhänger an seine Lippen, küsste ihn sanft, nahm ihn dann in den Mund, fuhr mit der Zunge darüber und befeuchtete die Oberfläche. *Wenn ich dich nur ganz in mich aufnehmen könnte,* dachte er. *Dich einsaugen. Eins mit dir werden.*

Unter dem Hemd drückte sich Dotty gegen seine Haut. Er fühlte sich sicher, wenn sie da war, aber sie war nicht in der Lage, ihm zu helfen, wenn sie nichts sehen konnte. Er wusste nicht, warum sie lebendig geworden war, nachdem all seine Schwestern außer einer gestorben waren, aber er war froh darüber. Ihm gefiel der Gedanke, dass sich ein Teil seiner Schwestern mit dieser Puppe verbunden hatte.

Nachdem Caldan heute Morgen in die Stadt gegangen war, hatte Amerdan beschlossen, nicht länger zu warten. Glöckchen gab Caldan keine ausreichenden Informationen, sodass er nichts davon hatte, sie leben zu lassen. Und Amerdan hatte lange genug gewartet und überlegt, ob Caldan es wert war, absorbiert zu werden. Im Vergleich zu Glöckchen war er ein Säugling. Auch wenn er sie in den Tunneln unter Anasoma besiegt hatte, hatte doch bei ihrer Flucht das Glück eine große Rolle gespielt. Nein, Glöckchen war ... köstlich. Amerdan saugte an seinem Kleinod, als ob es eine Süßigkeit wäre, und genoss den harten, metallischen Geschmack. Er wollte, dass Glöckchen ihn zu ihrem Gott-Kaiser brachte – es war unbedingt notwendig für ihn. Dann würde sie ihre Funktion erfüllt haben und konnte für ihn ihrem letzten Zweck dienen.

Caldan hatte ihre magischen Gegenstände durchsucht und fünf Glocken zurückgelassen. Amerdan wusste, dass das ein Zeichen war. Als er zum Lager zurückkehrte und Elpidia die Mäuse brachte, die sie haben wollte, krächzte ein Rabe fünfmal, und er war sicher, dass nun die Zeit gekommen war.

Also entfernte er sich wieder vom Lager und zog die Lumpenpuppe unter seinem Hemd hervor. Er hatte sie gern so dicht an seiner Haut und seinem schlagenden Herzen getragen, während sie sich auf der Reise befunden hatten.

Amerdan fragte sie, ob auch sie den Zeitpunkt für richtig halte. Dotty stimmte ihm zu, und so war es entschieden.

Glöckchen sollte ruhig glauben, dass sie *ihn* überredet hatte, sich wegen der Dukaten auf ihre Seite zu schlagen. Und dass es ihre Idee war, Elpidia zu hintergehen. Es spielte keine Rolle. Sie würde früh genug herausfinden, was auf sie zukam, und dann würde sie um Gnade winseln. Das taten sie am Ende alle – umsonst.

»Hilfst du mir nicht beim Feuer?«

Glöckchens verärgerte Stimme drang durch die Dunkelheit zu ihm. Zwischen den Bäumen sah er ein schwaches orangefarbenes Schimmern. Er spuckte sein Kleinod aus und steckte es sich unter das Hemd. Wenige Augenblicke später nahm er die Zweige auf, die er neben sich abgelegt hatte, und ging ins Licht.

Glöckchen hatte eine kleine Grube in der weichen Erde unter den Bäumen ausgehoben und ein Feuer angezündet. Es reichte für ein wenig Wärme und vielleicht auch für eine Mahlzeit. Sollte sie doch kochen, was sie wollte. Seit seiner Gefangennahme als Kind bevorzugte Amerdan seine Speisen stets roh.

Aber Gruben waren nützlich. Für Feuer. Und um Dinge zu vergraben.

Also trat er an sie heran. »Hier, bitte.« Er warf der Zauberschlampe ein kurzes Lächeln zu. So war es doch üblich, oder?

»Danke«, erwiderte Glöckchen. »Leg es einfach dort hin.«

Amerdan warf das Feuerholz neben die Grube. Es war wohl besser, ihre Meinung über ihn zu bestärken.

»Äh ... wann bekomme ich meine Dukaten?«

Glöckchen zuckte müde mit den Schultern. »Wenn wir zurückkommen.« Sie sah ihn eingehend an, als ob sie einen Entschluss fällte. »Aber das könnte länger dauern, als du erwartet hast. Zuerst müssen wir nach Westen gehen.«

»Warum denn das?«

»Ich hatte den Auftrag, mich zur Armee des Kaisers zu begeben. Aus ...« Die Zauberin zögerte. »Aus verschiedenen Gründen. Ich muss meine Mission erfüllen. Entweder gehst du zurück nach Anasoma und wartest dort auf mich, oder du hilfst mir bei meiner Aufgabe.«

Amerdan schwieg. Im Westen würde das Reich nun seine Armeen aufstellen, und er war sich sicher, dass diese Zauberin es nicht allein mit einer ganzen Streitmacht aufnehmen konnte. Das bedeutete ...

»Du willst dich mit dem Kaiser treffen. Sollst du ihn umbringen oder mit ihm verhandeln?«

Sie kniff die Augen zusammen, und er wusste, dass er der Wahrheit nahe gekommen war.

Glöckchen senkte den Blick, und ein kurzes Lächeln flackerte über ihr Gesicht. »Ich will mit dem Kaiser reden. Unter anderem. Ich kann dir garantieren, dass du dein Gold bekommen wirst. Sie werden es nicht riskieren, mich zu töten.«

Lügen und noch mehr Lügen. »Was ist mit Caldan? Vergiss nicht, dass du ihn mir versprochen hast. Aber er hat Schlüsselchen umgebracht, und du hast geschworen, sie alle zu töten. Außer mich natürlich.«

Amerdan kicherte jedes Mal stumm, wenn er ihr Schlüsselchens Tod ins Gesicht warf.

»Caldan gehört dir, aber Elpidia wird warten müssen, bis ich fertig bin.«

Amerdan nickte. *Ich glaube ihr nicht,* dachte er und musste innerlich grinsen. *Diese Schlampe versucht mich zu täuschen. Sie will Caldan für sich selbst haben. Und den Kaiser irgendwie töten. Es sei denn, ich töte ihn zuerst. Welche Fähigkeiten mag ein Kaiser haben, die geringere Wesen nicht besitzen?*

Er berauschte sich an diesem süßen Gedanken. *Der eine Kaiser ist so gut wie der andere. Aber zwei sind noch besser.*

»Hier ist ein Platz für dich«, sagte der Geselle und deutete auf eine offen stehende Tür, die in einen kahlen Raum führte. Der große Mann mit den strähnigen, fettigen Haaren hatte Caldans Bad unterbrochen und ihn in Eile zu den Quartieren der Gesellen geführt.

Vor der einen Wand stand eine leere Holzbank, vor der anderen befand sich eine schmale Liege mit einer grauen Wolldecke darauf, und das Fenster war mit Läden verschlossen.

Caldan nickte dankbar und warf seine Habseligkeiten auf die Bank, wo sie mit einem metallischen Klirren aufschlugen. Nach dem Bad fühlte er sich gekräftigt, und er wollte jede freie Zeit, die ihm verblieb, mit der Untersuchung von Glöckchens magischen Objekten verbringen.

»Ruf, wenn du etwas brauchst«, fügte der Geselle hinzu und lächelte entschuldigend. »Es ist immer jemand draußen. Wir haben dafür gesorgt, dass du wie einer der Unseren behandelt wirst, aber wir können dir leider noch nicht erlauben, dich frei im Haus zu bewegen.«

»Das verstehe ich«, erwiderte Caldan, als der Mann ging und die Tür hinter sich schloss. Er verstand es wirklich. Es gab vieles, worüber die Meister nachdenken und sich bereden mussten, nachdem er so plötzlich hier aufgetaucht war und das Kleinod mitgebracht hatte.

Doch das bedeutete nicht, dass er mit ihnen zusammenarbeiten würde.

Er hatte das getan, was er hatte tun wollen, und jetzt musste er von hier wegkommen, ohne Verdacht zu erregen. Das war schwierig, denn sicherlich würde es Sorge oder sogar Beunruhigung auslösen, wenn er so schnell wieder aufbrach. Aber er musste zu Miranda zurückkehren.

Vorsichtshalber untersuchte er das Fenster und stellte fest, dass die Läden gesichert waren. Hier bot sich kein Fluchtweg, und ein Geselle stand vor der Tür Wache. Seine Möglichkeiten waren also sehr begrenzt. Ein Narr wäre mit roher zerstörerischer Magie durch das Fenster gebrochen. Es würde den Protektoren jedoch viel mehr verraten, als ihm lieb war, und es würde ihm keinerlei Vorsprung verschaffen. Vermutlich würde er eingefangen werden, noch bevor er das Gebäude verlassen konnte. Nein, er musste schon etliche Stunden unterwegs sein, bevor sie herausfanden, dass er getürmt war.

Es war das Beste, seine Gedanken von diesem Problem abzulenken und einfach zuzulassen, dass ihn die Lösung irgendwann überkam, so wie es oft der Fall war, wenn er Dominion spielte.

Caldan schaute auf, als ein Regentropfen gegen das Fenster schlug. Und noch einer. Blitze zuckten durch die Spalten der Fensterläden, und wenige Augenblicke später war Donnergrollen zu hören. Immer stärker prasselten die Tropfen. Er hoffte, dass Elpidia Miranda in den überdeckten Wagen gebracht hatte, bevor der Regen eingesetzt hatte.

Jetzt holte er die magischen Dinge hervor, die er Mahsonn abgenommen hatte, und setzte sich auf die Liege. Welche Gaben Mahsonn auch immer gehabt haben mochte, er hatte magische Objekte zur Ausführung seiner Zauberei gebraucht, wie jeder andere auch. Der Bluter hatte einige besondere Kunststücke gekannt, und Caldan wollte herausfinden, worum es sich dabei handelte. Vielleicht konnte er sie zu seinem eigenen Nutzen einsetzen. Glöckchens Magie war für ihn noch viel zu komplex, und die Zeit reichte nicht, sie eingehend zu untersuchen, aber er vermutete, dass die von Mahsonn viel leichter zu entschlüsseln war.

Zwei Armreifen und ein Medaillon. Nicht viel für einen Zauberer, der angeblich eine sehr seltene Gabe besessen hatte. Die Reifen waren schlampig geschmiedet, doch das Medaillon hatte die fein ausgearbeitete Form eines gehörnten Tieres.

Caldan schob die anderen Dinge beiseite und nahm das Medaillon in die Hand. Es musste das sein, welches es Mahsonn ermöglicht hatte, sich vor allen Blicken zu verbergen. Die übrigen magischen Gegenstände waren kaum der Rede wert. Die Metalle schienen rein zu sein, aber die Verbindung zwischen ihnen und den Runen war bestenfalls unbeständig.

Vermutlich handelte es sich um Mahsonns eigene Arbeiten, doch dieses Medaillon war etwas anderes: Es stammte von einem Meisterschmied.

Caldan öffnete seine Quelle und konzentrierte sich darauf. Hier gab es viel zu viele Verbindungen und Anker für einen Gesellen oder sogar einen gewöhnlichen Meister. Er zählte dreizehn! Das war … unmöglich. Aber er erinnerte sich an das, was Glöckchen gesagt hatte: Bluter waren in der Lage, ihre Macht in winzige Fäden aufzuspalten und diese zu kontrollieren.

Er warf das Medaillon auf die Pritsche und seufzte angeekelt. Es war wertlos für ihn, da sich nur ein Bluter damit verbinden konnte. Solange er nicht in der Lage war, seine Quelle in so viele Stränge zu teilen, konnte er nicht verstehen, wie es funktionierte.

Dann untersuchte er die drei übrigen magischen Gegenstände und entschied, dass sie praktisch wertlos waren. Einer diente zum Errichten eines Schildes, aber die Qualität war so schlecht, dass er seine Funktion kaum erfüllen würde. Caldan vermutete, dass dies ein wesentlicher Nachteil der Bluter war. Eine fast funktionslose Quelle beeinträchtigte die Fähigkeiten eines Zauberers erheblich.

Er hämmerte gegen die Tür. Rasch wurde sie geöffnet, und der Geselle stand davor.

»Ich muss mit Meisterin Annelie sprechen«, sagte Caldan fest. »Oder mit Meister Schimmel. Wer immer gerade Zeit hat.«

»Sie befinden sich in einer Besprechung. Ich glaube nicht …«

»Klopf an, bis jemand die Tür aufmacht. Geh ihnen auf die Nerven. Es ist mir egal. Hol bloß einen von ihnen her. Es ist wichtig. »Ich … habe vergessen, ihnen etwas zu sagen.«

Der Geselle schaute ihn von der Seite fragend an, doch schließlich nickte er.

Meisterin Annelie sah ihn kaum an, als sie den Raum betrat und sich sofort zum Fenster begab. Sie zerrte an den Läden, als ob sie sich vergewissern wollte, dass sie geschlossen waren, dann drehte sie sich zu ihm um und spielte dabei mit einer Locke ihres blonden Haares.

»Ich habe gehört, es gibt etwas, das du mir unbedingt sagen willst«, meinte Annelie. »Etwas, das du vorhin … vergessen hast. Stimmt das?«

Caldan schluckte nervös und nickte. Er rang die Hände, weil er unsicher wirken wollte, doch eigentlich war es kaum gespielt. Zwar konnte er nicht vorhersagen, was die Meister tun würden, und er setzte Mirandas Gesundheit aufs Spiel, wenn er preisgab, was er wusste, aber es war ihm keine andere Möglichkeit eingefallen, wie er herausfinden konnte, ob sich die Meister in zwingender Magie auskannten.

»Bevor Meister Simmon … starb, hat er mir gesagt, er habe seine Handlungen nicht mehr unter Kontrolle.«

Caldan sah, wie Annelie erstarrte. Der Blick ihrer grauen Augen bohrte sich in ihn. Entsetzen leuchtete kurz in ihrem Gesicht auf, bevor es ihr gelang, wieder eine unbeteiligte Miene zu machen.

»Inwiefern?«

»Er sagte, er tue den Protektoren schlimme Dinge an. Es sei so, als ob er ein Gefangener in seinem eigenen Geist wäre und hinausschaute, während jemand anderes seine Handlungen kontrollierte.«

Annelie brach den Blickkontakt ab. »Rede weiter.«

»Er glaubte, die Indryallaner hätten bei ihm zwingende Magie angewendet, aber mehr wollte er mir nicht sagen.«

Annelie schob sich eine Haarsträhne hinter das Ohr und enthüllte so einen Ohrring, den sie mit einer unbewussten Geste berührte. Ein weiteres magisch aufgeladenes Schmuckstück, in das ein kleiner Stein eingelassen war. Es war ein orangefarbener Jaspis, und wenn sich Caldan nicht irrte, glich dieser Stein Glöckchens Werkstück der zwingenden Magie.

Also wissen sie, wie sie zwingende Magie einsetzen können.

»Du behauptest, Meister Simmon stand unter ihrem Einfluss«, sagte sie. »Das ist beunruhigend. Ich will einfach nicht glauben, dass es ihnen gelungen sein könnte, die Abschirmung eines Meisters zu durchbrechen.«

»Es ist die Wahr…«

»Oh, ich glaube *dir*. Ich *will* es bloß nicht glauben.« Sie schüttelte den Kopf. »Danke. Ich werde es den anderen Meistern mitteilen. Hat Simmon sonst noch etwas gesagt?« Ihre grauen Augen sahen ihn eindringlich an.

»Nein. Er hat mich nur zu der Stelle geführt, an der er das Schwert versteckt hatte, und mir aufgetragen, die Protektoren und den Kaiser zu warnen, was einer der Gründe dafür ist, dass ich zu Euch gekommen bin. Ich muss bald wieder aufbrechen und mit dem Kaiser reden, das habe ich Meister Simmon versprochen.«

Annelie lachte über seine Worte und legte sich die Hand vor den Mund. Sie schüttelte den Kopf in gespielter Verzweiflung. »Meine Güte, du meinst es ernst. Es gibt für dich keine Möglichkeit, eine Audienz beim Kaiser zu bekommen. Du stehst in der Hierarchie so weit unten, dass niemand so etwas ernsthaft in Betracht ziehen würde.«

»Aber … ich habe es versprochen. Simon hätte mich nicht darum gebeten, wenn er nicht der Meinung gewesen wäre, dass es wichtig ist.«

Annelie machte eine wegwerfende Handbewegung. »Vermutlich wollte Simmon nur sagen, dass du uns informieren sollst und wir es dann dem Kaiser sagen.«

»Vielleicht.«

Sie legte ihm beruhigend die Hand auf den Arm. »Ich bin mir sicher, dass er es so gemeint hat. Mach dir keine Sorgen, der Kaiser ist auf dem Weg hierher, und wir werden die Sache bald geklärt haben.«

»Der Kaiser kommt?«

»Ja. Er hat große Truppen mobilisiert, die sich hier sammeln werden. Es kommen die besten Soldaten des Kaisers und auch seine Zauberer. Die Indryallaner sind keine Gegner für sie. Sie werden ins Meer zurückgedrängt werden, und Anasoma wird befreit sein. Wir werden nicht daran teilnehmen, denn es ist nicht die Aufgabe der Protektoren, sich an Kämpfen zu beteiligen. Und dann wird sich der Kaiser um die Länder der Indryallaner kümmern. Er wird seine Macht zur Schau stellen, was unbedingt notwendig ist, damit die Welt erkennt, wie stark das Reich und der Kaiser sind, möge er ewig leben.«

Caldans Gedanken wirbelten umher. Natürlich war eine solche Machtdemonstration unumgänglich. Natürlich würde der Kaiser eine Armee zusammenstellen und auf Anasoma marschieren. Warum hatten die Indryallaner das nicht vorhergesehen? Warum hatten sie nur die eine Stadt und sonst keine überfallen? Warum waren sie nicht in das umliegende Land eingedrungen?

Allmählich ergab alles einen Sinn, und Caldan spürte, wie ihm das Blut aus dem Gesicht abfloss.

Weil sie wollen, dass der Kaiser seine Streitkräfte an einer Stelle zusammenzieht. Anasoma war ein Köder. Die zerstörerische Magie der Indryallaner war mächtiger als alles, was seit der Zerschmetterung zu beobachten gewesen war. Reichte sie vielleicht sogar aus, um eine ganze Armee abzuschlachten?

Caldan befürchtete, dass er nun die Wahrheit kannte. Bei diesem Gedanken drehte sich ihm der Magen um. Mit weichen Knien setzte er sich auf die Pritsche und zitterte.

»Hört mich an! Wir müssen ihn aufhalten. Den Kaiser. Sonst werden sie uns alle auslöschen!«

»Wovon redest du?«, fragte Annelie.

»Begreift Ihr es denn nicht?« Beinahe hätte Caldan geschrien, denn er war so überrascht, dass die Meister noch nicht daran gedacht hatten. »Das ist ihr Plan! Denkt doch einmal nach! Warum haben sie nur Anasoma angegriffen? Warum sind sie nirgendwo sonst eingefallen? Warum haben sie die Stadt erobert und tun nichts – nichts außer auf den Kaiser und dessen Soldaten zu warten?«

»Wir wissen nicht, ob sie wirklich nichts tun. Es muss irgendetwas in Anasoma existiert haben, das sie in ihren Besitz bringen wollten.«

»Vielleicht, aber was war das? Was ist es wert, eine vollkommene Vernichtung zu riskieren? Nichts. Das ergibt doch keinen Sinn. Die Eroberung Anasomas ist vergleichbar mit dem Tritt in einen Ameisenhafen und dem Warten darauf, dass die Ameisen herauskommen. Aber was können sie von dort aus tun? Sicherlich braucht ihre zerstörerische Magie einen Brennpunkt, und sie benötigen einen Zauberer, der stark genug ist, die Magie dorthin zu lenken, wo …« Er verstummte.

Glöckchen.

Sie musste schon immer vorgehabt haben, nach Westen zu gehen – dem Kaiser entgegen. Und wenn das hier der Sammelpunkt für die kaiserlichen Armeen war, dann hatte Glöckchen ihr Ziel beinahe erreicht.

»Bei den Schatten der Ahnen«, fluchte Caldan. »Ich bin so dumm gewesen. Ich muss gehen. Meine Freunde sind in Gefahr.«

»Welche Freunde? Bist du nicht allein?«

Ein lautes Klopfen gegen die Tür unterbrach sie.

»Meisterin Annelie!«, rief eine Stimme. »Kommt schnell. Eine verrückte Frau hat soeben einen Wagen in den Hof gelenkt. Sie schreit nach Caldan.«

Annelie warf ihm einen verärgerten Blick zu und runzelte die Stirn. »Komm mit«, befahl sie.

15

Felice erwachte in kalter, feuchter Luft. Es roch nach menschlichen Abfällen und ... nach Angst.

Ihre volle Blase drückte, und ihr Kopf schmerzte. Auch ihr Kiefer tat weh, als ob sie die ganze Nacht mit den Zähnen geknirscht hätte. Doch ihr wurde schnell bewusst, dass sie gar nicht geschlafen hatte. Sie ächzte, rieb sich die Haut an den Armen und dachte an Savine Khedevis.

Als sie sich ein wenig aufrichtete, stellte sie fest, dass sie auf einer verfaulten Strohmatte auf dem Boden lag; einige Halme hatten ihre Kleidung durchstochen. Sie schaute sich in dem schwachen Licht um. Wenigstens besaß sie noch ihre Kleidung, aber alles andere von Wert hatte man ihr abgenommen.

Dafür hatte sie ein neues Schmuckstück erhalten - eine Eisenfessel um ihren rechten Fußknöchel, verbunden mit einer Kette, die wiederum an der Wand befestigt war.

Sie lachte schwach und mit trockener Kehle.

Neben Felice stand ein Tonkrug, und sie tastete danach. Wasser. Gierig trank sie es mit tiefen Schlucken, denn sie glaubte nicht, dass sich eine Droge darin befand. Das war nicht nötig - zumindest noch nicht. Nach wenigen Augenblicken war der Krug leer, aber sie war noch immer durstig.

Der Raum, in dem sie sich befand, war groß, und es handelte sich nicht um eine typische Zelle mit einer verriegelten Tür oder Metallgittern. Sie spähte in dem Zwielicht umher und konnte die Öffnung am anderen Ende kaum erkennen. Zwar hatte sie keine Ahnung, wo sie gefangen gehalten wurde, aber sie vermutete, dass sie sich im indryallanischen Hauptquartier befand. Das wiederum bedeutete, dass sie irgendwo in der Festung steckte, die sie gut kannte.

Es gab nirgendwo einen Kübel, in den sie sich hätte erleichtern können. Also humpelte sie in die nächste Ecke, wobei die Kette über den Boden klirrte, und erledigte ihr Geschäft dort.

Felice hatte schon oft Gelegenheit gehabt, Gefangene zu besuchen und zu befragen, aber sie war noch nie selbst eingesperrt gewesen. Es war eine neue Erfahrung, und sie schwor sich, diese niemals zu wiederholen. Ihre Männer mussten entkommen sein, auch wenn sie bezweifelte, dass Avigdor es geschafft hatte. Vermutlich war er ebenfalls hier irgendwo eingesperrt, wie sie selbst. Ob ihre Männer sie befreien würden? Nein. Sie waren gut ausgebildet und wussten, wann eine Lage hoffnungslos war. Es bestand nicht die geringste Aussicht darauf, dass sie beschließen könnten, einen Rettungsversuch zu unternehmen.

Und genauso sollte es sein.

Dennoch verspürte sie Enttäuschung. Sie war sich sicher gewesen, jeglicher Verfolgung entkommen zu sein, und doch hatte Savine Khedevis sie aufgespürt und gefangen genommen. Wie?

Natürlich erhielt sie keine Antwort, aber sie hatte auch keine erwartet. Es machte keinen Unterschied. Sie hatte einen Fehler begangen und nun viel Zeit, darüber nachzudenken, worin der Fehler bestanden hatte, sodass sie ihn nie wieder beging.

»Aufstehen! Aufstehen! Aufstehen!«

Eine barsche Stimme hallte in ihrem Kopf wider, gefolgt von einem scharfen Schmerz in der Seite. Jemand hatte sie getreten.

Felice stöhnte auf und rollte sich mühsam herum. So hatte sie sich ihre Verteidigung Anasomas nicht vorgestellt.

Eine Hand packte ihre Haare und zerrte daran. Vor Schmerz jaulte sie auf, mühte sich auf die Knie, öffnete die Augen und blinzelte in grelles Licht. Sie hob die Hand und schirmte ihre Augen vor der Laterne ab, die der eine der indryallanischen Soldaten in der Hand hielt. Er wirkte nicht allzu erfreut; ja, ihm schien sogar unbehaglich zumute zu sein. Dann richtete sie den Blick auf den anderen Mann, dessen Hand sich in ihren Haaren vergraben hatte: ebenfalls ein Indryallaner - mit schlechten Zähnen und noch schlechterem Atem.

»Lass los, du Rüpel«, sagte Felice.

Ein Knie schlug gegen ihren Kopf, und der Raum drehte sich. Ihr Gesicht brannte dort, wo das Knie sie getroffen hatte, aber der Schmerz war nicht so schlimm, wie sie befürchtet hatte. Vermutlich hatte der Soldat nicht mit ganzer Kraft zugestoßen, vielleicht hatte er Angst, sie ernstlich zu verletzen. Doch jeder Gedanke an diesen möglichen Vorteil schwand, als sie die Gestalt in der Dunkelheit hinter den Soldaten bemerkte.

Savine Khedevis.

Er trat vor, als sie ihn bemerkt hatte.

»Lady Felicienne. Es ist so schön, Euch wiederzusehen.« Er lächelte sie an, und trotz ihrer Lage hätte sie sein Lächeln beinahe erwidert.

Tatsächlich war er ein außerordentlich anziehender Mann - beinahe schon zu anziehend. Aber etwas an Savine störte sie, auch wenn sie es nicht benennen konnte. Ein schöner und mächtiger Zauberer, der irgendwie ... falsch wirkte: Besser konnte sie es nicht beschreiben. Aus einem ihr unerklärlichen Grund verursachte er ihr eine Gänsehaut.

Sie erhob sich so anmutig, wie es ihr möglich war, und ächzte unter der Anstrengung. Zunge und Mund waren trocken, und sie schaute begierig nach dem leeren Tonkrug. »Könnte ich bitte noch etwas Wasser haben?«

»Ah, Ihr seid durstig? Ich bin sicher, dass Ihr es seid. Später vielleicht. Ich habe ein paar Fragen an Euch. Wenn Ihr Antworten gebt, die mich zufriedenstellen, könnt Ihr so viel Wasser haben, wie Ihr mögt. Ist das gerecht?«

Felice schüttelte schwach den Kopf. »Nein, nicht wirklich.«

»Nun, Ihr habt in dieser Angelegenheit keine Wahl. Nennt es einfach gerecht, und wir können weitermachen.«

Er nickte den Soldaten zu, und sie packten Felices Arme. Sie wehrte sich, aber es half nichts. Zwar wusste sie nicht, was sie gegen zwei gut ausgebildete Soldaten ausrichten sollte, aber sie hatte noch nie klein beigegeben.

Eine Hand ergriff ihre Haare, und sie röchelte, als ihr Kopf zurückgerissen wurde. In ihrer Kehle explodierte der Schmerz, und sie konnte nur kurze Atemzüge machen. Ihre Hände verkrallten sich in den Soldaten, die sie festhielten. Sie fragte sich, was wohl passieren würde, wenn sie ihnen die Fingernägel ins Fleisch schlug. Sicherlich nichts Gutes. Also entspannte sie sich so gut wie möglich und sah, dass Savine nickte, als sie schlaff wurde.

»Wisst Ihr, was jetzt geschehen wird?«, fragte er.

»Ihr ...«, keuchte sie, »werdet ... mich ... foltern.«

Savine schüttelte den Kopf. »O nein, es wird nichts so Grobes sein. Ihr werdet mir alles sagen, was Ihr über den Widerstand wisst, den Ihr angeführt habt – über Eure Männer, Eure sicheren Orte, was Ihr über uns und über die Handelsgesellschaft der Fünf Ozeane wisst.«

»Ich werde nicht reden.«

»Ah. Da irrt Ihr Euch. Ihr habt keine Wahl.«

»Versucht es doch, mich zum Sprechen zu bringen«, spuckte sie aus. »Tut Euer Schlimmstes.«

»Das würde Euch nicht gefallen. Mein Schlimmstes ist ziemlich schlimm. Es ist mir lieber, Euch die Gedanken unmittelbar aus Eurem schönen Kopf zu holen. Allerdings muss ich Euch warnen: Es wird wehtun.«

Als er dies beim letzten Mal gesagt hatte, war sie vor Qualen ohnmächtig geworden, also stählte sie sich.

Aber es machte keinen Unterschied.

Savine lachte, als sich brennende Nadeln in ihren Geist bohrten. Sie schrie in wortloser Pein auf, ballte die Hände zu Fäusten, bis sich die Nägel in ihre Handflächen gruben. Eine frische Welle des Schmerzes überspülte sie, und eine willkommene Dunkelheit senkte sich auf sie herab.

Felice erwachte. Kalter Schweiß überzog ihren Körper, und sie zitterte. Die Hose klebte an ihren Beinen, und diesmal war der Gestank nach Exkrementen ihr eigener.

Unter dem Klirren der Ketten rollte sie sich auf den Rücken und ächzte. Sie öffnete die Augen einen Spaltbreit und kniff sie sofort wieder zu. Selbst das schwache Licht im Raum war unerträglich für sie. Ihre Oberlippe juckte, und als sie unter ihrer Nase rieb, spürte sie getrocknetes Blut.

Jemand bewegte sich dicht neben ihr, und sie zuckte zusammen. Felice hatte die Bewegung eher gespürt als gesehen. Ein weiteres Klirren von Ketten – nicht ihre eigenen. Ein Mann hustete schwach. Sie biss die Zähne zusammen, packte ihre schlaffe Kette, nahm sie doppelt und schuf sich damit eine behelfsmäßige Waffe. Dann holte sie tief Luft, öffnete ein Auge und blinzelte im Raum umher.

Eine weitere Kette war an einem Bolzen in der Wand befestigt und führte zu einer Person.

Sie blinzelte noch einmal. Es war Avigdor.

So schnell wie möglich kroch sie über den rauen Steinboden, erreichte seine Seite und nahm seinen schlaff herabhängenden Kopf in die Arme. »Avigdor! Bist du verletzt?«

Keine Antwort. Dann erinnerte sie sich an seinen Fußknöchel. Die Knochen hatten die Haut durchstochen; es war der schlimmste Bruch gewesen, den sie je gesehen hatte.

Ein grober Verband bedeckte den verletzten Knöchel, aber sie sah kein Anzeichen dafür, dass sich ein Arzt um ihn gekümmert hatte. Der Verband war zu locker, und es gab keine Schienen. Avigdor war ein erschreckender Anblick, der sie zu der Vermutung führte, dass sie wohl keine Verwendung mehr für ihn hatten.

Auch Avigdors Oberlippe war von getrocknetem Blut überzogen, das ihm aus der Nase geflossen war. Hoffentlich war das nur ein Nebeneffekt und zeugte nicht von einem bleibenden Schaden. Sie vermochte es nicht einzuschätzen, denn ihr fehlten die nötigen Informationen. Aber vor allem fehlte ihr das Gefühl, Savines Hals zwischen ihren Händen zu spüren, wenn sie zudrückte und das Leben aus ihm herauspresste.

Dieser Gedanke wärmte sie ein wenig, und sanft legte sie Avigdors Kopf wieder auf den kalten Boden. Sie schlurfte zu ihrem Bett, nahm einen Armvoll Stroh und machte daraus ein Kissen für Avigdor. Es war nicht überaus bequem, aber mehr konnte sie unter den gegebenen Umständen nicht für ihn tun.

Der Wasserkrug war aufgefüllt worden, und sie goss ihm ein wenig in den Mund – sehr vorsichtig, damit er nicht erstickte. Nach wenigen Augenblicken schluckte er, und sie stieß einen Seufzer der Erleichterung aus. Sie machte weiter, bis er einige Mundvoll getrunken hatte. Dann trank sie selbst und löschte ihren brennenden Durst, aber sie ließ den Krug halbvoll. Es war vernünftig, ihre Vorräte einzuteilen.

Gedämpfte Stimmen drangen an ihre Ohren, sie kamen von der Öffnung am Ende des Raumes. Stiefel schabten über den Stein. Rüstungen und Waffen klirrten. Vier indryallanische Soldaten traten aus der Dunkelheit, gefolgt von Savine, dessen Miene sich aufhellte, als er sah, dass sie ihn anstarrte. Einer der Soldaten hielt eine grobe Robe in den Armen.

»Ausgezeichnet! Ich war mir nicht sicher, ob Ihr schon wieder bei Bewusstsein seid. Aber man hat mir verraten, dass Ihr einen widerstandsfähigen Geist besitzt.«

Felice schwieg.

Savine gab dem Soldaten mit der Robe ein Zeichen, und der Mann warf sie Felice vor die Füße. Ein weiterer Soldat schleuderte ihr ein Stück Stoff entgegen und schob ihr einen Kübel mit Wasser zu.

»Säubert Euch und zieht Euch um. Jemand wartet auf Euch: der Mann, den Ihr bei den Docks zu töten versucht habt.«

Sie betrachtete die Robe auf dem Boden. »Ich soll mich hier umziehen? Vor Euch?«

»Ja bitte. Und zwar sofort, falls es Euch nichts ausmacht.«

Alle vier Soldaten grinsten über ihr Unbehagen, während Savine nur mit den Achseln zuckte.

»Ich kann den Soldaten befehlen, Euch umzukleiden, aber das könnte länger dauern und sehr unangenehm für Euch werden.«

Felice sah die Soldaten an, hob eine Braue und machte sich daran, den Stofffetzen und den Kübel zu sich heranzuziehen. Während sie den Blick unablässig auf Savine gerichtet hielt, zog sie sich aus, wusch sich so gründlich wie möglich und trocknete sich ab. Dann zog sie sich die Robe über den Kopf. Sie kratzte auf der Haut, aber wenigstens war sie sauber. Mit dem Fuß schob Felice die schmutzige Hose und das Hemd gegen die Wand.

»Das war doch gar nicht so schlimm, oder? Ich habe eine

kleine Demonstration vorbereitet, die Euch zeigen soll, dass wir es ernst meinen. Sie soll Euren Geist öffnen.«

Sie zitterte, als sie sich an die Schmerzen in ihrem Kopf erinnerte. »Zauberei?«

»Oh nein, etwas Einfacheres.«

»Darf ich Euch vorher um etwas bitten? Avigdor braucht Hilfe«, sagte sie und zeigte auf ihren Freund. »Ein Arzt sollte sich um seinen Fußknöchel kümmern und ihm etwas gegen die Schmerzen geben.«

Savine kicherte. »Es ist, als könntet Ihr meine Gedanken lesen, Lady Felicienne. Das ist genau die Demonstration, an die ich gedacht hatte.« Er nickte den Soldaten zu, und zwei von ihnen traten vor und packten Felices Arme in einem schraubstockartigen Griff. Die beiden anderen gingen hinüber zu Avigdor. Der eine zog ein Beil aus seinem Gürtel.

Sie leckte sich über die trockenen Lippen. »Was habt Ihr vor?«

»Diese Menschen schätzen es gar nicht, wenn jemand ihren Gott-Kaiser angreift. Sie zahlen so etwas gern auf sehr nachdrückliche Weise heim. Dadurch wird eine Botschaft an alle geschickt, die eine ähnliche Idee haben.«

Savine gehörte nicht zu den Indryallanern. Aber wer war er, und wie passte er in das Gesamtbild?

Und was wollte er mit Avigdor machen ...?

Einer der Soldaten ergriff den Fuß mit dem gebrochenen Knöchel und zog das Bein gerade. Avigdor jammerte leise, blieb aber bewusstlos. Die Axt wurde gehoben.

»Fasst ihn nicht an!«, kreischte Felice, als sie erkannt hatte, was Savine beabsichtigte.

Mit einem ekelhaft dumpfen Laut fraß sich die Axt in Avigdors Schienbein. Der Knochen splitterte mit einem Knacken. Avigdor wimmerte und wand sich schwach, aber er blieb ohnmächtig.

Er muss schon beinahe tot sein, dachte sie. Es war nur ein kleiner Trost.

Die Axt stieg wieder auf, und der Soldat, der den Fuß umfasst hielt, ruckte nach hinten, als sich das Körperteil löste.

Felice schrie sie an und kämpfte vergeblich gegen den eisernen Griff der Männer, die sie festhielten. Der Soldat warf Avigdors abgetrennten Fuß quer durch den Raum und packte den anderen. Blut troff aus Avigdors Beinstumpf auf die Steine und breitete sich in einer Lache aus.

»Nein. Bitte nicht«, flehte sie. Galle erfüllte ihren Mund. Sie wäre fast daran erstickt und spuckte aus.

Während sich die Axt hob, schloss sie die Augen und wandte den Kopf ab. Schreckliche Geräusche drangen an ihre Ohren. Sie wurde schlaff im Griff der Soldaten und schluchzte unbeherrscht.

Savines Stimme drang wie aus großer Ferne zu ihr. »Es war seine eigene Schuld. Ihr könnt von Glück reden, dass Kelhak Euch sehen will, denn sonst würde ich Euch jetzt in der Gesellschaft dieser Soldaten zurücklassen. Doch für so etwas ist vielleicht später noch Zeit. Sie werden Avigdor überdies die Hände abhacken, und dann werden sie ihn draußen aufhängen, damit jedermann ihn sehen kann. Auch wenn sie andauernd davon reden, die Stadt befreien zu wollen, haben sie eine gemeine Ader, das muss ich wohl zugeben. Und jetzt wisst Ihr, wozu sie fähig sind.«

Jemand schloss die Kette um ihren Knöchel auf. Stiefel schlurften über den Boden, und sie wurde weggetragen. Sie wagte es nicht, einen Blick zurück auf Avigdor zu werfen.

Felice wusste nicht, wo sie sich befand. Es war nicht die Festung, wie sie zuerst angenommen hatte. Der Grundriss dieses Ortes war ein völlig anderer, und die Farbe der Steine war ein wenig zu hell. Sie war gefühlte Stunden durch das Gebäude geschleift worden, doch tatsächlich konnte es nicht sehr lange gedauert haben - einige Treppen hinauf, einen Korridor entlang, ein paar Abzweigungen, weitere Treppen -, bis sie schließlich in einem Zimmer zurückgelassen wurde, das ihr vage bekannt vorkam. Vielleicht hatte sie schon einmal von diesem Raum gehört, aber sicherlich hatte sie ihn nie zuvor betreten.

Sie blinzelte in die Helligkeit, die hier herrschte. Tränen traten in ihre Augen, und sie brauchte einige Zeit, bis sie sich an die Lichtverhältnisse gewöhnt hatte. Zwei Stockwerke über ihr spannte sich die bemalte Decke, und große, mauerhohe Fenster aus teurem klarem Glas erlaubten es dem Sonnenlicht, ins Innere zu strömen. Bleigas am oberen Ende eines jeden Fensters warf farbige Streifen auf den Boden, und wenn der Sonnenuntergang nahte, würde die gegenüberliegende Wand wie durch Zauberei erstrahlen.

Auf dem Deckengemälde kämpften Armeen um leuchtende Gegenstände; Blut ergoss sich über das Schlachtfeld, verletzte Soldaten riefen um Hilfe, eine Lache aus tintenartiger Dunkelheit breitete sich von einem der Männer aus, und Zauberer schritten schimmernd durch das Gemetzel. Es war eine Szene aus der Zerschmetterung, welche die Erschaffung von gereinigtem Land zeigte, in dem Zauberei keine Wirkung mehr hatte.

In der Mitte des polierten Steinfußbodens stand auf einem Tisch ein mächtiges Dominion-Spiel - eines der größten, die Felice je gesehen hatte. Die auf den Brettern verstreuten kniehohen Spielfiguren waren aus kostbaren Steinen und Kristallen geschnitten: Onyx, Türkis, Malachit, Amethyst, Quarz, Lapislazuli, und manche bestanden sogar aus Gold oder Silber. Die Felder auf allen Brettern bestanden aus Eisenholz, Schwarzholz und Maserholz. Und jetzt erkannte sie es. Es waren Lieder über dieses Dominion-Spiel geschrieben worden, doch diese wurden ihm kaum gerecht. Die Seitenlänge maß zwanzig Schritte, und die oberen Ebenen waren nur durch Leitern zu erreichen. Kleine Beobachtungsplattformen befanden sich auf jeder Seite und erlaubten es den Spielern, sich einen Überblick über das ganze Brett zu verschaffen. An den Wänden des Raumes verlief für die Zuschauer eine Galerie, die über zwei eiserne Wendeltreppen zu erreichen war.

Jetzt wusste sie, wo sie war – es konnte keinen Zweifel mehr geben. Sie befand sich im Haus von Luthais, einem früheren großen Haus, das vor einigen hundert Jahren zu einem geringeren Rang herabgesunken war. Es lag oberhalb des Flusses Stock in Parkseit, und dieses Gebäude sowie das berühmte Dominion-Spiel waren alles, was vom früheren Reichtum und Ruhm des Hauses übrig geblieben war.

Erneut betrachtete sie das Deckengemälde. *Was würde ich tun, wenn ich Savine in einem gereinigten Gebiet in die Finger bekäme, wo seine Zauberei wirkungslos ist …*

Der Gedanke spendete ihr einen schwachen Trost, aber es war immerhin mehr, als sie noch vor wenigen Augenblicken gehabt hatte.

Sie sah die beiden Soldaten an, die die Tür bewachten. Es waren stattliche Männer in guten Rüstungen, und ihre gezogenen Schwerter waren fast so groß wie sie selbst. Diese Wächter waren nicht bloß Zierde: An ihrer Haltung und an ihren Blicken war deutlich zu erkennen, dass sie kampferprobt waren. Ein dritter, ungerüsteter Soldat, noch ein wenig größer als die anderen beiden, stand vor dem mittleren Fenster und schaute hinaus auf die Stadt. Noch ein ausgebildeter Mörder, dachte sie, ganz Muskeln und kein Hirn, aber das vollkommene Fehlen von Rüstung und Waffen fand sie merkwürdig.

Als ob er ihren Blick gespürt hätte, drehte er sich zu ihr um und betrachtete sie mit verblüffend blauen Augen. Mit kalten Augen.

Sie schluckte und zwang sich, seinem Blick standzuhalten. Die Anstrengung trocknete ihre Willenskraft rasch aus. Er lächelte, näherte sich ihr, bewegte sich trotz seiner Masse fließend wie eine Katze.

Ein gefährlicher Mann. Ein Mann, dem das Töten zur zweiten Natur geworden war und viel zu leicht fiel.

»Lady Felicienne, wie ich annehme?« Er deutete auf einen Tisch, den sie bisher nicht wahrgenommen hatte und der von Früchten, Nüssen und kleinen Pasteten beinahe überfloss. Außerdem standen Kristallkaraffen mit Wasser und Wein sowie zwei Gläser auf ihm. »Bitte bedient Euch. Ich bin sicher, Ihr könnt ein wenig Nahrung vertragen.«

Seine sanfte Stimme überspülte sie und wirkte trotz der Umstände seltsam beruhigend.

Ja, ein gefährlicher Mann.

Sie schenkte sich ein Glas Wein ein und wässerte ihn stark, damit sie ihre Sinne nicht mehr als unbedingt nötig betäubte. Doch am liebsten hätte sie die Karaffe leer getrunken und nicht mehr an die Spielchen der Indryallaner gedacht. Aber sie brauchte ihre Kraft noch und musste Beherrschung zeigen ... vorerst. Sie nahm einen kleinen Schluck, hob den Blick und stellte fest, dass der Mann sie noch immer ansah.

Schnell schaute sie weg von diesen gefühllosen Augen und betrachtete das Dominion-Spiel. »Wer seid Ihr?«

»Man nennt mich Kelhak, Gott-Kaiser von Indryalla.«

Felices Mund wurde trocken, und sie hob zitternd ihr Glas wieder an die Lippen und trank rasch. Der Wein schmeckte nach Brombeeren und Gewürzen.

Vielleicht hätte sie ihn doch nicht wässern sollen. »Auf Avigdor«, sagte sie und hob das Glas.

»Auf wen?«

»Auf einen Freund. Er war ein guter Mann.«

Kelhak blinzelte einmal, dann zuckte er die Achseln. »Esst

etwas. Ich habe gehört, Ihr seid halb verhungert. Ich will nicht, dass Ihr mitten in unserem Spiel ohnmächtig werdet.«

»Ihr glaubt, das ist ein Spiel?«

»Um ehrlich zu sein: ja. Aber eigentlich hatte ich damit eher das Dominion-Spiel gemeint.«

Felice betrachtete das Brett. Das hatte sie von diesem Mann nicht erwartet – und das waren nicht die Umstände, unter denen sie gern an diesem Brett gespielt hätte. Sie nahm eine Pflaume, biss langsam hinein und hoffte sich ein wenig Zeit zum Nachdenken über das verschaffen zu können, was hier eigentlich los war.

»Ich würde mir gern ein Bild von Eurem Spiel machen, da ich gehört habe, dass Ihr sehr geübt darin seid«, fuhr Kelhak fort.

»Warum sollte ich gegen Euch spielen? Was springt dabei für mich heraus?«

»Wenn Ihr Euch weigert, werde ich Euch töten lassen. Aber das wäre langweilig, und da ich noch ein wenig Zeit habe, bevor ... gewisse Pläne verwirklicht werden, würde ich mir gern ein Urteil über Euch anhand Eures Spiels bilden.«

Er hielt inne und blinzelte mehrmals, als ob das Licht im Raum plötzlich heller geworden wäre. Dann schüttelte er den Kopf und räusperte sich.

Wunderbar, dachte Felice. *Ich bin nicht gerade in Höchstform, und ich spiele gegen einen wahnsinnigen Mörder um einen unbekannten Einsatz.*

Ein Klopfen von Stein gegen Holz weckte Felice. Sie saß zusammengesackt in einem Lehnsessel neben dem Tisch mit den Speisen und dem Wein. Ihr leeres Glas stand am Rande der Tischplatte, aber sie konnte sich nicht erinnern, es dort abgesetzt zu haben. Dampf stieg aus einem Krug auf. Jemand musste ihn gebracht haben, als sie geschlafen hatte.

Sie rieb sich die Augen und schaute sich um. Kelhak hockte auf dem obersten Dominion-Brett, ließ die Beine herabbaumeln und betrachtete sie mit kalten blauen Augen und einem selbstzufriedenen Grinsen.

»Ihr seid am Zug«, sagte er.

Felice ächzte müde. Körper und Geist taten ihr weh. Sie mühte sich, aufrecht zu sitzen. Inzwischen hatten sie schon stundenlang gespielt; es war eine lange und schwierige Partie. Im Widerspruch zu seiner kriegerischen Erscheinung war der Gott-Kaiser ein fähiger Gegner, und sie hatte von Anfang an Schwierigkeiten gehabt.

»Ich habe Euch Tee bringen lassen – Ihr scheint müde zu sein.«

Da du mich gerade geweckt hast, ist das wohl eine ziemliche Untertreibung.

Sie nahm den Krug und erlaubte es der Wärme, in ihre kalten Hände einzudringen. Dann goss sie sich einen Becher Tee ein und nippte einige Augenblicke an dem heißen Gebräu, während sie ihre Gedanken ordnete. Seufzend stand Felice aus dem bequemen Sessel auf und stieg langsam die Leiter zum obersten Brett hoch.

Kelhak verneigte sich kurz vor ihr, stieg nach unten und erlaubte es ihr, ruhig über das Spiel nachzudenken.

Sie wusste nicht, ob dieser Mann wirklich der indryallanische Gott-Kaiser oder bloß ein hochrangiger Soldat war. Aufgrund seiner Muskeln und Haltung konnte er nicht bloß ein Beamter oder Verwalter sein, aber er war sehr intelligent. Er wusste sich auszudrücken und war sehr umsichtig.

»Es gab einmal einen Mann namens Kelhak«, sagte Felice, »der vor einiger Zeit den Dominion-Wettbewerb beim Herbstfest gewonnen hat. Waren Eure Eltern vielleicht begeisterte Anhänger des Dominion-Spiels und haben Euch nach ihm benannt?«

Kelhak sah ihr in die Augen. »Nein«, sagte er. »Dieser Kelhak bin ich.«

Felice wollte etwas Spöttisches erwidern, doch sie hielt inne.

Kelhak hob die Brauen und sah sie weiterhin an.

Er meint es ernst.

Ernsthaft verrückt. »Ich verstehe.«

»Aber seit damals habe ich mich verändert. Zu jener Zeit war ich nur eine Larve, während ich jetzt ... ein Schmetterling bin.«

Felice verzog keine Miene.

Sie betrachtete das Brett. Das Spiel und seine Steine waren ihr vertraut, so wie es auch bei Kelhak der Fall sein sollte, falls es ihm wirklich gehörte. Alle Berichte über ihn bezogen sich auf ein Herbstfest, das so lange vergangen war, dass er eigentlich schon längst tot sein sollte. Niemand erreichte ein so hohes Alter. Und doch hatte sie gesehen, wozu dieser Mann in der Lage war, als er das Schiff vor der Blide beschützt hatte. Vor der Zerschmetterung waren einige Zauberer angeblich sehr langlebig gewesen, aber so etwas gab es schon seit Tausenden von Jahren nicht mehr. Also war dieser Mann entweder ein Betrüger oder ein Zauberer, der so mächtig war, dass er sein Leben verlängern konnte.

Das heißt, er ist entweder verrückt oder in der Lage, Dinge zu tun, die seit Jahrtausenden niemand mehr tun konnte.

Sie erbebte bei dem Gedanken, er könnte beides sein.

Felice riss sich zusammen und schaute wieder auf das Brett. Ihr Plan für dieses Spiel war ihr gleich zu Beginn ungerufen in den Sinn gekommen. Er entstammte ihrem Verlangen, diesen Mann mit seinen eigenen Waffen zu betrügen. Dazu benutzte sie die gleiche Strategie wie Caldan damals, als er sie besiegt hatte. Er hatte behauptet, eine berühmte Partie Kelhaks nachgespielt zu haben. Und das verwirrte sie gerade. Es war unwahrscheinlich, dass ein Betrüger diese Partie kannte, denn nicht einmal sie selbst hatte sie gekannt, bis sie zu Felices Niederlage geführt hatte. Wenn dieser Mann wirklich Kelhak war, dann hätte er seinen eigenen Stil von Anfang an wiedererkannt.

Doch bisher verhielt er sich so, als hätte er diese Strategie noch nie gesehen, und er spielte sogar auf eine sehr intelligente und erstaunliche Weise. Einige seiner Züge wiesen weit über jene hinaus, die Caldan damals gemacht hatte. Doch all das gab keine Antwort auf die Frage, ob er der Kelhak aus der Legende war oder nicht.

Nun, sie hatte nichts zu verlieren. Sie räusperte sich und erhob die Stimme: »Ihr habt die Strategie, die ich benutze, nicht erkannt.«

Kelhaks durchdringender Blick bohrte sich in sie. »Hätte ich sie erkennen sollen?«

»Ja. Sie ist eine der Euren. Aus einer lange vergangenen Zeit, aber dennoch … Ich frage mich, warum Ihr sie nicht kennt.«

Kelhak runzelte die Stirn, als ob er verwirrt wäre. Dann wurde sein Blick weniger stechend, verschwamm geradezu, und sein Atem ging schneller. Lange starrte er sie an, schien sie aber nicht mehr zu sehen. Er schaute durch sie hindurch, als wäre sie nicht da.

Als wäre *er* nicht da.

Plötzlich schüttelte er sich, und sein Blick wurde wieder klar und fest. »Das ist eine alte Strategie«, sagte er, als ob nichts geschehen wäre. »Sie stammt aus der tiefen Vergangenheit, und ich betrachte sie inzwischen als ziemlich grob.«

Felice schluckte und nickte. Zuerst hatte Kelhak recht verblüfft gewirkt und sich dann in eine Art Dämmerzustand versetzt, und jetzt war er wieder gegenwärtig.

Mit ihm stimmt etwas ganz und gar nicht.

Sie richtete ihre Aufmerksamkeit wieder auf das Dominion-

Spiel und betrachtete die Figuren. Alles war so, wie sie es vorhin gesehen hatte.

Es gab für sie keine Möglichkeit zu gewinnen.

Sie war dem Untergang geweiht. Es hatte keinen Sinn, diese Tatsache zu leugnen: Sie würde dieses Spiel mit Sicherheit verlieren, das war unausweichlich. Also würde sie entweder eine Gefangene bleiben oder getötet werden. War es angesichts dessen überhaupt von Bedeutung, ob dieser Mann Kelhak war oder nicht? Irgendwie war sie überzeugt davon, dass es wichtig war, aber sie schaffte es einfach nicht, die einzelnen Fäden zu verknüpfen. Es gab eine Verbindung; diese Tatsache war wichtig – aus irgendeinem Grund.

Eigentlich war es fast lustig. Jetzt wusste sie, wie er aussah, und es wäre ein Leichtes für sie gewesen, die Berichte und Zeichnungen des betreffenden Herbstfestes durchzusehen. Jedes einzelne Fest war gut dokumentiert, und stets wurden Künstler damit beauftragt, die Wettbewerber und die Endspiele zu zeichnen.

Aber leider saß sie hier fest, und es war sehr unwahrscheinlich, dass sie jemals wieder die Gelegenheit haben würde, die alten Berichte durchzublättern.

Sie blinzelte in das helle Licht. Die Sonne ging allmählich unter, und die Bleiglasfenster warfen Farben in den Raum und auf das Dominion-Brett.

Alles, was ich tun kann, ist das Unvermeidliche hinauszögern. Und genau das hatte sie vor.

»Ich werde jetzt meine verbliebenen fünf Extrazüge machen.«

Ihre Bemerkung wurde mit einem Blick der Überraschung bedacht, was ein weiterer Beweis dafür war, dass es sich bei diesem Kelhak um einen Betrüger handelte. Wenn er wirklich derjenige gewesen wäre, der zu sein er vorgab, hätte er es vorhersehen können.

Während sie sich um das Brett herum bewegte und ihre Figuren verschob, danach zum zweiten Brett hinunterkletterte und auch dort zwei Züge machte, dachte Felice über die Lage des Gebäudes nach. Sie wusste mit absoluter Sicherheit, dass die nördliche Wand an den Fluss Stock grenzte, aber wie nahe war der Fluss genau? Und wie hoch über dem Fluss lag dieser Raum? Etwa fünfzig Ellen, vermutete sie. Sie schaute hinüber zu den Fenstern. Es gab keine Möglichkeit, sich mit einem Seil an der Außenmauer herunterzulassen, und sicherlich reichten ihre bloßen Hände nicht aus. Außerdem war sie zum Klettern kaum in der Lage. Kelhak und seine Wächter würden es zu verhindern wissen, dass sie überhaupt die Fenster erreichte.

Dann hielt sie inne. Ihre Züge waren aufgebraucht.

In mehr als nur einer Hinsicht.

Sie wischte sich die feuchten Hände an ihrer groben Robe ab, begab sich zum Tisch und nahm eine weitere Pflaume. »Ihr seid an der Reihe«, sagte sie zu Kelhak, der darauf mit einem Stirnrunzeln antwortete. Kelhak zuckte kurz mit den Achseln, bevor er zum Brett ging und es betrachtete. *Er weiß, dass er das Spiel gewonnen hat, und ich kann diese Tatsache nicht ändern. Was mich interessiert, ist seine Reaktion.*

»Stört es Euch, wenn ich mich ein wenig umsehe?« Sie deutete auf die bemalte Decke. »Ich bin noch nie hier gewesen, und dieses Gemälde ist sehr berühmt. Ich würde es mir gern näher ansehen, wenn ich darf, bevor …«

»Gewiss«, antwortete Kelhak abgelenkt. Seine ganze Aufmerksamkeit war auf das Spielbrett gerichtet.

Felice nahm ihre Pflaume zur nächstgelegenen Wendeltreppe mit und stieg hoch zu der Galerie, von der aus man den ganzen Raum überblicken konnte. Ein rascher Blick auf Kelhak bestätigte ihr, dass er sich nicht auf sie, sondern auf das Spiel konzentrierte. Sie überdachte ihren Plan. Er war … tollkühn.

Kelhak stand auf dem obersten Brett. Sieben Schritte von der Leiter entfernt. Auf der Leiter befanden sich einundvierzig Sprossen. Siebenundfünfzig Schritte von der Leiter zur Wendeltreppe. Zweiunddreißig Stufen hinauf zur Galerie.

Ihre nackten Füße huschten über den Teppichboden der Galerie. Sie grub die Zehen in die flauschige Wolle, ballte die Fäuste, holte tief Luft, noch einmal. War es genug? Es musste sein.

Ihre halb aufgegessene Pflaume fiel mit einem leisen, dumpfen Laut auf den Teppich. Kelhak schaute nicht auf. Sie machte einen Schritt auf das Bleiglasfenster am Ende der Galerie zu. Dann noch einen. Ihre Seite und ihr Kopf schmerzten dort, wo sie geschlagen worden war. Aber sie beachtete die Schmerzen nicht.

Ihre Schritte wurden schneller, der Teppich schluckte die Geräusche. Sie biss die Zähne zusammen und zwang sich zu laufen. Einer oder zwei Schritte konnten alles bedeuten. Oder nichts.

Einer der Wächter rief Alarm, aber es war zu spät.

Felice hob die Arme vor das Gesicht und sprang in das Fenster. Glas splitterte und schnitt ihr in Arme und Körper, als sie durchbrach.

Und fiel.

Der kalte Abendwind peitschte ihren Körper.

Sie öffnete die Augen und sah, wie der Fluss näher kam. Dann schloss sie die Augen wieder und krümmte sich zu einer Kugel zusammen.

Das Wasser traf sie mit einer Kraft, die ihr die Luft auf der Lunge trieb. Mit rasenden Beinbewegungen trat sie aus und bewegte sich in die Richtung, in der sie die Oberfläche vermutete. In diesem dreckigen Fluss wagte sie es nicht, die Augen zu öffnen.

Nach einer gefühlten Ewigkeit durchbrach ihr Kopf die

Oberfläche, und sie spuckte einen Mundvoll des eklig öligen Wassers aus. Es schmeckte wie in einer Latrine. Sie hustete und rang nach Luft, hielt kurz inne und orientierte sich. So schnell wie möglich schwamm sie auf das Ufer zu, das dem Haus Luthais gegenüberlag.

Mit viel Mühe schleppte sie ihren wunden Körper die Steinböschung hoch und hörte dann Gelächter aus großer Höhe herabperlen.

Kelhak.

Sie schnaubte, stieß dabei noch mehr Wasser und Schleim aus der Nase und floh in eine Gasse, wobei sie eine tropfende Spur aus Wasser und Schmutz nach sich zog. Schmerzende Schnittwunden bedeckten ihre Arme und Beine, und sie wusste, dass das schmutzige Flusswasser zu ernsthaften Infektionen führen konnte.

Aber wenigstens bin ich in Freiheit.

Doch als ihr das Lachen folgte, während sie in der Dunkelheit verschwand, kam Felice der Gedanke, dass sie möglicherweise nicht so sauber entkommen war, wie sie gehofft hatte.

16

Der Raum drehte sich um Amerdan, und er zitterte. Sanft zuerst, doch dann immer heftiger. Ein weiterer seiner Anfälle.

Nicht jetzt, nicht vor ihr, dachte er.

Dotty drückte sich gegen seine Haut und bedrängte ihn, er möge sich verstecken, aber er konnte sich nicht bewegen. In seinem Geist juckte es wieder – aber er konnte sich nicht kratzen. Sein Gesicht wurde heiß, und Schweißperlen bildeten sich auf seiner Stirn. Er geriet ins Taumeln.

»Bist du krank?«

Glöckchens Stimme schien aus weiter Ferne zu kommen. Es gelang ihm unter Mühen, den Kopf zu schütteln und sich auf den Boden zu setzen. Aus den Augenwinkeln heraus sah er, wie sie ihn mit Neugier und einer gewissen Berechnung beobachtete.

»Ich ... habe manchmal solche kleinen Anfälle. Nichts, worüber man sich Sorgen machen müsste.« Noch ein Grund mehr, sie jetzt zu töten, weil sie ihn in diesem Zustand gesehen hatte. Aber er konnte es nicht – nicht bevor sie ihren Zweck für ihn erfüllt hatte.

Glöckchen kam näher und hockte sich vor ihn. »Du zitterst ja.«

Amerdan biss die Zähne zusammen. »Ja.«

»Juckt dein Geist?«

Er schwieg, war sich nicht sicher, ob er sie richtig verstanden hatte. Wusste sie etwas über ihn? Dann holte er tief Luft, spannte sich an, wollte losspringen. Gegen eine Zauberin wie diese Frau brauchte er das Moment der Überraschung auf seiner Seite. Aber er hatte schon größere Risiken überlebt.

»Was?«

»Juckt es in deinem Geist? Versuchst du dich an einer bestimmten Stelle zu kratzen?«

Woher weiß sie das? Ist das eine Art von Zauberei?

Er nickte langsam. »Ja«, sagte er vorsichtig. Es widerstrebte ihm stets, Informationen über sich selbst preiszugeben.

»Aber du wurdest als Kind geprüft?«

»Worauf?«

»Von Zauberern. Um herauszufinden, ob du eine Quelle besitzt. Ich dachte, alle Kinder im Reich werden in einem bestimmten Alter geprüft.«

Erneut nickte er. Er erinnerte sich sehr deutlich an den Tag, als die Zauberer zu ihrem Haus gekommen waren. Nachdem sie ihm und seinen Schwestern erklärt hatten, dass sie ohne Quelle waren, hatten sie sich wieder entfernt, aber nach einigen Tagen war einer von ihnen zurückgekehrt und hatte sie gefangen genommen. »Sie haben nichts gefunden.«

»Lass mich ...«, sagte Glöckchen.

Amerdan spannte sich an, als er sah, wie eine Aura um sie herum aufflackerte und sogleich wieder verschwand.

Ihr Gesicht wurde bleich, und sie riss die Augen auf. »Das ist ... nicht möglich.«

»Was siehst du? Sag es mir!«

Glöckchen schüttelte den Kopf und sah ihm fest in die Augen.

Er zitterte nicht mehr und stand auf.

Glöckchen blieb in der Hocke und schaute hoch zu ihm.

Neugier und Verwirrung schienen in ihr miteinander zu kämpfen.

»Sag es mir«, befahl er.

»Sie waren entweder unfähig oder ...« Sie schüttelte den Kopf, und ihre zurückeroberten Glocken klingelten bei dieser Bewegung. »So etwas habe ich noch nie gesehen. Du hast eine Quelle, aber ... da ist eine Blockierung. Als ob sie zu dir gehört, dein Geist sie aber nicht erkennt. Und das ist noch nicht alles. Du hast *zwei.*« Ihre Stimme war von Erstaunen durchsetzt. »Du hast zwei Quellen. Sie sind schwer zu entdecken, da sie blockiert sind, aber sie sind da. Das ist bemerkenswert.«

Amerdan betrachtete sie aufmerksam. Sie log nicht. In wenigen Augenblicken hatte er begriffen.

Sein Kleinod.

Die erste Person, die er getötet und in sich aufgenommen hatte, war ein Zauberer gewesen – der Mann, der sie ergriffen und seine Schwestern getötet hatte. Und der zweite Zauberer war der junge Lehrling gewesen. Er hatte die Essenzen von zwei Magiern in sich eingesaugt. Zwei Quellen. Wenn eine Quelle einen zum Zauberer machte, wie war es dann mit zwei Quellen?

Zwei machten ... ihn.

Er kicherte zuerst, dann lachte er lange und laut.

Glöckchen schenkte ihm einen reuevollen Blick. »Der Gott-Kaiser wird dich bestimmt sehen wollen.«

»Vorher musst du mir alles beibringen, was du kannst.«

»Das verspreche ich dir – falls es mir gelingt, deine Blockaden zu überwinden.«

»Ich vertraue darauf, dass du dein Bestes gibst.« Er schenkte ihr sein strahlendstes Lächeln. »Es sollte aber besser sein als dein Versuch, Miranda zu heilen.«

Glöckchen grinste. »Das wäre einfach gewesen, wenn ich es

gewollt hätte. Aber sie und Caldan müssen leiden. Bis ich sie beide wiedersehe.«

Falls ich es zulasse, dass du sie wiedersiehst.

Elpidia bot einen schlimmen Anblick, als Caldan und Meisterin Annelie nahe beim Haupteingang des Protektorengebäudes in den Hof traten. Tränen und Schmutz hatten ihr angstverzerrtes Gesicht gestreift. Zuerst bemerkte sie ihn nicht einmal und lief weiter vor dem Wagen auf und ab. Drei mit Schwertern bewaffnete Protektoren standen in geringer Entfernung zwischen ihr und dem Haus. Glöckchen und Amerdan waren nirgendwo zu sehen.

Caldan wollte auf Elpidia zugehen, wurde aber durch Annelies Hand an seinem Arm aufgehalten.

»Du kennst sie?«

Er nickte und befreite sich aus ihrem Griff. »Ja. Ich muss mit ihr sprechen.«

Ohne auf eine Erlaubnis zu warten ging er zu Elpidia. Als sie ihn bemerkte, wurde ihre Miene grimmig. Zu seiner Überraschung umarmte sie ihn jedoch.

»Es tut mir leid«, schluchzte sie.

»Ganz ruhig. Was ist denn passiert?«, flüsterte Caldan. Er betrachtete den Wagen, und sein Herz tat einen Sprung, als er sah, dass Miranda in Sicherheit war. »Wo sind Glöckchen und Amerdan?«

Elpidia schüttelte den Kopf. »Weg. Ich weiß es nicht. Ich wurde von hinten getroffen.« Sie hob die Hand und berührte vorsichtig eine Stelle mit getrocknetem Blut und verfilztem Haar. »Als ich aufgewacht bin, war sie verschwunden. Vielleicht ist ihr noch ein anderer Zauberer gefolgt ...«

»Aber das glaubst du nicht, oder?«

»Wenn sie mich leben gelassen haben, gibt es keinen Grund, warum Amerdan sterben musste. Aber er war ebenfalls verschwunden, als ich aufgewacht bin, und ich habe nirgendwo eine Spur von ihm entdeckt. Also sind sie entweder zusammen geflohen ... oder er war derjenige, der mich niedergeschlagen hat.« An ihrem Tonfall war klar zu hören, dass sie die zweite Möglichkeit annahm.

»Bei den Ahnen«, fluchte Caldan leise. »Woher wusstest du, dass Amerdan ebenfalls zurückgekehrt war?«

»Die Mäuse. Ich hatte ihn gebeten, mir ein paar Mäuse für meine Experimente mitzubringen. Es waren zwei zwischen meinen Sachen, als ich aufgewacht bin. Also muss er zurückgekommen sein.«

Caldans Gedanken rasten.

Hatte Glöckchen ihn übertölpelt? Hatte sich Amerdan auf die Seite der Zauberin geschlagen? Wichtiger noch: Wohin waren sie gegangen?

Unter diesen Gedanken erwiderte er Elpidias Umarmung und sagte: »Es tut mir so leid, dass du verletzt worden bist.« Er zog sie an sich heran und flüsterte ihr ins Ohr: »Wir dürfen ihnen nichts von Glöckchen erzählen.«

Bei diesen Worten versteifte sich Elpidia. »Warum nicht? Wir müssen es tun! Sie werden in der Lage sein, uns zu helfen.«

»Ich hatte noch keine Gelegenheit, ihnen etwas von Miranda zu sagen. Ich habe es vor, aber wenn sie ihr nicht helfen können, ist Glöckchen unsere einzige Hoffnung.«

»Hast du von dieser Frau noch immer nicht genug? Sie ist gefährlich, und jetzt läuft sie frei herum.«

Caldan zog eine Grimasse, als er Elpidias Anklage hörte. Sie entsprach der Wahrheit. »Ich weiß. Es tut mir wirklich leid. Aber es ist die einzige Möglichkeit, die ich sehe ...« Er hörte, wie Annelie hinter ihn trat. »Vertraue mir«, drängte Caldan Elpidia leise. »Wir werden Miranda heilen – und auch dich.« Er ließ sie los und drehte sich zu Annelie um.

»Geht es ihr gut?«, fragte die Meisterin. »Was ist passiert? Da ist ja noch jemand im Wagen.«

»Sie wurde ausgeraubt. Es sind Banditen auf der Straße. Die Frau im Wagen ist eine Freundin von uns. Sie ist ... krank. Eine Krankheit des Geistes, die sie aufzehrt. Elpidia hier sucht nach einem Heilmittel.«

Annelie sah ihn verwirrt an. »Banditen? So nahe bei der Stadt?«

»Ich hatte ihnen gesagt, sie sollten in einiger Entfernung von der Stadt das Lager aufschlagen. Ich war der Meinung, dass sie dort in Sicherheit sind, bis ich mir ein Bild von der Lage hier machen konnte. Das zeigt, wie wenig ich weiß. Aber ich hatte Angst, weil ich sie allein lassen musste und wir schon einmal angegriffen worden waren. Von Indryallanern.«

Annelie sah ihn fest an. »Da steckt noch mehr dahinter, nicht wahr? So scheint es bei dir wohl immer zu sein, oder?«

»Ja ... es tut mir leid«, sagte er und benutzte seine Schuldgefühle gegenüber Elpidia und wegen seiner eigenen Lügen dazu, angemessen elend und betreten zu erscheinen.

»Also heraus damit«, sagte Annelie.

Caldan wollte gerade von Glöckchens Angriff berichten, als er begriff, dass die Protektoren möglicherweise nicht gerade erfreut waren, wenn Elpidia mithörte. Sicherlich wollten sie nicht, dass jemand anderes etwas über die Existenz von zwingender Magie wusste. Er dachte schnell nach und bedeutete Annelie mit einem Kopfnicken, sich mit ihm zur Seite zu begeben, wo sie sich unterhalten konnten, ohne dass jemand mithörte. Sie folgte ihm, und er führte sie außerhalb der Hörweite der anderen.

»Warum diese Heimlichtuerei?«

»Weil einiges von dem, was ich zu sagen habe, niemand außerhalb der Protektoren hören sollte.« Mit einer knappen Kopfbewegung lenkte er ihre Aufmerksamkeit auf Elpidia.

Annelie nickte. »Rede weiter.«

»Als wir aus Anasoma geflohen sind, wurden wir von indryallanischen Zauberern verfolgt. Sie haben ... Miranda etwas angetan. Ich vermute, es ist eine Zauberei, die jener entspricht, welche sie bei Simmon angewendet haben. Sie war nicht mehr sie selbst und hat uns angegriffen. Wir konnten sie bändigen, bis sie wieder zu Bewusstsein kam, aber seitdem befindet sie sich in diesem Zustand.« Er schaute hinüber zu Elpidia und hoffte, dass er überzeugend war. *Eine weitere Lüge gegenüber denjenigen, denen ich mich doch verschworen habe,* dachte er unter einem innerlichen Seufzer und redete weiter. »Es ist, als ob zwingende Magie ihr den Verstand verwirrt hätte.«

Annelie kniff die Augen zusammen. »Ja – darüber sollte sie wirklich nichts wissen. Wir werden aber noch darüber reden müssen, warum du uns das nicht schon früher gesagt hast. Allerdings ist jetzt nicht die Zeit dazu. Wir müssen sie untersuchen und sehen, was wir tun können.«

»Könnt Ihr sie heilen?«, fragte Caldan, dem es nicht gelang, die Hoffnung aus seiner Stimme herauszuhalten.

»Vielleicht. Das weiß ich erst, wenn ich erfahren habe, was man mit ihr gemacht hat.« Annelie rief einige Protektoren zu sich. »Ihr beiden, nehmt die Frau aus dem Wagen und sucht ein Zimmer für sie. Bleibt bei ihr – lasst sie keinen Augenblick allein.« Dann deutete sie auf Caldan. »Begleite Elpidia nach drinnen. Ich werde mich später um euch kümmern.«

»Bitte«, flehte Caldan sie an. »Ich habe das Gefühl, dass ich teilweise an dem schuld bin, was Miranda zugestoßen ist. Könnt Ihr mir sagen, was los ist? Ich muss wissen, ob es ihr wieder gut gehen wird.«

Annelies Miene wurde sanfter – aber nur ein wenig. Sie nickte. »Bleib bei Elpidia. Ich werde dich benachrichtigen, sobald es möglich ist.«

Mit diesen Worten entfernte sich Annelie, gab Befehle und brachte Ordnung in die Reihen der Protektoren.

Caldan sah zu, wie zwei Gesellen Miranda vom Wagen hoben und davontrugen. Er brauchte seine ganze Kraft, um ihr nicht zu folgen.

Dann geleitete er Elpidia zu seinem Zimmer, und dort warteten sie auf Nachrichten von Miranda. Er wusste nicht, wie lange es dauern würde, und selbst die kurze Zeit, die bisher vergangen war, fühlte sich unendlich an.

Elpidia saß auf seinem Bett und schrieb etwas in ein Notizbuch. Hin und wieder hielt sie inne, starrte die Wand mit verschwommenem Blick an, war tief in ihren Gedanken versunken.

Caldan lief im Zimmer auf und ab, aber abgesehen von einem oder zwei verärgerten Blicken schien Elpidia geneigt zu sein, ihn mit seinen eigenen Gedanken allein zu lassen.

Schließlich hielt er es nicht mehr aus.

»Ich konnte ihr nicht mehr sagen«, platzte es aus ihm heraus, als die Stille zu viel für ihn wurde. »Ich habe keine Ahnung, wie sie reagiert hätte, wenn sie erfahren hätte, dass du um die Existenz von zwingender Magie weißt.«

Elpidia unterbrach ihr Schreiben und bedachte ihn mit einem festen Blick. »Das verstehe ich. Ich will nicht, dass sie uns Schaden zufügen, und das weißt du, aber du hast zu viel Angst vor dem, was passieren könnte. Du musst darüber nachdenken, was in dieser Lage das Richtige ist.«

»Miranda zu helfen *ist* das Richtige«, sagte Caldan mit großer Bestimmtheit.

»Ja, aber die Personen anzulügen, die uns helfen könnten, zeugt von großer Dummheit.«

»Ist es etwa dumm, dich überleben zu lassen?«

Darauf hatte sie keine Antwort.

Wieder lief er im Zimmer auf und ab. Zwar hatte er mit sich

gerungen, ob er die Protektoren anlügen sollte, aber es verärgerte ihn, dass Elpidia seine Entscheidung anzweifelte. Vielleicht glaubte sie, dass er einfach nur ein paar Geheimnisse für sich behalten wollte, aber sie verstand die Bedeutung des Geheimnisses der verbotenen Magie nicht. Dieses Geheimnis war von so großer Tragweite, dass es nicht über die Jahrhunderte hatte geheim bleiben können, ohne Menschenleben zu fordern, und er zweifelte nicht daran, dass die Protektoren ihre Aufgabe sehr ernst nahmen. Manchmal handelten auch gute Menschen gegen ihre Vorstellungen von Moral und Glauben, wenn sie der Meinung waren, dass es zu einem größeren Guten so sein musste. Seine eigenen Handlungen waren der Beweis dafür, auch wenn er nur ein paar Lügen erzählt hatte. Was stand noch gleich in den *Briefen von Kalistinna*?

Es muss um eine gerechte Sache gehen, wenn gute Menschen böse Dinge tun.

Caldan hegte nicht den geringsten Zweifel daran, dass die Protektoren ihre Sache als gerecht ansahen, so wie auch er es getan hatte, als Simmon sie ihm erklärt hatte.

Aber zum ersten Mal, seit er den Protektoren beigetreten war, fragte er sich, ob ihre Pläne mit den seinen vereinbar waren.

Schließlich zog er sich einen Stuhl ans Fenster, setzte sich, schaute nach draußen und hoffte, dass Annelie Miranda helfen konnte. Er versuchte, nicht daran zu denken, was er tun musste, wenn sie versagte.

Es klopfte an der Tür, und bevor Caldan aufstehen konnte, wurde sie bereits geöffnet.

Eine ältere Gesellin steckte den Kopf hinein. »Meisterin Annelie wünscht euch beide zu sehen. Sofort. Folgt mir.«

Ohne auf eine Antwort zu warten stieß die Frau die Tür ganz auf und machte sich auf den Weg durch den Korridor.

Caldan warf Elpidia einen raschen Blick zu; sie hatte ihr Notizbuch und die Schreibmaterialien bereits weggesteckt.

Es war Stunden her, seit Annelie Miranda mitgenommen hatte. Hoffnung kämpfte in Caldan mit Angst, doch nichts, was gerade geschah, gab ihm einen Hinweis auf das Ergebnis.

Sie folgten der Gesellin durch das Gebäude, bis sie in die Küche kamen. Meisterin Annelie saß auf einer Bank neben Miranda und hatte den einen Arm um ihre Schultern gelegt, in der anderen Hand hielt sie einen Keramikbecher. Miranda hatte den Kopf von dem Becher abgewandt. Caldans Mut sank bei diesem Anblick: Miranda sah genauso aus wie zuvor.

Annelie schaute auf, als sie eintraten. Ihr Gesicht sah abgezehrt und schmal aus, als ob sie tagelang nicht geschlafen hätte. Sie war bleich, und die Hand, die den Becher hielt, zitterte leicht.

Caldan eilte zu ihr. »Ich nehme den Becher und werde versuchen, ihr zu trinken zu geben. Irgendwie scheint es mir leichter zu fallen als allen anderen.«

Er nahm Annelie das Getränk aus der Hand, setzte sich auf der anderen Seite neben Miranda und hielt ihr den Becher an die Lippen. Es gelang ihr, ein paar Schlucke zu nehmen. Wasser tröpfelte ihr an den Mundwinkeln hinunter, dann presste sie die Lippen wieder aufeinander. Er wischte die Reste mit seinem Ärmel ab.

Miranda ging es immer schlechter. Wenn sie weiterhin so wenig Wasser trank, würde sie austrocknen. Caldan fluchte innerlich und rieb sich die Augen. Auch wenn Annelie es bisher nicht gesagt hatte, war es doch offensichtlich, dass es ihr nicht gelungen war, Miranda zu heilen.

Elpidias sorgenschwerer Blick bestätigte seine Ängste. Die Ärztin taumelte zu einem Tisch, setzte sich auf die Bank davor und stützte den Kopf mit den Händen ab. Auch sie hatte sich auf der Reise um Miranda gekümmert und bemitleidete sie für ihre missliche Lage. Sein eigener Kummer drohte ihn zu überwältigen, aber Caldan riss sich zusammen.

Er warf Annelie einen raschen Blick zu, die inzwischen aufgestanden war und eifrig Eintopf aus einem kleinen Kessel, der auf einem Eisenherd stand, in eine Schale löffelte. Außerdem befanden sich zwei Gesellen im Raum, die neben der Tür standen. Caldan vermutete, dass sie so etwas wie Wächter sein sollten. Also vertraute Annelie ihm nicht ganz - trotz der Informationen, die er den Protektoren gegeben hatte, und trotz des Kleinods, das er von Anasoma bis hierher getragen und an sie ausgehändigt hatte.

Dann wird ihr das, was ich zu sagen habe, nicht gefallen.

Doch zuerst brauchte er eine Bestätigung. »Ich nehme an, Ihr wart nicht erfolgreich?«

Annelie räusperte sich und kam auf die beiden zu. Müde schüttelte sie den Kopf und setzte sich an den Tisch. Sie rührte ihren Eintopf um, nahm einen Löffel und kaute langsam. Als sie heruntergeschluckt hatte, sagte sie:

»Es tut mir leid. Was immer ihr angetan wurde, übersteigt unsere Möglichkeiten. Keiner meiner Protektoren ist in der Lage, ihr zu helfen. Ein wenig steht darüber in den Büchern, aber auch die Theorie verstehen nur die besten Zauberer - jene, die der Kaiser an seiner Seite hat. Wir behalten die junge Frau bei uns und beobachten sie, und ich werde eine Nachricht an die Hauptstadt schicken. Vielleicht kann man dort Miranda helfen - wenn man es will.«

Als er die Worte hörte, stellte er fest, dass er gar nicht so enttäuscht war, wie er es erwartet hatte - als ob er tief in seinem Innern schon immer gewusst hätte, dass das Annelies Antwort sein würde. Es tat zwar weh, aber der Schmerz fühlte sich an wie eine Fortsetzung seiner Sorgen um Miranda und nicht wie eine frische Wunde, um die er sich sogleich kümmern musste.

Caldan öffnete den Mund und wollte etwas sagen, doch Elpidia kam ihm zuvor.

»Berichte ihr von Glöckchen!«, platzte es aus der Ärztin heraus, und Caldan schloss kurz die Augen.

Was hat sie da bloß getan? Sie hat soeben Annelie verraten, dass sie um die Existenz der zwingenden Magie weiß.

»Glöckchen«, sagte Annelie. »Wer ist Glöckchen?«

Caldan warf Elpidia einen wütenden Blick zu, bevor er seufzte und sich zu Annelie umdrehte. »Wir müssen unter vier Augen reden. Schickt die Gesellen fort. Sie dürfen das nicht mit anhören.«

Annelie kaute eine Weile auf ihrem Eintopf herum, bevor sie schluckte. Dann winkte sie die Gesellen weg. »Lasst uns allein«, befahl sie.

Sobald sie gegangen waren, bedachte sie Caldan mit einem hartherzigen Blick. »Heraus damit. Jetzt ist die Zeit für Wahrheiten. Deine Geschichte stinkt nach Halbwahrheiten und Ausflüchten.«

»Da waren keine Banditen vor Flussrand«, sagte Caldan. »Zwar wurden Elpidias Ausrüstung und Gepäck sowie einige meiner magischen Gegenstände und Aufzeichnungen gestohlen, aber nicht von Banditen.«

Annelie rieb sich die Augen und seufzte. »Langsam. Hol erst einmal tief Luft und fang dann am Anfang an. Wer hat euch bestohlen?«

Caldan entsprach ihrem Wunsch und nahm sich einige Augenblicke, um seine Gedanken zu ordnen. Er konnte Annelie nicht alles berichten, was er über zwingende Magie wusste, also musste er vorsichtig sein. Und je weniger Elpidia darüber wusste, desto besser. Zärtlich strich er eine Haarsträhne aus Mirandas Gesicht. »Als wir aus Anasoma geflohen sind, haben uns zwei indryallanische Zauberer verfolgt. Sie haben irgendetwas mit Miranda gemacht. Es war die gleiche Zauberei, die sie auch bei Simmon angewendet haben. Den einen Zauberer haben wir töten können, die andere Zauberin haben wir gefangen genommen. Es ist eine Frau namens Glöckchen.«

Annelie stand auf, ihr Gesicht war hochrot angelaufen. »Ihr habt was?«, kreischte sie. »Und das sagst du mir erst jetzt?«

»Es tut mir leid. Ich hatte gehofft, die Zauberin dazu bringen zu können, Miranda zu heilen. Sie hat mir ein paar Dinge beigebracht, und ich war dadurch in der Lage, Mirandas Verletzungen selbst zu spüren, indem ich Glöckchens Magie benutzt habe.« Er warf Elpidia einen raschen Blick zu. »Wir wissen, dass es zwingende Magie war.«

»Bei den Schatten der Ahnen! Was hat euch bloß geritten? Du sagst, sie ist euch entkommen und läuft jetzt irgendwo frei herum? Und du hast versucht, zwingende Magie von ihr zu lernen?«

»Ja. Ich wollte Euch sagen ...«

»Still!«, zischte Annelie. Sie stellte ihre Schale mit Eintopf schwer auf dem Tisch ab. »Du kommst mit mir. Sofort. Wir haben keine Zeit für lange Erklärungen und deine Entschuldigungen. Aber eines will ich klarstellen: Ich mache dich persönlich verantwortlich für alles, was sie tut, während sie in Freiheit ist.«

Caldan senkte den Blick zu Boden und spürte, wie sein Gesicht brannte. Die fast unsichtbare Narbe an seiner Wange juckte unerträglich, und er kratzte sich. Elpidia beobachtete ihn besorgt, aber als ihr Blick hinüber zu Miranda glitt, lag großes Mitgefühl darin.

»Ich kann beinahe verstehen, warum du es getan hast«, begann Annelie. »Deine Freundin – vielleicht war sie mehr für dich – wurde ernsthaft verletzt. Möglicherweise ist sie für immer verändert. Natürlich willst du sie heilen. Aber dafür zwingende Zauberei von diesem Glöckchen lernen? Was hast du dir dabei bloß gedacht?«

»Es war doch nicht viel«, wandte Caldan ein. »Ich habe nur ein wenig erfahren, weil ich besser verstehen wollte, was geschehen ist.«

»Und du glaubst, sie hatte kein verborgenes Motiv, dir zu helfen?«

»Sie hatte angefangen, mir einiges beizubringen. Es hätte ihr genützt, wenn sie mir geholfen hätte, Miranda zu heilen ... irgendwie.« Er konnte Annelie nicht sagen, dass er daran gedacht hatte, Glöckchen als Belohnung freizulassen.

»Aber sie ist entkommen. Wie hat sie das geschafft? Hat sie dich nur hingehalten, bis es ihr gelungen ist? Es gibt viele unbeantwortete Fragen, und ich glaube nicht, dass du die Situation voll erfasst hast. Zwingende Zauberei ist vielschichtig und gefährlich, abgesehen davon, dass sie falsch ist. Du kannst dich leicht im Geist eines anderen Menschen verlieren, wenn du nicht vorsichtig bist. Und ich bezweifle, dass sie vorsichtig mit dir war.«

»Ich ... vielleicht.«

Annelies Worte klangen sinnvoll, aber er hatte das getan, was er in dieser schrecklichen Situation als richtig empfunden hatte. *Nein. Nicht das, was richtig war, sondern was ich tun wollte.* Er hatte Mirandas Wohlergehen über alles andere gestellt.

»Das war naiv und grenzte an Tollkühnheit«, sagte Annelie. »Wenn du sie zusammen mit dem Schwert an uns übergeben hättest, wäre ihre Flucht verhindert worden. Nun, du wirst uns dabei helfen, dieses Problem zu lösen, denn schließlich warst du es, der es geschaffen hat. Und jeder deiner Schritte wird von nun an überwacht werden.«

Caldan betrachtete die Gesichter der beiden Gesellen vor ihm. Annelie stand neben ihm und hatte ihm die beiden Männer soeben vorgestellt. Beide waren alt genug, um Meister sein zu können, aber es war deutlich zu sehen, dass ihre Talente auf anderen Gebieten lagen. Der eine war schlank und hatte ein hartes Gesicht, der andere war muskulös und grimmig. Beide waren mit etlichen Schwertern und Dolchen bewaffnet, die an ihren Gürteln hingen, zusammen mit Steckbögen und Köchern voller Pfeile. Sie trugen grobe Lederstiefel und dazu passende Kleidung, und aus jedem Stiefel lugte ein verdächtig aussehender Metallknauf hervor - der Griff eines Messers, wenn er sich nicht irrte. Beide besaßen etliche magisch aufgeladene Gegenstände, aber keine Kleinodien, die er hätte spüren können. Allerdings war er nicht in der Lage, alle antiken Artefakte wahrzunehmen - sein eigenes Knochen-Kleinod zum Beispiel gab nicht den geringsten Hinweis auf dessen Natur preis.

Die beiden Gesellen waren harte Kerle. Annelie beharrte darauf, dass Caldan sie zu der Stelle führte, an der er die Zauberin zuletzt gesehen hatte. Er mutmaßte, dass sie Glöckchen nicht nur aufspüren sollten, sondern einen weitaus düstereren Auftrag hatten.

»Ich möchte Euch nochmals dafür danken, dass Ihr mir diese Gelegenheit gewährt, Meisterin Annelie«, sagte Caldan. »Ich werde Morkel und Keevy alle Hilfe geben, zu der ich in der Lage bin.« Er legte die Hand auf den Griff des Schwertes an seiner Seite. Es war einfach, aber gut geschmiedet, doch es war weit entfernt von dem Kleinod, das er aus Anasoma hergebracht hatte. »Und auch herzlichen Dank für das Schwert.«

Annelie neigte den Kopf und sah die beiden Gesellen an. »Ich will mich klar ausdrücken. Wenn du die Aufgabe, die Simmon dir gestellt hat, nicht erfüllt hättest, dann wärest du jetzt bereits eingesperrt. Du hast dich zunächst als vertrauenswürdig erwiesen, dann aber dem guten Willen, der dir entgegengebracht wurde, Hohn gesprochen. Beim nächsten

Fehltritt werde ich persönlich dafür sorgen, dass du zum Schweigen gebracht wirst. Ich nehme an, dass das deutlich genug war?«

Caldan schluckte. »Ja, Meisterin Annelie.«

Morkel, der dünne Geselle, räusperte sich. »Du kannst nicht unbewaffnet herumlaufen. Jeder Protektor, der etwas taugt, weiß eine Klinge zu führen. Pass auf, dass du dich nicht selbst damit stichst.«

Keevy schnaubte verächtlich, und Annelie warf ihm einen düsteren Blick zu, dann wandte sie sich wieder an Caldan. »Nicht alle Protektoren sind in der Lage, ein Schwert richtig zu führen. Achte also nicht auf das, was die beiden sagen.«

Sie halten mich für einen Lehrling, dachte Caldan. *Gut. Zweifellos hat Annelie ihnen gesagt, dass ich kein Geselle bin. Aber sie wäre keine Meisterin, wenn sie nicht klug wäre. Wahrscheinlich hat sie ihnen befohlen, mich im Auge zu behalten, damit ich nichts Ungehöriges unternehme.*

»Ich glaube, es wäre das Beste, wenn wir bei unserem Lagerplatz beginnen. Er befand sich ein wenig abseits der Straße, und es ist noch nicht lange her, seit wir ihn verlassen haben. Es sollte also noch alles so sein wie bei unserem Aufbruch. Mit ein wenig Glück finden wir Spuren, denen wir folgen können.«

»Genau das werden wir tun«, sagte Morkel. »Ich finde jeden, es sei denn, er ist außergewöhnlich geschickt und unternimmt große Anstrengungen, um seine Spuren zu verwischen. Wenn sie klug sind, nehmen sie die Straße, auf der sich ihre Spuren verlieren.« Er zuckte die Schultern und richtete seinen Gürtel. »Also hoffen wir, dass sie nicht klug sind.«

Keevy schnaubte erneut, und Caldan fragte sich, ob der Mann überhaupt sprechen konnte.

»Bringt es schnell hinter euch«, sagte Annelie. »Findet die Zauberin, und gebt Bescheid, wenn ihr Hilfe braucht. Und kommt so rasch wie möglich hierher zurück. Der Kaiser und seine Soldaten sind auf dem Weg zu uns, und wir müssen uns darauf vorbereiten.« Sie schenkte Morkel und Keevy einen ernsten Blick, drehte sich um und ließ sie auf dem Hof stehen.

»Richtig«, sagte Morkel. »Kommt, wir holen uns Pferde und machen uns auf den Weg.«

Caldan nickte und blinzelte und versuchte nachdenklich zu wirken. Morkels Frage war wesentlich, aber er konnte diesen Männern nicht die ganze Geschichte erzählen. Er hatte keine Ahnung, wie viel sie über zwingende Magie wussten, und dies war kein Thema, über das er gern reden wollte.

Sie standen am Rand des Lagers, aus dem Glöckchen entkommen war, offenbar mit Amerdan in ihrer Begleitung. Morkel und Keevy hatten ihm befohlen, das Lager nicht zu betreten, während sie in einem Kreis um es herum geschritten waren. Caldan hatte sein Gewicht vom einen Fuß auf den anderen verlagert, bis sie endlich zurückgekehrt waren. Sie wollten zwar keine Zeit verlieren, aber sie wussten nicht, was sie tun sollten.

»Also?«, wiederholte Morkel. »Warum hat die Zauberin nicht einfach euren Wagen gestohlen? Den Spuren nach zu urteilen, sind die beiden zu Fuß weggegangen, und zwar in Richtung des Flusses. Es ergibt doch keinen Sinn, einen Wagen samt Pferden zurückzulassen, die einerseits einen großen Wert darstellen und andererseits eine angenehmere Reisemöglichkeit geboten hätten. Sie hätte die Pferde nehmen sollen, wenn sie nach Anasoma zurückkehren wollte.«

Caldan stimmte mit Morkels Ansicht überein. Glöckchen brauchte weder den Wagen noch die Pferde. »Weil sie nicht nach Anasoma zurückkehren will.«

Morkel warf Keevy einen raschen Blick zu. Sein Gefährte grunzte.

»Was haben sie mitgenommen?«

»Elpidias Ausrüstung: Medizin, Kräuter, alchemistische Zutaten, Werkzeuge. Einiges davon ist ziemlich wertvoll. Und auch meine magischen Gegenstände – diejenigen, die ich hiergelassen hatte.«

»Danach wollte ich gerade fragen. Warum hast du sie nicht einfach mitgenommen?«

»Ich bin in der Morgendämmerung aufgebrochen und hatte es eilig, den Protektoren das Kleinod-Schwert aus Anasoma zu bringen. Darum wollte ich keine Zeit mehr verlieren. Ich war der Meinung, dass ich sehr bald wieder zurückkomme.«

Morkel starrte ihn an, als ob er Caldans Worte abwägen würde. Dann nickte er Keevy zu. »Was hast du gefunden?«

»Der Wagen ist hierher gefahren, sie haben in der Nacht an dieser Stelle gelagert, ein Mann ist in Richtung Straße aufgebrochen – Caldan, wie ich vermute. Der Wagen ist nach ihm losgefahren, und die beiden anderen sind zum Fluss aufgebrochen, aber ich weiß nicht, ob sie zusammen oder nacheinander dorthin gegangen sind.«

Das war das erste Mal, dass Caldan ihn reden hörte. Die Stimme des Mannes überraschte ihn. Sie war rau und brummig, als ob ihm das Sprechen Schmerzen bereiten würde. Kein Wunder, dass er sonst eher still war.

»Das sehe ich genauso«, sagte Morkel. »Also los, wir gehen weiter.«

17

Die dunklen und stillen Gestalten verharrten reglos, als Vasile und Mazoet sich ihnen am Strand näherten. Draußen auf dem Ozean lagen fünf Schiffe vor Anker, während sich in der Ferne vier weitere näherten. Graue Seevögel zogen über ihnen dahin, und fingernagelgroße Krabben huschten zu ihren winzigen Höhlen, als die Männer vorbeischritten; ihre Stiefel knirschten in dem groben weißen Sand. Ein Band aus trockenem Seetang markierte die Flutgrenze.

Vasile beschattete die Augen vor der Sonne und betrachtete Mazoet, dessen Miene umso grimmiger wurde, je näher sie der Personengruppe kamen. Hinter den Fremden lagen fünf kleine Ruderboote auf dem Strand; neben jedem hielten zwei Seeleute Wache. Äußerst merkwürdig. Warum waren fünf Boote benutzt worden, um fünf Männer an Land zu bringen?

»Ihr habt mir noch immer nicht gesagt, was wir hier machen. Wo immer *hier* ist.«

»Wir verhandeln. Nun ja, nicht wirklich, da die Verhandlungen schon vor langer Zeit geführt worden sind. Aber wir ... bestätigen den Kontrakt mit ihnen.«

»Und wer sind *sie*?«

»Söldner. Die besten, die wir auftreiben konnten. Sie waren teuer, aber was nützen Dukaten, wenn man tot ist?«

Allerdings, dachte Vasile. Mazoet hatte bisher einen bemerkenswerten Mangel an Respekt vor Dukaten bewiesen. Auch Vasile hielt nicht sehr viel von Geld, denn diejenigen, denen es so wichtig war, gerieten meist in Schwierigkeiten und fanden sich irgendwann vor einem Richter wieder.

Als sie sich den fünf Männern näherten, konnte er weitere Einzelheiten erkennen. Sie waren ein grober Haufen in Lederrüstungen und mit vielen Klingen; einer trug sogar einen Brustpanzer aus schuppigen Metallplatten.

»Das erklärt, warum Ihr hier seid, aber weshalb war es nötig, mich ebenfalls herzubringen?«

»Ah, jetzt stellt Ihr die richtigen Fragen. Was glaubt Ihr?« Der Zauberer stieß keuchend den Atem aus. Er schwitzte von dem kurzen Weg.

»Weil Ihr ihnen nicht vertraut.«

Mazoet lachte schallend. »Sagen wir lieber, dass wir es nicht schätzen würden, wenn unsere harte Arbeit vergeudet wäre. Allerdings ist es ein gutes Zeichen, dass sie mit so vielen Schiffen hier sind. Es war schwierig, derart viele Söldnergruppen zusammenzuführen. Und obwohl wir ihre Zusagen haben - sie haben uns sogar schriftlich versichert, dass sie für uns arbeiten werden -, bedeuten manchen Menschen ihre Worte, seien sie mündlich oder schriftlich geäußert, nicht viel, wie Ihr sicherlich wisst.«

»Ja«, erwiderte Vasile. »Aber wenn sie den Ruf besäßen, ihre Verträge nicht einzuhalten, würden sie niemals bezahlt werden.«

»Wenn die Summe stimmt, müssten sie vielleicht für einige Zeit nicht mehr arbeiten, und die spätere Änderung von Namen und Aussehen ist einfach genug. Wer sollte schon wissen, dass es sich um dieselbe Söldnertruppe handelt?«

Vasile nickte zustimmend. Er schaute hinaus aufs Meer, und etwas nagte an ihm. »Es muss mindestens zehn Monate her sein, dass Ihr Kontakt mit diesen Männern aufgenommen habt, denn so lange wird es gedauert haben, bis sie sich zusammengeschlossen haben und hierher gereist sind.« Er deutete mit der Hand über die Wellen auf die Schiffe. »Fünf unterschiedliche Gruppen, alle hier am selben Tag, zur selben Zeit, von wo sie auch immer kommen mögen. Das habt Ihr mir noch nicht verraten.«

»Einige kommen aus der Sotharle-Union der Städte, andere von anderswo. Es spielt keine Rolle. Was hingegen eine Rolle spielt, ist der Umstand, dass sie die Arbeit machen werden, für die wir sie bezahlt haben.«

Vasile erwiderte nichts darauf. Wenn Gazija und seine Leute die Söldner bereits vor Monaten angeheuert hatten, dann war ihnen schon lange bekannt gewesen, dass es zu einer Invasion kommen würde. Und sie waren der Meinung gewesen, dass die Reaktion des Kaisers trotz all seiner Macht nicht ausreichen würde, um die Indryallaner zu vertreiben. Die Frage war also: Warum hatten sie das Reich nicht vorher gewarnt?

Dieser Gedanke verursachte ihm eine Gänsehaut. Jede Antwort, die ihm in den Sinn kam, war unschön.

»Überlasst das Reden mir«, sagte Mazoet. »Ihr müsst mir nur sagen, ob sie lügen oder auf irgendeine Weise der Wahrheit ausweichen.«

»Natürlich.«

»Gut.«

Die restliche Strecke über den Sand bis zu den Männern brachten sie schweigend hinter sich, und schließlich blieben sie einige Schritte vor ihnen stehen. Aus der Nähe erkannte Vasile eine Bereitschaft und Disziplin an ihnen, die er nicht erwartet hatte. Ihre Rüstungen und Waffen waren in gutem Zustand, auch wenn sie ausgiebig benutzt worden zu sein schienen. Vasile spürte, dass er von allen fünf Männern abgeschätzt und in bestimmte Sektionen ihrer Hirne einsortiert wurde.

»Seid gegrüßt«, sagte Mazoet, dessen Stimme über die Wellen schallte. »Wie ich sehe, habt Ihr alle es bis hierher geschafft.«

Der Mann mit dem Brustpanzer aus Metall trat vor. Ein gewaltiges Schwert hing über seinem Rücken, und er trug einen geflochtenen Bart.

»Glaubt Ihr etwa, wir würden unser Wort brechen? Ihr habt uns bezahlt, also sind wir hier.«

»Manchmal gibt es Verspätungen - aus allen möglichen Gründen. Gewisse Termine lassen sich einfach nicht einhalten, Selbourne.«

»Wie ich schon gesagt habe - und wie Ihr selbst sehen könnt - sind wir alle hier.« Selbourne, der bärtige Mann, deutete auf seine Gefährten. »Zusammen mit unseren Männern, wie versprochen.«

»Die Schwarzen Sonnen«, sagte Selbourne. Der Mann ganz links, der einen kurz geschorenen Kinnbart trug, verneigte sich in der Hüfte. »Die Zerbrochenen Klingen.« Der kleinste der Männer senkte den Kopf. »Diamantenwacht.« Ein Mann mit einer flachen Nase, die so aussah, als sei sie schon oft gebrochen worden, nickte. »Die Roten Schilde.« Der vierte Mann, mit zwei Narben an der Wange, nickte jetzt. »Und meine eigenen Männer, die Vergessene Kompanie.«

Mazoet schob die Hand unter seine Weste, womit er die Blicke aller fünf Söldnerführer auf sich zog. Sie entspannten sich erst wieder, als er ein Bündel gefalteter Papiere hervorzog. Nasenbruch leckte sich über die Lippen.

»Wie ich sehe, haben sie dich zu ihrem Sprecher ernannt«, sagte Mazoet.

Selbourne zuckte die Achseln, dann nickte er.

»Ihr alle kennt den Grund für dieses Treffen«, sagte Mazoet. »Wir wollen uns vergewissern, dass Ihr Euch alle auf dem Weg befindet, und wir wollen euch die zweite Rate der Bezahlung überreichen.« Er schwenkte die Papiere. »Es sind Schuldscheine, die in all unseren Büros in jeder Stadt eingelöst werden können. Wie verabredet.«

Einige der Söldner warfen einander rasche Blicke zu.

»Frag ihn, Selbourne«, sagte der Mann mit der gebrochenen Nase.

»Halt den Rand, Regnar«, erwiderte Selbourne. »Mir haben deine Ansichten nie gefallen, aber da ihr alle wollt, dass ich frage, werde ich es tun.« Selbourne sah Mazoet fest in die Augen. »Es gibt da ein kleines Problem. Die letzten Schuldscheine wurden zwar eingelöst, aber wer garantiert uns, dass es diesmal genauso sein wird? Diese hier beziehen sich auf viel höhere Summen. Und sie wurden schließlich von der Handelsgesellschaft der Fünf Ozeane ausgestellt. Ihr könntet sie durch ein einziges Wort von Euch wertlos machen, und was könnten wir dann tun?«

Sie mochten zwar Söldner sein, aber Vasile erkannte nun, dass sie keineswegs dumm waren. Mazoet hingegen war wohl offenbar nie einer solchen Unterschätzung erlegen.

»Also gut«, sagte Mazoet nämlich im nächsten Moment. »Auch wenn ich traurig über Euren Mangel an Vertrauen bin, hatten wir doch befürchtet, dass genau diese Situation eintreten könnte.«

Der Zauberer steckte die Zettel wieder unter seine Weste, holte daraus fünf Lederbörsen hervor und warf jedem Söldnerhauptmann eine zu. Keuchen war zu hören, als vier von ihnen sich den Inhalt auf die Handflächen schütteten. Jeder besaß nun eine Handvoll geschliffener Edelsteine in allen Farben. An ihren schockierten Mienen erkannte Vasile, dass die Bezahlung mehr als ausreichend war. Regnar, der Anführer der Diamantwacht, nahm einige Steine und steckte sie sich in die Hosentasche, bevor er den Rest wieder in den kleinen Lederbeutel warf.

Selbourne schwieg und steckte die Börse in seinen Gürtel.

Er nickte Mazoet zu und trat zurück in die Reihe seiner Gefährten.

Mazoet unterbrach ihre Freude. »Ich habe eine Frage. Es ist nur eine Formalität, mehr nicht.«

Stählerne Blicke richteten sich auf den Zauberer, aber sie schienen ihm nichts auszumachen. »Bitte antwortet mit einem einfachen Ja oder Nein.«

Die Hauptmänner tauschen verwirrte Blicke aus und murmelten ihre Zustimmung, dann sagte Selbourne: »Wir sind Euch vertraglich verpflichtet. Fragt.«

Mazoet betrachtete sie alle für eine Weile, dann meinte er: »Beabsichtigt Ihr, den Vertrag zu ehren und zu erfüllen, für den Ihr soeben die letzte Bezahlung erhalten habt?«

Selbourne schnaubte, bevor er sich zu seinen Gefährten umdrehte. Zwei von ihnen zuckten die Achseln und nickten, während die beiden anderen ihre Zustimmung laut und deutlich ausdrückten. Er wandte sich wieder an Mazoet.

»Eine ziemlich einfache Frage, und dazu eine, die ich als unwesentlich ansehen würde. Natürlich sagen wir Ja, selbst wenn einer von uns die Bezahlung nehmen und damit abhauen würde.«

»Haltet mich bei Laune.«

Selbourne drehte sich wieder zu den Söldnerhauptmännern um. »Gebt Mazoet die Bestätigung, die er haben will, damit wir endlich von hier verschwinden können.«

Einer nach dem anderen bejahte Mazoets Frage. Keiner von ihnen sah nervös zu Vasile herüber, aber er hatte schon Männer und Frauen Lügen aussprechen gesehen, die so geklungen hatten, als sei die Wahrheit ihrer Worte sonnenklar.

Vasile zeigte auf Regnar, den Anführer der Diamantwacht, der einige der Edelsteine für sich selbst genommen hatte. »Der da«, sagte er matt und in Befürchtung dessen, was nun geschehen mochte. »Er lügt.«

Regnar riss entsetzt die Augen auf und platzte heraus: »Also bitte, was soll das denn?«

Die Hände der übrigen Söldner bewegten sich zu ihren Waffen, aber sonst unternahmen sie nichts. Einige sahen Regnar an, während andere von Vasile zu Mazoet blickten.

Mein Wort wird nicht reichen, um sie zu überzeugen, dachte Vasile. *Es würde mich auch nicht überzeugen, wenn ich an ihrer Stelle wäre.*

Mazoet schwieg kurz, als ob er entscheiden müsste, was nun zu tun war. »Ich habe Euch soeben die nächste Rate bezahlt«, sagte er. »Ich kann so mit Euch umgehen, wie ich es für richtig halte.«

Selbourne räusperte sich. »Nicht ganz. Außerdem glauben wir einfach nicht, dass Regnar gelogen hat, nur weil dieser Mann es behauptet.«

»Ich stehe an eurer Seite«, sagte Regnar. »Ich habe die Wahrheit gesagt!«

»Ich glaube, dass er lügt«, meinte Mazoet. »Und das ist alles, was in diesem Augenblick zählt. Steht Ihr jetzt unter meinem Kommando, oder schreckt Ihr schon vor den kleinsten Aufgaben zurück?« Sie zögerten noch, und er fügte hinzu: »Wenn Ihr ihn jetzt ergreift, könnt Ihr euch seinen Anteil nehmen.«

Zwei der Söldner packten Regnars Arme, bevor er etwas dagegen unternehmen konnte. Selbourne nickte langsam.

»Tötet ihn«, sagte Mazoet. »Nehmt seine Leute in Eure eigenen Truppen auf. Glaubt Ihr, dass Ihr dazu in der Lage seid?«

Selbourne griff über seine Schulter und zog sein großes Schwert. »Ja. Seine Männer werden dorthin gehen, wo die Dukaten sind. Sie mögen ihn sowieso nicht besonders.«

Er gab ein Zeichen, und Regnar wurde auf die Knie gezwungen. Seine Arme wurden hinter den Rücken gezogen, und ein Stiefel drückte den Kopf nach vorn.

»Das könnt ihr nicht machen!«, kreischte er. »Ich werde euch alle dafür töten!«

»Halt den Mund«, sagte Selbourne. »Stirb wenigstens mit etwas Würde.«

Er hob seine Klinge und hieb zu. Regnars Kopf wurde mit einem einzigen Schlag vom Rumpf getrennt. Seine Glieder zuckten, während sein Blut und sein Leben im Sand versickerten.

Selbourne wischte sein Schwert an der Kleidung des Toten ab. »Das wäre erledigt. Auf Nimmerwiedersehen.«

Vasile schloss die Augen vor diesem Anblick.

»Eine notwendige Unannehmlichkeit«, sagte Mazoet. »Und jetzt müsst Ihr Euch mit Euren Vorbereitungen beeilen. Je eher Ihr beim Sammelpunkt eintrefft, desto besser. Die Lage in Anasoma ist noch komplizierter geworden, und wir befürchten, dass Ihr dort eher früher als später gebraucht werdet. Kommt, Vasile, unsere Aufgabe hier ist erledigt.«

Nach einem weiteren kurzen Marsch und einem Übelkeit erregenden und den Geist verwirrenden Übergang fand Vasile sich wieder dort, wo er vor zwei Tagen gewesen war. Unzählige Meilen hatten sie zurückgelegt, ein Vermögen an Edelsteinen war vernichtet worden, und das alles in weniger als einem Tag. Sein Geist vermochte diesen Gedanken noch nicht ganz zu fassen, obwohl er es doch selbst erlebt hatte.

Mazoet verkündete Vasile dessen nächste Mission: Er musste den Kaiser finden und durch seine Verbindungen sowie seinen Einfluss eine Audienz erwirken, bei der er erklären musste, was Gazija und seine Leute bereits getan hatten und wie sie helfen konnten. Dabei sollte Vasile seine Gabe, die dem Kaiser wohlbekannt war, dazu einsetzen, ihn von der Aufrichtigkeit ihrer Absichten zu überzeugen. Der Kaiser würde Vasile vertrauen, weil dieser schon früher für das Reich gearbeitet hatte – und weil der Kaiser eine ähnliche Gabe besaß. Vasile war bereits mehrfach von ihm eingesetzt und dann weggeschickt worden, weil er in der Lage war, alle Geheimnisse anderer Menschen zu erkennen und herauszufinden. Und von diesen Geheimnissen gab es viele beim Kaiser und seinen Ratgebern.

Zum Beispiel das Wissen seiner Zauberer um die wahre Natur der Magie.

Vasile verbrachte den Abend und einen großen Teil der Nacht damit, nachdenklich im Lager umherzuwandern. Gazija und seine Leute hatten nichts unternommen, um das Reich oder Anasoma zu warnen, und jetzt boten sie dem Kaiser ihre »Hilfe« an? Er hatte das Gefühl, etwas Wesentliches im Hinblick auf diese beiden Umstände und ihre Beziehung zueinander zu übersehen.

Als er zu seinem Schlafsack zurückkehrte und sich in ihn einrollte, stellte er fest, dass er nicht schlafen konnte. *Wie soll ich Gazijas Aufrichtigkeit bestätigen, wenn ich der Meinung bin, selbst nicht die ganze Wahrheit zu kennen?*

Am Ende beobachtete er mit müder Erleichterung, wie die Sonne aufging.

Vasile rieb sich die Augen. Seit er gehört hatte, was von ihm verlangt wurde, litt er an Kopfschmerzen, und sie waren seitdem nicht mehr weggegangen. Bei den Schatten der Ahnen, jetzt könnte er einen guten Schluck vertragen.

Aidan und Vasile standen neben vier Pferden, während Chalayan und cel Rau sie für ihre Reise fertig machten. Gazija hatte die Tiere und Sättel zur Verfügung gestellt und auch für den geforderten Proviant gesorgt. Hartes Brot und Käse, Trockenfrüchte und Nüsse waren alles, worum Aidan gebeten hatte. Für Vasile hatte es den Anschein, als würden sie auf dem Weg keine längeren Pausen einlegen, und er konnte nicht sagen, dass er darüber unglücklich wäre. Gazija, Mazoet und die anderen gingen ihm allmählich auf die Nerven. Sie hatten ihn auserkoren und in ihre Angelegenheiten hineingezogen, aber er wusste genau, dass er sich nicht gerade widerstrebend darauf eingelassen hatte. Doch das bedeutete nicht, dass er keine Zweifel haben durfte, oder? Und wegen dieser Zweifel wollte er einige Zeit weg von den anderen sein und mit sich selbst ins Reine kommen.

Hier war er nun. Er war Aidan an die Seite gestellt und seinen eigenen umherschwirrenden Gedanken überlassen worden. Und nun würde er gleich ein Pferd besteigen und in naher Zukunft den Versuch unternehmen, den Kaiser davon zu überzeugen, dass die Anführer der Handelsgesellschaft der Fünf Ozeane zu seiner Unterstützung hier waren und er sich mit ihnen verbünden sollte. Die ganze Nacht hindurch hatte er Visionen gehabt, in denen der Kaiser befohlen hatte, ihm den Kopf abzuschneiden, so wie die Söldner den Hauptmann der Diamantwacht hingerichtet hatten. Bei diesem Gedanken drehte sich ihm der Magen um, und sein Mund füllte sich mit Speichel.

»Was ist los?«, fragte Aidan. »Ihr seht so aus, als wäre Euch mulmig zumute. Wir reisen nicht mit dem Schiff, also braucht Ihr Euch wegen einer möglichen Seekrankheit keine Sorgen zu machen.«

»Es ist nicht die Art des Reisens, die mir Sorgen macht. Es ist unsere Mission.«

»Ich habe Vertrauen in Euch. Nein, mehr als nur Vertrauen, denn das würde bedeuten, dass ich nicht um Eure Fähigkeiten wüsste. Wenn jemand dem Kaiser die Wahrheit über das, was hier geschieht, nahebringen kann, dann seid Ihr das. Ich kann unsere Verbindung zu ihm und Eure eigene Bekanntschaft mit ihm dazu verwenden, eine Audienz zu erwirken. Der Rest ist dann Eure Sache.«

»Ich bin ihm nur ein paarmal begegnet. Ich bezweifle, dass er sich überhaupt an mich erinnert.«

»Oh, ich glaube, das wird er. Er ist nicht wegen seines guten Aussehens zum Kaiser erkoren worden.«

»Dennoch ...«

»Hört auf, Euch so viele Gedanken zu machen, davon wird Euch nur übel.«

»Ihr habt leicht reden. Ihr seid nicht derjenige, der den Kaiser überzeugen muss.« Vasile rieb sich den Bauch. »Außerdem ist mir schon übel.«

Aidan kicherte. »Alles wird gut. Benutzt diesen Trick, den Ihr bei Chalayan angewendet habt. Wenn Ihr Glück habt, zahlt er Euch vielleicht sogar die fünfhundertzwölf Silberstücke.«

Trotz seiner gedrückten Stimmung musste Vasile grinsen. »Das würde nicht funktionieren. Er weiß bereits, wozu ich in der Lage bin.«

»Dann habt Ihr ihn schon zur Hälfte überzeugt.«

»Vielleicht.«

»Wir können auf der Straße weiterreden. Ich möchte schnell von hier wegkommen. Ich weiß, Ihr sagt, Gazija hat gute Absichten, aber er macht mich trotzdem nervös.«

Wenigstens darin stimmen wir überein.

Vasile betrachtete das Pferd, das ihm zugewiesen war, und seufzte. Es war eine alte braune Mähre, die nicht allzu erfreut darüber zu sein schien, ihr bequemes Zuhause für eine Reise ins Unbekannte verlassen zu müssen. Wenigstens das hatten sie gemeinsam.

18

Morkel bedeutete ihnen, stehen zu bleiben, und er befahl Keevy mit einer knappen Handbewegung an seine Seite.

Rasch stieg Caldan ab und gesellte sich zu ihnen. Mit gerunzelter Stirn betrachtete Morkel zwei Schösslinge vor ihnen. Es waren schlanke Stämmchen, die wenige Schritte auseinander standen. Er wirkte besorgt, und als Caldan und Keevy zu ihm kamen, hob er die Hand, damit sie nicht an ihm vorbeigingen.

»Ich wage zu behaupten, dass wir bald wissen werden, womit wir es zu tun haben«, sagte Morkel.

»Die Bäume?«, fragte Keevy.

»Ja. Sie hat die Spur etwas zu offensichtlich gelegt. Und dann ist da noch die interessante Frage, warum jemand hügelaufwärts vom Pfad abweicht, um geradewegs zwischen zwei Bäumen hindurchzugehen.«

»Das macht doch keiner«, sagte Caldan. »Es sei denn, es gibt einen Grund dafür.«

»Und wenn man dazu noch vermutet, dass man verfolgt wird, kann dieser Grund nur darin bestehen, eine Falle aufzustellen. Und genau das haben wir hier vor uns.«

Morkel sah sich um und holte einen abgebrochenen Zweig unter einem anderen Baum hervor. Mit kurzen, vorsichtigen Schritten bewegte er sich näher an die beiden Schösslinge heran. Vorsichtig ging er in die Hocke und untersuchte das Gras, das um die beiden Stämmchen herum wuchs.

»Aha!« Mit einer plötzlichen Bewegung steckte Morkel den Zweig zwischen die Bäume.

Caldan spürte, wie sich Keevy neben ihm verkrampfte, aber nichts geschah. Morkel richtete sich auf, wich zurück und drehte sich um.

»Am Stamm der beiden Bäume befindet sich Magie. Es sind behelfsmäßige Wirkstücke aus Zweigen, die mit trockenem Gras zusammengebunden sind, aber vermutlich sind sie trotzdem mächtig. Wozu sie auch immer da sein mögen, sie müssen nicht lange halten.«

»Aber als du deinen Zweig zwischen die Bäume gehalten hast, ist nichts passiert«, sagte Caldan.

»Ich vermute, es gibt noch einen anderen Auslöser, denn sonst könnte jedes wilde Tier, das dort entlangläuft, die Falle zum Zuschnappen bringen. Und wir unterscheiden uns nicht von den Tieren, wenn man vom Metall absieht. Hast du Dukaten bei dir?«, fragte er Caldan.

»Welche Art? Gold, Silber oder Kupfer?«

»Am besten Gold, wenn du es hast.«

Caldan reichte ihm einen Golddukaten, und Morkel warf ihn nachlässig zwischen die beiden kleinen Bäume. Wieder geschah nichts.

»Hm«, murmelte Morkel und wischte sich die Hände an seiner Hose ab. »Ganz schön ausgeklügelt für jemanden, der auf der Flucht ist. Aber wir können es nicht einfach hierlassen, denn es darf keinen Unschuldigen erwischen.«

»Vielleicht ist es auf Zauberer eingestellt?«, schlug Caldan vor. »Auf jemanden, der seine Quelle geöffnet hat?«

Keevy machte einen Schritt zurück. »Ich werde es nicht ausprobieren.«

»Niemand wird es persönlich ausprobieren«, sagte Morkel.

»Ich habe ein altes Wirkstück, das wir benutzen können. Es hat seine besten Tage ohnehin schon hinter sich.«

Der Protektor holte eine Halskette unter seinem Hemd hervor. An ihr hingen fünf magisch aufgeladene Medaillons. Er entfernte eines und steckte den Rest wieder unter sein Hemd. »Also los.«

Caldan spürte, wie er seine Quelle öffnete und tat es ihm gleich. Vorsichtig streckte er seine Sinne aus und untersuchte den Riss. Recht stark, aber ... irgendwie ausgefranst.

Morkels Medaillon flog zwischen die Bäume. Ein Knistern fuhr durch die Luft, und ein Blitz zuckte auf, hell wie die Mittagssonne. Die drei Männer zuckten zusammen und wandten sich ab. Caldans Augen stachen und wurden wässerig. Der Duft von Zitronen und heißem Metall drang ihm in die Nase.

Rauch stieg zwischen den Stämmen der beiden Bäume und aus einem Flecken verbrannten Grases auf der anderen Seite hoch, vermutlich war das Medaillon dort gelandet. Hastig zog Morkel mit seinem Zweig zwei Gegenstände aus dem Gras um die Stämme. Es waren kleine Reisigbündel, die von getrocknetem Gras zusammengehalten wurden. Die behelfsmäßigen Zauberstücke waren verzerrt und fast zur Unkenntlichkeit geschwärzt.

»Wie konnte sie Runen in so dünne Zweige ritzen?«, fragte Caldan. »Sie besitzt weder Tinte noch Federn.«

»Die Zweige selbst bilden die Umrisse der Runen. Das ist eine üble Arbeit. Grob, aber gut. Sehr gut.« Morkel kniff die Augen zusammen und betrachtete die magischen Gegenstände in seinen Händen, dann schaute er Caldan an. »Ich glaube nicht, dass sie dich mag. Für jemand anderen kann es nicht gedacht gewesen sein. Und wenn sie wirklich in der Lage ist, aus Zweigen und Gras wirksame Magie zu machen, dann stecken wir in ernsten Schwierigkeiten.«

Morkel umrundete die Schösslinge, an deren Stämmen sich nun je eine schwarze Linie zeigte, und hob sein Medaillon auf. Es war in zwei Teile zerfallen. »Das werde ich mir als Erinnerung behalten. Keevy, ich glaube, jemand hat einen Goldddukaten im Gras da hinten verloren. Wärest du so freundlich, ihn zu holen, damit wir uns davon etwas zu trinken kaufen können, wenn wir zurückgekehrt sind? Vielleicht spendieren wir sogar diesem Lehrling hier etwas, wenn er möchte.«

Caldan nickte zustimmend. Alles, was ihn bei diesen Männern beliebt machte, half ihm. Ein freundliches Wort von Männern, denen Annelie vertraute, würde ihm viel nützen.

»Wir sollten weitergehen«, sagte er. »Es muss eine Weile gedauert haben, bis sie diese magische Falle aufgestellt hat. Also ist ihr Vorsprung geringer geworden.«

Morkel blieb dort, wo er stand, und untersuchte die Schösslinge. Keevy stellte sich neben ihn, und beide betasteten die schwarzen Streifen.

»Was ist das?«, fragte Caldan.

»Komm her, Junge«, sagte Morkel.

Caldan näherte sich ihm, und Morkel befahl ihm, sich auf die eine Seite des einen Schösslings zu stellen, während er selbst auf der anderen Seite blieb.

Caldan konnte Morkel durch den Stamm hindurch erkennen. Es war nicht nur eine Brandspur. Der Baum war in zwei Teile gespalten – und der andere auch.

Morkel und Keevy tauschten einen raschen Blick aus.

»Ich weiß nicht mehr, ob wir sie wirklich einholen wollen«, murmelte Morkel, und Keevy nickte.

»Ich habe sie schon einmal eingefangen, und zwar allein«, sagte Caldan leise. »Damals hatte sie noch all ihre magischen Werkstücke. Und jetzt sind wir zu dritt.«

Morkel gab ein Grunzen von sich. »Das sagst du. Wir sehen nach, wohin sie gegangen ist, und dann entscheiden wir, ob wir noch mehr unternehmen. Ich habe ein schlechtes Gefühl bei dieser Sache.«

Kurze Zeit später standen sie auf einem Hügel und schauten hinunter auf die Stadt Flussrand. Glöckchens Spur hatte einen weiten Bogen um die Stadt gemacht, bis sie plötzlich abgebogen war und zu der Stelle geführt hatte, an der sie sich nun befanden.

Unter ihnen lag eines der Stadttore, durch das sich zu dieser Tageszeit unzählige Menschen, Pferde, Karren und Wagen quetschten. Für einen Fremden wäre es ein Leichtes, sich hineinzuschmuggeln, ohne die geringste Aufmerksamkeit auf sich zu ziehen.

Mit einem Fluch auf den Lippen bestieg Morkel sein Pferd. »Es sieht so aus, als sei unsere Arbeit gerade hundertmal schwieriger geworden. Aber wenigstens wissen wir, wohin sie gegangen ist, und wir werden weitere Unterstützung erhalten. Kommt, wir kehren zurück und sagen Annelie, was wir herausgefunden haben.«

Als sie den Hang hinunter und auf das Tor zuritten, krampfte sich Caldans Brust zusammen, und er konnte nur noch flach atmen. *Beruhige dich,* sagte er zu sich selbst. *Atme tief durch.*

Aber das war schwer. Sie hatten so viel Zeit verschwendet, nur um schließlich in die Stadt zurückzukehren, von der sie aufgebrochen waren. Und Glöckchen – die mächtigste Zauberin, der er je begegnet war – befand sich noch immer in Freiheit. Alles nur wegen ihm. Caldan befürchtete, dass sein Verlangen, Miranda zu heilen, die Protektoren und das Reich noch sehr viel kosten würde.

»Wir müssen einen Ort finden, an dem wir uns verstecken können«, sagte Glöckchen zu Amerdan. »Ein Zimmer in einer

Herberge oder eine ganze Wohnung, was noch besser wäre. Es muss abgelegen sein. Die Köcherer werden die ganze Stadt durchkämmen, sobald sie herausfinden, dass ich geflohen bin.«

Amerdan nickte, aber die Vorstellung, sich wie ein flüchtiger Verbrecher in der Abgeschiedenheit zu verstecken, gefiel ihm gar nicht. Sie machte ihn nervös. Er war es gewöhnt, sich in der Öffentlichkeit zu verstecken, was ihm eine beträchtliche Freiheit verschaffte. Doch im Augenblick musste er sich den Launen der Zauberin fügen. Schließlich war sie für ihn der Schlüssel zu größeren Zielen und musste ... funktionsfähig gehalten werden.

»Ich habe ein paar Dukaten«, sagte er. »Und ich würde ebenfalls eine Wohnung bevorzugen. In einer Herberge ist es zu ... unruhig. Die Leute würden unser Kommen und Gehen bemerken.«

Glöckchen nickte. »Das ist richtig.«

Sie kamen an einem weiteren Bauern mit einem Karren vorbei, der vor Gemüse beinahe überquoll. Vor ihnen führte ein Kaufmann drei schwer bepackte Maultiere an der Leine, während ein Wächter hinter ihm hertrottete. Amerdan rümpfte die Nase über das schlampige Erscheinungsbild des Wächters und dessen schlaffen Hängebauch.

Als ob ich dir nicht alles stehlen könnte, was ich will - wenn ich es denn wollte.

Der Wächter bemerkte ihn nicht einmal, was Amerdans Verachtung nur verstärkte.

Seine Laune wurde auch nicht gerade durch die vielen Menschen verbessert, die sich vor dem Stadttor drängten. Sie kamen zwar recht schnell voran, aber nicht schnell genug für seinen Geschmack. Wenigstens mussten sie nicht unmittelbar hinter einem Bauern oder einem Händler warten, deren Tiere die ganze Straße beschmutzten. Inzwischen hatten sie sich in eine Schlange ohne Vieh, Wagen oder Karren eingereiht, die sich viel schneller als die andere neben ihr bewegte.

Als sie das Tor fast erreicht hatten, spürte er, wie Glöckchen seinen Arm packte. Er zuckte unter der Berührung zusammen und bedachte sie mit einem finsteren Blick. Es fiel ihm schwer, sich zu beherrschen und sie nicht gleich hier auszuweiden. Als er sich dieses Bild vorstellte, musste er kichern. Die so sanft wirkende Frau hinter ihnen würde aufkreischen, wenn Glöckchen vor ihren Füßen die Straße vollblutete. Er würde auch sie zum Schweigen bringen müssen. Und dann den nächsten, der das Schauspiel beobachtet hatte ... Wo würde es enden? Eine nette Belustigung, aber sie passte nicht zu seinen Plänen.

»Was ist so lustig?«

Amerdan zuckte die Achseln, sagte aber nichts.

»Wenn sie fragen, sind wir Mann und Frau.«

Er nickte. Sie hatte etwas vor. Das hatte er seit dem Augenblick gewusst, in dem sie nach ihrer Gefangennahme das Bewusstsein wiedererlangt hatte. Schließlich hatte sie sich nicht halb so stark gewehrt, wie sie es eigentlich hätte tun sollen, als sie wie ein Schwein zusammengebunden und an Caldan ausgeliefert worden war. Als sie herausgefunden hatte, dass sie von Anasoma in westlicher Richtung flohen, war sie bemerkenswert ruhig geworden.

Alle glaubten, sie habe sich in ihr Schicksal ergeben, aber Amerdan wusste es besser. Man wurde nicht zu einer mächtigen Zauberin und Anführerin, indem man sich still ergab. Nein, Glöckchen vertraute darauf, jede Situation zu ihrem Vorteil wenden zu können. Darin glichen sie und Amerdan sich.

Sie hatte noch nicht bestätigt, welche Pläne sie nach Amerdans Meinung hegte, aber das würde sie bald tun. Ein kleiner Versprecher, oder etwas, das sie tat – die Hinweise würden sich häufen, und dann wusste er es.

Dann passierten sie das Tor, nachdem die Köcherer, die die

Stadt bewachten, ihnen nur einen kurzen Blick zugeworfen hatten. Die Soldaten wirkten abgerissen und ausgezehrt; ihre Augen waren müde und ihre Bewegungen träge. Sie bildeten einen traurigen Anblick und wirkten, als seien sie die ganze Nacht auf den Beinen gewesen. Eine rasche Betrachtung der übrigen Köcherer gab eine ähnliche Geschichte preis. Inzwischen mussten sie von der Invasion wissen und waren eifrig mit Vorbereitungen beschäftigt.

Das Gewicht und die Wärme von Glöckchens Arm waren verwirrend. Trotz seiner ursprünglichen Reaktion genoss er es nun beinahe. Die Zauberin war auf eine körperliche, gefährliche Weise schön - und wie sehr er ihre Essenz begehrte! - und er stellte fest, dass er sie nur widerstrebend losließ, sobald sie Flussrand betreten hatten.

Unter seinem Hemd bewegte sich Dotty. Sie drückte sich gegen seine Brust, als ob sie ihn daran erinnern wollte, dass sie noch da war. *Ich weiß,* sagte er stumm zu sich selbst. Zuneigung war gefährlich. Menschen waren verräterisch, wie er nur zu gut wusste. Aber ... Glöckchen war exquisit.

Zu Glöckchens großem Ärger lehnte Amerdan die ersten vier Wohnungen, die sie sich anschauten, ab. Mit der fünften erklärte er sich einverstanden, ihr hingegen schien sie nicht so gut zu passen wie einige der anderen. Aber er durfte sie nicht entscheiden lassen. Und es war wichtig, dass sie keines seiner Verhaltensmuster erkannte.

Nachdem er einer zahnlosen alten Vettel einige Dukaten gezahlt hatte, nahm er den Schlüssel entgegen. Er sperrte die Tür auf, sie traten ein, und er sah sich um. Bevor dieser Ort bewohnbar war, musste er gründlich gesäubert werden. Das Haus hatte einen Innenhof, und Amerdan hatte bereits einige Kübel neben einem Brunnen bemerkt.

»Ich hole Wasser und einen Besen, falls ich einen finde«, sagte er zu Glöckchen.

Sie zuckte die Achseln und zog sich die Stiefel aus.

Amerdan rümpfte die Nase, als er seinen eigenen Geruch einfing. Er hatte zu lange ohne eine Bademöglichkeit auf der Straße verbracht. »Wenn wir den Raum gesäubert haben, suchen wir uns ein Badehaus und lassen unsere Kleidung reinigen.«

Endlich lächelte Glöckchen.

Ja. Exquisit.

19

Wenigstens regnet es nicht mehr, dachte Felice. Zwar hatte ein kurzer Schauer den größten Teil des ekelhaften Flussdrecks an ihrem Körper abgewaschen, aber nun zitterte sie, und sie war ungeheuer müde. Kurz hatte sie bei einem Springbrunnen haltgemacht, sich den Mund ausgespült und getrunken, aber das schien schon Stunden her zu sein, und sie war wieder durstig.

Die schmale Straße, in der sie sich befand, führte steil bergan nach Norden, und sie stapfte mit müden, unsicheren Schritten über die Pflastersteine.

Warum ist diese von den Ahnen verfluchte Stadt nicht kleiner?

Sie befand sich in einem Teil von Anasoma, der das Gräberviertel genannt wurde, denn in der Frühzeit der Stadt hatten sich hier viele Grabhügel erhoben, doch sie waren schon lange ausgeplündert worden und verschwunden, und auf den Überresten waren Häuser gebaut worden. Es war beinahe eine Ironie des Schicksals, dass sie sich gerade jetzt hier wiederfand.

Wenn ich sterbe, müssen sie meinen Körper wenigstens nicht weit tragen.

Schweiß tropfte an ihrer Nase herunter, und sie zitterte heftig. Bei den Ahnen, ihr war kalt, aber ihr Kopf fühlte sich heiß an, als wollte er explodieren. *Wenn ich mein Ziel erreicht habe, muss ich mich ausruhen*, dachte sie. Es sollte nicht mehr weit sein. Zum Schiffsfriedhof zurückzugehen war zu gefährlich – sie würde sicherlich dort noch heute Nacht gefasst werden. Es dauerte nicht lange, bis ihr ein anderer Ort in den Sinn kam, wo sie sich verstecken konnte, bis sie wieder zu Kräften gekommen war – ein Ort, an dem sie überdies möglicherweise die Antworten auf einige Fragen über Kelhak fand, die ihr während des Dominion-Spiels eingefallen waren.

Ah, da ist es. Die Straße endete vor einem gedrungenen Gebäude mit einer schweren Eisentür: das Archiv. Dies war einer der Orte, an denen Avigdor nach Hinweisen auf Caldans Ring gesucht hatte.

Avigdor …

Felice blieb stehen, lehnte sich gegen die Wand neben der Tür und atmete heftig durch ihre zusammengebissenen Zähne.

Für das, was sie ihm angetan haben, werden sie zahlen, schwor sie. *Kelhak, Savine, sie alle.*

Sie hieb mit der Faust auf die Ziegelwand ein und hätte beinahe vor Kummer laut aufgeheult. Nur mit Mühe konnte sie sich davon abhalten.

Reiß dich zusammen, Felice. Du wirst noch gebraucht. Schnell wischte sie sich die Tränen aus den Augen und den Schweiß von der Stirn, dann betätigte sie mehrmals den eisernen Türklopfer. Deutlich hörte sie, wie der Lärm durch das Innere des Gebäudes hallte.

Gerade als sie es erneut versuchen wollte und den Klopfer schon gehoben hatte, öffnete sich ein Guckloch rechts von ihr. Ein runzliges Gesicht mit wässerigen Augen blickte sie an.

»Was ist los?«, rief der kahlköpfige alte Mann. »Es ist noch nicht einmal Morgen.«

Felice richtete sich auf und strich sich die feuchten Haare aus dem Gesicht. »Dessen bin ich mir durchaus bewusst. Mein

Name lautet Felicienne Scheusteig, und ich bin die Dritte Adjudikatorin des Kaisers. Ich verlange, dass Ihr die Tür öffnet.«

»Weg von hier! Geht heim, und schlaft Euch aus.«

Felice schluckte die Flüche herunter, die sich auf ihren Lippen gebildet hatten, und holte tief Luft. »Hört mir gut zu. Das Schicksal dieser Stadt kann davon abhängen, ob Ihr mich hereinlasst oder nicht. Es ist unbedingt notwendig, dass Ihr es tut. Ich muss Eure Aufzeichnungen über die Herbstfeste durchsehen.«

»Ihr klingt nicht betrunken ...«

»Ich *bin* nicht betrunken.«

Der alte Archivar blinzelte und sah sie von oben bis unten an. »Ich weiß nicht ...«

»Die Indryallaner haben mich gefangen gehalten, und ich bin entkommen. Die Informationen, die ich besitze, könnten ungeheuer wichtig werden, aber ich brauche zuerst eine Bestätigung für sie. Ihr könnt mir entweder jetzt helfen und werdet dafür belohnt werden, oder ich komme mit ein paar Männern zurück und ...«

»Droht mir nicht, junge Lady.«

Trotz der Lage hätte Felice beinahe laut aufgelacht. Es war schon eine Weile her, seit jemand sie zuletzt als jung bezeichnet hatte. Oder seit jemand geglaubt hatte, sie sei in der Position, anderen zu drohen.

»Ich bitte um Entschuldigung. Wie kann ich Euch davon überzeugen, dass ich die Person bin, die ich zu sein behaupte? Wir Ihr seht ...« – sie deutete auf ihre nasse, grob gesponnene Robe – »... hilft mein äußeres Erscheinungsbild dabei nicht unbedingt.«

»Pah. Derjenige, der sich auf das äußere Erscheinungsbild verlässt, ist ein schlechter Menschenkenner.«

Felice lächelte. »Das stimmt.«

»Mal sehen ...«, meinte der Archivar. »Beantwortet mir diese Frage: Wer hat im Dominion beim Herbstfest vor drei Jahren den zweiten Platz belegt?« Der alte Mann kicherte über seine eigene Gewitztheit, dann gähnte er.

»Vor drei Jahren ... das war ... ich. Ich habe den zweiten Platz belegt.«

»Allerdings. Nun, ich bin noch nicht vollkommen überzeugt, aber es ist immerhin ein Anfang. Ich werde Euch noch weitere Fragen stellen und nicht erlauben, dass Ihr allein umherschlendert. Aber erst einmal ...«

Das runzlige Gesicht verschwand, und das Guckloch wurde geschlossen. Wenige Augenblicke später wurden etliche Riegel zurückgeschoben, und die Tür öffnete sich.

Mit einem Seufzer der Erleichterung trat Felice in den vertrauten Geruch von altem Papier, der mit einer alchemistischen Beimischung durchsetzt war, welche die Bibliothekare zur Konservierung der Bücher und Schriftrollen benutzten. In der einen Hand hielt der alte Mann eine leuchtende Zauberkugel in einem Metallkäfig am Ende eines hölzernen Stabes.

»Danke. Ich werde dafür sorgen, dass Ihr dies nicht bereuen werdet.«

»Hm. Vielleicht. Aber alles der Reihe nach. Ihr seht aus, als könntet Ihr etwas Wärme gebrauchen – ein Feuer sowie ein heißes Getränk.« Er rümpfte die Nase. »Und ein Bad.«

Ohne auf eine Antwort zu warten, schlurfte der Archivar zu einem Korridor links von ihnen. Sie zitterte wieder und brauchte wirklich ein wenig Wärme und Zeit zum Erholen. Ihre Haut juckte, und sie rieb sich über die vielen Schnittwunden an den Armen, die von dem zerbrochenen Glas der Fensterscheibe herrührten. Die Verletzungen waren nicht tief und bluteten nicht mehr, aber das Flusswasser hatte ihnen gewiss nicht gut getan. Sie würde einen Arzt aufsuchen müssen, der sich um die Schnitte kümmerte und vielleicht eine Salbe auftrug. Bald, versprach sie sich selbst. Aber zuerst musste sie einige Antworten erhalten.

Felice folgte dem Archivar, bis sie einen Raum erreichten, der wie ein allgemeiner Aufenthaltsraum wirkte. Ein orangefarbener Schimmer ging von einem Kamin aus, und der Bibliothekar warf einige Holzscheite von einem kleinen Stapel auf die Kohlen.

»Ihr«, sagte er und deutete mit seiner Kugel auf sie. »Setzt Euch dorthin.«

Felice blinzelte zunächst in das helle Licht, das ihr entgegengestreckt wurde, und dann auf den Sessel vor dem Feuer, auf den der alte Mann hingewiesen hatte. Dankbar sackte sie in die warme Umarmung des Sessels. »Warum habt Ihr jemanden, der hier die ganze Nacht Wache hält?«

»Geheimnisse. In unseren Informationen verbergen sich viele Geheimnisse. Wenn man in der Lage ist, sie zu finden.«

»Allerdings.«

»Ein Wort hier, ein Satz da, ein paar Zahlen ... Manche Leute können all das zusammensetzen, und sie besuchen uns nur ungern tagsüber. Also muss einer von uns stets wach bleiben. Aber für gewöhnlich kommen sie zur Hintertür; sie ist vor neugierigen Blicken besser verborgen.«

Er kicherte, als hätte er etwas Lustiges gesagt, und schenkte ihr einen eigenartig fragenden Blick. Dann entfernte er sich, vermutlich holte er ihr nun ein heißes Getränk. Wenn er das wirklich tat, würde sie ihn wahrscheinlich dafür küssen.

Sie hielt die Hände der Flammenwärme entgegen und rieb sie heftig. Bei allen verdammten Höllen, sie schwitzte noch immer. Warum war ihr dann so kalt?

Bald kehrte der Mann zurück und hielt in jeder Hand einen Becher. Dampf stieg von ihnen auf, und Felice lächelte dankbar, als sie das Getränk entgegennahm. Es war Tee, stark und mit Honig gesüßt. Er hätte wirklich einen Kuss verdient.

Sie nahm ein paar Schlucke, verbrannte sich die Zunge an dem heißen Tee und räusperte sich dann. »Ich muss wirklich Eure Aufzeichnungen sehen. Bitte.«

»Einen Moment. Ich will Euch noch etwas fragen.«

»Was denn?« Felice nippte wieder an ihrem Tee. Sie wollte dies so schnell wie möglich hinter sich bringen und dann mit ihrer Suche beginnen.

»Sagt mir, was Ihr seit der Invasion getan habt. Ihr seid eine Dritte Adjudikatorin und eine geschickte Dominion-Spielerin, und da führt Ihr doch sicherlich etwas im Schilde. Und es ist eindeutig, dass Ihr auf der Flucht seid.«

Felice gab ihm eine kurze Zusammenfassung dessen, was geschehen war, und ließ dabei nur die zwingende und zerstörerische Magie aus. Am Ende starrte der Archivar sie voller Bewunderung an.

»Das unten bei den Docks wart Ihr? Ihr habt versucht, die indryallanischen Schiffe zu versenken?« Er stieß einen leisen Pfiff aus.

»Ja, das waren wir«, sagte Felice. »Aber der Plan ist schiefgegangen. Ihr Anführer ist unverletzt entkommen.«

Der Archivar schwieg, als würde er nachdenken, und kratzte sich den kahlen Kopf. »Ich verstehe noch immer nicht, warum die Indryallaner Anasoma besetzt und sich darin verbarrikadiert haben.«

Felice zuckte mit den Achseln. »Vielleicht wollten sie etwas beweisen? Oder es befindet sich hier etwas, wonach sie suchen? Ich weiß es auch nicht.« *Ich habe selbst versucht, es zu verstehen und bin noch immer nicht zu einer Antwort gekommen.*

»Dann solltet Ihr vielleicht eingehender darüber nachdenken. Warum stochert jemand in einem Hornissennest herum? Insbesondere dann, wenn er genau weiß, dass er der vollen Macht des mahrusischen Reichs letztlich nichts entgegenzusetzen hat?«

Ja, warum? Der Mann hatte recht. Welche Gründe konnten die Indryallaner haben? Sie hatten sich selbst als Ziel markiert und warteten ... worauf? Darauf, besiegt und zurück nach Indryalla getrieben zu werden? Der Kaiser war kein Narr, und er hatte sicherlich inzwischen genügend Soldaten für den Kampf gegen Indryalla und den Marsch auf Anasoma zusammengezogen. Diese Verrückten!

Plötzlich stand Felice auf, und der Tee schwappte über den Becherrand. »Ich muss die Aufzeichnungen sofort sehen. Von den Herbstfesten – die alten von vor vielen, vielen Jahren. Ich weiß das genaue Jahr nicht, also müsst Ihr mir beim Suchen helfen.«

»Kommt mit. Ich will aber nicht in das verwickelt werden, was Ihr vorhabt. Unsere Verantwortung ist auf die Bibliothek beschränkt – wer hier regiert, interessiert uns nicht. Wir halten das Wissen für jedermann bereit.«

»Dagegen ist nichts einzuwenden.« *Allerdings kann ich dir nicht versprechen, dass deine Hilfe nicht als Verletzung eurer selbst auferlegten Neutralität angesehen wird.*

»Versucht es mit diesen hier.«

Felice nahm einen Bücherstapel entgegen, zusammen mit vielen losen Blättern in etlichen Ledermappen. Bisher hatten sie noch nicht einmal das Jahr gefunden, nach dem sie suchte, und sie waren schon fast eine Stunde an der Arbeit. Der Bibliothekar beschwerte sich unablässig über sie, über die Bibliothek, seine Kollegen, das Wetter und alles andere, was ihm einfiel, und allmählich ging er ihr mit seiner Litanei auf die Nerven.

»Die Listen«, wiederholte sie noch einmal. »Seht Euch nur die Gewinnerlisten für die Dominion-Wettbewerbe an und sagt mir, wer jeweils der Erste war.«

»Ich glaube nicht, dass noch eine von diesen Personen lebt, falls Ihr vorhabt, Unterricht bei ihnen zu nehmen.«

»Was würdet Ihr sagen, wenn ich genau das vorhabe?«

»Nun, dann würde ich sagen, dass Ihr verrückt seid.«

»Das würde ich ebenfalls sagen, wenn ich an Eurer Stelle wäre. Aber ohne Beweise kann ich diese Sache nicht verwerfen.«

Felice öffnete ein weiteres Buch und musste niesen. Bei ihrer Suche hatten sie eine Menge Staub aufgewirbelt. Bei den Ahnen, wie müde sie war, aber wenigstens zitterte sie nicht mehr. Es war warm, beinahe heiß in diesem Zimmer. Die Schnitte an ihren Armen juckten stärker. Sie sollte so schnell wie möglich etwas gegen die Verletzungen unternehmen. Während ihrer Suche stand sie, aber der leere Schemel neben dem alten Mann lockte verführerisch. Vielleicht sollte sie sich kurz setzen. Nein, später.

Felice durchblätterte das Buch, bis sie die Listen fand, nach denen sie gesucht hatte. Das Herbstfest in Anasoma war gut dokumentiert: das Unterhaltungsprogramm, die Listen der Gewinner, die Zeitpläne für die einzelnen Spiele, dazu Berichte über die Musikgruppen und die Schauspieler sowie Zeichnungen, die von den Adligen in Auftrag gegeben worden waren.

Da. Endlich. Im letzten Spiel hatte ein Neuling namens Kelhak den Favoriten besiegt, einen gewissen Ratgeber Osmund. Felice schob dem Bibliothekar einen Stapel loser Papiere zu. »Ich habe etwas gefunden. Was ich brauche, sollte sich hier irgendwo in diesen Schriftstücken befinden. Wäre es Euch möglich, die Blätter nach Zeichnungen des Dominion-Spiels zu durchsuchen? Ich nehme mir die anderen vor.« Sie wischte sich mit dem Ärmel ihrer Robe über das feuchte Gesicht.

»Ich muss sagen, junge Felicienne, Ihr seht nicht allzu wohl aus. Vielleicht solltet Ihr Euch ein wenig ausruhen.«

»Es geht mir gut. Ich ... wir müssen das hier erledigen. Wir haben es fast geschafft, und danach kann ich ruhen.«

Sie betrachtete die Zeichnungen so schnell wie möglich und suchte dabei nach Dominion-Spielen und allem, was mit den Finalisten oder Gewinnern zu tun hatte.

Und da war es.

Der strahlende Gewinner des Dominion-Wettbewerbs nahm seinen Preis vom Abgesandten des Kaisers entgegen, während mit Dukaten gefüllte Beutel, die ihm von den Adligen zugeworfen worden waren, zu seinen Füßen lagen. Die Zeichnung trug die Anmerkung: Kelhak, der Gewinner des diesjährigen Dominion-Wettbewerbs auf dem Herbstfest. Ein großer, muskulöser Mann mit strahlend blauen Augen.

»Verflucht«, flüsterte Felice.

Der Raum tanzte um sie herum, und sie kippte dem Schemel entgegen. Hände fingen sie auf, und mit ihrer Hilfe gelang es Felice, sich zu setzen.

»Ihr brennt ja! Und Ihr habt Schnittwunden an den Armen. Wie ist es dazu gekommen?«

Felice schloss die Augen. *Nur für einen kurzen Moment,* versicherte sie sich selbst. Es war derselbe Kelhak. Aber er hatte seine eigenen, gegen ihn eingesetzten Dominion-Strategien nicht wiedererkannt. War das eine Auswirkung der Zauberei, die er offensichtlich zur Verlängerung seines Lebens eingesetzt hatte, oder gab es einen anderen Grund dafür? Es musste etwas bedeuten – aber was? Sie sah es einfach nicht.

Verdammt, denk nach!

»Wie seid Ihr entkommen? Diese Schnitte sind geschwollen und entzündet. Sie sehen gar nicht gut aus.«

»Ich bin durch ein geschlossenes Fenster in den Fluss gesprungen.«

Der Bibliothekar gab ein beunruhigtes Zischen von sich. »Ihr solltet einen Arzt aufsuchen. Flusswasser ist nicht gut. Sogar die Kinder wissen, dass sich in ihm selbst kleine Schnittwunden entzünden.«

»Dazu ist … keine Zeit.«

»Dummes Mädchen. Dazu ist auch keine Zeit mehr, wenn Ihr tot seid.«

»Gaa…«, konnte sie gerade noch sagen, bevor sie seitlich vom Schemel kippte.

20

Meisterin Annelie wartete schon auf sie, noch bevor sie sich an dem Fass, das mit Regenwasser gefüllt war, den Straßenstaub von Händen und Gesichtern gewaschen hatten.

»Ihr seid früher als erwartet zurück«, rief sie über den Hof und eilte auf sie zu. »Ich vermute, ihr habt diese Zauberin, Glöckchen, nicht gefunden?«

Morkel schüttelte den Kopf. »Sie ist nicht geradewegs zurück nach Anasoma gegangen, wie wir vermutet hatten. Sie befindet sich vielmehr hier irgendwo in der Stadt.«

»Hier? In Flussrand?«

»Ja ... und da ist noch etwas.«

»Keevy«, sagte Annelie, »hol die Meister zusammen - jeden, den du finden kannst. Sie sollen im Speisesaal der Meister warten. Falls sie sich beschweren, sagst du ihnen, dass ich gleich mit wichtigen Neuigkeiten bei ihnen bin.«

»Ja, Herrin«, erwiderte Keevy und betrat das Gebäude der Protektoren.

Annelie schnalzte mit der Zunge und bedeutete Caldan und Morkel, ihr zu folgen. Sie ging ebenfalls nach drinnen und wies Caldan eine Bank zu. »Warte hier, und rede mit niemandem, solange ich weg bin. Ich bin sicher, dass einige Lehrlinge und Gesellen Fragen an dich haben, aber du darfst sie nicht beachten. Wir werden später entscheiden, was mit dir geschehen soll, sobald wir Glöckchen eingefangen haben. Wenigstens wissen wir nun, dass sie sich irgendwo in der Stadt aufhält, und mit ein wenig Glück werden wir sie bald gefunden haben. Du allerdings ...«

Die Art, wie sie den angefangenen Satz in der Luft hängen ließ, deutete nichts Gutes an. »Meisterin Annelie, wenn es etwas gibt, das ich ...«

»Nein. Die Tatsache, dass Simmon dir vertraut und dich damit beauftragt hat, uns jenes ... Schwert ... zu bringen, spricht zu deinen Gunsten. Und zwar sehr. Aber glaube nicht, dass du deshalb leicht aus dieser Sache herauskommst. Jetzt werde ich die Meister über die Ereignisse informieren und die Jagd nach der Zauberin organisieren.«

Caldan nickte und sah ihr und Morkel nach, bis sie in einem angrenzenden Raum verschwunden waren.

Er rieb sich die schmerzenden Augen und setzte sich auf die Bank. Bei den Ahnen, war er müde! Zwar hatte er keinen Einfluss darauf, wie die Meister über ihn entscheiden würden, aber falls es ihm erlaubt werden sollte, vor ihnen zu sprechen, war es ihm sicherlich möglich, sie von seiner Aufrichtigkeit zu überzeugen.

Egal. Falls sie ihn im Hauptquartier gefangen setzten, wäre ihm wenigstens die Verantwortung für Glöckchen und die Indryallaner genommen. Darauf konnte er gut verzichten. Aber er befand sich jetzt in einer schlechteren Position als noch vor wenigen Tagen. Miranda war der Heilung nicht näher gekommen, es schien ihr sogar beständig schlechter zu gehen. Wenn die Protektoren Glöckchen schnappten, würde sie Miranda sicherlich nicht mehr helfen können. Überdies wollte er nicht unbedingt herausfinden, was die Protektoren mit Lehrlingen machten, die die Regeln gebrochen hatten.

Deswegen war es wohl das Beste, nicht herausfinden zu wollen, worin seine Bestrafung bestehen mochte.

Er kam zu einer Entscheidung, stand auf, begab sich tiefer in das Gebäude hinein und blieb beim ersten Lehrling stehen, dem er begegnete.

»Entschuldigung«, sagte er zu dem dunkelhaarigen Mädchen. »Einige meiner Freunde sind vor Kurzem hier eingetroffen – eine ältere Frau, die sich um eine jüngere Frau kümmert. Weißt du, wo sie sind?«

»Ja. Sie ist sehr krank, nicht wahr? Die hübsche, meine ich.«

»Das ist sie«, sagte er und dachte in diesem Moment, dass das Mädchen vor ihm in zweierlei Hinsicht recht hatte: Miranda war sehr krank – und sehr hübsch. »Könntest du mir sagen, wo sie sich befinden?«

»Oben, im Krankenzimmer. Ich habe gehört, dass sie viel Pflege braucht.«

Caldan nickte. »Allerdings. Vielen Dank.«

So schnell, wie er konnte, ohne dadurch Aufmerksamkeit zu erregen, ließ er den weiblichen Lehrling stehen und stieg die nächstgelegene Treppe hoch. Bald steckte er den Kopf in einen Türdurchgang, der von einem Vorhang verdeckt war, und fand dahinter Elpidia. Er bemerkte, dass sowohl seine eigene Ausrüstung als auch die von Miranda in einer Ecke zusammengetragen worden war. Die Ärztin hatte der Tür den Rücken zugewandt und war mit einigen Flaschen und Krügen beschäftigt. Sie schüttelte gerade eine klare Phiole und spähte auf den schwach rosafarbenen Inhalt, wobei sie ganz in Gedanken verloren zu sein schien.

Caldan glitt in den Raum. »Wo ist Miranda?«

»Oh!«, sagte sie und zuckte zusammen. »Mach das nicht wieder! Sie ist im nächsten Zimmer, und man kümmert sich gut um sie. Habt ihr Glöckchen gefunden?«

Caldan schüttelte den Kopf und trat zurück in den Türdurchgang. »Nein. Die Meister treffen sich und wollen entscheiden, wie sie weiter vorgehen.«

»Wir müssen uns ihretwegen also keine Sorgen mehr machen?«

»Das habe ich nicht gesagt. Ich muss versuchen, es wieder in Ordnung zu bringen.«

Elpidia kniff die Augen zusammen. »Ich hoffe, du weißt, was du tust.«

»Das weiß ich«, erwiderte Caldan, und als Elpidia ihn zweifelnd ansah, fügte er hinzu: »Ich werde mich nicht davonstehlen und Glöckchen auf eigene Faust suchen. Ich muss mich auf Miranda konzentrieren.«

»Gut. Mach das. Ich weiß nicht, ob ich es schon früher hätte erwähnen sollen - vielleicht -, aber es könnte helfen.« Elpidia durchwühlte ihren Lederbeutel und holte ein gefaltetes Taschentuch heraus. »Hier«, sagte sie und hielt es Caldan entgegen.

»Was ist das?«

»Darin befinden sich einige Haare von Glöckchen. Ich habe sie aus ihrer Kleidung geholt, nachdem wir Anasoma verlassen hatten. Nur für alle Fälle ... Aber jetzt könnten sie sich als ganz praktisch erweisen, nicht wahr?«

Caldan grinste und umarmte sie kurz. »Auf alle Fälle. Danke. Ich hatte nicht gedacht ...«

»Nein, das hattest du nicht.«

Er nahm den Tadel hin, auch wenn er ihre selbstgerechte Art allmählich nicht mehr ausstehen konnte. Aber das Letzte, was er jetzt gebrauchen konnte, war ein Streit mit ihr, und so neigte er den Kopf. »Ich werde einen neuen Kompass herstellen«, dachte er laut nach. »Ich wünschte bloß, ich hätte ein wenig mehr Zeit.« Caldan steckte die Haare ein und durchsuchte seine Habseligkeiten. Wenn ihm schnell etwas einfiel, könnte er vielleicht ein wenig Wohlwollen bei den Meistern hervorrufen.

Mit einem hastigen Lebewohl begab er sich in den angrenzenden Raum und sah nach Miranda. Sie saß auf einem schmalen Bett, eine Decke lag über ihren Beinen. Ihre Nase tropfte, und ihre leeren Augen schienen ihn nicht zu erkennen. Er glättete ihre Haare und putzte ihr die Nase, bevor er eine Kerze vom Fenster nahm und sich damit auf den Boden setzte. Schließlich holte er Papier, Tinte und Federn hervor, entzündete die Kerze und wartete, bis ein wenig Wachs geschmolzen war. Dann stellte er sich vor, was er tun musste, und benutzte den Kompass, den Elpidia für ihn gemacht hatte, als Anleitung. Es war kein perfektes magisches Wirkstück, aber das brauchte es auch nicht zu sein.

Er musste schnell arbeiten. Nichts Protziges. Solange es das tat, was es tun sollte, reichte es aus.

Annelie fing Caldan auf seinem Weg die Treppe hinunter ab. Sie stand am Ende der Stufen vor ihm, hatte die Hände in die Hüften gestemmt und sah ihn mit ernster und missbilligender Miene an.

»Hatte ich dir nicht gesagt, du sollst dich nicht von der Stelle rühren?«

»Es tut mir leid, aber ich muss Euch etwas zeigen.«

»Ich kann für dich nur hoffen, dass es sehr wichtig ist, aber es muss warten. Ich wollte dich gerade holen.« Sie neigte den Kopf ein wenig und deutete damit an, dass er ihr folgen sollte. »Komm, die Meister haben sich versammelt.«

Ohne auf seine Antwort zu warten eilte sie den Korridor entlang, und Caldan lief hinter ihr her, während er seinen neu geschaffenen Kompass aus Papier und Wachs fest in der Hand hielt.

Sie führte ihn in ein Versammlungszimmer, wo er sofort zum Gegenstand des Interesses von mindestens zehn Meistern wurde, einschließlich des Meisters Schimmel. Es fiel ihm schwer, ihren offenen, abschätzenden Blicken standzuhalten, aber es gelang ihm, nicht allzu aufgeregt zu wirken, und er behielt während ihrer gemurmelten Unterhaltungen die Nerven.

Zu seiner Erleichterung sagte Annelie schließlich: »Das hier ist Caldan, der frühere Lehrling von Meister Simmon und der Mann, der uns das Kleinod gebracht und verhindert hat, dass es den Indryallanern in die Hände fällt.«

»Und auch die Person, die die betrügerische Zauberin entkommen ließ«, fügte einer der Meister hinzu, ein älterer Mann mit ergrauendem Haar. »Warum hören wir von seinen Heldentaten, ohne gleichzeitig von seinen Unzulänglichkeiten zu erfahren?«

Seine Worte wurden von breitem zustimmendem Gemurmel begleitet.

Caldans Gesicht wurde heiß, aber er schaute trotzig drein.

Annelie hob die Hand und brachte die Meister zum Schweigen. »Genug. Wie groß seine Verfehlungen auch sein mögen, so hat Caldan doch seinen Wert unter Beweis gestellt, indem er mit dem Kleinod bis hierher gereist ist. Er wusste, wie wertvoll ein solcher Gegenstand ist, und trotzdem hat er nicht gezögert, ihn uns, den rechtmäßigen Eigentümern, zurückzugeben. Damit hat er gezeigt, dass er respektvoll und loyal ist. Auf anderen Bereichen ist sein Urteilsvermögen zweifelhaft, wenn auch möglicherweise aus verständlichen Gründen.«

Es geht doch nichts darüber, mit einem schwachen Lob verdammt zu werden.

»Jetzt ist die Zeit gekommen«, fuhr Annelie fort, »zu entscheiden, wer von euch während seiner Ausbildung die Rolle des Meisters für ihn übernehmen wird. Auch wenn er schon sehr bald geprüft und es entschieden werden muss, ob er begabt genug für die Stellung eines Gesellen ist, muss das noch warten, bis wir diese abtrünnige Zauberin erwischt haben.«

Caldan zog eine Grimasse und machte einen Schritt nach vorn. Ihre Vorstellung von Glöckchen war falsch, und er musste sie unbedingt warnen.

»Darf ich etwas einwenden?«, fragte er, und alle Blicke richteten sich auf ihn.

Annelie wirkte verärgert über diese Einmischung, aber sie bedeutete ihm mit einer knappen Geste, er möge weiterreden.

Er holte tief Luft. »Sie ist keine abtrünnige Zauberin. Ich weiß, dass Ihr all diejenigen so nennt, die das Pech haben, über verbotene Magie zu stolpern oder die absichtlich mit ihr experimentieren, aber Ihr müsst Eure Ansichten über Glöckchen ändern. Soweit ich weiß, hat sie eine sehr harte Ausbildung hinter sich, die bereits in jungen Jahren begann, als ihre Quelle entdeckt wurde. Sie ist nicht nur eine sehr gute Wirkerin, sondern kennt sich auch in Zaubereien aus, die mir nicht einmal ansatzweise bekannt waren. Sie ist jahrelang von Magiern unterrichtet worden, die vermutlich noch viel erfahrener waren als sie, und sie hat alle Hindernisse überwunden und Aufgaben erledigt, die ihr gestellt wurden.« Er schaute sich in dem Raum um und sah einigen Meistern in die Augen. »Glaubt nicht, dass es sich bei ihr um eine der üblichen abtrünnigen Zauberpersonen handelt, hinter denen Ihr für gewöhnlich herjagt. Sie ist ... mehr. Ihre zerstörerische Magie ist sehr stark konzentriert und geht weit über alles hinaus, was ich bei ... Simmon gesehen habe. Es tut mir leid, dass sie entkommen ist, aber unterschätzt sie nicht – das war mein Fehler –, denn sonst könnten Menschen sterben.«

»Aber du behauptest, sie trotzdem besiegt zu haben.« Dies sagte eine junge Frau mit roten Haaren und Sommersprossen auf Nase und Wangen. »Erwartest du von uns etwa, dass wir dir das glauben – nach dem, was du uns gerade erzählt hast?«

Resigniert zuckte Caldan mit den Schultern. »Ich gebe zu, dass eine gehörige Portion Glück im Spiel war. Andererseits habe ich nicht den Fehler begangen, sie zu unterschätzen – zumindest damals nicht.

Aber Ihr braucht mein Wort dazu nicht. Wir alle wissen, dass die Indryallaner eine undurchdringliche Barriere um die ganze Stadt Anasoma gelegt haben. Sie haben die Adligen und die Köcherer überwältigt. Zumindest das sollte Euch eine Warnung sein.«

»Danke, Caldan«, sagte Annelie. »Ich glaube, wir werden dieses Gespräch später weiterführen. Ist irgendjemand bereit, Caldan als Lehrling anzunehmen?«

Einige Meister sahen die anderen an, andere senkten den Blick zu Boden. Caldans Eingeweide krampfen sich zusammen, als er ihr Widerstreben sah.

»Ich werde es tun«, sagte ein Mann hinter ihm mit tiefer, fester Stimme.

Caldan drehte sich zu ihm um und wollte sehen, um wen es sich handelte, als er Laute des Erstaunens von den anderen Meistern hörte.

Die Tür schwang hinter einem bleichen Mann mit kurz geschorenen braunen Haaren zu. Seine schwarze Hose und das gleichermaßen schwarze Hemd waren mit Silberknöpfen besetzt, die wie Blumen geformt waren, und er vibrierte regelrecht für Caldans Sinne, so zahlreich waren die magischen Gegenstände und Kleinodien, die er an sich trug. Verwirrt wandte sich Caldan zu Annelie und wollte sie fragen, wer dieser Mann war. Da sah er, dass die Hälfte der Meister die Köpfe gesenkt hatte, und einige waren sogar auf ein Knie gesunken. Caldan trat vom einen Fuß auf den anderen und wusste nicht, wie er sich verhalten sollte.

Annelie war eine der Personen, die weiterhin aufrecht standen, aber sie verneigte sich vor dem Mann leicht und schenkte ihm ein warmes Lächeln. Es lag Respekt in ihrer Stimme, als sie sagte:

»Joachim! Wir haben Euch erst in einigen Tagen erwartet, aber es ist wie immer eine Freude, einen der Meistermagier des Kaisers zu sehen.«

Der Mann, den sie Joachim genannt hatte, grinste Annelie kurz an. »Dessen bin ich mir sicher. Ich bin vorausgegangen und mit leichtem Gepäck gereist, wie Ihr sehen könnt. Aber ich hatte andere Gründe.«

»Und die wären ...?«

»Sie betreffen Euch nicht. Ich war gerade draußen vor der Tür und habe zufällig gehört, wie Ihr Euch über eine abtrünnige Zauberin unterhalten habt.«

Annelie nickte. »Wir organisieren gerade eine Suche nach ihr.«

»Wie wollt Ihr sie finden?«

»Wir haben eine Beschreibung, und wir werden uns darauf konzentrieren, jede Zauberei aufzuspüren und nach allen Personen mit einer Quelle zu suchen.«

»Ich habe vielleicht etwas Besseres«, unterbrach Caldan sie. »Das heißt, ich habe *wirklich* etwas Besseres«, sagte er, streckte die Hand aus und zeigte ihnen seine Papiermagie.

»Blut, Haut oder Haare?«, fragte Joachim, der dieses Gebilde sofort als behelfsmäßigen Kompass erkannt hatte.

»Haare. Mehr hatte ich nicht.«

»Das wird reichen. Annelie, nehmt es und findet diese Zauberin. Und seid vorsichtig. Über Caldan werden wir später reden. Und jetzt verlassen alle bitte das Zimmer.«

Annelie schenkte Caldan einen verärgerten Blick, nahm sein magisches Wirkstück entgegen und folgte den übrigen Meistern. Bald war niemand mehr im Raum außer Caldan und Joachim.

Der Meistermagier des Kaisers sah ihn eine Weile an, und

Caldan spürte, wie Joachim seine eigene Quelle berührte. Caldan umfasste Glöckchens Schildzauber, der noch in seiner Hosentasche steckte, und öffnete seine Quelle.

»Hab keine Angst vor mir, Junge. Ich bin in sehr kurzer Zeit sehr weit gereist, um dich zu finden.«

Caldan spürte, wie sich ihm die Kehle zuschnürte. »Was wollt Ihr damit sagen?«

»Glaubst du etwa, dass deine Benutzung des Kleinods unbemerkt geblieben ist? Wir suchen seit Jahren nach ihm und nach den Abkömmlingen der Person, der es gegeben wurde. Als es vor wenigen Wochen aktiviert wurde, hat man mich ausgesandt, um es und natürlich auch denjenigen zu finden, der es besitzt.«

Vor wenigen Wochen?, fragte sich Caldan verwundert. Das seltsame Knochen-Kleinod war aktiviert worden, als er gegen Glöckchen gekämpft hatte, und seitdem waren keine Wochen vergangen. Was war damals geschehen? Er erinnerte sich nur daran, dass er den abtrünnigen Zauberer getötet hatte, indem er seinen Schild durchdrungen hatte. War es damals passiert? Es musste so sein. Aber er war sich sicher, dass das Knochen-Kleinod dafür nicht verantwortlich war. Das hatte überhaupt nicht reagiert, nicht so wie während der Flucht unter Anasoma ... damit blieb nur sein silbernes Kleinod übrig – der andere Ring.

»Du hast etwas, das dem Kaiser gehört.« Joachim deutete auf das Kleinod an Caldans Finger und bestätigte damit seine Überlegungen. »Ich bezweifle, dass du weißt, wozu es in der Lage ist, aber einiges davon hast du vielleicht schon herausgefunden. Zu seiner Aktivierung bedarf es einer bestimmten Art von Personen, und sie müssen erst damit vertraut geworden sein. Ich wurde ausgesandt, damit ich es aufspüre und die Lage einschätze, und deshalb habe ich eine gewisse Freiheit, meine eigenen Entscheidungen in dieser Sache zu treffen.«

Mit hämmerndem Herzen hob Caldan die Hand mit dem Kleinod hoch. Es war das Beste, so zu tun, als wäre dies sein einziges Kleinod, bis er mehr über diesen Mann und seine Ziele und Absichten wusste. »Ich habe gehört, dass es einem meiner Vorfahren freiwillig als Belohung gegeben wurde.«

»Das ist korrekt – aber nur bis zum Ableben der betreffenden Frau. Es bleibt im Eigentum des Kaisers.«

»Es befindet sich schon seit Generationen im Besitz meiner Familie und gehört jetzt von Rechts wegen mir. Ihr könnt von mir nicht verlangen, dass ich es abgebe.«

»Ich kann es verlangen, und ich würde es dir abnehmen, wenn ich es wollte. Es gehört dem Kaiser, und das wiegt schwerer als jede Sentimentalität, die dich damit verbindet. Aber ich will dir eine Frage stellen: Habe ich dich schon darum gebeten, mir das Kleinod auszuhändigen?«

»Nein. Aber Ihr habt angedeutet, dass ich es Euch geben muss. Und das führt mich zu der Annahme, dass Ihr etwas von mir wollt.«

»Ah, du bist heller, als du aussiehst.«

Caldan ärgerte sich über die Worte des Meistermagiers, aber er hielt den Mund. Er hatte keine Ahnung, was ein Meistermagier überhaupt war und wie viel Macht er besaß, aber nach Annelies Reaktion und der der übrigen Meister stand hinter Joachim die volle Macht des Kaisers, und damit war nicht zu spaßen. Caldans Haut kribbelte in der Nähe so vieler magischer Gegenstände und Kleinodien. Wie hielt der Mann das bloß aus?

Caldan unterdrückte dieses unangenehme Gefühl und fragte: »Ich bin also jetzt Euer Lehrling? Was bedeutet das? Werde ich zum Meistermagier ausgebildet? Bin ich nun kein Protektor mehr?« Diese Gedanken schwirrten ihm durch den Kopf, und die Fragen purzelten ihm aus dem Mund. »Was ist eigentlich ein Meistermagier genau?«

Joachim lachte und hob die Hände. »Ich habe es ja verstanden – du hast Fragen. Fangen wir mit der letzten an, denn sie ist vielleicht am einfachsten zu beantworten. Manche nennen uns die Schatten des Kaisers, aber offiziell sind wir als Meistermagier bekannt. Wir sind die persönlichen Zauberer des Kaisers und kommen aus der Zauberergilde oder von den Protektoren. Wir tun das ... was der Kaiser uns aufträgt.

Aber das sind genug Fragen fürs Erste. Du wirst bald schon einiges mehr herausfinden. Ich muss dich untersuchen und herausfinden, ob du von den Ahnen berührt wurdest.«

Caldan blinzelte. »Berührt? Was soll das bedeuten?«

»Ich habe dir doch gesagt: keine weiteren Fragen. Bewege dich nicht. Es sollte nicht wehtun.«

Joachim schloss die Augen, und Caldan spürte, wie sich der Meistermagier mit irgendetwas verband. Kälte fuhr über Caldan, als ob ihn ein kühler Wind von den Zehen bis zum Kopf anbliese. Die Armhärchen richteten sich auf, und er zitterte.

Mit einem ausdruckslosen Grunzen öffnete Joachim die Augen und schürzte die Lippen.

»Und?«, fragte Caldan.

»Uneindeutig. Aber das ist nicht ungewöhnlich. Egal. Sobald wir auf dem Weg sind, werde ich dir einige Fragen stellen, die alles klären werden.«

»Auf dem Weg? Verzeihung, aber ich kann nicht von hier weggehen. Meine Freunde ... Bei mir ist eine Frau, die von Glöckchen, einer indryallanischen Zauberin, verletzt wurde. Sie hat zwingende Magie benutzt. Als der Faden der Magie durchtrennt wurde, ist der Geist meiner Freundin ...« Caldan verstummte und schluckte. Seine Kehle hatte sich zusammengezogen.

»Ihr Geist war völlig durcheinandergeraten«, beendete Joachim den Satz für ihn.

Caldan nickte. »Ich werde sie nicht allein hier zurücklassen, insbesondere nicht, solange sie nicht geheilt ist.«

»Ich könnte dir befehlen, mit mir zu kommen. Glaube mir, ich bin durchaus in der Lage, einen solchen Befehl durchzusetzen. Aber ohne dein Einverständnis werde ich dich nirgendwohin zwingen.« Der Meistermagier zog eine Grimasse und wandte den Blick ab, als ob er über seine Möglichkeiten nachdenken würde.

»Annelie und die anderen Meister sind vielleicht in der Lage, ihr zu helfen«, sagte Caldan. »Und ich gehe nicht von hier fort, bevor sie es nicht noch einmal versucht haben.«

Joachim schüttelte den Kopf. »Glaubst du etwa, der Kaiser lässt es zu, dass die Protektoren die Feinheiten der zwingenden Magie lernen? Sie wissen ein wenig darüber – genug, um sie zu erkennen, sowie einige grundlegende Verteidigungstechniken, aber sie wissen, dass diese Magie auch gegen sie eingesetzt werden kann, und daher ist es für sie zu gefährlich, mehr zu wissen.«

»Wer kann uns denn helfen? An wen kann ich mich wenden?«

»Nun, an mich natürlich. Aber das würde uns aufhalten und mich stärker erschöpfen, als es ratsam ist. Allerdings habe ich keine andere Wahl, oder?«

Caldan schüttelte heftig den Kopf.

»Also gut, dann komm mit«, sagte Joachim. »Führe mich zu dieser Frau, und ich werde sehen, was ich für sie tun kann. Aber ich will dir nichts versprechen. Es ist möglich, dass sie zur Behandlung in die Hauptstadt gebracht werden muss. Aber da der Kaiser und die Armee auf dem Weg hierher sind, könnte die Rettung immer näher kommen, während wir uns unterhalten.« Joachim verließ das Zimmer und bedeutete Caldan, ihm zu folgen.

Abermals spürte Caldan, wie Spuren von Hoffnung in sein Herz krochen.

Aber diesmal unterdrückte er sie brutal.

Es wird erst dann Hoffnung geben, wenn Miranda mich wieder erkennt.

Wie versprochen untersuchte Joachim Miranda. Sie saß auf einem Stuhl vor dem Fenster; eine Decke lag über ihren Beinen, und ein unangerührter Becher mit Wasser stand auf einem Schemel neben ihr. Joachim zog ein Stück Stoff aus seiner Tasche und legte es auf den Boden vor ihr. Dann holte er ein Bündel von Gegenständen hervor, die mit einem Lederriemen zusammengehalten wurden, nahm sie auseinander und legte sie vorsichtig auf das Tuch. Caldan spürte, wie Joachim sich Zugang zu seiner Quelle verschaffte, aber er zögerte, das Gleiche zu tun, denn er wollte die Konzentration des Mannes nicht stören. Lange Minuten vergingen, während er Joachim und Miranda beobachtete.

»Könnte ich meine Quelle öffnen und zusehen?«, fragte Caldan vorsichtig.

Joachim blinzelte. »Glaubst du, dass du das kannst?«

»Ich habe in den letzten Tagen ein wenig gelernt, sodass ich zumindest den … Knoten in ihrem Geist erkennen kann.«

Der Meistermagier gab ihm die Erlaubnis, und Caldan holte Glöckchens mit zwingender Magie aufgeladene Glocke hervor. Joachim hob die Brauen, als er sie sah.

»Ich vermute, sie gehört der Zauberin?«

»Ja. Ich habe sie ihr abgenommen.«

»Auch gut. Hatte sie noch weitere wie diese?«

»Nicht, dass ich es wüsste. Zumindest keine mit ähnlichen Runen oder orangefarbenen Jaspissteinen.«

»Dazu können auch andere Steine benutzt werden, Jaspis ist bloß am weitesten verbreitet. Warum zeigst du mir nicht einfach, was sie dir beigebracht hat?«

Caldan schob seine Bedenken beiseite, betastete die magische Glocke, öffnete seine Quelle und verband sie mit dem Anker. Zum zweiten Mal verblassten die Farben in seiner Umgebung - alle bis auf die von Miranda.

»Sag mir, was du siehst«, forderte Joachim von ihm.

»Ihr Kopf ... ist ein verworrenes Durcheinander. Es sind Fäden, nicht wahr? Eine verfilzte Masse aus Farben ohne jeden Sinn. Keinerlei Struktur.« Der Magen drehte sich ihm um, und ihm wurde übel. Rasch schloss er seine Quelle. Schweiß lief an seinem Gesicht herunter. Es war entmutigend, dieses Chaos zu sehen, aber allmählich hatte er das Gefühl, dass die Fäden einen Sinn ergeben würden, wenn er sie nur lange genug ansah. Er hatte gesagt, dass sie keine Ordnung darstellten, aber jetzt fragte er sich, ob nicht doch ein Muster darunter lag. Etwas an ihnen erregte seine Aufmerksamkeit, und er glaubte inzwischen, dass die Fäden eine komplexe Anordnung aufwiesen, die er nur noch nicht begreifen konnte. Doch leider wurde ihm umso elender, je länger er auf das Durcheinander starrte.

Joachim nickte ihm zu. »Gut. Das ist immerhin ein Anfang. Ein besserer, als ihn viele haben. Es ist ein Wunder, dass du nicht zusammengebrochen bist.«

»Passiert das oft?«

»Mir ist es beim ersten Mal so ergangen, und vielen anderen auch. Es wird einfacher - wenn es das ist, wohin dich dein Schicksal führen sollte.«

Die Worte des Meistermagiers erregten etwas in Caldan - Argwohn. Wollte Joachim damit andeuten, dass es ihm in Zukunft möglicherweise nicht verboten sein würde, zwingende Magie zu benutzen? Aber wie sollte es gelingen, etwas zu vergessen, was man einmal gelernt hatte? Die Antwort war natürlich: Es war unmöglich. Trotz Joachims scheinbarer Bereitschaft, Fragen zu beantworten und Miranda zu untersuchen, wurde Caldan immer wieder an das erinnert, was der Meistermagier vorhin gesagt hatte: dass er die Macht hatte, Caldan zum Gehorsam zu zwingen.

Joachim sah ihn an. »Wenn du es ertragen kannst, zuzusehen, solltest du dich wieder mit deiner Magie verbinden. Ich kann etwas für sie tun. Allerdings nur sehr wenig«, warnte er.

»Egal. Bitte.«

Ohne ein weiteres Wort wandte sich der Meistermagier wieder Miranda zu.

Caldan wischte sich über das Gesicht und bereitete sich auf die Übelkeit vor, von der er wusste, dass sie wieder einsetzen würde, dann verband er sich mit der magischen Glocke. Er schreckte ein wenig vor Mirandas verletztem Gehirn zurück, doch er ballte die Hände zu Fäusten und zwang sich, dem erschütternden Bild standzuhalten. Einige Augenblicke vergingen, und nichts geschah.

»Was ...«

»Psst. Nicht unterbrechen.«

Caldan verlagerte sein Gewicht, schlang die Armen um die Brust und wartete. Und wartete. Die steigende Übelkeit trieb ihm den Speichel in den Mund, und er schluckte und zwang das unangenehme Gefühl ebenfalls die Kehle hinunter.

Nun bemerkte er eine Bewegung am Rand von Mirandas Geist. Es war ein schmaler weißer Faden, der nicht mit den übrigen verwoben war. Das Ende schwang vor und zurück und wirkte beinahe schlangenartig. Sanft und vorsichtig glitt es vor, bahnte sich einen Weg unter einigen farbigen Fäden hindurch und hakte sich an einem von ihnen fest, dann zog es an ihm. Der Faden, den es bewegte, wurde allmählich starr, und die anderen um ihn herum schwankten leicht und schienen sich zu ordnen, auch wenn sie nicht verschwanden. Was mochte Joachim mit ihnen gemacht haben?

Wieder zerrte der einzelne weiße Faden an den anderen. Wieder und wieder.

Fasziniert sah Caldan zu, und nach einigen präzise durchgeführten Bewegungen beruhigte sich Mirandas Geist. Ihm war noch immer übel, aber das unangenehme Gefühl schien allmählich zu weichen. Ob dies an den Auswirkungen von Joachims Einwirkung auf Miranda lag, oder ob er sich einfach an zwingende Magie gewöhnte, vermochte er nicht zu sagen.

Schließlich zog sich der weiße Faden zurück, und Caldan schloss seine Quelle. Sein Geist flog mit verwirrender Schnelligkeit in das Zimmer zurück. Seine Beine waren weich geworden, und er sank auf das Knie.

Eine Hand berührte ihn an der Schulter.

»Geht es dir gut?«, fragte Joachim.

»Gebt mir einen Augenblick.« Caldan schluckte den Geschmack von Galle in seinem Mund herunter. Er atmete mehrfach tief ein und aus, bis er sich kräftig genug fühlte, wieder aufzustehen.

»Miranda«, sagte er vorsichtig, »ist sie ...?«

»Wieder gesund? Nein, davon ist sie noch weit entfernt. Wie ich schon sagte, kann ich nur sehr wenig tun. Aber es ist mir gelungen, die Verwirrung in ihrem Geist zu verringern. Es könnte noch ein paar Tage dauern, doch irgendwann wird sie Zeichen der Erholung zeigen.«

»Aber wie sehr wird sie sich erholen? Wann könnt Ihr es noch einmal versuchen?«

Joachim seufzte, sammelte seine Werkzeuge ein und schlug das Tuch um sie. »Das kann ich nicht mit Sicherheit sagen. Oft hängt es von der Willensstärke der verletzten Person ab. Und sie wird viele weitere Behandlungen brauchen - durch Zauberer, die weitaus geschickter und fähiger sind als ich.«

»Und wo kann ich sie finden?«

»Einige befinden sich im Gefolge des Kaisers auf dem Weg hierher. Du kannst wirklich von Glück sprechen. Ich habe Miranda die Möglichkeit verschafft, ihren Zustand selbst zu verbessern. Vielleicht nimmt jetzt auch die Angst ab, die sie in sich verspüren muss. Ihr Verfall ist verlangsamt, aber nicht völlig aufgehalten. Allerdings hat sie jetzt mehr Zeit - genau wie du.«

Caldan warf Joachim einen scharfen Blick zu »Darum geht es hier also. Ihr drückt mich in die Richtung, in der Ihr mich haben wollt.«

»Nein. Was du auch immer glauben magst, ich bin kein Ungeheuer. Ich hätte so oder so versucht, sie zu heilen. Dass dies mit etwas zusammentrifft, was ich erreichen will, ist nur ein glücklicher Zufall.«

»Mir scheint es sehr verdächtig zu sein, dass Ihr gerade jetzt, wo ich Euch so dringend brauche, hier auftaucht.«

»Du kannst es sehen, wie du willst, aber du irrst dich. Das Reich ist in Gefahr, Caldan, und das ist einer der Gründe dafür, dass ich hier bin. Und, ja, ich bin deinem Kleinod gefolgt, aber ich habe nicht wissen können, dass du meine Hilfe brauchst. Und ...« - der Meistermagier dehnte die Worte - »... dass du nun in meiner Schuld stehst. Wie ich schon sagte, war es ein glücklicher Zufall und keine bösartige Berechnung.«

»Was genau wollt Ihr?«

Joachim lächelte. »Ist das deine Art, mit jemandem umzugehen, der dir soeben geholfen hat? Die Protektoren hätten nichts anderes tun können, als uns eine Botschaft zu schicken. Du kannst also von Glück reden, dass ich schon hier bin. Und ich habe mehr Respekt verdient, als du mir bisher erwiesen hast. Du solltest dein Verhalten ändern.«

Caldan drehte sich zu Miranda um und schwieg. War da mehr Farbe in ihrem Gesicht? Zeigten ihre Augen stärkere Anzeichen von Leben? Er fuhr sich mit der Hand über den Kopf; die kurzen Haare kitzelten seine Handfläche. »Ihr habt vorhin gesagt, dass Ihr mich als Lehrling annehmen wollt. Das stimmte nicht, oder?«

»Nein. Ich wollte mich nur der Protektoren entledigen. Ich habe keine Zeit, jemanden zu umhegen und zu unterrichten.«

»Versucht Ihr mich abzuschätzen? Ihr stoßt mich in die eine und die andere Richtung, weil Ihr sehen wollt, wohin ich dabei springe?«

»Unablässig. Du bist vielleicht nicht mein Lehrling, aber du unterstehst mir trotzdem. Ich bin kein freundlicher alter Lehrer, der dich auf jedem Schritt deines Weges leiten wird. Das musst du endlich verstehen.«

»Das hatte ich auch nicht erwartet.«

»Vergiss nicht, dass mir der Kaiser völlig freie Hand im Umgang mit deinesgleichen gegeben hat.«

»Mit meinesgleichen? Was soll das heißen?«

»Wie wäre es mit einem Kleinod-Dieb, abgesehen von dem, was du sonst noch bist?«

»Was?«, platzte es aus Caldan heraus. »Ihr wisst, dass ich es nicht gestohlen habe!«

»Weiß ich das? Nur weil du es mir gesagt hast? Es sollte dir klar sein, dass das kein besonders gutes Argument ist.«

Darauf wusste Caldan nichts mehr zu erwidern. Schließlich aber fragte er noch einmal: »Was wollt Ihr von mir?«

»Antworten. Und dann werde ich entscheiden, was ich mit dir mache.«

21

Aidan kehrte vom Pinkeln gegen einen Busch zurück und fand Vasile im Streit mit cel Rau und Chalayan. Er rieb sich die Augen und fluchte leise, bevor er hoch in den Nachthimmel schaute. Tausende Sterne zwinkerten ihm zu, und er war sich sicher, dass sie sein Schicksal verspotteten.

Vasile und Chalayan gerieten schon seit Tagen immer wieder aneinander, seit sie Gazija und dessen seltsame Gefährten verlassen hatten. Die Art, wie diese Leute redeten und sich bewegten, hatte etwas eindeutig Verwirrendes. Er konnte nicht genau benennen, was ihn an ihnen störte, aber es würde noch eine ganze Weile dauern, bis er etwas von dem glaubte, was sie gesagt hatten, egal, was Vasile dazu meinte. Er mochte keine Zauberer, aber cel Rau verspürte sogar einen brennenden Hass auf sie. Wenn sie noch länger bei Gazija geblieben wären, hätte Aidan befürchten müssen, dass der Schwertkämpfer etwas Unüberlegtes tat. Etwas Blutiges.

Er trat aus den Schatten und auf ihr mageres Feuer zu. »Lasst es«, sagte er.

»Dieser Richter hier weiß etwas«, sagte Chalayan zum zehnten Mal in den letzten Tagen.

Vasile schüttelte den Kopf in einer schwachen Verneinung. »Ich weiß nicht mehr als Ihr. Es sind seltsame Leute, und die Zusammenarbeit mit ihnen fällt schwer. Und sie waren sehr vorsichtig mit dem, was sie in meiner Anwesenheit gesagt haben.«

»Das sollte doch eigentlich schon genug sagen. Sie verbergen Informationen vor uns. Magische Informationen.« Chalayan zischte die Worte beinahe.

Aidan wandte sich an cel Rau. »Du zumindest solltest es besser wissen.«

Der Schwertkämpfer zuckte bloß mit den Achseln und machte sich daran, seinen Schlafsack auszurollen und das Gepäck als Kopfkissen zusammenzulegen. Er war zwar ein Stammesangehöriger aus der Steppe, aber er schätzte seine kleinen Bequemlichkeiten. Aidan war sich sicher, dass cel Rau daheim bei seinen Leuten nicht so angenehm schlief und bestimmt oft mit schmerzendem Nacken aufwachte.

Und nichts anderes hat er verdient, weil er meinen Schmerzen, die von diesen beiden elenden Streithähnen stammen, kein Ende setzt.

Aidan ließ den Schwertkämpfer in Ruhe und starrte Chalayan an, der Vasile noch immer mit einem hungrigen Blick bedachte, wie Aidan nicht zum ersten Mal bemerkte. Es gab etliche Zaubergeheimnisse, die Chalayan erfahren wollte, egal ob sie unmoralisch oder böse waren. Er hatte Mazoets Zauberei am Werk gesehen und festgestellt, dass seine eigene dagegen stark abfiel; sie war blass und eingeschränkt. Aidan wollte Chalayan nicht gern verlieren, aber manchmal lief das Leben nicht so wie erhofft. Doch der Zauberer war es wert, beschützt zu werden, solange es möglich war.

Zumindest bis morgen.

»Wir sollten mit dem Streiten aufhören«, sagte Aidan. »Und uns schlafen legen.«

»Chalayan schuldet Vasile noch immer fünfzig Golddukaten«, bemerkte cel Rau nicht gerade sehr hilfreich.

»Bei den Ahnen«, knurrte Aidan. »Genug. Wenn wir in diesem Zustand vor dem Kaiser und seinem Gefolge auftauchen, werden sie uns nicht ernst nehmen.«

Vasile sah Aidan düster an. »Habt Ihr nicht gesagt, dass sie wissen, wer Ihr seid und was Ihr tut? Habt Ihr denn nicht einen schriftlichen Auftrag für Eure ... Tätigkeit vom Kaiser persönlich?«

»Das haben wir«, erwiderte Aidan. »Aber Lady Caitlyn war die Einzige, die Kontakt mit dem Kaiser und den Personen in seiner unmittelbaren Nähe hatte. Ich vertraue darauf, dass wir keine Schwierigkeiten bekommen werden, denn wir besitzen das Schreiben und haben Neuigkeiten über Anasoma und unsere rätselhaften Wohltäter.«

Der Richter wirkte nicht überzeugt, aber Aidan war es gleichgültig. Bei dem, was er gesehen und mitgemacht hatte, war das Treffen mit dem Kaiser und die Überbringung der gewünschten Informationen das geringste seiner Probleme.

Das größere bestand darin, ihn von der Richtigkeit dieser Informationen zu überzeugen ... und das war genauso Vasiles Problem wie das seine.

»Schlaft«, knurrte er seine Männer an und rollte sich in seine Decke.

Er hoffte, dass die beiden sich heiser gestritten haben würden, lange bevor sie den Kaiser erreicht hatten.

Ein kalter Wind fuhr wie ein scharfes Messer aus dem grauen Himmel durch Vasiles Kleidung. Das Grasland, das mit wenigen Büschen und dürren Bäumen bewachsen war, machte allmählich Äckern und dem einen oder anderen kleinen Dorf Platz.

Schließlich führte cel Rau sie weg von den ausgetretenen Pfaden und durch einen Streifen steinigen Landes, das nicht zur Landwirtschaft geeignet war, denn er behauptete, dieser Weg würde ihnen ein wenig Zeit sparen. In unregelmäßigen

Abständen erhoben sich Felsvorsprünge aus dem Boden, und dunkle Öffnungen gähnten unter ihnen. Cel Rau warnte die anderen, sich vor Wölfen und anderen Raubtieren in Acht zu nehmen, aber bisher hatten sie keine gesehen. Als sie letzte Nacht in einer der Grotten Unterschlupf gesucht hatten, war ihnen allerdings der dort herrschende Tiergestank aufgefallen.

Vasile zog seinen Mantel enger um sich und schlang ihn auch um die Hände, bevor er die Zügel wieder packte. Sein Pferd war bisher sehr sanftmütig gewesen und den anderen gefolgt, allerdings traute er keinem Tier. Er war ein Stadtmensch und fühlte sich wohler auf gepflasterten Straßen. Aber zuletzt waren auch diese gepflasterten Straßen nicht mehr sicher gewesen, und so war es schließlich gekommen, dass er auf einem staubigen Pfad hinter drei ehrlosen Söldnern her ritt. Eigentlich stimmte diese Bezeichnung nicht ganz, aber sie taten das, was sie wollten: töten, verletzen, plündern ... es war ihnen nur zufälligerweise schriftlich erlaubt worden.

Als ob das einen Unterschied machen würde.

Er hatte erwartet, diese Männer schnell leid zu werden, aber inzwischen musste er feststellen, dass der größte Teil der Reise sogar recht angenehm gewesen war, abgesehen von seinen dauernden Streitereien mit Chalayan. Sie logen weniger als andere Menschen, und ihr Anführer Aidan hatte bisher noch keine einzige Lüge ausgesprochen. Oh, er hatte sich um gewisse Themen herumgemogelt, aber Vasile vermutete, dass dies nicht einem Willen zur Täuschung, sondern dem Schmerz der Erinnerung geschuldet war.

Vor ihm lenkte Chalayan sein Reittier zur Seite und hielt an. Als Vasile sich ihm näherte, setzte der Zauberer sein Pferd neben ihn. Aidan warf einen Blick zurück, und als er sah, was der Zauberer tat, zügelte er sein Pferd und gesellte sich zu den beiden anderen.

»Richter«, sagte Chalayan, »was wisst Ihr über die Zauberei, die diese Leute benutzen?«

Es gab nur eine Personengruppe, die der Mann damit meinen konnte. Vasile schüttelte den Kopf. »Nicht viel. Ich habe Euch schon alles gesagt, was ich weiß.«

»Noch einmal, bitte.«

Aidan schwieg und war offenbar interessiert an dem, was Vasile zu sagen hatte.

Vasile seufzte und rutschte in seinem Sattel hin und her. »Die erste Magie, die ich bei ihnen feststellen konnte – aber wie ich schon sagte, habe ich nicht gesehen, wie jemand etwas gemacht hat – wurde eingesetzt, als wir durch die Barriere geschlüpft sind, die von den Indryallanern um Anasoma gelegt wurde.«

»Und Ihr seid einfach hindurchgegangen? Wie ...« Aidan streckte den Kopf vor. »Wie durch einen Wasserfall?«

»Nein, sie hatten ein Loch hineingestoßen und die Barriere an dieser Stelle wie einen Vorhang zur Seite gezogen.«

Chalayan wirkte nachdenklich, und seine Hand fuhr hoch zu einem Amulett an seinem Hals. »Sie wollten die Barriere nicht zerreißen, aber die Flammen kontrollieren. Haben sie vorher einen magischen Gegenstand an die Barriere gehalten?«

»Ich habe doch schon gesagt, dass ich nicht gesehen habe, wie jemand etwas getan hat. Das Boot, in dem wir uns befanden, näherte sich der Barriere, ein Loch öffnete sich in ihr, und wir sind hindurchgefahren.«

»Wie haben sie ein Loch geschaffen, ohne etwas in Kontakt mit den Flammen zu bringen?«, überlegte Chalayan. »Das ist unmöglich, es sei denn, sie kennen eine Möglichkeit, zerstörerische Magie zu kontrollieren.«

»Wenn es so aussieht, dann muss es wohl so sein«, sagte Vasile, der nicht recht wusste, worum es hier ging, aber er wollte das Gespräch schnell beenden und den Zauberer loswerden.

Chalayan richtete sich im Sattel auf und schenkte ihm einen durchdringenden Blick. »Allerdings. Es gibt keine andere Möglichkeit, oder? Als Mazoet gegen die beiden Zauberer gekämpft und uns gerettet hat, war ich der Meinung, dass sie Kleinodien von einer Art benutzen, die mir bisher nicht bekannt war. Aber die wahrscheinlichste Erklärung besteht darin, dass sie einen Weg um die Begrenzungen des magischen Wirkens gefunden und dieses zu zerstörerischen Zwecken eingesetzt haben.«

Vasile wusste fast nichts über Zauberei, und obwohl vieles von dem, was Chalayan sagte, sein Verständnis überstieg – und obwohl er wirklich nichts mit diesem Mann zu tun haben wollte –, hatte der Zauberer mit einer Bemerkung seine Neugier geweckt. »Ihr müsst mir etwas erklären. Auf welche Begrenzungen habt Ihr vorhin angespielt?«

»Grundsätzlich ist ein fester Gegenstand nötig, um die Kräfte aus der eigenen Quelle zu kontrollieren und auszuhalten. Sie können nicht durch den eigenen Körper gelenkt werden, ohne schwere Verletzungen oder sogar den Tod zu verursachen, es sei denn, sie kommen nur in ganz kleiner Menge vor.« Chalayan verstummte und kratzte sich am Kopf. »Denk nach«, zischte er leise, und es klang wie ein Fluch. »Wie könnte es gemacht worden sein?«

Vasile runzelte die Stirn. Er war überfragt, aber ihm kam trotzdem eine Idee. »Habt Ihr schon einmal von Magnetsteinen gehört?«, meinte er. »Manchmal werden sie auch Kurssteine genannt.«

Aidan sagte: »Die Seeleute benutzen sie zur Navigation. Sie ziehen Eisen an.«

»Aber das ist nicht alles, was sie können. Wenn man versucht, zwei von ihnen gegeneinander zu drücken, stoßen sie sich ab. Das wird durch eine Kraft bewirkt, die sie hervorrufen. Ich erinnere mich, wie ein Kollege einmal über sie gesprochen hat.«

»Aber niemand hat die geringste Ahnung, warum sie sich so verhalten«, sagte Chalayan. »Wir können ihre Eigenschaft zur Navigation, aber zu nichts anderem einsetzen.«

»Mir geht es nicht darum, wie oder warum sie das tun, sondern um die einfache Tatsache, *dass* sie es tun. Es wird eine unsichtbare Kraft hervorgebracht, die stark genug ist, einen körperlichen Gegenstand anzuziehen oder abzustoßen. Könnte ein Zauberer nicht einen magischen Gegenstand herstellen, um damit eine ähnliche Kraft zu erschaffen, welche die Magie in bestimmte Richtungen lenkt, ohne dass dabei ein Objekt nötig wäre? Vielleicht könnte diese Kraft die Magie sogar in sich aufnehmen.«

Aidan gab ein unüberzeugtes Grunzen von sich, aber Chalayan sah ihn mit glänzenden Augen an.

»Darüber muss ich nachdenken«, sagte der Zauberer und hielt sein Pferd an, während Vasile und Aidan langsam weiterritten.

Nachdem sie einen gewissen Abstand zwischen sich und den Zauberer gebracht hatten, wandte sich Aidan an Vasile. »Ich will nicht, dass Ihr Euch mit Chalayan über Zauberei unterhaltet.«

»Wie bitte? Warum nicht? Er hat mir doch bloß ein paar Fragen gestellt.«

»Er macht gerade eine schwierige Zeit durch, weil er sieht, wie die Zauberei, die er sein ganzes Leben lang zu meistern versucht hat, in den Hintergrund gedrängt wird.«

Eine Halbwahrheit, dachte Vasile. Der Grund dafür war nicht schwer zu erkennen. »Er ist jemand, der alles wissen muss, nicht wahr? Er wird nicht eher Ruhe geben, bis er gelernt hat, wie es gemacht wurde und er es selbst machen kann.«

»Ja. Die Macht des Wissens kann süchtig machen.«

»Genau wie die Macht selbst.«

Aidan nickte, sagte aber nichts darauf.

»Ihr befürchtet, es könnte ihm eher um die Macht als um das Wissen gehen«, bemerkte Vasile.

»Was ich befürchte, geht Euch nichts an.«

»Und dennoch versucht Ihr, mir Beschränkungen aufzuerlegen und zu bestimmen, mit wem ich rede und was ich sage?«

»Ich versuche gar nichts. Ich *befehle* Euch, Ihr sollt mit Chalayan nicht über Zauberei reden. Das ist keine Bitte. Wir sind nicht Eure Freunde, Vasile, sondern nur Eure Eskorte. Sobald wir den Kaiser erreicht und ich Euch eine Audienz bei ihm verschafft habe, seid Ihr auf Euch allein gestellt, und wir können mit unserer Arbeit weitermachen.«

»Das Böse suchen und es auslöschen?«

»Was immer dazu nötig ist, den Menschen Sicherheit zu geben.«

»Und eine Armee bösartiger Zauberer, die eine Stadt einnehmen, geht Euch nichts an?«

»Sie ist zu groß für uns. Wenn wir zu Gazija zurückgekehrt sind, werde ich meine Männer sammeln und nach Süden ziehen. Vielleicht gehen wir in die Wüste. Ich bin mir sicher, dass der Kaiser sehr wohl in der Lage ist, mit den Indryallanern fertig zu werden.«

»Gazija ist sich da nicht so sicher ...«

Aidan warf ihm einen fragenden Blick zu. »Hat er das gesagt?«

»Nein. Aber er würde keine Söldnertruppen um sich versammeln, wenn er der Meinung wäre, dass er die Invasoren ohne größere Schwierigkeiten vertreiben kann.«

»Das ... stimmt. Die Zeit wird es zeigen. Ich kann mir nicht vorstellen, dass die vereinten Kräfte Gazijas und des Kaisers versagen werden.«

Vasile konnte sich das durchaus vorstellen, aber er wollte nichts sagen, was dieses trübe Gespräch verlängerte.

»Wenigstens müssen wir nicht kämpfen. Noch ein paar Tage ereignislosen Reitens, und ich werde mich schon fast entspannt fühlen.«

»Jukari«, zischte cel Rau.

Er hockte über etwas, das Vasile nur als einen großen Haufen Rattenkot beschreiben konnte, aus dem Haare hervorlugten. Vasile wand sich vor Abscheu, als cel Rau an dem Zeug rieb und danach seine Finger beschnupperte.

»Frisch?«, fragte Aidan.

Der Schwertkämpfer nickte kurz.

Sie hatten sich hinter eine niedrige, trockene Steinmauer geduckt, die vermutlich von regelmäßig hier vorbeikommenden Reisenden als Windbrecher errichtet worden war. Diese Steinmauer umgab eine Feuergrube, und Stofffetzen, verrostete und zerbrochene Schnallen sowie andere von Menschenhand geschaffene Gegenstände lagen in der Einfriedung herum. Sie wurde wohl schon seit Langem benutzt.

Neben dem Jukari-Kot befand sich ein dunkler Fleck, über den Aidan mit seinem Stiefel fuhr. »Blut«, sagte er.

Cel Rau sprang auf die Mauer, hockte sich dorthin und suchte mit seinen Blicken die Umgebung ab. »Vier. Nein ... fünf, vielleicht sogar noch mehr. Sie sind in südlicher Richtung unterwegs, nachdem ...«

Chalayan stellte sich neben Vasile. »Nachdem sie die unglückliche Person verspeist haben, die hier Unterschlupf gesucht hat. Mitsamt den Knochen, Richter. Mitsamt den Knochen.«

Vasile bemerkte in seinen Worten keine Prahlerei oder Übertreibung, und er erzitterte.

»Ich weiß nicht, wie so viele in so großer Nähe zur Zivilisation unbemerkt bleiben konnten«, sagte Aidan. »Aber wir dürfen es nicht zulassen, dass sie weiter durch die Gegend streifen. Sie sind zu gefährlich.«

Sowohl Chalayan als auch cel Rau nickten zustimmend.

Vasile war sich nicht so sicher. »Wir sollten nicht vom Ziel abweichen«, sagte er. »Jeder Tag, den wir vergeuden, könnte ernste Konsequenzen für Anasoma haben, und auch für Gazija, und für die Köcherer des Kaisers.«

Aidan streckte den Arm aus und klopfte cel Rau auf die Schulter, aber dabei redete er mit Vasile. »Das mag sein, aber es lässt sich nicht vermeiden. Das ist unsere Aufgabe, die wir nicht von Gazija, sondern vom Kaiser erhalten haben. Anasoma läuft nicht weg, doch es könnten weitere unschuldige Menschen sterben, wenn wir uns nicht um dieses Problem kümmern.«

»Warum sagt Ihr es so, als ob es nur ein Routine-Problem wäre, das Ihr leicht beheben könnt?«

»Weil es so ist, Richter. Wie ich schon sagte: Das ist unsere Aufgabe.«

Aidan teilte Befehle an Chalayan und cel Rau aus, und schon bald waren sie unterwegs nach Süden, aber nun gingen sie zu Fuß und führten ihre Pferde. Vasile hatte die Anweisung erhalten, alle Zügel zu ergreifen und die Pferde unter Kontrolle zu halten, falls etwas Unvorhergesehenes geschehen sollte.

Cel Rau ging als Erster und gab eine hohe Geschwindigkeit vor. Vermutlich folgte er den Jukari-Spuren, aber immer wenn Vasile versuchte, sie ebenfalls zu sehen, waren sie bereits von den Schritten der Männer vor ihm und von den Hufen ihrer Reittiere verdeckt und ausgelöscht.

Chalayan murmelte in sich hinein, während Aidan schwieg. Cel Rau berührte immer wieder die Griffe seiner Schwerter. Jeder der Männer bereitete sich auf die ihm eigene Weise vor. Vasiles Blase fühlte sich voll an. Er folgte den anderen und fraß deren Staub, bis cel Rau am Fuß einer Erhebung anhielt. Links von ihnen befand sich ein weiterer aus dem Boden ragender Felsvorsprung.

Cel Rau versammelte die anderen um sich, und sie hörten sich das an, was er zu sagen hatte. Vasile schaute sich nach einem Ort um, an dem er sich erleichtern konnte, meldete sich dazu bei ihnen ab und überließ sie ihren Beratungen. Dabei konnte er ihnen nicht helfen, und sie würden ihm sicherlich ihren Plan erörtern, wenn er zurückkam.

Eine weitere Höhle bohrte sich hier in die Felsen, und er vermied es, ihr zu nahe zu kommen. In einiger Entfernung davon stellte er sich hin und öffnete seufzend die Hose.

Er hörte die anderen hinter sich streiten, wie sie es immer taten. Dann warf er einen Blick über die Schulter und beobachtete, wie sie die Pferde zusammenbanden und langsam den Hang hochkrochen, als ob sie versuchten, keinerlei Aufmerksamkeit zu erregen. Irgendetwas musste cel Rau erschreckt haben, denn sonst wäre er nicht so vorsichtig.

Ein Klappern von Steinen lenkte Vasiles Aufmerksamkeit auf die Höhle. Von dort aus, wo er stand, spähte er in die Finsternis. War da eine Bewegung? Er glaubte ein leises Schnuppern zu hören, dann starrten ihn zwei gelbe Augen an. Etwas knurrte.

Ruckartig drehte er sich um und rannte. Er kam ein paar Schritte weit, bis die aufgeknöpfte Hose herunterfiel, sich um seine Fußknöchel legte und ihn zu Fall brachte. Steine klapperten hinter ihm, und er drehte sich um und sah eine mächtige Gestalt aus der Dunkelheit der Höhle auf ihn zukommen.

Das Sonnenlicht traf auf die Kreatur, und sie zuckte davor zurück, drehte den Kopf von dem Gleißen weg und blinzelte. Sie war eine ganze Elle größer als ein ausgewachsener Mensch. Die Haut war grau gesprenkelt, der Kopf mit kurzem, dichtem schwarzen Haar bedeckt, das beinahe wie ein Pelz wirkte. Zwei schräg stehende Augen sahen ihn über der schnabelartigen Nase an.

Ein Jukari. Der erste, den Vasile je gesehen hatte.

Vasile stand starr da und hoffte, das Wesen würde ihn nicht wahrnehmen, wenn er sich nicht regte, und Aidan, cel Rau und Chalayan würden die Bestie bemerken und ihm zu Hilfe eilen.

Die Kreatur trug eine Hose aus festem Leder, das mit dicken Fäden zusammengenäht war, und an seinem Hals baumelten eine Kette aus Fingerknochen sowie ein grobes Medaillon. In der einen Hand trug sie ein rostiges Schwert - das größte, das Vasile je gesehen hatte.

Er wagte einen Blick hinüber zu der Anhöhe und unterdrückte einen Fluch. Aidan und die anderen lagen bäuchlings auf dem Grat und hatten seine missliche Lage nicht bemerkt. Langsam wich er zurück. Schweiß tropfte ihm in die Augen, stach in ihnen, und er blinzelte heftig. Sein Fuß stieß gegen einen Stein.

Der Jukari erstarrte. Er schnüffelte, bewegte den Kopf vor und zurück. Zwar wusste er, dass jemand seine Ruhe gestört hatte, aber da er so plötzlich aus der Dunkelheit der Höhle ins Licht getreten war, hatten sich seine Augen noch nicht an die Helligkeit gewöhnt.

Es ist nur eine Frage der Zeit, erkannte Vasile. Er sprang auf die Beine, zog seine Hose bis zur Hüfte hoch und rannte auf die Pferde zu. Mit etwas Glück würde sich die Bestie auf die Tiere stürzen - wenn er es bis dahin schaffte.

Laute Rufe ertönten hinter ihm und wurden von rauem Gebell begleitet.

Zu Vasiles Entsetzen wurde der Ruf von anderen hinter der Anhöhe aufgenommen.

Vasile hastete auf die Pferde zu. Jeden Augenblick erwartete er, von dem gewaltigen Schwert in zwei Teile gespalten zu werden.

Als er um sein Pferd herum stolperte, wagte er einen Blick nach hinten. Der Jukari kam geradewegs auf ihn zu, aber er bewegte sich langsam, als wüsste er genau, dass Vasile ihm nicht entkommen konnte. Aidan, cel Rau und Chalayan eilten den Hang hinunter und auf ihn zu. Sie brüllten nicht, um den Jukari abzulenken, was Vasile beunruhigend fand, aber immerhin hatte cel Rau beide Schwerter gezogen und rannte vor den anderen her. Chalayan blieb stehen und vollführte irgendwelche zauberischen Handlungen.

Zumindest hoffte Vasile, dass es zauberische Handlungen waren.

Er betete darum, der Jukari möge in Flammen aufgehen, doch dann erinnerte er sich daran, dass Zauberei so nicht funktionierte.

Wozu ist Zauberei gut, wenn man damit nicht einmal Feuer auf seine Feinde abschießen kann?

Er war sich ziemlich sicher, dass ihm Chalayan in dieser Hinsicht zustimmen würde.

Dann beobachtete er, wie cel Rau auf die Bestie zustürmte, die ihn nun erspäht hatte.

Er wird doch nicht ... doch, er wird. Wahnsinn, dachte Vasile, aber er war erleichtert, dass er nun nicht mehr das Ziel des Jukari war.

Die Bestie hob ihr gewaltiges Schwert über den Kopf und war bereit, den Schwertkämpfer zu erschlagen. Cel Rau sprang auf einen hüfthohen Fels, stieß sich davon ab in die Luft und flog geradewegs auf das albtraumhafte Biest zu.

Der Jukari grunzte vor Überraschung und schwang sein Schwert. Zu spät.

Cel Raus erster Stoß drang durch das linke Auge, der zweite durch den Hals. Der Jukari brüllte vor Schmerz auf. Cel Raus

Füße trafen ihn an der Brust, und er schwang sich an seinen beiden Schwertern aus dem Weg der gegnerischen Klinge, die nur einen Fingerbreit von seiner Schulter entfernt an ihm vorbeischwirrte.

Der Jukari schwankte und fiel auf die Knie. Cel Rau drückte die Bestie nieder und schaute ihr in das unverletzte Auge. Er schrie etwas, aber Vasile verstand die Worte nicht.

Der Schwertkämpfer sprang von dem Jukari auf den Boden, zog seine Klingen aus der sterbenden Kreatur und rammte ihm die eine in die Brust. Cel Rau stellte den Fuß neben das Schwert, zog es wieder heraus, und der Jukari fiel leblos in den Dreck.

Vasile starrte ihn an. Bei den Ahnen, wenn es anders gelaufen wäre, dann wäre er jetzt tot. Übelkeit stieg in ihm auf.

Aidan trat neben ihn. »Ein ziemlicher Angeber, nicht wahr? Wir können von Glück reden, dass nur einer in der Höhle war.« Bei seinen Worten ertönte weiteres Gebell hinter der Anhöhe, und Aidan machte eine grimmige Miene. »Aber anderswo gibt es noch mehr von ihnen. Kommt, wir müssen von hier verschwinden. Sie haben unsere Witterung aufgenommen.«

Aidan schob Vasile zu seinem Pferd, während cel Rau und Chalayan auf sie zu rannten. Die Augen des Zauberers waren von wilder Angst erfüllt, während cel Rau nervös wirkte. Vasile wusste inzwischen, dass sie in ernsten Schwierigkeiten steckten, wenn sogar der Schwertkämpfer nervös erschien.

Schnell zog sich Vasile auf den Sattel und trieb sein Pferd in Aidans Richtung, der ihn an sich vorbeiwinkte. Wenige Augenblicke später hatte Chalayan sie erreicht und überholt.

»Beeilung, Richter«, zischte der Zauberer. »Wenn Ihr zurückfallt, seid Ihr reif für den Kochtopf – allerdings wird man Euch nicht vorher kochen.« Mit einem humorlosen Lachen warf Chalayan einen gehetzten Blick über die Schulter und stürmte mit seinem Pferd davon.

Aidan setzte sich neben Vasile und versetzte seinem Reittier einen heftigen Schlag gegen die Hinterläufe, damit es schneller lief. »Los, Vasile! Ihr wollt nicht zurückbleiben!«

»Das hat Chalayan schon gesagt«, rief er zurück. »Cel Rau hat einen getötet, und er hat gesagt, es seien nur ein paar. Vier oder fünf.«

Aidan schüttelte den Kopf. »Es sind mehr geworden. Diejenigen, denen wir gefolgt sind, scheinen nur eine Splittergruppe oder Späher zu sein, die sich von der Hauptstreitmacht getrennt haben.«

»Hauptstreitmacht?«, wiederholte Vasile. Seit der Zerschmetterung waren Jukari nicht mehr in großer Zahl gesichtet worden.

»Werft einen Blick hinter uns«, sagte Aidan. »Dann werdet Ihr keine Fragen mehr stellen, bis wir weit weg von hier sind.«

Vasile regte sich in seinem Sattel, drehte sich um und sah auf den Weg, den sie gekommen waren. Der Staub, den ihre Pferde aufwirbelten, umgab sie, aber dort hinten, in der Nähe des Felsvorsprungs, unter dem der Jukari hervorgekommen war, liefen einige große Gestalten umher. *Nein, nicht bloß einige,* dachte Vasile entsetzt, als sich immer mehr zu ihnen gesellten. Wie Ameisen strömten sie dort über die Kuppe des Hügels, wo Aidan, cel Rau und Chalayan noch vor Kurzem gelegen hatten. Unter ihnen befanden sich kleinere, dunklere, menschenähnliche Gestalten, aber ihre Zahl war geringer. Aus dieser Entfernung konnte Vasile es nicht allzu deutlich erkennen, aber das Sonnenlicht glitzerte auf den leuchtenden Metallgegenständen, die sie bei sich trugen.

»Genug geglotzt!«, rief Aidan. »Wir haben Pferde und sie nicht, aber es könnten sich weitere von ihnen vor uns befinden. Wir müssen jetzt reiten, als würde unser Leben davon abhängen!«

Genauso ist es auch, dachte Vasile.

Vasile sah zu, wie Aidan von seinem Pferd glitt und das Tier an den Zügeln führte. Cel Rau und Chalayan folgten seinem Beispiel, und Vasile machte es widerstrebend genauso.

Links von ihnen wurde die orangefarbene Sonne vom Horizont halbiert, und das Licht schwand schnell. Es war vernünftig, die Pferde jetzt an den Zügeln zu führen, aber angesichts dessen, was sich hinter ihnen befand, wäre Vasile trotzdem lieber weitergeritten. In den letzten Stunden waren seine drei Gefährten sehr schweigsam gewesen und hatten nur dann gesprochen, wenn es absolut notwendig gewesen war.

Vasile war müde. Und durstig. Und hungrig. Schon vor einiger Zeit hatte er seinen letzten Wasservorrat getrunken, und bisher waren sie an keinem Bach vorbeigekommen, an dem sie ihre Schläuche hätte auffüllen können. Er räusperte sich, wischte sich den Staub aus dem Gesicht und bedauerte, dass er vor einiger Zeit dazu noch Wasser benutzt hatte. Es war zwar nicht angenehm, als Letzter in der Reihe zu reiten, aber es war noch immer besser, als zu Fuß gehen zu müssen.

»Aidan«, krächzte er mit trockener Kehle. »Ich brauche mehr Wasser.«

Aidan schüttelte den Kopf, holte aber einen seiner eigenen Wasserschläuche hervor, wartete darauf, dass Vasile zu ihm aufschloss, und gab ihm den Schlauch.

»Ihr müsst sparsamer mit Eurem Wasser umgehen«, sagte Aidan. »Und den Schlauch immer füllen, wenn sich die Gelegenheit dazu bietet, denn man weiß nie, wann die nächste Möglichkeit kommt.«

Vasile nickte dankbar, spülte sich den Staub aus dem Mund und spuckte aus. Nach einigen Schlucken Wasser hustete er und sagte: »Wir werden die ganze Nacht hindurch weitergehen, nicht wahr?«

»Ja. Daran ist leider nichts zu ändern. Wir haben schon einige Entfernung zwischen uns und die Jukari gebracht, aber sie sollte noch größer werden, und wir müssen so schnell wie möglich nach Flussrand kommen.«

»Um die Köcherer zu informieren, sodass sie eine Patrouille aussenden und diese Ungeheuer töten?«

Aidan sah ihn mit hartem Blick an. »Es wird mehr als eine Patrouille nötig sein, um mit diesem Problem fertig zu werden. Wir müssen die Stadt warnen, damit sie sich vorbereiten kann.«

Vasile schluckte. »Wie viele sind da draußen? Ich habe es nicht genau gesehen.«

»Zu viele. Mehr, als es meiner Meinung nach überhaupt noch geben darf. Zusammen mit ein paar Vormag. Und was sie angeht, so hat seit Jahrzehnten niemand mehr etwas von ihnen gehört oder gesehen.« Aidan warf einen besorgten Blick hinter sich und wischte die Hände an seinem Hemd ab.

»Vormag? Ihr macht doch wohl einen Scherz? Sie sind doch nichts anderes als Kindermärchen.«

Aber er wusste durch seine Gabe, dass Aidan die Wahrheit sagte.

Aidans Antwort bestand in einem freudlosen Lachen. »Das ist die Ansicht der meisten Menschen. Und so wollen es die Köcherer haben. Je weniger die Leute wissen und je sicherer sie sich fühlen, desto besser ist es. Wisst Ihr, wir haben nicht nur Jukari gejagt. Da draußen gibt es alle möglichen Arten von bösen Kreaturen, die von der Zerschmetterung übrig geblieben sind, und einige von ihnen sind viel schlimmer als jeder Jukari.«

Vasile dachte über die Geschichten nach, die er als Kind gehört hatte. Die Vormag waren nach den Jukari erschaffen worden und sollten angeblich eine Verbesserung der vernunftbegabten, aber unbeholfenen Bestien darstellen. In den Geschichten hatten sie die Jukari während der Zerschmetterung angeführt und standen nur eine Stufe unter den Zauberern, die sie erschaffen hatten. Ein Gedanke stieg in ihm an die Oberfläche.

»Sie sind Zauberer, nicht wahr? So heißt es in einer der Geschichten.«

Aidan grinste grimmig und nickte. »Einige sind es tatsächlich. Die Protektoren haben so viele von ihnen wie möglich ausgelöscht, aber sie suchen noch immer nach den Übriggebliebenen. Die Vormag sind gewitzt und weitaus klüger als die Jukari.«

»Warum haben sie sich versammelt?«

»Das weiß ich genauso wenig wie Ihr, aber am Ende ist es bedeutungslos. Ihre Gedanken und Motive sind unergründlich, und sie sind zu zahlreich, und ...«, sagte er und warf wieder einen Blick über die Schulter.

»Und sie kommen.«

22

Caldan betrat das Zimmer, und sah sich sofort nach Miranda um. Der Boden knirschte unter seinem Gewicht.

»Wie geht es ihr?«, fragte er Elpidia.

»Besser«, antwortete sie, während sie ein Stofftuch über einer Schüssel auswrang. »Was immer du getan hast, hat gewirkt. Wird sie bald wieder ganz gesund sein?«

»Nein. Joachim hat sein Bestes gegeben, aber sie braucht jemanden, der noch geübter in zwingender Magie ist als er. Er hat Miranda Zeit verschafft und die Zersetzung ihres Verstandes aufgehalten, aber ...«

»Lass mich raten: Es gibt einen Haken. Es war sehr passend, dass er gerade jetzt aufgetaucht ist.«

Caldan nickte. »Es musste früher oder später so kommen. Wenn Anasoma nicht überfallen worden wäre, hätte er mich trotzdem gefunden. Vielleicht ist es gut, dass es früher geschehen ist – für Miranda auf alle Fälle.«

Elpidia atmete tief ein. »Einige deiner Sorgen sind also von dir genommen – oder zumindest geringer – geworden. Und das bringt mich zu meinen eigenen Sorgen.«

Caldan schob Miranda die Haare aus dem Gesicht. »Was brauchst du? Alchemistische Dinge? Die Protektoren sollten in der Lage sein, dir zu helfen. Allerdings sind sie im Augenblick sehr beschäftigt.«

»Ich werde sie um das bitten, was ich benötige; darüber musst du dir keine Gedanken machen. Aber ... ich brauche mehr von dir. Mehr Blut.«

»Weißt du, wie vampirisch das klingt?«

»Du hast mir schon einmal davon gegeben, und es hat mir geholfen. Wirklich. Aber jetzt sind meine Vorräte fast aufgebraucht.«

Caldan ärgerte sich über ihren Tonfall. Sie klang, als wäre er für sie eine Ware. Andererseits würde er sich vielleicht genauso verhalten, wenn er kurz vor dem Tod stünde und der Meinung wäre, eine Möglichkeit zur Heilung in seiner Reichweite zu haben. »Dann mach deine Nadel und Phiole einsatzbereit«, erwiderte er zu Elpidias offensichtlicher Überraschung. »Ich habe dir ein Versprechen gegeben, und ich werde es halten. Ich hoffe wirklich, dass es hilft.«

»Es *muss* helfen.«

Der Eifer in ihrer Stimme war während der Reise beständig gewachsen, und Caldan zögerte beinahe, ihr seinen Arm zu reichen. Doch er konnte sich nicht einmal ansatzweise vorstellen, was Elpidia durchgemacht hatte, und er konnte sich ihr nicht mehr entziehen. Aber er musste sich sicher sein, dass *sie* sich sicher war.

»Hast du daran gedacht, deine Theorie irgendwie zu verifizieren, bevor du dich ganz auf sie verlässt?«

»Ich kenne niemanden, mit dem ich darüber sprechen könnte. Vielleicht gibt es jemanden in der Hauptstadt, aber ... mir ist zumindest niemand bekannt. Sicherlich gibt es dort Meisteralchemisten und ausgezeichnete Ärzte. Ich bin mir allerdings sicher, dass es funktionieren wird.«

Caldan seufzte. Sie war unbeirrbar, aber das respektierte er. War er nicht genauso, wenn es um Miranda ging? Ohne weiteres Zögern trat er vor sie und rollte seinen Ärmel hoch. »Ich hoffe es, wie ich schon sagte. Denn ich weiß nicht, was ich sonst noch für dich tun kann. Anasoma und die Indryallaner, Miranda und Glöckchen und jetzt noch dieser Meistermagier Joachim ... es ist alles sehr kompliziert geworden.«

Elpidia bereitete ihre Instrumente vor. »Du kannst dich ganz um dich selbst und Miranda kümmern. Ich brauche niemanden, der auf mich aufpasst.«

»Aber du beharrst stets darauf, dass ich genau das tun soll.«

Sie erwiderte nichts. Er spürte einen stechenden Schmerz im Arm und sah zu, wie sein Blut ihre Phiolen füllte, doch dieser Anblick beängstigte ihn viel weniger als der beinahe hungrige Ausdruck auf Elpidias Gesicht.

Sie hatten vor einer Stunde die schlafende Miranda zurückgelassen; der Magier hatte Caldan einfach mit sich geschleift, nachdem der junge Mann hastig gegessen und sich gewaschen hatte. Nun saßen sie in einer Ecke des Protektorenhofes und beobachteten die Geschehnisse, als die Meister Annelie und Schimmel Suchtrupps zur Jagd auf Glöckchen zusammenstellten. Caldan hatte erfahren, dass sein Kompass ihren genauen Aufenthaltsort nicht angeben konnte, obwohl er doch eigentlich tadellos funktionierte. Nur das Gebiet, in dem sie sich befand, war daran abzulesen. Offensichtlich verschleierte und verbarg sie einer der magischen Gegenstände, die sie hatte an sich bringen können. Caldan hatte das nicht für möglich gehalten, aber Joachim hatte nur mit den Schultern gezuckt und gesagt, er besitze eine ähnliche Magie. Inzwischen hatte Glöckchen genug Zeit gehabt, weitere Amulette herzustellen, und nur die Ahnen wussten, wozu sie sonst noch in der Lage war.

Der Magier hatte sich an die Wand gelehnt und kniff kurz die Augen zu. Er schien sich einzugewöhnen.

»Schließen wir uns keiner der Gruppen an, die nach Glöckchen suchen?«

Joachim machte eine abwehrende Handbewegung. »Sie werden sie nicht finden. Bestenfalls halten sie die Zauberin damit beschäftigt, ihnen zu entgehen, sodass sie keinen weiteren Schaden anrichten kann. Sie sind ziemlich fähig, und daher wird diese Frau es nicht wagen, sie anzugreifen, denn dadurch kann sie nichts erreichen. Also wird sie warten. Wenn ich mich ausgeruht habe, können wir ihnen unsere Unterstützung anbieten. Ich will mich ihr nicht entgegenstellen, solange ich schwach bin, und ich bezweifle, dass du sie noch einmal überwältigen kannst.«

Blut stieg in Caldans Gesicht, aber er wusste, dass der Meistermagier die Wahrheit sagte. Er wandte den Blick ab und war froh, dass niemand Joachims offene Einschätzung seiner Fähigkeiten mitbekommen hatte.

Darum fragte er nur: »Wie lange wird es dauern, bis Ihr wieder bei Kräften seid?«

»Ein paar Stunden, vielleicht auch länger. Die Behandlung hat mich sehr geschwächt. Diese Art von Zauberei habe ich seit Langem nicht mehr benutzt, und wenn man nicht oft genug übt, rostet man ein.«

»Und wie übt Ihr für gewöhnlich?«

Joachim warf ihm einen verstohlenen Blick zu. »Es ist besser, wenn du im Augenblick nicht alles weißt, auch wenn sich das in Zukunft vielleicht ändern mag. Wie ich schon sagte, hängt das, was als Nächstes geschieht, von deiner Aufrichtigkeit und deinem Verhalten ab.«

Caldan strich sich über die stachligen Haare und nickte. *Das sagst du immer wieder.*

»Wir sollten anfangen. Was weißt du über dein Kleinod?«, fragte Joachim.

»Nicht viel«, gab Caldan zu. »Aber ich vermute, dass es meinem Schwert ermöglicht hat, einen Zaubererschild zu durchdringen, was Euch wiederum auf meine Spur gebracht hat.«

Er fuhr fort: »Ich habe erst vor wenigen Monaten von der

Existenz dieses Kleinods erfahren. Meine Eltern sind gestorben, als ich noch sehr jung war, und ich wurde von den Mönchen auf Eremita erzogen. Erst als ich von dort fortgegangen bin, haben sie mir von meinen Eltern berichtet und mir diesen Ring gegeben.«

Joachim gab ein leises Grunzen von sich, aber seine Miene verriet nichts von seinen Gedanken. »Du hast also keine Ahnung, wer deine Eltern in Wirklichkeit waren oder warum sie sich auf einer Insel versteckt hatten?«

»Nein. Sie sind mir noch immer ein Rätsel. Und was das Kleinod angeht, so trage ich es erst, seit ich mir einen schützenden Armreif schmieden konnte. Einer der Meister bei den Protektoren – Simmon – hat mich mitgenommen, als sie einen verbrecherischen Zauberer zur Strecke gebracht haben. Ich habe diesen Zauberer angegriffen, und mein Schwert war irgendwie in der Lage, seinen Schild zu durchdringen. Allerdings habe ich keine Ahnung, was das Kleinod aktiviert hat oder wie das möglich war. Nichts daran hatte sich geändert. Es hat mir keinerlei Hinweis geliefert.«

»Nein, die Kleinodien, die auf die Berührten eingestellt sind, arbeiten völlig unauffällig.«

»Kleinodien? Es gibt also mehr als eine Art von ihnen?«

»Allerdings«, sagte Joachim, gab aber keine weitere Erklärung. Stattdessen fragte er: »Warst du manchmal hungriger als üblich? Ist dir irgendetwas Außergewöhnliches zugestoßen?«

Er weiß es, erkannte Caldan. *Er weiß genau, was mit mir geschieht, und es hat irgendwie mit meinem Kleinod zu tun.* Doch als er Marlon damals verletzt hatte, hatte er es nicht getragen. Die Meister hatten aus gutem Grund darauf bestanden, dass er es verbarg. *Das bedeutet, dass die Ereignisse mit mir selbst in Verbindung stehen und das Kleinod nur etwas Zusätzliches ist. Wenn Joachim das bereits weiß, hat es keinen Sinn, es zu leugnen.*

»Ja, ich esse eine Menge. Mehr als jeder, den ich kenne. Und manchmal wird mir heiß, als ob sich mein Blut erwärmen würde, und ich schwitze.« Caldan sah Joachim an, der ihn mit einem Nicken zum Weiterreden aufforderte. »Alles wird langsamer, als ob die ganze Welt durch Honig waten würde. Aber ... es betrifft mich nicht, und für alle anderen sieht es so aus, als würde ich mich schneller als gewöhnlich bewegen. So war es, als ich mit Simmon einen Übungskampf ausgefochten habe. Ich habe ihn besiegt, obwohl ich kein sehr geschickter Schwertkämpfer bin. Der Grund dafür waren meine schnelleren Bewegungen, nicht wahr? Aber es kommt und geht, ich kann es nicht kontrollieren.«

»Das ist normal. Die Kontrolle kommt mit der Zeit, und magische Gegenstände und Kleinodien helfen dabei.«

»Aber was ist das? Was geschieht mit mir? Und was hat es mit meinen Eltern zu tun?«

Joachim streckte die Arme über den Kopf und gähnte. »Der Hunger ist für gewöhnlich das erste Zeichen, nach dem wir suchen. Dein Körper braucht mehr Energie und daher mehr Nahrung, und deine Muskeln und Knochen müssen mit der größeren Belastung fertig werden. Ich vermute, du hast bemerkt, dass du im letzten Jahr stämmiger geworden bist?«

»Ja. Aber ich war der Meinung, dass das von den Übungen kommt, die mir die Mönche auferlegt haben.«

»Sie haben sicherlich dazu beigetragen, aber ein Teil von dem, was du bist, treibt deinen Körper zu Veränderungen an. Du wirst nicht zu einem ungeschlachten Monstrum werden ...« – Joachim schenkte ihm ein kurzes Grinsen – »... aber du wirst kompakter und ... fester werden. Und dann sind da die Ausbrüche von Schnelligkeit, die sich für gewöhnlich nur dann ereignen, wenn du in Gefahr bist. In dem Zustand, in dem du dich augenblicklich befindest, sind sie fast unbeherrschbar, und du kannst dich nicht auf sie verlassen.«

»Das weiß ich bereits. Bisher sind sie eher störend, und sie kommen nie, wenn ich sie wirklich brauche.«

»Du bist das, was wir einen Berührten nennen. Deinesgleichen werden seit Jahrhunderten untersucht, und dennoch weiß niemand, was ihr wirklich seid. Es ist uns bekannt, dass diese Gabe durch die Familien weitergegeben wird, also vererbbar ist. Manchmal überspringt sie eine Generation oder verschwindet vollkommen. Wie dem auch sei, wir behalten all jene im Auge, die zu den Berührten gehören. Der Kaiser schätzt sie ... dich ... sehr. Deine Ahnin Karrin Wraythe war eine Berührte und stand in Diensten des Kaisers. Das Kleinod wurde ihr als Symbol ihres Amtes gegeben. Es besitzt gewisse Funktionen, die ihr bei ihren ... Aufgaben geholfen haben. Aber ich will es deutlich sagen, dass das Kleinod nie so etwas wie eine Belohnung war: Es war nur ein Werkzeug, mit dem sie das, was der Kaiser ihr aufgetragen hat, ausgeführt hat.«

Caldan konnte sich viele Aufgaben vorstellen, die ein Berührter zu erledigen imstande war, doch dann erinnerte er sich mit Übelkeit und Schrecken an die Soldaten, die er mit so großer Leichtigkeit getötet hatte. Joachims Widerstreben, das zu beschreiben, was Karrin Wraythe getan hatte, führte Caldan zu einer naheliegenden Vermutung.

»Sie war eine Attentäterin?«, fragte er.

Joachim schürzte die Lippen. »Sie hat dafür gesorgt, dass gewisse Schwierigkeiten beseitigt wurden, ja.«

»Ich bin anders«, sagte Caldan fest.

»Es ist nicht meine Aufgabe zu entscheiden, was mit dir geschehen wird – und du kannst es vermutlich auch nicht selbst entscheiden.«

Das war der Haken an der Sache: Joachim hatte Caldan zwar nicht eingesperrt, aber er fühlte sich trotzdem wie ein Gefangener. Kein Wunder, dass die Leute diese Fähigkeit geheim hielten, dachte er, und Amerdan kam ihm in den Sinn.

»Mit uns ist ein Mann aus Anasoma geflohen. Er nennt sich Amerdan und ist ein Ladenbesitzer, den ich zufällig schon vorher kennengelernt hatte. Er ... bewegt sich so, wie ich es manchmal kann. Und er hat mir gesagt, dass er diese Fähigkeit beherrschen kann. Sucht Ihr auch nach ihm?«

Joachim schüttelte den Kopf und wirkte nachdenklich. »Ich habe nie von ihm gehört, obwohl wir alle, die das Potenzial haben, im Auge behalten. Wie sieht er aus?«

»Er ist ein hübscher Mann mittlerer Größe und Statur und hat kurze Haare.« Caldan versuchte sich an hervorstechende Eigenschaften zu erinnern, aber es fiel ihm nichts ein, auch wenn Elpidia ihn als attraktiv bezeichnet hatte. »Er bewegt sich mit Anmut, und nichts, was wir bisher durchgemacht haben, hat ihn erschüttert.«

»Du sagst, er besitzt die gleichen Fähigkeiten wie du? Woher weißt du das?«

»Einer der Indryallaner hatte uns verfolgt. Glöckchen hat ihn als Bluter bezeichnet. Er hat die Soldaten getötet, die mit uns gereist sind, bevor Amerdan ihn überwältigt hat. Ich habe es selbst gesehen. Amerdan hat sich schnell bewegt – zu schnell. Später hat er mir gesagt, dass wir einander gleichen und er mich unterrichten könnte.«

Bei diesen Worten versteifte sich Joachim und runzelte die Stirn. »Das ist ... seltsam. Es ist zwar möglich, dass wir einen von euch übersehen haben, aber das ist sehr unwahrscheinlich. Etwas an diesem Amerdan klingt ... nicht richtig. Trägt er Kleinod-Ringe wie du?«

»Nein, ich habe keinen an ihm gesehen.«

»Und du sagst, er ist von mittlerer Größe?«

»Ja. Bis vor ein paar Tagen habe ich noch geglaubt, er sei bloß ein etwas seltsamer Ladenbesitzer.«

»Wo ist er jetzt? Ich würde gern mit ihm reden.«

Caldan hob die Hände. »Ich weiß es nicht. Er war bei Glöckchen und Elpidia, als ich sie verlassen habe. Nein, das stimmt nicht ganz. Damals war er nicht im Lager, er war auf der Jagd nach irgendetwas. Er ist gern hin und wieder für eine gewisse Zeit verschwunden.«

»Könnte er sich mit Glöckchen verbündet haben?«

»Das wäre möglich ... aber ich habe keine Ahnung, warum.«

»Ja, warum?«, fragte Joachim leise. »Wir müssen alle Möglichkeiten bedenken. Wenn er ein Berührter ist und kein Kleinod besitzt, dann kann er das, was mit ihm geschieht, nicht kontrollieren. Und das ist nicht gut. Wenn du ihn siehst oder er Kontakt mit dir aufnimmt, kommst du sofort zu mir.«

»Das ist es also, wozu der Kleinod-Ring in der Lage ist? Er verhilft zu größerer Körperkontrolle?«

»Das wirst du noch beizeiten herausfinden, wenn es dir erlaubt sein sollte, ihn zu behalten. Ich kann dir nur sagen, dass du dir selbst vermutlich ohne ihn einen dauerhaften Schaden zufügen würdest, und ohne unsere Hilfe würdest du wohl sterben.«

Caldan glaubte das nicht, aber er erwiderte nichts. Welche Motive Joachim auch haben mochte, er versuchte offenbar dafür zu sorgen, dass Caldan glaubte, an ihn gebunden zu sein und Hilfe nur von ihm bekommen zu können. »Dann sollte ich wohl in Eurer Nähe bleiben«, erwiderte er mit einem falschen Lächeln. »Was kommt als Nächstes?«

»Ich bin mir nicht sicher, was ich mit dir machen soll. Ich hatte nicht erwartet, dass du ein Zauberer bist. Ich glaube, so etwas ist noch nie vorgekommen – jemand, der sowohl ein Berührter ist als auch eine Quelle hat. Vermutlich werden der Kaiser und seine Ratgeber ihre Pläne für dich überdenken müssen.«

»Sie haben also schon Pläne mit mir?«

»Jeder ist auf die eine oder andere Weise nützlich für den Kaiser. Das wirst du bald selbst herausfinden. Du kannst das Kleinod erst einmal behalten. Vergiss nicht, dass wir dich aufspüren können, wenn es aktiviert wird, und das wird von nun an immer öfter der Fall sein.«

»Und was ist, wenn ich es verkaufe?«

Joachim stieß ein kurzes Lachen aus. »Nach dem, was ich dir gesagt habe, bin ich mir sehr sicher, dass du das nicht tun wirst.« Er gähnte wieder und rieb sich die Augen. »Das reicht fürs Erste. Ich muss mich ausruhen. Wir reden weiter, wenn ich wieder wach bin.«

Der Meistermagier wand sich, bis er eine bequeme Lage eingenommen hatte, dann verschränkte er die Arme vor der Brust. Er schloss die Augen, und schon bald atmete er tief und schien zu schlafen.

Caldan betrachtete Joachim. Selbst im Schlaf und ohne Zugang zu seiner Quelle zerrte der Mann buchstäblich an Caldans Bewusstsein, so wie es die Schachteln in Simmons Arbeitzimmer getan hatten. Seine Haut prickelte, und er zitterte und rieb sich die Arme.

Er musste etwas unternehmen. Sein Armreif und sein Automat waren zerstört worden, und obwohl er Glöckchens Schildmagie besaß, hatte er das Gefühl, an einem eigenen Projekt arbeiten zu müssen. Es war ihm unerträglich zu warten, bis Joachim aufwachte, und wer konnte schon sagen, wie lange er schlafen würde?

Er hat nicht nach dem Knochenring gefragt, dachte Caldan. *Vielleicht weiß er nichts darüber?* Aber das ergab keinen Sinn – er musste es wissen. Demzufolge, was Felicienne ihm gesagt hatte, war der Knochenring mit seinem Kleinod verbunden. Und deshalb war es mehr als seltsam, dass Joachim bisher nichts darüber gesagt hatte.

In dem Versuch, seine Gedanken zu klären, schüttelte Caldan den Kopf. Er ließ den Meistermagier allein und machte sich auf die Suche nach der Werkstatt der Protektoren.

Und zum ersten Mal seit vielen Tagen fühlte er sich, als würde er etwas Sinnvolles tun.

23

Felice ächzte und atmete tief und erleichtert ein. Ihr Kopf schmerzte heftig, und sie war müde, so unendlich müde. Sie stellte fest, dass sie sich nicht bewegen konnte; also versuchte sie, die Augen zu öffnen, aber sie widersetzten sich allen Bemühungen. Die Lider schienen so schwer zu heben zu sein wie ein Pferd.

Felice hustete schwach, und ihr Herz raste.

Kalt. *Warum ist mir so kalt?* Die Kleider klebten an ihrer Haut, durchweicht von Schweiß, als ob jemand einen Kübel Wasser über sie gegossen hätte, was tatsächlich erklären würde, warum sie fror.

Avigdor?

Sie jammerte vor Schmerz auf, als sie sich daran erinnerte, was mit ihm geschehen war. *Savine, verflucht sei er.*

Und auch Kelhak, oder wer immer er in Wirklichkeit sein mag.

»Ah, ich sehe, Ihr seid endlich wach.«

Als sie die Stimme hörte, drehte sie sich um, was all ihre Kraft kostete. Der Archivar.

Mit einem Ächzen gelang es ihr endlich, die Augen zu öffnen. Er stand einige Schritte entfernt, rang die Hände und verlagerte sein Gewicht vom einen Fuß auf den anderen.

Sie bemerkte, dass sie unter mindestens zwei dicken Wolldecken lag, die aber kaum etwas zu bewirken schienen.

»Hier«, sagte der Archivar. Er trat auf sie zu, hielt ihr einen Becher unter das Kinn und schob ihr einen Strohhalm zwischen die Lippen.

Gierig saugte sie das lauwarme Wasser auf, bis der Becher leer war. Der Bibliothekar steckte den Strohhalm in einen weiteren Becher, und abermals trank sie. Diesmal war es eine Art von Kräutertee, dessen Bitterkeit mit Honig überdeckt war. Wieder leerte sie den Becher und lehnte den Kopf zurück, als sie damit fertig war.

»Ich ... ich vermute ... ich bin bewusstlos geworden?«, krächzte sie. Die Worte schnitten ihr wie Klingen in die Kehle.

»Ja. Das Flusswasser hat ganze Arbeit geleistet. Ich habe gehört, dass Menschen auf diese Weise daran erkranken können, vor allem Kinder und Alte, aber nie so schnell. Vermutlich haben die vielen Schnitte dabei geholfen, die Krankheit so rasch auszubreiten. Zum Glück für Euch wussten die Ärzte, was zu tun ist, und sie hatten die passenden alchemistischen und natürlichen Heilmittel zur Hand.«

»Ja. Zum Glück.«

»Sie mussten ... Euch zwingen, sie zu trinken, und Eure Wunden ausspülen.«

»Ist mein Hals deshalb ...?«

Der Archivar nickte. »Es blieb ihnen nichts anderes übrig, als einen Tubus zu benutzen. Wenn sie nicht in der Lage gewesen wären, Euch Flüssigkeit zuzuführen und dafür zu sorgen, dass sie in Euch bleibt, hättet Ihr nicht mehr lange gelebt. Wie fühlt Ihr Euch?«

»Mir ist kalt. Ich bin durstig. Und ich habe Schmerzen.«

»Gut«, sagte er zu ihr mit einem Lächeln. »Das bedeutet, dass Ihr etwas fühlt. Manche Menschen verlieren nämlich das Gefühl in den Gliedmaßen, wenn sich eine Krankheit aus dem Fluss in ihnen ausbreitet, und dann müssen diese Gliedmaßen ... amputiert werden.«

Felice schloss die Augen. Obwohl nur eine kleine Lampe den Raum erhellte, war die Flamme für sie doch zu grell.

»Wie lange?«, fragte sie.

»Nun, Amputationen sind für immer ...«

»Wie lange ... war ich bewusstlos?«

»Ah. Es waren ... mal sehen ... fast zwei Tage.«

Felice ächzte auf. Gerade konnte sie es sich nicht leisten, so viel Zeit zu verlieren. Sie sollte aufstehen, aber sie war so müde. Vielleicht war es besser, sich noch ein wenig auszuruhen, und dann würde sie entscheiden, was zu tun war.

Also schloss sie die Augen.

Ein Klappern holte sie aus der segensreichen Dunkelheit. Sie gähnte und streckte sich, so gut es ihr möglich war – was nicht viel war. Ihre Muskeln fühlten sich steif und wund an, und die Decken, die sie nun spürte, schienen sie niederzudrücken. Ein reicher, würziger Duft drang ihr in die Nase, und sie öffnete die Augen. Der Archivar saß auf einem Schemel neben ihr und rührte eine dicke Brühe in einer angeschlagenen Schüssel. Offenbar hatte er bemerkt, dass sie die Augen geöffnet hatte, denn nun rührte er nicht mehr, sondern stellte die Schüssel ab und streckte ihr die Hände entgegen.

»Ich helfe Euch beim Aufstehen«, sagte er. »Wartet, ich schiebe Euch noch ein weiteres Kissen in den Rücken. Ah, viel besser.«

Alles in Felices Kopf drehte sich, und sie stützte sich mit den Händen auf dem Bett ab. Kurz darauf verging das Gefühl des Schwindels, aber nun tröpfelte Schweiß an ihrem Gesicht herunter. Ihre Kleidung stank, und sie gab ein schwaches Lachen von sich. Der alte Mann war sicherlich zu verlegen gewesen, sie zu wechseln, aber irgendjemand musste sich in der Zwischenzeit um sie gekümmert haben, denn sonst wäre das Bett ebenfalls schmutzig.

Sie schaute auf die Schüssel und leckte sich die Lippen. »Wer weiß sonst noch, dass ich hier bin?«

»Niemand. Nur ich.«

Felice seufzte. Natürlich wussten es die Ärzte, die sich nach der Aussage des alten Mannes um sie gekümmert hatten, und jeder sonst, dem er von ihr berichtet hatte. »Könnt Ihr …« Sie zeigte auf die Brühe. »Ich bin zu schwach.«

»Ja, ich wollte nur …«

Der Bibliothekar nahm einen Löffel Brühe, blies darüber, damit sie kühler wurde, und fütterte Felice. Sie saugte die Flüssigkeit gierig auf. Kleine Stücke aus weichem Fleisch und Gemüse schwammen in der salzigen Suppe.

Nach einigen Löffeln sagte sie: »Ich danke Euch dafür, dass Ihr Euch um mich kümmert.«

»Gern geschehen. Ich konnte Euch doch nicht einfach hier liegen und sterben lassen.«

»Das weiß ich sehr zu schätzen«, sagte sie trocken. »Aber jetzt müsst Ihr offen und ehrlich zu mir sein.«

»Was meint Ihr damit?«

»Wir beide wissen, dass sich noch jemand um mich gekümmert hat. Ich muss wissen, wer das war.«

»Das … war meine Tochter Lisbet. Ich verspreche Euch, dass sie niemandem etwas davon berichten wird. Ich habe ihr nicht gesagt, wer Ihr in Wirklichkeit seid. Für sie seid Ihr bloß eine Fremde, die ich von der Straße geholt habe.«

»Und was ist mit Euren Kollegen? Wissen sie, wer und wo ich bin?«

Der Archivar schüttelte den Kopf. »Ein Junge hat mir geholfen, Euch hierher zu schleifen … das heißt, er hat Euch hierher getragen, und danach habe ich ihn auf die Suche nach einem Arzt geschickt. Wie ich schon sagte, weiß niemand, wer Ihr seid, und ich vermute, dass Euch das recht ist.«

Ja. Aber es gibt noch etwas, das mir jetzt sehr recht wäre, dachte sie und schaute auf die leere Schüssel. *Mehr zu essen.* »Bitte noch etwas davon.«

»Natürlich. Ich werde die Schüssel nachfüllen. Bitte entschuldigt mich.« Er schlurfte davon und zog die Tür hinter sich zu.

Bevor sie ins Schloss fiel, sah Felice einen schmalen, nur schwach erhellten Korridor dahinter.

Sie legte sich zurück und überdachte ihre Möglichkeiten. Doch im Augenblick war alles gleichgültig. Zuerst musste sie sich erholen – und zwar so sehr, dass sie wieder gehen konnte. Sie hatte nicht die Zeit, in einem Bett herumzuliegen, während Kelhak und seine Leute noch in Anasoma waren.

Die Zeichnungen ... wo sind sie?

Rasch flogen ihre Blicke durch den Raum, bis sie ein Buch neben ihrem Bett bemerkte. *Da.* Sie seufzte vor Erleichterung. Der alte Mann hatte die Bücher und Papiere in seiner Obhut behalten, und mit ein wenig Glück befanden sich die Informationen über Kelhak darin. Mit einem Ächzen griff sie nach dem Buch, aber auch mit ausgestreckten Fingern konnte sie es nicht erreichen. Enttäuscht sackte sie wieder auf das Bett.

Kelhak war aus demselben Kloster wie der junge Caldan gekommen, hatte sich in die Spielerliste für das Dominion-Turnier beim Herbstfest eintragen lassen und dieses zur Überraschung vieler gewonnen. Das war vor etwa hundert Jahren gewesen. Und nun war Kelhak – sie bezweifelte nicht mehr, dass er der Mann war, den sie auf den Zeichnungen gesehen hatte – mit einer Armee von Invasoren nach Anasoma zurückgekehrt und nannte sich Gott-Kaiser von Indryalla.

Die Frage war: warum?

Warum lebte Kelhak nach all den Jahren noch? Warum hatte er seine eigene Dominion-Strategie zuerst nicht erkannt? War es wirklich, wie er behauptete, eine so alte Strategie, dass sie für ihn inzwischen unwesentlich war? Und hatte das irgendetwas mit der Invasion zu tun?

Da war etwas ... ein Muster, das sie nicht erkennen konnte. Sie hatte das elende Gefühl, dass ihr das Ergebnis gar nicht gefallen würde, wenn sie denn in der Lage sein würde, dieses Muster zu begreifen.

Eines wusste sie mit Sicherheit: Sie würde keine Antworten finden, indem sie hier krank herumlag.

Entschlossen biss sie die Zähne zusammen, setzte sich auf, warf die Decken von sich und stellte beide Füße auf den kalten Steinboden. Sie schwitzte und zitterte gleichzeitig. Auf einem Tisch an der Wand stand ein Krug, von dem sie annahm, dass er Wasser enthielt. Süßes, kühles Wasser.

»Na los, das schaffst du«, sagte sie zu sich selbst ... und bewegte sich nicht. »Steh auf, du faule ver...«

Sie verstummte, als die Tür geöffnet wurde und der Archivar mit einer weiteren dampfenden Schüssel eintrat. Als er sah, dass sie auf der Bettkante saß, machte er eine besorgte Miene.

»Lady, Ihr dürft nicht ...«

»Ich habe keine Zeit mehr. Lasst mir die Brühe hier und holt Eure Tochter her. Ich brauche neue Kleidung und Wasser zum Waschen.«

»Seid Ihr sicher, dass Ihr wirklich aufstehen wollt? Ein paar weitere Tage im Bett würden Euch gut tun.«

Felice schüttelte den Kopf. Die fettigen Haare klebten ihr an Gesicht und Hals. »Glaubt mir, ich würde liebend gern noch etwas schlafen. Aber Ihr, alter Mann, und ich müssen eine ganze Stadt retten.«

Amerdan schaute von seinem Ausguck auf dem Gebäude hinunter in den Innenhof der Protektoren. Er war auf der Suche nach dem besten Blickwinkel mit großer Leichtigkeit über die

Dächer geklettert und hatte dabei zwei Gassen übersprungen. Nun saß er im Schatten eines Kamins und war sich sicher, dass ihn bisher niemand bemerkt hatte. Wegen der Aufregung unter den Protektoren würde dies auch gewiss so bleiben. Dennoch zog er sich den erst kürzlich erworbenen breitkrempigen Hut ins Gesicht - für alle Fälle. Caldan und diese nutzlose Elpidia könnten ihn schließlich erkennen. Es war auf die große Entfernung zwar unwahrscheinlich, aber nur ein Narr ging ein Risiko ein, wenn er es vermeiden konnte.

Und er war kein Narr.

Wie zur Bestätigung dessen warf er einen Blick um den Kamin herum und vergewisserte sich, dass er nicht verfolgt worden war und niemand sich ihm näherte.

Die Luft war rein, so wie es sein sollte, aber es konnte einem den Kopf kosten, sich einmal zu wenig umzusehen. Amerdan kicherte. Wenn jemand schnell genug dafür wäre, würde es ihn doch sehr überraschen.

Glöckchen war mit ihren Zaubereien beschäftigt und schien sich inzwischen ganz und gar auf sie zu konzentrieren. Anscheinend war das, was sie gerade mit Hilfe ihrer Magie herstellte, ziemlich schwierig, und die Hast, mit der sie vorging, deutete an, dass sie es eilig hatte. Sie hatte seine Fragen über Quellen und Zauberei mit einer knappen Handbewegung weggewischt, und die wenigen Versuche, die sie zum Entsperren seiner eigenen Quellen unternommen hatte, waren erfolglos geblieben.

Vielleicht will sie in dieser Hinsicht ja gar keinen Erfolg haben, flüsterte es unter seinem Hemd.

Er steckte die Hand darunter und streichelte Dotty. Es war für sie bisher eine harte und anstrengende Reise gewesen, bei der sie sich stets unter seinem Hemd hatte verstecken müssen, aber bald würde sich alles ändern. Sehr bald.

Vielleicht. Glöckchen hatte ihm versichert, dass sie noch nie so etwas wie seine Quellen gesehen hatte, aber das half ihm nicht wirklich weiter.

Unter sich sah er Caldan im Gespräch mit einem anderen Mann, der ganz in Schwarz gekleidet war und silberne Knöpfe dazu trug - vermutlich ein Protektor. Nach einer Weile setzte sich der Mann und lehnte gegen die Mauer, und Caldan verließ ihn. Keine Bedrohung von dort. Während Amerdan zusah, wie Caldan im Innern eines der Gebäude verschwand, glitt seine Hand zu seinem Messer.

Du hättest ihn fertigmachen sollen, als du die Gelegenheit dazu hattest, flüsterte es wieder.

Amerdan schaukelte auf seinem Posten vor und zurück. »Nein«, sagte er. »Auf dem Weg hierher hat sich keine Gelegenheit ergeben. Und sie haben Geheimnisse, die ich in Erfahrung bringen muss.«

Caldan konnte warten. Und Elpidia war ein Nichts, eine kranke Frau, die nur auf den Tod wartete. Sie würde die Mäuse finden, die er für sie zurückgelassen hatte, und dabei feststellen, dass es ein Leichtes für ihn gewesen wäre, sie umzubringen. *Was wird sie davon halten?,* fragte er sich. Jetzt wusste sie, dass sie trotz all ihrer sinnlosen Versuche, ihren unausweichlichen Tod abzuwenden, genauso gut durch die Hand eines anderen hätte sterben können. Es war für sie eine Erinnerung daran, wie bedeutungslos sie war. Im Gegensatz zu Caldan.

Und Glöckchen.

Glöckchen war sein Schlüssel, und er war das Schloss. Eines, das sie bald zu öffnen in der Lage sein sollte, damit seine Quellen freigelegt werden konnten. Dann würde sie sterben, und er würde sie in sich aufnehmen.

Und er würde herausfinden, ob sich ihre Quelle ebenfalls auf ihn übertragen ließ.

Er lächelte bei dem Gedanken an Glöckchen unter seinem Messer.

Savine stand vor Kelhak, der sich in einem Sessel lümmelte und das eine Bein über die Armlehne gelegt hatte. Vier von Kelhaks Leibwächtern waren im Raum verteilt; es handelte sich um große, brutale Männer, die geschworen hatten, schreckliche Rache zu üben, falls ihrem Anführer etwas zustoßen sollte, und sich danach selbst zu töten.

Innerlich musste Savine über ihre Dämlichkeit grinsen. Wenn der eigene Anführer starb, dann war es wichtig, sich so zu verhalten, dass man ihn ersetzen konnte oder für den Mann, der zum neuen Anführer erkoren wurde, unersetzlich wurde.

Kelhak hielt ein beinahe leeres Weinglas hoch. Es war dasselbe Glas, das mit dem Gift bestrichen worden war; das einzige Glas im Raum. Der Gott-Kaiser bot seinen Gästen stets nur Becher aus Holz oder Ton an, was Savine für eine armselige Prahlerei hielt: *Seht her, ich trinke aus einem Glas, während ich euch bloß Ton anbiete.* Aber Kelhak handelte nur selten aus so offensichtlichen Motiven, und seine Methoden überstiegen für gewöhnlich Savines Verständnis. Das war einer der Gründe, warum er sterben musste.

Der Gott-Kaiser wusste, wo sich Gazijas ergebenes Gefolge in der Stadt versteckte, und doch hatte er noch nichts gegen diese Personen unternommen, auch wenn Savine ihn wiederholt darum ersucht hatte, sie auslöschen zu dürfen. Das Wissen darum, dass Rebecci und die anderen sich versteckt hielten und vermutlich planten, Savine umzubringen, nagte an ihm. Er hatte sich von seinem Volk losgesagt und von diesem Narren Gazija sowie seinen unwürdigen Plänen freigemacht, obwohl er damit alles aufs Spiel setzte. Aber er wagte es nicht, gegen Kelhaks Wünsche zu handeln. Noch nicht.

Kelhak bedeutete ihm mit einer Handbewegung, sich zu setzen. Der Gott-Kaiser beugte sich vor.

»Eure Freundin ist entkommen.«

Savine runzelte die Stirn. »Welche Freundin?«

»Lady Felicienne. Sie hat sich aus einem Fenster in den Fluss gestürzt, und das auch noch mitten in einem bemerkenswerten Dominion-Spiel. Wie ungehörig von ihr.«

Savine hatte die Frau beinahe vergessen. Als er gesehen hatte, wie die Ladung der Blide durch die Luft auf Kelhak und sein Schiff zugeflogen war, hatte er geglaubt, der Mann sei dem Untergang geweiht. Doch er hatte die Zerstörung überstanden, als ob sie reines Nichts gewesen wäre.

Ein weiterer Grund dafür, dass er sterben musste.

»Ihr wolltet sie haben ... Herr«, erwiderte er. »Und ich habe sie Euch gebracht.«

»Was ist mit ihren Kameraden geschehen? Sie konnte die Blide nicht allein bestücken und abschießen. Ich habe gehört, dass jemand, der mit ihr in der Zelle war, gestorben ist. Ein fetter Mann.« Kelhak machte mit seiner freien Hand eine hackende Bewegung. »Ihm wurden die Füße entfernt. Schnipp, schnapp.«

Savine hatte rasch gelernt, dass Kelhak seine Klugheit manchmal hinter einer einfachen Sprache versteckte. »Er war ein Niemand.«

»Ein fetter Niemand ... wie derjenige, der Eure beiden Schoßtierchen besiegt hat? Wie hießen sie noch gleich? Zwei gegen einen, und sie sind wie die Ratten davongelaufen.«

Savine schluckte. *Woher weiß er das?* Das war unmöglich. »Ich ... habe nicht gedacht, dass das erwähnenswert ist.«

»Ah. Ihr habt nicht gedacht. An dieser Stelle hättet Ihr den Satz beenden sollen.«

Einen flüchtigen Moment lang dachte Savine daran, seine Quelle zu öffnen, doch dann unterdrückte er diese Idee wieder. Er bezweifelte, dass er Kelhak besiegen konnte, und er wollte dem Mann keinen Vorwand liefern, ihn anzugreifen. Bevor er eine Erwiderung geben konnte, redete Kelhak weiter.

»Es gibt nicht vieles, was ich nicht weiß. Und dieser Zwischenfall mit Euren Schoßtierchen wäre mir beinahe entgangen. Aber seid unbesorgt, es ist für mich nicht von Interesse.«

Wenn es ihm egal ist, warum erwähnt er es dann? »Meine Leute haben sich aufgeteilt, wie Ihr wisst. Und ...« Savines Stimme erstarb, als er beobachtete, wie Kelhak einen Schluck Wein nahm. Er vermutete, dass die Menge des Giftes in diesem Wein ausreichen musste, um zehn Menschen zu töten. Savine blinzelte und fuhr dann fort: »Es gibt noch immer gelegentliche Kämpfe zwischen den beiden Fraktionen: kleine Scharmützel, Kräftemessen, Suchen nach den Schwächen des anderen.«

»Wenn ich mich recht erinnere, habt Ihr mir gesagt, dass der Streit wegen der Anführerschaft ausgebrochen war. Dieser ... Gazija hatte einen unangemessenen Einfluss auf die Leute, und einige von Euch haben unter Eurem Befehl rebelliert.«

»Ja«, log Savine. Es war eine Halbwahrheit. Er hegte nicht die Absicht, Kelhak über ihre wahre Lage aufzuklären: dass ihre eigene Existenz von anderen abhängig war. In einer Hinsicht hatte Gazija recht: Wenn die Wahrheit ans Licht kam, konnte ihr Rückstoß sehr gut in die vollkommene Vernichtung führen. »Die Jungen wie Aslaug und Vibesse werden gelegentlich von ihrem ... Ungestüm in die Irre geführt, und ihr Überschwang treibt sie zu tollkühnen Handlungen.«

»Ach, wieder jung zu sein ...«, meinte Kelhak. »Damals wirkte alles einfacher. Erst wenn wir reif werden, sehen wir wirklich. Seid Ihr nicht auch dieser Meinung?«

Savine zögerte. Wollte Kelhak damit andeuten, dass er Savines Lügen durchschaut hatte? Warum sagte er es nicht offen heraus? »Ich glaube, ich ... stimme dem zu.«

»Gut.« Kelhak zeigte mit seinem Weinglas auf die Wächter im Raum. »Diese Männer sehen nur einen kleinen Teil der Wirklichkeit: nur das, was sie sehen müssen; der Rest ist unwichtig für sie.«

Auch wenn Savine darin keinen rechten Sinn entdeckte, nickte er. Kelhaks Verhalten war oft seltsam und manchmal unergründlich, aber bisher war er noch keinem Irrtum erlegen, den Savine bemerkt hätte.

»Eure beiden jungen Menschen – sie sind recht klug für ihr Alter, nicht wahr?«

Kelhaks Frage überraschte ihn, und er blieb einen Moment lang stumm. »Ihre Eltern hatten die Gabe, und sie haben sie offenbar geerbt«, brachte er schließlich heraus.

»Was ist mit ihren Eltern passiert?«

»Sie sind vor einiger Zeit gestorben«, antwortete Savine und fand sich allmählich wieder in seiner erfundenen Geschichte zurecht. »Es war die Auszehrung. Seitdem kümmern wir uns um die Kinder.«

Kelhak gab ein leises Knurren von sich. »Sie übertreffen andere Kinder ihres Alters bei Weitem. Ich sollte es wissen, denn schließlich habe ich selbst einige. Es ist fast so, als wären sie bereits erwachsen.«

Savine erstarrte und bemühte sich dann, eine nachdenkliche Miene aufzusetzen, während seine Gedanken rasten. Er hustete und räusperte sich. »Sie verhalten sich tatsächlich beinahe wie Erwachsene, aber nach dem frühen Tod ihrer Eltern haben sie viel durchgemacht, das ... ihre Entwicklung beschleunigt hat. Sie haben ihre Jugend schon vor langer Zeit verloren.«

»So wie wir alle.« Kelhak drehte sich um und füllte sein Glas nach.

Savine riss den Blick davon los, damit er nicht verdächtig wirkte.

»Nun zu dieser Felicienne«, fuhr Kelhak fort. »Ich will, dass Ihr sie wiederfindet, nachdem sie nun schon seit einigen Tagen durch die Stadt läuft. Die Männer, die ihr geholfen haben, wurden getötet, also wird sie neue Verbündete brauchen, die ihr helfen. Sie weiß besser als wir, an wen sie sich dazu wenden kann, und sie wird uns am Ende zu diesen Personen führen.«

Savine nickte. »Ja, Herr.«

»Vielleicht können wir unsere Partie dann zu Ende spielen. Sie hatte mich ziemlich in die Enge getrieben.«

»Ich bin sicher, dass Ihr am Ende gewonnen hättet.«

Kelhak wirkte nachdenklich. »Vielleicht. Wie dem auch sei, zurück zu Euren ... Leuten, wie Ihr sie nennt. Sie müssen die Magie, die sie für gewöhnlich benutzen, für eine Woche beschränken. Sie sollen sich lediglich dann schützen, wenn ihr Leben in Gefahr ist.«

»Ihr beliebt zu scherzen?«

»Gewiss nicht. Das ist keine Bitte.«

»Aber ... warum?« Ein Zauberbann würde Savines Pläne empfindlich stören. Es gab noch viel zu tun, und die Vorbereitungen zur Entmachtung Gazijas duldeten keinen Aufschub mehr. Wenn er bloß Kelhak in die Richtung des alten Mannes schieben und ihm das Gefühl vermitteln könnte, dass Gazija eine Bedrohung darstellte. Wenn die Indryallaner einige ihrer Zauberer und Soldaten hinter Gazija herschickten, würden Savines Pläne einfacher zu verwirklichen sein. Selbst wenn Kelhak starb, wäre das kein Problem, solange die Räder in Gang gesetzt waren.

»Weil ich es befehle!«, fuhr Kelhak ihn an.

»Natürlich. Ich wollte nur fragen, ob es einen besonderen Grund dafür gibt. Es scheint mir eine sehr drastische Maßnahme zu sein.«

Fast sofort verwandelte sich Kelhaks Gesichtsausdruck von Verärgerung zu Nachdenklichkeit.

»Es gibt zwei Gründe. Meine Tochter Glöckchen arbeitet an der Erledigung einer Aufgabe, die ich ihr gestellt habe, noch bevor sie die Eroberung dieser verkommenen Stadt durchgeführt hat.«

Savine unterdrückte ein Stirnrunzeln über Kelhaks unpassende Wortwahl. Soweit er wusste, war Anasoma eine der fortschrittlichsten Städte des Reiches und weitaus berühmter als jede Stadt in Indryalla. Warum bezeichnete Kelhak sie als verkommen? Zwar verblasste sie im Vergleich mit den Städten von Savines Heimat, aber diese konnte Kelhak nicht kennen, oder? Nein, das war unmöglich.

Kelhak hatte nicht bemerkt, dass Savine abgelenkt war, und fuhr fort: »Sie soll mir zwei Signale von außerordentlicher magischer Art senden. Und da sie so weit weg ist, könnten örtliche magische Handlungen meine Fähigkeit beschränken, diese Signale wahrzunehmen.«

»Ihr könnt Zauberei aus einer solchen Entfernung wahrnehmen? Ihr müsst ein Kleinod besitzen.«

Kelhak lachte über seine Mutmaßung. »Sehe ich etwa so aus, als würde ich einen Krückstock benötigen? Nein, das ist nur eine meiner vielen Gaben. Und der andere Grund befindet sich näher an der Heimat. Aber zuerst will ich Euch etwas sagen.«

»Ja?«, fragte Savine, der noch immer verblüfft von Kelhaks Erklärung war. Zauberei aus einer solchen Entfernung aufspüren zu können, ohne dabei einen magisch aufgeladenen Gegenstand oder ein Kleinod zu benutzen, war zwar keine völlig unbekannte Gabe, aber ... es gab nur eine einzige Kreatur, von der er wusste, dass sie eine solche Fähigkeit besaß: Ik'zvime, der Zauberer aus dem Altertum, dessen Wissen und Macht in der Lage waren, den Tod selbst zu besiegen. Und dessen irregeleiteter Wahnsinn die alte Welt zerstört hatte. Aber dieses Grauen lag in der Vergangenheit und sollte für immer vergessen sein und bleiben. Kelhaks Fähigkeit war nichts anderes als eine weitere Seltsamkeit der gegenwärtigen Welt.

»Ich weiß, dass Ihr Gazija nicht nur gefangen und eingesperrt, sondern tot sehen wollt. Und ich weiß, dass Eure Schoßtierchen Aslaug und Vibesse älter sind, als sie aussehen. Wie Ihr seht, ist es unmöglich, Geheimnisse vor mir zu haben.«

Savine rang die Hände und senkte den Blick. »Herr, vergebt mir. Ich ...«

»Genug«, unterbrach Kelhak ihn. »Ich wollte nur, dass Ihr es wisst. Und jetzt seht mich an.«

Angstvoll hob Savine den Kopf.

Der Gott-Kaiser Kelhak sah ihm in die Augen. »Der andere Grund ist der, dass ... jemand mich umzubringen versucht.«

Savine zwang sich, Kelhaks Blick standzuhalten und nicht wegzusehen.

Das ist gar nicht unmöglich, dachte er.

24

Weil er wusste, dass er irgendwo mit seinen magischen Arbeiten beginnen musste, hatte Caldan zwei Gesellen angesprochen, die müßig in den Korridoren umhergeschlendert waren. Voller Hoffnung hatte er die Gelegenheit ergriffen und sie gefragt, ob sie überzählige Werkstücke besäßen, die er kaufen konnte. Wie bei den Protektoren in Anasoma gab es auch hier einen eigentlich unerlaubten Handel mit magischen Gegenständen, und diese beiden Gesellen brauchten unbedingt die Münzen, die Caldan ihnen dafür bot. Er nahm nur das, was ihm von guter Qualität zu sein schien, und fertigte die Fragen der beiden, wozu er so etwas benötigte, mit nichtssagenden Antworten und einem kurzen Lächeln ab. Sie bedrängten ihn nicht weiter, sondern steckten die Dukaten ein und gingen ihres Weges, genau wie Caldan.

Dann verließ er das Hauptquartier der Protektoren und folgte den Anweisungen, die er von einer anderen Gesellengruppe erhalten hatte, denn schließlich sollte niemand auf die Wahrheit stoßen. Hastig ging er die Straßen entlang – er wollte so schnell wie möglich mit seiner Arbeit anfangen. Nach der Zeit auf der Flucht wollte er unbedingt die Dinge fortführen, die er in Anasoma begonnen hatte, insbesondere weil sein Armreif und der Automat zerstört worden waren. Beide hatten ihm das Leben gerettet, und er war sehr traurig über ihren Verlust.

Das ist es, dachte Caldan, als er vor dem Laden stand. Es war nur ein Weg von einigen Minuten bis zu diesem Platz der Händler gewesen, und vor ihm befand sich nun eine unscheinbare Tür. Darüber hing ein Schild, auf dem zwei Zahnräder abgebildet waren.

Als er die Tür aufstieß, ertönte ein metallisches Klimpern, und er betrat einen Raum, der dem Uhrmacherladen in Anasoma glich, denn auch hier befanden sich Teile, die zur Herstellung von Uhren notwendig waren. Doch ansonsten war er enttäuscht. Die Gegenstände hier waren offensichtlich von minderer Qualität, und sie glänzten nicht so wie in dem anderen Geschäft - was vermutlich an der dünnen Staubschicht lag, die alles bedeckte. Auf einem Teil entdeckte er sogar einen Rostfleck. Nirgendwo waren Zauberkugeln zu sehen - es gab nur ein paar Lampen zusätzlich zu dem Licht, das durch die Fenster hereinfiel.

Er schloss die Tür hinter sich, und eine junge Frau erschien wie aus dem Nichts. Caldan erkannte, dass sie sich an einer Stelle, wo er sie nicht hatte sehen können, über die Theke gebeugt haben musste. Sie trug eine Brille ähnlich wie die des Uhrmachers in Anasoma, in die Vergrößerungsgläser für die Arbeit an den winzigen Uhrwerken eingelassen waren. Prüfend schaute sie über den Brillenrand hinweg, damit sie Caldan deutlich sehen konnte.

»Hallo, junger Herr«, sagte sie, während ihre Blicke zu seinem Schwert und dem Kleinod an seinem Finger glitten. »Ich sehe hier nicht viele Protektoren. Üblicherweise mache ich meine Geschäfte nur mit der Zauberergilde. Aber ich bin offen für jedermann«, fügte sie hastig hinzu. »Braucht Ihr Hilfe bei einem magischen Werkstück? Oder ist es etwas anderes - ein Geschenk vielleicht?« Ihre Augen wurden hell.

Caldan vermutete, dass ihr Geschäft nicht besonders gut lief. Das offensichtliche Bestreben der Frau, ihm etwas zu verkaufen, und der Zustand des Ladens waren deutliche Anzeichen dafür. Das und die Tatsache, dass sie ihn seiner äußeren Erscheinung nach für einen Protektor hielt, bestärkte in ihm die Hoffnung, zu einer beiderseitig vorteilhaften Übereinkunft zu kommen.

Caldan räusperte sich. »Es tut mir leid, aber ich suche kein Geschenk – vielleicht ein anderes Mal.« Die Frau machte ein enttäuschtes Gesicht, und er empfand Mitleid mit ihr und beschloss, gleich zum Grund seines Besuches zu kommen. »Ich habe einige magische Gegenstände, die für Euch vielleicht von Interesse sein könnten«, sagte er und schüttelte den Stoffbeutel, den er in der Hand hielt, bis es darin klimperte und klingelte.

»Oh«, sagte sie enttäuscht. »Leider kann ich nur von einem Gildenmeister kaufen.«

Du kannst es dir gar nicht leisten, etwas zu kaufen, dachte er. »Ich verstehe, aber ich hatte gehofft, dass wir uns gegenseitig aushelfen können. Denn ich erwarte keine Dukaten als Bezahlung.«

Die Uhrmacherin sah ihn interessiert an.

»Ich möchte, dass Ihr einige Dinge für mich herstellt, wozu ich weder die Zeit noch das Fachwissen habe.«

Er wartete, während sie ihn anblinzelte und sich offenbar überlegte, ob sie sein Angebot annehmen sollte oder nicht.

»Hier«, sagte er und streckte den Sack vor. »Schaut es Euch an. Ich weiß von einem anderen Uhrmacher, dass Ihr etwas damit anfangen könnt. In der Zwischenzeit will ich eine Zeichnung von dem anfertigen, was ich dafür haben will. Darf ich Eure Theke dazu benutzen?«

Sie gab ihm mit einer Handbewegung die Erlaubnis dazu, dann öffnete die Frau den Beutel und legte den Inhalt auf den Tresen, während Caldan Papier, eine Feder und Tinte aus seiner Tasche holte und sich daranmachte, das zu zeichnen, was er brauchte.

»Das sind …«, sagte sie, »ganz schöne Sachen. Und sie sind einige Dukaten wert. Ich bin mir nicht sicher, ob ich sie mir leisten kann.«

»Wie ich schon sagte, will ich keine Dukaten dafür haben. Ich brauche Euer Fachwissen.«

Caldan sah zu, wie die Frau nervös die Gegenstände betastete und dann nickte. Er verspürte eine gewisse Scham darüber, dass er einen Vorteil aus ihrer Zwangslage zog, aber so oder so hätte er ihre Hilfe gebraucht, und wenigstens hatte auch sie etwas davon.

»Ich … besitze nicht viele Materialien, die ich entbehren könnte«, gab sie zu. »Aber sagt mir, was Ihr braucht.«

Die nächsten Minuten verbrachte Caldan damit, ihr seine Ideen zu erklären und das zu beschreiben, was er benötigte. Es waren Teile für einen weiteren Automaten wie den aus seinem früheren Experiment sowie einige kleinere Gegenstände. Als er sich vergewissert hatte, dass die Uhrmacherin wusste, was er brauchte, zeichnete er die Gegenstände, während sie zuschaute und hin und wieder eine Bemerkung machte, wenn sie glaubte, dass seine Skizzen einer Verbesserung bedurften.

Hinter ihm klingelten Glöckchen, als ein weiterer Kunde eintrat. Caldan drehte sich um und sah die große Gestalt einer Frau in Mantel und Kapuze, die gerade die Tür hinter sich schloss. Er kehrte zu seiner Zeichnung zurück, während sich die Uhrmacherin mit einem Lächeln bückte und eine kleine Holzkiste unter der Theke hervorholte. Sie ächzte unter der Anstrengung, stellte die Kiste auf den Tresen und umrundete ihn mit kleinen Schritten.

»Bitte sehr«, sagte sie. »Alles, worum Ihr mich gebeten habt.«

Das Klimpern von Münzen besiegelte das Geschäft, und die Frau verließ den Laden mit der Kiste, ohne ein einziges Wort gesagt zu haben. Wieder klingelten Glöckchen, als sich die Tür hinter ihr schloss.

Caldan erstarrte mit der Feder in der Hand. Ein Tintenfleck breitete sich auf dem Papier aus und drang in es ein. Als er vorhin den Laden betreten hatte, war ein metallisches Klimpern ertönt, das sich gar nicht wie Glockenklang angehört hatte. Langsam legte er die Feder ab, drehte sich um und betrachtete die Tür. Er hatte recht gehabt. Aber ... bestimmt nicht ...

Die Uhrmacherin ging wieder hinter die Theke und schenkte ihm einen neugierigen Blick.

»Wer war gerade hier?«, wollte Caldan wissen.

»Wie bitte? Eine Kundin. Sie hat eine Bestellung abgeholt.«

»Wie sah sie aus? War sie groß? Hatte sie lange, dunkle Haare?«

»Nun, ja. Aber warum ...?«

»Hatte sie Glöckchen an sich, kleine, aus Metall? In ihren Haaren?«

»Ja, allerdings. Eine oder zwei. Ich habe es auch für seltsam gehalten, aber ...«

Sie verstummte, als Caldan sich von seinen Zeichnungen losriss und zur Tür sprang. Er packte die Klinke und zerrte daran.

Die Tür ließ sich nicht öffnen. Er roch den Duft von Zitronen.

Bei den Ahnen! Glöckchen hatte ihn erkannt und die Tür auf magische Weise verschlossen.

Mit klopfendem Herzen rannte er auf den Hinterausgang zu. »Bleibt hier. Ich bin gleich zurück!«

»He, Ihr könnt da nicht hineingehen!«

Er ließ die verwirrte Frau stehen und vergaß seine Skizzen und magischen Gegenstände – jetzt ging es nur noch darum, Glöckchen zu finden. Die hölzerne Kiste, die sie an sich genommen hatte, war sehr schwer gewesen. Also konnte sie sich nicht schnell bewegen.

Der Hinterausgang führte in einen unkrautüberwucherten Hof mit einem Hühnerstall. Steinmauern schlossen ihn ein, und ein eisernes Tor öffnete sich auf eine Gasse, doch es war mit einem schweren Vorhängeschloss versperrt.

Fluchend benutzte er die Querstreben des Gitters als behelfsmäßige Leiter, kletterte bis ganz nach oben und sprang unbeholfen an der anderen Seite wieder herunter. Dabei geriet ihm sein Schwert zwischen die Beine, und er wäre beinahe darüber gestolpert. Er packte den Griff fest, hielt die Klinge unter Kontrolle und verstand nun, warum einige Schwertkämpfer auch ihre kürzeren Waffen in einem Futteral auf dem Rücken trugen.

Caldan rannte die enge Gasse hinab und nahm die erste Abzweigung hin zur Hauptstraße. Er bog in sie ein und befand sich in einer großen Menschenmenge.

Aufgeregt spähte er über die Köpfe hinweg und suchte nach Anzeichen von Glöckchen. *Warum sind Kapuzenmäntel bloß so in Mode?* Es waren etliche davon zu sehen, aber keiner ihrer Träger schien in Eile zu sein. Unter einem dieser Mäntel musste Glöckchen stecken, oder? Oder hatte sie die Hauptstraße nur überquert und war in einer weiteren Gasse verschwunden?

»Bei den Ahnen«, murmelte er. Er hatte sie verloren. Die Verzögerung bei der verschlossenen Tür hatte ihr ein Entkommen ermöglicht. Nun hatte er keine Hoffnung mehr, sie zu finden, es sei denn, das Glück half ihm. Aber wenn er einfach die Gassen entlang lief, könnte er in eine Falle laufen wie jene zwischen den Bäumen, die Morkel erspäht hatte, bevor sie einen von ihnen damit hatte töten können.

Glöckchen war so nahe gewesen, sie hatte unmittelbar hinter ihm gestanden. Sie hätte ihm ein Messer in den Rücken rammen können, ohne dass er in der Lage gewesen wäre, etwas dagegen zu unternehmen.

Das führte zu einer anderen Frage: Sie hatte ihn offenbar erkannt, was sich aus der versperrten Tür ergab. Warum also hatte sie ihn nicht einfach umgebracht?

Er musste es Joachim und den Protektoren berichten. Aber er musste auch seine Vereinbarung mit der Uhrmacherin erfüllen. All das stand seinem Drang entgegen, Glöckchen zu suchen. Im Widerstreit der Gefühle ging er zurück zum Laden.

Auf lange Sicht sind die magischen Gegenstände wichtiger als alles andere.

Es war kein sichtbares magisches Wirken an dem Türschloss zu erkennen, außer ... da. Eine winzige Metallscheibe am unteren Ende der Tür. Caldan öffnete seine Quelle und untersuchte das Objekt. Es war ähnlich wie die Papiermagie, mit der er seine Tür verschlossen hatte, als er in Anasoma eingetroffen war. Als er nichts Gefährliches spürte, holte er sein Messer hervor und entfernte die Magie.

Es war eine magisch aufgeladene Reißzwecke aus Metall, die sich hervorragend in Holz oder andere Materialien drücken ließ. Er stieß gegen die Tür, und sie öffnete sich sofort. Im Innern des Ladens stand die Uhrmacherin und sah ihn finster an, die Arme hatte sie vor der Brust verschränkt.

»Es tut mir leid«, sagte er. »Diese Frau ist jemand, nach dem ich gesucht habe.«

»Habt Ihr sie eingeholt? Und was stimmte nicht mit meiner Tür?«

»Äh ... sie hat geklemmt. Aber von jetzt an sollte sie Euch keine Schwierigkeiten mehr bereiten.« Als die Frau die Stirn runzelte, fuhr er fort: »Was habt Ihr für sie hergestellt? Etwas, das meinen Skizzen gleicht?«

»Nein. Größtenteils hat sie nur Materialien gebraucht.«

»Metalle?«

Die Uhrmacherin nickte.

»Welche? Gold? Silber?«

»Nein, vor allem Kupfer und einige seltene Erden. Sie hatte mich gebeten, sie für sie zu beschaffen, weil sie selbst weder die Zeit noch die Geduld dazu habe. Außerdem hat sie gut bezahlt.«

Kupfer?, wunderte sich Caldan. Er kaute an seinem Fingernagel. Das ergab doch keinen Sinn. Warum benutzte sie ein Metall, das den Kräften, die durch es flossen, nicht lange standhalten konnte? Kupfer war das Metall, mit dem die meisten Lehrlinge übten. Es war weich, leicht zu bearbeiten, einschmelzbar und wiederverwertbar, aber er hätte nicht erwartet, dass es ein Meister oder eine Meisterin benutzt.

Caldan schüttelte den Kopf und kehrte unter den aufmerksamen Blicken der Uhrmacherin zu der Ladentheke zurück. Vermutlich wusste sie nicht, wie sie mit seinem Verhalten umgehen sollte.

»Tut mir leid ... egal. Könnt Ihr das hier herstellen?« Caldan tippte mit dem Finger auf seine Skizzen.

Sie nickte. »Ich habe sie mir angesehen, nachdem Ihr aus dem Laden gelaufen wart. Ich wusste, dass Ihr wiederkommen werdet, denn niemand lässt solche magischen Gegenstände zurück, ohne dafür etwas haben zu wollen. Ich kann sie herstellen, aber es dauert ein paar Tage, vielleicht sogar eine Woche.«

»Ein paar Tage«, sagte er mit großer Bestimmtheit. »Und diese magischen Dinge reichen als Bezahlung aus, nicht wahr?«

»Mehr als das, wenn ich ehrlich sein darf.« Sie legte einige davon vor ihn auf die Theke; es handelte sich um kleine Metallquadrate voller eingravierter Runen. »Hier, nehmt diese zurück.«

Caldan lächelte, schüttelte den Kopf und schob sie ihr wieder entgegen. »Behaltet sie. Sie sind für Euer Schweigen über das, was hier soeben geschehen ist. Diese Frau ist sehr gefährlich, und die Protektoren suchen nach ihr.«

»Das wusste ich nicht. Sie war so freundlich.«

»Das kann sie sein, wenn sie das möchte.«

Diese Seite von Glöckchen hatte er noch nie wahrgenommen. Es fiel ihm schwer, sie als gewöhnlichen Menschen anzusehen.

»Ich komme in ein paar Tagen zurück. Es ist möglich, dass Ihr in der Zwischenzeit Besuch von einigen Protektoren erhaltet, die Euch Fragen stellen werden. Ich bin mir dessen sogar ziemlich sicher. Es wäre schön, wenn Ihr ihnen so wenig wie möglich über den Grund meines Besuchs bei Euch berichtet.«

»Ich kann diskret sein.«

Angesichts der Menge von Dukaten, die diese magischen Gegenstände wert waren, zweifelte er nicht daran, dass sie sich in seiner Schuld fühlte. Caldan nickte und verabschiedete sich von ihr. Er verließ den Laden und hatte nur einen einzigen Gedanken im Kopf.

Was hat Glöckchen vor?

Caldan war sich sicher, dass sie sich irgendwo versteckt hielt, und anscheinend arbeitete sie gerade an etwas. Nun, da sie die notwendigen Materialien besaß, brauchte sie einen Ort, an dem sie ungestört war und der sich überdies zur Bearbeitung von Metallen eignete. Zur Not reichte ein Hufschmied, aber für die feineren Teile hatten nur Silberschmiede und Juweliere die nötige Ausrüstung.

Während sich seine Gedanken überschlugen, eilte er zurück zu Joachim.

Als Joachim zu einer weiteren Schimpftirade ansetzte, hörte Caldan ihm zu; seine Ohren schmerzten allerdings bereits unter den beißenden Worten des Meistermagiers. Anscheinend hatte er erwartet, dass Caldan herumsaß und nichts tat, während Joachim schlief, und er war gar nicht erfreut darüber, dass sein neuer Schützling weggelaufen war. Sein unbeabsichtigtes Zusammentreffen mit Glöckchen und die Tatsache, dass sie offenbar etwas plante, wogen seinen »Leichtsinn« nicht auf.

Meisterin Annelie stürmte ins Zimmer, flankiert von zwei schwer bewaffneten Protektoren. Joachim hob die Brauen, als er ihre Leibwächter sah, aber er sagte nichts.

»Caldan hatte gerade eine Begegnung mit unserer verbrecherischen Zauberin«, sagte Joachim ohne Umschweife. »Anscheinend ist sie fest entschlossen, Ärger zu machen. Sie hat Gegenstände zum magischen Wirken bei einer Uhrmacherin gekauft.«

Annelie kniff die Augen zusammen und wandte sich an Caldan. »Was hattest *du* denn bei einer Uhrmacherin zu suchen?« Sie hob die Hand. »Nein, sag es mir später. Was ist mit Glöckchen geschehen?«

Caldan berichtete und betonte den Umstand, dass er Glöckchen erst erkannt hatte, nachdem sie gegangen war und die Tür mit ihrer Magie verbarrikadiert hatte.

»Sie hat irgendetwas vor«, schloss er.

»Nun, das ist wohl offensichtlich«, sagte Annelie. »Aber was? Sie befindet sich in einer fremden Stadt, ist auf der Flucht und versteckt sich vermutlich vor unseren Suchtrupps, aber das alles scheint sie nicht davon abzuhalten, im hellen Tageslicht herumzuspazieren. Sie wird wissen, dass die Streitmacht des Kaisers hierher unterwegs ist – jeder auf der Straße weiß das inzwischen. Was hat sie davon, wenn sie hierbleibt?«

»Eine ausgezeichnete Frage«, sagte Joachim. »Aber die Antwort darauf werden wir wohl erst erhalten, wenn wir sie erwischt haben. Allerdings können wir eine Vermutung äußern.«

Annelie runzelte die Stirn. »Welche?«

»Sie wird sich in einer feindlichen Stadt kaum ohne guten Grund verstecken, wenn sie inzwischen doch schon auf dem Weg nach Anasoma sein könnte. Es ist höchst unwahrscheinlich, dass sie sich aus persönlichen Gründen in Flussrand aufhält, weswegen sie es wohl entweder auf die Köcherer hier in der Stadt oder auf die Armee des Kaisers abgesehen hat, die hierher unterwegs ist. Wenn die eine oder andere Gruppe eine größere Niederlage einstecken müsste, würde das den Indryallanern sicherlich sehr helfen.«

»Aber wir sind jetzt gegen zwingende Magie gerüstet«, rief Annelie aus. »Etliche Meister halten danach Ausschau, und da wir unsere eigene Magie auf ein Minimum beschränkt haben, ist es unwahrscheinlich, dass uns irgendeine Aktivität entgeht. Die Köcherer sind in Alarmbereitschaft versetzt und haben ihre Wachen verdoppelt. Ich sehe keine Möglichkeit, wie die Zauberin sie durcheinanderbringen könnte, denn schließlich ist sie allein.«

»Dann bleiben als Ziel nur die Streitkräfte des Kaisers übrig«, sagte Caldan. »Und das ergibt durchaus einen Sinn.«

Joachim und Annelie sahen ihn an.

»Nachdem Glöckchen entkommen ist«, fuhr er fort, »würde ich mich nicht wundern, wenn sie jetzt erst einmal abwartet, da wir sie in die Richtung gebracht haben, die sie sowieso hatte einschlagen wollen. Es ist nur ein Gefühl, aber ... wenn Ihr einen Plan hättet, der in der Lage ist, den gegnerischen Kräften ernsthaft zu schaden, würdet Ihr doch sicherlich warten, bis Ihr die größtmögliche Erschütterung hervorrufen könnt, oder?«

Joachim ächzte leise. »Und mit Erschütterung meinst du einen Angriff auf den Kaiser selbst?«

Caldan nickte.

»Das ist Wahnsinn«, sagte Annelie.

»Ja – für *uns*«, sagte Caldan. »Aber das liegt daran, dass wir glauben, sie könnte nichts unternehmen, solange wir aufpassen. Glöckchen hingegen glaubt, dass sie durchaus etwas unternehmen kann. Und wer weiß besser als sie selbst, wozu sie in der Lage ist?«

»Ein gutes Argument«, murmelte Joachim. »Wir müssen den Kaiser benachrichtigen. Annelie, könntet Ihr einen Boten losschicken – einen schnellen?«

Sie nickte. »Morkel wird das übernehmen.«

»Gut. Und ruft die anderen Meister zusammen. Wir werden für eine Weile auf uns allein gestellt sein, und jeder muss auf der Hut sein, bis der Kaiser und die Meistermagier informiert sind und sich selbst um ihren Schutz kümmern sowie uns Hilfe schicken können. Hier.« Joachim zog eine Münze aus seinem Beutel. Sie war schwarz, als wäre sie in einem Feuer verbrannt. »Bringt mir Morkel her.«

»Ich hole ihn«, sagte Annelie und eilte aus dem Zimmer, ihre Leibwächter folgten ihr.

Caldan sah ihr nach und wandte sich dann an Joachim. »Glöckchen ist vielleicht nicht in der Lage, zwingende Magie einzusetzen, solange wir aufpassen, aber ihre zerstörerische Magie hat mehr als ausgereicht, um meinen Schild zu überwinden. Ihre Zauberei ist der unseren weit überlegen, und ihre magischen Wirkstücke sind mir fast ausnahmslos ein Rätsel.«

»Das ist einer der Gründe für meine Furcht«, sagte Joachim und machte eine grimmige Miene. »Jeder gewöhnliche verbrecherische Zauberer wäre kein Gegner für die Protektoren und erst recht nicht für uns Meistermagier. Aber die Indryallaner haben bewiesen, dass ihre Fähigkeiten die unseren weit übersteigen. Wie? Nun, ich bin sicher, dass wir es beizeiten herausfinden werden – falls wir sie davon abhalten können, in der Zwischenzeit allzu viel Schaden anzurichten.«

»Wie sollen wir das schaffen? Sie haben die Möglichkeit, ihre Magie zu konzentrieren. Wenn ich es nicht mit eigenen Augen gesehen hätte, würde ich es nicht glauben, aber ... die Flammen auf der Stadtmauer von Anasoma ... Glöckchens zerstörerische Magie, die gegen mich gerichtet war ...«

»Behalte diese Gedanken für dich«, warnte Joachim ihn. »Wenn sie einen Weg gefunden haben sollten, auf eine zerstörerische Weise Ordnung in ihre Quellen zu bringen ... So etwas hat es seit der Zerschmetterung nicht mehr gegeben – und ich muss dir nicht erzählen, was damals geschehen ist. Zum Glück ist nicht das gesamte Wissen der damaligen Zeit verlorengegangen.«

»Die Protektoren.«

Joachim sah ihn ausdruckslos an. »Das stimmt.«

Aber irgendetwas stimmt hier nicht, dachte Caldan. *Denn wenn sie all dieses Wissen besäßen, könnten sie es besser einsetzen, oder?* Und das führte ihn zu einem anderen, dunkleren Gedanken: Beanspruchten der Kaiser und seine Meistermagier diese Art der Zauberei am Ende für sich selbst und benutzten die Protektoren nur als Werkzeuge, die dafür sorgen, dass das Wissen darum unterdrückt blieb? Das ergab einen schrecklichen Sinn, und er fragte sich, ob zerstörerische Magie wirklich so vergessen war, wie jedermann glaubte – und wie Joachim behauptete.

Konnte er irgendetwas von dem, was dieser Mann sagte, glauben?

Joachim sah ihn an, und Caldan bemerkte, dass er die Stirn runzelte und somit die Richtung seiner Gedanken verriet. Rasch setzte er eine ausdruckslose Miene auf und erwiderte den Blick des Meistermagiers. Sie starrten einander für eine Weile an, und Caldan war überrascht, als Joachim schließlich das Schweigen brach.

»Da ist noch etwas anderes«, sagte Joachim beiläufig. »Ich hätte es fast vergessen. Haben deine Eltern vielleicht einen weiteren Ring besessen – einen aus einem Knochen geschnitzten?«

Caldan widerstand dem Drang, den Ring zu berühren, der unter dem Hemd versteckt vor seinem Hals hing, und tat so, als sei er verwirrt. »Nein.«

»Bist du sicher? Erinnerst du dich daran, einen Knochenring bei ihnen gesehen zu haben? Vielleicht hatten sie ihn versteckt?«

»Ich war doch noch ein Kind, als sie ... als sie gestorben sind, und damals hatte ich selbst dieses Kleinod nie bemerkt«, sagte er und hob die Hand. »Ich habe es erst in meinen letzten Tagen im Kloster erhalten. Wenn dieser Knochenring versteckt wurde, dann ist er das sicherlich noch immer ... oder er ist in dem Feuer verbrannt, das unser Haus zerstört hat.«

Joachim zuckte die Achseln, als ob es gleichgültig wäre, und plötzlich verspürte Caldan den Drang, dem Meistermagier einen Schlag ins Gesicht zu versetzen. *Es ist so, als würdest du den Tod meiner Eltern mit einem Schulterzucken abtun,* dachte er. Innerlich kochte er, als Joachim sagte: »Egal. Es war ein weiterer magischer Gegenstand, den der Kaiser ihnen geliehen hatte. Ich bin damit beauftragt, auch ihn zurückzubringen.«

Warum hatte er diesen Ring dann nicht zusammen mit dem anderen erwähnt? Caldan wusste, dass es sich nicht bloß um einen magisch aufgeladenen Gegenstand, sondern um ein Kleinod handelte. Er riss sich zusammen.

»Ich kann Euch leider nicht helfen«, sagte er. »Ich weiß nichts von einem Knochenring.«

Die Tür wurde geöffnet, und es raschelte, als Annelie eintrat, gefolgt von Morkel und ihren beiden Leibwächtern.

Joachim winkte Morkel zu sich und hielt die schwarze Münze hoch. »Keine Sorge«, sagte er und lächelte. »Es tut nicht weh.«

»Da«, sagte Glöckchen leise hinter ihm. »Dieser Mann.«

Amerdan schaute von seinem Platz auf dem Dach hinunter und beobachtete das Vordertor des Protektorengebäudes. Gerade ritt ein dürrer, griesgrämig wirkender Protektor auf einem braunen Pferd hindurch. Er trug mehr Waffen, als jeder fähige Kämpfer brauchen konnte, einschließlich eines Bogens. Amerdan grinste höhnisch und betastete eines seiner Messer – die einzigen Waffen, die er je benutzte. Das Arbeiten aus der Nähe war weitaus befriedigender.

»Er war einer der Protektoren, die unserer Spur gefolgt sind. Nachdem Caldan mich entdeckt hat, wusste ich, dass sie jemanden losschicken.«

»*Deiner* Spur«, berichtigte Amerdan sie, und Glöckchen warf ihm einen finsteren Blick zu. Seine Hand zuckte und verlangte danach, sie hier und jetzt zu öffnen, aber nein, noch nicht … *Geduld.* Es war nicht die richtige Zeit. Nichts war richtig, und es hatte kein Zeichen gegeben. Er spürte, wie sich Dotty unter seinem Hemd regte und ihn ermahnte. Glöckchen verwirrte ihn, und die Abkehr von seinem üblichen selbstgenügsamen Leben gefiel ihm nicht. Es machte einen schwach, wenn man von anderen abhängig war. Glöckchen war unzuverlässig; der andere, Caldan, hätte einen sehr viel besseren Lehrer abgegeben. Und er war ein Waisenjunge, wie Pieter und Annie – und wie Amerdan. Er schob diesen Gedanken beiseite, bevor weitere Erinnerungen kommen konnten.

Glöckchen schloss die Augen, und Amerdan betrachtete sie eingehend. Er spürte ein Prickeln, was nach Glöckchens Aussage davon zeugte, dass sie gerade ihre Quelle berührte. Ein Teil seines Geistes juckte nun, und in Gedanken kratzte er sich. Diesmal fühlte es sich an, als ob er auf etwas gestoßen sei – auf einen rauen Pfad. Er grinste. In der letzten Zeit gab es viel zu grinsen.

»Ja«, flüsterte Glöckchen. »Er hat eines.«

Das Jucken verschwand, und sie öffnete die Augen. Gemeinsam beobachteten sie, wie der Mann die Straße entlang ritt und hinter einer Ecke außer Sichtweite geriet.

»Ein magisches Wirkstück, meinst du?«, fragte Amerdan.

»Ja. Ein Amulett oder Medaillon. Etwas Kleines. Er trägt es bei sich, an einer sicheren Stelle.«

»Und das wird ihm Zugang zum Inneren Rat des Kaisers verschaffen?«

»Sehr wahrscheinlich. Zumindest zum Kreis der Meistermagier.«

»Also nahe genug«, murmelte Amerdan.

»Ich kann ihm nicht selbst folgen, denn dann werden meine magischen Wirkstücke nicht rechtzeitig fertig. Du wirst es tun müssen.«

»Das habe ich doch bereits angeboten.« Amerdan drehte sich um und glitt einige Ellen vom Dachfirst herunter. »Versprichst du mir dafür, mehr Zeit mit mir zu verbringen und mir bei den Schwierigkeiten mit meiner Quelle zu helfen?«

»Ja, ja. Bring mir bloß den magischen Gegenstand. Er ist nutzlos, wenn er nicht auf eine bestimmte Person eingestellt ist, und er hat Sicherungen für den Fall, dass sich jemand an ihm zu schaffen macht.«

Amerdan nickte und kletterte weiter hinunter bis zur Traufe auf der anderen Seite. Er glitt über den Rand, hing kurz über der Gasse und sprang hinunter, während Glöckchen weiterhin die Protektoren überwachte.

Amerdan gähnte. Seufzend verlagerte er sein Gewicht und kratzte sich am Bein. Die raue Borke des Baums grub sich in seine Wade und machte seine Position unbequem. Vor ihm ragte sein Messer dort aus dem Stamm, wo er es hineingerammt hatte. Es wartete.

Er reckte den Hals und schaute zurück auf den Pfad und über den Fluss.

Der Protektor ließ sich viel Zeit beim Tränken seines Pferdes und dem Befüllen seiner Wasserschläuche. Er hielt sogar inne und pinkelte ins hohe Gras.

Der Narr! Befand er sich nicht auf der dringenden Mission, den Kaiser zu warnen? Das hatte ihm zumindest Glöckchen gesagt. Sollte er nicht in großer Eile sein? Amerdan wusste nicht recht, warum ihn das so störte, denn schließlich plante er, den Mann umzubringen, aber er empfand eine solche Unfähigkeit als ärgerlich.

Amerdan betrachtete das Unterholz um seinen Hochsitz auf dem Baum und suchte nach einer passenden Stelle. In einiger Entfernung von der Straße lag ein umgestürzter Baum, mächtig und alt. Dahinter sollte er gut verborgen sein. Es war nicht ideal, aber unter den gegebenen Umständen war es der beste Ort. Eigentlich wollte er mehr Zeit zur Vorbereitung haben, aber … er konnte sich anpassen. Das war eine Eigenschaft, die ihn von allen anderen unterschied.

Das Schnauben des Pferdes riss ihn aus seinen Gedanken. Sanft klapperten die Hufe über den Pfad. Das Geräusch wurde lauter, als sich Pferd und Reiter ihm näherten.

Er packte sein Messer. *Bald. Warte.*

Das Pferd schnaubte unmittelbar unter ihm, und Amerdan zog seine Klinge aus dem Baum und schwang sich von dem Ast herunter. Er fiel wie ein Stein.

Dann landete er unmittelbar hinter dem Reiter und wand die Beine um die Hüfte des Mannes. Als Nächstes schlang er den Arm um seinen Hals und stach fünfmal rasch zu.

Der Mann gab ein gurgelndes Geräusch von sich, während sein Pferd seitwärts schlitterte, besorgt über das plötzliche zusätzliche Gewicht auf seinem Rücken. Als der Mann schlaff wurde, ergriff Amerdan die Zügel und leitete das Pferd vorwärts. Auf der anderen Seite des umgestürzten Baumes rutschte er aus dem Sattel und zerrte den Mann zu Boden, wo er leise hustete und die Finger in die Erde krallte.

Perfekt. Wie üblich.

Er setzte sich rittlings auf das Menschending und hielt das

Messer in der einen Hand. Mit der anderen zog er sein Kugelkleinod hervor und schloss die Finger darum. Ein sanftes Leuchten drang zwischen ihnen hindurch.

Amerdan zitterte und bekam eine Gänsehaut; seine Armhärchen richteten sich auf.

Die Lumpenpuppe unter seinem Hemd drängte sich gegen ihn und schaute eifrig zu.

»Psst«, sagte er zu ihr. »Ich weiß. Es ist schon zu lange her.«

Amerdan machte sich an die Arbeit, und bald erfüllte der metallische und durchdringende Geruch nach Blut die Luft.

Vögel stoben entsetzt auf, als das Gefäß in Verlust und Verzweiflung schrie.

Ungefähr zweimal am Tag holte Glöckchen einen ihrer magischen Gegenstände hervor und verbrachte einige Minuten mit geschlossenen Augen vor ihm. Als Amerdan sie deswegen befragt hatte, hatte sie ihm gesagt, dass sie sich bloß ausruhte und von den Anstrengungen der Zauberei erholte. Er wusste, dass sie müde war – er hatte es an ihrer erschöpften Miene und an der Tatsache abgelesen, dass sie nicht viel Schlaf bekommen hatte, da sie in den Nächten an ihren magischen Wirkstücken arbeitete und dabei Kaffee und Tee trank, um sich wach zu halten.

Er wusste aber auch, dass sie ihn anlog, er konnte es riechen. Trug und Bösartigkeit steckten jedem Zauberer tief in den Knochen. Das wusste er mit Sicherheit.

Sie ruhte sich gerade aus, als er die Wohnung betrat, die aus einigen Zimmern in einem wenig bemerkenswerten Viertel dieser wenig bemerkenswerten Stadt bestand. Hier stank es wie in einem Bordell, und der Geruch verzog sich einfach nicht, wie oft er auch die Möbel abstauben und den Boden kehren mochte. Er musste feucht wischen, oder die Wohnung würde bald unbewohnbar sein. Zwar hatte er den Vermieter für eine Woche bezahlt, aber Glöckchen glaubte, dass sie vermutlich länger bleiben mussten. Solche Unsicherheit! Es gefiel ihm ganz und gar nicht, von anderen Menschen abhängig zu sein. Niemandem durfte man vertrauen, und stets wurde man hintergangen.

Während Amerdan darauf wartete, dass Glöckchen die Augen öffnete, machte er eine Bestandsaufnahme ihrer Nahrungsmittelvorräte: die Überreste eines Brotlaibes, einige Nüsse und Trockenfrüchte. Sein Magen knurrte, und beinahe hätte er Glöckchen wieder verlassen und sich auf die Suche nach einer guten Mahlzeit gemacht. Er war immer sehr hungrig, wenn er ein neues Gefäß in sich aufgenommen hatte, und dann gelüstete es ihn nach feinem Essen und gutem Wein – eine Erinnerung daran, wie weit er seit seinen Anfängen als armes Straßenkind gekommen war.

Egal. Es würde nicht mehr lange dauern, bis sie sich regte, und dann würde er die Münze aushändigen und sich satt essen. Um sich abzulenken, holte er das Münzamulett hervor und betrachtete es.

Die Münze war ein so kleines Ding, aber wer es besaß, wurde in den inneren Kreis der Macht des Reiches vorgelassen. Doch wie Glöckchen ihm erklärt hatte, war die Magie nicht mehr passend abgestimmt, sobald das Gefäß tot war, und jeder Zauberer in der Nähe des Kaisers würde sofort bemerken, dass die Münze gestohlen war.

Glöckchens Kleidung raschelte, als sie sich auf dem Stuhl regte. Ihre Lippen bewegten sich und formten Worte, die er nicht verstand. So etwas hatte sie noch nie getan. Redete sie mit jemandem? War das möglich?

Kurz darauf öffnete sie die Augen und sah ihn an. Sie rieb sich mit den Händen durch das Gesicht und unterdrückte ein Gähnen. »Hast du es?«, fragte sie.

»Hier.«

Amerdan warf ihr die schwarze Münze zu; sie flog durch den Raum. Glöckchen fing sie mühelos auf, und in Amerdans Geist juckte es, als sie ihre Quelle berührte.

Sie runzelte die Stirn und rieb die Münze zwischen Daumen und Zeigefinger.

»Eine Münze. Das ist interessant. Es ist ...« Sie verstummte und sah Amerdan verwirrt an. »Du hast ihn umgebracht, nicht wahr?«

»Ja.«

»Aber sie ist noch eingestellt. Du kannst ihn nicht umgebracht haben.«

»Doch«, sagte er nur. Er war es nicht gewohnt, angezweifelt zu werden – vor allem nicht von einer Zauberin.

Glöckchen schaute die Münze ungläubig an, dann richtete sie den Blick wieder auf Amerdan. »Was hast du getan?«, wollte sie wissen. »Wie hast du den Protektor umgebracht?«

Er klopfte auf das Messer an seiner Hüfte. »Damit. Er hat mich nicht rechtzeitig bemerkt.«

»Das ist ...« Abermals hielt sie inne und biss sich auf die Lippe. »Sie ist noch aktiviert, aber jetzt ist sie mit dir verbunden. Wie ist das möglich?«

Es muss mein Kleinod gewesen sein, erkannte Amerdan. Als er das Gefäß in sich aufgenommen hatte, war das Band zwischen ihm und der Münze auf Amerdan übergegangen. Bedeutete das, dass sie für Glöckchen nutzlos war? Konnte er diese Wendung der Ereignisse zu seinen Gunsten einsetzen?

Amerdan zuckte nur mit den Achseln. »Ich weiß nicht. Vermutlich war es reines Glück. Kannst du die Münzen noch benutzen?«

Glöckchen schüttelte den Kopf und fluchte. »Sie wird allerdings noch dazu dienen können, irgendwie in die Armee des Kaisers zu gelangen.«

Sie fluchte erneut, und er zuckte unter ihren bösen Worten

zusammen. Er stellte sich vor, wie sein Messer ihr die Zunge aus dem Mund schnitt.

»Du hast bekommen, was du haben wolltest, und jetzt musst du mich bezahlen.«

»Ich muss meine Pläne ändern, aber sobald ich mit meinen magischen Dingen fertig bin, habe ich mehr Zeit und kann dir helfen. Glaube mir, ich will genauso sehr wie du selbst herausfinden, was mit dir nicht stimmt und warum du mehr als nur eine Quelle besitzt.«

Ärger über seine Ungeduld färbte ihre Worte, und Amerdan ballte die Fäuste. Er musste sich beherrschen, sie dieser Schlampe nicht in die Kehle zu rammen. Stattdessen lächelte er.

»Das verstehe ich, aber du wirst auch verstehen, warum ich unbedingt herausfinden will, ob du mir helfen kannst. Ich hätte es nie für möglich gehalten, dass ich ein Zauberer bin.«

Glöckchen schnaubte verächtlich. »Selbst wenn es mir gelingt, eine deiner Quellen zu entsperren, bist du noch immer weit davon entfernt, ein Zauberer zu sein. Dazu bedarf es langer Ausbildung und großer Disziplin.«

»Die Ausbildung kannst du mir verschaffen.« *Oder jeder andere Zauberer.*

»Ja. Wir werden viel Zeit haben, sobald das hier vorbei ist und wir uns auf dem Rückweg nach Anasoma befinden. Und wenn wir erst da sind, wirst du Zauberer finden, die besser dazu geeignet sind, deine Ausbildung zu übernehmen – vorausgesetzt, ich kann eine deiner Quellen von ihrer Blockierung befreien.«

»Danke«, sagte Amerdan. »Möchtest du etwas essen? Es war ein anstrengender Tag, und ich bin halb verhungert.«

25

Vasile stolperte zum Rand der Straße und erbrach die Reste seines Frühstücks. Seine Beine zitterten wie Gelee, die Knie wurden schwach, und er sank zu Boden und wischte sich mit dem Ärmel seines Hemdes über den Mund.

»Na los, Richter«, sagte Chalayan höhnisch. »Bleibt in Bewegung, oder Ihr werdet gefressen. Über mehr müsst Ihr nicht nachdenken.«

Vasile bedachte ihn mit einem Blick, der so giftig wie möglich war. Aber er war nicht annähernd giftig genug. Sein Pferd entfernte sich langsam, und er griff nach den Zügeln, die durch den Staub schleiften. Nach den vielen Tagen der Flucht vor den Jukari und den Vormag hatte er wohl kaum mehr die Kraft, das Tier wieder einzufangen, wenn es ihm tatsächlich jetzt entkommen sollte. Laufen, reiten, gehen, reiten ... Die Stunden verschwammen zu einer gleichförmigen Masse aus Tag und Nacht.

Er packte die Zügel so fest wie möglich und lag auf dem Boden, während seine Augen feucht wurden.

»Aufstehen«, sagte Aidan, der über ihm emporragte.

»Ich brauche noch ein paar Minuten«, krächzte Vasile.

»Die Minuten addieren sich, und bevor man es bemerkt, hat man einen halben Tag verloren.«

»Eine kurze Rast ... bitte.« Vasile kniff die Augen zu, und

Tränen traten aus den Augenwinkeln. *Der verfluchte Staub auf diesem Weg* ... Er blinzelte mehrfach, bis er wieder einen klaren Blick hatte.

Aidan wirkte nicht erfreut, aber er pfiff hinter Chalayan und cel Rau her, die nicht angehalten hatten. Vasile stieß einen Seufzer der Erleichterung aus, als sie zurückkehrten. Er hatte Geschichten über die Jukari und über das gehört, was sie den Menschen antaten, die sie erwischten, und dieser Gedanke entsetzte ihn. Unter diesen abgehärteten Veteranen fühlte er sich schwach und kraftlos, und sie würden ihn sicherlich im Stich lassen, sobald sie die Gelegenheit dazu erhielten.

Nein, das war unfreundlich von ihm. Bisher hatten sie sich zwar als hart, aber auch als menschlich erwiesen.

Starke Hände packten seine Arme, und er wurde aufgerichtet, bis er im Staub saß.

»Danke, danke«, flüsterte er und fügte leise hinzu: »Bitte lasst mich nicht alleine hier.«

Gelächter ertönte als Antwort auf seine Worte der Schwäche.

»Solange Ihr noch lebt, werden wir Euch nicht allein lassen«, sagte Aidan. »Aber es wäre besser, wenn Euer Herz unter all den Anstrengungen aussetzen würde, als dass Ihr uns langsamer macht und wir alle sterben.«

»Setzt ihn auf sein Pferd«, sagte Chalayan. Zum ersten Mal klang er nicht barsch.

Cel Rau zog eine Grimasse. »Der Klepper ist völlig erledigt.«

»Genau wie das Pferd«, scherzte Chalayan.

»Daran lässt sich nichts ändern«, sagte Aidan. »Ich fürchte, wir werden sie alle aufgeben müssen, bevor diese Sache hier vorbei ist. Da spielt es keine Rolle, welches Pferd als Erstes geht.«

Das ist die Härte, die ich erwartet habe.

Sie stellten Vasile auf die Beine und wuchteten ihn unter

Ächzen und Stöhnen in den Sattel. Vasile sah sie erschöpft an und nickte dankbar. Ohne ein Wort marschierten sie mit müden Schritten weiter voran und gingen bis an die Grenze, weil sie ihre Reittiere für den Ernstfall schonen wollten. Er wusste, dass die Zeit kommen würde, wenn nur die Schnelligkeit ihrer Pferde sie noch retten konnte - und dann würden sie ihn vermutlich zurücklassen.

Vasile saß da, sammelte seine Gedanken und Kräfte und bemerkte, dass sein Pferd mit trockenem Schweiß überzogen war. Es war viele Tage her, seit die Pferde ihre letzte Pflege erhalten hatten.

Er biss die Zähne zusammen, glitt aus dem Sattel und ächzte vor Schmerz, als seine Knie unter ihm nachgaben. Dann schlang er sich die Zügel um die Hand, machte einen Schritt und schleifte seine Stiefel durch den Staub.

Mühsam unterdrückte er ein weiteres Stöhnen und schlurfte hinter seinen drei Gefährten her.

»Wir haben inzwischen so viel Vorsprung, dass wir ein paar Stunden Rast riskieren können.«

Vasile war sich nicht sicher, ob er richtig gehört hatte, und so trottete er weiter, hielt den Kopf gesenkt und starrte immer nur auf die nächste Stelle, auf die er den Fuß setzen konnte.

»Vasile!«, fuhr Aidan ihn an und riss ihn aus seiner Entrückung.

»Ich bin nicht geritten«, krächzte er.

»Ich weiß. Guter Mann. Wartet hier, während wir die Höhle untersuchen.«

Aidan ging fort, und Vasile hob den Kopf und schaute sich um. Ein Fluss plätscherte in der Nähe, und Chalayan führte drei Pferde zu ihm, während links von ihm Aidan und cel Rau ihre Schwerter zogen und sich zu beiden Seiten der dunklen Öffnung aufstellten, die in der Oberfläche eines Felsens klaffte.

Vasile schaute hinter sich und sah nur Wald. Sie mussten die felsige Ebene schon vor langer Zeit verlassen haben, und er hatte es nicht einmal bemerkt.

Er zitterte, als eine kalte Brise über ihn fuhr und seine schweißfeuchte Haut rasch kühlte. Das Tageslicht schwand, und der schattige Wald war ein Segen nach den Strapazen der letzten Tage. Sein Körper fühlte sich trotz der Brise noch immer heiß an, und er stand kurz vor dem Zusammenbruch. Seine Füße pochten, als ob sie immer wieder mit dem Hammer bearbeitet worden wären, und seine Beine schienen in Flammen zu stehen. Er hustete mehrmals und spuckte bräunlichen Speichel aus – zweifellos der Staub, den er andauernd eingeatmet hatte.

Aidan und cel Rau verschwanden im Schlund der Höhle, und er wartete einige Augenblicke. Chalayan schien unbesorgt zu sein, und als Vasile nichts hörte, zerrte er an den Zügeln seines Pferdes und führte es zu dem Zauberer.

Vasile fand ihn in geringer Entfernung am Fluss, wo er die Pferde tränkte. Er hatte die Stiefel ausgezogen und hielt die Füße ins Wasser.

Vasiles Pferd schritt vor ihm her und wollte ebenfalls trinken. Er ließ die Zügel los und erlaubte dem Tier, sich zu den anderen zu gesellen.

Dann sackte er neben Chalayan zu Boden, entledigte sich seiner Stiefel und entblößte dabei geschwollene rote Füße, die mit Blasen übersät waren. Mit einem Seufzer der Erleichterung hielt er sie ins kühle Wasser.

»Bevor wir aufbrechen, solltet Ihr Euch die Füße mit Stoff umwickeln, falls Ihr ein Ersatzhemd oder etwas ähnliches dabei habt. Denn sonst werdet Ihr die Stiefel nicht mehr anbekommen – nicht mit diesen Blasen.«

Vasile nickte; er wagte nicht zu sprechen. Das waren die ersten halbwegs freundlichen Worte, die der Zauberer seit Tagen zu ihm gesagt hatte. Konnte es sein, dass er Vasile gegenüber allmählich milder wurde?

»Sobald sie die Höhle überprüft haben, verschanzen wir uns in ihr und ruhen uns etwas aus«, fuhr Chalayan fort. »Aber nicht lange. Wir dürfen nicht nachlassen. Die Pause dient hauptsächlich den Pferden. Sie sind nutzlos, wenn sie in einer Notsituation nicht mehr laufen können. Ich werde ein paar magische Sicherungen anbringen, die uns warnen, falls jemand oder etwas sich uns nähert.«

Vasile schwieg weiterhin und ließ den Zauberer reden. Es hatte den Anschein, als ob er dabei ein wenig von seiner Spannung abbauen konnte.

Jemand stieß gegen seine Schulter.

»Was? Wie?«, murmelte er und rieb sich die Augen.

»Ihr wart eingeschlafen. Kommt, Ihr müsst helfen, unser Lager in der Höhle einzurichten, während ich ...« Chalayan machte eine unbestimmte Handbewegung. »Während ich das tue, was ich tun muss.«

Mit einem Ächzen mühte sich Vasile auf die Beine, die schrecklich schmerzten. Er sah hinter Chalayan und den Pferden her, humpelte ihm nach, zuckte bei jedem Schritt zusammen. Das Wasser hatte die Schmerzen ein wenig gelindert, aber selbst auf der weichen Erde war jeder Schritt eine Qual.

Als er an der Höhle angekommen war, beachtete er seine Beschwerden nicht mehr und gesellte sich zu Aidan und cel Rau, die damit beschäftigt waren, dicke Äste vor den Eingang der Höhle zu schleifen und dünnere Zweige als Sichtschutz hineinzuflechten. Nachdem Vasile cel Rau geholfen hatte, ein besonders schweres Holzscheit zur Höhle zu tragen, hielt er eine Weile inne und atmete schwer.

»Ich vermute, wir errichten diese Barrikade, weil wir Ärger erwarten?«, fragte er.

Cel Rau schüttelte den Kopf. »Wir sind bloß vorsichtig.«

»Es ist gut, auf alles Mögliche vorbereitet zu sein«, sagte Aidan. »Erwarte das Beste, aber mache dich auf das Schlimmste gefasst. Caitlyn hat immer ...« Er verstummte und schaute in die Ferne.

Cel Rau warf Vasile einen flüchtigen Blick zu und beschäftigte sich dann damit, weitere Zweige in das Bollwerk zu stecken.

Eine Gefährtin?, fragte sich Vasile. »Caitlyn?«

»Ja«, antwortete Aidan knapp und schwieg eine Weile. »Sie war eine große Frau, die selbst viel zu nahe an das Böse herangekommen ist. Sie war unsere Anführerin.«

»Sie ist es nicht mehr?«

»Sie ist ... tot.«

An dieser Geschichte war mehr, als Aidan zu berichten gewillt war. Vasile erinnerte sich an ihr erstes Zusammentreffen und daran, dass Aidan Gazija die Umstände berichtet hatte, die zu seiner Übernahme des Kommandos geführt hatten.

»Wie ist sie gestorben?«

Aidan warf Vasile einen bösen Blick zu und blähte die Nasenflügel. Während sie einander anstarrten, arbeitete cel Rau weiter.

»Verflucht sollt Ihr und Eure Gabe sein«, zischte Aidan. »Ich habe sie umgebracht.«

Vasile hob die Hand und wollte ihn beruhigen. »Es tut mir leid. Das muss schrecklich für Euch gewesen sein. Aber ich bin mir sicher, dass Ihr einen guten Grund dafür hattet.«

»Ein Grund macht die Sache nicht einfacher.«

»Manchmal doch.«

»In diesem Fall nicht.«

Etwas in seiner Stimme verriet Vasile, dass Aidan nicht nur eine Frau getötet hatte, die er sehr respektiert hatte. Er machte einen Schritt zurück. »Ich wollte nicht ... neugierig sein.«

»Ihr seid es aber. Daraus besteht doch Euer ganzer Beruf, nicht wahr, Richter?«

Vasile zögerte, dann nickte er langsam. »Vermutlich habt Ihr recht. Das ist wohl ein Teil meines Fluchs: die Notwendigkeit, die Wahrheit zu wissen und die Tünche abzukratzen, hinter der sich die Menschen verstecken, auch wenn es ihnen wehtut.« Er wandte den Blick ab; seine Augen wurden feucht. »Das ist es, was sie am Ende vertrieben hat.«

»Wer?«

»Egal. Niemand kann die Vergangenheit ändern.« Wenn er sie nur nicht dazu gedrängt hätte, ihre Geheimnisse zu enthüllen. Aber er hatte jede einzelne ihrer Lügen erkannt, und es war ihm nicht möglich gewesen, darüber hinwegzusehen. Manchmal war es besser, nicht jeden Stein umzudrehen. Vasile sah sich nach weiteren Zweigen um, aber der Boden um die Höhle herum war schon gesäubert worden. »Ich hole Feuerholz.«

»Nein«, sagte Aidan. »Heute Nacht werden wir kein Feuer haben.«

Vasile seufzte. »In Ordnung.«

»Macht Euch daran, die Pferde abzusatteln, während ich cel Rau bei der Barrikade helfe. Dann könnt Ihr Euch ausruhen.«

Vasile nickte erschöpft. Er wusste, dass die Pferde genauso müde waren wie er selbst, vielleicht sogar noch müder. Und ohne die Tiere waren sie möglicherweise verloren. Außerdem mochte er sie inzwischen.

Wenigstens konnten sie nicht lügen.

»Hmpf«, rief Vasile und bemühte sich, wach zu werden, als sich eine Hand über seinen Mund legte und ihm etwas gegen die Rippen stieß. Er blinzelte, und ein schattenhafter Aidan materialisierte sich über ihm; einen Finger hatte er vor seine Lippen gelegt.

»Still«, sagte er mit einem kaum hörbaren Flüstern.

Vasile wollte gerade eine Antwort geben, als er die Pferde draußen wiehern und sich bewegen hörte. Eine kalte Angst kroch in ihn. Er sah Aidan in die Augen und nickte, und Aidan nahm die Hand von seinem Mund und schlich zum Höhlenschlund. Cel Rau und Chalayan spähten durch das Eintrittsloch in der behelfsmäßigen Barrikade.

Vasile rollte sich aus seinem Schlafsack auf den Boden und tastete nach dem Schwert, das sie ihm gegeben hatten. Es war so lange her, seit er zum letzten Mal eine derartige Waffe benutzt hatte, und daher fühlte sie sich klobig und unangenehm in seinen Händen an. Er stand auf, folgte Aidan und bewegte sich dabei so leise, wie er konnte.

Chalayan warf ihm einen vernichtenden Blick zu, bevor er Aidan zuflüsterte:

»Etwas ist an der magischen Sicherung vorbeigekommen, die ich auf dem Weg angebracht habe.«

»Bist du dir sicher?«

»Allerdings.«

»Könnte es ein Tier sein?«, fragte Aidan.

Chalayan schüttelte den Kopf. »Nein, es sei denn, es ist ein sehr großes.« Der Zauberer schwitzte trotz der kühlen Nachtluft in der Höhle, und er wischte sich die Hände an der Hose ab, bevor er fortfuhr: »Wir dürfen die Pferde nicht verlieren.«

»Kannst du sagen, wie viele es sind?«

»Nein. Aber wo einer ist, sind viele.«

Ein verängstigtes Wiehern drang durch die Nacht, und die Pferde schnaubten und stampften.

Aidan fluchte leise und zog sein Schwert.

Chalayan packte ihn am Arm. »Wir wissen nicht, wie viele es sind, und es… könnten Vormag bei ihnen sein.«

Seine Worte waren so voller Angst, dass Vasile es inzwischen bedauerte, nicht mehr über die Vormag herausgefunden zu haben, aber auf dem Weg hierher hatte es genug andere Dinge gegeben, die ihm Sorgen bereitet hatten.

Aidan schüttelte Chalayans Hand ab. »Wie du schon sagtest: wenn wir die Pferde verlieren, sind wir tot.«

Inzwischen hatte cel Rau seine beiden Schwerter gezogen, ohne dass Vasile es bemerkt hätte, und sie durch das Loch in der Barrikade gestoßen, während er ihnen rasch folgte.

»Ich bin der Nächste«, sagte Aidan. »Dann Chalayan, dann Ihr, Vasile.«

Als cel Raus Füße in dem Loch verschwunden waren, folgte Aidan ihm sofort.

»Warum haben wir die Barrikade überhaupt erreichtet?«, zischte Vasile Chalayan an, der mit der einen Hand nervös in seinen Taschen herumsuchte, während er die andere um das Amulett an seinem Hals schloss.

»Die Höhle wäre unsere letzte Zuflucht gewesen, falls wir umzingelt worden wären.«

»Aber wenn da draußen genug Feinde sind, die uns hier drinnen festsetzen können, dann gibt es für uns sowieso keinen Ausweg mehr. Wir hätten das Unvermeidliche nur hinausgezögert.«

Chalayan kniete sich neben das Loch, als Aidans Füße darin verschwanden. »Nein. Wir hätten hier nicht ausgeharrt, wenn wir umzingelt worden wären. Diese Barrikade hätte uns genug Zeit verschafft, um uns selbst umzubringen.«

Vasile kniff die Augen zusammen und stöhnte auf. Er holte mehrmals tief Luft und packte seine zitternden Hände. Dann schluckte er, steckte sein Schwert durch das Loch und kletterte hinter seinen Gefährten her. Als er auf der anderen Seite herauskam, sah er, wie cel Rau links von ihm in der Nacht verblasste, und Aidan schlich geduckt hinter einige Büsche zu seiner Rechten. Chalayan hatte sich über etwas gebeugt, das wie kleine, mit Runen übersäte Steine aussah, und murmelte in sich hinein.

Vasile stand auf, hielt sein Schwert vor sich und spähte in die Dunkelheit.

Plötzlich scheuten die Pferde und stemmten sich gegen die Zügel, mit denen sie angebunden waren. Sie hatten die Augen weit aufgerissen, schnaubten vor Angst und bewegten sich so weit wie möglich nach rechts, was den Schluss zuließ, dass die Gefahr von links kam.

Bei den Ahnen, er musste Wasser lassen. Wo waren cel Rau und Aidan?

Prügelgeräusche drangen aus der Nacht herbei, gefolgt von einem Heulen, das allmählich verstummte.

Vasile packte sein Schwert fester.

»Was mache ich hier bloß?«, sagte er leise zu sich selbst.

»Nichts«, antwortete Chalayan unerwartet. »Wartet noch ein paar Augenblicke.«

Der Zauberer lief auf der Lichtung umher und ließ seine Steine an scheinbar zufällig ausgesuchten Stellen fallen. Einen rollte er unter die Pferde, bevor er zurück zu Vasile eilte.

»Jetzt!« Aidans Kommando durchdrang die Stille.

Chalayan hob die Arme.

Lichtblitze, die so hell wie die Sonne waren, zerschnitten die Finsternis, und Vasile beschirmte seine Augen und blinzelte heftig, als Flecken vor seinem Blickfeld schwammen.

Knurren ertönte überall um sie herum, und obwohl er Angst hatte, zwang er sich hinzusehen.

Zauberkugeln hingen an den Bäumen neben der Höhle und erhellten den Wald. Chalayan musste etwas mit ihnen gemacht haben, denn sie strahlten viel heller als gewöhnlich ... und wenn sie Vasile blendeten, mussten sie dasselbe mit den Wesen gemacht haben, die da draußen waren.

Cel Rau hingegen schien das Licht nichts auszumachen, und

Vasile sah, wie er zurück zur Lichtung lief und über einen umgestürzten Stamm sprang, der so schwer war, dass sie ihn nicht hatten anheben können. Er schaute sich um und stellte sich zwischen zwei von Chalayans seltsamen Steinen. Zweige brachen, und Blätter raschelten dort, wo er hergekommen war, und dann sprang eine große Gestalt über den am Boden liegenden Baum hinweg.

Ein Jukari.

Das Ungeheuer brüllte, und sein Speichel tropfte in den Staub. Es hielt eine rostige Klinge hoch – in seiner gewaltigen Hand wirkte das Schwert wie ein Dolch. Das Wesen blinzelte ins Licht und machte einen Schritt zurück.

Cel Rau zischte die Kreatur an, aber sie attackierte ihn nicht, sondern schien auf etwas zu warten. Sie betrachtete die Lichtung, sah die Pferde, dann Chalayan und schließlich Vasile an. In ihren Augen lag etwas – eine Intelligenz, die Vasile nicht erwartet hatte.

Ein weiterer Jukari drängte sich durch die Büsche ins offene Gelände. Als er cel Rau bemerkte, hastete er zu der anderen Bestie. Aus der Nähe konnte Vasile erkennen, dass ihre graue Haut mit Linien und Symbolen übersät war, die wie grobe Tätowierungen wirkten.

Cel Rau blieb reglos, als der eine Jukari ein paar Schritte nach links machte und der andere sich nach rechts bewegte, sodass sie den Schwertkämpfer in die Zange nehmen konnten.

»Du entkommst nicht«, brachte der eine Jukari mit einem gutturalen Knurren hervor.

Es klang seltsam menschlich, wenn auch tiefer und sehr bedrohlich.

Cel Rau spuckte in die Richtung des Ungeheuers. »Du wirst als Erster sterben.«

Beide Jukari schnaubten verächtlich, dann lachten sie. Es war ein schnaufendes Geräusch voller Bedrohlichkeit.

Vasile hoffte, es nie wieder hören zu müssen.

»Unser Meister kommt, und er wird euch das Mark aus den Knochen saugen.«

»Vormag«, fluchte Chalayan neben ihm. Angst lag in seiner Stimme.

Cel Rau drehte den Kopf und nickte dem Zauberer rasch zu. »Jetzt«, sagte er und stellte den Fuß auf den mit Runen bedeckten Stein.

Beide Jukari sprangen cel Rau an, und ein verschwommener blauer Schild zuckte um ihn herum auf. Hallende Schmerzensschreie ertönten, als die Ungeheuer gegen ihn prallten und gleichzeitig von dem Schutzwall weggedrückt wurden, während er sich von dem Stein in alle Richtungen ausdehnte.

Die Jukari flogen zurück und landeten im Staub. Die eine Bestie verlor ihr Schwert aus den Händen, es klapperte zu Boden. Der Schild erlosch, und cel Rau stieß zu.

Der Schwertkämpfer schoss schneller vor, als Vasile es je bei einem Menschen beobachtet hatte, und seine Klinge durchdrang die Flanke des noch bewaffneten Jukari. Dieser heulte auf, gab ein gurgelndes Geräusch von sich und hustete schwarzes Blut aus. Geheul antwortete aus dem Wald.

Cel Rau rannte zu dem anderen Jukari, der auf dem Boden nach seinem Schwert griff.

Zu spät. Schon stieß cel Rau ihm zweimal in den Rücken und dann noch einmal. Das Wesen zuckte schwach. Seine graue Hand befand sich nur eine Elle von dem Schwert entfernt, dann erstarrte das Ungeheuer ganz.

Vasile hörte, wie Chalayan neben ihm kicherte.

»Zwei erledigt«, krächzte der Zauberer. »Und wer weiß, wie viele noch kommen, was, Richter? Ihr solltet anfangen, Euer Schwert zu schwingen.«

Vasiles Mund wurde trocken.

Aidan trat in den Lichtkreis einer Zauberkugel rechts von

ihm; schwarzes Blut tropfte an seiner Klinge herunter. Er betrachtete die Szenerie und ächzte. »Also nur drei.«

»Vier«, sagte cel Rau und deutete damit an, dass er schon eine der Bestien getötet hatte, noch bevor Vasile aus der Höhle herausgekrochen war.

Chalayan fluchte. »Vier bedeutet eine ganze Bande, also sind es insgesamt vielleicht zehn, und dazu ein Vormag.«

»Du wirst dich ihm entgegenstellen müssen«, sagte Aidan. »Ich weiß, dass du es kannst. Schließlich hast du es schon einmal getan.«

Chalayan rang die Hände, leckte sich über die Lippen und schüttelte den Kopf. »Damals waren wir viel mehr, und Caitlyn ...«

»Sie ist nicht hier, und sie wird nie wieder hier sein«, sagte Aidan. »Hast du denn nichts von Meister Mazoet gelernt, was uns helfen könnte?«

»Nur Andeutungen, nichts Wesentliches. Aber ich habe an etwas gearbeitet ...« Chalayan verstummte und schüttelte wieder den Kopf. »Zu gefährlich.«

»Vasile«, befahl Aidan, »sucht Euch einen von Chalayans Schildsteinen und stellt Euch darüber, aber behaltet einen Fuß darauf. Chalayan muss wissen, wer in Kontakt mit ihnen ist, damit er seine Magie lenken kann. Ansonsten fliegt Ihr weg wie die Jukari vorhin.«

Vasile nickte und suchte nach einem der Steine, dann stellte er den Fuß auf den magischen Gegenstand. Der Griff seines Schwertes war schlüpfrig vom Schweiß geworden und drohte ihm aus der Hand zu fallen, die er sich immer wieder an seinem Hemd abwischte.

Sowohl cel Rau als auch Aidan taten das Gleiche, während Chalayan sich bückte und neben ihrer verbarrikadierten Höhle so klein wie möglich machte.

Vasile schluckte. Er spähte an dem Licht aus den Kugeln

vorbei in die Dunkelheit und glaubte die Bewegungen von Gestalten zu sehen. Ein Zweig knackte hinter ihm, und er wirbelte herum, aber es war nur Aidan, der seine Position über dem magischen Stein verändert hatte.

Vasile seufzte vor Erleichterung, drehte sich wieder um und sah, wie ein gewaltiger Jukari aus der Nacht auftauchte und geradewegs auf ihn zurannte. Er war einen ganzen Kopf größer als die anderen, und seine Brust war mit groben Medaillons behängt. Das Ungetüm hatte die Strecke bis zu Vasile innerhalb eines einzigen Herzschlages zurückgelegt und hob nun einen Stahlhammer, der so groß war, dass er damit Felsen hätte zertrümmern können.

Als sich der Hammer senkte, schloss Vasile die Augen. *Ich werde jetzt sterben ...* Hitze brandete unter seinem Fuß auf, und seine Haut prickelte. Lichtblitze drangen durch seine geschlossenen Lider, und er hörte ein dumpfes Geräusch.

Vorsichtig öffnete er das eine Auge und stellte fest, dass er von einem sich rasch auflösenden blauen Dunst umgeben war, und der Jukari lag etwa zehn Schritte entfernt auf den Boden und hielt noch immer seine Waffe umkrallt. Schwarzes Blut tropfte aus seiner Nase, mit der er gegen den Schild gestoßen sein musste. Er ächzte und schüttelte den Kopf, als ob er damit seine Gedanken klären wollte.

»Tötet es«, zischte Aidan ihn an. »Schnell. Und versucht dabei die Augen offen zu halten.«

Vasile nahm all seinen Mut zusammen, näherte sich dem Jukari und schlug zu. Im letzten Augenblick riss das Wesen den Arm hoch, und Vasiles Schwert fuhr in die gespreizte Hand und teilte sie zwischen zwei Fingern.

Der Jukari stieß einen Schmerzensschrei aus und sah Vasile mit seinen gelben Augen an. Vasile zitterte, als das Ungeheuer auf die Seite rollte.

»Na los!«, rief Aidan. »Tötet es, bevor es sich erholt hat!«

Sofort stach Vasile nach der Bestie, aber er spürte, wie die Spitze seines Schwertes aufgehalten und abgelenkt wurde, als er eines der Medaillons des Jukari traf. Knurrend sprang das Wesen hoch und schwang sich auf ihn zu. Es packte seinen Kopf mit einer massiven, klauenbewehrten Hand, und er geriet ins Taumeln.

Dann stürzte er zu Boden und schrie auf, als der Jukari ihm nachsetzte. Benommen rollte er herum und rutschte auf Chalayans Stein zu. Als sich seine Hand um den magischen Gegenstand schloss, sah er sich nach dem Zauberer um und hoffte, dass die Magie des Steins noch nicht erschöpft war.

Wieder spannte sich seine Haut, und der Schild baute sich um ihn herum auf.

Vasile unterbrach den Kontakt mit dem Stein, als er sah, wie der Jukari abermals zurückgeschleudert wurde. Die Bestie sackte auf die Knie.

Diesmal zögerte er nicht, sondern stürmte mit einem wortlosen Schrei auf das Ungeheuer zu und rammte ihm seine Klinge tief in die Brust. Heißes, dunkles Blut spritzte auf seine Hände. Der Jukari brüllte und streckte die Klauen nach ihm aus. Er tänzelte rückwärts und entging den Krallen.

Und die Bestie fiel zu Boden.

Vasile schluckte die aufsteigende Galle herunter und trat nach dem Jukari. Er regte sich nicht. So schnell er konnte zog Vasile sein Schwert aus dem Körper des Jukari. Dann wich er wieder zurück und stellte sich über den magischen Stein.

Chalayans Lachen drang an seine Ohren. »Bei den blutigen Ahnen, Richter, habt Ihr denn noch nie etwas umgebracht?«

Vasile schaute auf seine Hände, die vom Blut der sterbenden Bestie überzogen waren. »Nein«, sagte er. »Es mag Euch überraschen, aber die meisten Leute sind es nicht gewöhnt zu töten.« Kurz schloss er die Augen, doch weiteres Knurren aus dem Wald riss ihn sofort wieder ins Hier und Jetzt.

Wieder trat ein Jukari in den Lichtkreis. Er hatte die scharfen Zähne gebleckt und schwang ein zweihändiges Schwert, das Vasile nicht einmal hätte anheben können.

Ein weiterer Jukari gesellte sich zu dem ersten, dann noch einer.

Vasile zuckte zusammen, als sich eine Hand auf seine Schulter legte. Cel Rau.

Der Schwertkämpfer deutete mit dem Kopf auf den magischen Stein, den Vasile hinter sich gelassen hatte. »Die gehören mir, Richter.«

Beschämt, ohne zu wissen warum, nickte Vasile und wich zurück zu dem Stein, während er die drei Jukari nicht aus dem Blick ließ.

Worauf warten sie?

Dann ertönte ein Knurren hinter Aidan, und zwei weitere Jukari kamen aus dem Wald hervor. Wie die anderen blieben sie ebenfalls stehen, als würden sie auf etwas warten.

Aidan sah rasch Chalayan an, der sein Amulett fest umschlossen hielt und etwas in sich hinein murmelte. Ein weiterer, kleinerer Jukari trat ins Licht; im Vergleich zu den anderen war er ein Zwerg. Er hatte eine dunklere Haut und grinste mit einem Mund voller Fangzähne. Verfilzte Locken aus drahtigem Haar fielen ihm auf die Schultern. Dieses Wesen besaß keine andere Waffe als ein Messer an seiner Hüfte und trug etliche Ringe und Medaillons, die allesamt mit etwas bedeckt waren, das wie Zauberrunen aussah.

Ein Vormag.

Chalayan richtete sich auf und machte einen Schritt auf die mythische Kreatur zu, die hier zur Wirklichkeit geworden war. Sie brüllte ein barsches Kommando, und die Jukari sprangen die Männer an.

Vasile trat mit dem Fuß auf seinen magischen Stein, während verschwommene blaue Kuppeln um cel Rau und Aidan herum aufzuckten. Zu früh. Die Jukari wurden nicht zurückgeschleudert, sondern verloren bloß das Gleichgewicht.

Chalayans Blick war starr auf den Vormag gerichtet. Der Zauberer war von dem Anblick so stark abgelenkt, dass er es nicht schaffte, die Schilde genau zum richtigen Zeitpunkt zu aktivieren, wie er es vorhin getan hatte.

Vasile schwitzte so stark, als hätte er das Trinken erst gestern aufgegeben. Er schaute von cel Rau zu Aidan und versuchte herauszufinden, wer am dringendsten Hilfe brauchte.

Cel Rau kämpfte gegen drei Jukari gleichzeitig, aber er umtanzte dabei die ungeschlachten Gestalten so schnell, dass es wirkte, als könnten sie ihn niemals berühren. Ein Jukari hielt sich den Arm fest, der bis zum Knochen aufgeschlitzt war, während ein anderer zurückwich und sich über eine Verletzung an der Wange fuhr. Cel Rau hatte ihm eine Schnittwunde beigebracht und beinahe das Auge ausgestochen. Ohne nachzudenken eilte Vasile auf ihn zu und beobachtete mit Entsetzen, wie die Schildmagie pulsierte, als Aidans Fuß von dem Stein abrutschte. Der Schild prallte gegen Aidan und warf ihn wie eine Stoffpuppe in den Staub. Er landete neben einem der Jukari, während die andere Kreatur nicht weit von Vasile entfernt zu Boden ging.

Vasile schrie und hieb mit aller Macht nach ihr. Sein Schwert schnitt ihr in den Arm, den sie zum Schutz erhoben hatte. Doch seinen nächsten Schlag lenkte sie ab, und Vasile geriet ins Taumeln. Der Jukari sprang auf, stellte sich ihm entgegen und knurrte ihn zwischen seinen Fangzähnen hindurch an. Nichtmenschliche, hasserfüllte Augen starrten ihn an, und Vasiles Beine wurden weich. Aus den Augenwinkeln sah er, wie Aidan unter dem Ansturm heftiger Schläge zusammenbrach; das Schwert fiel ihm aus den gefühllos gewordenen Fingern.

Warum unternimmt Chalayan nichts?

Ein Stein rollte über den Boden und kam neben Aidan zum Stillstand. Vasile sah, wie Aidan danach griff.

Vasile drehte sich um, rannte auf Aidan zu und streckte ebenfalls die Hand nach dem Stein aus. Ihre Hände verschränkten sich ineinander, als Aidans Jukari das Schwert hob. Jener, der gegen Vasile kämpfte, stapfte hinter ihm her und knurrte bedrohlich.

»Chalayan!«, rief Aidan, als nichts geschah. Er warf sich zur Seite, als die Klinge des Jukari niederfuhr, und es gelang Vasile gerade noch, den Stein festzuhalten, als sie in den Staub fielen.

Vasiles Haut prickelte, als der Schild wieder aufsprang. Der Jukari stieß ein Wimmern aus und flog zurück, nachdem er gegen die Barriere getroffen war, die gleich wieder erlosch. Der Jukari wand sich benommen am Boden, während Aidan auf sein eigenes Schwert zuhastete.

Vasile stürmte dem Jukari mit dem verletzten Arm entgegen. Das Wesen bleckte die Zähne, knurrte und schüttelte den Kopf. Er sprang, landete mit beiden Füßen auf dem Bauch der Kreatur und trieb ihm die Atemluft aus dem Körper. Das Ding hustete und rang nach Luft. Vasile hieb ihm mit seinem Schwert gegen die Kehle. Schwarzes Blut sprudelte aus dem Schnitt und bespritzte sein Gesicht. Als der Jukari um sich schlug, hieb Vasile wie ein Rasender auf seinen Kopf ein, wobei er das Schwert mit beiden Händen hielt. Schließlich gab das Ding ein wimmerndes Ächzen von sich, und sein Körper erstarrte. Vasile stand über ihm, atmete rasselnd, und Schweiß und Blut tropften an seinem Gesicht herunter.

Er schaute sich um und sah, dass Aidan sich den von schweren Schlägen verletzten Arm festhielt. Dennoch kämpfte sich der Mann wieder auf die Beine, auch wenn seine Miene von großen Schmerzen zeugte.

»Richter, Cel Rau!« Er deutete mit dem Kinn auf ihren Kameraden.

Vasile hatte den Schwertkämpfer ganz vergessen. Er blinzelte sich den Schweiß aus den Augen und taumelte fort von Aidan, der mit der gesunden Hand nach seinem Schwert tastete.

Dann drehte er sich um, und es bot sich ihm ein albtraumhafter Anblick.

Chalayan kreischte, und die Sehnen an seinem Hals traten deutlich hervor. Der Vormag knurrte und zeigte seine Fangzähne, als er sich dem Zauberer entgegendrängte. Zwar steckte Chalayan unter seinem Schild, aber der Vormag hielt zwei Amulette gegen die Barriere, und sie knisterte und beulte sich ein wie dünnes Metall unter dem Hammer eines Schmieds. Ströme von Schweiß rannen an Chalayans Gesicht herunter, und er heulte auf, als seine Beine unter ihm nachgaben. Er kniete im Staub und unterlag allmählich der Magie des Vormag.

Aber sein Schild hielt noch.

Es war erst einen Augenblick her, seit Vasile Aidan zurückgelassen hatte, doch die Ungeheuerlichkeit dessen, was er nun beobachtete, schien die Zeit zu verlangsamen. Während Chalayan gegen den Vormag kämpfte, tänzelte cel Rau zwischen zwei Jukari umher und stieß erstaunlich schnell mit seinen beiden Schwertern zu. Oberflächliche Schnittwunden bedeckten seine Arme, und Blut aus einer größeren Verletzung am Kopf tropfte den Nacken herunter.

Ein dritter Jukari war auf die Knie gesackt; ein Hieb hatte die Kreatur gelähmt. Sie schrie und knurrte und schnappte nach cel Rau, immer wenn er ihr zu nahe kam. Zwar konnte die Kreatur nicht viel erreichen, war aber eine Behinderung für cel Rau, während die beiden anderen immer wieder auf ihn vorrückten. Die Jukari benutzten ihren zu Boden gegangenen Gefährten als Barriere, die cel Rau nicht passieren konnte, und hielten ihn so von Chalayans Zauberstein fern.

Vasile zögerte und wusste nicht, ob er sich ins Getümmel

stürzen sollte, denn er wollte weder Chalayan noch cel Rau aus dem Gleichgewicht bringen. Während er nachdachte, was er in dieser Schlacht der Magie tun könnte, stolperte der Schwertkämpfer plötzlich.

Cel Rau wehrte eine Klinge nach links ab, trat zurück und so der Klinge aus dem Weg, aber bewegte sich dabei zu nahe an den knienden Jukari heran. Krallen gruben sich ihm in die Wade, als das Ungeheuer nach seinen Beinen griff. Die beiden anderen Jukari brüllten vor Freude und sahen zu, wie cel Rau sich umdrehte und nach den Klauen zu schlagen versuchte, die sich in sein Bein verkrallt hatten.

Vasile blinzelte einige Tränen weg. Er sog heftig die Luft ein, hatte Angst um cel Rau, hatte Angst um sie alle. Gerade konnte er die Wahrheit ihrer Hoffnungslosigkeit spüren – die Wirklichkeit ihres Todes unter den Krallen dieser Kreaturen, die aus der Zerschmetterung hervorgegangen waren. Nun würde er nie erfahren, wer Gazija war oder welche Pläne er hatte, und er würde nie erfahren, warum die Indryallaner ihre Invasion durchgeführt hatten. Sie würden es niemals bis zum Kaiser schaffen.

Ich werde mich nie reinwaschen können.

»Nein.« Es war nicht mehr als ein Flüstern, aber es schien in seinen Ohren zu brüllen.

Ruckartig setzte er sich in Bewegung und umrundete die siegesgewissen Jukari. Seine Finger schlossen sich um den magischen Stein. Er musste an den Vormag herankommen und konnte nur hoffen, dass Chalayan ihn dabei bemerkte. Vasile hastete auf die Gestalt zu.

Blaues Licht trat aus seiner Hand. Schmerz flutete seinen Geist, als die Armknochen knackten und sich verdrehten, und er wurde über die Lichtung geschleudert.

Dunkelheit stieg auf ihn herab, aber er zwang sie hinfort mit einer Kraft, von der er nie gewusst hatte, dass er sie besaß. Er ächzte, und Speichel tropfte ihm aus dem Mund, als er sich im Staub herumrollte. Rufe und Flüche hallten um ihn herum. *Ich habe versagt. Endlich habe ich meinen Mut gefunden, aber es ist zu spät.*

Vasile schaute auf und sah, dass cel Rau noch immer gegen die Jukari kämpfte. Der Gedanke, den Schwertmeister fallen zu sehen, bedrückte ihn mehr, als er es für möglich gehalten hätte.

Es tut mir leid ...

Aber eine Bewegung erregte seine Aufmerksamkeit, und er schaute hinüber zum Eingang der Höhle. Mit Erstaunen sah er, dass Chalayan wieder auf den Beinen stand. Der Schild, der um den Stein herum aufgeflackert war, den Vasile umfasst hielt, hatte den Vormag abgelenkt. Die Positionen des Zauberers und der Bestie waren nun umgekehrt: Der Vormag befand sich auf den Knien, und sein Gesicht kündete von Angst und Entsetzen, als ein dünner Fortsatz aus violetter Farbe von Chalayans Schild ausging.

Die zauberische Ranke durchdrang den Schild des Vormag, der daraufhin zerplatzte. Es entstand ein Geräusch wie von tausend summenden Bienen. Der Schrei des Vormag wurde abgeschnitten, als Chalayans Zauberei ihn in zwei Hälften spaltete. Chalayan wandte sich nun den Jukari zu, und sein magisches Seil peitschte auf sie ein, schnitt durch Fleisch und Knochen, wie ein Stecken, der durch Wasser fährt. Ihre heulenden Schreie erstarben rasch. Cel Rau duckte den Kopf, als Blut über die Lichtung spritzte.

Vasile sah sich nervös um. Waren da noch weitere Jukari? Er versuchte sich zu erheben, aber ein brennender Schmerz in seinem Arm hielt ihn auf.

Bei den Ahnen!

Eine Hand berührte ihn an der Schulter. Er hatte keine Kraft mehr für einen Schrei.

»Richter?«, sagte cel Rau. »Bewegt Euch nicht. Ihr hättet den Stein nicht ohne Chalayans Wissen aufnehmen dürfen. Aber vielleicht habt Ihr damit unser aller Leben gerettet.«

»Sind sie ... tot?«, krächzte Vasile und hielt die Augen weiterhin geschlossen.

Aber cel Rau war bereits nicht mehr da.

Vasile öffnete die Augen und sah eine rot gefärbte Lichtung. Jukari-Stücke lagen überall verstreut. Die meisten waren nicht mehr identifizierbar. Sein Arm fühlte sich weich an, als ob seine Knochen zu Gelee geworden wären. Vasile hielt ihn gegen seine Brust gedrückt, schloss die Augen und legte sich wieder auf den Boden.

Hinter ihm brüllte Chalayan vor Freude. Das Lachen des Zauberers hallte über das Gemetzel hinweg. Es lag ein Ton des Wahnsinns darin, der Vasile mehr als alles ängstigte, was der Vormag getan hatte.

»Es hat funktioniert!«, krähte der Zauberer. »Richter, Ihr seid ein Genie!«

Schritte näherten sich. Wasser platschte auf sein Gesicht und in seinen trockenen Mund. Er schluckte mehrmals, dann drehte er den Kopf zur Seite.

»Ich will Euch nicht anlügen, Richter«, sagte Aidan. »Ihr habt gehandelt, als es notwendig war, aber ... Ihr könntet den Arm verlieren.«

Aidans nüchterne Betrachtung der Lage überraschte Vasile nicht. Er nickte. »Und die anderen? Cel Rau?« Er ächzte. Selbst das Sprechen verursachte ihm Schmerzen.

»Er hat eine böse Wunde am Bein davongetragen, aber sie wird verheilen. Meinem Arm geht es besser als Eurem, aber er ist ebenfalls gebrochen. Ihr habt Euch gut geschlagen, Vasile. Chalayan hat den Vormag getötet, als Ihr ihn abgelenkt habt, und dann hat er die Jukari erledigt.« Es lag eine gewisse Fassungslosigkeit in Aidans Stimme, und Vasile wunderte sich darüber, denn der Zauberer hatte sie doch alle gerettet.

Er hörte noch immer Chalayans Lachen, und es war das Letzte, was er vernahm, bevor er das Bewusstsein verlor.

Als Vasile zu sich kam, lag er noch immer an derselben Stelle. Seine Gedanken fühlten sich verwirrt an, als ob er sich noch in der Zeit befände, in der er zu viel getrunken hatte. *Oh, ich wünschte, das wäre jetzt der Fall.* Fürsorglich hatte ihm jemand seinen Mantel unter den Kopf gelegt. Sein Mund war ganz trocken.

»Wasser«, krächzte er und versuchte die Augen zu öffnen.

Ein Schatten näherte sich ihm, und segensreich kühles Wasser plätscherte in seinen Mund.

»Nicht zu viel«, sagte Aidan. »Hier, ich habe Medizin für Euch. Das ist alles, was wir im Augenblick zur Linderung der Schmerzen tun können.«

Ein weiches Kügelchen wurde ihm zwischen die Zähne geschoben, und er kaute langsam darauf herum. Es schmeckte nach Kräutern und bitterer Medizin. Weiteres Wasser spülte es herunter.

Es entstand ein seltsames summendes Geräusch, und am Rande der Lichtung war ein Lichtblitz zu sehen. Aidan stieß ein verärgertes Seufzen aus.

»Was ist los?«, fragte Vasile. Trotz seiner Qualen spürte er, dass etwas nicht stimmte.

»Nichts«, log Aidan. »Ruht Euch aus.«

»Ihr könnt mich nicht ...«

»... nicht anlügen? Richtig. Allmählich stört es mich.«

Vasile zwang sich zur Andeutung eines Lächelns, bevor er wieder unter den Schmerzen zusammenzuckte.

»Es ist Chalayan«, fuhr Aidan fort. »Behaltet ihn im Auge. Anscheinend hat er einen neuen Kniff gelernt – einen, über den er besser nie gestolpert wäre. Und er hat die Idee von Euch bekommen.«

»Ich weiß doch ...«

»... nichts über Magie?«

Vasile nickte.

»Das musstet Ihr auch nicht. Es war die Idee, nicht das Konzept. Anscheinend hatte er schon einige Tage damit herumexperimentiert. Aber als die Jukari und der Vormag angegriffen haben, hat er die Gelegenheit genutzt. Es hätte ihn töten können, aber es hat funktioniert. Und genau das ist es, was mir Sorgen macht: dass Chalayan sein eigenes Leben für diese Kenntnisse aufs Spiel gesetzt hat - und vermutlich auch das unsere. Auf diesem Weg liegt ... nun, nichts Gutes.«

Vasile schluckte, als ihm mehr Wasser gegeben wurde, dann stürzte die Dunkelheit wieder auf ihn herab.

26

Der Tag dämmerte warm herauf und wurde immer heißer. Es war ein für die Jahreszeit ungewöhnliches Wetter, und die meisten Protektoren hatten gute Laune. Caldan suchte, nachdem er an seinen magischen Gegenständen gearbeitet hatte, nach Joachim, aber er hatte kein Glück. Der Meistermagier war verschwunden. Er befragte mehrere Gesellen und Lehrlinge, doch sie konnten oder wollten ihm nicht sagen, wo der Mann war. Das behagte Caldan nicht. Joachim war für ihn noch immer eine unbekannte Größe, und trotz seiner scheinbaren Hilfsbereitschaft war sein Auftauchen allzu plötzlich und passend gewesen.

Es war schon fast Mittag, als Caldan den Meistermagier erblickte, wie dieser gerade den Gebäudekomplex der Protektoren betrat. Joachim führte Caldan zu einer Ecke des Hofes, setzte sich an seine gewöhnliche Stelle und stellte ihm Fragen über seine Familie, über das Kloster, in dem er aufgewachsen war, über Simmon, Anasoma und Glöckchen.

Das alles klang falsch in Caldans Ohren.

Aus irgendeinem Grund hatte Joachim die Suche nach dem Knochen-Kleinod noch nicht aufgegeben, und diese gewundene Art war ein recht offensichtlicher Versuch, Caldan Informationen darüber zu entlocken. Ob der Meistermagier glaubte, dass Caldan ihn anlog, oder ob er einfach nur verzweifelt war, vermochte Caldan nicht zu entscheiden, aber es war unangenehm, andauernd auf der Hut sein zu müssen - insbesondere wo er doch selbst mehr über dieses Kleinod erfahren wollte.

Caldans Gedanken kehrten zu der möglichen Belohnung zurück, die der Kaiser demjenigen geben würde, der ihm das Knochen-Kleinod brachte. Denn das zwar es zweifellos: ein Kleinod, das kein Kleinod war - oder zumindest eines von einer bisher unbekannten Art. Wie konnte es den Kräften widerstehen, die durch es hindurchflossen, wo es eigentlich nur aus Knochen bestand? Das sollte nicht möglich sein, und doch war der Ring auch nach der Magie unbeschädigt, die Glöckchen ihm entgegengeworfen hatte, als seine eigene Zauberei versagt hatte.

Dieser Gedanke nagte an ihm, während er nach Verbindungen suchte und immer wieder an das dachte, was in den Höhlen unter Anasoma geschehen war. Er fand nichts, aber er spürte, dass es diese Verbindung gab. Irgendetwas entging ihm, und es hatte mit den Indryallanern und ihrer Fähigkeit zu tun, zerstörerische Magie konzentriert einzusetzen. Muster schälten sich heraus und wirbelten in ihm umher, doch es gelang ihm bisher nicht, sie zu einem stimmigen Konzept zusammenzusetzen.

»Hatte deine Familie eine enge Beziehung zu dem Kloster?«

Es war das zweite Mal, dass er diese Frage stellte, und Caldan fürchtete um die Mönche, wenn er Joachim einen Grund zu der Annahme geben sollte, sie könnten im Besitz des Knochen-Kleinods sein.

»Nein. Wenn ich mich recht erinnere, haben meine Eltern sehr abgeschieden gelebt und das Kloster nie besucht.«

»Sehr seltsam. Ein Ort der Gelehrsamkeit befand sich ganz in der Nähe, und da deine Mutter eine Zauberin war, hätte ich angenommen, dass sie die Möglichkeit, sich mit den Mönchen zu unterhalten und ihre Bücher zu benutzen, liebend gern ergriffen hätte.«

»Sie hatte dieses Leben aufgegeben. Ich habe nie gesehen, dass sie Magie benutzt hat.«

»Niemand gibt die Zauberei einfach so auf, junger Mann. Wer würde ein solches Wissen wegwerfen? Und die Fähigkeit, magische Gegenstände herzustellen? Nein, das ist unmöglich. Ich kenne niemanden, der so etwas freiwillig tun würde.«

Dann müssen sie es unfreiwillig getan haben, dachte Caldan. *Und jetzt weiß ich, was Joachim für eine Art von Mensch ist: Er würde seine Zauberei für nichts auf der Welt weggeben.*

Caldan wusste nicht, wie lange er sich noch verstellen konnte, und außerdem musste er den Grund herausfinden, aus dem seine Eltern den Ring vor dem Reich geheim gehalten hatten.

Es war an der Zeit, einen Versuch zu wagen.

»Joachim, ich bin nicht dumm. Ich weiß, dass Ihr diese Fragen wegen des Kleinods stellt«, sagte er und stellte absichtlich nicht klar, welchen seiner Ringe er damit meinte. »Was ist so wichtig daran?«

Joachim zögerte, starrte Caldan einen Moment lang an und wandte dann den Blick ab.

Caldan konnte die mahlenden Gedanken des Meistermagiers beinahe hören, während dieser überlegte, was er dem Jungen erzählen sollte: die Wahrheit, Lügen oder etwas dazwischen. Nun musste Caldan nur noch herausfinden, um was davon es sich handelte.

»Deine Großeltern«, knurrte Joachim, »waren Diebe. Nein, vielleicht ist das zu harsch. Sie haben jahrelang treu dem Kaiser gedient, möge er ewig leben. Deine ganze Familie hat das getan. Das Kleinod, das der Kaiser Karrin Wraythe gegeben hat, sollte im Besitz ihrer Familie bleiben, solange sie ihm diente.«

»Aber«, unterbrach ihn Caldan, »es nützt doch nur einer Person, die berührt wurde, oder?«

»Ja, und deine Familie hatte einige Berührte in ihrem Stammbaum. In den meisten Fällen überspringt diese Gabe eine Generation. Aber einige Familien bleiben rein, und ihr Blut ...« Joachim zögerte und leckte sich die Lippen. »Sie werden vom Kaiser am meisten geschätzt, und er belohnt sie reichlich. Sie erhalten nicht nur das da ...« – er zeigte auf den Ring an Caldans Finger – »... sondern auch den Knochenring.«

Er verbirgt etwas. Oder zumindest lässt er einen Teil der Wahrheit aus.

»Warum sollten meine Großeltern einen Knochenring stehlen? Warum sollte sie so viel aufs Spiel setzen, wenn sie doch angeblich so hoch geschätzt und belohnt wurden?«

Joachim machte eine abwehrende Handbewegung. »Wie ich schon sagte: Sie waren Diebe. Der Ring ist ein Erbstück, das seit der Zeit der Zerschmetterung von Kaiser zu Kaiser weitergegeben wurde. Für sich selbst genommen, hat es keine Kraft und Macht.«

Das ist eindeutig eine Lüge.

»Dann verstehe ich es nicht. Sie hatten doch wissen müssen, dass sie den Kaiser gegen sich aufbringen würden, und ich weiß nicht, wie sie ihm so lange entkommen konnten.«

»Pah! Wer weiß schon, warum Menschen das tun, was sie tun? In neun von zehn Fällen geht es um Dukaten. Viele Adlige würden ein Vermögen dafür zahlen, diesen Ring in ihrem Besitz zu haben. Sein Wert liegt nicht im Material, sondern in der Herkunft. Er ist ein Teil der kaiserlichen Insignien, und manche dumme Adlige glauben, dass sie einen Anspruch auf den Thron haben, wenn sie bloß den Ring besitzen.«

»Aber warum ... – sie wollen den Kaiser stürzen?«

»Natürlich. Manche Menschen sind sehr ehrgeizig.«

»Aber … niemand würde ihnen folgen. Die Familie des Kaisers hat seit Jahrhunderten das Reich zusammengehalten.«

»Die tatsächlichen Gegebenheiten halten viele Menschen nicht davon ab, verrückte Taten zu begehen.« Wut färbte Joachims Stimme. »Genug davon. Mach dich nützlich, indem du den Protektoren hilfst, und finde heraus, welche Fortschritte sie im Aufspüren von Glöckchen gemacht haben. Man sollte doch glauben, dass dazu ein magischer Kompass reicht, der auf sie eingestellt ist, aber nein … Manche Menschen sind einfach nutzlos.«

Caldan nickte und überließ den Meistermagier seinen Gedanken. Es gefiel ihm nicht, von jemandem herumkommandiert zu werden, der ihn belog, aber was sollte er tun? Joachim hatte die Antworten auf seine Fragen, und wenn er den Meistermagier verstimmte oder verärgerte, würde Caldan diese Antworten niemals erhalten.

Er gähnte und stolperte. Noch immer war er müde, denn er hatte den größten Teil der Nacht mit seinen magischen Gegenständen und damit verbracht, an Mirandas Seite zu sitzen. So lange wie möglich hatte er die Fähigkeiten angewendet, die er von Glöckchen gelernt hatte, und er hatte ihre Wirkstücke benutzt, um nach einem Weg zu suchen, Mirandas Heilung zu beschleunigen. Leider konnte er ihr noch immer nicht helfen. Joachim hatte Caldan eng an sich gebunden, indem er die Verschlechterung von Mirandas Zustand aufgehalten und gleichzeitig behauptet hatte, er könne sie nicht wirklich heilen. Wer vermochte schon zu sagen, ob das der Wahrheit entsprach?

Er kam an dem Besprechungszimmer vorbei und wusste, dass Meisterin Annelie dort gerade eine Ratssitzung abhielt und den Protektoren Anweisungen für die Suche nach Glöckchen gab. Joachim sollte selbst etwas über die Zauberin herausfinden, wenn er wirklich daran interessiert war, sie zu schnappen oder zu töten. Bisher hatte er keine große Besorgnis gezeigt, wenn es um sie ging, und auch das war sehr merkwürdig.

Caldan stellte fest, dass er nun einige freie Stunden hatte. Er hätte ein wenig Schlaf nötig gehabt, aber es gab noch so viel zu tun. In den wenigen Tagen, die sie bei den Protektoren verbracht hatten, waren ihm große Fortschritte mit seinem neuen Automaten gelungen. Die Uhrmacherin hatte Wort gehalten, und ihre Metallteile waren von ausgezeichneter Qualität. Er musste nur noch einige magisch aufgeladene Metallstücke herstellen und das Ganze mit Runen bedecken. Und überdies benötigte er einige Edelsteine.

Also eilte er jetzt zu der Schmiede und wollte dort sein Wirkstück fertigstellen und ein kleines zusammensetzen, das er ebenfalls entworfen hatte und das viel komplizierter als alles war, was er bisher erschaffen hatte.

»Es dauert nicht mehr lange, bis das alles hier vorbei ist und Joachim die anderen Meistermagier mit deiner Heilung beauftragen kann«, sagte Caldan zu Miranda, während er ihr ins Gesicht schaute und nach einem Anzeichen dafür suchte, dass sie ihn verstand.

Miranda blinzelte und hielt den Kopf gegen das Licht, das durch das Fenster fiel, dann sank sie in ihre übliche Reglosigkeit zurück.

Caldan seufzte. Er ergriff ihre Hand und drückte sie beruhigend. »Bald. Ich verspreche es. Selbst wenn ich dafür Glöckchen finden und wieder gefangen nehmen oder meine Kleinodien aufgeben muss. Ich werde es tun.«

Elpidia stürmte in das Zimmer und stieß dabei die Tür so heftig auf, dass sie gegen die Wand schlug. Ihre Augen waren groß und rund, und sie hatte sich offenbar in aller Eile angekleidet, denn die Bluse bedeckte die Schulter nur zur Hälfte.

»Caldan«, keuchte sie und streckte ihm eine weitere leere Phiole entgegen – vermutlich sollte er sie füllen. »Es ist nichts mehr da. Ich brauche mehr. Bitte.«

Caldan wurde übel, als er begriff, warum sein Blut so schnell aufgebraucht war. Sie hatte den größten Teil davon selbst getrunken. »Nicht jetzt«, sagte er barsch. »Morgen. Vielleicht.«

Elpidia stieß ein kurzes Lachen aus. Wirkte sie ... erleichtert?

»Es hat funktioniert. Meine Experimente ... Sie haben zu lange gedauert. Also ... habe ich es getrunken.«

Caldan schwieg – er traute sich nicht, etwas zu sagen.

»Zuerst war es nur ein Tropfen«, fuhr Elpidia fort. »Einer am Tag, dann ein paar mehr. Ich musste etwas ausprobieren.« Sie plapperte immer weiter und wirkte nicht so, als würde sie bald aufhören. »Diese Dinge brauchen Zeit, und ich hatte keine Zeit. Ich wusste es. Ich würde sterben. Ich musste etwas versuchen. Also habe ich ein wenig genommen, und es hat gewirkt! Sieh nur!« Sie zog ihre Bluse herunter und enthüllte schorfige, rotfleckige Haut. »Sieh!«

Caldan wandte den Blick ab. »Für mich sieht es so aus wie vorher.«

»Nein, das stimmt nicht! Es wird besser. Schau mich an!«, kreischte sie, packte seinen Kopf und zwang ihn, ihr ins Gesicht zu sehen. »Mein Haar – es ist dunkler geworden. Kannst du das etwa nicht erkennen?«

Caldan betrachtete ihre Haare eingehend und musste zugeben, dass sie recht hatte. Die Strähnen waren noch immer grau, aber die Wurzeln waren dunkel, als ob sie ihre Haare grau gefärbt hätte und nun die natürliche Farbe nachwuchs.

Er richtete sich auf. »Miranda – könnte sie damit auch geheilt werden?«

Elpidia schüttelte den Kopf. »Nein, das glaube ich nicht. Bei ihr ist der Geist verletzt, während es bei mir der Körper war. Ich kann es nicht mit Sicherheit sagen, aber ich halte es für höchst unwahrscheinlich, dass es ihr hilft.«

»Wir könnten es versuchen.«

Sie nickte langsam. »Ja, das könnten wir. Aber es könnte eine Enttäuschung für dich werden. Warte hier. Ich hole meine Ausrüstung, und dann werden wir noch mehr Blut herausziehen.«

Ohne auf eine Antwort von ihm zu warten, eilte sie mit federnden Schritten aus dem Raum und zog sich mit der einen Hand die Bluse über die Schulter.

Mein Blut, wunderte sich Caldan. Der Grund musste darin liegen, dass er ein Berührter war. Elpidia hatte ihm gesagt, dass seine unnatürlichen Heilkräfte auf sein Blut zurückzuführen waren. Er dachte an das, was Joachim erst vor wenigen Stunden gesagt hatte, als Caldan geglaubt hatte, er verheimliche etwas.

Diese Familien bleiben rein, ihr Blut ...

Ein so großes Geheimnis würde unweigerlich bekannt werden, und diejenigen, die von ihm profitieren konnten, würden alles unternehmen, damit niemand sonst davon erfuhr - oder Zugang dazu hatte. Das erklärte, warum der Kaiser alle Berührten unter seiner Kontrolle haben wollte, und vermutlich war es einer der Gründe dafür, dass Caldans Familie gejagt und seine Eltern getötet worden waren.

Voller Wut ballte er die Fäuste, die Fingernägel gruben sich schmerzhaft in seine Handflächen. Wusste Joachim es? Oder vermutete er es? Vielleicht war es allen bekannt, die sich in der Nähe des Kaisers aufhielten.

Wenn Elpidias Krankheit geheilt werden konnte und ihre Haare in einer anderen Farbe nachwuchsen, als ob sie jünger würde ... welche größere Lockung könnte es für die Machthabenden geben, als jung und frei von Krankheiten zu bleiben? Und welchen besseren Weg gäbe es, die Personen in der eigenen Umgebung zu belohnen und sie gleichzeitig zu beherrschen?

Wieder fragte er sich, wie viel Joachim von alldem wusste. Sicherlich war das eigentliche Geheimnis nur wenigen bekannt. Es wäre einfach, das Blut als irgendeine alchemistische Substanz zu tarnen. Wenn man ein paar Kräuter und vielleicht noch starken Alkohol hinzugab, würde niemand etwas ahnen. Die wahre Quelle des Wunders blieb verborgen.

Wie viel würde ein reicher Adliger oder Kaufmann für die Heilung einer kranken Frau oder eines leidenden Kindes bezahlen? Mehr Dukaten, als Caldan in seinem Leben je ausgeben könnte, dessen war er sich sicher.

Als Elpidia mit ihren Gerätschaften zurückkehrte, die zur Blutabnahme nötig waren, war er zu einer Entscheidung gelangt.

»Schließ die Tür«, sagte er fest.

»Was? Ja, natürlich. Die Leute würden Fragen stellen, wenn sie es sähen, aber ...«

»Sei still und hör mir zu, Elpidia. Du darfst niemandem etwas davon sagen.«

Elpidia nickte schüchtern. »Das dachte ich mir schon. Du willst nicht, dass jeder hinter dir her rennt. Der eine oder andere würde dich bestimmt gern ganz austrocknen.«

Bei ihren Worten bekam Caldan eine Gänsehaut. *Ganz austrocknen.* Wäre der Kaiser dazu in der Lage?

Sobald ihm der Gedanke gekommen war, wusste Caldan schon, dass der Kaiser dazu in der Lage war. Niemand, der so mächtig war und so große Möglichkeiten hatte, würde die Augen vor einer solchen Sache verschließen. Das bedeutete, dass er zumindest daran beteiligt war. Für einige unmoralische Menschen wäre es sicherlich eine Verschwendung, einen Berührten gehen oder sterben zu lassen.

Die Berührten waren von viel größerem Wert, wenn sie ihr Blut noch hatten.

Sein Mund wurde trocken. »Genau. Niemand sonst darf es wissen.«

»Mach dir deswegen keine Sorgen«, sagte Elpidia fröhlich. »Das bleibt unser Geheimnis. Wir können alchemistische Tränke für die Kranken herstellen. Den Armen geben wir sie kostenlos, während wir den Reichen ein Vermögen dafür abnehmen.«

Caldan packte ihren Arm, und sie kreischte auf.

»Autsch! Du tust mir weh.«

»Hör mir zu, Elpidia. Der Kaiser wird es bereits wissen. Ich glaube, Joachim weiß es ebenfalls, und das ist der Grund, warum er hier ist. Sie haben es jahrhundertelang geheim gehalten, vielleicht sogar länger. In diesem Wissen liegt eine große Gefahr. Ich fürchte, sie werden ... dich töten, wenn sie glauben, dass du das Geheimnis kennst.«

»Mach dich nicht lächerlich. Es könnte jedermann zugutekommen! Wir werden die Dukaten der Reichen dazu benutzen, den Kranken und Armen zu helfen ...«

»Halt! Du hast mir nicht zugehört. Wenn wir damit anfangen, all diese kranken Menschen zu heilen ... wenn sie jünger werden, so wie du, dann ist es schon sehr bald kein Geheimnis mehr ... und es wird diesen Menschen an den Kragen gehen. Ich glaube nicht, dass Joachim zögern würde, zur Bewahrung des geheimen Wissens zu töten.«

Darauf sagte Elpidia zunächst nichts mehr. Sie schaute sich im Zimmer um, runzelte die Stirn, nickte. »Ich kann verstehen, dass einige Personen dieses Wissen für sich selbst behalten wollen ...« Sie verstummte.

»Was weißt du über die Meistermagier? Oder über die Adligen und Ratgeber im inneren Kreis des Kaisers?«

»Ich ... was meinst du damit? Willst du wissen, was ihre Rolle ist und was sie tun?«

Caldan schüttelte den Kopf. »Nein. Stirbt je einer von ihnen an einer Krankheit? Zum Beispiel an Schwindsucht? Leben sie länger als gewöhnlich?«

»Ich ... ich habe nie gehört, dass einer von ihnen gestorben wäre, außer durch Unfall oder Gewalt. Aber das heißt nicht ... und der Kaiser würde nicht ... er würde einfach nicht ...«

»Warum nicht? Was macht ihn so besonders, dass er einem so gewaltigen Geschenk widerstehen könnte? Wir sagen doch immer: ›Möge er ewig leben‹, aber hast du dir je überlegt, was das bedeutet?«

»Ich war der Meinung, dass es sich auf Zauberei bezieht – auf Kleinodien und magische Gegenstände, die ihm dabei helfen, sein Leben zu verlängern.«

»Keine Zauberei, die ich kenne, ist in der Lage, das Leben zu verlängern. Wenn es diese Möglichkeit vor der Zerschmetterung gegeben hat, dann ist das Wissen darum verloren gegangen ... oder es handelt sich um ein weiteres Geheimnis. Wie dem auch sei, es bedeutet, dass sie bereit sind, etwas zu verbergen, das jedermann zugutekommen könnte, und welche Art von Menschen handelt so?«

Elpidias Gesicht hatte die Farbe verloren. »Was ... was sollen wir tun?«

Caldan rollte den Ärmel seines Hemdes auf und streckte den Arm aus. »Nimm erst einmal mehr Blut ab, damit es dir gut geht. Und danach überlegen wir, was wir tun werden. Aber rede mit niemandem darüber. Hier weiß keiner, dass du krank bist, und deshalb sollte es nicht allzu schwer sein, es geheim zu halten. Wir müssen auf das Schlimmste vorbereitet sein und sollten auf das Beste hoffen.«

Amerdan sorgte dafür, dass er nicht gesehen wurde; ja, er vermied es sogar, eine Gasse zu betreten, als ein Betrunkener aus einer Taverne in der Nähe taumelte und an ihm vorbeischlurfte.

Schnell ging Amerdan weiter, nahm stets eine Abzweigung nach links und ging so einmal im Kreis, bis er sich erneut der Gasse näherte.

Als die Straßen in der dunklen Nacht leer waren, glitt er in die noch dunklere Öffnung und dann durch eine verschlossene Tür. Er stieg eine Treppe hoch, blieb an der Tür ihrer Wohnung stehen und klopfte leise, bevor er eintrat.

Glöckchen sah nur kurz zu ihm auf, denn sie war ganz auf ihre magischen Wirkstücke konzentriert. Er spürte, wie sie seinen Geist kitzelten. Es gab einige Stellen, an denen er das Gefühl nicht vertreiben konnte. Die Zauberin war sparsam mit ihren Erklärungen über das gewesen, was sie vorhatte, aber er hatte den Eindruck, dass es nichts Gutes für das Reich oder die Protektoren bedeutete. Was immer sie gerade tat, sie hatte kaum je eine Pause eingelegt, es sei denn, sie hatte weitere Materialien benötigt oder ein wenig schlafen müssen. Ihr Schlummer war unruhig; sie warf sich hin und her und murmelte. Manchmal hatte er Schlüsselchens Namen gehört, und dann hatte Amerdan stets in sich hinein gelächelt.

Sie war enttäuscht darüber, dass etliche ihrer magischen Gegenstände zerbrochen oder verbogen waren, und sie hatte sie fluchend weggeworfen.

Kein Schlaf und verschwendete Zeit. Keine großartige Kombination für jemanden, der sich mitten unter seinen Feinden versteckte. Amerdan gab nichts um die verschwendete Zeit – sie gehörte sogar zu seinem Plan. Er war sich ziemlich sicher, dass sie ihn loswerden wollte, sobald er für sie nicht mehr nützlich war. Das war nun einmal die Art der Zauberer. Sie hatte ihm einige Zeit gelassen, nachdem er sie befreit hatte, aber nun würde sie ihn bald töten.

Zumindest glaubte sie das.

Amerdan schenkte ihr ein Lächeln, aber sie sah ihn bereits

nicht mehr an. Er legte ein Bündel, das in Stoff eingewickelt war, auf den Tisch neben sie.

»Sind das alle?«, fragte Glöckchen.

»Ja. Der Händler war nicht sehr glücklich darüber, seine Waren an einen Nichtzauberer zu verkaufen, aber es ist mir gelungen, ihn zu überzeugen.«

»Gut.« Glöckchen faltete das Tuch auseinander, in dem sich einige Kristalle Seltener Erden befanden. Mit dem Finger stocherte sie zwischen ihnen herum, trennte ein paar blaue Steine von den übrigen und wandte sich mit gerunzelter Stirn an Amerdan.

»Hier sind nur drei. Ich habe dir doch gesagt, dass ich mindestens fünf brauche.«

Fünf, dachte Amerdan. Er erinnerte sich sehr genau an das, was sie gesagt hatte. Die beiden anderen Kristalle hatte er für sich selbst behalten.

Er zuckte die Achseln.

Glöckchen fluchte. »Ich kann nicht mehr auf die Straße gehen - nicht tagsüber. Du musst besser werden. Uns läuft die Zeit weg.«

Amerdan hielt seine Hand davon ab, sich zum Messer zu bewegen. *Noch nicht. Sie wird noch gebraucht.*

»Mehr hatte er nicht. Ich werde es morgen wieder versuchen.«

Glöckchen fuhr sich mit den Fingern durch die dunklen Haare, und ihre neu geschaffenen Glocken klingelten dabei. »Eine weitere verlorene Nacht«, murmelte sie. »Es wird eng. Uns bleibt nicht mehr viel Zeit.«

Bis der Kaiser und seine Armee hier eintreffen - das blieb unausgesprochen. Es war klar, dass sie ein Attentat auf den Kaiser verüben wollte, doch sie konnte die magische Münze, die Amerdan dem Protektor abgenommen hatte, nicht verwenden, um in seine Nähe zu gelangen. Sie hatte ihre Pläne ändern müssen, aber Amerdan hatte sie nichts davon mitgeteilt.

Er beschloss, dass es an der Zeit war, sie zu bedrängen. Je länger sie untätig blieb, desto länger blieben seine Quellen blockiert. Sobald sie ihre Mission erfüllt hatte, würde er für sie nicht mehr nützlich sein. Wenn es geschehen sollte, dann jetzt ... bevor er sie töten musste, damit sie nicht ihn tötete.

Trotz der Dringlichkeit prickelte seine Haut, als er daran dachte, wie sie in ihm sein würde, und beinahe hätte er es sofort getan. Besser sie als ein Fremder, sagte er zu sich selbst. Mühsam beherrschte er sich, nachdem er bereits einen Schritt auf sie zu gemacht hatte. Dotty wand sich unter seinem Hemd.

Glöckchen bemerkte seine Nähe und warf ihm einen neugierigen Blick zu.

»Ist noch etwas?«, fragte sie.

Amerdan schluckte und zwang sich zur Gelassenheit. »Ja, da ist tatsächlich noch etwas. Du musst deinen Teil unserer Abmachung erfüllen.«

Glöckchen tat seine Bemerkung mit einer knappen Handbewegung ab. »Bald. Ich habe noch viel zu tun, bevor alles fertig ist. Du musst warten.«

Natürlich log sie. Sie würde versuchen, ihn zu überwältigen und als Studienobjekt zu missbrauchen – oder Schlimmeres. Er hatte es selbst gesehen. Bald würde er sich jemand anderen suchen müssen, der ihn unterrichtete.

»Ohne die Kristalle kannst du heute Nacht nicht viel ausrichten.«

Glöckchen dachte kurz nach. »Warum sagst du das?«

»Du hast es vorhin selbst gesagt. Und ich habe deine Fortschritte genau beobachtet. Die Stellen für die Steine sind fertig, aber dir fehlen noch zwei.«

Sie sah ihn verschmitzt an. »Eine scharfsinnige Beobachtung. Ich glaube, ich könnte eine kurze Pause gut vertragen.«

»Vielleicht ist das eine Möglichkeit, einen weiteren Blick auf meine Angelegenheit zu werfen?«

Sie sahen einander an; Stille breitete sich aus. Schließlich zuckte Glöckchen mit den Achseln.

»Also gut. Mach es dir bequem. Aber ich bin sehr müde, und deswegen kann ich diesmal nicht viel tun.«

»Danke, danke«, brachte er hervor, so wie es sicherlich von ihm erwartet wurde - von ihm, dem einfachen, dankbaren Ladenbesitzer, der sich danach sehnte, in die Elite der Zauberer aufgenommen zu werden.

Er setzte sich auf einen Stuhl, und sie stellte sich vor ihn und nahm seinen Kopf zwischen die Hände. Wieder musste er sich davon abhalten, ihr für diese Dreistigkeit eine Ohrfeige zu versetzen. Für einen Moment stellte er sich vor, wie Glöckchen nackt auf dem Tisch lag und er auf ihr, mit dem Kleinod in der einen Hand und dem blutigen Messer in der anderen.

Er grinste breit und atmete ihren Duft ein, als ihre Haare ihn streichelten. Vor Vorfreude zitterte er.

»Es ist in Ordnung«, sagte Glöckchen, sah ihm in die Augen und versuchte, ihn zu beruhigen. »Es sollte eigentlich nicht wehtun.«

Seltsam: Die freundlichen Worte und ihr Duft ließen ihn vergessen, dass er sie töten wollte. In dem schwachen Licht der Lampen war Glöckchen eine anziehende Frau ...

Nein. Dieser Weg führt nur zu Schmerz.

Vergiss sie, flüsterte Dotty.

Ich versuche es.

Amerdan lehnte sich zurück, schloss die Augen und konzentrierte sich ganz auf das, was die Zauberin tat. Bei ihrer letzten gemeinsamen Sitzung hatte er geglaubt, Lichtblitze zu sehen und Fortsätze von ... etwas, das von ihr ausgegangen war.

Er ballte die Fäuste, als er ihr Kratzen in seinem Kopf spürte.

Wieder dachte er daran, wie sie nackt unter seiner Klinge lag, bis die Ruhe zu ihm zurückkehrte.

Dunkel. Das war alles, was er sehen konnte. Eine Dunkelheit, aber mit einer Körnigkeit, die er nicht zu beschreiben vermochte. Ein Lichtfleck wob sich in seinen Geist hinein. Er spürte, wie Glöckchen in ihn eindrang. Der letzte und bis dahin einzige Zauberer, der körperlich und geistig in ihn eingedrungen war, hatte nicht vorhersehen können, was er dadurch erschuf, und Amerdan hatte später sein Kleinod an sich genommen.

Kratz. Kratz. Glöckchen schabte in seinem Kopf und konzentrierte sich auf einen bestimmten Fleck. Was war das? Eine seiner Quellen, so viel wusste er, aber warum war sie anders als die Quelle eines Zauberers? Alle übrigen Gaben, die er durch sein Kleinod erhalten hatte, waren ihm irgendwann offenbar geworden. Aber von dieser hier hätte er ohne Glöckchen niemals etwas erfahren. Und sie war für ihn blockiert. Es war enttäuschend zu wissen, dass sich eine so große Macht in seiner unmittelbaren Nähe befand und er nicht an sie herankam.

Ein Schmerzstachel stach in seinen Kopf. »Autsch!«, murmelte er, öffnete ein Auge und sah Glöckchen an.

»Entschuldigung. Aber da ist etwas Seltsames an einer dieser blockierten Quellen. Es fühlt sich irgendwie älter an, und die Barriere ist gröber und brüchiger.«

»Was hast du getan?«

»Es ist mir gelungen, einen Faden durch eine Spalte zu schieben. Das hat den Schmerz verursacht.« Glöckchen wischte sich den Schweiß von der Stirn. »Aber ...«

»Heraus damit.«

»Das war das sanfteste Eindringen, das mir möglich ist, und es hat offenbar wehgetan. Ich weiß nicht, was ich tun soll ... Wenn ich den Faden vergrößere oder versuche, den Spalt zu dehnen, werden die Schmerzen unerträglich sein. Es ist unwahrscheinlich, dass du sie lange wirst ertragen können, und ich brauche sehr viel Zeit, um den Spalt zu weiten.«

Amerdan schnaubte verächtlich. Er würde alles aushalten, was die Frau ihm antat. Die ältere, brüchigere Blockade musste die aus seiner Kindheit sein, als er den Zauberer getötet hatte, dessen Gefangener er gewesen war und der all seine Schwestern verstümmelt hatte – alle außer einer …

Es trieb ihm den Atem aus der Lunge. Selbst nach der langen Zeit schmerzten ihn die Erinnerungen noch. Würde es denn nie aufhören?

Vielleicht würde der Schmerz die Erinnerungen vertreiben.

Er spannte sich an und nickte Glöckchen zu. »Tu, was du tun musst. Ich bin bereit.«

Sie sah ihn an und zuckte mit den Achseln. »Vermutlich würde ich dasselbe sagen, wenn ich an deiner Stelle wäre, aber du wirst bald anders darüber denken.«

Er spürte, wie sie in seinem Geist herumtastete. Der Druck in seinem Kopf wuchs, bis es sich so anfühlte, als müsste er gleich platzen. Nadeln drangen in ihn, stachen ihn, stachen immer wieder. Er schluckte Galle herunter, und Tränen traten ihm aus den Augen.

Schmerzen zerrten an seinem Kopf, fuhren am Hals herunter, durch die Knochen, unter den Rippen her, bis in die Beine. Mühsam versuchte er sich an dem Stuhl festzuhalten, aber seine Hände waren gefühllos geworden. Er glaubte, dass er schrie, aber er war sich nicht sicher. Sein Rücken zuckte unter den Wellen der Schmerzen.

Nun verebbten sie ein wenig, und er rang keuchend nach Luft. Farben schwammen an den Innenseiten seiner Augenlider. Die Schmerzen waren unerträglich … aber auch reinigend. In gewisser Weise waren sie passend.

Als die Schmerzen mit voller Wucht zurückkehrten, zuckte sein Körper. Eine Woge zerrte an seinem Geist, und er bemühte sich, nicht das Bewusstsein zu verlieren.

Und dann endete alles.

Amerdan kam wieder zu sich und erkannte, dass sein Kopf in Glöckchens Schoß lag. Sie strich ihm über die Haare und summte leise. Es überraschte ihn, dass er unter ihrer Berührung nicht zusammenzuckte.

Sie war so seltsam ... beruhigend.

Es war Glöckchen gelungen, ihn zum Bett zu schleppen, und dort lag er nun ausgestreckt auf schweißfeuchten Laken. Amerdan blinzelte in das zu helle Licht der Lampe, dann schloss er die Augen. Während sie seine Haare streichelte und sang, trieben seine Gedanken zu der einzigen glücklichen Zeit in seinem Leben zurück, bevor der Zauberer gekommen war. Er spielte in Wald und Flur Verstecken mit seinen Schwestern, und nie gewann jemand. Ein Kinderspiel. Ihre Mutter rief nach ihnen, als die Sonne hinter den Hügeln versank, und sie eilten heim, hungrig auf das Abendessen. Und dann ...

In jener Nacht hatte sich alles geändert. Er durfte nicht vergessen, dass dies das Werk des Zauberers gewesen war. Auch Glöckchen war eine Zauberin. Er zitterte, drehte sich und sah sie an.

Sie lächelte ihm zu und erinnerte ihn dabei an seine Schwestern. »Du hast dich gut gehalten. Ich weiß nicht, wie du es so lange ertragen konntest. Möchtest du etwas Wasser trinken?«

»Bitte«, krächzte er.

Sie nahm einen Becher von dem Tisch neben dem Bett und goss ihm kleine Schlucke in den Mund, die er gierig aufsaugte.

»Du bist mir eine große Hilfe gewesen«, sagte sie. »Und mit deiner ... Einzigartigkeit könntest du für den Gott-Kaiser von erheblichem Nutzen sein.«

Amerdan nickte, obwohl er nicht recht wusste, was sie damit sagen wollte. *Vielleicht will sie, dass ich ihm die Treue schwöre – jemandem, den ich nie zuvor gesehen oder getroffen habe.*

»Ohne dich wäre ich entweder eingesperrt oder bereits tot. Und als Schlüsselchen ... mein Bruder ... gestorben ist, konnte ich nur noch an Rache denken, auch wenn das meinen eigenen Tod bedeutet hätte. Aber in den letzten Tagen habe ich viel nachgedacht und bin zu einer Erkenntnis gekommen: Ich will nicht sterben. Und Rache wird die Lücke, die er hinterlassen hat, niemals füllen.«

Amerdan schwieg und beobachtete sie. Sie hatte unrecht. Rache war das Einzige, was den Schmerz linderte, den einem die anderen zufügten. So war das Leben: Man zahlte es den anderen zurück und wurde dadurch stärker und weniger angreifbar.

»Ich vermute, ich will damit sagen, dass ... Ich will nicht, dass Schlüsselchens Tod mich verbittert und geknickt zurücklässt. Er soll nicht den Rest meines Lebens bestimmen. Ich brauche etwas, woran ich mich festhalten kann. Verstehst du?«

Sie beugte sich über ihn, ihre weichen Haare strichen über sein Gesicht, und sie küsste ihn auf die Lippen.

27

Felice stolperte auf die dunkle Straße und wäre beinahe gestürzt. Sie hustete in ihre Hand, damit das Geräusch gedämpft wurde. Es war ein harsches, abgehacktes Husten, das ihr aus Lunge und Kehle gerissen wurde. Mühsam schluckte sie, zuckte dabei unter den Schmerzen zusammen und lehnte sich gegen das Gebäude, das ihr Halt bot.

Bei den Ahnen. Sie versuchte sich zu beruhigen. Wenn sie alle fünfzig Schritte einen Hustenanfall bekam und stehen blieb, würde sie bald jeden in ihrer Umgebung aufgeweckt haben.

Felice krümmte sich zusammen, als ein weiterer Hustenanfall sie überfiel und wie mit Krallen an ihrer Kehle riss. Nach wenigen Augenblicken richtete sie sich wieder auf und wischte sich die Tränen aus den Augen.

Wasser. Ich brauche Wasser. Oder heißen Tee.

Was sie wirklich brauchte, war ein Arzt, der sein Handwerk verstand, und eine Woche Ruhe, aber für solchen Luxus hatte sie keine Zeit.

Felice lachte leise in sich hinein.

Sie wischte sich die schwitzigen Hände an der Hose ab. Diese war ein Geschenk des Bibliothekars, genau wie die Unterwäsche, das Hemd und die Stiefel sowie ein Messer, das sie sich im Rücken in den Hosenbund gesteckt hatte. All das kam von seiner Tochter, und Felice hatte ihm versichert, dass sie dafür bezahlen würde, sobald es möglich war.

Der größte Teil der Stadt schlief noch. Sie hatte mit ihrem Aufbruch bis zu den frühen Morgenstunden gewartet, da die einzigen Personen, die sich nun auf der Straße befanden, Arbeiter, Betrunkene, Huren und Unvorsichtige waren – und diejenigen, die von all diesen lebten.

Vor ihr machten die Häuser unbebautem Gebiet Platz, und der Gestank, der in den letzten Minuten immer stärker geworden war, verriet ihr, dass der Fluss in der Nähe war. *Gut.* Das bedeutete, dass sie trotz ihres fiebrigen Zustandes noch immer wusste, in welcher Richtung sie unterwegs war, obwohl sie zwischenzeitlich den Eindruck gehabt hatte, im Kreis herumzulaufen.

Erschöpft blieb sie an der Ecke des letzten Gebäudes vor dem Fluss stehen. Das Wasser war eine schreckliche Brühe, fast schon ein Eintopf. Der Gedanke, ihm zu nahe zu kommen, verursachte ihr einen Brechreiz. Sie hatte genug für ein ganzes Leben von ihm gespürt und geschmeckt. Genug für mehrere Leben.

Felice versuchte sich zurechtzufinden. Sie wusste, dass das Haus, nach dem sie suchte, in Parkseit lag, und das bedeutete, dass sie den Fluss überqueren musste. *Wo ist die nächste Brücke?*

Das Schaben eines Stiefels über Stein hinter ihr warnte sie gerade noch rechtzeitig.

Sie sprang nach vorn, wirbelte herum, und ihre Hand griff nach dem Messer in ihrem Rücken.

»Hallo, Frauchen«, sagte ein kleiner Mann in dunkler Kleidung, der eine hölzerne Keule trug. »Nachts ist's hier nicht besonders sicher.«

»Vor allem nicht für dich, wenn du dich nicht sofort aus dem Staub machst.« Felice bleckte die Zähne und zeigte ihm ihr Messer, das sie vor sich auf und ab schwang. »Hau ab.«

Der Mann hob die Hand, schaute kurz nach links und rechts und vergewisserte sich, dass sie nicht beobachtet wurden. Die Straße war leer. Er leckte sich über die Lippen, hielt inne, betrachtete ihr Messer und wich einen Schritt zurück. »Dann guten Abend, Frauchen.«

Felice hielt ihr Messer vor sich ausgestreckt und deutete mit ihm auf den verhinderten Räuber ... oder Vergewaltiger, oder Sklaventreiber, oder Mörder. Sie knirschte mit den Zähnen. »Warte«, sagte sie widerstrebend.

»Oho, wollen wir uns doch ein bisschen Freude gönnen?«

»Nein. Wo ist die nächste Brücke?«

»In Richtung Dockland. Ich kann dich dorthin begleiten, wenn du willst.«

»Nein, danke. Geh jetzt. Bring mich nicht dazu, dich abzustechen.« Sie deutete auf die Straße, von der sie beide gekommen waren.

Mit einem Grinsen drehte sich der Mann um und schlenderte davon, als wäre nichts geschehen.

Diese verdammte Stadt kommt allmählich vor die Hunde, dachte sie. *Vor der Invasion wäre so etwas in diesem Viertel nicht passiert - höchstens in einem der ärmeren Viertel.* Die Köcherer sorgten nicht mehr für Ordnung, und die Indryallaner ließen die Bewohner mit allen Schwierigkeiten allein, und so kamen die niederen Instinkte der Menschen wieder verstärkt zum Vorschein. Es würde einige Zeit dauern, bis der Zustand wiederhergestellt war, den die Invasoren abgeschafft hatten.

Felice schüttelte den Kopf. Das waren Gedanken für später, wenn der Kaiser gekommen war und die Feinde für ihre Anmaßung zur Rechenschaft gezogen hatte. Aber es war seltsam, dass ein so intelligenter Mensch wie Kelhak mit seiner Zauberei, die alles überstieg, was im Reich bekannt war, mitsamt seiner Streitkräfte in die Stadt eingedrungen war und nun nichts anderes tat als abzuwarten. Warum? Das ergab keinen Sinn für sie. Es sei denn ... Nachdenklich wog sie die einzelnen Teile des Bildes ab, das sich ihr bot, und das Ergebnis führte dazu, dass sie eine Grimasse zog. Anasoma war ein Köder in einer aufgestellten Falle. Sie hätte es eher erkennen müssen. Wütend fluchte sie und machte ihre Infektion und Krankheit für den Mangel an Einsicht verantwortlich.

Felice warf einen Blick zurück auf die dunkle Straße und vergewisserte sich, dass der Mann verschwunden war und nicht etwa darauf gewartet hatte, dass sie ihm den Rücken zudrehte. Als sie ihn nirgendwo mehr bemerkte, wollte sie ihr Messer wieder ins Futteral stecken, doch sie hielt mitten in der Bewegung inne. Es war besser, es noch eine Weile in der Hand zu behalten, falls sie weiteren Schwierigkeiten begegnen sollte - zumindest so lange, bis sie Izaks Haus erreicht hatte.

Sie drehte das Messer, bis die Klinge gegen ihren Unterarm geschmiegt lag, sodass zufällige Passanten es nicht sehen konnten. Dann ging sie nach Osten am Fluss entlang, bis sie zu der Brücke kam, die hinüber ins Fünfblumenviertel führte. Nach ihrem Erlebnis war sie vorsichtig geworden und warf ängstliche Blicke um sich, denn sie wollte jeden weiteren Zwischenfall unbedingt vermeiden.

Doch nachdem sie die Brücke überquert hatte, wusste sie nicht, in welche Richtung sie sich wenden sollte. Sie war nicht gerade mit Izak befreundet, und es war ihr nur bekannt, dass er irgendwo in Parkseit lebte - aber sie hatte keine Ahnung, wo genau sein Haus stand.

Ein weiterer Hustenanfall durchfuhr sie, und sie zitterte und trat an die Straßenseite. Schwäche kroch in ihren Körper, und sie setzte sich auf den Boden und atmete schwer.

Bei den Ahnen, wo ist Izaks Haus?

Mit Mühe sammelte Felice ihre Gedanken. Sie konnte nicht für den Rest der Nacht im Viertel herumwandern und hoffen, zufällig auf Izak zu stoßen.

Was habe ich mir bloß gedacht?

Prüfend schaute sie sich um und bemerkte ein hell erleuchtetes Areal weiter die Straße hinunter. *Tavernen oder Herbergen ...* Andere Etablissements hatten zu dieser späten Stunde nicht mehr geöffnet, und sie konnte den Gästen dort grundsätzlich mehr trauen als jedem, dem sie in der Nacht auf der Straße begegnete. Und vielleicht konnte ihr einer der Zecher – oder der Wirt – den Weg zu Izaks Haus weisen.

Unter Ächzen und Stöhnen erhob sie sich und schwankte auf die Lichter zu. Bald stand sie vor zwei lauten Tavernen sowie einem Bordell, über dem ein Schild mit einem goldenen und einem silbernen Dukaten hing; überdies waren darauf ein Mann und eine Frau abgebildet, die Händchen hielten.

Die Anstrengung, die letzten hundert Ellen zurückzulegen, hatte sie ins Schwitzen gebracht, und sie stand eine Weile da und versuchte, wieder zu Kräften zu kommen.

In welcher Taverne sollte sie es zuerst versuchen? Die eine wirkte gediegener. Bei der anderen blätterte die Farbe von der Fassade, und die Fenster waren schmutzig. Oder war das nur vorgespiegelt? Manche Leute taten seltsame Dinge, wenn es ums Geschäft ging, und es war nicht ganz undenkbar, dass reiche Adlige und Kaufleute es erregend fanden, ein anrüchiges Etablissement zu besuchen. In aller Sicherheit natürlich.

Sie kratzte sich am Kopf. Wo mochte Izak bekannter sein?

Und schon drehte sie sich um und betrat das Bordell.

Ein großer Mann mit schwarzer Haut betrachtete sie eingehend. Zweifellos war er so etwas wie ein Rausschmeißer. Er trug schwarze Kleidung, als wollte er mit dem schlecht beleuchteten Inneren verschmelzen, damit die Kunden vergaßen, dass er da war. Dann packte er ihren Arm mit einer fleischigen Hand und schüttelte den Kopf.

Felice bemerkte, dass sie noch immer ihr Messer vor sich her trug. »Oh. Entschuldigung.«

»Gebt es mir. Ihr bekommt es zurück, wenn Ihr wieder geht.«

»Natürlich. Verzeihung.« Also händigte sie ihm die Waffe aus, die in seiner Hand so klein wie ein Obstmesser wirkte.

Sie nickte ihm zu, und er erwiderte ihre Geste, bevor er sich wieder daranmachte, den Raum im Blick zu behalten. Er war luxuriös eingerichtet; an den Seiten standen zahlreiche Sofas, und Alkoven waren mit Vorhängen abgetrennt. Was geschah dort? Sicherlich würde man nicht ... so in aller Öffentlichkeit ...

Bevor sie die Möglichkeit hatte, ihren Gedanken zu Ende zu führen, wurde sie von einer Frau angesprochen.

»Willkommen, gute Dame. Ich bin Madame Jensette. Darf ich Euch Euer Gepäck abnehmen?«

Felice starrte sie an. Sie war ... atemberaubend: große runde Augen unter gekräuseltem, platinfarbenem Haar, makellos gebräunte Haut und rote Schmollllippen. Es musste das schwache Licht und die Schminke sein ... sicherlich ...

»Äh ... Nein, vielen Dank. Ich suche jemanden.«

Madame Jensette lachte. Es war ein musikalisches Geräusch und klang keineswegs gekünstelt. Felice vermutete, dass sie ihre Arbeit sehr gut machte.

»Tun wir das nicht alle? Welchen Typus bevorzugt Ihr denn?«

»Einen älteren Mann; er ist ungefähr so groß ...« Felice hob die Hand und zeigte Izaks Größe an, dann hielt sie inne und begriff, dass sie gerade nicht klar dachte. Sie holte tief Luft. »Es tut mir leid ... Ich hätte mich besser ausdrücken sollen. Ich suche hier nicht einfach nach irgendjemandem, sondern ich suche nach jemand bestimmten, der möglicherweise manchmal herkommt ...« Sie holte noch einmal Luft. »Izak Fourie«, sagte sie langsam und abgemessen. »Wo wohnt er?«

»Oh, oh, hat Izak etwa eine Bewunderin?«

»Bitte. Ich ... ich muss nur wissen, wo er lebt, das ist alles.«

Jensette tippte sich mit dem Finger gegen die Wange. »Und warum müsst Ihr das wissen?« Sie machte eine besorgte Miene und betrachtete Felices schwitzendes Gesicht und zitternden Körper eingehend. »Ist alles in Ordnung mit Euch?«

»Es geht mir gut. Ich bin nur ein wenig unpässlich.« *Vielleicht ist sie entgegenkommender, wenn sie glaubt, dass ich wirklich krank bin. Oder vielleicht ...* Felice schwankte ein wenig stärker und hielt sich die Hand gegen die Stirn. »Ich glaube, ich habe mir irgendetwas zugezogen. Aber es ist bestimmt nichts Gefährliches.«

Jensette machte einen Schritt zurück, und ihre Miene verhärtete sich. »Wenn Ihr krank seid, müsst Ihr sofort gehen. Ich will nicht, dass Ihr meine Mädchen ansteckt.«

Felice nickte schwach. »Vielleicht ist es das Baby.« Sie berührte ihren Bauch. »Könnte ich bitte ein Glas Wasser haben?«

Jensettes Gesichtsausdruck wurde sanfter. Sie erteilte einen Befehl, und eine Frau kam herbei und brachte einen Becher mit.

Felice ergriff ihn und versuchte, gleichzeitig erleichtert und dankbar zu wirken. Sie nippte an dem Wasser.

»Danke«, murmelte sie und senkte den Blick. »Wenn Ihr mir sagen könntet, wo Izak ist ... Er muss es wissen. Bitte.«

»Dieser Schurke«, sagte Jensette leise. »Izak lebt in der Winterblattstraße, ein paar Straßen weiter in Richtung des Galgens in einer Wohnung über dem Gemüsehändler. Er will nicht mehr in seinem eigenen Haus leben.«

»Oh. Danke.«

»Wenn er Euch schlecht behandeln sollte, kommt zurück und lasst es mich wissen. Dann sorge ich dafür, dass ihm Vernunft eingebläut wird. Wenn Ihr jetzt ...« Jensette drängte sie zum Ausgang, und Felice eilte davon, nachdem sie sich ihr Messer zurückgeholt hatte.

»Kommt wieder«, brummte der Rausschmeißer, und sie

runzelte die Stirn, bis sie begriff, dass er das vermutlich zu jedem sagte, der das Haus verließ.

Felice umrundete drei Betrunkene, die aus einer der Tavernen taumelten, und bald stand sie vor dem Gemüseladen. Eine wackelige Holztreppe führte an der Seite des Hauses hoch in den ersten Stock. Felice fiel jede Stufe schwer, denn ihre Beine schienen aus Blei zu sein, und schließlich klopfte sie gegen die Tür am oberen Ende.

Keine Antwort. Sie klopfte erneut. »Izak, du Mistkerl, wach auf!«

Von drinnen drang ein Ruf heraus, und es klapperte, als die Tür entriegelt wurde. Sie schwang auf, und dahinter stand Izak, nur mit einem Nachthemd bekleidet, unter dem seine dünnen Beine hervorragten. Felice drängte sich an ihm vorbei, während er ausrief: »Lady Felicienne! Ihr lebt!«

»Ja, ja. Zieh dir etwas an, Mann! Hast du Tee?«

»Tee?«

»Ja. Das Getränk.«

Izak rieb sich den Schlaf aus den Augen und schaute sich um, als ob er erwartete, dass sich plötzlich irgendwo Tee auf magische Weise materialisieren würde. »Ah ... nein. Kein Tee.«

»Was hast du denn sonst?«

»Wein?«

»Das reicht auch.«

Felice sah zu, wie er in der winzigen Wohnung herumsuchte. Sie bestand nur aus einen einzigen Raum mit einem Bett in der einen Ecke, unter das Izak verstohlen mit dem Fuß einige schmutzige Wäschestücke schob. Mit großen Gesten goss er Wein in ein Glas, das er vorher mit einem Stofffetzen gesäubert hatte.

»Das war ein ... äh ... sauberes Tuch«, sagte er, als er ihr den Wein reichte.

»Danke. Hast du auch Wasser?«

»Äh, nein. Kein Wasser.«

Das passte zu seiner Umgebung. Dieses Zimmer war keineswegs das, was sie erwartet hatte. Sie hatte geglaubt, Izak sei ziemlich reich und wäre lieber tot, als an einem solchen Ort über einem Laden zu wohnen.

»Was ist denn mit deinem Haus passiert? Hast du es beim Kartenspiel oder beim Dominion verloren?«

Izak schüttelte den Kopf. »Ich konnte nach dem, was geschehen ist, nicht mehr dorthin zurückkehren. Was wäre, wenn sie mich abholen wollen?«

»Wer? Die Indryallaner?«

»Ja! Ich habe gehört, dass Ihr gefangen genommen wurdet. Was wäre gewesen, wenn ich der Nächste gewesen wäre?«

Felice kicherte. »Ich habe nicht lange gebraucht, um dich aufzuspüren. Wenn sie hinter dir her wären, hätten sie dich schon längst geschnappt.«

»Wie habt Ihr mich gefunden?«

»Madame Jensette hat mir verraten, wo du lebst. Wenn du dich wirklich verstecken willst, solltest du Abschied von deinen alten Gewohnheiten nehmen.«

Izak besaß den Anstand, rot zu werden und wandte den Blick ab.

»Nun«, meinte er, »beim nächsten Mal weiß ich es.«

»Darf ich mich setzen? Gibt es hier einen Stuhl oder ...«

»Äh, nein. Nur das Bett. Es ist ... sauber.«

Auf dem Weg zum Bett nahm Felice noch einen Schluck Wein und schüttelte die Tasche von ihrer Schulter. Seufzend rieb sie sich den Nacken und setzte sich. Izak zog sich auf die andere Seite des Zimmers zurück und sah sie an, wie eine Maus die Katze ansieht, die sie in die Enge getrieben hat.

»Ich brauche deine Hilfe«, begann sie so nachdrücklich, wie es ihr noch möglich war. »Und ich brauche einen sicheren Ort, an dem ich eine Weile bleiben kann.«

»Hier ist ...«

»Diesen Ort kennt jeder, der dich kennt. Und nun weiß Jensette, dass ich hergekommen bin. Hier ist es nicht mehr sicher.«

Izak schaute sich um; seine Blicke flogen hierhin und dorthin. Er hatte eindeutig Angst, so sehr, dass es beinahe komisch wirkte. Felice hätte gelacht, wenn sie nicht so müde gewesen wäre.

Schließlich trank sie noch einen Schluck Wein und stellte dann das Glas mit Bedauern ab. Sie durfte nicht so viel trinken, und so wie sie sich fühlte, würde bereits ein Glas ausreichen, um sie betrunken zu machen.

»Izak, hör mir zu. Wir müssen von hier verschwinden. Noch heute Nacht.«

Izak strich über sein Ziegenbärtchen und nickte schnell. »Ja. Nicht sicher, sagt Ihr. Aber wohin?«

Sie hatte bereits darüber nachgedacht. »Zu Rebecci. Wir werden sie bitten, uns Zuflucht zu gewähren.«

»Sie ist verschwunden. Seit meiner letzten Zusammenkunft mit ihr ist sie nirgendwo mehr gesehen worden. Ich weiß nicht, wo sie sein könnte. Gibt es noch andere Möglichkeiten?«

Ihr fiel nichts ein, aber es war vermutlich weise, dies Izak nicht zu verraten. »Pack ein paar Sachen zusammen. Was immer für dich wichtig ist.« Sie sah sich in dem Zimmer um. Nichts stand auf dem Tisch, und auch der Schrank wies keinerlei persönliche Gegenstände auf. Truhen und hölzerne Kisten mit Izaks Habseligkeiten standen an der Wand. Er hatte sich bisher offenbar nicht die Mühe gemacht, sie auszupacken – oder er hatte noch nicht die Zeit dazu gefunden.

Sie saß reglos da, während Izak einige Kleidungsstücke und persönliche Dinge in einen Sack stopfte und noch eine kleine Juwelenschachtel und einige Geldbörsen hinzutat. Das erinnerte sie an etwas.

»Ich brauche ein paar Dukaten. Nicht viele. Was immer du im Augenblick entbehren kannst – nur für den Fall, dass sie nötig werden.«

Izak zögerte, doch dann nickte er und gab ihr mehrere Silberdukaten, die sie sogleich in die Tasche steckte. Er stellte sich mitten ins Zimmer und drehte sich einmal um sich selbst, als ob er entscheiden wollte, was sonst noch unbedingt mitzunehmen war. Schließlich zuckte er aber nur mit den Achseln. »Ich bin bereit.«

»Gut. Es tut mir leid, Izak.«

Izak hob den Sack an und schlang ihn sich über die Schulter. »Wohin?«

Diesmal musste Felice doch lachen. Es schien ihr inzwischen Jahre her zu sein, seit sie zum letzten Mal solche Heiterkeit verspürt hatte. »Vielleicht solltest du dich vorher anziehen.«

Nachdem sie das Zimmer verlassen hatten, machte sich Izak auf den Weg zu den Docks, doch Felice beharrte darauf, dass sie zurück nach Westgrab gingen, wo sich die Zauberergilde und die Protektoren befanden und die Indryallaner ihr Hauptquartier hatten.

Sie zog Izak am Arm, und er folgte ihr, auch wenn sein Blick von Unverständnis sprach. Im Osten wurde der Himmel allmählich heller, und Felice vermutete, dass die Straßen bald voller Menschen auf dem Weg zur Arbeit sein würden. Sie waren bereits an einigen Frühaufstehern vorbeigekommen, hauptsächlich Gesellen und Arbeitern sowie Frauen auf dem Weg zu den gemeinschaftlichen Öfen, in denen sie ihr Brot buken.

»Wir hätten nicht diesen Weg nehmen sollen«, zischte Izak.

»Ich habe eine Idee, aber ich habe keine Zeit, sie dir zu erklären.«

»Keine Zeit? Wir sind schon eine ganze Stunde unterwegs.«

»Ich weiß Dinge, die du nicht weißt, und deshalb solltest du mir einfach vertrauen. Hast du einen Golddukaten?«

»Ja, aber ...«, seufzte Izak, wühlte in einer seiner Geldbörsen herum und gab ihr die gewünschte Münze.

»Du bekommst sie zurück.«

Wenn Rebecci die Notwendigkeit verspürt hatte, sich zu verstecken, warum war sie dann nicht mit dem Rest der Handelsgesellschaft der Fünf Ozeane weggegangen? Nein, sie war noch hier und kümmerte sich um ihre eigenen Interessen. Felice musste nur der Spur der Dukaten folgen, um zu ihr zu gelangen. Und es gab ein Unternehmen in Anasoma, von dem niemand wusste, dass es in Verbindung mit der Handelsgesellschaft der Fünf Ozeane stand – niemand außer einigen Auserwählten, zu denen auch Felice gehörte.

Vor den Büros der Kaiserlichen Handelsbank hatte sich eine Menschenschlange gebildet, die an der gesamten Fassade des Gebäudes entlang und bis in die nächste Seitenstraße hinein reichte. Da die Handelsgesellschaft der Fünf Ozeane auf unabsehbare Zeit geschlossen war, machten die Leute ihre Geschäfte nun mit der zweitgrößten Bank im Reich, die jetzt mehr Kunden zu haben schien, als sie bewältigen konnte. Die Sonne war noch nicht aufgegangen, und doch standen die Leute schon an. In ein paar Stunden würde hier das Chaos herrschen.

Vier unglücklich wirkende Wächter hatten sich vor der kupferbeschlagenen Doppeltür aufgestellt, die noch geschlossen war und sich erst in einiger Zeit öffnen würde. Bankiers schliefen gern lange.

»Komm«, sagte Felice und trat auf den ersten Wächter zu.

Er betrachtete ihre unelegante Gestalt mit Abscheu. »Das Ende der Schlange ist um die Ecke.«

»Das weiß ich.« Sie hielt Izaks Golddukaten zwischen Daumen und Zeigefinger und lächelte den Wächter an. »Wir müssen denjenigen sprechen, der heute hier das Sagen hat, und zwar so schnell wie möglich.« Sie streckte die Münze dem Wächter entgegen. »Es ist dringend.«

Er blinzelte und trat vom einen Fuß auf den anderen. »Dringend, ja?«

»Ja.«

»Eine Angelegenheit von Leben und Tod?«

»Allerdings.«

Der Wächter nahm die Münze und gab seinem Gefährten ein Zeichen, worauf dieser die Kupfertüren einen Spaltbreit aufstieß. »Hinein mit Euch, bevor der Pöbel glaubt, wir hätten schon geöffnet.«

»Danke. Komm, Izak.«

Schnell schlüpften sie durch den Spalt und betraten eine mit Marmor ausgekleidete Halle. Vor ihnen befand sich eine weitere zweiflügelige Kupfertür, doch diese stand offen. Sie gingen hindurch und gelangten in einen Raum mit etlichen Bankschaltern aus poliertem Holz. Ihre Schritte hallten vom Boden wider. Eine elegant gekleidete Frau eilte von der anderen Seite des Raums auf sie zu.

»Entschuldigung«, sagte sie mit herrischem Tonfall, »wie seid Ihr hier hereingekommen?«

»Ich habe die Wachen bestochen«, sagte Felice, und die Frau starrte sie mit offenem Mund an. »Wir müssen die Person sprechen, die heute hier die Leitung innehat.«

Die Frau runzelte die Stirn. »Das bin ich, aber ich glaube nicht, dass ich Euch helfen ...«

Felice schüttelte den Kopf und beugte sich zu der Frau vor. Mit einem Flüstern sagte sie: »Nein, nein, nein. Rebecci. Wir müssen sie sprechen. Sagt ihr, dass Lady Felicienne Scheusteig und Sir Izak Fourie hier sind. Sie wird uns sehen wollen. Wenn sie weggegangen ist, warten wir, bis sie wiederkommt.«

Die Frau kniff die Augen zusammen, dann nickte sie knapp,

machte auf dem Absatz kehrt und verschwand durch eine Tür hinter einem der Schalter.

Es dauerte nicht lange, bis sie zurückkehrte und die beiden zu sich winkte. Sie führte sie durch die Tür, einen Korridor entlang, eine kurze Treppe hoch und in ein kärglich eingerichtetes Büro.

»Wartet hier«, befahl sie.

Felice setzte sich auf einen der beiden harten Holzstühle vor einem Schreibtisch. Sie legte sich ihre Ledertasche in den Schoß und saß still da, während Izak vor ihr auf und ab schritt.

»Das verstehe ich nicht«, murmelte er. »Warum sollte Rebecci hier sein? Die kaiserliche Handelsbank ist der Hauptkonkurrent der Handelsgesellschaft der Fünf Ozeane.«

»Hör auf mit dem Herumgerenne, und setz dich. Es ist ganz einfach: Sie sind keine Konkurrenten. Den Fünf Ozeanen gehört die Hälfte der Handelsbank - nun ja, nicht ganz die Hälfte.«

Izak blieb stehen und starrte sie an. Sie sah, wie er sich bemühte, seine Gedanken um diese Information herum neu zu ordnen, was einige Augenblicke dauerte.

»Dann ist das alles nur eine Täuschung? Die größte Konkurrenz zweier Unternehmen im Reich ist nichts als ein Betrug?«

»Ja. Rebecci würde sich nicht irgendwo verstecken, wo sie die Ereignisse nicht im Blick behalten und die Entwicklungen nicht beeinflussen kann. Deshalb ist sie hier.«

Izak sackte auf den Stuhl neben ihr. »Das ist doch verrückt. Warum gibt es denn überhaupt zwei Banken?«

»Warum nicht? Sie können es sich leisten, miteinander zu konkurrieren, weil alle Gewinne zu ihnen zurückfließen, aber da sie nicht die ganze Kontrolle über die kaiserliche Handelsbank haben, sieht es wenigstens so aus, als würde der Kaiser kein Monopol zulassen.«

Als sie zu Ende gesprochen hatte, betrat Rebecci den Raum. Sie wirkte so ausgezehrt wie üblich, und ihre weißen Haare waren ein einziges Durcheinander.

»Ich hatte Euch geraten, die Stadt zu verlassen«, begann sie unvermittelt. »Ich habe Euch sogar Dukaten gegeben. Säcke voller Dukaten. Und dennoch ... hier seid Ihr. Und dazu habt Ihr Euch angesteckt.«

»Das kommt vom Fluss. Ich hatte Schnitte an meinen Armen, und sie haben sich entzündet.«

Rebecci rümpfte die Nase. »Nein. Ich meinte eine *Ansteckung*«, betonte sie. »Ihr seid ihm zu nahe gekommen.«

»Kelhak?«, vermutete Felice.

Plötzlich packte Rebecci Felices Kopf mit ihren dürren Händen. Es fühlte sich an, als wäre sie in einen Schraubstock geraten. Felice rang nach Luft, versuchte zu schreien, aber sie brachte nur ein Wimmern zustande. Sie hörte, wie Izak etwas rief, doch es klang, als befände er sich unter Wasser.

Unvermittelt ließ der Druck nach, und sie konnte wieder atmen. Izak kniete neben ihr und wischte ihr den Speichel vom Kinn.

»Ihr hattet Glück«, sagte Rebecci. »Ihr seid ihm entkommen, bevor er Gelegenheit hatte, Euch zu nehmen.«

Felice drückte Izak weg. »Danke«, sagte sie verlegen zu ihm. Dann wandte sie sich an Rebecci. »Was habt Ihr gerade getan? Und was meint Ihr mit ›Nehmen?‹ Etwas ... Sexuelles?«

»Das vermutlich auch, nach allem, was ich von ihm gehört habe.« Rebecci setzte sich hinter den Schreibtisch und bedachte Izak mit einem dunklen Blick, während er sich die Hosenbeine abklopfte und neben Felice Platz nahm.

Felice legte die Hände auf die Ledertasche in ihrem Schoß und dachte nach. Die Handelsgesellschaft der Fünf Ozeane musste gewusst haben, dass die Indryallaner kamen. Aber sie hatten das Reich nicht gewarnt. Sie sollte vorsichtig sein, solange sie nicht wusste, auf welcher Seite diese Leute standen. Aber Rebecci hatte ihnen geholfen, ohne dazu verpflichtet gewesen zu sein.

»Er ist derselbe Kelhak, aber er ist ein ganzes Jahrhundert alt«, platzte es aus ihr heraus. »Ihr wisst, was hier vorgeht, nicht wahr? Aber da ist noch etwas ... Etwas stimmt nicht mit ihm. Was ist es?«

Rebecci erstarrte kurz; Felice hätte es nicht bemerkt, wenn sie die Frau nicht so eingehend angesehen hätte.

»Vielleicht geht es nicht darum, wer er ist«, fuhr Felice fort, »sondern darum, *was* er ist?«

»Er ist Kelhak, aber ... es ist kompliziert, und es steht mir nicht zu, es Euch zu sagen.«

»Unsinn! Anasoma ist in Gefahr und möglicherweise sogar das ganze Reich. Sie würden die Stadt nicht einnehmen und dann nur abwarten, wenn sie keinen Plan hätten. Ihr müsst ehrlich zu mir sein.«

»Wie ich schon sagte, steht es mir nicht zu.«

»Wem dann?«, wollte Felice wissen.

»Ihr hättet Anasoma verlassen sollen.«

»Nun, das habe ich nicht getan. Wen sollten wir da draußen treffen? Ihr hattet gesagt, wir würden zu Euch stoßen, aber Ihr seid ebenfalls noch hier.«

Rebecci klopfte mit den Fingern auf den Schreibtisch und starrte sie an. Nach einigen Augenblicken sagte sie: »Unseren Anführer Gazija. Ihn solltet Ihr treffen, und er hätte Euch einiges erklärt.«

Wie geheimnisvoll, dachte Felice. Sie vermutete, dass dieser Gazija ihr auch nicht die ganze Wahrheit erzählt hätte.

Sie beugte sich vor. »Wer ist Kelhak?«

Zum ersten Mal, seit Rebecci sie empfangen hatte, wirkte die Frau beunruhigt. Sie betrachtete die Tischplatte. »Er ist unbegreiflich für Euch.«

»Unbegreiflich. Vielleicht. Aber die Indryallaner sitzen hier fest wie Ratten in einer Falle. Der Kaiser wird die meisten von ihnen töten und den Rest aufs Meer und zurück nach Indryalla drängen. Und dann ...«

Aber Rebecci schüttelte den Kopf, obwohl sie weiterhin schwieg.

Mit steigendem Entsetzen sah Felice Izak an.

Rebecci glaubte nicht, dass der Kaiser in der Lage sein würde, die Indryallaner zu besiegen.

28

Was macht sie hier?, dachte Amerdan, als Elpidia frische Kräuter in ihren Korb legte. Die Ärztin dankte dem Händler und schlenderte zum nächsten Stand. Er gehörte einem weiteren Kräuterhändler, doch dessen Waren war nicht frisch genug. Elpidia roch daran und ging weiter. Selbst von seinem Beobachtungsposten auf der andere Straßenseite aus konnte Amerdan schrumpelige, hängende und leblose Blätter erkennen. Sie lächelte, was ihn verwirrte. Er konnte sich nicht daran erinnern, dass sie während der ganzen Zeit, die sie zusammen verbracht hatten, auch nur ein einziges Mal gelächelt hatte. Ihr Schritt schien fester als gewöhnlich zu sein, als ob sie in Hochstimmung wäre und sich vor Freude kaum zurückhalten könnte.

Er bemerkte, dass sich sein Mund zu einem Grinsen verzogen hatte, und er änderte seine Miene zu einer der leichten Belustigung. Wie wahrscheinlich war es, dass sie in einer so großen Stadt aufeinandertrafen? War das hier ein unausweichliches Schicksal?

Dotty bewegte sich unter seinem Hemd, und er legte die Hand auf sie und beruhigte sie.

Amerdan sah sich um und vergewisserte sich, dass er nicht mit einem der Passanten zusammenstoßen würde; dann begab er sich in die langsam dahinziehende Masse der Menschen, die über den Markt schlenderten. Er hielt die Arme gegen die Seiten gedrückt, damit er nicht zufällig jemanden berührte.

Sie alle waren schmutzig. Flussrand war noch schlimmer als Anasoma. Am Meer vertrieb wenigstens eine gelegentliche Brise den Gestank.

Amerdan hatte das Gefühl, Luft zu atmen, die schon durch viele Lungen geströmt war. Es machte ihn krank. Aber hier war er nun einmal und musste Einkäufe für Glöckchen erledigen. Sie beide brauchten etwas zu essen, und Glöckchen benötigte überdies noch einige Dinge für ihre Magie.

Zumindest hatte sie das gesagt. Er hatte den Eindruck, dass sie ihn manchmal für einige Zeit los sein wollte.

Männer und Frauen drängten sich um ihn herum, nahmen einander nicht wahr. Unaufmerksam. Er schnaubte verächtlich und erhielt dafür einen neugierigen Blick von einer Frau neben ihm. Amerdan beachtete sie nicht weiter und sah sich wieder nach Elpidia um.

Sie war vor einem Gemeinschaftsofen stehen geblieben, neben dem sich ein Bäckerstand befand. Eingehend untersuchte sie die Brote und Kuchen und wählte schließlich einen knusprig aussehenden runden Laib sowie einen kleinen Kuchen aus, der mit Sesamkörnern bestreut war. Sie bezahlte den Bäcker und legte beides in ihren Korb, dann drehte sie sich um und sah in Amerdans Richtung.

Er wandte sofort den Blick ab, senkte den Kopf und stellte sich vor den nächsten Stand. Aber er wusste, dass es bereits zu spät war.

Als er wieder aufschaute, hatte Elpidia ihm den Rücken zugewandt und ging anscheinend sorglos die Straße entlang. Aber Amerdan wusste es besser. Sie war ein Nichts für ihn – er würde nicht einmal versuchen, sie in sich aufzunehmen. Aber ihre zufällige Begegnung konnte nur auf eine einzige Weise enden.

Er begab sich an einen Stand, an dem Metallgerätschaften verkauft wurden, und sorgte dafür, dass er in den Fensterscheiben hinter dem Verkäufer Elpidias Spiegelbild im Blick behalten konnte. Schließlich wählte er einen Hammer und einen besonders gehärteten Meißel aus, der für Metallarbeiten geeignet war - zwei Dinge, die Glöckchen haben wollte.

In einem der Fenster sah er, wie Elpidia hastig einen Blick hinter sich warf und bemerkte, dass Amerdan ihr den Rücken zugewandt hatte. Sie lief auf eine Seitengasse zu. Einen Augenblick später streckte sie den Kopf daraus hervor und versuchte ihn heimlich zu beobachten.

Trotz ihrer scheinbaren Fixierung auf Caldan war sie nicht dumm. Sie musste begriffen haben, dass sich Amerdan mit Glöckchen zusammengetan hatte. Die Mäuse, die er für sie zurückgelassen hatte, sollten es ihr verdeutlicht haben. *Quiek, quiek!*, dachte Amerdan und kicherte in sich hinein.

Sie würde ihm folgen, vielleicht sogar Glöckchen sehen und dann Caldan und seinen Protektorenfreunden erzählen, wo die beiden waren. Sollte sie doch denken, dass er die Maus und sie die Katze war!

Amerdan bezahlte die Gegenstände und ging die Marktstraße in derselben Richtung entlang, die er auch vorhin genommen hatte. Dabei kam er an Elpidia vorbei, die sich in die Schatten der Gasse geduckt hatte. Er machte sich nicht die Mühe, einen Blick zurückzuwerfen und sich zu vergewissern, dass sie ihm folgte, sondern ging einfach weiter, beeilte sich nicht, wurde aber auch nicht langsamer, weil er nicht den Eindruck erwecken wollte, dass er noch nach weiteren Dingen suchte.

Fünf Abzweigungen hinter der Gasse, von der aus Elpidia ihn beobachtet hatte, bog er zwischen zwei Ständen ab, an denen Stoffballen und Hüte verkauft wurden. Er achtete darauf, mit gleichbleibender Geschwindigkeit zu schlendern. Elpidia folgte ihm, hatte noch nichts bemerkt. Auf dem Weg zurück zu der Wohnung, die er mit Glöckchen teilte, sahen die Gebäude zu beiden Seiten der Straße immer heruntergekommener aus, und etliche Bettler und Straßenjungen sahen ihm nach. Schließlich begab er sich in eine verschattete Seitengasse, sah niemanden vor sich, drehte sich um und behielt den Weg im Blick, auf dem er hergekommen war.

Und wartete.

Lederstiefel schabten über Pflastersteine, kurz darauf bog Elpidia um die Ecke. Sie hatte den Kopf geneigt und schien gedankenverloren zu sein - beinahe wäre sie gegen ihn gestoßen.

»Verzeihung«, murmelte sie. »Ich bitte um Entschuldigung.«

»Hallo, Elpidia«, sagte Amerdan und lächelte.

Er bedeckte ihren Mund mit der einen Hand, während die andere an ihre Kehle fuhr. Verzweifelt packte sie seine Arme und Hände und versuchte, Halt an ihnen zu finden und sie von sich loszureißen. Aber seine Arme waren so hart wie Stahl und sein Griff viel stärker als der ihre.

Amerdan schob sie gegen eine Mauer, während er noch immer ihre Kehle umfasst hielt. Er ließ jedoch ihren Mund los, und sie sog heftig die Luft ein. Dann hob er wieder die Hand. Diesmal hielt sie ein schimmerndes Messer umfasst.

»Bitte ...«, brachte sie mühsam hervor.

»Bitte - was?«, zischte Amerdan. »Du bist es nicht wert, genommen zu werden.«

Sein Messer blitzte auf, noch einmal. Amerdan ließ sie los, und sie rutschte an der Mauer nach unten und sackte auf dem kalten Boden zusammen.

Elpidia stöhnte; ihre Lieder flatterten. Sie versuchte einzuatmen, aber es ging nicht - nur ein feuchtes, saugendes Geräusch war zu hören.

Amerdan wischte seine Klinge an ihrer Bluse ab und ließ sie in der Gosse liegen.

Eine Schwadron von Protektoren hatte sich versammelt, als Caldan hinaus in das verdämmernde Licht trat. Dies war schon das dritte Mal, dass er den Hof auf der Suche nach Elpidia durchquerte. Er hatte gehofft, sie möge in diesem Augenblick durch das Tor schreiten, doch das hatte er auch bei den letzten beiden Malen gehofft, und beide Male war er enttäuscht worden.

Caldan beobachtete, wie Meisterin Annelie das Gebäude zusammen mit Meister Schimmel verließ und sich den müden Protektoren näherte. Einer von ihnen schüttelte den Kopf und übergab etwas an Annelie: den Kompass, wie Caldan vermutete. Er würde schon sehr bald ausgebrannt sein. Noch immer gab es kein Zeichen von Glöckchen, und der Kompass war nutzlos.

Wo war Elpidia? Sie war am Morgen aufgebrochen und hatte Einkäufe tätigen wollen. Zu ihm hatte sie gesagt, sie benötige weitere Kräuter, und außerdem wollte sie eine Zeit lang den Protektoren entkommen. Fast über Nacht war sie zu einer anderen Person geworden; sie lächelte öfter und war eindeutig weniger griesgrämig. Vermutlich veränderte die Heilung von einer schmerzhaften und am Ende tödlichen Krankheit jedermanns Erscheinungsbild.

Aber nun war sie schon den ganzen Tag weg, und er machte sich Sorgen. Flussrand stand unter der Kontrolle der Köcherer, und es gab nicht viel Gewalt und Verbrechen auf den Straßen, aber beides kam durchaus vor. Die schweren Strafen, die der Kaiser für Kriminelle verhängt hatte, schreckten alle außer den dümmsten oder gerissensten Gesetzesbrechern ab. Caldan konnte sich jedoch nicht vorstellen, warum jemand sein Leben riskieren sollte, um Elpidia zu überfallen. Deshalb war es viel wahrscheinlicher, dass sie sich aus einem anderen Grund verspätet hatte.

Immer wieder kam er zu dem Ergebnis, dass es sich bei diesem Grund möglicherweise um Glöckchen handelte.

»Bei den Ahnen«, fluchte er leise.

Irgendwann hielt er es nicht mehr aus, länger auf Elpidia zu warten. Er hastete zu ihrem Quartier und durchsuchte ihre Habseligkeiten. Aus ihrer Bürste nahm er ein paar Haare, begab sich dann in sein eigenes Zimmer und holte ein Blatt Papier hervor.

So schnell wie möglich stellte er einen weiteren Kompass her und begann damit, Runen auf das Papier zu kritzeln. Ohne Metall oder wenigstens ein paar Halbedelsteine war es schwer, einen solchen magischen Gegenstand herzustellen, aber er sollte trotzdem ein paar Tage halten, weil vergleichsweise wenig Magie durch ihn fließen würde. Es war die Gestalt des Kompasses, die Caldan Kopfzerbrechen bereitete. Er starrte das Papier eine Weile an, während die Runen trockneten. Am Ende entschied er sich für einen Vogel. Wenn er ihn sich auf die Handfläche stellte, konnte sich das Gebilde ausbalancieren und mit dem Schnabel die Richtung anzeigen.

Kurze Zeit später war es fertig; Elpidias Haare waren sorgsam hineingefaltet.

Caldan warf einen Blick aus dem Fenster, nahm einige seiner Zauberkugeln und steckte sie sich in die Tasche. Was noch? Weil er das Schlimmste fürchtete, gürtete er sich sein Schwert um. Es könnte sein, dass ihn die Köcherer aufhielten und befragten, aber möglicherweise schaffte er es, einen Meister zu überreden, ihn zu begleiten ... vielleicht Meister Schimmel.

Er eilte die Treppe hinunter und beachtete dabei die verblüfften Blicke der Lehrlinge und Gesellen nicht. Schimmel befand sich nicht mehr im Hof, und Caldan wollte keine Zeit damit vergeuden, nach ihm zu suchen.

Joachim befand sich an seiner üblichen Stelle in der Ecke. Er nippte an einem Becher und schien ganz entspannt zu sein, aber Caldan spürte seine Aufmerksamkeit. Vermutlich entging Joachim nicht viel. Niemand wurde zum Meistermagier im inneren Kreis des Kaisers berufen, wenn er nicht sehr klug war. Caldan dufte Joachim nicht vertrauen, aber das bedeutete nicht, dass er den Magier nicht für seine Zwecke benutzen konnte.

Caldan ging zu ihm hinüber. »Ich brauche Eure Hilfe«, sagte er offen heraus.

»Mehr, als du weißt«, erwiderte Joachim. »Worum geht es genau? Ich habe dir gesagt, dass ich für Miranda nichts mehr tun kann.«

»Es geht um Elpidia. Sie ist heute Morgen losgegangen und seitdem nicht mehr gesehen worden.«

»Und du glaubst ...« Joachim verstummte.

»Ich glaube, sie könnte zufällig Glöckchen über den Weg gelaufen sein. Sie ist der Zauberin nicht gewachsen, und es könnte ihr nicht gut ergangen sein. Vielleicht ist sie gefangen genommen worden oder ... Schlimmeres.«

»Dein Kompass ist bisher nicht in der Lage gewesen, Glöckchen aufzuspüren. Ich vermute, du brauchst mich, weil du dir nicht zutraust, sie noch einmal besiegen zu können?«

Caldan nickte. Schweiß tropfte an seiner Stirn herunter. Die Zeit verstrich. »Gegen uns beide kann sie hingegen nicht bestehen. Ich habe einen neuen Kompass hergestellt, indem ich Haare aus Elpidias Bürste genommen habe.« Er holte den Papiervogel hervor und setzte ihn auf seine ausgestreckte Handfläche. Der Vogel zuckte ganz leicht, als ob eine winzige Brise ihn erfasst hätte, dann drehte er sich in eine nordwestliche Richtung.

Joachim lächelte. »Das könnte der Durchbruch sein, auf den wir gewartet haben.«

»Nicht, wenn es bedeutet, dass Elpidia dadurch in Gefahr schwebt.«

Der Meistermagier wischte Caldans Sorgen beiseite. »Ja, ja, natürlich.« Er trank den Becher leer, stand auf und richtete seinen Gürtel. »Worauf warten wir noch?«

Gemeinsam verließen sie das Hauptquartier der Protektoren und folgten Caldans behelfsmäßigem Kompass in nordwestlicher Richtung.

Joachim ging einen Schritt hinter ihm. Das machte Caldan nervös, aber er erkannte, dass er sein Unbehagen über den Mann auf die gegenwärtige Situation übertrug. Er schüttelte den Kopf und konzentrierte sich ganz auf Elpidia. Gegenwärtig spielte es keine Rolle, was Joachim von Caldan und seinen Kleinodien wollte. Er spürte, dass er dem Mann vertrauen konnte und er Caldan tatsächlich nur deshalb begleitete, weil er dabei helfen wollte, die vermisste Freundin zu suchen und möglicherweise Glöckchen aufzuspüren.

Zumindest hoffte Caldan das.

»Stimmt etwas nicht?«, fragte Joachim.

»Nein, ich hatte nur ... ich hoffe, dass Elpidia in Sicherheit ist. Manchmal schweifen meine Gedanken ab.«

»Wenn du recht hast und sie gefangen genommen wurde, führt sie uns geradewegs zu Glöckchen. Aber ich bin mir sicher, dass es ihr gut geht. Es ist eine große Stadt; vielleicht hat sie sich nur verirrt.«

Ganz offensichtlich hoffte der Mann, Elpidia sei entführt worden, und zum hundertsten Mal rief er sich in Erinnerung, dass Joachim nicht gerade das war, was man als einen guten Mann bezeichnen konnte.

Sein Vogel führte sie stetig nach Nordwesten. Es wurde finster in der Stadt, als das Licht abnahm. Während die großen Straßen noch sehr belebt waren, wirkten die Gassen fast verlassen, denn nun war die Zeit, in der die Bewohner ihr Abendessen zu sich nahmen. Einige neugierige Passanten starrten Caldan an, als er an ihnen vorbeischritt - ein junger Mann mit einem Papiervogel, den er auf seiner Handfläche balancierte.

Bald geleitete sie der Vogel eine Marktstraße hinunter, die ebenfalls verlassen dalag, da die meisten Händler bereits eingepackt hatten. Nur wenige verkauften noch ihre Waren - zumeist Nahrungsmittel, von Brot bis hin zu fertigen Gerichten.

Der Vogel kreiste nun auf seiner Handfläche und deutete schließlich nach links. Diese heftigen Bewegungen bewiesen, dass Elpidia in der Nähe sein musste. Caldan blieb stehen, und Joachim trat an seine Seite.

»Er hat sich nach links bewegt«, erklärte Caldan und deutete in eine Seitengasse. »Dort entlang.«

Er wartete nicht auf Joachims Antwort, lief los und achtete darauf, dass ihm der Vogel nicht von der Handfläche fiel. Als er um die Ecke bog, wirbelte der Kompass herum.

Ganz nahe. Sie musste hier irgendwo sein.

Er lief noch schneller, und Joachims Schritte hallten hinter ihm durch den frühen Abend. Noch eine Ecke.

Drei Köcherer standen um einen Kleiderhaufen auf dem Boden herum.

Bei den Ahnen, nein ...

Ein bekleideter Körper, reglos. Eine Blutlache hatte sich unter ihm ausgebreitet.

»Elpidia«, keuchte Caldan und stürzte auf den Leichnam zu.

Zwei Köcherer stellten sich ihm entgegen und hielten ihn fest. »Zurück, junger Mann. Das hier ist etwas, das du bestimmt nicht sehen willst.«

»Lasst mich durch«, sagte Caldan. »Ich muss es wissen.«

»Erlaubt es ihm.« Joachims Befehl hallte durch die Gasse.

Einer der Köcherer, ein älterer Mann, zischte überrascht: »Das hier ist ein Meistermagier, Jungs. Seht euch nur seine Kleidung an. Es ist besser, wenn ihr tut, was er sagt.«

Die beiden Köcherer, die Caldan festhielten, lösten widerstrebend ihren Griff.

Sofort stürzte er vor und kam schlitternd neben dem Leichnam zum Stillstand. Es war Elpidia. Blut bedeckte ihre Brust in zwei großen Flecken.

»Nein, nein, nein«, flüsterte er. Tränen rollten ihm an den Wangen herunter, und er wiegte ihren Kopf in seinem Schoß. Er hörte, wie hinter ihm Joachim und die Köcherer miteinander sprachen, aber er verstand kein einziges Wort.

Das war nicht gerecht. Sie hatte so lange überlebt und nach einem Heilmittel gesucht, und als sie es schließlich gefunden hatte, war sie umgebracht worden. In den letzten Tagen war sie voller neu gefundenem Leben gewesen, und nun lag sie kalt und leblos in seinen Armen.

»Sie war …«, begann er und verstummte gleich wieder.

»Sie war … was?«, fragte Joachim.

Geheilt, hatte er sagen wollen.

Caldan unterdrückte ein Schluchzen und legte Elpidias Kopf sanft auf die Pflastersteine. »Sie sollte weggebracht werden.«

Einer der Köcherer, ein bärtiger Mann, sagte: »Wir warten auf einen Wagen. Er wird bald eintreffen, und dann bringen wir sie zum nächsten Arzt.«

»Zu einem Arzt? Wozu soll das gut sein?«

»Der Leichnam wird für einige Tage in einem kalten Raum gelagert, bis wir die Frau identifiziert haben. Dann werden wir entscheiden, was zu tun ist.«

Caldan wollte dem Köcherer weitere Informationen geben, aber die Worte kamen ihm nicht durch die zugeschnürte Kehle.

Joachim kam ihm zu Hilfe. »Nicht nötig. Sie ist eine Ärztin aus Anasoma, die mit diesem Mann hier gereist ist. Er gehört zu den Protektoren und hat mich um Unterstützung gebeten, als sie nicht zurückgekehrt ist. Wir wissen, wer sie ist, und das sollte für euch ausreichen.«

Der Köcherer schrieb ein paar Sätze in ein kleines Notizbuch. »Ah. Aber wir müssen noch diesen jungen Mann befragen.« Er wandte sich an Caldan. »Weißt du, ob sie Feinde hatte? Leute, die ihr Böses antun wollten? Wir haben hier in der Gegend nicht viele gewaltsame Todesfälle, und wir wollen den Täter unbedingt schnappen.«

Bevor Caldan eine Antwort geben konnte, sagte Joachim: »Keine, von denen wir wüssten. Vielleicht war sie so unvorsichtig und hat auf dem Markt ihre Dukaten gezeigt und dadurch die Aufmerksamkeit einiger unangenehmer Gestalten auf sich gelenkt. Es sieht mir so aus, als hätte sie sich zu wehren versucht, als sie ausgeraubt wurde, und die Kerle sind in Panik geraten.«

Der Köcherer zögerte kurz, schaute zuerst Elpidias Leichnam und dann den Meistermagier an. Caldan sah, wie Joachim die Brauen hob, und der Köcherer schluckte nervös.

»Ihr habt recht, Herr. So sieht es auch für mich aus, und genau das werde ich in meinen Bericht schreiben.«

»Gut.« Joachim drehte sich zu Caldan um und ergriff seinen Arm. »Komm. Diese Männer müssen jetzt ihre Arbeit machen, und dabei stehen wir ihnen nur im Weg.«

Caldan machte sich aus Joachims Griff los. »Ich will sie nicht hier auf der Straße liegen lassen.«

»Sie werden sich um sie kümmern. Wir können ihr nicht mehr helfen.«

Caldan wandte sich an den Köcherer. »Wann wird sie beerdigt? Und wo?«

Der Mann warf Joachim einen raschen Blick zu, bevor er eine Antwort gab, als ob er eine Anweisung dazu erwartete. »Da der Leichnam hier gefunden wurde, wird es wohl der Nordfriedhof sein. Er liegt ein wenig außerhalb der Stadtmauern.

Wir können ... sie für morgen einplanen, wenn es recht ist. Vorausgesetzt ...« Er nickte Joachim zu. »Wir werden sie an die Spitze der Liste setzen.«

Joachim klopfte Caldan auf den Rücken. »Ausgezeichnet. Wir werden an der Beisetzung teilnehmen, nicht wahr, Caldan? Wir sorgen dafür, dass alles richtig und ... respektvoll abläuft.«

Caldan nickte benommen, und während Joachim und der Köcherer sich voneinander verabschiedeten, drehte er Elpidia den Rücken zu und ging die Straße hinunter. Er nahm kaum etwas um sich herum wahr, schlurfte immer weiter und konzentrierte sich ganz darauf, einen Fuß vor den anderen zu setzen.

Jetzt erst bemerkte er, dass Blut an seinen Händen und seinem Hemd klebte. Elpidias Blut. Er starrte seine roten Hände an und rieb sie gegeneinander, in dem sinnlosen Versuch, sie zu säubern.

Die Straßen und Menschen trieben verschwommen an ihm vorbei, und erst als er vor dem Gebäude der Protektoren stand, bemerkte er, dass Joachim die ganze Zeit neben ihm hergegangen war. Und jetzt wurde seine Trauer von etwas anderem ersetzt: von Wut. Und Verwirrung.

»Glöckchen hätte kein Messer benutzt«, sagte er. »Das hätte sie nicht nötig gehabt. Das war das Werk von jemand anderem.«

»Dem stimme ich zu. Und dieser Jemand weiß, wie man ein Messer führt. Er war in der Lage, die Tat im hellen Tageslicht zu begehen, ohne dass ihn jemand dabei gesehen hat. Ich bezweifle, dass es unbemerkt geblieben wäre, wenn er sie in die Seitengasse gezerrt hätte. Das heißt, sie ist jemandem begegnet, den sie kannte oder wiedererkannt hat.«

Caldans Brust krampfte sich zusammen. Wenn es nicht Glöckchen gewesen war, dann gab es nur noch eine einzige andere bekannte Person, die Elpidia in dieser Stadt hätte begegnen können: Amerdan. Caldan dachte an die Messer, die der Ladenbesitzer bei sich trug, und daran, was er mit Mahsonn gemacht hatte.

Die Frage lautete: Warum sollte er Elpidia umgebracht haben? Das ergab doch keinen Sinn. Es sei denn … es sei denn, er steckte unter einer Decke mit Glöckchen.

»Amerdan.«

Joachim geleitete ihn durch das Tor in den Hof der Protektoren. »Das ist es, was ich denke«, sagte er. »Hat Elpidia Amerdan schon seit Längerem gekannt?«

»Nein, nicht soweit ich weiß. Sie sind sich zum ersten Mal nach der Invasion Anasomas begegnet – kurz bevor wir von dort aufgebrochen sind.«

Joachim gab ein leises Stöhnen von sich. »Ich bin mir zwar nicht sicher, warum er sie getötet hat, aber wenn ich raten sollte, würde ich sagen, dass sie ihm zufällig über den Weg gelaufen ist … und vielleicht auch Glöckchen, und er musste dafür sorgen, dass sie uns nichts darüber verraten kann. Aber gleichzeitig hat er eine deutliche Botschaft geschickt. Er ist sehr gefährlich, egal, warum er das getan hat.« Er sah Caldan und dessen blutige Hände sowie das blutbefleckte Hemd an. »Geh nach drinnen, wasch dich, und zieh frische Kleidung an. Iss und trink etwas. Und dann solltest du dich ein wenig ausruhen.«

Caldan hörte die Worte, verstand sie aber nicht. »Miranda«, sagte er. »Jetzt, wo Elpidia nicht mehr da ist, muss ich auf sie aufpassen.«

»Ich werde die Protektoren bitten, jemanden zu ihrem Schutz und ihrer Hilfe abzustellen.«

»Danke. Ich bleibe trotzdem bei ihr. Sie braucht einen Menschen bei sich, den sie kennt.«

Joachim nickte und klopfte ihm auf die Schulter. »Wir

werden diesen Amerdan aufspüren und herausfinden, ob er es getan hat.«

Auf einmal zeigte Joachim einen Eifer, der Caldan nicht gefiel. Er war sich sicher, dass es nichts mit Elpidia zu tun hatte. Vermutlich war die Suche nach Amerdan für Joachim wichtig geworden, seit Caldan ihm von dessen Fähigkeiten berichtet hatte. Wenn da draußen ein Berührter herumlief, über den die Meistermagier nichts wussten, dann würden sie ihn unter ihre Kontrolle bringen wollen. Und wenn ihnen das nicht gelang ... nun, das würde dem Berührten, hinter dem sie her waren, nicht gut bekommen. Caldan sah sich selbst, wie er an einen Tisch gebunden war und Nadeln aus seinen Armen hervorstachen, die zahlreiche Phiolen mit seinem Blut füllten, während ein grinsender Joachim zuschaute.

Und im Augenblick sah er keinen Weg, wie er vermeiden konnte, dass dieses Bild zur Wirklichkeit wurde.

Caldan schleppte sich vor Sonnenaufgang aus dem Bett. Er hatte überhaupt nicht schlafen können. Mit müden und feuchten Augen wusch er sich, zog sich an und überließ Mirandas Bedürfnisse den Mädchen, die zu ihrer Pflege abgestellt worden waren.

Joachim gesellte sich zu ihm, als er das Hauptquartier der Protektoren verließ. Entweder hatte er nicht vergessen, dass Caldan am frühen Morgen zum Friedhof gehen wollte, oder jemand, der Caldan überwachte, hatte dem Meistermagier gesagt, wo er ihn antreffen würde. Es war gleichgültig. Caldan wusste, dass Joachim ihn genau beobachtete, und so bemühte er sich, normal und unauffällig zu handeln.

Benommen ging er durch die Straßen von Flussrand. Bevor er es recht bemerkt hatte, waren sie bereits an ihrem Ziel angekommen. Vor dem Friedhof verkaufte eine Frau Blumen, und Caldan erwarb einen ganzen Bund und hielt ihn ganz sanft in der Hand, als ob er befürchtete, der leiseste Druck könnte die Blüten zerquetschen.

Der Friedhof war trostlos, wie erwartet. Pfade aus festgestampfter Erde wanden sich zwischen den Gräbern entlang, und ein kalter Wind wirbelte Staub auf und umblies Unkraut und Grabsteine gleichermaßen. Caldan bemerkte Knochensplitter im Lehm unter seinen Füßen und zog eine Grimasse. In den großen Städten war Raum wertvoll, und er vermutete, dass Teile des Friedhofs nach einiger Zeit neu belegt wurden.

Während er wartete, verschwand Joachim kurz und unterhielt sich mit den Friedhofsarbeitern. Als er zurückkehrte, folgten ihm zwei Männer; der eine schob eine hölzerne Karre vor sich her. In der Karre lag eine fest mit Stoff umwickelte Leiche.

Sie folgten den Männern an Grabsteinen verschiedenster Größe und Materialien vorbei, an marmornen Mausoleen und kleinen, selbst zusammengezimmerten und in den Boden gerammten Holzplanken, bis sie schließlich vor einer großen Grube stehen blieben, in der bereits andere mit Stoff umwickelte Leichen lagen.

»Wartet«, sagte Caldan. Wollten sie Elpidia etwa in ein Massengrab werfen? »Ich habe Dukaten für ein Einzelbegräbnis.«

»Das kostet aber einen Silberdukaten.«

Caldan übergab die Münze, ohne den Blick zu heben. Die beiden Männer schoben die Karre in einen anderen Teil des Friedhofs, wo es eine Reihe von ausgehobenen Einzelgräbern gab.

Sie blieben vor einem von ihnen stehen und kippten Elpidia in das Loch. Sie traf mit einem dumpfen Laut auf den Boden der Grube. Ohne zu warten, eilten die Männer davon und nahmen ihre Schubkarre mit. Zwei Schaufeln steckten in einem Haufen lockerer Erde neben dem Grab, aber es sah so aus, als ob die beiden Männer es mit der Erledigung ihrer Arbeit nicht eilig hätten.

Caldan starrte Elpidias Leiche an und wusste nicht, was er tun oder sagen sollte. Er hörte, wie Joachim hinter ihm ungeduldig auf und ab schritt.

Schließlich warf er die Blumen auf ihren Leichnam, nahm eine Schaufel und machte sich daran, das Grab mit Erde zu füllen.

29

Sie kämpften schwer mit der Müdigkeit und mit ihren Wunden nach dem Kampf, und so beschloss Aidan das Risiko einzugehen, das mit der Benutzung der Zauberkugeln verbunden war, damit sie wenigstens genug sehen konnten. Er hoffte, dass sie das einzige Rudel Jukari in der Gegend aufgestöbert hatten - aber vermutlich hatte es sich nur um die Späher einer größeren Gruppe gehandelt.

Sie nahmen sich Zeit und kümmerten sich so gut wie möglich um ihre Wunden, dann ruhten sie sich ein wenig aus, aber niemand konnte schlafen. Die Lichtung bot einen unheimlichen Anblick, als die Nacht sich ihrem Ende neigte.

Nachdem alle ihre Wunden genäht und verbunden hatten, befahl Aidan ihnen, die Hinterlassenschaften der Jukari zu untersuchen. »Vielleicht ist etwas darunter, das uns einen Hinweis gibt, warum die Jukari und der Vormag zurückgekehrt sind«, sagte Aidan. Mit der Stiefelspitze stocherte er in den Habseligkeiten der Kreaturen herum, die sie nach dem Kampf zusammengetragen hatten. Er hörte nicht auf Chalayans und Vasiles Einwand, dass sie dadurch wertvolle Zeit verloren, die sie dazu benutzen sollten, so schnell und so weit wie möglich von hier wegzukommen.

Ein Teil von ihm spürte, dass hier Antworten zu finden waren, die sie nicht unbeachtet lassen durften. Nicht, wenn die Aussicht darauf bestand, dass die Jukari und ihre Meister hierher zurückkehrten. Aber die Zeit, die sie hier verloren, brachte ihre Verfolger näher an sie heran. Sie mussten sich beeilen.

Cel Rau nickte und stocherte mit dem Finger in den Sachen herum, neben denen er hockte.

Aidan zuckte zusammen, als er sich zu hastig bewegte und sich den Arm zerrte. Aber er klagte nicht. Er war relativ heil aus dem Kampf herausgekommen, zumindest verglichen mit Vasile.

Dann schaute er hinüber zu dem Richter, der mit dem Rücken gegen einen Baum gelehnt saß. Sein Gesicht war bleich, und er schwitzte unter den schrecklichen Schmerzen, die er verspüren musste. Sie hatten seinen Arm so gut wie möglich gerichtet und geschient, aber Aidan hegte die Befürchtung, er könnte ihn trotzdem verlieren, wenn er nicht bald gute ärztliche Hilfe erhielt. Auch Aidans Arm war behandelt worden, aber da es sich um einen sauberen Bruch handelte, litt er nicht solche Schmerzen wie Vasile. Es war ein schwacher Trost.

Chalayan brühte für Vasile einige Kräuter über einem Feuer auf, das er bemerkenswert schnell entfacht hatte. Seit dem Kampf lächelte er – unablässig. Aidan kannte den Grund dafür. Er hatte gewusst, dass die Suche des Zauberers nach Wissen irgendwann zu einem Problem wurde, und er stand kurz davor, den Verstand zu verlieren und zu einer der Personen zu werden, die Aidans Männer zu vernichten geschworen hatten. Chalayan hatte sich auf einen gefährlichen Weg begeben, von dem nur wenige zurückkehrten. Aidan musste unbedingt mit ihm darüber sprechen, damit es dem Zauberer nicht so erging wie vielen vor ihm. Vielleicht war es sogar schon zu spät. Aber Chalayan war ein Problem für einen anderen Tag. Gegenwärtig musste sich Aidan ganz auf die Habseligkeiten der Jukari und des Vormag konzentrieren.

Cel Rau legte die Waffen der Kreaturen zur Seite. Sie waren von guter Qualität und unter Sammlern etliche Dukaten wert, aber zu schwer für Menschen. Sie würden sie hier bei den Leichen zurücklassen müssen.

Die magischen Gegenstände des Vormag hingegen konnten recht hilfreich sein, und so kniete sich Aidan hin und half cel Rau dabei, sie auf einen kleinen Haufen zu legen. Es waren nicht viele, aber mehr als üblich für einen einzelnen Vormag. Vielleicht war das unbedeutend, vielleicht aber auch nicht ... Aidans Gedanken kreisten ständig um den Vormag. Dieser eine und diejenigen, die sie vor einigen Tagen beobachtet hatten, als sie auf die Jukari-Versammlung gestoßen waren, waren mehr, als er je mit eigenen Augen gesehen hatte. Auch hatte er noch nie von so vielen Vormag in derselben Gegend gehört. Es war wie eine Bevölkerungsexplosion dieser Wesen in einer einzigen Ecke des Reichs. Ihm drehten sich die Eingeweide bei dem Gedanken um, was sie Böses tun konnten. Lady Caitlyn hatte darauf bestanden, dass die aus der Zerschmetterung hervorgegangenen Bestien getötet werden mussten. Ihre Unnatürlichkeit sei nicht hinnehmbar, und in dieser Frage war er noch immer einer Meinung mit ihr.

Cel Rau deutete auf ein dünnes, in Leder gebundenes Buch, und Aidan nickte. Er war ihm aus dem Weg gegangen, hatte es nicht berühren wollen, aber nun musste es geschehen. Der einzige andere Vormag, den er bisher gesehen hatte – er hatte ihn getötet, kurz nachdem er sich Caitlyns Truppe angeschlossen hatte – hatte ebenfalls eines besessen. Damals war er nicht in der Lage gewesen, das Buch zu untersuchen, da Caitlyn es sofort verbrannt hatte. Der Gedanke, dass diese Kreaturen ihre eigene Sprache und Schrift hatten, machte ihn krank, und ihre böse Zauberei war sogar noch schlimmer. Sie hatten kein Recht, die Zerschmetterung überlebt zu haben. Vielmehr hätten sie zusammen mit ihren Schöpfern untergehen sollen.

Aber das Buch mochte mehr über sie verraten. Er fürchtete diesen Pfad. Caitlyn hatte zu viel über den Feind erfahren – war am Ende wie er geworden – und das hatte schließlich dazu geführt, dass er sie hatte umbringen müssen. Doch es gab keine andere Möglichkeit herauszufinden, warum sich die Vormag und Jukari in so großer Zahl zusammenrotteten.

Aidan holte tief Luft und griff nach dem Buch. Seine Haut prickelte, als er das Leder berührte. Vermutlich stammte es von einer Ziege oder einer Kuh, aber ... er traute ihnen zu, auch menschliche Haut zu verarbeiten.

Vorsichtig schlug er das Buch auf und sah Seiten mit unentzifferbaren kantigen Buchstaben sowie einigen rätselhaften Diagrammen. Er seufzte. Wie er erwartet hatte, war dieses Buch gegenwärtig nicht hilfreich, und so steckte er es sich unter sein Hemd.

»Nehmt die Amulette mit. Wir werden sie im ersten Teich oder See versenken, an dem wir vorbeikommen. Es hat keinen Sinn, sie hier zu lassen, wo jemand sie finden kann oder die Jukari sie wieder einsammeln.«

Cel Rau nickte. »Wir sollten uns jetzt auf den Weg machen.«

»Ja. Sobald Vasile ein wenig von Chalayans Gebräu getrunken hat. Und ich auch.« Er betrachtete cel Raus bandagierte Wade. »Du solltest ebenfalls etwas davon nehmen.«

Cel Rau lachte barsch. »Lieber trinke ich vergorene Pferdepisse.«

Aber Aidan sah, wie sein Blick rasch zum Feuer flog. Er hatte Schmerzen – wie sie alle. Der Einzige, der völlig unverletzt aus dem Kampf hervorgegangen war, war Chalayan, aber Aidan befürchtete, dass der Zauberer jetzt auf eine andere – schlimmere – Weise gezeichnet war.

Er beobachtete, wie Chalayan seinen Kräutertrank umrührte. Auch wenn sich Aidan mehr Sorgen um Mazoet und die übrigen Zauberer in Gazijas Nähe machte, durfte er doch

Chalayan nicht freien Lauf lassen. Aidan würde nicht gerade Vergnügen dabei empfinden, aber es wäre nicht das erste Mal, dass sie einen der ihren töteten. Chalayan war nicht der einzige Zauberer, der von den Kräften träumte, die vor der Zerschmetterung geherrscht hatten, und er würde auch nicht der letzte sein.

Aidan kniff die Augen zusammen und erlaubte sich ein knappes Lächeln. Chalayans neu entdeckte Kenntnisse stellten ein Problem dar, aber zunächst sollten sie benutzt werden, soweit der Zauberer die Kontrolle über sie hatte.

Er überließ es cel Rau, die magischen Gegenstände der Jukari einzusammeln, und ging auf Chalayan zu.

»Es wird nicht lange dauern«, sagte der Zauberer. »Es muss nur noch ein paar Minuten durchziehen.«

Aidan stand da und seufzte innerlich. Würde es Chalayan weiter den Pfad der Vernichtung entlangtreiben, wenn Aidan ihn bedrängte? Unglücklicherweise hatte er keine Ahnung, aber sie brauchten alle Hilfe, die sie bekommen konnten. Er hockte sich gegen den Wind vor das Feuer, weg vom Rauch.

»Chalayan«, sagte er in der Hoffnung, den Zauberer zu beruhigen, »was du heute Nacht getan hast, war ... verblüffend. Aber wie war das möglich?«

Chalayan warf ihm einen raschen Blick zu und rührte dann wieder seine Kräutermischung um. »Ich bin mir nicht sicher ... Ich habe experimentiert, und als der Vormag erschienen ist, bin ich fast verzweifelt ... und da habe ich ein paar Sachen versucht. Dabei hätte ich beinahe die Kontrolle verloren, und das wäre dann mein Ende gewesen.« Er stieß ein harsches Lachen aus. »Aber es ist mir gelungen, meine Quelle für einen Augenblick zu schließen, bevor alles schiefgehen konnte. Es wird Jahre dauern, bis ich alles herausgefunden habe, und Mazoet ... ich habe keine Ahnung, wie er den größten Teil seiner Zauberei durchführt. Vermutlich hat er Zugang zu einem ganzen Lebenswerk von Wissen und Ausbildung. Ich weiß nur, dass meine eigenen magischen Gegenstände für so etwas nutzlos sind.« Chalayan schüttelte den Kopf. »Es ist eine ganz andere Art, die Zauberei und die Quellen zu betrachten. Eigentlich ist das offensichtlich, wenn man darüber nachdenkt, aber wer denkt schon darüber nach?«

Aidan gefiel der Gedanke nicht, dass Mazoet – und vermutlich auch Luphildern Quiss und Gazija – Zauberer waren, die genau jene vernichtende Magie einsetzten, von der Chalayan glaubte, es dauerte ein ganzes Leben, sie zu meistern. Das deutete auf eine Organisation von Zauberern hin, die dieses Wissen seit der Zerschmetterung horteten und es seit Jahrhunderten vor allen neugierigen Blicken verbargen. Er musste sich vor ihnen in Acht nehmen, aber gegenwärtig galt seine Hauptsorge Chalayan.

»Es gefällt mir nicht, in welche Richtung das alles geht.« Es war das Beste, offen zu Chalayan zu sein.

»Du siehst es noch immer alles schwarz und weiß«, wandte Chalayan ein. »Genau wie Caitlyn.«

Bei der Erwähnung ihres Namens zog sich Aidans Brust zusammen.

»Wie viel Schaden kann ich anrichten, wenn du es mit dem vergleichst, wozu der Feind imstande ist?«, fuhr Chalayan fort.

Rechtfertigungen, dachte Aidan. Das war es, wovor er Angst hatte: dass Chalayan diesen Weg weiter beschreiten würde. Dennoch stimmte etwas an dem, was er gesagt hatte. Caitlyns Strenge hatte sie schließlich in den Wahnsinn geführt.

»Du schlägst vor, dich in dieser Art von Zauberei sachkundig zu machen«, sagte Aidan. »Damit sie eine weitere Waffe in unserem Arsenal wird.«

Chalayan nickte eifrig. »Wie viel Gutes könnten wir damit tun ... wenn uns diese Zauberei zu überleben hilft? Wozu wären wir fähig, wenn wir sie gegen das Böse einsetzen könnten?«

Nicht wir, sondern du. *Diese Macht wird allein dir gehören.* Doch Chalayan hatte nicht ganz unrecht. Ohne sie würden sie vermutlich alle sterben. Aber ... würde Chalayan durch seine wachsende Macht verführt werden? Und wie weit würde dies gehen?

»Ich mache dir ein Zugeständnis«, sagte Aidan. »Kannst du etwas erschaffen, das unsere Verfolger aufhält?«

»Vielleicht ... sehr wahrscheinlich. Was immer ich erschaffen kann, wird nicht lange Bestand haben, aber es könnte trotzdem reichen.«

»Gut. Ich kümmere mich um die Kräuter, und du fängst sofort an. Aber zuerst müssen wir wissen, was diese neue Art von Zauberei zur Folge hat. Erkläre es mir in Worten, die ich verstehen kann. Eines nicht allzu fernen Tages wird möglicherweise unser Leben davon abhängen.«

Chalayan kratzte sich am Ohr und dachte eine Weile nach. »Es ist so, wie Vasile vor einiger Zeit gesagt hat, als wir darüber gesprochen haben. Damals habe ich mir nichts dabei gedacht, aber die Idee hat mich seitdem nicht mehr losgelassen. Auf der Reise und auch nachts habe ich andauernd darüber nachgedacht. Magisch aufgeladene Gegenstände sind nur so gut wie die Materialien, aus denen sie bestehen, und so gut wie der Zauberer selbst ...«

»Ich weiß. Jeder weiß das ...«

»Lass mich ausreden. Das ist noch nicht alles. Die Geschicklichkeit und Gabe des Zauberers, der das Wirkstück herstellt, spielen ebenfalls eine Rolle, sodass zwei Gegenstände aus genau den gleichen Materialien verschiedene Kräfte haben können. Zerstörerische Magie geht gegen alles, was mir je beigebracht wurde – gegen alles, was jedem Zauberer beigebracht wird. Am einfachsten kann sie als eine Möglichkeit beschrieben werden, die Magie eines Gegenstands zu überbrücken und zu umgehen, aber der Gegenstand ist dabei noch immer von wesentlicher Bedeutung.«

Aidan hob die Hand. »Warte. Das ergibt doch keinen Sinn.«

Chalayan leckte sich über die Lippen, setzte noch einmal zum Sprechen an, hielt inne. »Wie kontrollierst du eine Kraft, die so stark ist, dass sie nicht durch einen üblichen magischen Gegenstand aus Metall fließen kann?«

»Keine Ahnung«, antwortete Aidan und sah ihn finster an.

»Die kurze Antwort besteht darin, dass du ihn nicht kontrollieren kannst – zumindest nicht auf die übliche Weise, nämlich durch den Gegenstand selbst. Du erschaffst ein Amulett, das wiederum die nötige Kraft hervorruft, die du zur Kontrolle der Macht brauchst. Verstehst du?«

Aidan nickte langsam. Ja, er verstand. »Wie die Schildmagie?«

»Ja. Nein. Nicht genau. Aber ähnlich. Die zerstörerische Magie fließt nicht durch Material, sondern durch Kanäle, die von der Magie geschaffen wurden. Auf diese Weise steht das Material den Kräften nicht im Weg, da sie nicht durch es hindurchfließen.«

»Ein hölzernes Wirkstück könnte also genauso viel zerstörerische Magie erschaffen wie das beste Metallstück, das die Zauberergilde herzustellen vermag?«

»Ja.«

»Mit anderen Worten: Jeder Zauberer kann diese Art von Magie einsetzen und dabei genauso mächtig werden wie die Magier, die die Zerschmetterung verursacht haben.«

»Nun ... mit der richtigen Ausbildung wäre es wohl möglich, aber sie müssten auch wissen, wie sie diese Wirkstücke herzustellen haben, allerdings ...« Chalayan sah ihn kurz an und wandte dann wieder den Blick ab. »Ich vermute ...«

»Wie hast du es geschafft, deine Amulette zu erschaffen und

deine Ideen auf die Probe zu stellen, wenn du keine Ahnung hattest, wie zerstörerische Magie funktioniert, bevor dich Vasile unbeabsichtigt auf die richtige Spur gesetzt hat?«

Chalayan zuckte die Achseln. »Es ist eine einfache Umkehr des Schildes, auch wenn ich bezweifle, dass die Runen vielen bekannt sind. Die Schilde sind dazu gemacht, Dinge fernzuhalten, während zerstörerische Zauberei die Dinge in sich behalten muss.«

Auch wenn das für ihn kaum einen Sinn ergab - war das denn nicht dasselbe? -, nickte Aidan. Er deutete auf Chalayans Tee. »Er sieht so aus, als wäre er fertig. Ich gieße etwas für Vasile und cel Rau ein, und auch für mich. Du solltest an diesen Amuletten arbeiten. Ich möchte, dass die Jukari ein paar böse Überraschungen erleben, wenn sie uns nachjagen.«

Chalayan nickte, doch er wirkte zweifelnd. »Ich werde tun, was in meiner Macht steht, aber ich kann nichts versprechen. Wie ich schon sagte, muss ich noch experimentieren, bis ich die Magie im Griff habe.«

»So viel Zeit haben wir nicht. Tu dein Bestes.« Aidan schaute nach Osten. Es würde nicht mehr lange dauern, bis es taghell war. Sie konnten von Glück reden, nur einen halben Tag verloren zu haben, aber sie alle waren sehr in Mitleidenschaft gezogen worden. Um Vasile machte er sich Sorgen. Wenn sie weiter so schnell reisten wie in den vergangenen Tagen, würde das seinem Arm gar nicht gut bekommen.

»Wir brechen in einer Stunde auf«, fuhr Aidan fort. »Du solltest dich also an die Arbeit machen.«

Chalayan fluchte und zog eine Grimasse, aber er beschwerte sich nicht. Was immer der Zauberer abliefern würde, wäre besser als nichts, und sie alle brauchten eine zusätzliche Ruhepause.

Aidan fand drei Becher in ihrem Gepäck und füllte sie zunächst zu gleichen Teilen, doch dann gab er Vasile noch ein wenig mehr. Er durchsuchte seine eigene Ausrüstung und fand schließlich eine mit Stoff umwickelte grüne Phiole, in der sich ein starkes Schmerzmittel befand – eine Mischung aus Mohnsamenöl und anderen Extrakten. Es hatte keinen Sinn, es aufzusparen. Wenn es je gebraucht wurde, dann jetzt.

Vorsichtig gab er Vasiles Becher fünf Tropfen davon, hielt kurz inne und fügte noch zwei weitere hinzu. Der Richter würde in den nächsten Tagen jede Hilfe brauchen, die er bekommen konnte, wenn er es lebend bis nach Flussrand schaffen sollte.

Luphildern Quiss folgte Gazija in geringer Entfernung vom Lager zum Meer. Der Erste Erlöser weigerte sich, seine Hilfe anzunehmen, obwohl ihm das Gehen offensichtlich Schmerzen bereitete. Oft hob er seine Stöcke nicht einmal, sondern schleifte sie über den Boden, als ob sogar ihr geringes Gewicht zu viel für ihn sei. Es schmerzte Quiss sehr, Gazija in einem solchen Zustand zu sehen, aber er verstand die Notwendigkeit, dass er den anderen den Weg zeigte.

Die einfachsten Wege sind oftmals jene, die zum Bösen führen, dachte Quiss. Sie alle wussten das, aber manche hatten es vergessen. Wie sie es nach dem, was ihnen zugestoßen war, vergessen konnten, würde er nie verstehen, aber das Trauma ihrer Existenz berührte jeden einzelnen von ihnen auf unterschiedliche Weise.

Langsam schritt er hinter Gazija her und blieb so dicht hinter ihm, dass er ihn auffangen konnte, falls Gazija stürzen sollte. Doch zu seiner großen Erleichterung geschah das nicht, und sie gelangten schließlich auf eine Felsklippe, von der aus die Bucht zu sehen war, in der ihr Schiff vor Anker lag.

Ein kalter Wind aus Süden zupfte an ihrer Kleidung und fuhr Quiss bis in die Knochen. Er hatte sich noch immer nicht an diesen Ort und die fremdartige Landschaft gewöhnt. Helle, orangefarbene Wolken verdeckten die untergehende Sonne und verliehen der Meeresoberfläche trotz des beißenden Windes einen warmen Schimmer. Dunkle Wolken sammelten sich im Süden.

»Gut«, sagte Gazija mit brechender Stimme. Der alte Mann räusperte sich, bevor er weitersprach. »Dieser Wind wird die Ankunft unserer Freunde beschleunigen.«

»Sie sind nicht unsere Freunde. Weit gefehlt. Sie sind Söldner.«

Gazija knurrte missbilligend. »Jeder, der das tut, was du willst, ist dein Freund.«

Quiss schwieg darauf. Dieser Ort hatte sie alle verändert, und Gazija bildete da keine Ausnahme. Auch wenn alle ihn als ihren Erlöser und Retter in Erinnerung behielten, war er während der Zeit, die sie hier verbracht hatten, härter geworden. Sie hatten fast alle Hoffnung verloren, und die Anspannung, die ihre Lage mit sich brachte, zeigte sich inzwischen deutlich.

»Wir werden es durchstehen«, sagte er schließlich. »Savine und die anderen werden am Ende Vernunft annehmen. Und wir werden überleben, so wie wir es immer getan haben.«

»Ich will nicht bloß, dass wir überleben«, fuhr Gazija ihn an. Er packte seine Gehstöcke und schaute hinaus auf das Meer.

Lange standen sie reglos im Wind, während dieser an Stärke zunahm. Aus Süden trieben die dunklen Wolken auf sie zu und bedeckten inzwischen den halben Himmel. Blitze erhellten sie von innen. Ein fernes Grollen drang an die Ohren der Männer.

Gazija drehte sich um und ging zurück in Richtung des Lagers. »Kommt, wir suchen Schutz. Ein Gewitter zieht auf.«

30

Als Amerdan durch die Tür in ihre Wohnung trat, unterbrach Glöckchen die Arbeit an ihren magischen Gegenständen und schaute auf zu ihm. Sie schob sich die Haare hinter das eine Ohr, dann wendete sie sich wieder ihrer Arbeit zu. Es war eine charmante Geste, und die Tatsache, dass er sie als eine solche erkannte, störte ihn.

Amerdan wusste, dass sie ihn in körperlicher Weise zur Entspannung benutzte, und er durfte nicht vergessen, dass er für sie nicht mehr als ein Werkzeug war. Vermutlich glaubte sie, ihm erfolgreich vorzugaukeln, er sei mehr als das, aber alle Zauberer waren gleich. Er ging auf sie zu und flüsterte ihr süße Zärtlichkeiten zu. Es hatte keinen Sinn, wenn sie ihn verdächtigte, sie durchschaut zu haben. Schließlich war sie nützlich, und diese Entwicklung konnte er dazu benutzen, seine Fortschritte zu beschleunigen. Inzwischen spürte er schon, wie auf der anderen Seite des Zimmers am Boden des ledernen Gepäcks, das er gekauft und mit Reservekleidung sowie einigen Ausrüstungsstücken gefüllt hatte, Dotty vor Verärgerung und Aufregung hin und her rutschte.

Glöckchen berührte kurz seine Hand. »Hast du die Sachen bekommen, um die ich dich gebeten habe?«

»Ja.« Er griff in den Korb und holte einen Hammer und einen Meißel heraus.

»Danke.« Glöckchen kehrte zum Tisch zurück und legte die beiden Gegenstände ab. »Hat dich jemand gesehen?«

»Nein. Ich habe auch ein wenig Brot und einen Kuchen gekauft, falls du hungrig sein solltest.« Er verspürte einen Stich der Belustigung, als er Glöckchen die Speisen gab, die er Elpidias Leichnam abgenommen hatte.

»Ich bin wirklich hungrig, aber ...« Widerstrebend schaute sie auf ihre Werkstücke und dann wieder auf ihn. »Ich kann es später beenden, nachdem wir gegessen haben. Ich fürchte, wir haben nur noch ein wenig Käse dazu.«

»Käse ist prima. Vielleicht könntest du nach dem Essen noch einmal versuchen, meine Quellen zu öffnen?«

»Natürlich. Allerdings will ich dir nicht noch mehr wehtun. Ich weiß nicht, wie du das aushältst.«

Amerdan stellte den Korb auf den Tisch und nahm den Laib heraus. Dann holte er sein Messer hervor und suchte es nach möglichen Überresten von Elpidias Blut ab. Als er sich vergewissert hatte, dass es sauber war, machte er sich daran, Scheiben von dem Laib abzuschneiden. Die Unordnung auf dem Tisch ärgerte ihn, aber er schluckte sein Missvergnügen herunter und versuchte so ruhig wie möglich zu bleiben.

Er überlegte, was er sagen sollte. »Wenn es bedeutet, dass ich dadurch zum Zauberer werde, dann ertrage ich es gern.«

»Ich bin mir sicher, dass ich bald eine der Blockierungen aufbrechen kann. Es wird nicht mehr lange dauern. Du wirst sehen, dass der Gott-Kaiser deine Einzigartigkeit sehr schätzen wird. Man wird dich für deine Loyalität reichlich entlohnen.«

Niemand wird mir eine Leine umlegen.

Seine Hand, die das Messer hielt, zuckte. Es kostete ihn große Mühe, ihr die Kehle nicht gleich hier und jetzt aufzuschlitzen. *Beruhige dich,* sagte er zu sich selbst. *Noch nicht. Sie wird noch gebraucht.*

Aber wann sollte er es denn tun? Er dachte über diese Frage nach, seit sie behauptet hatte, sie könne seine Quellen freilegen. War ihre Nützlichkeit erloschen, wenn es ihr bei einer der beiden Quellen gelang, oder sollte er es ihr erlauben, mit der anderen fortzufahren? Wenn sie nicht mehr da war, brauchte er jemand anderes. Oder? Oder war es möglich, dass er es selbst konnte, sobald er ein richtiger Zauberer war? Das war zweifelhaft - ohne die entsprechende Ausbildung würde er es wohl nie schaffen. Und das war etwas, das sie ihm ebenfalls anbieten konnte. Wissen und Erfahrung, freiwillig und ohne Vorbehalte gegeben.

Ihre Berührungen in seinem Kopf waren eine ähnliche Tortur wie die im Bett, doch beides musste er zunächst ertragen.

Amerdan schnitt Streifen von dem Käse ab und legte sie auf das Brot, und sie aßen gemeinsam. Er blendete den größten Teil ihres Geplappers aus, als sie über Indryalla und dessen Pracht redete, aber er musste sich eingestehen, dass es ihn fesselte, als sie über die Großartigkeit des Gott-Kaisers sprach, mit dem sie anscheinend verwandt war - wie wohl die meisten Zauberer.

»Entschuldigung, aber was hast du gerade gesagt? Wie kann ein Mann so viele Kinder und Kindeskinder haben?«

Glöckchen lachte, es war ein klingelndes, ärgerliches Geräusch. »Er ist ein Gott. Er ist alterslos und hat uns mit seinen Nachkommen gesegnet. Wir werden als seine Töchter bezeichnet, so wie die Männer seine Söhne genannt werden, aber ich bin wirklich eine seiner Urgroßenkelinnen.«

Bemerkenswert. »Wieso hat er ein derart langes Leben?«

»Weil er göttlich ist. Er kann sogar die Kranken und Siechen heilen. Wir verdanken ihm alles. Ohne den Gott-Kaiser wäre unsere Zauberei jener des Reichs nicht so weit überlegen. Er teilt sein Wissen freigiebig mit uns - und auch sein Erbarmen.«

In ihrer Stimme lag glühender Eifer, und so wählte Amerdan seine nächsten Worte sehr vorsichtig. Er wollte ihre neue Beziehung nicht gefährden.

»Ich kann es nicht erwarten, ihn … zu sehen«, brachte er mit einem falschen Ton des Stolzes hervor.

»Wegen seiner Freundlichkeit konnten wir in Anasoma einmarschieren. Das Reich ist böse. Du hast gesehen, wie es seine Bürger behandelt. Es will alles und jeden unter seiner Kontrolle haben und presst die Dukaten aus ihnen heraus. Stets werden neue Steuern erhoben, und Dukaten werden auf die Errichtung von Monumenten und Gebäuden verschwendet, die die eingebildete eigene Größe beschwören sollen. Das muss aufhören. Der Gott-Kaiser will, dass jedermann frei ist.«

Amerdan nickte, während er dachte, dass das eine Reich genauso schlecht wie das andere war, egal, wer gerade das Sagen hatte. Für ihn wirkte es nicht wie ein segensreicher Wechsel, wenn der Kaiser durch einen Gott-Kaiser ersetzt wurde. Es schien eher eine Veränderung zum Schlechten zu sein und zu noch mehr Kontrolle und Unterdrückung unter einem scheinbar unsterblichen Tyrannen zu führen.

»Nun«, sagte er, »dann sollten wir wirklich an meinen Blockierungen arbeiten. Je schneller sie aufgehoben werden, desto besser kann ich dir dienen … und dem Gott-Kaiser.«

Glöckchen stand auf, ergriff seine Hand und führte ihn zum Bett. »Es wird viele Jahre dauern, bis du zu einem Meisterzauberer geworden bist. Aber ich bin zuversichtlich, dass du es schaffen wirst. Und jetzt leg dich hin. Du wirst vermutlich ohnmächtig werden, wie es schon mehrfach passiert ist.«

Amerdan gehorchte und schaute hoch in ihr Gesicht. Sie war hübsch, aber das war es nicht, was er haben wollte. Er wollte ihre Gabe der Zauberei und ihre Quelle für sich haben.

»Schließ die Augen, Liebster. Ich wünschte, es würde nicht wehtun, aber …«

»Es ist in Ordnung«, versicherte er ihr. »Ich vertraue dir.«

Er schloss die Augen, presste seinen Geist zu einem festen Ball zusammen und bereitete sich auf das Anbranden der Schmerzen vor. Alles, was ihn zum Zauberer machte, war es wert, ertragen zu werden. Bald würde er der erste Zauberer mit mehreren Quellen sein - und mächtiger als alle anderen.

Vielleicht sogar mächtiger als der Gott-Kaiser selbst.

Als Amerdan wieder zu sich kam, lag er noch immer auf dem Bett. Glöckchen tupfte seine Oberlippe mit einem feuchten Tuch ab und sang leise etwas in sich hinein. Er spürte, wie er sich entspannte, als sie weiterhin das Blut abwischte, das ihm aus der Nase gelaufen war, und das Tuch immer wieder in einer Schüssel mit warmem Wasser ausspülte. Ihre Pflege war beruhigend, und das war ihm unbehaglich - aus Gründen, die er nicht kannte.

»Wie fühlst du dich?«, fragte sie sanft.

Sein Kopf kam ihm schwer und wund vor, und er drehte ihn in Glöckchens Richtung. Er zuckte zusammen, als diese Bewegung eine frische Welle des Schmerzes mit sich brachte.

»Es ist ... erträglich«, antwortete er.

Sie wrang das Stück Stoff erneut aus und fuhr ihm diesmal über die Stirn und den Rest seines Gesichts. »Du schwitzt stark. Du wirst baden müssen, sobald du aufstehen kannst.«

Amerdan verkniff sich ein Nicken.

Glöckchen faltete das Tuch zusammen und legte es auf das Bett neben ihm. Sanft nahm sie seinen Kopf in beide Hände.

»Ah ...«, keuchte er.

»Es tut mir leid. Es wird bald vergehen. Spürst du etwas?«

Er sah ihr in die Augen. »Hast du ...?«

Sie nickte und biss sich auf die Lippe.

Amerdan beachtete die pochenden Schmerzen nicht weiter, sondern schloss die Augen, streckte die Sinne zu seinem Geist aus und tastete nach ... wonach? Er war früher kaum in der Lage gewesen, seine Quellen zu spüren. Aber da war etwas ... Etwas fehlte dort, wo Glöckchen stundenlang herumgekratzt und hineingestochen hatte. Ein dünner Schleier. Dahinter befand sich eine brodelnde, chaotische Kraft, und er zog sich zurück.

»Hast du es gespürt?«, fragte Glöckchen eindringlich.

»Ja.«

»Es ist vollbracht. Die eine Quelle ist fast völlig freigelegt. Es wird noch einige Zeit dauern, bis du dich daran gewöhnt hast und ich dir zeigen kann, wie du Amulette und andere magische Gegenstände benutzen kannst. Später wirst du lernen, deine eigenen Wirkstücke herzustellen. Und sobald du dich erholt hast, werde ich an deiner anderen Quelle arbeiten, aber das wird schwieriger sein. Ihre Blockade ist stärker und glatter. Sie fühlt sich ... neuer, jünger an. Ergibt das einen Sinn für dich?«

»Nein. Aber ich vertraue auf deine Einschätzung.« Natürlich ergab es einen Sinn für ihn. Er grinste innerlich. Seine Genugtuung darüber, zu einem Zauberer geworden zu sein, wurde nur von seinem Hass auf die Zauberer übertroffen. Nun war er einer von ihnen. Was bedeutete das? Er konnte sich nicht selbst hassen. Nein, es musste einen Grund dafür geben, dass dies ausgerechnet ihm widerfahren war.

Amerdan betrachtete den Griff seines Messers, das in dem Futteral an seinem Gürtel hing, und sah dann Glöckchen an.

Noch nicht. Sie musste noch mehr tun. Und bis er sich sicher sein konnte, dass Caldan ihre Arbeit übernehmen würde, musste sie weiterleben.

»Joachim und seine Lügen«, fluchte Caldan leise.

Elpidia war tot, und die Logik hatte ihn und Joachim zu der Überzeugung geführt, dass Amerdan ihr Mörder sein musste. Ein weiterer Lügner. Und auch Glöckchen hatte ihn angelogen.

Caldan lief vor Miranda auf und ab. Ihre Gesichtsfarbe war etwas kräftiger geworden, aber er bezweifelte, dass das, was Joachim ihm über ihre Genesung gesagt hatte, die ganze Wahrheit war.

Lügen und noch mehr Lügen, eine auf die andere getürmt.

Jedem ging es nur um die eigenen Vorteile, und niemand dachte an die Konsequenzen, außer für sich selbst. Und er hatte sich dieser Haltung genauso schuldig gemacht. Denn indem er beschlossen hatte, Glöckchen nicht sofort an die Protektoren auszuhändigen und den Versuch zu wagen, mit ihrer Hilfe Miranda zu heilen, hatte er ihr das Entkommen ermöglicht. Und wenn er recht hatte, plante sie zuzuschlagen, sobald der Kaiser eingetroffen war. Caldan wusste nicht, ob sich ihr Angriff auf seine Streitkräfte oder unmittelbar auf sein Leben richten würde, aber es konnte keinen anderen Grund geben, warum sie in Flussrand geblieben war.

Und nun war Elpidia gestorben - wegen der Entscheidungen, die er getroffen hatte. Miranda war noch immer weit davon entfernt, geheilt zu sein, auch wenn der Verfall aufgehalten worden war, und er selbst war nun an Joachim gefesselt, dessen Motive er nicht kannte und der für Caldan die einzige Hoffnung auf Mirandas Heilung darstellte. Caldan vermutete, dass Joachim bloß das Knochen-Kleinod haben und ihn selbst an den Kaiser ausliefern wollte, der ihn ausbeuten und ausbluten würde, bis er nicht mehr hilfreich war.

Da der Kaiser und seine Armee auf dem Vormarsch waren, blieb Caldan nicht mehr viel Zeit. Sobald sie mitsamt den Zauberern eintrafen, konnte Caldan nichts mehr tun. Doch er sah keinen Ausweg. Nun, da die Meistermagier ihn aufgespürt hatten, würden sie nie mehr von ihm ablassen und ihn jagen, bis er tot war. Oder bis sie glaubten, er sei tot.

Caldan wälzte diese Gedanken immer wieder in seinem Kopf herum, und ihm gefielen die Schlüsse nicht, die er aus ihnen zog. Es war so gut wie unmöglich, Joachim zu hintergehen. Und dann war da noch das Kleinod, das ihn auf Caldans Spur gebracht hatte. Er würde nie mehr in der Lage sein, es zu tragen. Schnell verdrängte er diesen Gedanken. Vielleicht würde irgendwann ein Plan in ihm an die Oberfläche steigen, aber im Augenblick war es zu gefährlich.

Also musste er die Sache selbst in die Hand nehmen. Joachim hatte ihm versichert, dass die Protektoren kaum etwas über zerstörerische Magie wussten, aber irgendetwas musste ihnen darüber bekannt sein, denn ansonsten könnten sie sich ihr niemals entgegenstellen. Caldan vermutete, dass Joachim ihr Wissen heruntergespielt hatte, weil der Magier ihn auf diese Weise noch enger an sich binden konnte. Welche bessere Möglichkeit gab es, Caldan bei der Stange zu halten, als ihm die Überzeugung einzugeben, dass Joachim Mirandas einzige Hoffnung war?

Er musste herausfinden, wie viel die Protektoren über zwingende Magie wussten. Die Bücher, die Annelie erwähnt hatte, waren vermutlich der beste Anfang – Wissen um die zwingende Magie, das sie nicht verstanden und daher einfach weggesperrt hatten. Wenn möglich, musste er einen Weg finden, sich selbst beizubringen, wie er gegen diese Art von Magie vorgehen und Miranda heilen konnte. Wenn er erfolgreich war, würde ihn nichts mehr an Joachim binden. Doch irgendwie hatte er das Gefühl, dass der Meistermagier ihn nicht so leicht gehen lassen würde.

Aber alles der Reihe nach. Die Bücher über Zauberei befanden sich bestimmt in der Bibliothek der Meister, und die Werke über die zwingende Magie waren sicherlich nicht frei zugänglich. Der Gedanke gefiel ihm gar nicht – er widersprach allem, was man ihm beigebracht hatte –, aber Caldan war verzweifelt.

Heute Nacht, wenn alle schliefen, würde es so weit sein. Den Rest des Tages wollte er bei der Arbeit an seinem neuen Automaten verbringen, und dann war es an der Zeit, sich umzusehen. Es war riskant, aber er glaubte, es war das Risiko wert.

Caldan begegnete niemandem in den Korridoren – was angesichts der Nachtzeit nicht ungewöhnlich war. Das Zirpen von Grillen drang durch ein Fenster rechts von ihm, das sich im zweiten Stock auf den Garten öffnete, und die Luft fühlte sich unter dem heranziehenden Unwetter feucht an.

Eine hölzerne Diele knirschte, und er unterdrückte einen Fluch und bewegte sich ein wenig zur Seite, wo eine lange Reihe von Nagelköpfen die Lage des Stützbalkens darunter anzeigte. Wenn er diese Reihe entlangging, würde der Boden keinen Laut mehr von sich geben.

Er trug ein eng anliegendes schwarzes Hemd und eine schwarze Hose, die er am Abend vorher gekauft hatte. In seiner Kleidung verschmolz er mit den Schatten – er würde schließlich sonst große Schwierigkeiten bekommen, sein Hiersein zu erklären, wenn er jemandem begegnen sollte. Kurz blieb er neben dem Gemälde stehen, das einen früheren Meister darstellte. Der ernste Mann schaute missbilligend auf ihn herunter. Caldan zuckte die Achseln. Manche Dinge musste man einfach tun, welche Konsequenzen sie auch immer haben mochten.

Er bewegte sich weiter die dunklen Flure entlang und verspürte eine leise Erregung. Schließlich holte er einen Papierlöwen aus seiner Hosentasche, berührte seine Quelle und verband sie mit dem Geschöpf. Runen bedeckten seine Oberfläche, und die Klauen mit den einzelnen Krallen würden ihm Halt an rauen Oberflächen verleihen, denn Caldan benötigte es als Späher. Ein solch geringer Einsatz von Magie innerhalb des Protektorengebäudes sollte unbemerkt bleiben oder zumindest unbedeutend erscheinen. Die Symbole auf der Oberfläche blitzten in der Dunkelheit auf und verdämmerten zu einem gedämpften Schimmern – die Verbindung stand. Dieses Wirkstück war nicht völlig unauffällig, aber etwas Besseres hatte er in der kurzen Zeit nicht herstellen können.

Er schlich weiter, bis er an eine versperrte Tür kam, der gegenüber ein weiteres Bild hing, das einen Meister aus der Vergangenheit zeigte. Caldan stellte seinen Papierlöwen auf den Rahmen des Gemäldes und richtete den Kopf auf die Tür aus. Nun, da der Löwe angebracht war, würde Caldan gewarnt werden, wenn jemand hier vorbeikam oder sich der Tür näherte.

Dann durchquerte er den Flur so leise wie möglich. Die Tür wirkte völlig durchschnittlich. Er spürte nichts Besonderes an ihr, keine Vibration, keine Macht, die aus dem Holz strömte. Das Schloss musste sehr fein gearbeitet sein, vermutlich von einem der Meister. Erst rieb er sich die Hände in der hier herrschenden Kälte, damit sie ein wenig wärmer wurden, dann legte er die rechte auf das Holz. Reglos stand er einige Augenblicke lang da, streckte seine Sinne aus und suchte nach Anzeichen für aktivierte Magie. Noch immer nichts.

Er nahm einen Kreidestift aus der Tasche, bückte sich und zeichnete rasch etwas auf das Schloss: gewundene Runen und jenes Verbindungszeichen, mit dessen Hilfe er und Miranda in die Zauberergilde eingedrungen waren.

Sobald er seine Quelle ausgerichtet hatte, war es das Werk eines Augenblicks, bis das Schloss mit einem Klacken aufsprang. Es fiel ihm immer leichter. Er richtete sich auf, betrat flink den Raum und schloss die Tür hinter sich.

Obwohl sich seine Augen an das schwache Licht draußen im Flur gewöhnt hatten, konnte er hier drinnen doch kaum die Hand vor den Augen sehen. Reglos stand er da. Das einzige Geräusch, das an seine Ohren drang, war sein eigenes Atmen. Ein Licht, dünn wie ein Nadelstich, zeigte sich ein wenig links vor ihm. Es war das Mondlicht, das durch einen Spalt in den

Fensterläden drang. Er wagte es nicht, sie zu öffnen, da ihn jemand sehen könnte oder die Angeln möglicherweise quietschten und Aufmerksamkeit erregten, aber er wusste, dass das auch gar nicht notwendig war. Schon schien es im Raum heller geworden zu sein. Seine Augen gewöhnten sich rasch an das mangelnde Licht, so wie sie es in den Tunneln unter Anasoma getan hatten. Aber es wäre ihm nicht möglich, in diesem Licht zu lesen.

Hier sollte doch ... ah, da. Er fand eine kleine Glaskugel auf einem Tisch neben der Tür und nahm sie in die Hand. Vorsichtig rollte er die glatte Oberfläche hin und her, öffnete seine Quelle und verband den Anker mit der Zauberkugel. Sie glitzerte auf, schwach zuerst, doch dann immer stärker. Er begrenzte den Fluss aus seiner Quelle und dämpfte den Glanz.

Schweiß tropfte von seiner Stirn. Er hatte nie vorgehabt, sich in das Hauptquartier der Protektoren einzuschleichen, in die Meister-Bibliothek einzubrechen und Bücher zu stehlen.

Nun bemerkte er verschwommene Umrisse vor sich: Tische und Stühle. Der Raum sah genauso aus wie die Lehrlingsbibliothek, aber die Tische waren von besserer Qualität und aufgeräumter. Hölzerne Stifte mit Metallfedern lagen neben den Tintenfässchen, und auf einem Tisch in der Ecke lag ein Stapel einfachen Papiers, von dem sich vermutlich jedermann für seine Notizen bedienen konnte.

Nichts hier war außergewöhnlich, aber er hatte auch nicht gewusst, was er eigentlich erwartete. Caldan hielt die Zauberkugel hoch, lockerte seinen inneren Griff und ließ es zu, dass mehr Licht den Innenraum erhellte. Es gab nur eine einzige weitere Tür, in der gegenüberliegenden Wand, und sie hatte weder eine Klinke noch ein Schloss. Er grinste ins Halbdunkel hinein. Der Lehrling, den er nach der Meister-Bibliothek gefragt hatte, hatte ihm berichtet, es gebe Gerüchte über eine innere Bibliothek, die kein sichtbares Schloss besitze und nur von den Meistern geöffnet werden könne. Anscheinend beruhten diese Gerüchte auf einer Tatsache.

Hinter dieser Tür sollten sich die Texte befinden, von denen die Meister der Meinung waren, dass sie nicht nur durch ein natürliches, sondern sogar durch ein magisches Schloss gesichert werden mussten. Er atmete tief ein und bemerkte den Duft nach Zitronen, wenn auch nur sehr schwach.

Caldan schloss die Augen und öffnete seine Sinne für die Muster auf der Tür. Die fließende Maserung des Holzes verwarf er genauso wie den Leim um die hölzernen Stifte herum, mit denen die Bretter zusammengehalten wurden. Die Metallangeln spürte er, ohne sie betrachten zu müssen. Es blieb also nur ein magisches Schließsystem auf der anderen Seite der Tür – ein Metallschloss, das ohne das entsprechende Wissen kaum zu öffnen war.

Er bediente sich aus seiner Quelle und versuchte es mit einigen Techniken zum Öffnen von Schlössern, die er sich selbst beigebracht hatte. Keine zeigte Wirkung. Für ein paar Augenblicke hielt er inne und sammelte sich. Es war ein Nachteil, die benutzte Magie nicht sehen zu können. Aber das Schloss war für die Meister entworfen worden, und sie mussten dafür sorgen, dass ein geringerer Zauberer, etwa ein Geselle, es nicht zu überwinden vermochte. Caldan wusste, dass eine der Eigenschaften, welche die Meister von allen anderen unterschied, die Fähigkeit war, zahlreiche Stränge aus ihrer Quelle abzuspalten.

Caldan richtete seine Sinne wieder auf das Schloss. Da waren drei, nein ... vier, nein, fünf Sektionen des Schlosses, die sich *anders* anfühlten. Sie waren wie leere Stellen, die gefüllt werden mussten. Waren das vielleicht die Verbindungsrunen? Sie fühlten sich genauso an.

Fünf Stränge aus seiner eigenen Quelle – das war möglich, aber ... es würde ihn überaus beanspruchen.

Caldan spaltete seine Quelle zunächst in drei Stränge auf und hielt sie in seinem Geist fest. Dann teilte er davon einen weiteren Strang ab, nun hatte er vier. Sein Kopf schmerzte bereits unter der Anstrengung, und die Stränge wanden sich in seinem geistigen Griff, als ob sie sich ihm entziehen wollten. Er holte tief Luft und wischte sich nervös über die schweißfeuchte Stirn. Dann konzentrierte er sich und versuchte einen weiteren Strang abzutrennen. Schmerz brandete in seinem Geist auf, als der Strang zurückzuckte, und Caldan fuhr zusammen.

Erneut richtete er seinen ganzen Willen auf das Vorhaben, zog den fünften wieder hervor, und während er sich in Caldans geistigem Griff wand, verband er alle mit den Runen des Schlosses. Es gab ein klackendes Geräusch von sich, und Caldan stieß einen Seufzer der Erleichterung aus. Sein ganzer Körper zitterte, und Schweiß prickelte auf seiner Haut. Gerade fühlte sich sein ganzer Geist völlig ausgetrocknet an, aber er lächelte zufrieden.

Caldan drückte die Tür auf, und staubige Luft überspülte ihn. Er befand sich in einem Raum, der etwa zwanzig Ellen im Quadrat maß und dessen Wände mit Regalen voller Bücher und Schriftrollen bedeckt waren.

Ein Zittern von seinem Späherlöwen erreichte ihn, offenbar hatte irgendetwas das magische Wirkstück gestört. Caldan erstarrte. Das Einzige, was er hören konnte, war sein eigenes Atmen. Die Stille summte in seinen Ohren. Er spürte, wie sich der Löwe bewegte und zu Boden flatterte. Der Löwe war von dem Bild heruntergefallen, als ob ihn jemand vom Rahmen gewischt hätte. Caldan schluckte, wagte nicht zu atmen. Geduckt stand er neben der offenen Tür und wartete.

Die Verbindung zu dem Löwen bestand noch, und nichts Weiteres geschah mit ihm; nun lag er mit dem Rücken nach unten auf dem Boden. Caldan spürte niemanden in der Nähe des papiernen Tiers, außerdem ging niemand vorbei. Er wartete eine Minute. Nichts. Es musste ein Windstoß von irgendwoher gewesen sein, der den Löwen vom Rahmen gefegt hatte.

Schließlich richtete er seine Aufmerksamkeit wieder auf die geheime Bibliothek der Meister.

Caldan suchte in den Regalen nach verheißungsvollen Titeln, denn er wollte so wenig Zeit wie möglich hier verbringen. Die Bücher waren geordnet und in Abteilungen verschiedener magischer Disziplinen unterteilt. Er betrachtete einen Buchrücken nach dem anderen und schüttelte den Kopf über die Versuche der meisten Autoren, ihre Werke wichtig klingen zu lassen.

»Bei den Ahnen«, fluchte er kurze Zeit später. Er fand keine Bücher über zwingende oder zerstörerische Magie. Der einzige Ort, an dem er noch nicht nachgesehen hatte, war eine kleine Truhe, die in einer Ecke unter einem Tisch stand. Sie hatte ein solides Eisenschloss und – soweit er es sagen konnte – keinen magischen Verschluss. Also nahm er seine Kreide, schrieb einige Runen auf das Schloss und öffnete es.

In der Truhe befanden sich etliche in Leder gebundene Bücher, von denen manche relativ neu, andere wiederum alt und brüchig waren. Er nahm eines heraus, schlug es auf und blätterte es durch. *Ah, das ist es, wonach ich gesucht habe* – zumindest was das Thema anging. Die dargestellten Prinzipien waren sehr rudimentär. Da er nur ein einziges stehlen konnte, musste er dafür sorgen, dass es ihm so viele Informationen wie möglich verschaffte. Also legte er das Buch zurück und betrachtete die übrigen Titel. *Wenigstens bin ich auf der richtigen Spur.*

Schließlich fand er einen Band, der eine komplexere zwingende Magie beschrieb. Er enthielt sogar ein Kapitel über etwas, das als Rückstoß beschrieben wurde. Caldan erinnerte sich, dass Glöckchen diesen Begriff einmal während ihrer Gespräche über Miranda benutzt hatte.

Natürlich würde er das Buch bald zurückbringen müssen, aber vielleicht gab es einen Weg ...

Er gelangte zu einer Entscheidung und nahm das oberflächlichere Buch ebenfalls mit. Dann wischte er die Kreide vom Schloss, entfernte alle Spuren seines Diebstahls und schob die Truhe wieder unter den Tisch. Mit beiden Bänden unter dem Arm verließ er die geheime Bibliothek und versperrte die Tür hinter sich. Als er dafür nun zum zweiten Mal seine Quelle in fünf Stränge aufspaltete, fiel es ihm ein wenig leichter.

Er öffnete die Tür der allgemeinen Bibliothek einen Spaltweit und spähte in den Korridor. Dort hörte er die Grillen und das Sausen des Windes im heraufziehenden Sturm, aber nichts anderes.

Sein Papierlöwe lag auf dem Boden vor der gegenüberliegenden Wand. Das Gebilde zuckte und drehte sich ein wenig in einem Windstoß. Natürlich. Wie Caldan vermutet hatte, war es durch den Wind vom Bilderrahmen gefegt worden; es bestand schließlich nur aus Papier.

Er schlüpfte durch die Tür, steckte den Löwen in die Hosentasche und machte sich auf den Weg zu seinem Zimmer. Die Bücher konnten bis morgen warten. Das Umherschleichen und Auftrennen seiner Quelle in verschiedene Stränge hatte ihn erschöpft. Aber er war auch aufgeregt – nicht nur weil er nun vielleicht in der Lage war, Miranda zu helfen, sondern weil er eine Idee hatte, wie er sich das Studium der Texte erleichtern konnte.

Es drängte ihn, damit anzufangen.

Caldan erwachte, als der Raum im Morgenlicht immer heller wurde. Er bestand darauf, im selben Zimmer wie Miranda zu schlafen, so unschicklich das auch sein mochte. Da Elpidia nicht mehr lebte, war er der einzige Mensch, den Miranda noch hatte, und er wollte dafür sorgen, dass er stets zur Stelle war, falls sie etwas brauchen sollte. Während der Nacht hatte er die Fenster weit offen gelassen und sein Bett so gedreht, dass das Morgenlicht ihm ins Gesicht schien. Sein erster Gedanke galt Miranda, und er sah nach ihr. Keine Veränderung. Sie schlief, und das war eine Gnade. Wenn sie wach war und vor sich hin starrte, konnte er es kaum ertragen, sie anzusehen.

Caldan küsste ihre Stirn. Sie regte sich, wachte aber nicht auf.

Er ließ sie ruhen, setzte sich auf sein Bett und untersuchte die Bücher, die er in der letzten Nacht entwendet hatte. *Geborgt,* beruhigte er sich.

Sie wirkten vielversprechend, soweit er das mit seinem beschränkten Wissen sagen konnte. Das eine deckte die Grundlagen der zwingenden Magie ab und enthielt auch Runen und Muster zur Erschaffung einfacher magischer Gegenstände. Das andere befasste sich mit komplexerer zwingender Magie, angefangen vom Auslöschen von Erinnerungen bis zu der Möglichkeit, jemanden Dinge tun zu lassen, die er gar nicht tun wollte. Das war ... schreckliche Zauberei. Kein Wunder, dass die Protektoren das Wissen darum geheim hielten.

Er schloss die Bücher und steckte sie in seine Ledertasche, die er wiederum mit seinen Hemden bedeckte, damit niemand auf den Gedanken kam, den Inhalt der Tasche untersuchen zu wollen. Das Entleihen der beiden Bücher aus der Bibliothek der Meister hatte ihm Schuldgefühle und einen gewissen Verfolgungswahn verursacht, auch wenn er bezweifelte, dass sie bereits vermisst wurden. Dennoch wollte er sie so schnell wie möglich durcharbeiten.

Und dafür hatte er eine Idee.

Er verließ das Hauptquartier der Protektoren heimlich und machte sich auf den Weg zur Gilde der Schreiber und Buchhersteller. Ihm gingen allmählich die Dukaten aus, und er hatte keine Ahnung, wie er zu Geld kommen konnte. Der

Erwerb von Vorräten auf der hastigen Reise und von Materialien für seine Magie hier in Flussrand hatte seine Finanzen fast erschöpft, und angesichts der noch bevorstehenden Ausgaben konnte er von Glück reden, überhaupt noch ein paar Golddukaten zu besitzen.

In der Gilde der Schreiber und Buchhersteller fragte er nach deren Preisen und zog eine Grimasse, als er sie erfuhr. Nachdem er in ein Seitenzimmer geleitet worden war, traf er dort auf einen Blindkopierer - einen jungen Mann, der zwar sehen, aber nicht lesen konnte. Das war eine günstige Sache, denn so konnte er ein Buch kopieren, ohne zu erfahren, was darin stand. Caldan blieb nichts anderes übrig, als die Münzen und die beiden Bücher, die er sich ausgeliehen hatte, zu übergeben. Ein Blindkopierer war teuer, und Caldan wollte derart seltene und gefährliche Bücher nicht gern einem völlig Fremden überlassen, aber die Gilde stand in dem Ruf, Geheimnisse für sich behalten zu können, und das war entscheidend. Nachdem er erfahren hatte, dass ein weiterer Blindkopierer für das zweite Buch hinzugezogen werden konnte, damit dieses gleichzeitig abgeschrieben wurde, händigte Caldan dem Kopierer all seine Dukaten mit Ausnahme einiger Silbermünzen aus.

Caldan seufzte vor Erleichterung. Seine Kopien würden in ein paar Tagen fertig sein, da beide Bände relativ dünn waren. Wenn alles nach Plan verlief, konnte er die Bände bald zurückbringen, ohne dass die Meister etwas von seiner Ausleihe bemerkt hatten. Das würde dazu führen, dass er immer dann die zwingende Magie studieren konnte, wenn er es wollte, und hoffentlich fand er auf diese Weise einen Weg, Miranda zu heilen ... und vielleicht auch die Fesseln abzustreifen, die Joachim ihm angelegt hatte.

31

Felice wachte durch Izaks Schnarchen auf und bemerkte einen fauligen Geschmack in ihrem Mund. Sie rollte sich herum. Die Bewegung verursachte einen Hustenanfall bei ihr, und sie stieß einen Schleimpfropfen aus. Auf der anderen Seite des Zimmers schlief Izak weiter, und aufgrund der leeren Flasche neben seinem Bett vermutete sie, dass er erst spät am Tage aufwachen würde.

Nun erinnerte sie sich. Ihre Hand schmerzte. Ihre Knöchel waren wund und rissig, weil sie damit gegen die Wand geschlagen hatte. Nachdem Izak und Rebecci sie beruhigt hatten, hatten sie ihr Alkohol zu trinken gegeben, damit die Schmerzen betäubt wurden – sowohl die der Hand als auch die des Geistes.

Sie warf das dünne Laken zurück, bückte sich, nahm ihre eigene Flasche in die Hand, spuckte den Speichel hinein und stellte sie wieder auf den Boden. Felice war am vergangenen Abend verzweifelt gewesen. Anasoma war abgeriegelt, und sie konnte keine Botschaft an den Kaiser oder an jemanden in seiner Nähe schicken. Aber welche Informationen besaß sie überhaupt? Mehr als ein Gefühl? Es war nicht einmal ihr eigenes Gefühl, sondern das von Rebecci.

Sie schüttelte den Kopf und zuckte zusammen. Was immer die Indryallaner dem Kaiser entgegenbringen mochten, er würde es überleben, aber sie machte sich Sorgen um die Personen in seiner unmittelbaren Umgebung. Die Indryallaner würden nicht all dies auf sich nehmen, wenn sie sich ihres Sieges nicht sicher wären. Und ihr Schlag gegen das Reich würde den Tod von Hunderten, wenn nicht gar von Tausenden Menschen zur Folge haben.

Neben ihrem Bett lag ein säuberlich aufgeschichteter Stapel Kleidung, und daneben stand ein Stiefelpaar - ein Geschenk von Rebecci und ihrer Gesellschaft. Felice musste auch herausfinden, was diese Bank vorhatte, aber das konnte vorerst warten. Wenn es ihr unmöglich war, den Kaiser zu warnen, bestand vielleicht wenigstens die Gelegenheit, Kelhaks Pläne durcheinanderzubringen. Aber dazu benötigte sie die Unterstützung der Kaufleute der Fünf Ozeane.

Ihre bisherigen Versuche, den Indryallanern zu schaden, schienen ihr inzwischen völlig unbedeutend zu sein. Was waren schon ein paar kleinere Störungen im großen Ganzen? Es hatte ihre Pläne vermutlich kaum beeinflusst. Sie musste größer denken. Viel größer. Ihr Plan, das Schiff des Gott-Kaisers mit einer Blide zu zerstören, war ein Schritt in die richtige Richtung gewesen, doch er war fehlgeschlagen. Kelhaks Zauberei hatte für das Überleben seiner selbst und seines Schiffes gesorgt, und darin bestand das größte Hindernis. Sie musste etwas finden, gegen das die mächtige Magie des Feindes nicht ankam oder das wenigstens zu spät bemerkt werden würde.

Felice sah Izak an, der leise schnarchte, entledigte sich ihrer schmutzigen Kleidung und zog die Bluse und den Rock an, die Rebecci ihr zur Verfügung gestellt hatte. Sie hätte eine Hose bevorzugt, aber der Rock musste genügen. Als Nächstes schlüpfte sie in die Stiefel und schnürte sie, dann ließ sie Izak allein in dem Zimmer zurück. Gerade musste sie nachdenken, musste einen Plan schmieden.

Und ein Frühstück zu sich nehmen.

Stunden später saß Felice noch immer in dem Speisehaus, in dem sie ein Frühstück aus Honigeiern, Würsten und gebratenem Brot verschlungen hatte. Vor ihr stand eine halbvolle Teekanne - ihre zweite - und sie schaute durch ein offenes Fenster auf die belebte Straße. Hier befand sie sich im Dockland, nahe der Hauptstraße, aber nicht so nahe, dass sie befürchten musste, von indryallanischen Soldaten gesehen zu werden. Diese hielten sich vornehmlich in den größeren Straßen auf; entweder wagten sie es nicht, in den kleineren und den Gassen zu patrouillieren, oder sie hielten es für unwichtig. Felice war gegenwärtig zwar vor ihnen in Sicherheit, aber sie wusste, dass sie vor Savine nirgendwo sicher war.

Sie fuhr sich mit den Fingern durch die Haare und rieb über die Pockennarben an ihren Wangen - eine alte Angewohnheit, die sie hatte abstellen wollen, bis ihr klar geworden war, dass sie eine Erinnerung an ihre Anfänge und daran war, wie weit sie inzwischen durch Mut und harte Arbeit gekommen war.

Ganz kurz wanderten ihre Gedanken zu dem Tag zurück, an dem ihr Meister versucht hatte, vor den Meistermagiern die Anerkennung für eine Arbeit zu bekommen, die Felice geleistet hatte. Sie hatte sich dagegen lautstark gewehrt. Zu ihrem Entsetzen wurde der Magier am Ende des Tages in den Kerker geworfen - nicht wegen ihres Einwandes, sondern weil dies dazu geführt hatte, dass im Verlaufe von Nachforschungen einige Verbrechen ans Tageslicht gekommen waren, die ihr Meister begangen hatte. All das nur, weil sie aus Wut einige Worte gesagt hatte! An jenem Tag hatte sie erkannt, dass Worte und Informationen Macht waren, und sie hatte sich fortan nach dieser Erkenntnis gerichtet. Und das Ergebnis war ... dass sie nun mit voller Blase vom Tee in Anasoma saß, das vom Rest des Reiches abgetrennt war, und sich fragte, was sie tun konnte, um das zu verhindern, was ihrer Meinung nach das Reich lähmen konnte.

Kelhak war der Schlüssel, dessen war sie sich sicher. Aber wie sollte sie an ihn herankommen?

Felice beobachtete die Einwohner von Anasoma, die an ihrem Fenster vorbeigingen. Sie waren ganz mit ihrem eigenen Leben beschäftigt und kümmerten sich nicht weiter darum, dass ihre Stadt von Invasoren eingenommen worden war. Für sie hatte sich nicht viel verändert. Alles war wieder normal.

Normal ... Was die Indryallaner und Kelhak über jede Normalität heraushob, war ihre Zauberei: die Flammen auf den Stadtmauern und der Schild, den Kelhak erschaffen hatte und der stark genug gewesen war, ein ganzes Schiff vor dem Schuss der Blide und ihrer alchemistischen Überraschung zu schützen.

Aber jeder Zauberer war nur so stark wie seine magischen Gegenstände und Kleinodien. Gab es eine Möglichkeit, sie zu zerstören? Nein, das war undenkbar. Doch dann erinnerte sie sich an etwas - an einen Gedanken, den sie in ihrer Trauer und Panik gehabt hatte, als sie Kelhak zum ersten Mal begegnet war. Sie hatte das Fresko betrachtet, an Savine gedacht und ...

Felice erinnerte sich, wie gern sie ihn im gereinigten Gebiet in die Hände bekommen hätte!

Wenn sie Kelhak irgendwie auf jenes Gelände in Parkseit locken könnte, in dem es keine Zauberei gab und wo seine Quelle nutzlos war, dann wäre sie vielleicht wirklich in der Lage, dem Reich zu helfen.

Aber ... sie besaß keine Möglichkeit, ihn dorthin zu locken. Wenigstens hatte sie jetzt Izak und vielleicht auch Rebecci zur Unterstützung. Aber Rebecci war ihr ein Rätsel. Sie wusste Dinge ... allerdings enthüllte sie nur wenig. Ein solches Verhalten hatte Felice einerseits bei Personen bemerkt, die viel zu verbergen hatten, und andererseits bei solchen, die Angst hatten. Doch das Verhalten der Zauberin, als Felice und Avigdor sie um Hilfe angesprochen hatten, war nicht gerade von Angst geprägt gewesen.

Ihre Brust schnürte sich zusammen, als sie an Avigdor dachte, wie er reglos auf dem kalten Boden des Kerkers lag und sich eine Blutlache um seine Beine herum ausbreitete. Felice wischte sich die Augen und holte tief Luft.

Kelhak war der Grund für die gegenwärtige verworrene Lage, aber der andere Zauberer, Savine, war derjenige, der Avigdor ermordet hatte. Sie musste ihre Theorie auf die Probe stellen, und wenn das bedeutete, dass Savine für sein Verbrechen bezahlen musste, war das umso besser.

Felice schüttelte den Kopf. Als sie noch jünger gewesen war und sich am Hof des Kaisers mit Politik abgegeben hatte, war sie der festen Überzeugung gewesen, dass sie niemals Gewalt als Mittel zum Zweck benutzen würde. Aber ... damals war sie jung und naiv gewesen, und es hatte nicht lange gedauert, bis sie bei einer Fraktion am kaiserlichen Hof in Ungnade gefallen war und mit Hilfe von scharfen Messern entfernt werden sollte. Sie hatte überlebt, wenn auch nur knapp, und daraufhin einen anderen Eid geleistet: Sie würde alle notwendigen Mittel einsetzen, um ihr eigenes Leben und das all jener zu schützen, die ihr treu ergeben waren.

Savine hatte Avigdor getötet. Also musste er sterben. Es war ihr gleichgültig, in welcher Beziehung der Zauberer zu Kelhak stand - seine Motive waren wie Staub im Wind. Es war ihm gelungen, sie nach dem Blidenangriff aufzuspüren, während sie geglaubt hatte, in Sicherheit zu sein. Das konnte ihr jetzt zum Vorteil gereichen.

Sie musste nur dafür sorgen, dass er in das gereinigte Gebiet gelockt wurde. Und wenn dieser Bastard Savine dabei zufällig starb, würde ihr dies keine schlaflosen Nächte bereiten.

Für Avigdor, dachte sie, *und für den Kaiser, möge er ewig leben. Die Rache kommt.*

Vor ihr erstreckte sich gestaltlos und schwarz das gereinigte Gebiet. Felice zitterte. Welche Zauberei diesen Ort auch immer hervorgebracht haben mochte, sie war froh darüber, dass das Wissen um seine Erschaffung in der Zerschmetterung verloren gegangen war.

Wenn sie das, was sie vor sich sah, beschreiben müsste, dann würde sie es »glatt und sanft« nennen. Das Gelände war bedeckt mit Staub und Dreck; über seine Oberfläche trieben tote Blätter von den Bäumen in Parkseit. Dieser Ort fühlte sich ... tot an. Es war, als habe eine gewaltige Kraft das Leben aus dem Boden gesaugt und einen Teich aus geschmolzenem Fels hinterlassen, der irgendwann abgekühlt und erstarrt war. Sie wusste, dass sich unter all dem Staub und Dreck ein Glaskreis befand. Nichts war darauf gewachsen, seit er entstanden war. Nicht einmal Unkraut konnte hier überleben. Und diese Größe! Vor einigen Jahren hatten Landvermesser bestätigt, dass es sich um einen annähernd perfekten Kreis mit einem Durchmesser von mehreren Hundert Ellen handelte.

Sie betrachtete die niedrige Steinmauer, die um das gereinigte Gebiet herum errichtet worden war. Nach rechts und nach links erstreckte sie sich bis hinter Felices Blickfeld, und genau vor ihr befand sich eine Öffnung – eine von wenigen in der Mauer. Es kamen etliche Leute her und sahen sich den Ort an: Mütter und Väter mit ihren Kindern; Ausländer, die einen Überrest des Krieges bestaunen wollten, der vor Tausenden von Jahren fast die ganze Welt vernichtet hätte. Es gab nicht viele gereinigte Gebiete im Reich, und das von Anasoma war eines der größten und eine echte Touristenattraktion.

Felice hatte einige Stunden damit verbracht, verschiedene Abschnitte des Kreises zu beobachten, und sie hatte sich für den Teil entschieden, vor dem sie nun stand. Sie hatte sogar einige Leute gefragt, die ihren Lebensunterhalt damit bestritten, anderen diesen Ort zu zeigen und falsche Mutmaßungen über das abzugeben, was hier geschehen war. Die meisten sprachen von Hunderten sterbenden Zauberern, aber Felice war nicht an fantastischen Geschichten interessiert. Sie wollte wissen, wie das Gebiet am Rande aussah. Denn sie musste den Ort finden, der am besten zu ihren Plänen passte.

Sie riss den Blick von der Leblosigkeit des gereinigten Gebietes los und nickte Izak zu. Er wartete nervös in der Gasse hinter ihr, lief auf den Pflastersteinen hin und her und schaute sich immer wieder um, als ob er erwartete, Savine jederzeit wie aus dem Nichts erscheinen zu sehen.

Was durchaus möglich war, wie sie sich eingestehen musste. Aber es war viel wahrscheinlicher, dass er dann erschien, wann sie es wollte. Die Botschaft, die sie ihm geschickt hatte, sollte er jetzt erhalten haben, und sie war sich vollkommen sicher, dass der Zauberer die Möglichkeit, Felice in seinen Gewahrsam zu nehmen und wie ein gefesseltes, zum Schlachten vorbereitetes Schweinchen an Kelhak zu übergeben, niemals an sich vorbeiziehen lassen würde.

»Macht es jetzt«, sagte sie zu dem stämmigen Mann, der gegen eine Mauer lehnte.

Er nickte und gab seinen drei Gefährten ein Zeichen. Rebecci hatte sie nicht gefragt, was sie vorhatte, aber sie hatte nichts dagegen gehabt, ihr vier schwere Jungs für den Tag auszuleihen – und Felice hatte sie gut gebrauchen können.

Mit vier Wagen blockierten sie nun die Straße zu beiden Seiten des Durchbruchs in der Mauer, die das gereinigte Gebiet umgab. Die Wagen standen so weit entfernt, dass jemand, der die Gasse entlang kam und auf die Mauer und den Durchgang zuschritt, sie nicht sehen konnte. Als die Wagen an den gewünschten Stellen standen, hoben die Männer einige Kisten und Fässer von ihnen und versperrten damit jeden Zugang zu dem gereinigten Gebiet. Es war nicht viel los auf der Straße, aber Felice wollte allen möglichen Schwierigkeiten aus dem

Weg gehen, und Passanten, die an ihr und ihrer Falle vorbeischlenderten, wären nur eine Behinderung für sie. Außerdem wollte sie nicht, dass unbeteiligte Personen zu Schaden kamen. Hier würde Blut fließen – ihres oder das von Savine.

Izak näherte sich und führte ein Pferd an der Leine. Das Tier war nicht bemerkenswert, doch das musste es auch nicht sein. Seine Rolle war kurz, aber wesentlich.

Sie nahm Izak die Zügel aus der Hand und führte das Tier zu dem Durchbruch in der Mauer, in dem sie einen Haufen Heu aufgeschichtet hatte. Dort warf sie die Zügel zu Boden und überließ das Tier sich selbst. Dann nahm sie ein Seil aus einem der Wagen und band es am Sattel fest, das andere Ende formte sie zu einer groben Schlinge.

Felice schaute sich um. Izak war verschwunden, zusammen mit zwei der schweren Jungs. Gut. Es gefiel ihr nicht, wenn jemand dauernde Anweisungen braucht, obwohl ihm schon genau gesagt worden war, was er tun sollte und was von ihm erwartet wurde.

Sie begab sich in die Gasse und setzte sich auf eine Treppe, die hoch zu einem tiefen Hauseingang führte. Schon immer hatte sie es gehasst zu warten, auch wenn sie sich stets den Anschein von Geduld verlieh. Es gab doch immer so viel zu erledigen! Wie konnten die Leute es ertragen, herumzusitzen und nichts zu tun?

Felice hustete in ihre Hand und kratzte sich an den verschorften Schnittwunden. Das würde eine gute Geschichte für ihre Enkel abgeben, falls sie je die Zeit – und die Neigung – haben sollte zu heiraten. *Ich will euch von der Zeit erzählen, als eure Großmutter sich durch ein Glasfenster geworfen hat und fünf Stockwerke tief in einen Fluss gefallen ist.* Sie schnaubte belustigt.

Dann wartete sie, allein mit ihren Gedanken. Passanten beschwerten sich lautstark über die Blockade der Straße, aber sie überließ es den Schlägern, mit ihnen fertig zu werden. Die Schatten wurden länger, während die Sonne auf den Horizont zu sank. Felice verlagerte ihr Gewicht, da ihr langsam die Pobacken einschliefen. *Geduld,* sagte sie zu sich selbst. *Savine wird kommen. Wieso sollte er es nicht tun?*

Ein schabendes Geräusch drang aus dem hinteren Teil der Gasse zu ihr. Kurz war eine undeutliche Bewegung zu sehen.

Dunkle Gassen waren die Freunde skrupelloser Gesellen, und sie hätte wetten mögen, dass er diesen Weg nahm. Genauso war es.

»Lady Felicienne«, sagte Savine, als er sich ihr näherte und etwa zehn Schritte vor ihr stehen blieb.

Sie musste zugeben, dass er wirklich gut aussah. Was für eine Schande.

»Jemand sagte mir, dass Ihr hier seid. Für gewöhnlich traue ich einem solchen unerwarteten Glück nicht, aber es war mir möglich, Euren gegenwärtigen Aufenthaltsort zu bestätigen.«

»Ah«, flüsterte sie. »Heutzutage kann man niemandem mehr vertrauen.«

Ein weiterer Hustenanfall durchfuhr sie, und Savine schenkte ihr einen besorgten Blick.

»Kelhak fand Eure Flucht spaßig, aber ich fand sie ... ärgerlich. Allerdings bin ich sicher, dass sich so etwas diesmal nicht wiederholen wird. Ich werde dafür sorgen, dass Ihr an der kurzen Leine gehalten werdet.«

Savine schaute sich in der Gasse um. »Es ist niemand bei Euch.« Es war keine Frage.

Felice schüttelte den Kopf. »Ihr habt jeden getötet, auf den ich mich verlassen konnte. Hier gibt es nichts mehr für mich. Ich habe mein Bestes versucht und bin gescheitert.«

»Seid nicht so hart mit Euch selbst. Ihr hättet nie hoffen dürfen, gegen mich zu gewinnen. Oder gegen Kelhak.«

Sie fand es bemerkenswert, dass er Kelhak nicht an erster Stelle erwähnt hatte. *Er ist ehrgeizig - sehr ehrgeizig.*

»Wollt Ihr mir ebenfalls die Füße abhacken?«

Savine lachte. »Gute Göttin, nein. Das war eine Klarstellung unserer Absichten und auch eine Warnung. Doch wie ich sehe, habt Ihr sie nicht befolgt, und dafür müsst Ihr nun die Konsequenzen tragen.«

Felice glaubte, eine Spur von Traurigkeit in seiner Stimme zu erkennen. Warum berührte es ihn? Sie klammerte sich an ihre Entschlossenheit. Es spielte keine Rolle.

Dann stand sie auf und rieb sich den Steiß.

Über Savine bewegten sich auf dem Dach des Gebäudes Izak und die Schläger. Schatten stürzten zu Boden.

Felice drückte sich in den tiefen Hauseingang und kauerte sich zu einer Kugel zusammen.

Eine Welle aus Druck und Hitze rollte über sie hinweg. Donner krachte in der schmalen Gasse, und die Gebäude erzitterten. Wie es auch bei ihren Blidenschüssen der Fall gewesen war, reagierte die alchemistische Mischung mit unglaublicher Gewalt.

Felice grinste, als sich die Hitze auflöste. Der Gestank ihres eigenen versengten Haars erfüllte die Luft, aber das störte sie nicht. Ein kalter Windstoß trieb über sie, und sie streckte sich. Die alchemistische Reaktion war zwar heftig, aber kurzlebig, und die gewaltige Hitze, die sie auslöste, verschwand bereits nach wenigen Augenblicken.

Rauch stach ihr in die Augen und brannte in ihrer Lunge, als sie die kurze Treppe hinuntertaumelte.

Geschwärzte, rußfleckige Mauern begrüßten sie. Savine lag auf dem Rücken vor der Wand ihr gegenüber und bewegte sich nicht. Seltsamerweise schien seine Kleidung nicht verbrannt zu sein, aber er selbst war offenbar verletzt. Er hatte mitten in der Gasse gestanden, als Felice sich in den Hauseingang geduckt hatte, und nun lag er zehn Schritte entfernt. Gut.

Felice rannte nach dem Seil, dessen eines Ende an das Pferd gebunden war. Ein Grinsen zog sich über ihr Gesicht, während ihr Herz in der Brust wie wild hämmerte. Sie musste schnell sein, bevor Savine wieder zu sich kam; es blieb nicht einmal die Zeit, ihm seine Amulette abzunehmen. Izak und die schweren Jungs waren bestimmt schon auf dem Weg, und sie wollte nichts verzögern. Außerdem hasste sie es zu warten.

Schlitternd kam sie zum Stillstand, packte das Seil und fluchte darüber, dass das Pferd so weit weg hatte stehen müssen, damit Savine es nicht bemerkte.

Ein Dutzend Herzschläge später hatte sie sich über den bewusstlosen Zauberer gebeugt und die Schlinge um seine Füße gewickelt. Felice zog das Seil fest. Savine ächzte und regte sich.

»Verdammter Mist«, fluchte Felice. »Izak! Steig auf das Pferd!«

Savine drehte sich zu ihr um. Felice schlug ihm mit aller Macht ins Gesicht.

Sie hustete und krümmte sich.

Savines Hand schloss sich um ihren Arm. Er öffnete die Augen und grinste sie mit blutigen Zähnen an. »Oh, das werdet Ihr noch bereuen.«

»Izak!«, kreischte sie und zerrte an den Fingern, die sie festhielten.

Felice packte ihr Messer und stach nach Savine. Ein verschwommener magischer Schild umgab ihn plötzlich wie eine zweite Haut und konnte ihre Klinge gerade noch von seinem Bauch ablenken.

Schmerzen explodierten in ihrem Kopf. Glühend heiße Nadeln stachen in ihren Geist. Sie zuckte zusammen und fiel zu Boden. Erneut kreischte sie, doch diesmal in Qualen. Nach wenigen Augenblicken ließen sie nach, und Felice wimmerte vor Erleichterung. Tränen traten aus ihren Augen, und sie blinzelte, damit sie wieder klar sehen konnte.

Savine setzte sich auf und schaute sie eindringlich an. »Das war nur der Anfang. Bald werdet Ihr Euch wünschen, nie geboren worden zu sein.«

Neben ihr zuckte das Seil, und sie warf sich auf Savine und stach blindlings mit dem Messer nach ihm, wodurch sie ihn abzulenken hoffte. Wenn er sich gegen sie wehren musste und dabei nicht begriff, was hier geschah, hatten sie vielleicht noch eine schwache Aussicht auf Erfolg.

Sie hockte rittlings auf dem Zauberer und stach auf seinen Schild ein, während er lachte. Violette Stäubchen stiegen mit jedem Stoß aus dem Schild auf. Es fühlte sich an, als würde das Messer über Stahl gleiten. Savine hätte genauso gut eine volle Rüstung tragen können.

Plötzlich wurde Savine ein Stück auf das gereinigte Gebiet hin gezogen.

»Was …?«, stieß er verblüfft aus, das Wort wurde durch seinen Schild gedämpft.

Felice drückte mit den Beinen gegen seine Flanken und ritt ihn wie ein Pferd. Sie legte den Arm um seinen Kopf in dem Versuch, ihn blind zu machen, und stach auf seinen Hals ein. Die Gasse zog verschwommen an ihnen vorbei, als sie immer schneller wurden, und sein Schild wurde rot und violett, da durch das Scheuern über den Boden Funken aus ihm schlugen.

Sie flogen aus dem Eingang der Gasse hervor.

Felice schrie und drückte ihren Körper gegen den des Zauberers, während er nach ihr ausschlug. Immer neue Funken schlugen, während sie hinter dem Pferd hergeschleift wurden. Der Wind pfiff in Felices Ohren, und die Haare umwirbelten ihr Gesicht und nahmen ihr die Sicht.

Na los. Bitte.

Zu beiden Seiten vor ihr blitzte eine Mauer auf. Die Pflastersteine wichen Lehmboden. Sie und Savine zogen eine Spur durch den Staub, und eine Linie aus unbedecktem, geschwärztem Felsboden wurde sichtbar.

Das gereinigte Gebiet.

Savines Schild verschwand mit einem knallenden Geräusch. Er heulte vor so großer Qual und Angst auf, dass Felice beinahe vergaß, nach ihm zu stechen - doch dann rammte sie die Klinge in seine Seite. Ein plötzlicher Blutstrahl bedeckte ihre Hand.

Savine wand sich unter ihr, und sie wurde auf den Rücken geworfen. Der Stoff ihrer Kleidung riss, und ihre Haut scheuerte über den Boden. Winzige Messer schnitten in ihr Fleisch, als sie weitergezerrt wurde.

Felice beachtete die Schmerzen nicht, stach abermals zu, wurde aber von Savines Arm aufgehalten. Er packte ihre Haare und stieß ihren Kopf gegen den Boden. Sie versuchte sich aus seinem Griff zu befreien, doch er war zu stark für sie.

Schlitternd kamen sie zum Stillstand. Izak musste das Seil durchtrennt haben, wie sie benommen vermutete.

Savine hockte auf ihr, zeigte ihr ein wölfisches Grinsen, und seine Augen leuchteten in einem Hass und einer Mordlust, wie Felice sie noch nie gesehen hatte. Er rammte ihr die Faust ins Gesicht, und ihr Kopf wurde zurückgeschleudert. Felice sah nur noch weißen Nebel. Dann spürte sie, wie ihr das Messer aus der Hand fiel.

Nein.

Sie schüttelte den Kopf, und der Nebel verflüchtigte sich.

Savine hielt ihr Messer in seiner Hand und beugte sich über sie.

Aber es stimmte etwas nicht. Er sah sie nicht an - sein Blick war starr auf etwas vor ihm gerichtet. Langsam hob er beide Arme und schaute seine zitternden Handrücken an.

»Nein«, flüsterte er, und seine Stimme quoll über vor Entsetzen.

Felice keuchte auf, als die Hand, die ihr Messer hielt, nach Savines Hals stach. Die andere Hand war kaum in der Lage, rechtzeitig einzugreifen.

Fassungslos kroch Felice rückwärts, als sich Savine auf dem Boden herumrollte. Allem Anschein nach war er in einen Kampf um Leben und Tod gegen sich selbst verwickelt.

Was geschah hier?

Sein Gesicht verzerrte sich, es kämpfte ebenfalls gegen sich selbst. Er hatte den Blick auf Felice gerichtet, und Grauen lag darin.

»Er hat Besitz von mir ergriffen«, keuchte Savine. »Tötet mich.« Dann jammerte er: »Neeeeein!«

Felice hockte reglos da, betäubt von Schmerz und Verblüffung.

Savine atmete schwer, mühte sich auf die Beine und taumelte weg von ihr.

»Bitte«, flehte Savine, während er immer schneller wurde. »Ihr müsst mich töten.«

Ein Schimmern umgab Savine, aber es stammte nicht von einem Schutzschild. Ein sanftes weißes Licht drang aus seiner Haut und verdichtete sich um seinen Kopf herum.

Er sprang weg, rannte auf den Spalt in der Mauer zu, die das gereinigte Gebiet umgab.

Felice wollte aufstehen, aber ihre Beine gaben nach. Es gelang ihr schließlich, sich auf die Knie zu kämpfen, und unter Schmerzen kroch sie auf Savine zu. Blut tropfte von ihrem zerfetzten Rücken auf den Boden.

Izak hastete an ihr vorbei und rannte in Savines Richtung. Er schwenkte einen dünnen Dolch.

Hier stimmte etwas ganz und gar nicht. Sie spürte es in den Knochen.

Savine versuchte sich umzubringen. Und er hatte sie angefleht, ihn zu töten. Dabei war er weggelaufen. Fast als wäre er zwei verschiedene Personen. Wie Kelhak.

Sie stützte die Hände auf das gereinigte Land und versuchte sich erheben. Ihre Gedanken wirbelten umher. Kelhak. Nicht Kelhak. Savine. Nicht Savine.

Das gereinigte Gebiet, tot für alle Zauberei.

»Izak, nein!«

Savine geriet ins Taumeln und hielt wenige Ellen vor dem Rand des gereinigten Gebiets an. Er machte noch einen Schritt nach vorn und zerrte dabei ein gelähmtes Bein hinter sich her. Das Schimmern um ihn herum war stärker geworden. Einzelne Lichtstäubchen flogen davon, zerbrachen zu kleineren Partikeln und lösten sich schließlich ganz auf.

Mit einem Schrei warf sich Izak auf Savine. Beide kippten um ... und stürzten aus dem gereinigten Gebiet auf die Straße. Einer der groben Schläger rannte Izak zu Hilfe, packte Savines Arm und drehte ihn hinter seinen Rücken. Dann trat er auf den Arm, und die Knochen brachen mit einem lauten Knacken.

Savine stieß einen wortlosen Schmerzensschrei aus. Funkelnde magische Lichter bildeten sich um seinen Kopf, umwirbelten ihn und schienen im Einklang mit Felices hämmerndem Herzen zu pulsieren. Sie umsummten Izak und den anderen schweren Mann wie ein Schwarm wütender Bienen.

Dunkelheit drängte herbei, und Felices Blickfeld verengte sich zu einem Tunnel. Ihr Kopf fiel nach vorn, und sie starrte auf den Boden. Sie riss die letzten Reste ihres Willens zusammen und schob die Schwärze beiseite. Jetzt durfte sie auf keinen Fall bewusstlos werden.

Felices Herz zog sich in ihrer Brust zusammen. Lange Augenblicke vergingen, bevor sie die Kraft fand, sich zum Handeln anzutreiben, aber bevor sie etwas tun konnte, hörte sie

Schritte in ihrer Nähe. Sie hob den Blick und sah einen der Schläger.

»Mylady, ich hab' Euch.«

»Izak«, flüsterte sie. »Savine … das Ziel. Was geschieht hier?«

Der Mann wickelte sie in seinen Umhang und nahm sie in die Arme. »Der Zauberer ist tot. Euer Freund Izak hat ihn fertiggemacht. Hat ihm in die Brust gestochen, und er ist auf der Straße verblutet. Aber …«

Der schwere Mann zögerte. Sie spürte, dass da noch mehr war.

»Was sonst noch?«

Er schritt mit ihr in den Armen auf Savine und Izak zu. Sie drehte den Kopf und sah Savines Leichnam auf dem Straßenpflaster liegen, während Izak neben ihm stand. Seine Hände waren scharlachrot gefärbt, und sein Messer lag auf dem Boden. Der Schläger, der Savine den Arm gebrochen hatte, sah sich das Ganze ebenfalls an.

Der Mann, der Felice trug, stieß ein Grunzen aus. »Der Körper des Zauberers hat sich … verändert. Ihr werdet es gleich sehen.«

Sie verließen das gereinigte Gebiet und traten auf die Straße. Felice schaute zu Savine. Sein Körper schien kleiner geworden zu sein. Die Haut war trocken und fest gespannt, als ob jede Feuchtigkeit aus ihr entfernt worden wäre.

»Was ist passiert?«, fragte sie.

»Ich habe ihn getötet«, antwortete Izak. »Und dann ist das hier geschehen. Ich vermute, seine Zauberei hat das mit ihm gemacht, als er gestorben ist.«

Sie sah Izak in die Augen. Er war ruhig. Viel ruhiger, als er eigentlich nach diesen Ereignissen sein sollte. Sie nickte. Die anderen drei Schläger gesellten sich zu ihnen.

»Was sollen wir mit der Leiche machen?«, fragte einer von ihnen und tappte mit dem Fuß mehrmals auf den Boden.

Felice zuckte zusammen, als der Mann, der sie trug, sein Gewicht verlagerte und sich damit in eine bequemere Position brachte. Sie spürte, wie ihr Blut seinen Umhang durchtränkte.

»Legt sie auf einen der Wagen, fahrt sie zum Fluss, und werft sie hinein.«

»Wir sollten seine Amulette und magischen Gegenstände behalten«, meinte Izak. »Sie könnten ... nützlich für uns sein.«

Felice sah ihn nachdenklich an. »Ja. Gute Idee. Ich nehme sie an mich.«

»Mylady«, sagte der kräftige Mann, der sie in seinen Armen hielt, »Ihr braucht ärztliche Hilfe. Ich kenne jemanden ganz in der Nähe. Und dann müssen wir Rebecci Bericht erstatten.«

Felice betrachtete einen der Schläger eingehend, bis sie bemerkte, was sie tat, und den Blick abwendete. Dieser Mann hatte sich in Savines Nähe befunden, als der Zauberer gestorben war.

Sie sah Savines verkümmerten Körper an. Es war, als sei die Lebenskraft aus ihm herausgesaugt worden. »Ja«, sagte sie. »Wir können später zu ihr gehen. Zuerst brauche ich wirklich Hilfe. Setz mich neben dem Leichnam ab. Niemand von euch darf sich mir nähern. Er war ein Zauberer, und seine Magie könnte noch immer gefährlich sein.« Es war eine Lüge, aber etwas Besseres fiel ihr im Augenblick nicht ein. »Ich nehme sie an mich und bewahre sie auf.«

Als sie auf dem kalten Pflaster hockte, durchsuchte sie die Taschen der Leiche und nahm alles an sich, was sie fand. Dann gab sie dem Anführer der Schläger ein Zeichen und deutete damit an, dass sie fertig war. »Schafft die Leiche weg. Der Fluss ist nahe. Danach treffen wir uns wieder hier. Und du ...« Sie deutete auf den Mann, der Izak geholfen hatte, Savine zu töten. »Du bleibst hier. Vielleicht brauchen wir Schutz.«

»Ja, Mylady.«

Zwei der wuchtigen Männer packten Savines Leiche und warfen sie in einen der Wagen, auf dessen Ladefläche sie mit einem dumpfen Geräusch landete. Felice zuckte deswegen zusammen und erlaubte sich die Andeutung eines Lächelns.

»Es gibt immer Komplikationen«, murmelte sie in sich hinein.

»Pardon?«, fragte Izak.

»Ach, nichts. Wir machen uns auf den Weg, sobald die Männer zurückkehren.«

Izak sah sie eingehend an. »Das war ein bemerkenswerter Tag«, sagte er. »Aber jetzt wissen wir wenigstens, dass es funktioniert. Nun müssen wir nur noch Kelhak hierher locken.«

Ja, aber dabei müssen wir vorsichtig sein. Wenn sie recht hatte, bewegte sie sich auf Messers Schneide. Auf der Schneide eines äußerst scharfen Messers.

32

Caldan durchblätterte beide Bücher, während er Glöckchens Wirkstück der zwingenden Magie in der Hand hielt. Er hatte sich noch nicht getraut, irgendetwas bei Miranda anzuwenden, doch er hatte einige Techniken und Übungen, die in dem Grundlagenwerk erklärt wurden, in seinem Geist durchgespielt. Zu seiner Beunruhigung lag eine gewisse Schönheit in der zwingenden Magie, eine komplexe Symmetrie, die er erst für sich erklären konnte, als er sie mit dem Dominion-Spiel verglich.

Während bereits das gewöhnliche magische Wirken verwickelte Regeln und Strukturen befolgte, war die zwingende Magie noch viel komplizierter. Nur weil etwas bei der einen Person funktionierte, musste es bei der anderen noch lange nicht funktionieren, und ein Wirkstück der zwingenden Magie sollte in der Lage sein, mit verschiedenen Szenarien fertig zu werden, fast als würde es selbst die Entscheidungen treffen oder in ein vorherbestimmtes Muster fallen, sobald sich eine Veränderung ereignete. Darin ähnelte diese Art von Magie tatsächlich dem Dominion. Sie war ein verzwicktes Spiel, in dem es einzig darum ging, den Gegner zu überwältigen. Und es mussten Strukturen entwickelt werden, die in der Lage waren, mit Veränderungen und Entwicklungen umzugehen.

Er musste nur noch lernen, wie dieses Spiel zu spielen war.

Die dritte besiegte Gegnerin gab ihm eine Stoffbörse voller Dukaten. Caldan nahm die Münzen entgegen und neigte den Kopf zum Dank. Sie klimperte mit den Wimpern und sorgte dafür, dass ihre Finger die seinen berührten. Es war eine junge Adlige aus einer der alten Familien in Flussrand. Sie hatte sich ihm am Ende seines zweiten Dominion-Spiels genähert, in dem er den prahlerischen, allzu selbstbewussten Sohn eines Kaufmanns mit Leichtigkeit besiegt hatte.

Diese Frau, Lady Adelfine, sagte zu ihm, sie werde bald aufbrechen, denn schließlich sei es schon spät. Caldan hatte die anzügliche Andeutung in ihren Worten durchaus vernommen. Er war nicht mehr der junge Mann, der unvorbereitet und weltabgewandt in Anasoma eingetroffen war. Das war zwar erst vor nicht allzu langer Zeit gewesen, aber für ihn fühlte es sich an, als seien seitdem Jahre vergangen.

Caldans Gedanken kehrten zu Miranda und der *Loretta* zurück, auf der er sie zuerst gesehen hatte, und er ließ Lady Adelfine höflich wissen, dass er noch ein wenig hierbleiben und spielen werde - auch wenn das eine Lüge war.

Sie lächelte enttäuscht und ging ohne ein weiteres Wort.

Kurz schaute er sich in der verräucherten Taverne um und verspürte ebenfalls eine gewisse Enttäuschung, wenn auch aus einem anderen Grund - nämlich darüber, mit dem Spielen aufhören zu müssen. Er hatte diese nahe gelegene Taverne durch Zufall gefunden und einen gewissen Frieden beim Dominion-Spiel verspürt, auch wenn es nur darum ging, seine Taschen zu füllen. Die vertrauten Bretter und Spielfiguren, das Gefühl in seinen Händen, das freundliche Reden während einer Partie und die geistige Herausforderung brachten ihm die Zeit im Kloster zurück, als alles noch so klar und einfach erschienen war. Für eine Weile hatte er Anasoma, Glöckchen und - wie er schamhaft eingestehen musste - sogar Miranda und Elpidia vergessen. Doch es hatte ihm geholfen, die Welt nicht nur als kalt und grausam zu sehen, mit all ihren Invasionen und ihrem Sterben, ihren Heimlichtuereien und Lügen. Das Spiel hatte ihm wieder einmal gezeigt, dass es einfache Freuden gab.

Caldan legte die gerade verdienten Dukaten zu den anderen in seiner Börse. Nun würde das Geld für eine Weile reichen. Auch die Wetten auf seine ersten beiden Spiele hatten ihm einiges eingebracht, doch danach war niemand mehr daran interessiert gewesen, gegen ihn zu setzen. Er hatte den Fehler begangen, seine ersten beiden Gegner gnadenlos zu schlagen, anstatt langsam zu beginnen. Adelfine hatte andere Motive gehabt, gegen ihn zu spielen. Doch er hatte das erreicht, was er sich vorgenommen hatte.

Caldan ging und begab sich rasch zurück zum Gebäude der Protektoren. Gedankenverloren trat er durch das Tor in den Innenhof und war bald wieder in Mirandas Zimmer angekommen. Sie schlief, worüber er froh war, und er dankte dem weiblichen Lehrling für die Hilfe und entließ sie für die Nacht. Es bereitete ihm Unbehagen, sich um alle Bedürfnisse Mirandas selbst zu kümmern, doch die junge Gehilfin würde am Morgen zurückkehren.

Er versperrte die Tür, öffnete seine Tasche und holte die Bücher heraus, die er entliehen hatte, und auch die Kopien, die er früher am Tag abgeholt hatte. Diese hatte er nur ungern im Zimmer zurückgelassen, aber es gab keinen anderen Ort, an dem er sie hätte verstecken können. Deshalb hatte er einfach gehofft, dass niemand seine Habseligkeiten durchstöbern würde, solange Miranda und die junge Gehilfin im Zimmer waren, und so war er das Risiko eingegangen. Heute Nacht wollte er die Originale zurückbringen.

Er holte eine Zauberkugel hervor, setzte sich in einen Sessel und legte sich die Kopien auf den Schoß. Der Morgen war noch einige Stunden entfernt, und diese Zeit sollte er nutzen. Also öffnete er eines der Bücher, las darin und wünschte sich, die Originale befänden sich bereits wieder in der Bibliothek.

Heute Nacht, sagte er zu sich selbst.

Stunden später hatte er wieder die schwarze Kleidung angelegt, die er schon in der Nacht vorher benutzt hatte. Nachdem er noch einmal nach Miranda gesehen hatte, schlüpfte er aus dem Zimmer; die beiden Bücher steckten unter seinem Arm.

Im Korridor war es still und dunkel, wie es auch der Fall gewesen war, als er die Bücher ausgeborgt hatte. Rasch gewöhnten sich seine Augen an die Düsternis, und der Korridor wurde heller für ihn.

Caldan schritt in der Dunkelheit voran und trat leise vom einen Schatten in den nächsten. Lichtstreifen rahmten etliche Türen ein, aber anscheinend bemerkte niemand Caldans Vorübergehen. Schon bald stand er vor der Bibliothek der Meister.

Er wollte es so schnell wie möglich hinter sich bringen und beschloss, diesmal den Papierlöwen nicht einzusetzen. Rasch, aber zielstrebig sperrte er die Tür mit Hilfe seiner Kreide auf und betrat die Bibliothek. So schnell wie möglich durchquerte er sie, berührte seine Quelle, spaltete sie in fünf Stränge, und das zweite Schloss sprang auf. Diesmal war es viel leichter gewesen. Die Stränge wanden sich zwar immer noch in seinem geistigen Griff, aber nun war er geübter darin, sie zu halten und zu kontrollieren.

Im Innern benutzte er einen weiteren Kreidezauber, mit dem er die Truhe öffnete. Dann legte er die Bücher hinein. Sorgfältig wischte er die Kreidespuren ab. Als er fertig war, wich er zurück und bezwang den Drang, sich ein weiteres Buch über zwingende Magie auszuleihen. Er hatte schon genug riskiert. Es war besser aufzuhören, solange er noch nicht erwischt worden war.

Dann schloss er die Tür und verriegelte sie mit Hilfe seiner fünf Stränge. *Fast geschafft.* Er seufzte vor Erleichterung und drehte sich um ...

Und der Raum explodierte in Licht.

Caldan zuckte zusammen, schirmte die Augen vor der gleißenden Helligkeit ab und blinzelte, bis sich seine Pupillen angepasst hatten. Als er den Kopf hob, sah er Meisterin Annelie, flankiert von zwei bewaffneten und gerüsteten Protektoren, die ihre Klingen gegen ihn gerichtet hielten. Annelies Schwert steckte noch im Futteral, doch sie hatte die Hand bereits auf den schmucklosen, zerbeulten Griff gelegt. Caldan runzelte die Stirn. Er war sich sicher, dass dies das Schwert war, das er für Simmon von Anasoma nach Flussrand gebracht hatte. Bestimmt wusste sie, was dieses Kleinod bewirken konnte und wie es zu benutzen war. Warum hätte sie es sonst mitgebracht, um Caldan zu stellen? Er bezweifelte, dass sie stark genug war, es zu schwingen, da es so schwer war, und deshalb musste seine Hauptfunktion eine andere sein.

Annelie sah ihn an; sie wirkte enttäuscht, gleichzeitig aber neugierig. Instinktiv sah er sich im Raum um und suchte nach einem Fluchtweg.

»Eigentlich hatte ich Joachim erwartet«, sagte Annelie. »Er neigt dazu, seine Nase in Angelegenheiten zu stecken, die ihn nichts angehen. Aber du ... ich muss gestehen, dass ich überrascht bin. Ein Geselle hätte diese Schlösser nicht öffnen können, von einem Lehrling erst gar nicht zu sprechen.«

Caldan hob die Hände. »Ich kann es erklären ...«

»Oh, dessen bin ich mir sicher. Aber ob deine Erklärung mich und die anderen Meister überzeugt, ist eine andere Frage. Wenn ich ehrlich sein darf, kann ich mir keine Erklärung vorstellen, die es verhindern würde, dass ich mit voller Strenge gegen dich vorgehe. Was du getan hast, ist unverzeihlich.«

Caldan ließ den Kopf vor Scham und Enttäuschung hängen. Er hatte versagt. Und er hatte Miranda im Stich gelassen. »Ich habe es für sie getan«, flüsterte er. »Für Miranda. Joachim ... er verbirgt etwas und behauptet, sie nicht heilen zu können. Ich kann es nicht beweisen, aber ich glaube fest, dass er es kann. Er lügt.«

Annelie atmete tief ein. »Wir haben noch viel Zeit, uns darüber eingehend zu unterhalten, aber jetzt kommst du erst einmal mit.«

Die beiden Protektoren packten Caldans Arme, und Annelie befahl ihnen, so wenig Lärm wie möglich zu machen. Offensichtlich wollte sie nicht, dass das, was gerade hier geschah, bekannt wurde.

Caldan runzelte die Stirn, als er bemerkte, dass sie ihn nicht nach magischen Gegenständen absuchten, doch dann stellte er schockiert fest, dass er keinen Zugang mehr zu seiner Quelle hatte. Es war, als sei eine glatte, nachgiebige Barriere zwischen ihm und seiner Kraft errichtet worden.

»Das ist richtig«, sagte Annelie, als sie seinen Gesichtsausdruck bemerkte. »Es gibt viele Wege, einen abtrünnigen und verbrecherischen Zauberer zu überwältigen.«

»Ich bin kein Verbrecher.«

»Das sagen sie alle. Sie alle haben gute Gründe, Rechtfertigungen, aber es darf nicht zugelassen werden, dass es zu einer neuen Zerschmetterung kommt. Davor verblassen alle Gründe.«

Caldan konnte nichts dagegen einwenden. Er wusste, dass sie recht hatte. Aber ... er war nicht wie Glöckchen oder die Indryallaner. Und er musste eine Möglichkeit finden, ihr das zu verdeutlichen.

Er schwieg, als sie ihn durch den Korridor und eine schmale, abgelegene Treppe hinunterschleiften. Dann wurde er zu seiner großen Überraschung ins Freie und auf die Pritsche eines offenen Wagens geführt, wo er mit starken Seilen festgebunden wurde. Bald darauf rollten sie durch die dunklen Straßen von Flussrand einem unbekannten Ort entgegen. Der eine Protektor fuhr den Wagen, der andere saß auf der Ladefläche bei Caldan und Annelie.

Caldan wandte sich an die Meisterin. »Könnt Ihr dafür sorgen, dass man sich um Miranda kümmert? Sie regt sich stets auf, wenn jemand, den sie nicht kennt, in ihrer Nähe ist, und da Elpidia tot ist und ich … Ich würde es sehr zu schätzen wissen, wenn die junge Frau, die ihr bisher hin und wieder geholfen hat, dies auch weiter tun könnte.«

Annelie sah ihn an, machte einen Augenblick lang ein grimmiges Gesicht, doch dann zeigte sich Mitleid bei ihr. »Wir können uns nicht für immer und ewig um sie kümmern, aber ich werde alles tun, was in meiner Macht steht, bis wir einen Ort für sie gefunden haben. Sie ist schließlich an alldem unschuldig.«

»Danke«, sagte Caldan. »Darf ich fragen, wohin Ihr mich bringt? Warum werde ich vom Hauptquartier der Protektoren weggebracht?«

»Wir führen dich an einen sicheren Ort. An einen, von dem du nicht verschwinden kannst.«

»Joachim. Ihr vertraut ihm ebenfalls nicht.«

»Behalte deine Gedanken für dich selbst. Du hast keine Ahnung, was hier geschieht, und es wäre das Beste, wenn du schweigst. Ich muss nachdenken.«

Annelie wandte sich von ihm ab und richtete den Blick auf die vorbeiziehenden Häuser. Das Kleinod-Schwert hatte sie sich in die Armbeuge gelegt.

War es möglicherweise der Grund, warum Caldan von seiner Quelle abgeschnitten war? Sie hatte gesagt, dass sie Joachim erwartet hatte, und sie war darauf vorbereitet gewesen, einen Zauberer von seinem Kaliber zu überraschen. Ohne den

Zugang zu seiner Quelle vermochte Caldan nicht zu sagen, ob sie auf irgendeine Weise mit dem Schwert verbunden war, aber es war sehr wahrscheinlich, dass es der Grund für seine Blockierung war.

Und sie kann es kontrollieren. Ich hoffe nur, dass das ausreicht.

»Joachim wird nach mir suchen«, sagte Caldan. »Er wird nicht eher ruhen, bis er mich gefunden hat.«

Annelie schwieg darauf, und Caldan beschloss, das Gleiche zu tun. Es hatte keinen Sinn, sie zu verärgern, denn möglicherweise hing sein Schicksal von ihrer Haltung zu ihm ab. Er bezweifelte nicht, dass seine Strafe hart sein würde, aber sie wusste, dass es seine Sorge um Miranda gewesen war, die ihn zum Einbruch in der Bibliothek veranlasst hatte, und das war doch sicherlich ein mildernder Umstand.

Oder?

Der Wagen rollte über gepflasterte Straßen in westlicher Richtung. Caldan kannte sich in der Stadt nicht besonders gut aus, aber er hatte den Eindruck, dass die Häuser allmählich weniger heruntergekommen waren, was bedeutete, dass sie in ein wohlhabenderes Viertel einfuhren.

Er hörte ein Pfeifen und einen dumpfen Laut, dann noch einen. Der Protektor, der den Wagen lenkte, kippte plötzlich zur Seite und fiel auf das Straßenpflaster. Ein Pfeil hatte die magisch geschützte Rüstung durchschlagen und stach aus seiner Brust.

Caldan sah den anderen Protektor an, der sich halb erhoben und die Hände um seine Flanke geschlossen hatte, aus der ein weiterer Pfeil herausragte. Während Annelie entsetzt die toten Protektoren anstarrte, warf sich Caldan flach auf die Pritsche.

Annelie stieß einen Schrei aus, und ein Schild schloss sich um sie. Einen Augenblick später flogen Pfeile aus allen Richtungen auf sie zu. Ihr Schild explodierte zu violetten Lichtstäubchen; es waren so viele, dass sie Annelies Gestalt beinahe verdeckten. Doch keinem Pfeil gelang es, ihren Schild zu durchdringen.

Aber etwas stimmte nicht. Ein hohes Jammern drang an Caldans Ohren, als Annelies Schildmagie unter dem Angriff zusammenzubrechen drohte. Das war eine Anomalie, denn für gewöhnlich sollten einfache Pfeile dem Schild eines Meisters nicht derart heftig zusetzen.

Annelie zuckte unter einem weiteren Sperrfeuer zusammen, und Caldan zog den Kopf ein, als ihn die Pfeile umschwirrten. Einige fielen auf die Wagenpritsche, und entsetzt stellte er fest, dass sie magisch aufgeladen waren. Runen waren mit schwarzer Tinte auf ihre Schäfte geschrieben und in die Stahlspitzen eingeritzt.

Annelies Schildmagie ächzte auf und würde nicht mehr lange standhalten.

Caldan griff nach der Blockade seiner Quelle, wieder einmal ohne Erfolg; sein Geist glitt über die spiegelglatte Oberfläche. »Annelie, befreit mich!«, rief er.

Sie beachtete ihn nicht. Weitere Pfeile rammten ihren Schild, jeder verursachte beim Aufprall einen Funken, und weitere Lichtstäubchen traten aus. Annelie unterdrückte ein Schluchzen, als ihr Schild in sich zusammenfiel. Caldan vermutete, dass sie die Verbindung unterbrochen hatte, weil sie befürchtete, dass jede weitere Anstrengung sie über den Rand des Abgrunds treiben und alle durch den plötzlichen Energieausbruch töten könnte.

Reglos stand sie da und rang nach Luft. Schatten bewegten sich auf den Dächern der Häuser um sie herum.

»Was wollt ihr?«, schrie sie. »Wer seid ihr?«

Ein Pfeil traf ihr linkes Auge, und ihr Kopf wurde zurückgeschleudert. Sie sackte auf der Ladefläche zusammen, Blut tropfte aus der Wunde auf das Holz der Pritsche. Caldan wandte sich von dem schrecklichen Anblick ab. Gedämpftes freudiges Wispern drang an seine Ohren.

Dann griff er nach seiner Quelle und musste feststellen, dass sie weiterhin blockiert war, aber nun spürte er, wie sich die Barriere allmählich auflöste. Das Kleinod-Schwert befand sich noch in Annelies Hand. Er musste es an sich nehmen. Zwar konnte er es nicht als Kleinod benutzen, aber es war immerhin ein Schwert.

Allerdings waren seine Hände noch auf dem Rücken zusammengebunden.

Als sich zahlreiche Schritte näherten, schlängelte sich Caldan auf Annelie zu. Er trat mit dem Fuß nach dem Kleinod, verfehlte es aber. Beim zweiten Mal jedoch konnte er eine Verbindung zu dem Schwert herstellen, und es fiel aus Annelies toten Fingern.

Caldan öffnete seine Quelle, während eine schattenhafte Gestalt an der Seite des Wagens hochkletterte und bald über ihm aufragte. Als die Barriere vor seiner Quelle endlich verschwunden war, verband er sie mit Glöckchens Schildzauber, doch er war nicht schnell genug. Dann bemerkte er eine verschwommene Bewegung, und etwas Dunkles senkte sich auf seinen Kopf. Er zuckte, und ein Sack wurde ihm übergestülpt. Grobe Hände drückten ihn auf die Pritsche und fesselten ihm Hände und Füße.

Caldan hatte Angst, aber er lebte noch. Licht fiel durch ein unversperrtes Fenster auf ihn, und er blinzelte und wandte sich von der Helligkeit ab. Sein Kopf schmerzte, und sein Mund war ausgetrocknet. Hier roch es nach Staub und scharf und stechend nach Alchemie.

Er lag auf etwas Hartem, aber nicht horizontal, sondern in einem spitzen Winkel zum Boden. Vorsichtig versuchte er sich ganz zu erheben, aber es gelang ihm nicht. Ein dicker Lederriemen war um seinen Brustkorb geschlungen. Weitere Riemen fesselten Arme und Beine, und alle waren an einem hölzernen Tisch befestigt, dessen Platte in Fußrichtung zum Boden hin gekippt war.

Mit wachsendem Entsetzen schaute er sich um. Er befand sich in einem kleinen Raum mit einem schmutzigen Fenster zu seiner Linken und einer Tür mit einem Metallschloss unmittelbar vor ihm. Wer immer Annelie und die Protektoren getötet und ihn selbst hierher gebracht hatte, befand sich nun bestimmt hinter dieser Tür. Caldan bezweifelte, dass man ihn sehr lange allein lassen würde.

Was ihn wirklich beunruhigte, war der Umstand, dass er nicht ebenfalls getötet worden war. Was immer sie von ihm wollten und wer immer sie waren, sie hatten sich gut vorbereitet. Zwei bewaffnete und gerüstete Protektoren und eine Meisterin waren keine einfachen Gegner, aber sie waren mit einer Leichtigkeit besiegt worden, die darauf hinwies, dass die Angreifer sowohl geschickt als auch einfallsreich waren. Und skrupellos. Vermutlich hatten sie so etwas schon öfter gemacht.

Die Tatsache, dass Caldan nicht getötet worden war - und dass er eingesperrt worden war - schien darauf hinzudeuten, dass er ihr eigentliches Ziel war. Er besaß nur zwei Dinge, die es wert waren, dafür zu töten: seine Kleinodien und sein Blut. Wenigstens war er sich ziemlich sicher, dass sie nichts von seinem Knochenring wussten, denn er hatte ihn sogar vor Joachim geheim gehalten.

Aber nicht mein Blut ...

Außer Elpidia - mochten die Ahnen sie zu sich nehmen - wusste nur Amerdan, dass er anders war, und selbst wenn der Kaufmann erkannt haben sollte, dass es das Blut war, das Caldan zu dem machte, der er war, wäre Amerdan kaum in der

Lage gewesen, all das hier in so kurzer Zeit zu organisieren. Doch vielleicht mit Glöckchens Hilfe ...

Er konnte es sich nicht vorstellen. Doch er erinnerte sich daran, dass einer der Meister im Kloster einmal gesagt hatte: *Ein Geheimnis, das zwei Menschen bekannt ist, ist allen bekannt.* Da einige Personen wussten, dass Caldan ein Berührter war, konnte jedermann sein Gegner sein.

Es spielte keine Rolle – er war an diesen Tisch gebunden, in diesem Zimmer weggesperrt, und wer immer das getan hatte, wünschte ihm nichts Gutes.

Caldan reckte den Hals und spähte aus dem Fenster. Er befand sich mehrere Stockwerke über dem Boden. In einiger Entfernung unter ihm befanden sich geborstene Dachziegel, fleckig von Unkraut. Ganz fern hörte er das Summen einer Menschenmenge. Es war so gedämpft, dass er nichts verstehen konnte. Also war er so weit von ihr entfernt, dass es keinen Sinn hatte, um Hilfe zu rufen.

Nun sah er die Blutflecken auf dem Boden um den Tisch herum. Es waren Schlieren und Tropfen – unzählige. Er hatte keine Lust, etwas zu ihnen beizutragen.

Caldan beachtete das Pochen in seinem Kopf nicht weiter, sondern spannte sich gegen seine Fesseln an. Er ächzte unter der Anstrengung, nahm all seine Kräfte zusammen, doch es geschah nichts. Dann gab er es auf. Inzwischen atmete er schwer, und seine Haut war feucht vor Schweiß. Es hatte keinen Sinn – die Lederriemen saßen so fest, dass sie ihm beinahe die Blutzirkulation abschnitten.

Rohes Gelächter drang von draußen herein. Ein Mann sagte etwas; die Worte wurden durch die Tür gedämpft, dann verblassten sie zu Schweigen.

Caldan warf sein ganzes Gewicht herum und stöhnte auf, als er sich von der einen Seite auf die andere drehte. Der Tisch unter ihm knirschte und klapperte. Aber keiner der Lederriemen bewegte sich. Er konnte die Fesseln nicht lockern, sie boten keinen Angriffspunkt. Mühsam blinzelte er sich die Schweißtropfen aus den Augen, legte den Kopf zurück auf die harte Oberfläche, leckte über seine Lippen und schmeckte das Salz seines eigenen Schweißes. Mit aller verbliebenen Kraft versuchte er einen klaren Kopf zu bekommen. Er konnte sich seiner Fesseln nicht entledigen, er konnte nicht fliehen. Also musste er sich einen Plan ausdenken.

Die Schwierigkeit bestand darin, dass ihm nichts einfiel. Allmählich fragte er sich, ob das nun sein Ende war.

Caldan schaute auf seine Hand und vergewisserte sich davon, dass sein Kleinod-Ring entfernt worden war. Er hatte ihn nicht mehr gespürt, aber in sinnloser Hoffnung trotzdem nachsehen wollen. Dann reckte er die Schultern und fühlte auch sein Knochen-Kleinod nicht mehr unter dem Hemd. Beide waren ihm abgenommen worden.

Er öffnete seine Quelle und fühlte in seinen Taschen herum. Es war eine sinnlose Suche nach magischen Gegenständen. *Keine Verbindungen.*

Wenigstens war er wieder in der Lage, seine Quelle zu berühren. Das war gut, sagte er sich. Sie konnten seine Quelle nicht so blockieren, wie Annelie es getan hatte, und das bedeutete, dass sie nicht in der Lage waren, das Schwert zu benutzen. Er musste es irgendwie schaffen, an ein magisches Hilfsmittel zu kommen, mit dessen Hilfe er fliehen konnte. Aber wie er das schaffen sollte, wusste er nicht.

Dann hörte er ein Geräusch. Es war ein Kratzen, als würde ein Holzklotz über den Boden geschleift. Stimmen ertönten hinter der Tür. Ein weiteres Kratzen war zu hören, dann ein Klacken. Ein Riegel wurde entfernt. Metall klirrte gegen Metall, und im Schloss klackte es.

Die Tür schwang auf, und ein Mann trat ein. Er war klein und dünn, hatte einen sauber gestutzten Bart und zeigte ein

Grinsen. Der Mann war gut gekleidet und hatte eine magisch aufgeladene Armbrust bei sich, die er auf Caldans Bauch richtete. Außerdem besaß er eine rechteckige Ledertasche, die der von Elpidia glich - also musste es sich um einen Arzt handeln. Die Tür wurde hinter dem Mann geschlossen, und er stand wie erstarrt da.

Caldan sah ihn finster an, aber der Arzt regte sich nicht. »Wer seid Ihr?«, fragte Caldan.

Die Blicke des Arztes glitten über Caldans Fesseln. Anscheinend suchte er nach einem Anzeichen dafür, dass sie gelockert worden waren. Nachdem er sich davon vergewissert hatte, dass Caldan nirgendwohin würde fliehen können, legte er die Armbrust auf den Boden neben die Tür.

»Wer ich bin, ist unwichtig«, sagte der Arzt, während er an Caldan herantrat und seine Ledertasche neben dem Tisch auf den Boden stellte. Er öffnete sie, nahm einige Gegenstände heraus und legte jeden auf ein Stück Tuch, das er vorher ausgebreitet hatte. Einiges wirkte schrecklich vertraut auf Caldan: leere Glasphiolen und hohle Nadeln aus Stahl - aber da war überdies ein bauchiger Krug. Und die Phiolen waren viel größer als diejenigen, die Elpidia benutzt hatte.

Der Arzt befeuchtete ein Tuch mit einer Flüssigkeit - dem Geruch zufolge war es destillierter Alkohol - und wischte damit eine der Nadeln ab. *Er will mein Blut stehlen, aber immerhin sterilisiert er vorher seine Ausrüstung.* Das gab Caldan die Hoffnung, dass er am Leben bleiben sollte - zumindest vorerst.

Der Mann arbeitete weiter. Er goss eine farblose Flüssigkeit in den Krug und mischte weißes Pulver aus einem kleinen Beutel darunter. Mit einem Metalllöffel rührte er um, bis sich das Pulver vollständig aufgelöst hatte.

Bevor Caldan etwas unternehmen konnte, kniff ihm der Arzt die Nase zu und goss die Flüssigkeit in seinen offenen

Mund. Caldan hustete so viel von der süßlichen Flüssigkeit aus, wie ihm möglich war, aber einiges musste er doch schlucken.

Der Arzt trat zurück. »Das wird dein Blut verdünnen und dir für eine Weile das Leben erhalten.«

Caldan schüttelte den Kopf, als wollte er aus einem schlimmen Traum aufwachen; dann schloss er die Augen. Elpidia war tot, und es gab niemanden mehr, den Miranda kannte und der auf sie aufpassen konnte. Was würde mit ihr geschehen, da nun auch Annelie tot war?

Sein Herz verkrampfte sich, und er biss die Zähne zusammen, als ein Gefühl der Verzweiflung in ihm aufstieg. Ein Geräusch riss ihn aus seinen Gedanken. Es war ein Summen. Der Arzt summte sich selbst etwas vor. Caldan öffnete die Augen, gerade als eine hohle Nadel in seinen Arm stach. Er wand sich und versuchte sie abzuschütteln, aber sein Arm ließ sich kaum bewegen.

Der Arzt sah seinen Bemühungen gelassen zu.

Schließlich wehrte sich Caldan nicht mehr, und der Mann schenkte ihm ein dünnes Lächeln.

»Gut«, murmelte er. »Es ist einfacher für dich, wenn du keinen Widerstand leistest.« Er steckte das andere Ende der Nadel in eine leere Phiole und sah zu, wie sie sich langsam mit Blut füllte. Als sie fast voll war, tauschte er die Phiole gegen eine leere aus und wiederholte den Vorgang.

Caldan schaute zu, und allmählich wurde ihm übel.

»Ganz ruhig, es ist bald vorbei«, sagte der Mann, ohne den Blick von der allmählich sich füllenden Phiole zu nehmen.

»Ihr seid ein Arzt«, sagte Caldan.

Der Mann warf ihm einen raschen Blick zu und beobachtete dann wieder die Phiole. »Ja.«

»Ihr sollt den Menschen helfen und sie heilen.« Wut verzerrte seine Worte.

Der Arzt schien über das nachzudenken, was Caldan gesagt hatte, doch schließlich zuckte er die Achseln. »Ich helfe den Menschen.«

»Dann helft mir.«

»Oh, das kann ich nicht. Vor langer Zeit wurde ich vor die Wahl gestellt, wenigen oder vielen zu helfen. Ich habe die vielen gewählt.«

»Und das Gold, das Euch die vielen dafür gezahlt haben, hatte keinen Einfluss auf Eure Wahl?«

»Dass die vielen in harten Dukaten zahlen, ist nur ein zusätzlicher Vorteil. Es ist dir nicht möglich, meine Beweggründe zu verstehen. Aber wenn unsere Rollen vertauscht wären, würdest du vermutlich genauso handeln wie ich.«

»Und Ihr würdet freiwillig Euer Blut spenden? Unwahrscheinlich.«

Der Mann entfernte die zweite volle Phiole und ersetzte sie durch eine dritte. Er sagte nichts.

»Zieht die Nadel aus meinem Arm, und bringt mir den, der hier die Verantwortung trägt.«

»Ich fürchte, du wärest nicht in der Lage, sie davon zu überzeugen, dich gehen zu lassen, aber ... sie werden bald hier sein.«

Nun war die vierte Phiole gefüllt, und der Arzt verschloss jede mit einem Korken. Dann wickelte er ein dünnes Tuch dort um Caldans Arm, wo die Nadel ins Fleisch eingedrungen war.

»Was wird mit mir geschehen?«

»Die Phiolen sind nur der Anfang. Es gibt Menschen, die auf dieses Blut warten. Wichtige Menschen, die es nicht schätzen, wenn sie lange warten müssen.«

Der Arzt packte seine Ausrüstung zusammen und nahm Tasche und Armbrust an sich. Bei der Tür blieb er stehen. »So wird es einige Tage lang gehen. Du solltest versuchen, Frieden zu finden. Ich werde dir die Zeit hier so angenehm wie möglich machen.«

Mit diesen Worten verließ er das Zimmer, versperrte die Tür hinter sich und ließ Caldan in schäumender Wut und völliger Hoffnungslosigkeit zurück.

33

Beinahe sofort spürte Caldan, dass einige Personen draußen vor der Tür standen. Seine Haut prickelte unter dem Summen der Amulette und Kleinodien, die sie trugen, und seine Haare richteten sich auf. Mindestens ein Zauberer befand sich unter ihnen, und sicherlich war es ein Verbrecher. Caldans Flucht schien immer unwahrscheinlicher zu werden.

Er war für einige Zeit sich selbst überlassen worden. Die vier Phiolen mit Blut, die ihm der Arzt abgenommen hatte, hatten bei ihm ein Schwindelgefühl verursacht, aber nun wusste er wenigstens, dass er noch nicht sterben sollte. Sie wollten ihn melken wie eine Kuh.

Sein Mund war trocken, und er verspürte starken Durst. Natürlich wusste er nicht, wie viel Zeit genau vergangen war, aber inzwischen krochen die Schatten draußen über die Dächer und kündigten den Sonnenuntergang an. Seine Haut um die Einstichwunde herum juckte.

Nervös spannte er die Muskeln an, als er hörte, wie der Riegel auf den Fußboden gestellt und ein Schlüssel in das Schloss eingeführt wurde. Die Tür schwang auf, und Caldan starrte Joachim in großem Erstaunen an. Er war wie üblich in eine schwarze Hose und ein schwarzes Hemd mit Silberknöpfen gekleidet. Doch diesmal wirkte er besorgt.

»Es tut mir leid, dass es so weit kommen musste«, sagte

Joachim mit einer Stimme voller Bedauern. In der einen Hand hielt er einen weiteren Krug.

Es war Caldan gleichgültig, ob die Reue des Meistermagiers gespielt war oder nicht. Er bleckte die Zähne und knurrte: »Ist das alles, was ich für den Kaiser bin? Jemand, der benutzt und dann weggeworfen wird?«

Joachim lächelte. »Nun ja, er ist der Kaiser. Aber er weiß nichts von alldem hier. Niemand bemerkt es, wenn hin und wieder einer von euch verschwindet. Am besten ist es, wenn sie gar nichts davon wissen, und deshalb war es etwas so Besonderes, dich zu finden. Es mindert das Risiko, erwischt zu werden.«

Caldan lehnte sich erneut gegen seine Fesseln auf. Er wollte frei sein und seine Hände um Joachims Kehle legen. Einige Augenblicke lang war das alles, was er wollte und woran er denken konnte. Doch schließlich gab er es auf und schämte sich seiner mörderischen Gedanken.

»Schon besser«, sagte Joachim. »Sobald du dich in dein Schicksal fügst, wird alles leichter.«

»Das hat der Arzt ebenfalls gesagt.«

»Ein weiser Mann.«

»Ein Mörder.«

Joachim zuckte mit den Achseln. »Er will nur den Kranken helfen.«

»Und Ihr? Was habt Ihr davon?«

»Außer meinem Anteil am Gewinn? Die Kleinodien. Hast du eine Vorstellung, wie viele ich davon in den letzten Jahren sammeln konnte? Sie sind nicht billig. Sie kosten viel, Caldan. Sehr viel.«

»So viel wie Eure Seele?«

»Du kannst von mir halten, was du willst, Caldan. Das ist mir gleichgültig.«

»War Euch auch Meisterin Annelie gleichgültig, als Ihr

befohlen habt, sie umzubringen? Sie hatte den Tod nicht verdient, genauso wenig wie die anderen beiden Protektoren.«

»Da bin ich anderer Meinung. Annelie hat herumgeschnüffelt. Es hat sich herausgestellt, dass sie uns schon seit einiger Zeit auf der Spur war. Natürlich wusste sie nicht, dass ich in die Sache verwickelt bin. Deshalb haben sie versucht, dich an einen sicheren Ort zu bringen. Als ob es einen Ort gäbe, an dem jemand sicher vor uns ist!«

Caldan schüttelte den Kopf. Blutverlust und Austrocknung verwirrten seine Gedanken. Er musste sich konzentrieren, wenn er diesen Raum lebendig verlassen wollte.

»Nein, ich bedaure es nicht, sie getötet zu haben. Du hingegen ... Du bist anders als die übrigen Berührten, die wir für gewöhnlich einfangen«, sagte Joachim. »Du bist ein Zauberer. Das ist so selten. Jemand wie du wird vom Kaiser und seinen Ratgebern sehr geschätzt. Es scheint eine solche Verschwendung zu sein, aber da wir den Prozess nun einmal in Gang gesetzt haben, gibt es keinen Weg zurück mehr. Es ist zu gefährlich, dich auf die übliche Weise ausbluten zu lassen. Wir dürfen nicht das Risiko eingehen, dich Wochen oder sogar Monate hier zu behalten. Jemand könnte einen Fehler machen, und du könntest entkommen. Es tut mir leid, wirklich, aber du wirst nicht mehr lange auf dieser Welt sein.«

Er klang keineswegs so, als ob ihm dies leidtat, fand Caldan. Er schien es nur zu bedauern, dass er Caldan nicht noch länger hier behalten und wie einen Wasserschlauch auslaufen lassen konnte. Auch wenn Caldan sehr verängstigt gewesen war, als er das Kloster verlassen hatte, wäre er damals nie auf den Gedanken gekommen, sein Leben ausgeblutet und an einen Tisch gebunden beenden zu müssen.

Die Welt hinter diesen Mauern ist ein seltsamer Ort ...

Er leckte sich über die ausgedörrten Lippen. Sein Kopf fühlte sich schwer an. »Vielleicht ...«, brachte er hervor und war erstaunt über die Brüche in seiner Stimme. »Vielleicht kann ich Euch noch in anderer Weise hilfreich sein.«

Joachim hob die Brauen. »Dafür ist es zu spät. Ganz zu Anfang, als ich dich zum ersten Mal gesehen habe, war ich der Meinung, dass es vielleicht möglich sein wird. Aber jetzt ... ich weiß, dass du ein Lügner bist.«

Caldan blinzelte; seine Gedanken waren durcheinander. Er fühlte sich nicht schuldig, weil er Joachim angelogen hatte, aber er wünschte sich nun, aufrechter zu Annelie gewesen zu sein. Doch auch das spielte jetzt keine Rolle mehr.

»Du hattest eine Menge bemerkenswerter magischer Gegenstände bei dir. Aber das war noch nicht alles, oder?« Joachim beugte sich zu seinem Gesicht vor, und Caldan spürte die Wärme seines Atems. »Deinen Kleinod-Ring werde ich verkaufen können, auch wenn niemand ihn benutzen kann. Ich darf es nicht riskieren, ihn dem Kaiser zu übergeben, denn das würde zu Fragen führen. Und ich will unbedingt alle Fragen vermeiden. Aber du hattest auch den Knochenring in deinem Besitz, nicht wahr? Denjenigen, nach dem ich dich ausdrücklich gefragt habe und von dem du behauptet hast, ihn nicht zu besitzen.«

Caldan schloss die Augen und nickte. Es hatte keinen Sinn, weiterhin zu lügen. Joachim hatte bereits alles, was er haben wollte, und er würde Caldan auch noch das Wertvollste nehmen, was er besaß: sein Leben.

Der Meistermagier griff hinter den Tisch und goss Wasser aus einer Flasche in Caldans Mund.

Caldan schluckte die Flüssigkeit herunter, aber sie wurde ihm allzu schnell wieder weggenommen. Gierig fuhr seine Zunge über die Lippen.

»Ich werde dich für eine Weile hierlassen«, fuhr Joachim fort und stellte die Flasche wieder beiseite. »Und ich will, dass du eingehend darüber nachdenkst, ob du mir die Wahrheit erzählen willst oder nicht. Die Wahrheit könnte dein Leben noch eine Weile verlängern, Lügen könnten es verkürzen. Denk über den Knochenring nach. Was weißt du über ihn? Warum ist es dem Kaiser so wichtig, ihn zu finden? Woher stammt er? Einige Antworten sind dir vielleicht bekannt, andere vielleicht nicht. Aber ich brauche alle Informationen, die du mir geben kannst.«

»Und was bekomme ich dafür? Einige zusätzliche Stunden, bevor Ihr mich tötet? Ich habe Euch nicht die Wahrheit gesagt, weil ich Euch nicht vertraut habe. Anscheinend hatte ich damit recht, oder? Nehmt Eure Antworten, und geht damit zur Hölle. Dort werden die Ahnen Euch das geben, was Ihr verdient habt.«

»So tapfer. So bereit zu sterben. Aber ich bin sicher, dass du noch Vernunft annehmen wirst. Ja, du wirst um deinen Tod betteln - ich verspreche dir, dass es keine angenehme Zeit sein wird. Doch manchmal ist Zeit alles, was wir haben, und dann fühlt sie sich wie das Wertvollste auf der ganzen Welt an ... Und manchmal ist es nicht nur deine Zeit, über die du nachdenken solltest. Wie war noch gleich ihr Name? Miranda ...«

Ohne ein weiteres Wort verließ Joachim das Zimmer.

Anasoma brannte in Caldans Traum. Zauberische blaue Flammen wogten von den Mauern herunter und entzündeten die Gebäude innerhalb eines Herzschlages. Männer, Frauen und Kinder flohen in Entsetzen, doch die gewaltige Hitze verzehrte sie und röstete ihre Haut, bis sie schwarz war.

Auf einem Turm der Stadt hatte sich ein unirdisches Monstrum mit seinen Krallen festgeklammert, und seine Schwingen flatterten in dem Aufwind, der von der Feuersbrunst erzeugt wurde. Das Ungeheuer wirkte zufrieden, als ob die Vernichtung sein Werk sei.

Was war das für ein Wesen? Warum verlangte es nach solchem Chaos und solcher Verwüstung?

Im Hafen lagen Dutzende indryallanischer Schiffe, bis zur Reling mit Soldaten gefüllt, und sie warteten darauf, dass die Stadt vom Makel des mahrusischen Reiches gesäubert wurde.

Gesäubert? Warum dachte er so etwas?

Die Bestie sprang in die Luft und ließ sich vom Aufwind in den raucherfüllten Himmel heben. Freudenschreie ertönten von den Indryallanern ...

Mit einem Ruck erwachte Caldan. Sein Kopf war zur Seite gerollt, und das Herz hämmerte in seiner Brust. Es war ein Fiebertraum gewesen. So schnell wie möglich verwarf er diese Visionen, aber sie hatten wie ein Messer in ihn geschnitten.

Müde. Er war so müde. Außerdem fühlte er sich irgendwie älter an, als ob ihm die letzten Stunden die Lebenskraft aus der Seele gezogen hätten.

Sein Atem ging rasch, und als er ihn zu verlangsamen versuchte, stellte er fest, dass es ihm unmöglich war.

Bei den Ahnen, er brauchte Wasser, oder er würde nicht mehr lange durchhalten. Das war sicherlich Joachims Plan. Es war nicht nötig, sich die Hände an ihm schmutzig zu machen, wenn Austrocknung und Blutverlust die Arbeit für ihn erledigten. Aber er fragte sich, wie viel Zeit ihm wohl noch blieb.

Es war dunkel im Zimmer. Die Nacht war hereingebrochen, und keine Lampe war für ihn zurückgelassen worden. Aber das war gleichgültig. Mondlicht fiel durch das Fenster, ein reinigendes Licht.

Vergib mir, Miranda ...

Caldan schloss die Augen. Nur für einen Moment, sagte er sich.

Er hörte ein Schaben von Leder auf Holz. Jemand zischte etwas links von ihm.

»Ich rieche … Blut«, flüsterte eine Stimme.

Caldan versuchte die Augen zu öffnen, aber seine Lider schienen fest verschlossen zu sein. »Hilfe …«, krächzte er.

Jemand bewegte sich um ihn herum zur Tür. Der Luftzug, der durch das Vorbeischreiten der Person entstand, fuhr über ihn.

»Bitte … Wasser.«

Lange bewegte sich nichts mehr. Nun hörte Caldan nur die schwachen, fernen Geräusche von draußen.

Die Person bewegte sich wieder. Wer immer sie war, nun stand sie neben ihm. Wasser ergoss sich über sein Gesicht und verursachte ihm einen Schock. Rasch streckte er die Zunge heraus und tastete mit ihr nach der kostbaren Flüssigkeit. Ein dünner Strahl plätscherte nun in seinen Mund, und er schluckte. Allzu bald versiegte der Strahl. Wasser spritzte ihm in die Augen, und er öffnete sie und blinzelte.

Dann erlebte Caldan einen Moment vollkommener Verblüffung.

»Also, das ist bemerkenswert, nicht wahr?«, sagte Amerdan.

Voller Erstaunen starrte Caldan den Ladenbesitzer an. Seine Gedanken flossen träge, und er konnte sich nicht einmal ansatzweise vorstellen, warum der Mann hier war. Aber er war hier – der Mann, der Elpidia getötet hatte. Caldans Blicke wanderten zu Amerdans Messern. Wut und Angst packten ihn, und er wollte nach Amerdan ausschlagen, aber er konnte es nicht. Einerseits war er gefesselt, und andererseits stellte Amerdan seine einzige Aussicht auf ein Entkommen dar.

»Amerdan, den Ahnen sei Dank! Befreie mich. Vermutlich stehen einige Wachen vor der Tür. Sei also leise.«

Amerdan sah ihn an, bewegte den Kopf vor und zurück und suchte nach … was? Was wollte er? Er machte eine besorgte Miene. Caldan erinnerte sich an seine erste Begegnung mit ihm, an das rötliche Schimmern von Amerdans Haut, an den Gestank von verwesendem Fleisch ... und nun glaubte er, all das wieder wahrzunehmen. Doch wie schon beim ersten Mal war es verschwunden, bevor Caldan es verstehen konnte.

»Warum bist du gefesselt?«, fragte Amerdan tonlos.

»Ich ... ich weiß nicht«, stammelte Caldan. Zwar glaubte er, dass auch Amerdan zu den Berührten gehörte, aber er konnte ihm trotzdem nicht die Wahrheit sagen. Nicht Elpidias Mörder. »Ich glaube, sie wollen meine Kleinodien haben. Bitte ... du musst mir helfen.«

»Muss ich das?«

»Ja. Wir ... wir sind einander sehr ähnlich, du und ich. Du weißt, dass das stimmt.«

Amerdan zuckte beinahe unmerklich mit den Schultern, als ob er sagen wollte: *Na und?* Schließlich meinte er: »Aber *warum?* Warum tun sie *dir* das an?«

»Wie ich schon sagte: meine Kleinodien ...«

»Aber warum halten sie dich am Leben? Sie hätten dich töten und sie deiner Leiche abnehmen können. Nein, sie wollen eindeutig dein Blut haben. Wer macht das mit dir?«

Caldan glaubte nicht, dass er noch die Kraft hatte, weiterhin zu lügen, und so beschloss er, die Wahrheit zu sagen und sich später um die Konsequenzen zu kümmern ... falls es noch ein Später geben sollte. »Joachim«, sagte er.

»Joachim? Wer ist das?«

»Ein Meistermagier, der nur dem Kaiser verpflichtet ist. Er hat zwei Protektoren und auch eine Meisterin getötet. Und er hat nach dir gefragt. Wegen unseres Blutes.«

Wieder zuckte Amerdan unbesorgt mit den Schultern.

Caldan schaute zur Tür. Obwohl sie sich im Flüsterton unterhielten, konnte jederzeit jemand hereinkommen. Bei dem Gedanken, dass der Magier Amerdan in diesem Zimmer vorfand, drehte sich Caldan der Magen um. Es gefiel ihm nicht, aber der Kaufmann war seine einzige Hoffnung auf ein Entkommen. Und trotz seiner offensichtlichen Talente – die Caldan bereits ausgiebig hatte beobachten können, überdies war es dem Mann gelungen, ihn zu finden *und* unbemerkt in dieses Zimmer zu schlüpfen – war sich Caldan ziemlich sicher, dass Amerdan kein würdiger Gegner für Joachims Magie war. Es wäre ein verdientes Ende für den Ladenbesitzer, aber Caldan würde es keineswegs helfen.

Zumindest noch nicht.

»Du musst mich befreien. Uns bleibt nicht mehr viel Zeit.«

»Hier geht etwas vor, das ich nicht verstehe. Hilf mir dabei.«

»Joachim kann jeden Augenblick zurückkommen.« Er musste Amerdan die Gefahr verdeutlichen. »Er ist ein Zauberer. Einer mit großem Wissen und gewaltiger Macht. Ihm stehen viele Amulette und Kleinodien zur Verfügung.«

Amerdan kniff die Augen zusammen und atmete tief ein. »Ein mächtiger Zauberer.« Nachdenklich betrachtete er die Lederriemen, mit denen Caldan gefesselt war. Seine Hand bewegte sich zu einem seiner Messer.

»Ja«, flüsterte Caldan nachdrücklich. »Richtig so. Schneide die Riemen durch.«

Mit der anderen Hand griff Amerdan unter sein Hemd und packte einen Gegenstand, der um seinen Hals hing. Er sah Caldan an, runzelte die Stirn und bewegte die Lippen, als würde er ein Selbstgespräch führen.

»Jetzt?«, flüsterte der Ladenbesitzer so leise, dass Caldan ihn kaum verstand. »Nein. Es ist nicht die richtige Zeit. Später vielleicht? Was ist mit ihr?«

Caldan wurde immer besorgter wegen Amerdans Verhalten. Warum zögerte der Kaufmann? Er drängte die Angst zurück, die in ihm aufstieg. Hier war eine unerwartete Gelegenheit, und sie könnte verschwendet sein, wenn Amerdan noch länger untätig blieb. Abermals schaute er nervös zur Tür.

Bevor er etwas erwidern konnte, schien Amerdan zu einem Entschluss gekommen zu sein und durchtrennte die dicken Lederriemen.

Unwillkürlich schrie Caldan vor Schmerzen auf, als plötzlich wieder Blut in Handgelenke, Brust und Füße gepumpt wurde.

Sein plötzliches Heulen wurde von Stimmen vor der Tür beantwortet.

»Das könnte schmutzig werden«, sagte Amerdan.

Caldan massierte seine Handgelenke und versuchte, die Blutzirkulation in Gang zu bringen. »Vielleicht sehen sie nicht nach. Sie glauben, dass ich nicht entkommen kann.« Bei den Ahnen, er fühlte sich so schwach, aber er würde alles tun, um von hier wegzukommen. Auf gefühllosen Füßen taumelte er einige Schritte vom Tisch weg und war kaum in der Lage zu stehen.

Dann ertönte ein Klacken, als der Riegel draußen von der Tür weggenommen wurde.

Caldan runzelte die Stirn. Wie war Amerdan überhaupt in dieses Zimmer gelangt? Erst jetzt bemerkte er, dass das Fenster weit offen stand. Irgendwie war es Amerdan also gelungen, an der Hauswand hochzuklettern.

Amerdan stellte sich an die Seite der Tür, an der sich die Angeln befanden, sodass er nicht zu sehen sein würde, wenn sie geöffnet wurde. Er holte ein Messerpaar hervor.

Ein Schlüssel kratzte im Schloss, und es sprang mit einem Klacken auf.

Als die Tür geöffnet wurde, ergoss sich Licht in das Zimmer und fiel auf den leeren Tisch mit den durchschnittenen Lederriemen sowie die scharlachroten Flecken am Boden neben dem Krug.

Ein langer Schatten erschien im Lichtgeviert auf dem Boden. »Was zum ...?«

Amerdan trat vor die Öffnung und stieß, ohne zu zögern, präzise zu. Blut sprudelte aus dem Hals des Arztes, und Entsetzen zeichnete sich auf seinem Gesicht ab. Amerdan zog das Messer wieder heraus und stieß abermals zu, während er mit der anderen Hand die Haare des Mannes packte. Dann zerrte er den Arzt in das Zimmer. Der Mann erschlaffte und brach auf dem Boden zusammen. Er hob die Hände an seinen Hals; die Finger waren mit Rot bedeckt. Ein erstickter Laut quoll über seine Lippen.

Amerdan stürzte durch die Tür, und Caldan folgte ihm so schnell wie möglich. Er war erstaunt, wie rasch seine Kräfte zurückkehrten.

Allmählich verstehe ich, warum mein Blut so wertvoll ist, dachte er. *Den Ahnen sei Dank, dass sie mir etwas davon übrig gelassen haben.*

Zwei Männer saßen an einem Tisch beim Kartenspiel und rissen die Münder vor Überraschung auf.

Ohne zu Zögern sprang Amerdan auf sie zu, während ihnen die Karten aus den Händen fielen und sie nach ihren Schwertern griffen.

Zu spät.

Amerdan knurrte wild, prallte gegen den einen Mann und stieß dabei den Tisch um. Dann rammte er dem Mann eine Klinge in die Brust.

Caldan taumelte einige Schritte zurück, bewegte sich wieder voran, wollte helfen, aber eine Welle der Schwäche überspülte ihn, und er fiel auf die Knie.

Anscheinend bin ich noch nicht ganz so stark, wie ich geglaubt habe.

Ein Schrei ertönte vor ihm. Caldan hob den Arm und sah, wie Amerdan von dem zweiten Mann zurücktrat, der auf seinem Stuhl zusammenbrach. In seinem Hals klaffte eine tiefe Wunde, und er hustete und erstickte an seinem eigenen Blut.

Amerdan grinste und machte sich daran, die beiden Männer zu durchsuchen.

Caldan schaute sich um und sah den Arzt auf dem Boden des Zimmers liegen, aus dem er soeben geflohen war. Plötzlich zitterte er. Ihm war übel. Galle stieg ihm in den Mund, aber er schluckte sie herunter.

Auf einer Anrichte befanden sich ein Laib Brot und ein wenig Käse zusammen mit Krügen voller Bier und Wasser. Er spülte sich erst den Mund mit Wasser aus, damit er den galligen Geschmack loswurde, dann trank er. Es fiel ihm nicht leicht, denn seine Hände zitterten, und er fühlte sich, als müsste er gleich ohnmächtig werden. Sobald er seinen Durst gestillt hatte, knurrte ihm der Magen beim Geruch des Brotes, und Caldan brach sich ein Stück ab und schlang es zusammen mit einigen Stücken Käse herunter. Er war heißhungrig, und sein Magen verlangte nach mehr, aber fürs Erste musste es reichen. Sie durften keine Zeit mehr verschwenden.

Er konnte nur hoffen, dass ihm das hastige Essen eine ausreichende Grundlage für die Flucht gab.

Eine Treppe führte in das nächste Stockwerk hinunter, aber er konnte noch nicht von hier verschwinden.

»Warte«, sagte er zu Amerdan.

Er suchte die beiden Männer nach Amuletten und Kleinodien ab, fand jedoch nichts. Eine Durchsuchung des Arztes brachte das gleiche Ergebnis, allerdings hatte der Mann noch zwei Phiolen mit Caldans Blut bei sich. Wo waren wohl die anderen beiden abgeblieben?

Caldan stolperte zum Fenster und warf die Phiolen hinaus. Sie zerbrachen auf den Dachpfannen unter ihm.

Amerdan wartete geduldig und schien weder von dem, was Caldan tat, noch von den drei Toten beeindruckt zu sein.

Ein Gedanke beschlich Caldan. »Woher wusstest du, dass ich hier bin?«

Der Ladenbesitzer zuckte mit den Schultern. »Ich habe dich im Wagen bei den Protektoren gesehen, und ich habe beobachtet, wie sie von den anderen Männern getötet wurden. Ich bin ihnen hierher gefolgt und habe beobachtet und gewartet.«

Aber warum? Hatte Amerdan nach Caldan gesucht? Er wusste, dass der Ladeninhaber mit Glöckchen unter einer Decke steckte. War er etwa hergekommen, weil er Caldan töten wollte, und hatte er es sich inzwischen anders überlegt? Wieder stellte sich die Frage: warum? Amerdan war gefährlich, und Caldan wagte es nicht mehr, ihm zu vertrauen. Caldan kochte innerlich, und seine Gedanken wirbelten umher. Amerdan hatte Elpidia getötet! Selbst ein Blinder war in der Lage, ihren Tod ihm zuzuschreiben. Und er hatte sich mit Glöckchen verbündet. Er musste derjenige gewesen sein, der sie befreit hatte.

Caldan war hin und her gerissen zwischen Dankbarkeit für seine Rettung und Rachegefühlen wegen Elpidias Ermordung. Er bemühte sich, die Kontrolle über sich selbst wiederzufinden und genügend Kraft aufzubringen. Seine Hände zitterten.

Die Fragen mussten warten. Caldan schaute sich in dem Zimmer nach Amuletten und Kleinodien um, ohne Erfolg. Dann wischte er sich die Hände an den Hosenbeinen ab, holte tief Luft und versuchte sich zu beruhigen.

»Jetzt hast du mich schon vor zwei Menschen gerettet«, sagte er zu Amerdan. »Ich hoffe, es gibt nicht noch einen dritten.«

Amerdan schenkte ihm einen verwirrten Blick.

»Zuerst der Bluter und jetzt Joachim. Das sind zwei. Ich stehe tief in deiner Schuld. Und ich hoffe, dass du mich nicht noch ein drittes Mal wirst retten müssen.«

»Drei. Ja. Es ist schon fast da«, erwiderte Amerdan kryptisch. Caldan verstand nicht, was er damit sagen wollte.

»Wir müssen von hier verschwinden, aber zuerst muss ich meine Kleinodien finden. Sie sind alles, was mir von meiner Familie geblieben ist.«

Ein Ausdruck der Wut legte sich auf Amerdans Gesicht, doch er war so flüchtig, dass Caldan schon glaubte, ihn sich nur eingebildet zu haben.

»Die Familie ist wichtig«, sagte Amerdan. »Ich vermute, du willst diesen Zauberer finden ... Joachim?«

Caldan schluckte. Ja. Er wollte Joachim aufsuchen und ... was dann? Dafür sorgen, dass der Magier seine Taten bereute? Ihm Schmerzen zufügen? Ja, er wollte diesem Bastard den Kopf abschneiden. Er wollte seine Kleinodien zurückhaben und dafür sorgen, dass Miranda in Sicherheit war. Dann sollte er die Protektoren über die Ereignisse in Kenntnis setzen und hoffen, dass sie ihm glaubten. Joachim war ungeheuer mächtig, und – was mehr als wahrscheinlich war – er besaß Caldans Kleinodien.

Und diese benötigte Caldan, um den Meistermagier zu besiegen.

Bei den Ahnen ...

»Gehen wir erst einmal nach unten«, sagte er zu Amerdan. »Vielleicht hat er dort irgendwo meine Kleinodien versteckt.«

Bei der Treppe ins nächst niedrigere Stockwerk standen zwei Bögen mitsamt den Köchern voller Pfeile. Caldan nahm einen der Pfeile heraus und untersuchte die Spitze und den Schaft. Es war so, wie er vermutet hatte: Sie waren magisch aufgeladen. Und es war gut gemacht. Er würde sie später genauer in Augenschein nehmen und so viel wie möglich aus den Runen lernen. Aber in der Zwischenzeit konnte er diese Pfeile als Waffen benutzen. Zwar war er kein großer Bogenschütze, aber die Pfeile würden zumindest als Beweis dienen, falls ihm die Protektoren nicht glauben sollten, was er ihnen über Joachim zu sagen hatte.

Caldan stellte den Pfeil zurück, schlang sich beide Köcher über die Schultern und zog ihre Riemen fest. Dann schnappte er sich einen Bogen und legte ihn sich ebenfalls über die

Schulter. Er kehrte zu den Toten zurück und nahm dem einen das Schwert ab.

»Wir sollten gehen«, sagte er zu Amerdan. Der Mann nickte.

Jeder ergriff eine Lampe, und so leise wie möglich stiegen sie die hölzerne Treppe hinunter. Sie achteten darauf, stets am Rand der Stufen zu gehen, damit diese nicht knarrten.

Die Treppe machte eine Biegung, dann noch eine, und dort, wo Caldan das untere Stockwerk erwartet hatte, gab es keinen Absatz, sondern die Treppe verlief einfach immer weiter nach unten. Offensichtlich hatten seine Entführer einen sehr abgelegenen Ort gefunden, an dem sie jeder Aufmerksamkeit entgehen konnten. Vermutlich bekam niemand mit, was in jenen hochgelegenen Räumen vor sich ging. Vielleicht hatten sie sogar das Glück, dass ihr Kampf unbemerkt geblieben war.

Sie stiegen weiter hinunter, und als die Treppe schließlich vor einer massiven Tür endete, nahm Caldan an, dass sie das Erdgeschoss erreicht hatten. Ein Schlüssel steckte im Schloss. Caldan vergewisserte sich, dass die Tür nicht verschlossen war, dann zog er den Schlüssel heraus und spähte durch das Loch.

Hinter der Tür erstreckte sich ein breiter Korridor, der von zwei unter der Decke hängenden Zauberkugeln beleuchtet wurde. Dieser Luxus deutete an, dass es sich hier vermutlich nicht um ein selten benutztes Versteck, sondern um das Hauptquartier und die Wohnräume der Entführer handelte.

An der rechten Seite befanden sich drei weitere Türen und am hinteren Ende eine größere Tür, die mit zwei der mächtigsten Schlösser gesichert war, die Caldan je gesehen hatte. Das musste der Weg hinaus auf die Straße sein.

Caldan drehte sich zu Amerdan um. »Du hast also das Gebäude eine Weile beobachtet, nachdem du gesehen hast, dass ich hierher gebracht worden bin?«

»Ja.«

»Hast du dabei auch Joachim gesehen? Blasse Haut, kurz geschnittene braune Haare, schwarze Kleidung?«

»Ah, ja. Er war einer der sieben Männer, die den Wagen überfallen haben. Sie haben ihn in den Hof gefahren und die Leichen nach drinnen gebracht. Einige Zeit später sind vier der Männer weggegangen, und der erste Mann, den ich oben getötet habe, ist eingetroffen.«

Caldan gab ein leises zischendes Geräusch von sich. »Also ist abgesehen von den drei Männern oben vermutlich nur noch Joachim hier?«

»Das ist ... sehr wahrscheinlich. Ich habe nicht gesehen, dass er das Gebäude verlassen hat.«

Das bedeutete, dass er sich hinter einer der drei anderen Türen befinden könnte. Was sollte Caldan nun tun? Es bot sich ihm eine Fluchtmöglichkeit, aber er musste seine Kleinodien und magischen Gegenstände zurückholen. Wenn er zu den Protektoren ging und mit ihnen hierher zurückkam, würde Joachim seine Flucht lange bemerkt haben und seinerseits verschwunden sein. Und dann würde Caldan andauernd über die Schulter blicken müssen, denn zweifellos würde ihn der Meistermagier jagen und am Ende zur Strecke bringen – schließlich besaß er genug von Caldans Blut, um damit so viele Kompasse herzustellen, wie er benötigte. Caldan war eine Gefahr, die er aus der Welt schaffen musste.

Also blieb ihm nichts anderes übrig, als den Meistermagier zu töten, bevor Joachim ihn tötete. Er war sich nicht sicher, ob er das schaffen konnte, aber es war die einzige Möglichkeit, die ihm blieb.

»Wir müssen ihn finden, Amerdan. Wenn wir ihn überraschen können ... dann vielleicht ...«

»Ich werde dir helfen. Ich habe meine eigenen Gründe dafür. Bisher habe ich überlebt. Ich kann auf mich selbst aufpassen.«

Gemeinsam hatten sie vielleicht eine Aussicht auf Erfolg. Eine geringe Aussicht, aber das war besser als nichts. Caldan erklärte seinen Plan. »Ich kann die magischen Pfeile abschießen, sobald ich geistig mit ihnen verbunden bin. Es wird schwierig sein, den richtigen Zeitpunkt dafür abzupassen, aber wenn Joachim abgelenkt ist, kann ich ihn vielleicht überraschen. Vermutlich wird es uns nicht gelingen, seinen Schild zu durchdringen, aber möglicherweise können wir ihn zu Fall bringen und uns dadurch einen Vorteil verschaffen. Wenn Joachim am Boden liegt und ich es schaffe, seinen Schild und seine Konzentration zu durchlöchern, können wir ihn vielleicht töten. Warte hier.«

Caldan blies die beiden Lampen aus, und sie standen in völliger Dunkelheit. Er öffnete die Tür einen Fingerbreit, spähte durch den Spalt und vergewisserte sich, dass der Korridor dahinter tatsächlich leer war. Dann nahm er einige der magischen Pfeile, duckte sich und schlich an der Wand entlang zur ersten Tür. Als er sie erreicht hatte, berührte er seine Quelle und verband sie mit einem der Pfeile. Er spürte, wie die Magie in seiner Hand vibrierte, und hoffte, dass Joachim die geringe Energie, die Caldan durch seinen Strang schickte, nicht bemerkte. Vorsichtig legte er den Pfeil neben der Tür ab.

Er huschte so leise wie möglich weiter und wiederholte den Prozess bei den beiden anderen Türen, indem er seine Quelle in drei Stränge aufspaltete. Bei der dritten Tür hielt er inne, bevor er in gleicher Weise mit der Eingangstür verfahren wollte, doch dann kam ihm eine andere Idee.

Caldan bewegte sich wie ein Schatten zurück zu Amerdan, schloss die Tür zum Korridor und wischte sich den Schweiß von der Stirn. Es war nicht viel - er war noch immer völlig ausgetrocknet -, aber es war gut, dass er endlich wieder schwitzen konnte. Seine Stränge fühlten sich stark gespannt an, insbesondere derjenige, der mit dem fernsten Pfeil verbunden war, aber es war erträglich, und er spürte, dass er die Spannung noch eine Weile würde aufrechterhalten können.

»Warum hast du das gemacht?«, fragte Amerdan.

Caldan holte einen weiteren Pfeil aus dem Köcher und ergriff den Bogen. »Wir wissen nicht, hinter welcher Tür sich Joachim befindet, und auf diese Weise kann ich alle drei abdecken.«

»Jetzt können wir ihn also finden, und du willst ihn mit einem Pfeil erschießen? Ich dachte, du hast einen anderen Plan.«

»Den habe ich. Wir müssen ihn hervorlocken. Er soll glauben, dass dieses Haus angegriffen wird.«

»Das klingt nach einem einfachen Plan, und die einfachen Pläne sind meistens die besten.«

Abermals spähte Caldan durch das Schlüsselloch und vergewisserte sich, dass der Korridor leer war. Zufrieden öffnete er die Tür, legte den Pfeil in die Sehne und spannte sie. Er spaltete einen vierten Strang von seiner Quelle ab, verband ihn mit dem Pfeil und verschoss ihn.

Mit einem Summen und einem dumpfen Knall traf der Pfeil die Eingangstür ein wenig von der Mitte entfernt. Das sollte reichen.

Rasch duckte er sich wieder hinter die Tür und schloss sie, dann spähte er durch das Schlüsselloch.

Er hielt die Luft an und wartete. Lange geschah nichts. Vielleicht hatte Joachim nicht gehört, wie der Pfeil die Tür getroffen hatte. Oder er war gar nicht mehr hier. Oder er schlief.

Caldan beruhigte sich und atmete mehrmals tief durch. Er wollte gerade aufgeben und die Tür öffnen, als eine Bewegung bei der mittleren Tür im Korridor seine Aufmerksamkeit erregte. Sie wurde geöffnet, und Joachim steckte den Kopf heraus. Der Meistermagier schaute zu der Tür, hinter der Caldan und Amerdan hockten, und runzelte die Stirn, als er sah, dass sie geschlossen war. Dann warf er einen Blick auf die Eingangstür.

Sofort trieb Caldan so viel Energie wie möglich durch den Strang aus seiner Quelle und zerriss den Anker. Ein gewaltiges Brüllen ertönte, während die Kräfte aus seiner Quelle den Pfeil vollständig zerstörten und dabei auch die Tür sprengten. Lichtfäden zuckten hervor, als Holzsplitter den Boden des Korridors übersäten. Rauch quoll ihnen entgegen.

Joachim fluchte laut und wich in das Zimmer zurück. Aber er war nur wenige Augenblicke weg. Caldan bemerkte den Duft von Zitronen und spürte, wie sich Joachim Zugang zu seiner eigenen Quelle verschaffte. Dann erschien der Meistermagier wieder.

Diesmal wurde er von einem Schild geschützt.

Joachim zögerte nicht. Er stand mitten in dem Korridor, hatte die Arme ausgestreckt und war bereit, mit jedem Eindringling in sein Territorium zu kämpfen.

Ehrfürchtig riss Caldan die Augen auf, als Joachim Kraft aus seiner Quelle zog. Vibrationen am Rande seines Bewusstseins, die von Kleinodien und magischen Wirkstücken herrührten, verzehnfachten sich. Der Schild des Meistermagiers wurde dunkelblau, beinahe schwarz und verbarg seine Gestalt, da der Schild inzwischen so dicht war, dass er kaum mehr einen Blick hindurch zuließ.

Die Haare an Caldans Armen richteten sich auf. Abermals fühlte sich seine Haut heiß an, und das Blut brodelte in seinen Adern. Sie würden sterben, er spürte es in seinen Knochen. Aber er musste es versuchen: für sich selbst, für Miranda, für Annelie und für die Protektoren.

Und er musste noch Amerdan für das, was er getan hatte, bezahlen lassen.

Caldan sammelte alle Kraft, die ihm noch verblieben war. Er

zerrte die Tür auf, und Seite an Seite rannten er und Amerdan auf Joachim zu.

Als Amerdan voranstürmte, zog Caldan schon sein Schwert. Joachim hielt ihnen weiterhin den Rücken zugewandt. Wenn er nur noch einen Augenblick länger unaufmerksam war ...

Ihre Schritte mussten den Magier alarmiert haben, denn plötzlich wirbelte er herum und wandte sich ihnen zu. Ein Lächeln erhellte sein Gesicht, als er Caldan erkannte und sah, dass seine beiden Gegner keine Schilde besaßen.

Einen Augenblick, bevor Amerdan gegen Joachim prallte, war der Ladenbesitzer unvermittelt von einer Energiewelle umgeben; ein bläulich schimmernder Schild umschloss ihn. Violette Funken sprühten, als Amerdan mit Joachim zusammenstieß und ihn aus dem Gleichgewicht brachte. Der Meistermagier fiel zu Boden, schrie vor Schmerzen und rollte auf die nächste Tür zu. Zwar war er jetzt von violetten Lichtstäubchen umgeben, aber sein Schild hielt. Er mühte sich auf das Knie und schüttelte den Kopf – wenige Ellen vor dem dritten Pfeil, den Caldan abgelegt hatte.

Caldan zerbrach den Anker.

Joachim bekam die volle Kraft der Explosion hinter ihm mit und wurde durch die Luft auf die beiden anderen zugeschleudert. Er stieß einen wortlosen Schmerzensschrei aus, der sich in ein Wutgeheul verwandelte. Caldan konnte es kaum glauben, als er sah, wie Joachims Schild, der unter der Anstrengung vollkommen violett geworden war, allmählich zu dem üblichen Blau verblasste.

Der Meistermagier kämpfte sich auf die Beine und warf Amerdan und Caldan einen Blick reinsten Hasses zu. Instinktiv griff Caldan nach einem Schildzauber, aber da war nichts ...

Stattdessen rannte er los – unnatürlich schnell. Entsetzen machte sich auf Joachims Gesicht breit. Caldan zielte mit seinem Schwert auf Joachims Brust und bereitete sich auf die unausweichlichen Schmerzen vor.

Zur gleichen Zeit traf Amerdan Joachims Schild mit einer Faustvoll Pfeile. Funken flogen. Der Schild verfärbte sich wieder violett, dann verschwand er.

Von Grauen erfüllt sah Joachim zu, wie Caldans Schwert in seine Brust eindrang und bis ins Herz stach. Der Meistermagier taumelte. Seine Hände griffen nach der Klinge, und er schien nicht zu bemerken, dass sie ihm in die Finger und die Handflächen schnitt.

Ruhe senkte sich auf den Korridor, als die beinahe unerträglich gewordenen Vibrationen aufhörten. Joachim brach auf dem Boden zusammen, und Caldan ließ das Schwert los. Scharlachrotes Blut sickerte aus der Wunde, und Joachim öffnete den Mund, als wollte er etwas sagen ... dann erstarrte er, und seine Augen sahen die beiden Angreifer an, ohne noch etwas zu erkennen.

»Das war einfacher, als ich geglaubt habe«, sagte Amerdan. »Zauberer sind gar nicht so schwer umzubringen.«

Caldans Kraft verließ ihn abrupt, und er fiel zu Boden und zitterte. Unter Schmerzen biss er die Zähne zusammen, als sich seine Beine verkrampften. Amerdan stand still neben ihm, während sich Caldan die zuckenden Muskeln massierte.

Als die Schmerzen ein wenig nachgelassen hatten, wandte Caldan seinen Blick von dem toten Zauberer ab und betrachtete Amerdans Gestalt hinter dem Schild. Als er bemerkte, dass sein Mund offen stand, schloss er ihn. Was Amerdan soeben getan hatte, war ... unmöglich. »Bist du ... ein Zauberer? Nein, du musst ein Kleinod besitzen. Früher hattest du keine Quelle, also ...«

Amerdan sah ihn eine Weile an, dann blinzelte er. »Ich habe sie erst vor Kurzem erkannt und ein wenig Unterricht erhalten.«

Glöckchen, dachte Caldan. Natürlich, sie hatte Amerdan angeleitet, aber das erklärte noch nicht, warum er jetzt eine Quelle besaß. Sie musste versprochen haben, Amerdan in seine Fähigkeiten einzuweisen, wenn er sie dafür freiließ. Aber war sie wirklich in der Lage gewesen, ihm eine Quelle zu verschaffen? War das möglich?

Caldan streckte seine Sinne aus und stieß gegen das verräterische Gefühl einer fremden Quelle. Entweder war sie ihm bisher entgangen, oder es war irgendetwas mit Amerdan passiert. Je mehr er über den Ladenbesitzer erfuhr, desto größer wurde Caldans Verwunderung. Doch leider hatte er jetzt keine Zeit für weitere Nachforschungen. »Wir können nur hoffen, dass Joachim der einzige Meistermagier war, der in diese Sache verwickelt war. Wenn er gleichrangige Gefährten hat, stecken wir in ernsten Schwierigkeiten.«

Amerdan zuckte die Achseln, beugte sich über Joachim und durchsuchte seine Taschen. »Diese Frage klären wir später. Jetzt sollten wir nach deinen magischen Sachen suchen.«

Die Räume im Erdgeschoss waren gut und bequem eingerichtet und zeugten von einem größeren Reichtum, als Caldan ihm in seinem Leben je begegnet war. Teure Teppiche bedeckten die Böden, während die Wände abwechselnd angemalt und tapeziert waren. Die Möbel waren die besten, die er je gesehen hatte. Alle Betten und Sofas, Sessel und Stühle und Tische waren von Meisterhand hergestellt. In jedem Zimmer fanden sie einen wahren Schatz an Dukaten und Edelsteinen und, Wunder über Wunder, auf einem furnierten Tisch eine flache Holzschachtel, in der sich einige Kleinodien befanden. Zu Caldans Erleichterung enthielt diese Schachtel sowohl seinen Silberring als auch den aus Knochenmaterial.

Er steckte sich den Metallring an den Finger und versteckte das Knochen-Kleinod unter seinem Hemd. Glöckchens magische Wirkstücke befanden sich ebenfalls auf dem Tisch, und er steckte sie ein.

Amerdan betrat den Raum hinter ihm und trug eine Truhe voller Golddukaten.

»Nimm dir ein paar«, sagte Amerdan. »Du hast sie dir verdient. Und nimm alles, was du an magischen Gegenständen und Kleinodien brauchst. Die Protektoren werden nicht wissen, dass etwas fehlt.« Er schenkte Caldan ein dünnes Lächeln und machte sich daran, die Schubladen einer Kommode zu durchwühlen.

Der Gedanke, noch mehr von hier mitzunehmen, behagte Caldan nicht. Die meisten Münzen waren sicherlich durch den Verkauf des Blutes der Berührten verdient worden, und das bedeutete, dass Menschen gestorben waren, damit Joachim und seine Spießgesellen reich werden konnten. Die Kleinodien waren vermutlich mit Blutgeld erworben worden. Aber vielleicht konnte aus dem, was mit den Berührten geschehen war, am Ende doch noch etwas Gutes erwachsen. Er würde die Kleinodien verkaufen und den Erlös aus Achtung vor Elpidia an die Armen verteilen.

Erst jetzt bemerkte er, dass nirgendwo das Kleinod-Schwert zu sehen war, das er aus Anasoma hergebracht hatte. Wie ein Rasender lief er durch die Zimmer und suchte danach. Nichts.

Mit steigender Panik durchstöberte er die Papiere auf Joachims Schreibtisch und suchte nach einem Hinweis darauf, wo sich das Kleinod befand. Zum Glück hatte der Meistermagier eine ausgezeichnete Buchführung betrieben. In einem Kontobuch fand er alle Häuser und Geschäfte verzeichnet, die in Flussrand gekauft worden waren. Vermutlich hatte Joachim seinen Männern nicht genügend vertraut und dieses wertvolle Kleinod an einen sicheren Ort verbracht.

Zumindest hoffte Caldan das. Er sammelte so viele Informationen, wie er konnte. Doch es gab noch immer Fragen, die er

Amerdan stellen musste, und er vermochte sie nicht länger zurückzuhalten.

»Was ist im Lager draußen vor der Stadt passiert? Elpidia wurde bewusstlos geschlagen, und als sie wieder zu sich kam, waren Glöckchen und du verschwunden, und dich haben wir erst jetzt wiedergesehen. Hast du mitbekommen, wer sie befreit hat, und hast du daraufhin beschlossen, ihr in die Stadt zu folgen?«

Amerdan hielt den Kopf schräg und sagte eine Weile nichts. Schließlich meinte er: »Nein, ich habe nicht gesehen, wer sie befreit hat. Als ich zurückkam, war sie fort. Ich habe nach Elpidia gesehen, aber es ging ihr gut, und ich ... ich wollte einfach nur alles hinter mir lassen. Ich war selbstsüchtig.«

Eine schwache Erklärung. Caldan fing Amerdans Blick auf und wollte den Mann noch weiter bedrängen, aber ein bedrohliches Glimmen in seinen Augen hielt Caldan davon ab.

Er ist gefährlich, spürte Caldan. *Wenn ich jetzt zu sehr in ihn dringe, kann ich nicht vorhersehen, was er tun wird.*

Die Anzeichen für Amerdans Schuld wurden immer stärker, doch im Augenblick musste Caldan aus Berechnung alle Gedanken an Rache beiseite schieben. Vielleicht konnte er Amerdan dazu bringen, ihn zu den Protektoren zu begleiten und ihn in ihrer Gegenwart demaskieren.

»Komm«, sagte er. »Die Protektoren müssen von diesem Ort erfahren. Und ich will ihnen berichten, was mit Annelie und den anderen beiden geschehen ist.«

Amerdan hielt inne und trat auf Caldan zu. »Prima. Sag es ihnen.«

»Du kommst nicht mit?«

»Nein. Sie wissen nicht, dass ich ein Zauberer bin. Selbst wenn sie es nicht herausfinden sollten, werden sie möglicherweise beschließen, mich zum Schweigen zu bringen, falls du ihnen sagst, dass ich in verbotene Zauberei verwickelt war.«

»Sie würden niemals ...«

»Sie haben es vermutlich in der Vergangenheit schon mehrfach getan, und so werden sie auch diesmal nicht davor zurückschrecken. Ich gehöre nicht zu dieser Gilde, und das würde mich zu einem verbrecherischen Außenseiter machen. Du weißt, wie sie mit solchen Personen verfahren. Ich wäre gezwungen ... gewisse Schritte zu unternehmen.«

Caldan konnte die Logik von Amerdans Worten nicht infrage stellen – und auch nicht die Drohung, die darin lag. Er hasste die Vorstellung, die Protektoren anlügen zu müssen – *noch mehr, als ich sie ohnehin schon angelogen habe,* dachte er –, aber er wusste, dass Amerdan misstrauisch würde, wenn er zu eindringlich widersprach. Also nickte er.

Amerdan betrachtete den Reichtum, von dem sie umgeben waren, und zuckte die Achseln. »Ich nehme mir einige Dukaten. Es gibt ... ein paar Personen, um die ich mich jetzt kümmern muss. Aber ich werde dich recht bald wieder finden. Es wäre ... schade, wenn wir uns nicht mehr sehen würden. Ich spüre ein großes Talent in dir.«

Mit diesen Worten ließ Amerdan ihn zwischen den Dukaten, Edelsteinen, Amuletten und Kleinodien stehen.

»Warte ...«, rief Caldan, aber der Ladenbesitzer beachtete ihn nicht mehr, sondern begab sich auf die Eingangstür zu. Caldan eilte ihm nach.

Sie kamen zu einem Hof mit einem Eisentor, hinter dem sich die Straße befand. Zwischen den Stäben des Tores sah er Menschenmassen, die sich zusammendrängten, und als Caldan aus dem Haus trat, zeigte ein Mann auf ihn. Der Aufruhr des Kampfes musste viele Nachbarn auf die Straße gelockt haben, weil sie sehen wollten, was hier los war.

Amerdan öffnete das Tor und drückte sich an den Menschen vorbei. Er reagierte auf keine einzige Frage und verschwand in der Nacht.

»Ich darf ihn nicht mehr als bloßen Kaufmann und Ladenbesitzer ansehen«, murmelte Caldan in sich hinein. Er konnte Amerdan nicht nachjagen und diesen Ort ungeschützt und unverschlossen zurücklassen. Wenn er die Protektoren benachrichtigt hätte, wäre das Gebäude sicherlich schon völlig ausgeplündert.

»Du«, sagte er und deutete auf einen halbwüchsigen Jungen. Von all den Menschen, die sich vor dem Tor zusammendrängten, war er vermutlich der schnellste. Caldan gab ihm einen Golddukaten, und der Junge riss die Augen vor Überraschung auf.

»Lauf so schnell wie möglich zu den Protektoren«, befahl Caldan ihm. »Frag nach Meister Schimmel. Lass ihn wecken, falls es nötig ist. Sag ihm, dass Caldan ihn und mindestens vier Gesellen braucht, und bring sie hierher. Sag Meister Schimmel, dass es um Annelie geht und um ... das Schwert. Kannst du dir das alles merken?«

Der Junge wandte den Blick nicht von dem Dukaten ab, während er nickte.

»Gut. Wenn du es schaffst, bekommst du einen weiteren Golddukaten, sobald du wieder hier bist.« *Das sollte dafür sorgen, dass er den Auftrag wirklich ausführt.* Caldan ließ ihn das, was er gesagt hatte, wiederholen, und als er zufrieden war, dass der Junge alles behalten hatte, schickte er ihn los.

Dann wandte sich Caldan an die Menge, die sich in der kurzen Zeit, in dem er dem Jungen die Botschaft aufgetragen hatte, beinahe verdoppelt hatte.

»Hört mir zu!«, rief er. »Niemand darf diesen Hof oder das Gebäude betreten. Die Protektoren werden bald hier sein, und jeder, der diesen Befehl missachtet, wird schwer bestraft werden.«

»Waren das die Invasoren?«, rief eine Frau aus dem hinteren Teil der Menge.

Ihre Frage rief ein allgemeines Murmeln hervor.

»Sie müssen es sein!«, schrie jemand.

»Sie sind hier!«

»Wer bist du überhaupt? Vielleicht bist du einer von ihnen!«

Lautes, zustimmendes Murmeln folgte der letzten Bemerkung, und die Menge machte einige Schritte auf Caldan zu.

Ein vielfarbiger Dunst umgab ihn, als er seine Quelle berührte und mit Glöckchens Schildzauber verband. Keuchen stieg aus der Menge auf, und sie wich wieder zurück. In den Gesichtern zeigte sich Angst. Der Schild unterband alle Fragen.

Caldan hielt inne und betrachtete die besorgten Mienen. Die Leute verstanden die Zauberei nicht, die er benutzte, und sie zitterten vor ihm und waren eingeschüchtert. Es fühlte sich gut an. Er dachte an Joachim, der leblos in einer Lache aus Blut auf dem Boden lag. Ein passender Tod für jemanden wie ihn.

Aber er war nicht wie Joachim. In Zeiten wie diesen musste man schwere Entscheidungen treffen und unangenehme Dinge tun. Wenn das hier vorbei war, würde er seine Kraft nicht mehr zur Einschüchterung anderer Menschen einsetzen ...

34

In einer sanften Biegung des glatten schwarzen Steins wölbte sich die Brücke über den Fluss. Sie war so breit, dass zwei Wagen aneinander vorbeifahren konnten, ohne sich zu berühren, und an jedem Ufer stand sie auf gewaltigen Blöcken aus dem gleichen Stein, die tief in den Erdboden eingelassen worden waren. Aidan hatte schon einige dieser Brücken gesehen, die von der Zerschmetterung übrig geblieben waren, aber keine andere war so beeindruckend gewesen. Wie fast jede größere Stadt war auch Flussrand auf den Ruinen einer Ansiedlung aus der Zeit vor der Zerschmetterung erbaut worden. Viele Steine, die ihr zum Fundament dienten, waren Tausende Jahre alt. Tief eingemeißelte Runen bedeckten zwei Säulen an jedem Ende der Brücke. Der Legende nach konnten nur Menschen und Tiere sie überqueren, während sie für alle nichtmenschlichen Rassen aus der Zerschmetterung, wie die Jukari und die Vormag, gesperrt war.

In einiger Entfernung hinter der Brücke bedeckte ein brauner Dunstschleier einen Teil des Horizonts. Das war Flussrand.

Aidan wischte sich über die fiebrige Stirn und hustete. Nun würden sie herausfinden, ob die alten Legenden stimmten.

Von dem Dorf auf der anderen Seite der Brücke stieg träger Rauch in die stille Luft des Nachmittags. Er beschirmte die

Augen vor der Sonne und sah, wie sich Leute auf der Straße miteinander unterhielten und Kinder spielten und lachten. Aidan und seine Gefährten hatten schon vor Stunden den Schutz des Waldes verlassen und waren über die Grasfläche gezogen, die allmählich von Feldern abgelöst worden war. Gehöfte sprenkelten den Horizont zu beiden Seiten, aber die Männer fürchteten sich davor, anzuhalten und die Bewohner zu warnen. Jede Verzögerung konnte eine Katastrophe für Flussrand bedeuten, denn Aidan glaubte nicht, dass die Runen in den Pfeilern wirklich die Macht besaßen, die Jukari aufzuhalten. Die Legenden waren einfach nur dies: Legenden.

Aber sie waren vielleicht in der Lage, das Dorf vor ihnen zu warnen, und mit ein wenig Glück würden die Bewohner einsichtig sein und ihre Häuser ohne großes Murren verlassen. Wenn sie sich nicht beeilten und versuchen sollten, all ihre Habe mitzunehmen, würde das vermutlich ihren Tod bedeuten. Aber es würde schwierig sein, die Dörfler davon zu überzeugen, dass eine Horde von Kreaturen aus der Zeit vor der Zerschmetterung auf sie zustürmte.

»Los«, sagte Aidan, und sie trieben ihre erschöpften Pferde in Richtung der Brücke.

Auf der anderen Seite glotzten einige neugierige Dorfbewohner die schmutzigen, abgerissenen Männer an, während andere den Blick abwendeten, als ob sie es vermeiden wollten, bemerkt zu werden.

Aidan sprach einen der neugierigen Männer an, einen alten Kerl mit zerzaustem Bart und roten, geplatzten Äderchen in Nase und Wangen.

»Wer hat hier am Ort das Sagen?«, fragte er. »Gibt es einen Bürgermeister oder einen Ältestenrat?«

»Einen Bürgermeister«, erwiderte der Mann und kratzte sich den Bart. »Ihm gehört die Herberge, jawohl.«

Aidan schaute sich um, bis er die einzige Herberge des Dorfes erspäht hatte. Es war ein frisch gestrichenes zweistöckiges Gebäude an der Hauptstraße.

»Ihr solltet von hier verschwinden«, sagte er zu dem Mann mit den geplatzten Äderchen. »Es kommt eine Horde von Jukari auf euch zu, und sie nehmen keine Gefangenen. Sag das allen. Treibt die Kinder zusammen, und geht so schnell wie möglich nach Flussrand.«

Der Mann spuckte in den Staub. »Du kannst mir keine Angst machen. Ich weiß nicht, was du willst, aber es funktioniert nicht. Hau ab.«

Aidan sah ihn finster an. Er wusste, dass die meisten Einwohner genauso reagieren würden. Aber er musste sie unbedingt überzeugen. Und das bedeutete, dass er vor allem den Bürgermeister überzeugen musste, auf den die Leute sicherlich hören würden.

Hoffentlich hat er einen klaren Kopf.

Aidan bedeutete Chalayan, cel Rau und Vasile, dessen Schmerzen noch immer durch Aidans Droge gedämpft wurden, ihm zu folgen, und sie betraten die Herberge.

Sie wirkte sehr gepflegt und hatte äußerst massive Bänke und Tische im Schankraum, vermutlich damit sie im Falle einer Schlägerei nicht als Wurfgeschosse benutzt werden konnten. Es waren nur wenige Gäste hier, und aus Gewohnheit suchte Aidan in ihnen nach Anzeichen für Schwierigkeiten. Zwei Männer schienen Karawanenwachen zu sein, denn sie trugen zusätzlich zu ihren Schwertern noch eine Vielzahl anderer Waffen, und ein alter Mann hatte schon so tief in den Becher geschaut, dass er mit sich selbst redete, während eine stark geschminkte Frau mittleren Alters in einer dunklen Ecke hockte. Hinter dem Tresen schaute ein ernst wirkender Mann in den Dreißigern auf, als sie eintraten, und goss sogleich Bier in vier Becher.

»Aufs Haus«, sagte er, als sie sich ihm näherten.

Aidan schüttelte den Kopf. »Wir haben keine Zeit zum Trinken. Wo ist der Bürgermeister?«

»Ihr redet gerade mit ihm. Wozu die Eile?«

Aidan schaute ihn von oben bis unten an. »Ihr seid jünger, als ich es erwartet hatte.«

»Alt bedeutet nicht unbedingt weise.«

»Das stimmt.«

Der Mann streckte die Hand aus. »Ich bin Reidun, der Bürgermeister dieses hübschen Dörfchens namens Sauer. Und bevor Ihr fragt: Vermutlich hat früher einmal jemand geglaubt, diese Namensgebung wäre lustig.«

Aidan ergriff die ihm dargebotene Hand. »Vermutlich. Ich will gleich zur Sache kommen. Eine Jukari-Horde ist hierher unterwegs. Wenn Ihr das Dorf nicht evakuiert, werden alle sterben.«

Reidun blinzelte. »Ihr beliebt zu scherzen. Nicht wahr?«

»Nein. Unsere Verletzungen stammen aus dem Kampf mit ihnen. Ihr Ziel ist Flussrand, und deshalb müsst Ihr die Köcherer und Protektoren dort warnen, sobald Ihr die Stadt erreicht habt.«

Ein blauer Dunst umgab Chalayan, und Reidun keuchte auf.

»Wir haben nur knapp überlebt«, sagte Aidan. »Und wie Ihr sehen könnt, sind wir viel schwerer umzubringen als gewöhnliche Menschen.«

»Bei den Ahnen«, ächzte Reidun. »Ihr meint es ernst.«

»Todernst. Wir werden dabei helfen, alle Bewohner zusammenzutreiben. In der Umgebung gibt es sicherlich weitere Häuser und Höfe, aber wir werden nicht in der Lage sein, alle zu warnen. Die Zeit läuft uns davon. Rafft zusammen, was Ihr tragen könnt, aber beeilt Euch.«

Reidun schluckte. »Draußen vor dem Ort ist ein Mietstall, wo die Kaufleute gern anhalten. Sagt den Leuten dort, dass Reidun Euch schickt. Der Eigentümer ist klug und verlässlich.

Wir werden ihre Pferde und Wagen für die Dorfbewohner brauchen. Ich trommle ein paar Leute zusammen, die die Nachricht verbreiten. Natürlich gibt es auch solche, die nicht einmal mir glauben werden. Sie werden hierbleiben wollen.«

Aidan nickte. »Tut, was Euch möglich ist. Wer immer hierbleibt ... Ihr könnt später um sie trauern, sobald die anderen in Sicherheit sind.«

Reidun eilte nach draußen und ließ die Männer mit den Gästen allein.

»Hört mir zu!«, rief Aidan, und alle Köpfe drehten sich ihm zu. »Dieser Ort wird bald von einer Jukari-Horde überrannt werden. Wenn ihr hierbleibt, sterbt ihr. Holt eure Sachen, und helft den anderen Bewohnern.«

»Verpiss dich«, murmelte der alte Mann.

Aidan ging zu ihm und schlug ihm den Weinbecher aus der Hand, dann packte er den Mann am Hemd, zerrte ihn quer durch den Schankraum und warf ihn durch die Tür. Als der alte Mann spuckend im Staub der Straße lag, ging Aidan wieder nach drinnen. Die beiden Wächter waren inzwischen auf den Beinen, während die Frau einen Lachanfall bekommen hatte.

»Ich habe keine Zeit dafür, und ihr habt sie ebenfalls nicht. Hinaus mit euch, oder ihr werdet sterben.«

Kurze Zeit später befand sich das ganze Dorf in Aufruhr, aber das Chaos rührte nicht von den Versuchen her, möglichst viel zusammenzupacken und so schnell wie möglich aufzubrechen. Einige taten genau das, aber die meisten, die von Aidan und seinen Männern gewarnt wurden, lachten nur über ihre Behauptungen oder begegneten ihnen mit offener Feindseligkeit. Cel Rau musste sein Schwert vor ein paar jungen Männern ziehen, die ihn unbedingt verprügeln wollten, weil sie vermuteten, er und die anderen seien Gauner. Sie zogen sich erst zurück, als einer von ihnen einen blutigen Arm hatte.

Reidun tat sein Bestes: Er stand auf einem Wagen in der Straßenmitte und brüllte über den Lärm der Verwirrung hinweg, aber er wurde rasch heiser. Das einzig Gute an dem ganzen Aufruhr bestand darin, dass er die Bewohner aus allen Teilen des Dorfes anlockte. Mütter kamen mit ängstlicher Miene herbei und drückten ihre Kinder eng an sich. Irgendwo in der Menge weinte ein Kind, und weitere folgten seinem Beispiel. Alle Männer trugen behelfsmäßige Waffen wie Heugabeln, lange Messer und hin und wieder sogar ein rostiges Schwert, das wohl vom Boden eines Schrankes hervorgezogen worden war. Obwohl sie es zu verbergen versuchten, wirkten sie doch fast genauso verängstigt wie die Kinder.

»Das wird nicht leicht«, sagte Chalayan.

Jemand packte Aidans Arm von hinten. Er drehte sich um und sah, wie eine Frau versuchte, ihm ihr in eine Decke gewickeltes Baby in die Arme zu drücken.

»Nehmt sie! Ihr müsst sie retten!«, kreischte die Frau hysterisch.

»Bei den Ahnen!«, fluchte Aidan. »Das kann ich nicht, Frau!« Er hob die Hände über den Kopf.

Sie presste ihm das Baby gegen die Brust. »Ihr Name ist Izobelle. Bitte. Nehmt sie mit nach Flussrand.«

»Nimm sie doch selbst! Ihr alle müsst jetzt aufbrechen!«

Die Frau schien jedoch nicht zu begreifen, was er von ihr wollte. Sie weinte und drückte Izobelle an ihre Brust.

Ein alter Mann mit einem rostigen Schwert kam herbei und tröstete sie. »Alles in Ordnung, Haylie. Lass diese Männer in Ruhe. Komm mit mir, in meinem Wagen ist noch Platz für dich.« Er legte den Arm um Haylies Schultern, und sie gingen davon.

Aidan bestieg sein Pferd. »Wir müssen die Nachzügler aufsammeln und herbringen – so viele wie möglich.«

Cel Rau, Chalayan und Vasile ritten in verschiedene Richtungen davon.

Vom Rücken seines Pferdes aus warf Aidan einen Blick in die Runde und schaute angestrengt hinter sich nach Anzeichen für die Jukari. Er hoffte, dass er nichts sehen würde, aber er hoffte umsonst.

Eine knappe Bewegung erregte seine Aufmerksamkeit: eine Gestalt, ganz winzig aus dieser Entfernung. Noch eine. Weitere, immer mehr; sie sammelten sich, bis die grünen Felder schwarz wurden. Sie bewegten sich schnell - viel schneller, als es ihnen eigentlich möglich sein sollte. Eine Staubwolke stieg hinter ihnen in die Luft. Er fluchte. Vormag-Zauberei - das musste es sein. Wenn sie weiterhin so schnell heranrückten, würde das ganze Dorf abgeschlachtet werden. Die Menschen brauchten mehr Zeit für ihre Flucht.

»Cel Rau! Chalayan!«, brüllte Aidan.

Die beiden brachten ihre Pferde zum Stillstand und schauten zurück. Chalayan fluchte in seiner eigenen Sprache, und cel Rau spuckte in den Staub. Vasile starrte mit offenem Mund auf die unmögliche Menge.

Die Leute folgten Aidans Blick und sahen die Jukari-Horde zum ersten Mal. Schreie ertönten überall, und die Menge brach in völlige Verwirrung aus. Das Jammern eines Kleinkindes erhob sich über den allgemeinen Lärm. Eine junge Frau stürzte, und andere trampelten auf der Flucht über sie hinweg.

Aidan bewegte sein Reittier näher an Chalayan und cel Rau heran, als Vasile zu ihnen aufschloss. »Beeilung! Holt so viele Menschen zusammen wie möglich. Überlasst den Rest sich selbst. Sagt ihnen, dass sie nicht viel mitnehmen sollen. Wenn sie versuchen, all ihre Habseligkeiten zu retten, werden sie zu langsam sein. Und dann kommt ihr zu mir zurück, und wir machen uns auf den Weg nach Flussrand. Wenn sich jemand beschwert, zeigt ihr ihm die Jukari-Horde. Geht jetzt!«

Alle drei ritten davon, Staub zog hinter ihnen her.

Als sie den Scheitelpunkt der Brücke erreichten, der genau zwischen den Säulen lag, befand sich das Dorf in vollständigem Chaos. Aidan sah, dass einige Bewohner bereits aufbrachen, manche zu Pferd, manche zu Fuß. Wagen wurden beladen und Mannschaften zusammengestellt. Einige einsame Reiter preschten bereits auf Flussrand zu und versuchten ihre eigene Haut zu retten.

Vielleicht denken sie wenigstens daran, die Stadt zu warnen. Doch Aidan glaubte es nicht.

Also hielt er an, stieg ab und legte die Zügel über das Sattelhorn. Mit einem harten Schlag gegen die Flanke des Tiers schickte er es zurück zum Ort. Dort würde es sicherlich jemandem von Nutzen sein.

Er hatte die Jukari zu diesem Dorf geführt, und er wollte verdammt sein, wenn er es zuließ, dass es einfach überrannt wurde und alle, die zu schwach oder zu langsam zum Weglaufen waren, sterben mussten. Chalayan wusste, was zu tun war, genau wie cel Rau. Aber würde cel Rau seinen Abscheu vor zerstörerischer Magie überwinden und Chalayan freie Hand lassen? Sie hatten einen Freibrief vom Kaiser, doch jeder von ihnen hatte seine eigenen Gründe gehabt, aus denen er sich Caitlyn angeschlossen hatte, und Aidan wusste aus dem, was sie ihm erzählt hatte, dass cel Raus Gründe die düstersten waren.

Die Jukari zertrampelten das saftige Gras mit ihren missgestalteten Füßen und besudelten es mit ihrem Abfall. Bei den Ahnen, es waren so viele ...

Als sich die Horde näherte, schob er alle anderen Gedanken beiseite. Jetzt war nicht die Zeit, über solche Dinge nachzusinnen. Für nichts war mehr Zeit. Aidan warf einen Blick über die Schulter. Chalayan und cel Rau ritten auf ihn zu. Ihre Pferde würden nicht mehr lange durchhalten, aber Flussrand war nahe, und sie mussten nur dafür sorgen, dass die Jukari an der

Brücke aufgehalten wurden, damit die Dorfbewohner entkommen konnten. Ganz einfach also.

Die Sonne brannte ihm auf den Rücken, als er wartete.

Chalayan und cel Rau stiegen vor ihm ab. Dann holte Chalayan etliche hastig mit Magie aufgeladene Steine hervor und begab sich an die Seite der Brücke, wo er sie entlang des Randes aufstellte.

»Das sind Schildzauber«, sagte der Magier. »Es wird nicht so wie bei unserem ersten Kampf gegen sie sein, und ich werde zu weit entfernt sein, als dass ich sehen könnte, was passiert. Ich ... weiß nicht, wie wir das alles koordinieren sollen.«

Aidan nahm Chalayan einige magische Steine ab und warf sie über die Brücke den Jukari entgegen. Die Steine rollten über den Untergrund und kamen zum Stillstand. »Wir können es nicht. Tut alles, was euch möglich ist, und wenn ihr seht, dass ich überwältigt zu werden drohe ... nun, dann wisst ihr, was ich von euch erwarte.«

Chalayan und cel Rau tauschten grimmige Blicke aus.

Aidan beachtete sie nicht weiter, sondern trank die letzten Tropfen aus seiner grünen Phiole. Wenn die Öffnung breiter gewesen wäre, hätte er die Innenseite saubergeleckt. Vermutlich war es gut so. Er brauchte einen klaren Verstand.

Als Chalayan auf die andere Seite des Flusses ritt und dort weitere magische Steine platzierte, nahm Aidan seinen Schwertgürtel ab, zog seine Klinge mit der gesunden Hand und warf den Gürtel beiseite. Er würde ihm nur im Weg sein, und da er den einen Arm nicht einsetzen konnte, war es wichtig, dass ihn so wenig wie möglich ablenkte.

»Das waren alle«, sagte Chalayan. »Es sind ein paar unangenehme Überraschungen für unsere Jukari-Freunde. Mit ein bisschen Glück wird auch der eine oder andere Vormag fallen. Haltet euch nicht zwischen den magischen Steinen auf, sondern weicht zurück zum Dorf. Ich werde auf der anderen Seite mein Bestes geben, aber da mein Fäden so dünn und so weit entfernt sind ...«

»Mach genau das, was ich dir gesagt habe. Wir können die Jukari nicht besiegen, sondern nur ein wenig aufhalten.«

»Bist du sicher?«

»Ja. Es gibt keinen anderen Weg.« Er musste es tun. Auch wenn er die Dorfbewohner vielleicht nicht retten konnte, würde es doch wenigstens Caitlyns Ermordung rechtfertigen. *Das ist es doch, was wir tun sollen, Cait. Nicht wahr?*

Chalayan sah ihn nicht an, sondern hielt den Blick auf die Brücke gerichtet. »Viel Glück.«

Der Zauberer drehte sich um und bestieg sein Pferd, dann ritt er zurück zum Dorf.

»Er hat dir wegen Caitlyn nicht vergeben«, sagte cel Rau.

Seltsam. Aidan betrachtete Chalayans kleiner werdenden Rücken. »Ich weiß. Und diese neue Zauberei, die er gelernt hat ... Jetzt, wo er auf den Geschmack gekommen ist, befürchte ich das Schlimmste. Es liegt in seiner Natur. Caitlyn hat das verstanden ... bis sie es vergessen hat. Verstehst du es auch, mein Freund?«

Cel Rau holte tief Luft und nickte knapp.

Aidan klopfte ihm auf die Schulter. »Gut. Bleib wachsam. Vergiss nie unsere wahren Ziele. Du weißt, was zu tun ist, wenn es so weit ist.«

Cel Rau schwang sich auf sein Pferd, drehte sich um, betrachtete die Brücke und dann die herannahende Jukari-Horde in der Ferne. Seine Hände schlossen sich so fest um die Griffe seiner Schwerter, dass die Knöchel weiß hervorstachen. Nach einem Moment entspannte er sich jedoch und wandte sich an Aidan.

»Ich wünsche dir einen guten Tod«, sagte er und trieb sein Pferd auf das Dorf zu, ohne einen Blick zurückzuwerfen.

Ruhe legte sich über Aidan; sie war unerwartet, aber willkommen. Sie kam nicht von der schmerzstillenden Flüssigkeit, denn seine Gedanken waren noch klar. Klarer als seit Langem.

Es kommt daher, dass mein Gewissen rein ist. Hier kann ich die Jukari und die Vormag so lange aufhalten, bis die Dorfbewohner in Sicherheit sind, und - hoffentlich - für meine Sünden büßen.

Er stand mitten auf der alten Brücke und beobachtete das Heranrücken der Jukari. Ein kühler Wind peitschte den Fluss, fuhr über Aidan und zupfte an seiner Kleidung. Kurz vergewisserte er sich, dass die Schlinge, in der sein gebrochener Arm lag, festgezurrt war und seine Bewegungen nicht behindern würde.

Die winzigen Gestalten wurden größer und größer. Die lockere, weit ausgebreitete Formation verengte sich immer mehr, je näher sie der schmalen Brücke kamen.

Ein rascher Blick hinter sich bestätigte ihm, dass sowohl Chalayan als auch cel Rau ihre Positionen auf der Hauptstraße des Dorfes eingenommen hatten, von wo aus sie die Brücke im Blick behielten. Er hätte die beiden hier bei sich gebrauchen können, aber er musste an das denken, was bedeutender war: Flussrand. Das Reich. Gazijas Botschaft. Das alles war wichtiger als er selbst.

Ein Mann musste für etwas in seinem Leben einstehen.

Gutturales Bellen und Heulen drang an seine Ohren, als sich die Jukari näherten. Vor der Brücke wurden sie langsamer; der einzelne Mann, der auf ihr stand, schien sie zu verwirren. Diese Geschöpfe der Zerschmetterung waren nicht dumm. Das war der Grund, warum sie so gefährlich waren – im Gegensatz zu wilden Tieren waren sie in der Lage, vernünftig zu denken.

Wenn sie bei ihrer Erschaffung bloß ein wenig Mitgefühl erhalten hätten!

Am Rand der Brücke kamen die Jukari zu einem stolpernden und taumelnden Stillstand und sahen sich verwirrt um. Vielleicht war es die Brücke selbst, die bei ihnen Erinnerungen an die Vergangenheit auslöste und sie unsicher machte. Es spielte keine Rolle. Sie waren Abscheulichkeiten. Während er den Blick starr auf die Jukari gerichtet hielt, drängten sich einige Vormag an die Front. Sie waren noch schlimmere Abscheulichkeiten. Offenbar hatten sie Angst vor der Macht, die noch in der Brücke steckte, denn sonst hätten sie Aidan schon längst mit ihrer Zauberei auszulöschen versucht.

Er spürte die Blicke ihrer schwarzen Augen auf ihm ruhen: abwägend, nachdenklich. Harsche Kommandos wurden gebrüllt, und ein kleinerer Jukari bewegte sich auf ihn zu. Das Geschöpf zögerte und machte dann einen zögerlichen Schritt zwischen den Säulen hindurch.

Nichts geschah.

Der Jukari machte einen weiteren Schritt. Und noch einen. Mit einem Heulen rannte er los, geradewegs auf Aidan zu, und einige seiner Grauensgenossen folgten ihm und bellten gierig nach Menschenfleisch.

Gut, dass wir uns nicht auf die Macht der Legenden verlassen haben.

Aidan versuchte zu schlucken, aber Mund und Kehle waren zu trocken. Ein rascher, nervöser Blick hinter sich verriet ihm, dass Chalayan und cel Rau ihn noch beobachteten. Er hatte es gewusst, aber er hatte sich trotzdem vergewissern wollen.

Jetzt wartete er, bis der erste Jukari über die Brücke auf ihn zustürmte. Dieser Jukari war ein Zwerg, hatte nur einen Dolch, aber dieser war fast so lang wie ein Schwert. Das Wesen knurrte ihn an, und ein wildes Grinsen spaltete sein unmenschliches Gesicht. Hinter der Kreatur strömten weitere Jukari zwischen den Säulen hindurch, angetrieben von den Vormag.

Aidan spürte eine eisige Kälte in seinen Knochen, eine Leere im Magen und Beklemmung in der Brust. Er hatte Todesangst. Aber er hatte seine Wahl getroffen, und er würde es nicht erlauben, dass ihn der Schrecken nun überwältigte.

»Für dich, Caitlyn …«, keuchte er.

Schwarze, mörderische Augen flogen auf ihn zu; der Stahl aus den unheiligen Schmieden der Jukari wurde hoch über den Kopf gehoben. Aidan trat zur Seite, als der Jukari zustach – ein schrecklicher Novizenstreich, über den er beinahe gelacht hätte. Er entging der Klinge mit Leichtigkeit und rammte dem Angreifer seine eigene Klinge tief in den Hals. Blut spritzte, als er sein Schwert wieder herauszog, und der Jukari taumelte noch einige Schritte weiter und hielt inne.

Aidan wirbelte herum und beachtete den tödlich verwundeten Jukari nicht mehr. Es war der Rest der Horde, der ihm Sorgen machte.

Ein Dutzend Ungeheuer drängte auf ihn zu. Es war ein grauhäutiges, halbintelligentes Grauen mit schwarzen, gelben oder orangefarbenen Augen. Kreischen und Freudenschreie trieben vor den Wesen her. Aidan atmete tief durch, machte sich und sein Schwert für den Kampf bereit. Doch das war eigentlich nicht sein Plan.

Warum geschieht nichts? Worauf wartet Chalayan noch?

Der Anführer der Jukari hatte ihn beinahe erreicht, als endlich die Schilde von zwei Wirkstücken des Zauberers summend hochfuhren, einer zu seiner Linken, der andere rechts von ihm. Sie blockierten den Durchgang am Rand der Brücke, sodass die Jukari ihm nicht in die Flanke rennen konnten. Leider waren die Kuppeln nicht groß genug, um die gesamte Breite der Brücke zu umfassen. Sie ließen einen schmalen Pfad zwischen ihnen frei, breit genug für zwei Jukari nebeneinander.

Während sich die Jukari in Reichweite der Schilde verwirrt

zerstreuten, sprang einer von ihnen durch den Spalt – ein großer mit einem gewaltigen Schwert.

Aidan duckte sich unter der aufblitzenden Klinge hinweg und fluchte, als sein eigener Stoß an dem Brustpanzer der Kreatur abglitt. Sie hackte abermals auf ihn ein und zeigte dabei weitaus größere Gewandtheit als der erste Jukari. Dann drehte sich Aidan und entging der Klinge nur knapp, die den Stein der Brücke neben ihm traf und Splitter in die Luft schleuderte, während der Stahl des Schwertes sang und summte.

Zum ersten Mal bemerkte Aidan, dass sich die Rüstung der Bestie perfekt um sie schmiegte. Brustpanzer und Armschienen, ja sogar das Kettenhemd darunter waren maßgearbeitet. Ein beunruhigendes Detail.

Er hieb wild auf den Jukari ein und versuchte auf diese Weise, ihn von sich fernzuhalten. Ein scharfes Summen erfüllte die Luft – es erinnerte an Bienen, die nahe am Ohr vorbeifliegen. Gutturale Schreie der Angst und Qual ertönten auf der Brücke. Aidan riskierte einen flüchtigen Blick und sah silberne Fäden von … irgendetwas … irgendeiner magischen Kraft, die aus einer Vielzahl der zauberischen Gegenstände ausging, welche Chalayan auf der Brücke zurückgelassen hatte. Sie trieben in der Brise, dann peitschten sie vor und zurück.

So wie Aidan es bei Chalayan auf der Lichtung beobachtet hatte.

Ein Gewebe aus pulsierenden, glitzernden Fäden schnitt inzwischen durch Fleisch und Knochen, als ob sie gar nicht da wären. Die Jukari gingen zu Boden, während ihnen die Glieder von den Leibern getrennt wurden. Dunkles Blut spritzte auf den Stein. Schreie des Schmerzes und der Wut erhoben sich überall. Füße rutschten auf dem schlüpfrig gewordenen Untergrund aus.

Aidans Gegner knurrte und wich einen Schritt zurück. Er

riss die Augen auf, als er bemerkte, was gerade mit seinen Kameraden geschah. Hinter den peitschenden Fäden kam der Angriff der Jukari zum Erliegen. Zwei Vormag drängten sich durch die Menge nach vorn.

Das Jukari-Untier wandte sich wieder Aidan zu, und die Blicke der beiden bohrten sich ineinander.

Ein wilder Hieb, eine Finte, die zu einem Stoß wurde und ihm beinahe das Schwert auf der Hand geschlagen hätte, als er mit Mühe parierte - bei den Ahnen, diese Bestie war schnell. Sie bewegte ihr Langschwert, als würde es nichts wiegen.

Aidan stieß einen Schrei aus und hoffte, das Wesen ablenken zu können. Er wusste nicht, ob die Vormag Chalayans Magie erwiderten konnten, aber er wollte nicht abwarten und es herausfinden.

Er biss die Zähne gegen den Schmerz in seinem verletzten Arm zusammen und wich den weiteren Hieben des Jukari aus. Einer sauste an seinem Schwert vorbei, als er verzweifelt versuchte, den Ausfall abzuwehren, und traf ihn im Oberschenkel. Schmerzen blühten darin auf, und warmes, klebriges Blut durchweichte sofort seine Hose. Das Bein gab unter ihm nach.

Einige Herzschläge lang kämpfte er gegen den Tod, als die Hiebe des Jukari auf ihn herabregneten. Er lenkte einen nach dem anderen ab und wich ihnen aus, wobei er seine geringere Größe zu seinem Vorteil einsetzte, doch dann fiel ihm das Schwert aus den taub gewordenen Fingern. Verzweifelt schaute er hoch zu dem Jukari.

Entsetzt starrte Vasile auf die Brücke und auf Aidans winzige Gestalt, die gegen einen Jukari kämpfte, der fast doppelt so groß wie er war. Gerade wagte er es kaum noch, Luft zu holen und war beinahe in einer Trance. Er vermochte den Blick nicht abzuwenden. Etwas Dunkles zuckte zwischen den anderen Jukari hinter den blauen Schilden auf; es war so klein, dass

Vasile es aus dieser Entfernung nicht deutlich erkennen konnte. Wenige Momente später hörte er Schmerzensschreie. Neben ihm sprang Chalayan auf und ab und brüllte unverständliche Worte in seiner Stammessprache. Er grinste wie ein Kind, doch seine Augen waren fiebrig und starr. Soweit Vasile wusste, war die Ausübung von Zauberei auf eine solche Entfernung außerordentlich fordernd und anstrengend, aber Chalayan schien es zu genießen und als eine Art von perverser Herausforderung und Belohnung anzusehen.

Er begriff, warum der Zauberer so aufgeregt war: Er hatte die ganze Jukari-Horde mitten auf der Brücke angehalten. Es war, als stünden sie vor einer Mauer. Die Frontlinien der Jukari schwollen zunächst noch an, dann wurden sie aber immer kleiner und wichen sogar einige Schritte zurück. Was immer Chalayan getan hatte, seine Kenntnisse der zerstörerischen Magie waren sprunghaft angestiegen.

Und doch ... Aidan stand dort auf der Brücke und kämpfte um sein Leben.

Es ist nicht wirklich ein Augenblick des Triumphes.

Cel Rau riss den Blick von der Brücke los und betrachtete Chalayan mit unergründlicher Miene. Vasile fing seinen Blick auf, aber das Gesicht des Schwertkämpfers gab dessen Gedanken nicht frei. Cel Rau beobachtete weiterhin Aidans heftigen Kampf.

Vasile sog heftig den Atem ein, als Aidan auf das Knie niederging. Die Schläge des Jukari fuhren auf den Mann herab, aber irgendwie parierte Aidan sie alle – bis auf einen. Aidans Schwert fiel zu Boden. Der Jukari machte einen Schritt auf ihn zu und ragte hoch über ihm auf.

Als Aidan sich zum Sterben anschickte, sagte cel Rau: »Jetzt, Zauberer.«

»Was geschieht hier?«, zischte Vasile.

Chalayan lachte freudig. »Ich tue das, was getan werden

muss. Die Jukari-Horde kann bei der Brücke aufgehalten werden – wenn die Brücke nicht mehr da ist. Schaut zu.«

Der Jukari hob gerade sein gewaltiges Schwert hoch über Aidan, als sich helle silberne Fäden um die Brücke wanden. Eine dieser zauberischen Ranken schnitt durch die Schulter des Jukari, und sein Schwert verfehlte Aidan weit.

»Bring es jetzt hinter dich, Chalayan«, sagte cel Rau. »Ich will, dass es nicht die Jukari machen, sondern dass es einer von uns ist.«

Chalayan nickte, und auf seinem Gesicht zeichnete sich äußerste Anspannung ab. Er hob die Arme und machte eine drehende Bewegung mit den Händen.

Die Fäden wirbelten hoch in die Luft und zischten und knallten wie Blitze. Die Jukari starben. Halbe Kreaturen sackten zu Boden. Einige warfen sich hin, um der Zauberei zu entgehen, andere drehten um und flohen. Ein Faden drang durch den Hals eines Vormag und trennte ihm den Kopf vom Körper. Rote Schilde hüllten seine Gefährten ein, und Chalayan fluchte heftig, als seine Zauberei abgelenkt wurde. Aidan hatte sich zur Seite gerollt, lag unbeweglich da und bedeckte den Kopf mit den Händen.

Vasiles Herz krampfte sich in seiner Brust zusammen.

Blaue Schilde sprangen hinter den Jukari auf der Brücke hoch und blockierten ihren Fluchtweg.

»Schnell, Zauberer«, knurrte cel Rau.

Vasile erkannte, dass Chalayan zu viel Spaß hatte. In dieser Situation, in der Aidan in Todesgefahr schwebte und zahllose Jukari abgeschlachtet wurden, genoss der Zauberer das Geschehen.

Donner hallte über die Brücke hinweg. In einem einzigen Augenblick wurde der Raum zwischen den Fäden schwarz. Etwas daran entsetzte Vasile; das bloße Betrachten dieser Macht veränderte etwas in seinem Geist. Sie war ... falsch.

»Ja!«, freute sich Chalayan.

Rauch stieg aus den Jukari auf, als ihre Körper in Flammen ausbrachen, und er verschluckte bald die gesamte Brücke.

»Und ... jetzt«, sagte Chalayan.

Vasile geriet ins Taumeln, als ein großer Druck auf ihn niederstieg. Er fühlte sich, als würde er plötzlich das Doppelte oder gar Dreifache seines gewöhnlichen Gewichts wiegen. Der Rauch, der aus den Jukari aufstieg, bildete einen Mahlstrom über der Brücke. Vielfarbige Blitze schossen daraus hervor, trafen die Brücke und hinterließen breite versengte Stellen im Stein.

Ein weiterer Donner ertönte. Die Luft verzerrte sich, als eine Druckwelle von der Brücke herbeidrang. Sie prallte gegen Vasile, Chalayan und cel Rau und warf sie um.

So schnell wie möglich kämpften sich alle wieder auf die Beine.

»Na bitte«, sagte Chalayan. »Sie werden die Brücke nicht mehr überqueren können. Es ist zwar schade, dass ich sie zerstören musste, aber ...«

»Aber du hast es nicht getan«, sagte cel Rau.

»*Was?*« Das Entsetzen in seiner Stimme spiegelte den Unglauben in Chalayans Gesicht.

Denn cel Rau hatte recht. Trotz der mächtigen Magie, die er gegen die Brücke gerichtet hatte, überspannte sie noch immer den Fluss, wie sie es schon seit der Zerschmetterung getan hatte. Jukari-Leichen übersäten sie, und hier und da lag ein Vormag. Von Aidan war nichts zu sehen.

Eine Gruppe von Vormag betrat jetzt langsam die Brücke. Schilde bedeckten sie, und jeder von ihnen hatte einen Arm in die Luft erhoben. Zauberranken flossen aus ihren Händen und trieben die Brücke entlang. Etwas hatte Chalayans Magie davon abgehalten, die Brücke zu vernichten, und Vasile vermutete, dass es die Vormag gewesen waren. Fünf von ihnen hielten sich nun an den Händen, und ihre Münder bewegten sich im Einklang. Was immer sie getan hatten, um Chalayan aufzuhalten, sie waren offenbar noch nicht fertig damit.

Während Vasile dies dachte, erschien eine dunkelviolette Kugel über den Vormag und schoss in die Luft. Eine zweite entstand, dann noch eine dritte. Zwei steuerten dem Dorf entgegen, während die andere ... unmittelbar auf die drei Männer zuhielt.

»Chalayan!«, schrie Vasile.

Der Zauberer erschuf einen Schild um sich und dehnte ihn aus, sodass er schließlich alle drei umgab. Vasiles Haut prickelte und zuckte, als sich die Zauberei über ihn bewegte.

Die Kugel der Vormag prallte gegen den Schild und zerplatzte, als ob sie aus Flüssigkeit bestanden hätte. Die violette Magie tropfte an der Seite herunter, und Chalayan lachte. Anscheinend hatte er es verwunden, dass sein Zauber zur Vernichtung der Brücke fehlgeschlagen war.

Vasile schaute in Richtung der Stadt, gerade als die beiden anderen Kugeln einschlugen. Hölzerne Gebäude brachen sofort in Flammen aus, und magische Spritzer hinterließen Feuerspuren im Boden.

Auf der anderen Seite der Brücke hatte der größte Teil der Jukari-Horde überlebt. Sie machten sich noch nicht an die Überquerung des Flusses, doch es war wohl nur eine Frage der Zeit, bis die Vormag sie dazu zwangen.

Vasile zitterte vor Entsetzen über die Kräfte, die hier entfesselt wurden. »Wenn die Zerschmetterung nicht in der Lage war, die Brücke zu vernichten«, sagte er zu Chalayan, »dann verstehe ich nicht, wieso ausgerechnet *Ihr* geglaubt habt, das zu schaffen.«

Chalayan schenkte ihm einen dunklen Blick voller ... Hass? »Und dabei wart Ihr derjenige, der mich zu dieser Zauberei geführt habt, Richter. Seht nur! Seht Euch an, was ich getan habe! Und dabei habe ich bisher kaum an der Oberfläche gekratzt.«

»Allerdings«, rief Vasile ihm in Erinnerung. »Mehr habt Ihr bisher nicht geschafft.«

Chalayan machte eine abwehrende Handbewegung, als ob das nur ein kleines Ärgernis sei. »Pah – die Macht gehört jetzt *mir*. Wenn ich ein paar Monate mit ihr experimentiert habe, werde ich zehnmal so stark sein! Stellt Euch einmal vor, was ich dann tun kann!«

Vasile schluckte und trat einen Schritt von dem Zauberer zurück. Chalayan war trunken von seiner eigenen Macht und genoss die Zerstörung. In seinen Augen lag ein wilder Blick.

»Das ist es, worüber ich mir Sorgen mache«, bemerkte Vasile. »Genauso hat die Zerschmetterung begonnen.«

Chalayan lachte ihn aus.

»Aidan und ich waren darüber einer Meinung«, sagte cel Rau ernst. Seine Klinge blitzte auf. Im einen Augenblick hatte sie noch in ihrem Futteral gesteckt, und im nächsten stand cel Rau reglos da, während sein ausgestreckter Arm und das Schwert in seiner Hand eine gerade Line bildeten. Es war, als ob das Schwert in seiner Hand erschienen wäre, ohne durch den Raum zwischen ihr und dem Gürtel gereist zu sein. Ein scharlachroter Fleck überzog die ersten beiden Zoll des Stahls.

Chalayan packte sich an die Kehle in dem vergeblichen Versuch, die Blutung zu stillen. Er stieß ein blubberndes Keuchen aus. Seine Augen rollten in den Höhlen herum, und er brach zusammen.

Entsetzt sah Vasile zu, wie Chalayan auf dem Boden zuckte und sein Blut in den Staub sickerte.

»Keine Angst, Richter. Aidan hat mir den Befehl gegeben. Der Zauberer war eine Zeit lang nützlich, aber sein Verlangen hat ihn übermannt. Er war schwach. Das haben wir beide bemerkt.«

Ja, aber er hat unseren Schild aufrechterhalten! Doch Vasile sagte nichts, denn welcher Einwand konnte nun noch etwas bewirken? *Verrückt. Diese Leute sind allesamt verrückt.*

Er war benommen und konnte nur noch nicken, während er zusah, wie cel Rau die Amulette und das Kleinod aus Chalayans Taschen holte.

»Kommt«, sagte cel Rau. »Wir haben uns ein wenig Zeit verschafft, aber jetzt sollten wir uns beeilen.«

Vasile eilte dem Schwertkämpfer nach und bestieg sein Pferd. Sie drehten um und folgten dem Staub, den die Fliehenden auf ihrem Weg nach Flussrand in die Luft gewirbelt hatten.

Während sie ritten, dachte Vasile über diese drei seltsamen Männer nach. Sein Gefährte ritt neben ihm – ein Wilder, der in Schweigen gehüllt war. Chalayan war mächtig gewesen, aber auch wahnsinnig hungrig nach Macht. Und dann war da noch Aidan ...

Soweit Vasile es wusste, hatte Aidan nie eine Lüge ausgesprochen. Er gehörte zu einer seltenen Spezies, war ein guter Mann, der tötete, weil er alle beschützen wollte, obwohl sie ihm nicht einmal dafür dankten.

»Lebewohl, Aidan«, flüsterte Vasile. »Mögen die Ahnen dir Schutz gewähren. Man wird dich zutiefst vermissen.«

35

Caldan trat zur Seite, als Meister Schimmel den Protektoren befahl, das Gebäude zu sichern. Der Meister verschwand im Innern, und bald darauf kam ein Protektor mit einem Schlüsselbund heraus und sperrte das eiserne Tor auf. Dabei wurde streng darauf geachtet, dass keiner der neugierigen Schaulustigen hindurchschlüpfte. Zwei bewaffnete Gesellen sowie zwei Köcherer wurden hinter dem Tor postiert. Meister Schimmel war nicht nur mit seinen Protektoren, sondern auch mit einer Soldatenschwadron hier eingetroffen, die er auf dem Weg zwangsverpflichtet hatte.

Caldan rieb sich die müden Augen, gähnte und fuhr sich mit der Hand durch das Gesicht. Er fühlte sich noch immer schwach, was vermutlich dem Blutverlust zuzuschreiben war, und ein Loch in seinem Magen verriet ihm, dass er etwas essen musste, um seine Kräfte zu erneuern. Aber Schimmel hatte ihm befohlen, hier zu warten, und so wartete er. Aber nach einigen Minuten hielt er es nicht mehr aus und begab sich auf der Suche nach etwas Essbarem ins Innere. Amerdan und er hatten während ihrer Suche im hinteren Teil eine kleine Küche entdeckt, und dorthin ging Caldan nun.

Nachdem er zunächst eine große Menge Wasser getrunken hatte, schnappte er sich eine Flasche mit Apfelwein und entkorkte sie. Er wollte nach einem Glas suchen, doch dann zuckte er mit den Achseln. Nach allem, was er gesehen und durchgemacht hatte, würde er vermutlich die ganze Flasche brauchen. Die Küche war gut ausgestattet, doch trotz all der kostbaren Nahrungsmittel war ihm nicht nach Essen zumute. Mit Honig überzogene Grillen? Töpfe mit eingelegten Baby-Aalen und Zwiebeln? Ein braunes Papierpäckchen, das ein Stück ... war das geräucherte und gepresste Qualle darin?

Dabei drehte sich ihm der Magen um.

Nachdem er sich eingehend umgeschaut hatte, war es ihm gelungen, ein anständiges Mahl aus Trockenfrüchten, Brot und Käse sowie dünnen Schinkenscheiben zusammenzustellen.

Als er gerade die Hälfte gegessen hatte, steckte ein ernster Meister Schimmel den Kopf herein, sah ihn, holte sich einen Stuhl und setzte sich neben Caldan. Zwei Protektoren folgten ihm – es waren ältere Gesellen – und stellten sich zu beiden Seiten der Tür auf. Ohne um Erlaubnis zu fragen, nahm Schimmel zuerst einen kleinen und dann einen weitaus größeren Schluck aus der Flasche. Seine Augen waren rot gerändert, und eine harte Entschlossenheit lag um sein Kinn.

»Gibt es hier nichts Stärkeres?«

Caldan nickte. »Ich habe ein paar Flaschen im ... ich glaube, im ersten Raum gesehen – teurer Wein und Schnaps, wie ich vermute. Sie haben keine Kosten gescheut, um es sich hier bequem zu machen.«

»Wir haben Meisterin Annelie und die beiden anderen Protektoren draußen auf dem Wagen unter einer Plane gefunden. Ich weiß nicht, was sie mit den Leichen vorhatten. Vermutlich wollten sie sie in den Fluss werfen oder irgendwo auf dem Land vergraben.«

Caldan nickte und schwieg. Er erkannte, dass es Schimmel schwerfiel, mit den Ereignissen zurechtzukommen. Anscheinend hatte er Annelie nahegestanden.

»Als Annelie nicht zurückgekommen war, hatte ich jemanden hinter ihr her geschickt. Sie haben den Ort, an den du gebracht werden solltest, leer vorgefunden, und da habe ich das Schlimmste befürchtet.« Schimmel sah Caldan an. »Ich dachte, du hättest sie auf dem Gewissen. Irgendwie hatte ich mir vorgestellt, du habest ganz allein eine Meisterin und zwei Gesellen besiegt. Als wir deine Botschaft erhalten haben, waren wir wieder voller Hoffnung, dass ... nun, ich habe gehofft, dass Annelie noch lebt.«

»Es tut mir leid. Meine Hände waren gefesselt, als wir angegriffen wurden. Ansonsten hätte ich vielleicht etwas tun können, aber so ...«

»Du musst dich nicht entschuldigen. Du steckst noch immer in großen Schwierigkeiten, aber ich muss zuerst deine Version der Geschichte hören. Was ist passiert?«

Caldan wählte seine Worte mit Bedacht, als er sagte: »Wir sind auf der Straße in einen Hinterhalt geraten. Beide Gesellen wurden mit Pfeilen getötet, bevor wir überhaupt wussten, was los war. Meisterin Annelie ist es noch gelungen, Zugang zu ihrer Quelle zu bekommen und einen Schild zu errichten, aber ... sie haben magisch aufgeladene Pfeile benutzt, die irgendwie ihren Schild ausgetrocknet haben. Sie waren sehr diszipliniert und gut aufeinander eingespielt, als ob sie so etwas schon mehrfach gemacht hätten.«

Schimmel nickte. »In den letzten Jahren sind einige Protektoren und Zauberer verschwunden. Niemand hat bislang herausgefunden, was mit ihnen passiert ist. Aber rede weiter.«

Caldan zögerte. Warum sollte Joachim Zauberer getötet haben, wenn sie keine Berührten waren? Es musste ihm um ihre Kleinodien gegangen sein, und vielleicht war dies die Spur gewesen, der Annelie gefolgt war.

Er überlegte angestrengt, ob er Schimmel die ganze Wahrheit sagen sollte, aber er hatte das Gefühl, dass es wichtig für ihn war, sein Versprechen gegenüber Amerdan zu halten, auch wenn es vielleicht bloß darum ging, dass Caldan – und nur er allein – die Rache zustand. »Ich wurde bewusstlos geschlagen, und als ich wieder aufgewacht bin, war ich in dem Raum im oberen Stockwerk eingesperrt. Es ist mir gelungen, mich zu befreien und den Wächter zu töten, der die Tür geöffnet hat, und dann habe ich seine beiden Gefährten erledigt. Sie waren unvorbereitet, und ich konnte sie überraschen. Ich glaube, sie waren betrunken. Ich habe einen Bogen und etliche magische Pfeile gefunden und eine Handvoll davon mitgenommen. Als ich im Erdgeschoss auf Joachim gestoßen bin, hat er seinen Schild aktiviert, aber ich konnte ihn mit den Pfeilen durchdringen. Und dann ...«

»Dann hast du ihn getötet.«

»Ja.«

Schimmel stieß einen langen Seufzer aus. »Wenn ich den Schlamassel nicht mit eigenen Augen gesehen hätte, wäre mir nie der Gedanke gekommen, diese Geschichte zu glauben.«

»Ich glaube sie ja selbst kaum. Nach dem Luxus zu urteilen, der hier zusammengerafft wurde, haben Joachim und seine Männer jahrelang Menschen wegen ihrer Kleinodien getötet.«

»Und was ist mit dem Zimmer, in dem du gefangen gehalten wurdest? Mit dem Tisch und den Riemen und den alten Blutflecken auf dem Boden? Weißt du, warum du am Leben gelassen wurdest?«

Caldan zwang sich, gleichmäßig zu atmen, Schimmel in die Augen zu sehen und seinem Blick standzuhalten. »Ich habe keine Ahnung.«

»Nein? Hatte Joachim vielleicht ein unnatürliches Interesse an dir? Vielleicht ist das etwas, worüber du in unserem Hauptquartier nicht reden wolltest?«

»Nein, nichts dergleichen.«

Schimmel gab ein Grunzen von sich, nahm noch einen

Schluck Apfelwein und gab Caldan die Flasche zurück. »Denk nach. Ich weiß, was du vorhattest und warum Annelie dich gefangen genommen hat. Ah ...« Schimmel hob die Hand, als Caldan etwas einwenden und sich entschuldigen wollte. »Ich weiß, dass du glaubst, es sei für einen guten Zweck gewesen – für Mirandas Heilung –, aber es gibt gewisse unbeugsame Regeln, die von den Meistern schon seit Jahrhunderten weitergegeben werden. Was du hier entdeckt hast, spricht zusammen mit der Tatsache, dass du hiergeblieben und uns eine Nachricht geschickt hast, eindeutig zu deinen Gunsten. Aber ich habe nur einen sehr geringen Spielraum.«

»Ich verstehe.« Das tat er wirklich, denn vermutlich wusste noch niemand, dass Caldan die Bücher hatte kopieren lassen. Und wenn sein einziges Verbrechen darin bestand, einige Bände aus der Bibliothek der Meister entwendet zu haben, bestand eine gewisse Aussicht darauf, dass die Aushebung von Joachims mörderischer, Kleinodien stehlender Bande seine eigene Bestrafung milder ausfallen lassen würde. Zumindest hoffte er das ...

»Ich bitte nur darum, nicht zu vergessen, dass Joachim ohne mich noch immer auf freiem Fuß wäre und morden und stehlen würde«, fuhr Caldan fort. »Er wäre mit dem Mord an Annelie und den beiden Protektoren wohl davongekommen. Ihr hättet keine Ahnung, dass er es war, der dahintersteckte, und die Leichen würden nun im Fluss treiben. Bei den Ahnen, ich hätte die ganze Sache geheim halten und das Haus für mich selbst nehmen können. Bei all den Dukaten und den Kleinodien hier ...« Caldan schüttelte verwundert den Kopf. »Ich hätte bis zum Ende meiner Tage in Luxus leben können, und niemand wäre mir je auf die Schliche gekommen. Aber so bin ich nicht. Miranda benötigt meine Hilfe, die Protektoren können mich brauchen, und Glöckchen muss aufgehalten werden. Also ... hier bin ich.«

Schimmel starrte ihn an, und Caldan bemühte sich, nicht unter diesem Blick zusammenzuzucken. Schließlich aber wurde die Miene des Meisters sanfter. »Du hast etwas sehr Böses und Schlimmes aufgedeckt, aber ... zu hohen Kosten. Jemand wird dafür bezahlen müssen.«

Caldan nickte ernst.

»Es wird einen Prozess wegen deines Fehltritts geben«, fuhr Schimmel fort.

»Wir beide wissen, dass es mehr als nur ein Fehltritt war. Es ist nicht nötig, es schönzureden. Aber Ihr wisst, dass ich es wegen Miranda getan habe.«

»Caldan, ich möchte es so deutlich wie möglich sagen: Es gibt keine Rechtfertigung für das, was du getan hast. Du hast gewusst, dass es falsch war, und du hast es trotzdem getan. Und weil du es getan hast, sind Annelie und die anderen Protektoren gestorben.« Schimmel hob die Hand und unterband damit Caldans Einwände. »Vielleicht wären sie sowieso zum Ziel geworden, wir wissen es nicht. Aber deine Gier nach verbotenem Wissen hat uns hierher geführt.«

Caldan sah den Mann an – weder niedergeschlagen noch trotzig. »Und was jetzt?«

Schimmel bedeutete den beiden Gesellen, herzukommen. »Es liegt nicht in meiner Hand. Du weißt einfach zu viel. Es gibt Regeln, die wir in bestimmten Umständen befolgen müssen. Selbst die Protektoren sind jemandem verantwortlich. Wir sind nicht so frei, immer das tun zu können, was wir tun wollen.«

»Wem sind die Protektoren verantwortlich?«, fragte Caldan, der die Antwort bereits kannte und sie fürchtete.

»Den Meistermagiern des Kaisers natürlich. Du wirst ihnen von Joachims Verbrechen berichten müssen. Ich nehme dich in Haft, bis es zum Prozess kommt – wahrscheinlich dann, wenn die Meistermagier zusammen mit der Streitmacht des Kaisers hier eintreffen.«

Würde er sich der Strafe fügen, die man über ihn verhängen würde, oder war er inzwischen stark genug, sich vor Gericht zu verteidigen? Mit großer Besorgnis dachte Caldan an Avigdors Worte, die dieser gesprochen hatte, als sie sich zum ersten Mal begegnet waren: *Niemand verlässt die Protektoren.*

Schimmel konnte nicht wissen, dass er Caldan damit vermutlich in den sicheren Tod schickte. Nicht weil er versucht hatte, mehr über zwingende Magie herauszufinden, sondern wegen dem, was er *war*.

Das Knochen-Kleinod drückte gegen seine Brust; es fühlte sich an, als würde es brennen, und er widerstand dem Drang, es zu berühren. Seine Familie war wegen dieses Geheimnisses gestorben. Er durfte nicht zulassen, dass ihn die Meistermagier in die Hände bekamen.

Schimmels Stimme riss ihn aus seinen Gedanken. »... und du wirst unter strikter Bewachung bleiben. Joachim war vielleicht nicht allein, und wenn der einzige Zeuge beseitigt ist, gibt es keine Beweise mehr für seine Verbrechen.«

Er meint damit, dass ich ihm keine Schwierigkeiten mehr machen soll, bis ich endlich an die Meistermagier ausgeliefert werden kann.

Caldan blieb nichts anderes übrig, als mit schwerem Herzen zu nicken und dadurch gegenüber Schimmel anzudeuten, dass er gehört und verstanden hatte.

Aber er war sich noch nicht sicher, ob er dem Gehörten und Verstandenen auch zustimmte.

Schimmel hatte Caldan in die Obhut der beiden Protektoren-Gesellen gegeben, denn der Meister wollte hierbleiben und die Durchsuchung von Joachims Versteck überwachen, was vermutlich viel Zeit in Anspruch nehmen würde. Caldan war auf die Straße hinausgeführt worden, und während der letzten Minuten hatte er mindestens ein Dutzend Fluchtpläne geschmiedet und wieder verworfen. Jeder einzelne war riskant gewesen und hätte erfordert, Ströme von Magie zu entfesseln, was bedeutet hätte, dass es zu schweren Verletzungen gekommen wäre und er die Protektoren auf ewig gegen sich aufgebracht hätte. Und er hätte ihnen bewiesen, dass ihr Verdacht ihm gegenüber richtig gewesen war und es ihm nicht erlaubt werden durfte, sein Wissen um die zerstörerische und zwingende Magie zu behalten. Wenn er diesen Weg beschritt, gab es kein Zurück mehr. Vermutlich würden sie ihn jagen und töten, falls es ihnen gelang, ihn zu überwinden ... Schließlich wuchsen seine Fähigkeiten – und sie wuchsen schnell. Irgendwann würde er sich keine Gedanken mehr um die Protektoren und um das machen müssen, was sie mit ihm anstellen konnten. Wie Joachim ihm gesagt hatte: Es kam selten vor, dass man sowohl ein Berührter als auch ein Zauberer war. Zu was würde er in der Lage sein, wenn seine Geschicklichkeit zunahm? Er würde es den Protektoren zeigen, und ihnen würde nichts anderes übrig bleiben, als ihn in Ruhe zu lassen, nachdem er ihnen eine blutige Nase geschlagen hatte – oder Schlimmeres.

Nein, was er brauchte, war ein kluger Plan. Er musste entkommen und sich mindestens eine Stunde Vorsprung verschaffen. Mit ausreichend Zeit wäre er wohl in der Lage, weit genug wegzukommen und ... was? Was würde er dann tun? Er wäre ein Gesuchter, und jeder Protektor und Meistermagier würde Jagd auf ihn machen. So wie er es sah, blieben ihm nicht viele Möglichkeiten. Er konnte fliehen und sich damit erst einmal retten, aber am Ende würde er eingefangen und für den Rest seines Lebens eingesperrt werden, oder er wurde vom Kaiser und seinen Zauberern ausgesaugt. Ein Leben auf der Flucht und in Verstecken war kein Leben. Der Gedanke, andauernd über die Schulter schauen und sich fragen zu müssen, ob er heute geschnappt wurde, war sehr unangenehm.

Hatten seine Eltern kurz vor ihrem Tod ein solches Leben geführt?

Und dann war da noch Miranda. Wegen ihm steckte sie in dieser schrecklichen Lage, und er war es ihr schuldig, alles in seiner Macht Stehende zu tun, damit sie wieder ins normale Leben zurückkehren konnte.

Das Hauptquartier der Protektoren befand sich nur noch wenige Minuten von ihm entfernt, und deshalb war ein rasches Handeln geboten.

»Ich muss wirklich zurückkehren und mit Meister Schimmel reden«, sagte Caldan. Er blieb stehen und schaute den Weg zurück, auf dem er hergekommen war.

Seine Eskorte stieß ihn voran, und er geriet ins Taumeln und sah die beiden Männer finster an.

»Weitergehen«, brummte der ältere der beiden.

Bisher hatte dieser Geselle kaum etwas gesagt, und wenn er doch einmal etwas geäußert hatte, dann mit sehr wenigen Worten. Caldans Blicke glitten zu der Börse am Gürtel des Protektors, bevor er sich davon abhalten konnte. Darin befanden sich seine Amulette und Kleinodien. Die Protektoren wussten, dass er ohne sie nichts ausrichten konnte, und sie glaubten, in diesem Zustand mit ihm fertig zu werden – eingeschüchtert durch Schimmel, ohne magische Wirkstücke und Waffen und ohne jeden Rückzugsort.

Eine Kutsche, die von vier Pferden gezogen wurde, rollte die Straße entlang und auf sie zu, und das Samenkorn eines Plans spross in Caldans Geist auf.

»Schimmel macht einen großen Fehler«, sagte er. »Es gibt da einiges, was ich ihm noch nicht erzählt habe. Ihr müsst mich zurückbringen, damit ich mit ihm sprechen kann.«

Caldan spürte, wie der ältere Protektor seine Quelle berührte, und sofort hob Caldan die Hände in einer Geste der Ergebenheit. Er musste sie bedrängen und ihnen eingeben, dass er unbedingt zurück zu Schimmel gehen wollte, aber wenn sie ihre Geduld verloren und ihn fesselten, würde sein Plan scheitern.

»Es tut mir leid«, sagte Caldan. »Ich werde den Mund halten.«

»Das solltest du. Da vorn kommt eine Kutsche. Geh nach links.«

Caldan gehorchte und hielt den Blick auf die schäumenden Pferde gerichtet.

Warte, sagte er zu sich selbst. *Bald.*

Er holte tief Luft, wirbelte herum und rammte die Faust gegen den Kiefer des älteren Protektors, nur einen Augenblick später griff er nach der Börse an dessen Gürtel. Der Protektor hatte einen glasigen Blick bekommen und sackte zu Boden, während Caldan die Schnüre abriss, mit denen die Börse befestigt war.

»He!«, rief der andere Protektor.

Caldan sprang vor die Kutsche. Die Pferde scheuten und wieherten furchtsam, aber schon war Caldan an ihnen vorbei und rannte in eine Seitengasse hinein.

»Bleib sofort stehen!«

Er hastete über einen Haufen Abfall und stürzte an der nächsten Abzweigung vorüber, bei der er fast mit einer Frau und ihren zwei Kindern zusammengestoßen wäre. Eine Quelle füllte sich mit Kraft – der Protektor aktivierte seinen Schild. Ein weiterer Ruf ertönte hinter ihm, und er bog in eine Straße rechts von ihm ein, als wollte er zurück zu Schimmel laufen.

Dann aber nahm er die nächste Straße links und wieder links – was ihn in die Richtung des Protektoren-Hauptquartiers brachte. Bei der nächsten Kreuzung hielt er keuchend an und spähte um die Ecke. Von den Protektoren war nichts zu sehen. Mit ein wenig Glück würden sie glauben, dass er sich in Schimmels Richtung bewegte. Gut.

Caldan lief los, als würde sein Leben davon abhängen.

Was es möglicherweise auch tat.

Er brauchte nicht lange, bis er die Protektorengilde erreicht hatte. Dort blieb er vor den Mauern stehen und atmete tief durch. Es wäre nicht gut, das Gebäude keuchend und mit rotem Kopf zu betreten. Also musste er so tun, als würde er hierher gehören, auch wenn er wusste, dass dies niemals der Fall sein würde.

Caldan richtete sich auf und versuchte eine gelassene Miene zu machen. Nach wenigen Augenblicken hatte er die Eingangstür durchschritten und dabei einigen Protektoren, an denen er vorbeigekommen war, zugenickt.

Als Erstes ging er zu seinem Zimmer und nahm seine Ledertasche, nachdem er sich vergewissert hatte, dass sich die kopierten Texte und seine magischen Gegenstände noch darin befanden. Wie er vermutet hatte, wusste keiner der Protektoren hier, was in der Nacht geschehen war, und niemand hatte einen Grund, ihn anzuhalten. Er gürtete sich sein Schwert um, ging zu Mirandas Zimmer, packte ihre Sachen und schlang sich das Bündel über die Schulter.

Dann wickelte Caldan Miranda in eine Decke und hob sie hoch. Bei den Ahnen, wie leicht sie war! Er ging und stieg die Treppe hinunter.

Im Hof schenkte ihm eine Protektorin einen fragenden Blick.

»Ich bringe sie zu einem Arzt«, sagte Caldan. Eigentlich war das gar keine Lüge.

Die Frau nickte und ließ ihn in Ruhe.

Caldan stieß einen Seufzer der Erleichterung aus, schritt durch das Tor und versuchte, seine Spur im Straßenlabyrinth von Flussrand zu verwischen.

Als Caldan endlich ein Zimmer gefunden hatte, in dem er fürs Erste bleiben konnte, war die Abenddämmerung nicht mehr fern, und der Horizont hatte schon eine graue Färbung angenommen. Er hatte Miranda den ganzen Weg zu einem der Stadttore tragen müssen, wo sich die Tavernen und Herbergen befanden, in denen man an das Eintreffen neuer Gäste zu allen Tageszeiten gewöhnt war. Das Zimmer, das er gemietet hatte, war nicht billig und lag in einem der besseren Häuser, denn er glaubte, Miranda hier allein lassen zu können, während er einiges für sie erledigte. Sie verdiente viel mehr, als er ihr geben konnte, und die Protektoren - und Joachim - hatten sich als unfähig erwiesen, sie zu heilen.

Er war erschöpft. Kaum vermochte er die Augen offenzuhalten, als er die Treppe hoch und in ihr Zimmer taumelte und die Tür hinter sich schloss. So sanft wie möglich legte er Miranda auf eines der Betten. Vorsichtig breitete er ihre Decke über sie und steckte sie fest, damit sie nicht herunterrutschte, wenn sie sich im Schlaf bewegte. Ihre Augen zuckten unter den geschlossenen Lidern, und sie jammerte leise. Vielleicht hatte sie einen Albtraum, vielleicht war ihr heiß - er wusste es nicht. Die Luft in dem Zimmer roch abgestanden, und er öffnete das Fenster einen Spaltbreit.

Caldan zerbiss einen Fluch zwischen den Zähnen. Mirandas Haut war noch immer leichenblass. Diese Bewegungslosigkeit konnte nicht gut sein, und sie wirkte noch dünner als bei ihrer ersten Begegnung. Er musste sie der Obhut von jemandem übergeben, der fähiger als ein Protektorenlehrling war - auch wenn Caldan vermutete, dass er keiner mehr war, vor allem nicht mehr seit seiner Flucht.

Er kniff die müden Augen zusammen und rieb sie. Es half nichts. Egal. In jedem Fall sollte er ein paar Stunden schlafen, bevor er wieder nach draußen ging. Also schlüpfte er aus seiner verschmutzten Kleidung, wusch sich nicht, sondern begab sich sofort zu Bett. Es war noch so viel zu tun, und deshalb durfte er sich nur eine kurze Pause gönnen. Zuerst musste er dafür sorgen, dass Miranda medizinische Hilfe erhielt, und dann musste er mit seiner Magie beginnen.

Doch es fiel ihm schwer, sich zu entspannen, denn seine Gedanken kehrten immer wieder zu den verbotenen Büchern über zwingende Magie zurück. Irgendwie musste er die Zeit finden, sie zu studieren. Morgen - nein, heute, berichtigte er sich selbst - würde wieder ein sehr geschäftiger Tag sein.

Caldan weigerte sich eine ganze Stunde lang, die Helligkeit im Zimmer zu beachten, doch dann schleppte er sich aus dem Bett. Er machte sich bereit, berührte seinen Kleinod-Ring und tastete dann nach dem Knochenring, weil er sich hatte vergewissern wollen, dass beide noch da waren. Schließlich gürtete er sein Schwert um - er durfte kein Risiko mehr eingehen - und sah nach Miranda. Ihr würden seine ersten Bemühungen an diesem Tag gelten; er hatte schon eine gewisse Vorstellung davon, wie er dafür sorgen konnte, dass sie die bestmögliche Hilfe und Pflege erhielt.

Caldan goss gerade Wasser in einen Becher für Miranda, als er innehielt. Es kam ihm der Gedanke, dass sie sogar in ihrem fast komatösen Zustand stets diejenige gewesen war, die seine Handlungen geleitet und gelenkt hatte. Alles, was er bisher getan hatte, hatte er für sie getan - und nun war er hier, versteckte sich vor den Protektoren und hoffte, dass er genug Zeit haben würde, so viel wie möglich zu lernen und zu erschaffen, bevor er ihnen wieder gegenübertreten musste. Denn dazu würde es sicherlich kommen.

Es überraschte ihn, dass es ihm gleichgültig war. Die Protektoren hatten ihre Unfähigkeit bewiesen. Sie beschränkten den Zugang zu bestimmten Arten von Wissen, weil es ihnen befohlen worden war. Und als etwas geschehen war, wobei sie hätten helfen können, hatten sie es nicht getan.

Sie hatten es nicht gekonnt.

Er seufzte und vergewisserte sich, dass Miranda den ganzen Becher leer trank. Es dauerte lange, denn sie nahm immer nur kleine Schlucke. Als sie die Lippen zusammenkniff und sich weigerte, noch mehr zu trinken, sorgte er dafür, dass sie es bequem hatte. Dann verließ er das Zimmer, nachdem er die Tür mit einem magischen Runenmuster gesichert hatte, das er mit Kreide auf die Innenseite des Schlosses gezeichnet hatte.

Er hörte sich um und suchte eine Ärztin in der Nähe auf. Als er ihr Mirandas Lage erklärt hatte, wobei er allerdings die zwingende Magie mit keinem Wort erwähnte, war die Frau bereit, sich rund um die Uhr mit Mirandas Heilung zu beschäftigen. Also gab er ihr die Adresse und genug Dukaten für die ersten beiden Tage, und er versprach weitere Bezahlung. Dann bedankte er sich überschwänglich bei ihr und machte sich daran, Rohmaterialien für seine Zauberstücke zu suchen.

An einen Besuch bei der Uhrmacherin war nicht zu denken, aber Caldan fand eine Silberschmiedin und konnte dort fast alles erwerben, was er brauchte, einschließlich etlicher seltener Erden. Nach kurzer Überlegung bezahlte er die Frau auch dafür, die kleine Schmiede benutzen zu dürfen, die sie in ihrem Hinterhof aufgestellt hatte. Er konnte erst am nächsten Tag daran arbeiten, denn heute brauchte die Schmiedin sie noch, aber das passte Caldan gut, denn er musste zuerst seine Entwürfe überdenken und am Aufbau seiner Verbindungen, Anker, Puffer und Aktivierungsrunen arbeiten. Dann warf er einen Blick auf die Schmiede und vergewisserte sich, dass sie in gutem Zustand und alle nötigen Werkzeuge vorhanden waren, sodass er sich diese nicht erst beschaffen musste.

Mittags war er zurück in ihrem Zimmer. Die Ärztin würde bald eintreffen, und er setzte sich neben Miranda. Er wünschte, sie wäre bei Bewusstsein, und er wünschte sich überdies, dass er nicht in so großen Schwierigkeiten stecken würde und sie für das Essen im Haus der Aale entschädigen könnte. Eine

Locke war über ihr Gesicht gefallen, und er schob sie ihr zärtlich hinter das Ohr.

Caldan lehnte sich zurück und fertigte einige Zeichnungen von magischen Gegenständen an; er berechnete die Anteile der einzelnen Legierungen und konfigurierte die Runenmuster.

Als die Ärztin eintraf, ließ er sie mit Miranda allein, stieg die Treppe hinunter und suchte sich im Innenhof des Gebäudes eine einsame Bank. Caldan setzte sich und knetete mit seinen Händen eine Wachskugel. Er hatte noch nicht beschlossen, was genau er morgen schmieden wollte, aber er würde sich bald entscheiden müssen. Schließlich musste er sich unbedingt auf einen möglichen Kampf mit den Protektoren vorbereiten. Vorsichtig vergewisserte sich Caldan, dass niemand in seiner Nähe war, und nahm eine metallene Pfeilspitze aus seiner Tasche – das Einzige, was er abgesehen von seinem Eigentum aus Joachims Versteck mitgenommen hatte. Die Pfeilspitze war mit winzigen Runen bedeckt, die scheinbar in das Metall eingeritzt waren, doch er sah und spürte, dass sie in Wirklichkeit leicht erhaben waren. Wie sie auf das Metall gelangt waren, stellte für ihn ein Rätsel dar, aber sie waren sicherlich weder eingeritzt noch aufgetragen worden.

Die Pfeile waren ein schwieriger Zauber, und er kannte nicht einmal die Hälfte der Runen. Jede hatte eine einzelne Standardverbindung und einen Anker sowie einen Puffer, doch darüber hinaus hatte er keine Ahnung, wozu sie da waren. Zwar wusste er, *was* sie bewirkten, aber er wusste nicht, *wie* sie es bewirkten.

Er dachte an den nächtlichen Überfall mit Simmon und Jazintha zurück, als er den abtrünnigen Zauberer getötet hatte ... Sein Schwert hatte irgendwie den Schild durchdrungen. Damals hatte er geglaubt, das sei ihm wegen seines plötzlichen Ausbruchs an Schnelligkeit und Stärke gelungen.

Er berührte die Oberfläche des Kleinod-Rings und spürte das Knotenmuster und den stilisierten Löwen. Joachim hätte es ihm am Ende gesagt. Vielleicht. Aber alles, was der Meistermagier ihm verraten hatte, war nun zweifelhaft. Caldan musste sich auf seine eigene Intuition und Wahrnehmung verlassen.

Die Ärztin trat auf den Hof, und als sie Caldan bemerkte, näherte sie sich ihm und versicherte ihm, dass es Miranda gut ging und sie am Abend zurückkehren werde.

Als er wieder ihr gemeinsames Zimmer betrat, regte sich Miranda und unterbrach dadurch seine Gedanken. Sie wand sich und atmete schnell. Caldan strich ihr über die Stirn und die Haare, bis sie sich beruhigt hatte. Er konnte es kaum mehr ertragen, sie in diesem Zustand zu sehen. Als er einen flüchtigen Blick auf seine Ledertasche mit den kopierten Büchern warf, spürte er, wie sie ihn lockten. Seine Magie musste bis morgen warten. Wenn alles andere fehlschlagen sollte, konnte er immer noch ein Armband herstellen, das jenem glich, welches er schon einmal gemacht hatte. Im Augenblick gab es Wichtigeres für ihn.

Er nahm die Bücher sowie eine Zauberkugel heraus, die er als Lichtquelle zum Lesen benutzen würde, sobald die Sonne unterging. Zitternd schlug er einen der Texte über die zwingende Magie auf. Da die Protektoren Miranda nicht hatten helfen können, musste er so viel wie möglich über diese verbotene Kunst lernen. Und wenn das, was er dabei erfuhr, ihm einen Vorteil vor den Protektoren verschaffte, war dies nur umso besser.

Wenige Stunden später wurde an die Tür geklopft. Caldan rieb sich die Augen. Bei den Ahnen, war er müde. Er ächzte, verlagerte sein Gewicht und fuhr sich mit der Zunge über die ausgedörrten Lippen. Die Zeit war verflossen, und er hatte ganz vergessen, etwas zu essen und zu trinken. Ein Blick aus dem Fenster zeigte ihm, dass der Himmel sich schon zur Nacht verdunkelte. Er stand auf und taumelte, als ob ihm die Beine eingeschlafen wären.

Rasch versteckte er die Bücher über zwingende Magie in seiner Tasche und öffnete die Tür.

Natürlich: wieder die Ärztin. Er lächelte und sagte etwas Nettes, als sie eintrat und sich erneut mit Miranda beschäftigte. Als er ihr dabei zusah, hob sie eine Braue, und er stammelte eine Entschuldigung. Die Frau würde ein paar Stunden bei Miranda bleiben, und er nahm seine Tasche und verließ das Zimmer.

Caldans Magen knurrte und erinnerte ihn daran, dass er allzu lange nichts mehr gegessen hatte. Er fühlte sich benommen, was nach dem erheblichen Blutverlust nicht überraschend war. In jedem Fall benötigte er unbedingt Nahrung, damit er wieder zu Kräften kam.

In der Nähe der Taverne, in der er Dominion gespielt hatte, gab es einen Nachtmarkt mit vielen Restaurants. Er legte den kurzen Weg bis dorthin zurück und entschied sich für ein ruhig wirkendes Lokal, in dem er hoffentlich keine Störung zu befürchten hatte. Kurz darauf standen ein Teller mit Rinderbraten sowie eine große Schüssel mit Gemüse und Kartoffeln vor ihm. Er aß und dachte dabei über magische Gegenstände und zwingende Magie nach.

Beide Bücher waren sehr erhellend gewesen, um es vorsichtig auszudrücken. Wie er schon vermutet hatte, war Glöckchen in ihren Ausführungen sehr lückenhaft gewesen und hatte behauptet, diese Art von Zauberei sei so schwierig, dass sie niemals in kurzer Zeit erlernt werden könne. Aber aus den Diagrammen und Beschreibungen war es ihm nun möglich abzuleiten, wie zwingende Magie funktionierte. Sie war tatsächlich verwickelt, aber nicht problematischer als eine Partie Dominion gegen einen außerordentlich guten Gegner. Allmählich begriff er, dass es bei der komplexesten Zauberei nicht nur um Übung, sondern auch darum ging, wie viele Stränge der eigenen Quelle man abspalten und kontrollieren konnte. Es gab zwar Ausnahmen wie die Bluter, aber am Ende ging es doch immer wieder um Talent.

Die allererste Lektion in Schildmagie, die er in Anasoma erhalten hatte, sollte zeigen, wer in der Lage war, seine Quelle in mehrere Stränge aufzuspalten. Zwei hatten bereits ausgereicht, aber dies gab den Meistern zumindest eine Ahnung, wer Potenzial besaß und wer nicht. Wie er an den magischen Schlössern erkennen konnte, mit denen die Meister ihre Bibliothek gesichert hatten, kamen die meisten Gesellen wohl nie über drei oder vier Stränge hinaus.

Caldan dachte an das, was Glöckchen ihm über Mehrfachstränge gesagt hatte: *Bei zwingender Magie ist es erforderlich, mindestens sieben Fäden von deiner Quelle abzuspalten, und jeden einzelnen musst du sehr geschickt handhaben.*

Das passte zu dem, was er vermutet hatte. Verdammt, er hatte den Meistern bereits gezeigt, dass er mindestens fünf Stränge gleichzeitig beherrschen konnte.

Nun musste er sein Wissen dazu benutzen, noch wirkungsvollere magische Gegenstände zu erschaffen. Er war fast fertig damit, zwei neue Automaten zu entwerfen, und sie waren sicherlich etwas Besonderes, aber er bezweifelte, dass sie ihm bei dem, was unweigerlich kommen würde, eine ausreichende Hilfe waren.

Bei der Abrechnung mit den Protektoren.

Zauberisch-mechanische Hybride waren nicht unbekannt, aber sie kamen nur sehr selten vor. Es gab kaum einen Magier, der sie herstellen konnte, und noch niemand hatte sie bisher auf vernünftige Weise eingesetzt. Caldan wollte sich daran versuchen.

Nachdem er sich dazu entschieden hatte, kehrte er zu Mirandas Zimmer zurück und stellte fest, dass die Ärztin gegangen war. Nun, er bezahlte die Frau auch nicht dafür, tatenlos im Zimmer zu verharren. Offensichtlich war sie mit ihrer heutigen Arbeit fertig und hatte noch etwas anderes erledigen müssen.

Obwohl es schon spät war und er morgen viel zu tun hatte, überprüfte Caldan noch einmal seine Entwürfe. Nachdem er winzige Veränderungen an einem der Muster vorgenommen hatte, so wie er es sich in dem Lokal überlegt hatte, lächelte er.

Glöckchens Magie und seine eigenen Theorien verhalfen seiner Zauberei zu großen Fortschritten.

Die Ärztin war früh eingetroffen, damit sie es Miranda bequem machen konnte, bevor sie sich um ihre eigenen Patienten kümmern musste. Caldan sah zu, wie die Frau ihre Ausrüstung bereitlegte: kleine Phiolen und Instrumente aus einer Ledertasche, die der von Elpidia glich. Rasch blinzelte er. Elpidia. Er ballte die Hände zu Fäusten, bis die Knöchel schmerzten. Amerdan würde für ihren Tod bezahlen.

Während die Ärztin auspackte, erkannte Caldan, dass Miranda allein hier zurückbleiben würde, wenn es zum Schlimmsten kommen sollte – ohne ihn, der sich um sie kümmerte. Es bereitete ihm Sorgen, dass sie immer seltener wach war. Was immer Joachim mit ihr gemacht hatte, war nicht dazu geeignet, ihren Niedergang aufzuhalten. Vielleicht war dies der Plan des Meistermagiers gewesen: Caldan hatte glauben sollen, dass er ihren Verfall gebremst hatte und sie bald geheilt sein würde, während es ihr in Wirklichkeit nicht besser ging.

Wenn ihn die Meistermagier erwischten, würde sie vermutlich in diesem Zustand bleiben, bis sie starb. Ein schrecklicher Gedanke.

Er drehte sich zu der Ärztin um und griff nach seiner Geldbörse. »Entschuldigung, aber ich habe mich gerade gefragt, ob es Euch vielleicht möglich wäre, eine geeignetere Unterbringung für Miranda zu finden. Ich fürchte, das hier ist nicht die beste Umgebung für ihre Genesung. Vielleicht gibt es irgendwo in dieser Stadt ein angesehenes, Euch bekanntes Hospiz? Oder habt Ihr möglicherweise selbst ein Zimmer frei?«

»Ja, natürlich. In Flussrand gibt es mehrere Hospize; einige sind besser als andere. Die Qualität der Pflege hängt leider davon ab, wie viel Ihr bezahlt.«

Caldan streckte ihr eine Handvoll Gold- und Silberdukaten entgegen und sah der Ärztin in die Augen. »Ausgezeichnet. Bitte so schnell wie möglich.«

Sie trafen einige Vereinbarungen, und er überließ die Ärztin ihren Arbeiten, denn er wollte so rasch wie möglich mit der Herstellung der magischen Gegenstände beginnen.

Caldan legte das zarte Werkzeug zur Bearbeitung von Wachs auf die Bank und massierte sich die Hand. Hinter der Mauer der Schmiede waren die Menschen und der Verkehr auf der Straße zu hören, aber all das war keineswegs ablenkend. Es war eine angenehme Kulisse für die vertrauten Klänge und Gerüche der Schmiede, die er vermisst hatte, wie er jetzt feststellen musste.

Er wischte sich den Schweiß von der Stirn und achtete sorgsam darauf, dass er nicht auf das Papier mit den schematischen Zeichnungen tropfte, dann trank er einen Becher Wasser. Als Nächstes steckte er die Schnitzwerkzeuge zurück in die Ledertasche und säuberte die Bank von allen Wachsresten. Einige Augenblicke lang schaute er das Wachsmedaillon an; schließlich nickte er. Es war gute Arbeit.

Nun war es an der Zeit, die Ausrüstung für das nächste Stadium zu überprüfen: zwei Wachsstäbe als Rauchabzug und eine Gussform, die das Medaillon mit alchemistischem Gips einschloss. Während einer seiner Pausen hatte er seine Finger und Hände ausruhen müssen und die Metalle und seltenen Erden für seine Legierung sorgsam abgewogen und dann alles eingeschmolzen. Er schaute kurz nach und stellte fest, dass es fertig war. Also nahm er einen dünnen Metallstab, rührte die Legierung noch einmal um und achtete darauf, kein Metall zu vergießen.

Genauso, wie er das Armband mit dem Schildzauber hergestellt hatte, bereitete er jetzt die Gussform des Medaillons vor und kippte die Legierung hinein. Als die Mischung Hitze abstrahlte, entspannte er sich und wartete darauf, dass sie fest wurde.

Nachdem dies geschehen war, schob er die Gussform mit Hilfe von Zangen in die Hitze der Schmiede. Als er sich davon überzeugt hatte, dass der alchemistische Gips gehärtet und das Wachs geschmolzen war, schüttete er das Wachs in den Ofen, wo es Blasen warf und verschwand.

Seine Gedanken kehrten zu der Zeit zurück, in der er den Schildzauber erschaffen hatte. Es war noch gar nicht so lange her. Er schüttelte den Kopf, denn es fühlte sich wie eine ganze Lebensspanne an. Wieder berührte er seine Quelle und goss die grell gleißende Legierung mit Hilfe der Zangen in die Form. Während der Strom des glühenden Metalls in die Höhlung floss und die Runen und Muster ausfüllte, die er geschnitten hatte, schob er seine magischen Sinne in seine Schöpfung, überprüfte die Anker, Puffer und Kontrollglyphen. Er leckte sich den salzigen Schweiß von den Lippen, stellte die erste Verbindung her, dann die zweite und schickte seine Kraft durch das noch flüssige Medaillon. Dann spaltete er einen dritten und vierten Strang ab und verknüpfte diese mit den übrig gebliebenen Verbindungsrunen.

Er hatte sich Glöckchens Schildzauber zum Vorbild genommen, der weitaus verzwickter war als Caldans erster Versuch. Bereits sein Armband war ein magischer Gegenstand gewesen, das kaum ein Geselle herstellen konnte, doch dieses Medaillon war weitaus komplizierter.

Nun blieb ihm nichts anderes übrig als zu warten, die vier Stränge aufrechtzuerhalten und seine Kraft durch die Muster zu schicken, bis das Medaillon fest wurde. Er nahm die Gussform aus dem Ofen und trug sie auf die Bank. Dort legte er sie in eine Metallhalterung, damit sie das Holz nicht versengte.

Einige Minuten vergingen, und er spürte die Anstrengungen. Er bekam Kopfschmerzen. Es war ihm schon gelungen, seine Quelle in fünf Stränge aufzuspalten, jedoch stets nur für kurze Zeit. Zwar war es einfacher, lediglich vier Stränge gleichzeitig zu haben, doch sie so lange aufrechtzuerhalten konnte auch zu einem Problem werden. Caldan wurde bereits müde. Er biss die Zähne zusammen und stieß ein leises Jammern aus, bevor er sich wieder zusammenriss. Nein, er würde bei diesem magischen Schmiedewerk nicht versagen. Es war entscheidend, dass er die Mittel hatte, sich zu schützen.

Erst dann durfte er sich auf Mirandas Heilung konzentrieren. Und Glöckchen und Amerdan zu finden versuchen - und den Tod von Simmon und Elpidia zu rächen.

Während er seine ganze Aufmerksamkeit darauf richtete, seine Quelle und die vier Stränge zu erhalten, verlor er jedes Gefühl für die Zeit. Der Lärm der Außenwelt verdämmerte zu einem Hintergrundgeräusch, das er kaum mehr wahrnahm.

Dann zuckten seine Stränge plötzlich und drohten seinem geistigen Griff zu entschlüpfen. Er zischte und packte sie mit verzweifeltem Griff. Aber er war zu müde - in ihm war keine Kraft mehr. Ein Strang riss sich los, dann ein weiterer. Jeder wurde zurück in seine Quelle gesaugt, und nun war es zwar einfacher, die verbliebenen beiden zu halten, aber es hatte keinen Sinn mehr. Dann schloss er seine Quelle. Hatte er den Fluss lange genug aufrechterhalten können, sodass das Medaillon durchtränkt worden war?

Er leerte den Becher, wartete einige Minuten und sammelte seine Kräfte. Schließlich trug er das Medaillon mit Hilfe der Zangen zu einem Wasserfass und steckte es hinein. Kurz darauf brach Caldan die Gussform auf und holte das Medaillon hervor. Jetzt konnte er nicht mehr warten. Trotz seiner Erschöpfung spaltete er seine Quelle abermals in vier Stränge auf und verband diese mit dem neuen Werkstück.

Seine Haut prickelte, als ihn der Schild umgab. Der Duft von Zitronen und heißem Metall floss durch die Luft. Er streckte eine Hand aus und sah, wie ein vielfarbiger Dunst sie umgab, der wie Licht wirkte, das von Fischschuppen zurückgeworfen wird. Es war eine zweite Haut, ähnlich wie Glöckchens Schildzauber.

Caldan hatte Glöckchens Entwürfe eingearbeitet und einige kleinere Veränderungen vorgenommen. Während er die Muster gezeichnet hatte, war ihm ihre Kunstfertigkeit deutlicher bewusst geworden. Zuerst hatten ihn die Runen und Verbindungen verwirrt, an die er nie zuvor gedacht hatte. Doch dann hatte alles seinen Platz gefunden wie bei einer verwirrenden Dominion-Strategie, die er zum ersten Mal sah. Sein ursprünglicher Schildzauber schien ihm im Gegensatz dazu regelrecht grob zu sein.

Er streckte seine Sinne nach dem Zauber aus und spürte die verstärkte Dichte des Schildes. Also zog er einen Strom aus Kraft von seiner Quelle ab. Hierzu war nicht bloß ein Zauberer notwendig, der vier Stränge aufrechterhalten konnte, sondern darüber hinaus einer, dem es gelang, den Kraftfluss zu beherrschen.

Aber Caldan konnte es. Er schloss seine Quelle, schnitt die vier Stränge ab, und der vielfarbige Dunst, der ihn umgab, verblasste.

Es war eine gute Arbeit. Eine sehr gute Arbeit ...

Schon jetzt überragten seine Kenntnisse der Magie alles,

was er im Kloster gelernt hatte, und möglicherweise wusste er bereits mehr als die meisten Meister, zumindest was die Theorie anging. Falls die Protektoren - oder Joachims Gefährten - ihn aufspürten, würden sie völlig anders empfangen werden, als sie es von ihm erwarteten.

Er musste in der Lage sein, sich selbst zu schützen, denn wenn es ihm gelingen sollte, etwas für Miranda zu erreichen, dann hatte er dies nur seinen eigenen Fähigkeiten und sonst niemandem zuzuschreiben.

36

»Warum eine solche Planänderung?«, fragte Izak.

Felice dachte über die verschiedenen Möglichkeiten nach, diese Frage zu beantworten. In Wahrheit wusste sie selbst nicht, was das Beste war, aber zumindest sollte es etwas Besseres sein, als zu Rebecci zurückzukehren. Sie musste sich vorsichtig und sanft bewegen. Der Weg vor ihr war schmal, und zu beiden Seiten gähnte ein bodenloser Abgrund. Wenn sie diesen Weg nicht zu gehen imstande war ... jeder Fehltritt, egal wie klein, würde ihren Tod bedeuten.

»Du«, sagte sie zu dem Schläger, der Savine den Arm gebrochen und es Izak erlaubt hatte, ihn zu töten. »Wie lautet dein Name?«

Der Mann schwieg eine Weile und schaute hinüber zu seinem Kameraden, die sich außer Hörweite befanden. »Rebecci hat uns gesagt: keine Namen. Es ist sicherer so.«

Felice klopfte sich gegen die Wange. »Dann sollst du weiterhin namenlos sein. Ich will, dass du in Izaks Nähe bleibst. Du hast Unternehmungsgeist gezeigt, und das respektiere ich. Ich glaube nicht, dass es schon vorbei ist.«

»Was?«, flüsterte Izak. »Was habt Ihr vor?«

»Ich? Nichts. Wir haben soeben einen ihrer wichtigsten Zauberer getötet, der, wie ich hinzufügen möchte, auf irgendeine Weise in Verbindung zu Rebecci und ihrem Haus steht. Wenn sie es herausfinden, werden Kelhak und seine Indryallaner es uns zweifelsohne heimzahlen wollen. Und auf diese Möglichkeit müssen wir uns vorbereiten ... und darauf, das zu wiederholen, was wir hier getan haben.«

»Aber ...«

»Genug, Izak«, fuhr sie ihn an. »Gib mir Raum zum Atmen und zum Nachdenken.«

Sie machte die anderen Schläger auf sich aufmerksam und winkte sie herbei. »Ich brauche eure Dienste noch für eine Weile. Ich weiß, ihr solltet eigentlich verschwinden, sobald ihr eure Arbeit getan habt, aber ich bin sicher, dass Rebecci euch dafür reichlich entlohnen wird.«

Der Anführer der Kerle zuckte die Achseln. »Was erwartet Ihr denn noch von uns?«

»Zunächst müsst ihr uns beschützen. Wir benötigen einen sicheren Ort, und ihr sollt eine Botschaft an Rebecci senden, in der sie um die Organisierung eines Treffens gebeten wird. Es gibt einiges, das ich mit ihr besprechen muss.«

»Warum gehen wir nicht einfach jetzt zu ihr?«, fragte der Mann, der Izak geholfen hatte.

»Weil es möglicherweise nicht sicher ist. Vielleicht werden wir verfolgt, oder die Freunde des Zauberers wissen bereits, dass er tot ist, und sind auf der Suche nach uns.«

Izak runzelte die Stirn. »Woher sollten sie wissen, dass er nicht mehr lebt?«

»Weil sie Zauberer sind«, sagte Felice. »Wer kann schon sagen, wozu sie in der Lage sind?«

»Ihr. Das ist doch Eure Aufgabe: Informationen über jeden und alles zu besorgen.«

»Stimmt, aber es gibt immer wieder Überraschungen. Nur eine kluge Person erkennt, dass sie niemals alles über ein bestimmtes Thema weiß, insbesondere wenn sie alles darüber zu wissen glaubt. Und ich bin eine solche kluge Person.«

Izak schüttelte den Kopf. »Das ergibt für mich keinen Sinn. Wenn Ihr alles über etwas wisst, dann solltet Ihr glauben, nicht alles zu wissen?«

»Genau. Bitte entschuldige mich jetzt. Ich brauche Zeit zum Nachdenken.«

Sie ließ die Männer stehen, schlenderte die Straße entlang und setzte sich auf eine Türschwelle. Hier waren sie zu ungeschützt, zu nahe am gereinigten Gebiet und dem Schauplatz ihres erfolgreichen Mordes, aber sie wollte nicht gern von hier aufbrechen, bevor sie einen Plan gefasst hatte.

Denk nach, bedrängte sie sich selbst. *Was sind deine Möglichkeiten? Du bist doch so stolz auf dein Dominion-Spiel, und jetzt bist du wie gelähmt und weißt nicht, wie der nächste Zug aussehen soll.*

Während Izak vor den Schlägern auf und ab lief, verwarf Felice etliche Szenarien, die sie als zu gefährlich ansah, und zwei weitere, weil sie einfach unglaublich dumm waren. Es blieb ihr nur die Wahl einer einzigen Möglichkeit, was also eigentlich gar keine Wahl war.

Sie stand auf. »In Ordnung. Es ist Zeit, eine Botschaft an Rebecci zu schicken.«

»Ich lerne sie auswendig«, sagte einer der Schläger und tappte mit dem Fuß rhythmisch auf den Boden. »Sagt mir nur, was ich auszurichten habe und wohin ich gehen muss.«

»Nein. Eine schriftliche Botschaft ist sicherer. Außerdem habe ich keine Ahnung, wo sich Rebecci aufhält. Deshalb ... brauche ich einen Stift und Papier.« Sie sah die Männer kurz an. »Ihr habt sicherlich nichts dergleichen bei euch. Egal. Wir müssen es uns beschaffen. Es ist gut, dass wir in Parkseit sind. Bestimmt wird einer dieser netten Adligen in der Lage sein, uns zu helfen. Oder einer ihrer Diener.«

Kurze Zeit später trat Felice durch die Dienstbotentür aus dem Haus eines Adligen. Mit einigen sinnvoll verteilten Dukaten hatte sie es geschafft, eine der Dienerinnen davon zu überzeugen, dass ihre Herrin ein paar Bögen Papier sowie eine Feder und ein wenig Tinte sicherlich nicht vermissen würde.

Sie blinzelte hoch zum Mond und ging zu Izak und den Männern, die auf der anderen Straßenseite warteten.

»Izak, bück dich.«

»Was?«

»Bück dich einfach. Ich brauche eine Unterlage zum Schreiben.«

»Oh. Wie Ihr wollt.«

Felice lenkte ihn in eine Position, in der genug Mondlicht auf seinen gekrümmten Rücken fiel, sodass sie darauf hastig ein Blatt beschreiben konnte. Bald hatte sie ein Straßenkind gefunden, dem sie auftrug, die Botschaft zu den Büros der Kaiserlichen Handelsbank zu bringen, in der Rebecci nun ihr Quartier aufgeschlagen hatte. Sie sah dem Straßenmädchen mit düsterem Blick nach, als es in Richtung Dockland lief. Selbst in einem so reichen Viertel wie Parkseit gab es obdachlose Kinder. Bisher hatte sie nie bemerkt, wie schlimm es um manche Familien stand. Das Überbringen von Felices Botschaft war vermutlich das Angenehmste, was das Mädchen seit langer Zeit getan hatte, um sich einen Dukaten zu verdienen.

Felice schüttelte den Kopf. Das mahrusische Reich war nicht vollkommen, aber ... Sie hatte keine Ahnung, was manche Mädchen tun mussten, damit sie nicht verhungerten. Und sie wollte es nicht wissen. In diesem Moment schwor sie sich, dass sie ein paar Dinge ändern würde, sobald die Indryallaner vertrieben waren.

Mit Izak und den harten Kerlen im Schlepptau ging sie in die gleiche Richtung, die das Mädchen eingeschlagen hatte: zum Dockland. Es dauerte nicht lange, bis die breiten, baumgesäumten Straßen von Parkseit den schmaleren Straßen des

Fünfblumenviertels wichen. Dem luxuriösen Lebensstil der Bewohner gemäß ging es auf einigen Straßen selbst zu dieser späten Stunde noch sehr geschäftig zu. Verschiedene Essensstände erstreckten sich bis in die Seitenstraßen und Gassen hinein und ballten sich vor allem an den Kreuzungen zusammen, wo es überdies viele Tavernen und Herbergen gab. Der Duft gebratener Gewürze und Kräuter legte sich über den allgegenwärtigen Gestank der Stadt, der allerdings im Fünfblumenviertel nicht annähernd so schlimm war wie in Dockland oder auf dem Schlackenberg.

In einer solchen Straße hielt Felice an, und sie betraten ein Lokal und aßen; außerdem erhielten die Männer einige Humpen Bier. Sie tranken glücklich und verzehrten dabei gewaltige Mengen von Brot und Fleisch unbekannten Ursprungs, das mit viel Knoblauch und einer scharfen roten Paste gewürzt war. Handelte es sich vielleicht um Ziegenfleisch? Kein anständiges Lokal hatte zu dieser Stunde noch geöffnet, und etwas Besseres hatte Felice nicht gefunden. Aber sie sollten für eine Weile von der Straße verschwinden und sich unsichtbar machen.

Kaum ein Wort fiel, während die große Schüssel mit Fleisch vor Felices Augen rasch geplündert wurde. Die kräftigen Männer gaben Izak und Felice von ihrem Bier ab, und die beiden prosteten den anderen zu.

Felice kniff die Augen zusammen, als Izak mit den Männern trank. Sie bemühte sich, ihre Gefühle zu verbergen. »Izak, ich war der Meinung, du magst kein Bier. Für gewöhnlich trinkst du den Schnaps, der gerade in Mode ist.«

»Es ist doch nichts dabei, mit den Männern zu zechen, oder?«

Felice zwang sich zu einem Lächeln. »Vermutlich nicht. Aber trink nicht zu viel. Wir haben noch viel zu tun.«

»Wie Ihr wollt.«

Felice überließ die Männer ihrer maßvollen Feier und suchte in der Menge nach verdächtigen Personen. Hatte jener Mann im roten Mantel und mit dem Hut auf dem Kopf sie angestarrt? Sie schaute weg und versuchte, ihn vom Rande ihres Blickfeldes aus zu beobachten. Eine blonde Frau näherte sich dem Mann und setzte sich auf seinen Schoß. Sie lachten wie gute Freunde. Nein, es wirkte nicht so, als würde er Felice und die Männer ausspionieren. Aber vielleicht diese Frauengruppe dort ... Felice verfluchte sich selbst. Sie litt allmählich unter Verfolgungswahn. Allerdings hatte sie einen guten Grund dafür.

Und daher hörte sie nicht damit auf.

Was war, wenn Rebecci sich nicht mit ihnen treffen konnte? Was war, wenn sie die Nachricht nicht einmal erhielt? Wären Savines Gefolgsleute in der Lage, sie genauso leicht aufzuspüren, wie es dem Zauberer gelungen war? Sie brauchte Pläne für den Notfall.

Felice bedeutete einer Kellnerin, einen weiteren Bierkrug zu bringen, und schenkte Izak und den Kerlen eine weitere Runde ein. »Die letzte Runde«, sagte sie. »Danach werden wir uns an einen sicheren Ort begeben und auf Rebeccis Eintreffen warten.«

Izak wischte sich Schaum von seinem Ziegenbärtchen und beugte sich vor. »Wohin gehen wir denn?«

»Zurück zum Friedhof.«

Izak runzelte die Stirn. »Kann Rebecci uns dort finden?«

»Oh, dessen bin ich mir sicher. Sie ist schon früher dort gewesen.«

»Das hattet Ihr bisher nicht erwähnt.«

Felice betrachtete sein Gesicht und sah dann die anderen Männer an. Ihre Gedanken summten und sirrten noch immer vor der Vielzahl möglicher Handlungen und Konsequenzen. Sie musste vorsichtig sein. »Das war bisher unwichtig. Jetzt trinkt aus, damit wir gehen können.« Wieder einmal musste sie husten und bedeckte den Mund währenddessen mit der Hand. Ihre Infektion war noch immer nicht verschwunden, aber vermutlich sollte sie dankbar dafür sein, dass sie noch lebte. Avigdor konnte dasselbe von sich nicht behaupten. *Sie werden für alles bezahlen, was sie getan haben*, schwor sie, *selbst wenn das bedeutet, dass ich Kelhak höchstpersönlich die Kehle durchschneiden muss.*

Sie führte die Männer aus dem Lokal und bahnte sich einen Weg durch die geschäftigen Straßen, wobei sie den vielen Essensständen und Passanten kaum Beachtung schenkte. An das Fünfblumenviertel schloss sich Kohlstadt an, und die Straßen wurden wieder einmal enger. Auf beiden Seiten ragten die Gebäude hoch über ihnen auf. Ehemals beleuchtete Straßen wurden zu Schatten und Finsternis. Das einzige Licht kam hier vom Mond oder fiel durch die Spalten und Ritzen der Türen und Fenster.

Felice trieb Izak und die Männer so sehr an, wie sie konnte, indem sie behauptete, das Risiko sei am größten, solange sie sich in Bewegung befanden, denn wenn sie von einem Ort zum nächsten reisten, seien sie in keiner Weise geschützt. Dabei wusste Felice genau, dass dem nicht so war. Das größte Risiko bestand darin, einen Schritt zurückzuliegen und keine Ahnung zu haben, was gerade geschah. Doch mit ein wenig Glück würde sie diesmal einen Schritt voraus sein.

Sie wandten sich nach Norden, bis sie den Fluss Stock erreicht hatten, der nach dem Zusammenfluss mit dem Modder zum Sop wurde, bevor er sich in das Hafenbecken ergoss. Selbst in der Nacht war der Gestank des verseuchten Wassers überwältigend. Erst folgten sie dem Lauf des Flusses und überquerten ihn dann auf einer wackligen hölzernen Behelfsbrücke, die nicht vom Rat der Stadt genehmigt worden war, wie Felice wusste.

Vor noch nicht allzu langer Zeit hätte ihr diese Brücke Sorgen bereitet. Sie war ein Zeichen von Unordnung in einer ansonsten ordentlichen Gesellschaft. Und der vergiftete Fluss war nur ein weiteres Zeichen der Zivilisation, ein notwendiges Übel. Aber jetzt ... Unwillkürlich musste sie an das Mantra der Indryallaner denken, als diese in Anasoma eingefallen waren. Das mahrusische Reich sei verdorben, hatten sie immer wieder gesagt. Die Reichen lebten auf Kosten der Schwachen. So hatten sie die Armen genannt: schwach und weniger glücklich. In ihrem Herzen konnte Felice ihnen nur zustimmen. Aber die Beseitigung all dessen, was falsch im Reich war, musste warten. Invasion und Mord waren kein Weg, die Dinge zu verbessern.

Als sie Dockland betraten, beachtete sie Izaks Versuch, ein Gespräch zu beginnen, nicht weiter. Sie brauchte nun ihre ganze Geistesgegenwart. Er schenkte ihr einen verärgerten Blick, redete aber glücklicherweise nicht weiter.

Schließlich gelangten sie ohne Zwischenfall zu den Docks und begaben sich von dort aus nach Norden in Richtung des Friedhofs. »Kommt«, sagte sie zu den Kerlen. »Jetzt ist es nicht mehr weit.«

Felice führte die Männer am Wasser entlang, bis sie zum Friedhof kamen. Von den verrotteten und heruntergekommenen Schiffen führten Behelfsbrücken und Planken zur Straße. Diese waren aus jedem Holz gezimmert, das man hatte auftreiben können; es stammte hauptsächlich von den Schiffen selbst und wurde von alten Seilen zusammengehalten, die in kleinere Stücke gespalten worden waren.

Felice lachte, als sie die Luft einatmete. Über eine der knirschenden Brücken betraten sie das Deck eines ehemaligen Handelsschiffes, dessen Rumpf nicht tief im Wasser lag, dafür aber sehr breit war. Es erfreute sie immer wieder, dass einer der schlimmsten Orte in Anasoma, der Friedhof, ein schwimmendes Armenviertel, die frischeste Luft der ganzen Stadt hatte.

Die Schiffe bewegten sich in der Dünung nur schwach seitwärts, denn sie alle waren mit mindestens drei oder vier weiteren Schiffen zusammengebunden. Sie hoben und senkten sich sanft und waren viel leichter zu beschreiten als einzelne Schiffe, die im Hafen oder draußen vor Anker lagen. Es dauerte nicht lange, bis Felice jenes Schiff erreicht hatte, das sie vor nicht langer Zeit zu ihrem Versteck erkoren hatte.

Sie zischte die Ratten auf dem Deck an, aber diese bewegten sich nicht, sondern beobachteten sie sorglos. Die kleine Gruppe stieg in den Bauch des Schiffes hinunter, und Felice fluchte, als sie vor eine versperrte Tür kam. Unglücklicherweise besaß sie den Schlüssel nicht.

»Brecht sie auf«, befahl sie den Männern und drückte sich an ihnen vorbei, damit sie mehr Platz hatten. Einer der Schläger trat siebenmal zu, dann war der Weg frei.

Als sie die Kajüte betraten, entzündete Felice eine Lampe und befahl Izak, das Gleiche zu tun. Beinahe wurde ihr warm ums Herz, als das Licht die Dunkelheit verscheuchte und ihr vertrauter Raum sichtbar wurde.

Sie holte ein Blatt Papier, Tinte und eine Feder hervor, setzte sich in einen Armlehnsessel und legte das Bein über die Lehne.

»Was machen wir jetzt?«, fragte Izak, und die Schläger sahen sie erwartungsvoll an.

»Macht es euch bequem und wartet. Ich muss eine Nachricht schreiben.«

Sie überließ die Männer sich selbst und tauchte die Feder in die Tinte. Nach kurzer Überlegung brachte sie ihre Mutmaßungen zu Papier und war rasch damit fertig. Es mussten die Schlägerkerle sein ... aber sie hatte Angst, die falschen Schlüsse gezogen zu haben. Vielleicht war es doch Izak. Felice blies über die Tinte, bis sie trocken war, setzte sich zurück und seufzte. Sie war todmüde. Die letzten Tage waren hart und der heutige Abend sehr ereignisreich gewesen. Und wenn sie richtig vermutet hatte, dann war dieser Tag noch lange nicht vorbei. Sie konnte die wenigen Male, bei denen sie sich geirrt hatte, an den Fingern einer Hand abzählen.

Felice zuckte zusammen, als es an der Tür klopfte. Stühle kratzten über den Holzboden, und alle drei Schläger standen gleichzeitig auf. Izak hatte sich in seinem Sessel rechts von ihr nicht gerührt, und sie bemerkte, dass die anderen Männer lange Messer gezogen hatten.

Kurz rieb sie sich die Augen und hustete. Ihre Hand tastete nach der Nachricht, die sie zweimal gefaltet hatte. Sie war doch da. Gut.

»Herein«, sagte Felice und wandte sich dann an die Männer: »Unternehmt nichts - ihr würdet es wahrscheinlich bereuen.«

Die Angeln knarrten, als die Tür geöffnet wurde und Rebecci eintrat. Sie war spindeldürr, und ihre weißen Haare waren ein verfilztes Durcheinander. Rebecci sah Felice an und nickte. »Lady Felicienne.« Dann wandte sie sich an Izak. »Und Sir Izak.«

Izak erhob sich und verneigte sich aus der Hüfte.

Felice bemerkte seine Geste, schürzte die Lippen und nickte. Sie hoffte, dass ihre Vermutung richtig war, denn ansonsten wäre sie sehr bald tot. »Lady Rebecci, es ist ...«

»Bitte, ich bin keine Lady.«

»Ah ... also Rebecci.«

»Ich sehe, dass Ihr meine Männer leben gelassen habt. Und an Euren Blicken kann ich ablesen, dass Ihr eine Geschichte zu erzählen habt.«

Felice bemerkte, dass die Zauberin nervös wirkte. Rebeccis Blicke flogen nach rechts und links, ruhten kurz auf Izak, während sie sich die Lippen leckte und dann den Blick auf den Boden senkte. *Eine schreckliche Schauspielerin,* dachte Felice. *Sie hatte genug Zeit, sich vorzubereiten, und das ist das Beste, wozu sie in der Lage ist?*

Rebecci hatte die Hände hinter dem Rücken verschränkt und hielt dort irgendeinen Gegenstand fest. Einen magischen, wie Felice vermutete. Sie sollte wissen, was sie tat. Aber sie wäre nicht hier, wenn sie kein Vertrauen in ihre Fähigkeiten hätte.

Felice näherte sich ihr und streckte ihr die Notiz entgegen, die sie vorhin verfasst hatte. Als Rebecci das Blatt ergriff, machte Felice einen Schritt zurück. »Lest das. Und während Ihr das tut, genehmige ich mir etwas zu trinken.«

Sie ließ Rebecci mit dem Blatt stehen, das diese vor einem verwirrt dreinblickenden Izak auseinanderfaltete, und begab sich hinter die drei Schläger, wo sie ein Glas bemerkte und es mit ihrer Bluse polierte. Schließlich entkorkte sie eine Flasche, schnüffelte an der Öffnung und rümpfte die Nase. Dann zuckte sie die Achseln und goss sich ein halbes Glas Rotwein ein. Als sie sich wieder umdrehte und dabei Glas und Flasche in den Händen hielt, starrte Rebecci sie an.

»Versteht Ihr?«, fragte sie die Zauberin.

Rebecci nickte knapp und schluckte.

»Gut«, sagte Felice und betete, dass ihre Schlussfolgerungen richtig waren. Als Nächstes schlug sie die Flasche dem Mann, der unmittelbar vor ihr stand, auf den Kopf – es war der Mann, der Izak im Kampf gegen Savine geholfen hatte. Der Mann, der unbedingt die Botschaft an Rebecci hatte überbringen wollen. Derjenige, der andauernd rhythmisch mit dem Fuß gewippt hatte.

Glassplitter und roter Wein regneten auf sie herab, und sie zuckte zusammen.

Das war für Avigdor.

Der schwere Mann sackte zusammen wie ein leeres Hemd, und seine Gefährten schrien vor Überraschung auf. Izak sprang mit offenem Mund zurück.

Eine vielfarbige Schicht umgab Rebecci, und sie trat vor. Ihre Stiefel knirschten auf den Glassplittern, und sie murmelte etwas in sich hinein. Sie war bleich und zitterte.

Egal – solange sie eine Lösung hat und ihre Aufgabe erledigt, dachte Felice.

Während der Mann inmitten der Glassplitter ächzte, enthüllte die Zauberin, was sie hinter dem Rücken gehalten hatte. Es war ein Diamant von der Größe eines Hühnereis, eingeschlossen in einen dünnen Silberkäfig und bedeckt mit Runen. Rebecci legte den magischen Gegenstand auf den breiten Nacken des am Boden liegenden Mannes. Er versteifte sich und bewegte sich nicht mehr. Aus ihm drang ein ersticktes Jammern.

»Bei den Ahnen!«, rief der Anführer der Schläger. »Was ist hier los?«

Izak schloss den Mund wieder, dann stotterte er: »W… ja, Felice, was geht hier vor?«

»Still, ihr alle! Rebecci ist hier, weil sie euer Leben retten will.«

Rebecci schenkte ihr einen kurzen Blick der Dankbarkeit, aber Anspannung zeigte sich auf ihrem Gesicht. »Hat er irgendwelche magischen Gegenstände bei sich?«

»Nein«, antwortete Felice. »Ich habe mich vergewissert, dass ich alle an mich gebracht habe. Keiner hat sie seitdem angerührt.«

»Gut.« Rebecci wandte sich wieder dem Reglosen am Boden zu und drückte den Diamant fest gegen seinen Hals.

Fleisch zischte, und Rauch von brennenden Haaren stieg auf; der Gestank erfüllte die Kabine. Um den Diamanten herum erschienen schimmernde Linien unter der Haut des

Mannes und drangen in sein Fleisch ein. Felice sah zu, wie sich zwei von ihnen zum Hinterkopf erstreckten.

»Ich frage noch einmal: Was ist hier los?« Der Anführer der Schläger hatte sein Messer gezogen und auf Felice gerichtet.

»Ganz ruhig«, sagte sie. »Dieser Mann ist nicht das, was er zu sein scheint.«

Der Schläger runzelte die Stirn. »Was soll das heißen?«

Rebecci warf Felice einen warnenden Blick zu, bevor sie sich wieder ihrer Aufgabe widmete.

»Ich glaube, dass der Zauberer, dessen wir uns entledigt haben, etwas mit ihm gemacht hat. Rebecci hier wird bestätigen, ob das der Fall ist und ob wir in Sicherheit sind oder nicht.«

Der Mann wirkte verwirrt, aber er sagte nichts mehr. Nach einem Blick auf den am Boden Liegenden, über den sich Rebecci mit ihrem Schild nun wieder beugte, steckte er sein Messer zurück ins Futteral.

»Ihr müsst einiges erklären.«

Felice lächelte, aber ihr Blick war hart. »Das ist unwahrscheinlich. Ihr werdet für eure Dienste bezahlt, und dann geht ihr wieder eures Weges und erwähnt niemals, was heute geschehen ist. Ihr habt nichts gehört und nichts gesehen. Ist das klar?«

Die Männer zögerten, aber schließlich nickte ihr Anführer. Als die anderen sahen, dass er einverstanden war, nickten sie ebenfalls.

»Eigentlich«, sagte Felice, »könnt ihr jetzt gehen.« Sie begab sich zu ihrem Tisch und holte aus dem hinteren Teil einer Schublade eine Geldbörse hervor. Es war nicht gerade das beste Versteck, aber der größte Teil ihres Kriegsfonds befand sich in einer verschlossenen Truhe mitten im Bilgenwasser. Sie schüttete die Dukaten auf ihre Handfläche, hielt kurz inne und teilte sie dann gleichmäßig auf. Während sie die Münzen an die Männer verteilte, warnte sie: »Kein Wort zu niemandem. Wenn wir herausfinden, dass ihr geredet habt, wird es unangenehm für euch.«

»Wie Ihr wollt, Herrin. Das hier ist viel mehr, als wir üblicherweise erhalten. Ihr könnt uns jederzeit rufen, wenn Ihr unsere Dienste braucht.«

»Das werde ich mir merken. Geht jetzt.«

Sie sahen Rebecci fragend an. Die Zauberin nickte, und die Männer verließen die Kajüte.

Sobald sie gegangen waren, stieß Felice einen Seufzer der Erleichterung aus. »Izak, sieh nicht drein, als hättest du die Geister der Ahnen gesehen, sondern such uns eine weitere Flasche Wein. Ich glaube, nach dieser Sache können wir alle etwas zu trinken gebrauchen.«

Izak machte einen weiten Bogen um den Mann am Boden und suchte nach einer vollen Flasche. Felice beugte sich hinunter zu Rebecci und flüsterte ihr ins Ohr: »Was macht Ihr da? Ich vermute, dass ich recht hatte?«

Rebecci wischte sich über die schweißfeuchte Stirn, nahm dabei aber nicht den Blick von dem magischen Diamanten, der in einem kranken grünen Licht erglühte. »Ja. Aber wie Ihr darauf kommen konntet ...«

»Savine hat mit dem Fuß andauernd auf den Boden getappt, als ich ihn zum ersten Mal gesehen habe. Es war eine unbewusste oder nervöse Angewohnheit. Nachdem wir Savine getötet hatten – oder nachdem wir geglaubt hatten, dass er tot ist – habe ich bemerkt, dass einer der Schläger die gleiche Angewohnheit angenommen hatte, die mir vorher bei ihm nicht aufgefallen war. Ich glaube, da habe ich zum ersten Mal vermutet, er könnte ... übernommen worden sein. Was macht Ihr jetzt?«

»Ich sperre ihn ein. Für den Anfang zumindest.«

»Savine?«

Rebecci nickte. »Ich ... mache das nicht gern, aber ...« Sie schüttelte den Kopf. »Es geht nicht anders. Ich hoffe, man wird mir vergeben. Für gewöhnlich ist der Erste Erlöser derjenige, der eine solche Entscheidung trifft.«

»Ich bin mir sicher, dass es in Ordnung ist«, sagte Felice und fragte sich, ob der Erste Erlöser derselbe Mann war, von dem Rebecci in der Bank gesprochen hatte: Gazija. »Ihr seid also nur in der Lage, Savine einzusperren? Könnt Ihr ihn auch ganz entfernen?«

»Später vielleicht.«

Rebeccis Stimme zeugte von großer Anstrengung, und Felice machte sich Sorgen. Sie hatte keine Ahnung, was die Zauberin tat oder warum es ihr die Kräfte raubte. Wenn etwas schiefging ... »Sind Eure Leute auf dem Weg?«

»Ja«, sagte Rebecci und nickte. »Wir waren der Meinung, es könnte Savines Aufmerksamkeit erregen, wenn zu viele von uns gleichzeitig kommen. Daher bin ich allein, und er hat geglaubt, Ihr hättet keine Ahnung, was geschehen ist. Deshalb war er nicht auf der Hut. Allerdings hattet Ihr geschrieben, es sei Izak.«

»Das hatte ich zuerst geglaubt, aber dann habe ich mich anders entschieden.«

»Was hatte ihn verraten?«

Felice zuckte die Achseln. »Er musste es sein, nachdem ich Izak ausgeschlossen hatte. Es gab keine andere Möglichkeit.« Seine bisweilen ärgerlichen Eigenheiten waren schwer nachzuahmen, und sie kannte ihn zu gut.

Sie hob den Blick, als sich Izak mit einer weiteren Flasche in der Hand näherte.

»Ich fürchte, es ist nur noch Hochprozentiges übrig.«

»Perfekt. Gieß uns drei etwas ein. Ich glaube, wir können jetzt etwas Starkes vertragen. Ich jedenfalls brauche etwas für meine Nerven.« Sie schenkte Izak ein Lächeln – nicht weil sie nervös war, sondern weil er es war.

»Ah ... ja. Gute Idee.« Izak fand drei kleine Gläser und schenkte ein. Felice nahm das Glas, das er ihr darbot, genau wie Rebecci.

Von draußen drangen Stiefelschritte herbei – Rebeccis Leute.

Felice hob ihr Glas. »Auf die Geheimnisse«, sagte sie und trank den Schnaps in einem einzigen Zug.

37

Caldan saß mit überkreuzten Beinen auf Mirandas Bett und spürte noch die Wärme dort, wo sie gelegen hatte. Er vermisste sie bereits. Die Ärztin und ihre Helfer waren soeben gegangen; sie hatten Miranda auf einer Pritsche zum Hospiz gebracht. Inzwischen bedauerte er es sehr, nicht mehr Zeit mit ihr in Anasoma verbracht zu haben. Es hatte lange gedauert, bis er begriffen hatte, dass sie mehr für ihn war als nur eine Freundin.

Das Hospiz lag an der Südtorstraße, und er schwor sich, Miranda zu besuchen, sobald er Zeit dazu hatte. Vielleicht konnte er ihr dort wieder etwas vorlesen, denn das schien sie zu beruhigen, wenn sie rastlos war.

Streifen aus Sonnenlicht fielen durch die Spalten in den Läden des Fensters. Draußen krähte irgendwo ein Hahn, und unter dem Fenster stritten sich zwei Männer. Caldan stand auf, gähnte und öffnete die Läden. Er atmete die Luft von Flussrand ein, die nach ungewaschenen Leibern, Rauch und Abwässern stank – ähnlich wie in Anasoma, aber doch ein wenig anders.

Er ging zurück zum Bett und holte die Zutaten für seine magischen Werke. Allerdings würde er sie selbst nicht mit Magie aufladen, denn sie waren so klein, dass er keine Runen an ihnen anbringen konnte, und die Ausstattung der Silberschmiedin reichte dazu sowieso nicht. Dafür würde er sich auf die Uhrmacherin verlassen müssen. Und das bedeutete, dass er seine Magie auf die Oberfläche schreiben musste, anstatt sie mit einem spitzen Gegenstand einzuritzen. Gravuren waren nicht fein genug für das Maß an Kontrolle, das er brauchte, und außerdem würde es schwierig sein, die Runen in das Metall einzuarbeiten. Es blieb also nur Feder und Tinte.

Er holte alle Metallkomponenten hervor, legte sie auf sein Bett und teilte sie in zwei Haufen. Als er seinen ersten Automaten hergestellt hatte, hatte er geglaubt, enorme magische Kenntnisse zu besitzen. Erst nach seiner Begegnung mit den Indryallanern und nach der Untersuchung von Glöckchens Werken hatte er begriffen, dass er bisher kaum an der Oberfläche gekratzt hatte. Und zerstörerische sowie zwingende Magie waren nur ein Teil der Zauberei. Sein erweitertes Wissen und die Fähigkeiten, die er inzwischen erlangt hatte, führten dazu, dass er Möglichkeiten in seiner magischen Arbeit sah, die er noch vor wenigen Monaten für undenkbar gehalten hätte.

Caldan betrachtete die komplizierten Metallteile vor ihm und fuhr mit dem Finger an einigen besonders komplexen Stücken entlang. Die Uhrmacherin hatte ausgezeichnete Arbeit geleistet, wie er es erwartet hatte. Aber die einzelnen Elemente brauchten die Berührung eines Zauberers, damit sie lebendig wurden.

Er hielt inne und drehte diesen Gedanken in seinem Kopf hin und her. Auch die schwierigsten Automaten standen unter der Kontrolle eines Zauberers und benötigten andauernde Konzentration. Zwingende Magie manipulierte den Geist, und so ... könnte sie vielleicht dazu benutzt werden, einen solchen Geist nachzuahmen? Diese Idee nahm ihn gefangen, aber er schob sie erst einmal beiseite. Im Augenblick gab es schon so vieles, worüber er nachdenken musste. All seine Bemühungen mussten darauf ausgerichtet sein, Miranda zu heilen.

Er kehrte zu seinen mechanischen Stücken zurück, bereitete Feder und Tinte vor und vergewisserte sich, dass diese den richtigen Flüssigkeitsgrad besaß. Sie war schwierig zu benutzen und konnte nur in kleinen Mengen hergestellt werden. Ein alchemistisches Reagens sorgte dafür, dass sie Tinte eher aushärtete als trocken wurde, was es möglich machte, sie mit einer starken Bindung auf Metall aufzutragen. Sie war weder abzureiben noch abzuwaschen. Aber das bedeutete, dass man viele Federn brauchte, die immer wieder ausgetauscht werden mussten, und überdies eine sichere Hand, denn die Runen mussten schnell und fehlerlos aufgetragen werden.

Caldan war nach dem langen Tag erschöpft, doch gleichzeitig fühlte er sich belebt. Das Gefühl, durch seine erfolgreiche Schmiedearbeit etwas erreicht zu haben, verlieh ihm den Antrieb, seine Schwäche nicht weiter zu beachten und mit seinem zweiten Projekt fortzufahren.

Er unterdrückte ein Gähnen, gab ein wenig Tinte auf einen hölzernen Löffel und fügte einige Tropfen des alchemistischen Reagens hinzu. Dann tauchte er die erste Feder in die entstandene Flüssigkeit, rührte die Tinte ein wenig um, öffnete seine Quelle und machte sich an die Arbeit.

Stunden später lehnte er sich zurück und runzelte die Stirn. Er hatte fast keine Federn mehr, aber die Arbeit war vollbracht. Sein Kopf schmerzte, weil er seine Quelle und die Stränge so lange unter Kontrolle hatte halten müssen. Aber es war nötig gewesen, die einzelnen Stücke zu durchtränken, so wie er es mit dem Medaillon gemacht hatte. Jedes Segment diente als eigenständiges magisches Wirkstück, und sie alle mussten im Einklang zusammenspielen. Das war der Grund, warum die meisten Zauberer bei der Herstellung von Automaten versagten.

Caldan hätte beinahe laut aufgelacht, als er die Primitivität seines früheren hundeartigen Automaten mit jenen verglich, die nun vor ihm lagen. Die beiden, an denen er gearbeitet hatte, existierten bisher nur in Einzelteilen, aber schon jetzt waren sie weitaus komplexer, als er es je für möglich gehalten hätte.

Wenn ihm die letzten Monate etwas gezeigt hatten, dann war es die Notwendigkeit, vorbereitet zu sein.

Er schob den einen Haufen zur Seite und machte sich daran, den anderen zusammenzusetzen. Nach und nach hakte und rastete er die einzelnen Teile ein und benutzte dabei manchmal eine Pinzette, da einige Elemente sehr klein und fein waren. Nach einer Stunde war er fertig.

Ein Metallkäfer saß nun auf seiner Handfläche.

Er wirkte zart, denn das Messing, aus dem Körper und Flügel bestanden, war äußerst dünn. Dieser Metallkäfer war auf die gleiche Weise hergestellt wie die Singvögel, die ihm der Uhrmacher in Anasoma gezeigt hatte. Aber dieser Käfer war anders, denn er war mit winzigen Runen bedeckt – den kleinsten, die Caldan mit Hilfe eines Vergrößerungsglases und der schmalen Feder aus der Uhrmacherwerkstatt hatte schreiben können.

Caldan hatte die Kenntnisse benutzt, die er von beiden Uhrmachern und aus Glöckchens Wirkstücken erworben hatte, und er hatte sein eigenes Wissen damit verbunden und in diese Schöpfung gegossen. Zwei runde Mondsteine bildeten die Augen – die besten Edelsteine, die er sich hatte leisten können. Sie waren zwar nicht ganz so gut wie das, was er eigentlich hatte haben wollen, aber er musste sich mit dem zufrieden geben, was er sich leisten konnte.

Es war ein überaus komplizierter Entwurf, aber das bedeutete, dass nur sehr wenige Zauberer in der Lage waren, ihm die Kontrolle über seinen Automaten zu entziehen, und vermutlich war er durchaus fähig, sich gegen sie zur Wehr zu setzen, bevor es ihnen wirklich gelang. Während er an der Feinabstimmung feilte, kam ihm das Kratzen und Scharren an seiner geistigen Verbindung in den Sinn, das er gespürt hatte, als sie aus Anasoma geflohen waren. Glöckchen oder Schlüsselchen – er war sich nicht sicher, wer von beiden es gewesen war – hatte versucht, ihn wegzudrängen und die Kontrolle über seine Kreatur zu erlangen. Wenn er fünf Stränge ausbildete, wäre er sehr angespannt, aber er glaubte, dadurch verhindern zu können, dass ihm die Kontrolle entzogen wurde, es sei denn, er hatte es mit einem außerordentlich geschickten Meistermagier zu tun. Und wenn er einem so mächtigen Zauberer gegenüberstand, war die Herrschaft über den Automaten seine geringste Sorge.

Er war auf der Flucht vor den Protektoren, Glöckchen lief noch immer frei herum, und Amerdan war noch immer irgendwo da draußen – ein Mann, der vermutlich einige Antworten auf Caldans Fragen über das Berührtsein besaß und der für das würde bezahlen müssen, was er Elpidia angetan hatte. Caldan musste ihn und Glöckchen nur finden.

Er legte den Käfer in seine Ledertasche und arbeitete weiter an dem anderen Automaten. Seine Augen und Finger schmerzten, aber er stand so nahe vor der Vollendung, dass er jetzt nicht aufhören konnte.

Caldan hielt inne, als das letzte Stück einrastete. Eine feine Arbeit. Dafür würde er der Uhrmacherin noch einmal danken müssen. Erstaunt bemerkte er, dass die Dunkelheit vor dem Fenster dem Grau der frühen Morgendämmerung gewichen war. Er gähnte. Seine Glieder fühlten sich schwer an, aber er war seltsam glücklich. Oder vielleicht auch nur zufrieden. Allerdings glaubte er nicht, dass er wirklich glücklich sein konnte, bevor Miranda geheilt worden war und wieder ihr altes Selbst zurückerhalten hatte.

Sein neuestes magisches Werk lag vor ihm wie eines der Spielzeuge der Uhrmacherin, die mit einem Schlüssel aufgezogen werden konnten. Doch das hier war kein Spielzeug, und es besaß nicht die geringste Ähnlichkeit zu den hundeartigen Automaten: Es war wie ein Mensch gestaltet. Und hatte winzige Augen aus Granat. Es maß lediglich zwei Handspannen und war über und über mit magischen Runen bedeckt. Während auf dem hundeartigen Automaten noch ein wenig freie Fläche gewesen war, hatte Caldan so viele Runen wie möglich auf der Oberfläche dieses magischen Wirkstücks angebracht. Der Grund dafür lag nicht darin, dass es mächtiger und kraftvoller sein sollte - er hatte sich sogar entschieden, ihm keinen Schild mitzugeben -, sondern es sollte in der Lage sein, sich glatter und leichter zu bewegen - so mühelos wie ein echtes Lebewesen. Jedes einzelne Stück war so perfekt in das Ganze eingepasst, wie es ihm möglich gewesen war. Dabei hatte er sich bis an seine Grenzen bemüht und angestrengt. Die Zauberei war vollkommen in die Mechanismen und Bewegungen des Uhrwerks integriert.

Er fragte sich, was die Meistermagier wohl dazu sagen würden.

38

Aidan zog sich aus dem Fluss und durch den Schlamm, wobei er seinen gesunden Arm benutzte. Der klebrige Matsch saugte an Kleidung und Gliedern und stank wie etwas, das schon lange tot war. Er drückte sich mit den Füßen auf dem schlüpfrigen Ufer ab und schaffte es schließlich, das Wasser hinter sich zu lassen und sich im Schilf zu verstecken. Schnittwunden bedeckten Arme und Gesicht, und Mücken summten in seinen Ohren.

Aus der Ferne drang der Lärm der Jukari herbei; sie heulten und grölten, während sie die Brücke überquerten und die Siedlung auf der anderen Seite plünderten. Wer sich noch dort aufhielt, wurde vermutlich getötet und aufgefressen. Aidan hoffte, dass niemand so dumm gewesen war zu bleiben, aber er wusste, dass es immer einige Menschen gab, die genauso dumm waren.

Aidan schnaubte, spuckte Speichel aus, der mit braunem Schlamm vermengt war, und hustete. Er zitterte, war durchnässt, und sein gebrochener Arm schmerzte, als würde er von innen heraus verfaulen. Die Brücke befand sich flussabwärts, und das Wasser war abscheulich. Man musste verrückt sein, wenn man sich freiwillig in diesen flüssigen Schmutz warf, aber er hatte keine andere Wahl gehabt.

Aidan rollte auf den Rücken und starrte hoch in den Himmel. *Ruhe dich noch eine Weile aus,* sagte er zu sich selbst. *Warte, bis deine Kraft zurückkehrt.*

Sein Schwert lag irgendwo auf dem Grund des Flusses, und ihm war nur noch ein schmaler Dolch geblieben. Das war nicht viel gegen hundert Jukari.

Als er das Summen von Chalayans Magie gehört hatte, war Aidan klar gewesen, dass es ernst wurde. Die Lautstärke hatte immer weiter zugenommen, bis das Summen in seinen Ohren geschmerzt hatte. Während gleichzeitig die Jukari heulend auf ihn zugestürmt waren, hatte er beschlossen, dass die Brücke nicht der beste Ort zum Sterben war. Also hatte er sich ins Wasser gestürzt – gerade noch rechtzeitig. Seine Ohren hatten von den magischen Explosionen widergehallt, und ein Lichtblitz war in das Wasser neben ihm eingeschlagen, gerade als er wieder an die Oberfläche gekommen war.

Von der Brücke war Rauch in den Himmel gestiegen. Er wusste nicht, was Chalayan getan hatte. Und er wollte es nicht wissen. Ein solch gefährliches Wissen war ein Fluch für die ganze Menschheit. Cel Rau würde etwas unternehmen. Sie hatten über Chalayan und eine Lage wie diese gesprochen. Gewisse Geheimnisse mussten verborgen bleiben, und wenn einige Leichen zusammen mit ihnen ins Grab sanken, dann war es eben so.

Aidan kroch weiter durch Schlamm und Schilf, bis er festeren Boden unter sich spürte. Er mühte sich auf die Beine, ganz mit Matsch bedeckt, aber dieser würde bald trocknen und abplatzen. Dann beschirmte er die Augen vor der Sonne und betrachtete die Brücke. Sie lag in einiger Entfernung von ihm, da er es dem Fluss erlaubt hatte, ihn eine Weile mitzunehmen, aber er konnte die Jukari und einige Vormag noch immer erkennen. Der Hauptteil der Streitmacht hatte das Wasser bereits überquert. Das Dorf brannte.

Schreckliche Abscheulichkeiten.

Der Dunst der Stadt Flussrand war am westlichen Horizont zu sehen, aber er konnte nicht in diese Richtung gehen. Heute war nicht der Tag, an dem er in einem Jukari-Kochtopf enden würde. Also musste er sich nach Norden begeben, bis er sich sicher sein konnte, keiner Jukari-Patrouille mehr über den Weg zu laufen. Und dann würde er nach Flussrand gehen.

Aidan seufzte, hielt sich den gebrochenen Arm fest und stapfte davon. Mühsam setzte er einen Fuß vor den anderen. Das war der einzige Weg. Ein Schritt nach dem anderen.

»Das steht nicht zur Diskussion«, sagte cel Rau nachdrücklich.

Vasile seufzte und schaute zum Himmel. *Bei den Ahnen, dieser Mann ist unerschütterlich.* »Warum nicht? Wir können nicht all diese Leute schützen. Warum bewegen sie sich nicht schneller?«

»Sie glauben, dass die Köcherer kommen und sie schützen werden. Ein anderer Ausgang ist für sie unvorstellbar.«

»Aber wir haben seit Tagen keinen Köcherer mehr gesehen.«

»Nein.«

»Also setzen sie ihr Vertrauen auf den Schutz durch den Kaiser, doch dieser Schutz wird nicht kommen. Richtig?«

»Richtig. Wenn die Köcherer klug sind, werden sie hinter den Stadtmauern von Flussrand bleiben.«

Vasile zerrte an den Zügeln, als sein Pferd langsamer zu werden versuchte. Es war erschöpft. Das waren sie alle. »Und so überlassen wir diese Leute einfach dem Tod? Die Jukari werden sie abschlachten. Es besteht nicht die geringste Aussicht darauf, dass sie die Stadtmauern noch rechtzeitig erreichen könnten.«

»Nein.«

Vasile warf einen Blick auf die Dorfbewohner und Bauern in seiner Nähe. Sie hatten die Hauptgruppe der Flüchtlinge eingeholt, kurz nachdem sie das Dorf verlassen hatten, in dem cel Rau seinen Freund Chalayan getötet hatte, wie ein Metzger eine Kuh tötet: schnell und gnadenlos.

Vasile verspürte Übelkeit, als ihm ein schlimmer Gedanke kam. Er tat cel Raus besorgten Blick mit einer knappen Handbewegung ab und zwang sich zu einem steifen Lächeln. Es war seine Idee gewesen, die Chalayan zur Entdeckung des Geheimnisses der zerstörerischen Magie geführt hatte. Vielleicht war er der Nächste. Vielleicht war cel Rau bereits zu der Überzeugung gekommen, dass auch er eine Gefahr darstellte und das, was er wusste, aus der Welt getilgt werden sollte.

War Aidan die einzige Kraft gewesen, die cel Rau im Zaum gehalten hatte?

»Wir müssen diese Leute beschützen«, sagte cel Rau.

Vasile starrte ihn an. »Vor den Jukari? Vor den Hunderten, wenn nicht gar Tausenden Kreaturen hinter uns? Wie sollen wir das schaffen?«

»Wir töten die Jukari. Und die Vormag. Und wir bleiben ihnen voraus.«

»Seid Ihr verrückt?«, zischte Vasile und bedauerte seinen Gefühlsausbruch sofort.

»Nein.« Cel Rau runzelte die Stirn. »Das glaube ich nicht. Jetzt ziehen die Dörfler langsam dahin, aber wenn sie die Horde heranrücken sehen und keine Köcherer da sind, die sie retten könnten, werden die meisten schneller werden. Die Nachzügler können wir nicht retten – diejenigen, die zu langsam oder zu schwach sind.«

»Also werden wir versuchen, so viele Menschen wie möglich vor den Jukari in Sicherheit zu bringen, während wir der Horde vorausbleiben, damit wir von ihrer schieren Zahl nicht überwältigt werden. Und das werden wir die ganze Zeit hindurch von hier bis Flussrand tun.« Vasile betrachtete den Fleck am Horizont, der die Stadt andeutete. »Wie weit ist es eigentlich noch bis dorthin? Einen Tag?«

Cel Rau zuckte die Achseln. »Einen Tag. Vielleicht etwas mehr, vielleicht etwas weniger.«

»Spielt das denn keine Rolle?«

»Nein. Wir sind da, wenn wir da sind.«

Vasile nickte. »Ich werde helfen. Ich bin nicht so gut mit dem Schwert wie Ihr, aber ich werde mich bemühen.«

»Um mehr bitte ich nicht. Eine kleine Hilfe ist besser als gar keine Hilfe.«

»Glaubt Ihr wirklich, dass das weise ist?«

Cel Rau spuckte vom Rücken seines Pferdes aus zur Seite auf die Straße. »Die Köcherer werden das tun, was das Klügste ist. Und auch die Dorfbewohner werden das tun, was das Klügste ist, sobald sie den heißen Atem der Jukari im Nacken spüren. Ich habe nicht gesagt, dass es weise ist.«

Und wenn ich bei meinem Hilfeversuch sterbe, dachte Vasile, *verschwindet cel Raus Problem mit mir, und seine Hände sind sauber.*

Vasile stellte fest, dass er die Zügel seines Pferdes mit der gesunden Hand schmerzhaft festhielt. Hinter ihm hatte cel Rau einen weiteren Jukari mit seiner üblichen Lässigkeit erledigt. Dann bestieg er wieder sein Pferd und holte Vasile ein, während er die herzliche Dankbarkeit der Familie, die er gerettet hatte, kaum beachtete. Es handelte sich um ein Ehepaar mit zwei Töchtern, die allesamt grobe, handgewebte Kleidung trugen.

Cel Rau bedeutete Vasile anzuhalten, und sie warteten, bis die vor Glück weinende Familie an ihnen vorbeigeeilt war. Als sie hinüber zu der Brücke schauten, auf der Aidan sein letztes Gefecht geschlagen hatte, sahen sie, dass die Jukari wie Ameisen vor ihr umherwimmelten. Nur wenige waren vorangelaufen und versuchten, die Flüchtlinge einzuholen, aber immer mehr verließen nun die Hauptgruppe in alle Richtungen.

Etwa hundert Ellen entfernt sprangen zwei weitere grauhäutige Jukari auf sie zu. Beide schwangen Schwerter, die in ihren gewaltigen Pranken wie Dolche wirkten.

»Sie werden es nicht schaffen«, sagte cel Rau.

»Wer? Die Familie?«

Cel Rau nickte. »Zu langsam. Die Kinder verlangsamen sie zu sehr.«

Vasile schluckte die Galle herunter, die ihm in die Kehle gestiegen war. Die heiße Sonne brannte auf ihn herunter, und er brauchte etwas zu trinken. Er nahm einen kleinen Schluck aus seinem Wasserschlauch, das musste reichen.

»Dann sollten wir alles tun, um die Jukari aufzuhalten.«

Cel Rau schenkte ihm ein Grinsen. »So ist es richtig. Sie werden wie Wellen sein, die gegen die Uferklippen brechen.«

Eher wie Ameisen, die über hilflose Insekten schwärmen, dachte Vasile. Aber er erwiderte cel Raus Grinsen so gut wie möglich. »Da kommen noch zwei auf uns zu.«

»Wie immer, Richter. Das Böse ruht nie.«

Als sich die Kreaturen näherten, trieb Vasile sein Pferd dichter an das von cel Rau heran. Der Schwertkämpfer stieg wieder ab.

»Ich kämpfe besser zu Fuß«, sagte er zur Antwort auf Vasiles fragenden Blick.

Ich nicht. Er stellte sich den Jukari lieber vom Rücken seines Pferdes aus. Cel Rau war seine ganze Hoffnung, und wenn der Schwertkämpfer fiel ... dann wollte er lieber bereits im Sattel sitzen und davonreiten, als weglaufen zu müssen. Zwar wollte er wirklich kämpfen und alles geben, was er geben konnte, aber er machte sich keine falschen Vorstellungen über seine Fähigkeiten als Krieger.

Als sich die Jukari näherten, erkannte er, dass die Haut des größeren schimmernder war als die seines Gefährten und beinahe wie die einer Schlange wirkte. Statt der grauen Flecken, die er bisher bei den Jukari beobachtet hatte, zogen sich dunkle, dünne Streifen über Arme und Beine, Hals und Gesicht dieses Jukari.

»Ich nehme den Großen«, sagte cel Rau und zog seine beiden Schwerter.

»Und ich den weniger großen Großen«, bemerkte Vasile.

Cel Rau grinste. »So gehört sich das. Ihr müsst ihn bloß hinhalten, bis ich bei Euch bin. Wickelt die Zügel um den Sattelknauf und lenkt das Pferd durch den Druck Eurer Beine. Das habt Ihr auf dieser Reise schon oft genug üben können.« Lässig ging er auf der Straße den Jukari entgegen.

Vasile setzte sein Pferd neben cel Rau. Seine Hand schmerzte, weil er die Zügel so fest gehalten hatte, und sie war schlüpfrig vom Schweiß. Die Luft roch nach Staub, Pferden, Metall und dem ranzigen Gestank der Jukari. Vasiles Pferd versuchte zu scheuen, aber er hielt es ruhig und tat das, was cel Rau vorgeschlagen hatte: Er wickelte die Zügel um den Sattelknauf, sodass sie ihm nicht im Weg waren. Dann zog er sein Schwert.

Cel Rau sprang die Jukari an; seine Schwerter wirbelten in einem komplexen Muster. Das kleinere Ungeheuer sprang zurück und zur Seite und verhinderte so, dass es ausgeweidet wurde. Dadurch kam es Vasile näher. Cel Rau hatte es vermutlich genauso geplant.

Vasile trieb sein Pferd auf das Wesen zu und schwang seine Klinge nach unten, doch er verfehlte den Jukari vollkommen, weil dieser rasch auswich. Das Wesen knurrte durch seine spitzen Zähne hindurch und bohrte die Krallen seiner freien Hand in Vasiles Schenkel. Schmerz und Blut flossen aus dem Bein. Dann hob der Jukari sein Schwert hoch über den Kopf. Vasile trieb sein Reittier gegen das Wesen. Die Bestie verlor das Gleichgewicht. Als die Klinge niederfuhr, parierte Vasile den Schlag und lenkte ihn zur Seite ab. Sein Pferd bäumte sich auf, hatte Angst vor dem Blut und dem Gestank des Jukari. Vasile klammerte sich an das Tier, und das Schwert glitt ihm aus den Fingern, während er sich mit der gesunden Hand am Sattel festhielt. Das Pferd trat auf den Jukari und traf Kopf und Brustkorb mit einem dumpfen Geräusch. Das Brechen von Knochen war zu hören. Das Ungeheuer sackte zu Boden und schrie vor Schmerzen. Dann bäumte sich das Pferd abermals auf, trampelte auf dem Jukari herum, brachte ihn zum Schweigen und wich zur Seite.

Vasile glitt aus dem Sattel und tastete im Staub nach seinem Schwert. Er wagte einen kurzen Blick und sah, dass cel Rau seinen Jukari gut im Griff hatte. Das Wesen blutete aus etlichen Schnitten an Beinen, Armen und Gesicht.

Vasile stolperte zu seinem Jukari und rammte ihm die Klinge in die Brust. Das Geschöpf hustete Blut und starrte ihn aus großen gelben Augen hasserfüllt an. Die dunkle Flüssigkeit tropfte aus seinem Mund, und der Jukari zischte ihn durch fleckige Zähne hindurch an. Vasile zog seine Klinge heraus und stieß sie noch einmal tief in den Leib, wieder und wieder, bis sich der Jukari nicht mehr regte.

Er rang nach Luft und drehte sich zu cel Rau um. Der Schwertkämpfer hatte bemerkt, dass Vasiles Kampf vorbei war und trat in die Reichweite der langen Arme seines eigenen Jukari. Dann sprang er vom Boden hoch und stieß sich vom Knie des Jukari in die Luft ab. Mit einem raschen Stoß rammte er eines der Schwerter durch die Armbeuge der Kreatur bis ins Herz.

Während der Jukari jammerte, über den Boden kroch und das Lebensblut aus ihm sickerte, drehte sich cel Rau um und ließ von ihm ab.

»Bisher sind es vier für mich und einen für Euch, Richter. Ihr solltet ein wenig aufholen.«

Unwillkürlich musste Vasile grinsen.

39

Caldan beobachtete die hellhäutige, schlanke blonde Frau, die die Wetten annahm und zugleich die laufenden Dominion-Spiele im Blick behielt. Hinter ihr liefen ein Junge und ein Mädchen her, die ihr kaum bis zur Schulter reichten. Die beiden jungen Leute trugen je ein hölzernes Brett vor sich, auf dem kleine quadratische Zettel und ein Tintenfässchen mit dünnem Hals befestigt waren. Auf den Zetteln wurden die Wetten verzeichnet. Dann wurden sie zu einem der beiden Kassierer in der Nähe des Eingangs gebracht; zu ihrer Bewachung waren je zwei riesige, grimmig wirkende Männer voller Messer abgestellt. Es war kein perfektes System, und Caldan erkannte eine Menge Möglichkeiten, nicht zu bezahlen, wenn man verloren hatte, aber er vermutete, dass es trotzdem recht gut funktionierte.

Bisher hatte er sich am Rande des Raumes aufgehalten, wo die Schatten dunkler waren und er kaum wahrgenommen wurde. Einige Gruppen – von zwei bis zu fünf oder sechs Personen – hatten sich ebenfalls an den Wänden versammelt. Es waren hauptsächlich Adlige und Kaufleute, die sich im Flüsterton unterhielten und verstohlene Blicke austauschten, die teils scharf wie Dolche waren, aber trotz des offenkundigen Hasses geschah nichts weiter. Caldan kam zu der Erkenntnis, dass dieses Dominion-Haus auch ein Treffpunkt für all jene war, die Geschäfte machen und ihre Gegner abschätzen wollten - es war ein neutraler Boden, auf dem ein informeller Waffenstillstand herrschte. Etliche Adlige und gut gekleidete Handelsherren schritten an ihm vorbei, betrachteten seine Kleidung und sein Gehabe und würdigten ihn daraufhin keines weiteren Blicks. Das war gut, denn er war offensichtlich so unscheinbar, dass er für sie nicht von Interesse war.

Ihm gingen allmählich die Dukaten aus, und das war der Grund, warum er hier war, aber bisher hatte er nur eine einzige Wette auf eines der kleineren Spiele abgeschlossen. Er hatte seine verbliebenen Münzen auf den sicheren Sieg einer Adligen gesetzt. Es hatte ihm nicht viel eingebracht - nur ein paar Silberdukaten aufgrund der schlechten Quote - aber irgendwo musste er schließlich beginnen. Wenn es so weiterging, würde er ein paar Wochen lang jeden Abend hierherkommen müssen, bis er die Dukaten gewonnen hatte, die er brauchte. Das war ärgerlich, und er überlegte sich, ob er selbst ein paar Spiele wagen sollte, aber es war zu riskant, und außerdem hatte er nicht genug Dukaten dafür. Nein, das war es einfach nicht wert. Aber er durfte auch nicht zu vorsichtig sein, denn dann würde er nie genug einnehmen.

Er musste ein geeignetes Spiel finden und ein kalkulierbares Risiko eingehen.

Eine der Partien erregte seine Aufmerksamkeit. Sie trat gerade in die zweite Hälfte ein, auf den Brettern herrschte das reinste Chaos, und es wirkte wie ein Allerweltsspiel. Aber er konnte sehen, dass der eine Spieler, ein bleichgesichtiger Mann, sich recht gut aufgestellt hatte und jeden seiner Züge mit Bedacht wählte, während die seines Gegners weitaus weniger wirkungsvoll waren. Auf den durchschnittlichen Dominion-Spieler wirkten sie zwar gut durchdacht, weil sie die Positionen verfestigten und zusammenzogen, aber am Ende würden sie seinen Untergang herbeiführen. Caldan kannte die Verteidigungslinien und Angriffsgruppen des Bleichgesichtigen aus einer Reihe berühmter Spiele aus der Vergangenheit, die er studiert hatte. Also wusste der Mann genau, was er tat. Und die nächsten Züge bewiesen tatsächlich, dass das Ergebnis über jeden Zweifel erhaben war, auch wenn die Umstehenden es nicht zu begreifen schienen.

Die hellhäutige Frau und ihre Assistenten blieben bei dem Spiel stehen und tauschten einige freundliche Worte mit einem älteren Mann, der vermutlich einer der Stammgäste war. Caldan ergriff die Gelegenheit und näherte sich ihnen.

»Entschuldigung«, sagte er und unterbrach damit die Frau. »Ich bitte um Verzeihung, aber ich würde gern auf dieses Spiel hier wetten.«

Die Frau sah ihn kurz an, dann wandte sie sich wieder dem Mann zu, mit dem sie gesprochen hatte. »Wollt Ihr mich für einen Augenblick entschuldigen?«

»Natürlich.« Der Mann wich zurück und beobachtete wieder das Spiel.

Sie lächelte, betrachtete das Brett kurz und sagte dann: »Drei zu zwei für jeden der beiden Spieler.« Sie schürzte die Lippen und wartete.

Caldan betastete den mageren Vorrat an Dukaten in seiner Börse und rieb dann mit dem Daumen über seinen Kleinod-Ring.

Würde er es wagen, ihn einzusetzen? Er vertraute seinem Urteil über das Spiel, aber ... hier gab es eine Menge zu verlieren. Nein, sein Ring war so wertvoll, dass er ihn nicht einsetzen wollte.

»Ich würde gern keine Dukaten, sondern einen anderen Wertgegenstand einsetzen.« Er holte seinen Käfer hervor und stellte ihn auf das Brett ihrer Assistentin. Selbst im schwachen Licht abseits der Dominion-Bretter leuchtete der metallische

Panzer, und die winzigen Runen hoben sich deutlich ab. »Es ist ein Zauberkäfer.«

»Wirklich?«, fragte die Frau ungläubig. »Er sieht hübsch aus, aber solche mechanischen Geräte habe ich schön öfter gesehen. Ich würde seinen Wert mit ... sagen wir einem Golddukaten beziffern.«

Caldan schnaubte verächtlich. Ein Golddukaten wäre ein Drittel seines wahren Wertes, wenn es sich bloß um eine aufziehbare mechanische Neuheit handeln würde. »Ich glaube, Ihr wisst genau, dass er weitaus mehr wert ist.«

Er öffnete seine Quelle und verband etliche Stränge mit dem Käfer, dann brachte er den magischen Gegenstand dazu, über das Holzbrett zu krabbeln. Das Mädchen, das das Brett hielt, keuchte vor Erstaunen auf, während sich die Augen der Frau weiteten. Schließlich aktivierte er den Schild des Käfers auf einem niedrigen Niveau, sodass der vielfarbige Dunst den Panzer einen Augenblick lang umgab.

»Was war das denn?«, rief die Frau.

»Zauberei. Wie ich schon sagte, handelt es sich um einen Zauberkäfer.«

»Also gut, zwei Golddukaten.« Sie leckte sich die Lippen und starrte auf den Käfer.

Caldan biss die Zähne zusammen, damit er nicht laut auflachte, doch dann begriff er, dass sie es ernst meinte. Warum auch nicht? Er war zu ihr gekommen, ohne genug Dukaten für eine ordentliche Wette zu haben. Für sie war er verzweifelt, und Verzweifelte taten dumme Dinge – genau wie er selbst.

»Einverstanden«, sagte er mit großem Widerstreben. »Ich setze auf den Sieg des bleichgesichtigen Mannes.«

»Für Euch ist das Lord Loubster.« Sie nickte dem Mädchen zu, und es kritzelte etwas auf eines der Papierstücke.

»Ah, Entschuldigung, aber das gehört mir!«, rief Caldan, als die Frau seinen Käfer an sich nehmen wollte.

»In Situationen wie dieser behält das Haus das Pfand ein, bis das Spiel entschieden ist.«

Das war verständlich. »Und wenn ich verliere?« Es schien ihm eine gute Frage zu sein.

»Dann habt Ihr einen Tag Zeit, die zwei Golddukaten zu bezahlen, die Ihr verloren habt, und damit das Pfand auszulösen. Ansonsten behält das Haus alles, was als Sicherheit gegeben wurde, egal wie hoch sein Wert ist.«

Caldan nickte. Seine Möglichkeiten waren begrenzt.

Das Mädchen reichte ihm ein Stück Papier, und er nahm es an sich.

Die Frau schenkte ihm ein breites Lächeln. »Also bis später.«

Alle drei begaben sich zu einem weiteren Herrn, der ungeduldig an der Seite gewartet hatte.

Caldan beobachtete das Spiel mit erneuertem Interesse und gleichzeitig mit einer gewissen Angst. Kurze Zeit später sah er, wie das Mädchen, das ihm den Wettzettel gegeben hatte, an Lord Loubster herantrat, mit ihm einige Worte wechselte und dann davonging.

Loubster sah sich nervös um, bevor er seine Aufmerksamkeit wieder auf das Spiel richtete, was Caldans Misstrauen hervorrief. Von nun an waren die Züge des Adligen nicht mehr von der gleichen Qualität wie vorhin. Er beging eine Menge offenkundiger Fehler und wirkte verärgert über die abwertenden Bemerkungen der Zuschauer, doch er schob ihre Bedenken mit einem lässigen Kommentar beiseite.

Caldan drehte es den Magen um, als Loubster zwei Züge machte, die in ihrer Dämlichkeit einfach brillant waren. Er bezweifelte, dass jemand anderes es ebenfalls bemerkt hatte, aber soeben hatte der Adlige das Spiel verloren. Seine Züge waren geschickt als Verteidigungsspiel getarnt, aber genau das war es, was der Lord getan hatte: Er hatte das Spiel absichtlich verloren. Als Loubster aufstand und mit rotem Gesicht seine Niederlage eingestand, waren alle Zuschauer verwirrt.

Außer Caldan. Er ballte die Fäuste, und seine Fingernägel gruben sich in die Handflächen. Er war zum Narren gehalten worden. Die Frau, die seine Wette angenommen hatte, steckte mit dem Haus und mit Loubster unter einer Decke – es war ein abgekartetes Spiel gewesen. Sein Zauberkäfer musste noch mehr wert sein, als er geglaubt hatte, doch das nützte ihm jetzt nichts mehr.

Caldan trat auf die Frau zu und verzog den Mund zu einem schwachen Lächeln.

»Pech«, sagte sie mit falschem Bedauern.

»Ja.« Caldan musste zuerst innehalten und tief Luft holen, bevor er weiterreden konnte. Er spürte den Käfer in ihrer Gürtelbörse. Aber selbst wenn er sich damit verband, würde Caldan ihn nicht befreien können. Und wenn er in dem vollen Raum einen Streit anfing, würde man ihn bemerken, und das war das Letzte, was er wollte. »Mir bleibt also ein Tag, um mit zwei Golddukaten zurückzukehren?«

»Genau. Ich werde morgen Abend hier sein. Ihr könnt mich sprechen, wenn Ihr die Münzen habt.«

Sie wusste genau, dass er keine Dukaten besaß und es ihm wahrscheinlich nicht möglich sein würde, bis morgen Abend zwei Goldstücke aufzutreiben.

»Also bis morgen«, sagte Caldan mit zusammengebissenen Zähnen.

Er ließ die Frau stehen und verließ das Gebäude. Das Blut brauste in seinen Adern, und sein Gesicht war heiß. Es war spät am Abend, und er sah keinen anderen Ausweg aus seiner misslichen Lage als den, ein widerwärtiges, riskantes Wagnis einzugehen.

Ihm blieb nichts anderes übrig. Diese Frau würde ihm seinen Zauberkäfer nicht wegnehmen. Seine Hoffnung, das

Dominion-Spiel zur Auffüllung seiner Börse zu benutzen, hatte sich nicht erfüllen lassen.

Wie ich schon sagte: Alles oder nichts. Egal, wie das Spiel läuft.

Er ging durch Gassen und schmale Seitenstraßen zu dem Gebäude, in dem Joachim ihn eingesperrt hatte. Ein Protektor bewachte das Eisentor, aber im Innern war nirgendwo Licht zu sehen. Dieses Anwesen war so wertvoll, dass die Protektoren es nicht einfach aufgaben. Entweder würden sie es später verkaufen oder als einen weiteren ihrer Außenposten benutzen, die in der ganzen Stadt verteilt waren. Wenn das ihr Plan sein sollte, hatten sie vielleicht den einen oder anderen Gegenstand von Wert im Haus belassen – und vielleicht auch alle Dukaten. Aber nur, wenn er Glück hatte. Und das Glück war ihm an diesem Abend bisher nicht hold gewesen.

Caldan lief an einer Wand entlang, die im Schattendunkel lag, dann duckte er sich in eine Seitengasse und schaute hoch. Die Mauerkrone war etwa eine Elle höher als die Reichweite seines ausgestreckten Arms, aber wenn er genügend Anlauf nahm und sprang …

Seine Hände packten die Ziegelsteine, und er zog sich hoch und wuchtete sich auf die andere Seite. Er hing an seinen Fingerspitzen, ließ los und fiel zu Boden. Dann ging er in die Hocke und suchte den Hof nach einem Anzeichen dafür ab, dass er entdeckt worden war. Aber es ertönte kein Ruf, und der Protektor beim Tor saß nun auf einem Schemel und versteckte sein Gähnen hinter der Hand.

Caldan schlich zu einer Seitentür und öffnete das Schloss mit Hilfe seiner Magie, wobei er die erforderlichen Runen mit seinem Kreidestück anbrachte. Im Innern war es so pechschwarz, dass er befürchten musste, gegen Möbel zu stoßen. Geduldig wartete er, bis sich seine Augen an die Dunkelheit gewöhnt hatten und er vage Umrisse erkennen konnte. So leise wie möglich begab er sich auf den Weg zu Joachims Zimmer.

»Bei den Ahnen«, fluchte er.

Der Raum war geplündert worden. Alle Wertgegenstände waren entfernt worden – zurückgeblieben waren nur die Möbel und Teppiche, ein paar Stühle, der Schreibtisch, die Bücherregale und ein Schrank. Er war genauso leer wie die Regale. Zweifellos würde auch der Rest bald abgeholt werden. Anscheinend wollten die Protektoren das Anwesen nicht als Residenz benutzen, sondern es verkaufen.

Vielleicht sind die anderen Zimmer noch nicht leer geräumt, dachte Caldan. Aber er wusste, dass es dort genauso aussehen würde wie hier. Er wollte gerade gehen, als etwas an seinem Bewusstsein zupfte. Es war so schwach, dass er es nicht bemerkt hätte, wenn es nicht dunkel gewesen wäre und er all seine Sinne angespannt hätte. Dabei handelte es sich um ein magisches Wirken, das beinahe unfühlbar am Rande seines Bewusstseins vibrierte.

Wo befand es sich? Er schloss die Augen und versuchte sich noch stärker zu konzentrieren. Langsam machte er zwei Schritte nach vorn, dann einen nach links. Es war ... unter seinen Füßen?

Unter dem Teppich.

Rasch rollte Caldan ihn auf und entdeckte darunter eine Luke im Boden, einige Handspannen breit und lang. Sie war sicherlich nicht groß genug, um darunter viel zu verstecken, aber offensichtlich hatte sich jemand die Mühe gemacht, sie in den Boden zu sägen, unter dem Teppich zu verbergen und überdies mit einer magischen Sicherung zu versehen.

Nach all seinen Übungen war sich Caldan ziemlich sicher, dass es ihm gelingen würde, das Schloss zu überwinden. Er verschaffte sich Zugang zu seiner Quelle und streckte seine Sinne aus. Dann sog er die Luft ein. Ein einfaches Schloss hatte eine oder zwei Verbindungen für die entsprechenden Stränge. Das Schloss in der Bibliothek der Meister hatte fünf davon besessen. Dieses Schloss hier wies sieben auf. Es musste Joachims Arbeit sein. Vermutlich befanden sich unter der Luke seine wertvollsten Besitztümer.

Aber sieben Stränge ... Caldan hatte sich noch nie über fünf hinausgewagt. Allein der Gedanke machte ihn schwindlig, und sein Geist schreckte davor zurück. Aber mit der entsprechenden Übung sollte es möglich sein. Doch wenn er es jetzt versuchen sollte, seine Quelle in sieben Stränge aufzuspalten ...

Er würde nicht wissen, ob er es konnte, solange er es nicht versucht hatte.

Caldan saß mit untergeschlagenen Beinen auf dem Boden vor der verschlossenen Luke. Er kappte die Verbindung zu seiner Zauberkugel und wurde sogleich in vollkommene Schwärze getaucht. Langsam atmete er tief ein und aus, ein und aus, konzentrierte sich ganz auf sein Atmen, wie es ihm die Mönche beigebracht hatten.

Mit einem Sinn nach dem anderen entfernte er sich von der Außenwelt. Der harte Boden unter ihm sackte weg, bis er den Eindruck hatte, in der Luft zu schweben. Er verschloss die Ohren vor allem Lärm und ließ nur noch die Geräusche seines eigenen Atmens und Herzschlages zu.

Währenddessen dachte er kaum nach, ließ es zu, dass dieser Prozess ihn ganz natürlich überkam, griff nach seiner Quelle und spaltete drei Stränge von ihr ab. Mit einem weiteren Atemzug trennte er noch einen Strang. Abermals ein Atemzug, abermals ein Strang.

Er hatte kaum Mühe damit, fünf zu halten. Diese verankerte er an den Verbindungsrunen auf der Unterseite der Luke. Obwohl sie verborgen waren, spürte er doch genau den Raum, den sie einnahmen.

Ohne darüber nachzudenken spaltete er den sechsten

Strang ab. Sein Atem stockte, als sich der Druck von allen Seiten in seinen Kopf bohrte. Caldan zwang sich, weiterzuatmen, aber seine Atemzüge waren kurz und schnell. Der sechste Strang wand sich in seinem Griff, und er musste sich sehr bemühen, ihn festzuhalten.

Ganz ruhig, tadelte er sich selbst. *Der Schmerz wird nachlassen. Konzentriere dich ganz auf deine Quelle.*

Lange saß er da und zwang sich, gefasst zu sein. Die Schmerzen in seinem Kopf beachtete er nicht weiter.

Ein Schweißtropfen hing an seiner Nasenspitze und kitzelte ihn, und er wischte ihn weg. Trotz dieser Ablenkung zuckten die sechs Stränge nicht zurück, und er behielt die Kontrolle über sie. Die nächsten Augenblicke verbrachte Caldan damit, die Stränge festzuhalten und seine Kontrolle über sie auszudehnen. Er durfte aber nicht länger zögern, denn er spürte schon, wie seine Kräfte rasch nachließen.

Also machte er sich bereit und spaltete mit größter Vorsicht einen siebten Strang von seiner Quelle ab. Als Schmerzstachel in seinen Geist drangen, keuchte er auf. Er stieß ein leises Stöhnen aus und bemühte sich, seinen Griff um die ersten sechs Stränge nicht zu verlieren, die plötzlich so schlüpfrig wie nasse Aale geworden waren.

Die Schmerzen waren unerträglich ... Er konnte nicht ...

Mit aller Kraft packte er alle sieben zuckenden Stränge und weigerte sich, sie wieder loszulassen. Er rang nach Luft und erzwang eine Verbindung zu dem sechsten Strang. Damit ging er bis an seine Grenzen und tat alles, was er konnte, um auch den siebten Strang zu verankern. Und schließlich gelang es ihm, und der Duft von Zitronen erfüllte die Luft, als sich das Schloss der Luke öffnete.

Sofort ließ Caldan es zu, dass die Stränge zurück in seine Quelle schossen, und als der Druck in seinem Kopf abnahm, sackte er erschöpft auf dem Boden zusammen.

Aber er hatte es geschafft. Sieben Stränge. Sein Kopf fühlte sich an, als ob er durchgeprügelt worden wäre. Warme Feuchtigkeit tropfte aus seiner Nase. Er setzte sich auf und wischte sie ab. Es war Blut, natürlich.

Die Luke vor ihm hatte sich so weit gehoben, dass er mit den Fingern in den Spalt fahren und sie ganz aufziehen konnte. Darunter befand sich ein Holzkästchen, das so klein war, dass es auf seine Handfläche passte. Außerdem entdeckte er eine Geldbörse. Caldan nahm sie an sich und spähte hinein. Es waren ausschließlich Goldmünzen darin - mindestens dreißig. Vermutlich war das Joachims Fluchtkasse gewesen, falls etwas schiefging. Am Boden der Börse bemerkte er einen andersfarbigen Schimmer. Er tastete darin herum und bemerkte, dass einige kugelartige Gegenstände in der Börse lagen. Schnell kippte er die Münzen auf den Boden, und schließlich kamen vier tiefgrüne Edelsteine zum Vorschein. Smaragde. Ein unerwarteter Schatz, der Mirandas Pflege sicherlich für lange Zeit sicherstellen würde, wenn es notwendig werden sollte.

Er legte die Dukaten und Edelsteine zurück in die Börse und richtete seine Aufmerksamkeit wieder auf das Kästchen. Es ähnelte einer Schmuckschatulle, wie Juweliere sie zur Ausstellung ihrer Ringe und Broschen benutzten.

Caldan öffnete das Kästchen und erstarrte. Wie er gehofft hatte, enthielt es ein Kleinod. Es war ein Ring, der noch an einem Finger steckte, welcher hinter dem dritten Gelenk abgesägt worden war. Nach dem frühen Stadium der Verwesung zu schließen war diese Amputation vor nicht langer Zeit erfolgt. Zaghaft zog er den Ring von dem Finger. Geschwärzte Haut löste sich vom Fleisch, und Fäulnisgestank drang ihm in die Nase. Er ließ den Finger in dem Kästchen liegen und schloss es wieder, dann legte er es zurück in das Versteck und schloss die Luke darüber. Schließlich bedeckte er sie mit dem Teppich, machte sich aber nicht die Mühe, das Schloss auf magische

Weise zu schließen. Sein Kopf schmerzte noch von der Öffnung, und er würde nicht so bald wieder den Versuch unternehmen, sieben Stränge gleichzeitig zu kontrollieren.

Caldan steckte das Kleinod in seine Hosentasche. Es gehörte den Protektoren und hatte vielleicht wirklich im Eigentum von einem von ihnen gestanden, den Joachim vermutlich getötet hatte. Obwohl Caldan die Protektoren verlassen hatte – und obwohl sie ihn zurückgewiesen hatten –, verspürte er ein gewisses Schuldgefühl. Aber es nützte nichts. Es war sinnlos, das Kleinod hierzulassen, und er wusste, dass er eine Verwendung dafür finden würde. Echte, unbekannte Kleinodien waren gefährlich, und es war gut, sich vor ihnen in Acht zu nehmen. Doch es könnte ihm eine große Hilfe sein, wenn Caldan seine Funktionsweise herausfand. Oder er würde es verkaufen. Wie dem auch sei, darüber sollte er sich erst später Gedanken machen.

Das Blut aus Caldans Nase bedeckte auch seine Hände. Er wischte sie an seiner Hose ab – nun konnte er es sich leisten, seine Kleidung waschen zu lassen – und verließ das Zimmer. Wenige Augenblicke später erkletterte er die Außenmauer und verschwand in der Nacht.

40

Amerdan stieg aus seiner schmutzigen Kleidung und gab der Frau im Badehaus den Gutschein, den er vorhin gekauft hatte. Sie schaute zur Seite, nachdem sie einen kurzen, anerkennenden Blick auf ihn geworfen hatte. Seine aufgenommenen Gaben hatten zur Folge, dass er etliche Schichten harter Muskeln erworben hatte, die er für gewöhnlich unter seiner Kleidung verbarg. Zuerst hatte er diese Nebenwirkung als verwirrend empfunden, doch inzwischen sah er sie als etwas an, das ihm zustand.

»Sie werden gewaschen werden und Euch morgen wieder zur Verfügung stehen, Herr.«

Er schnaubte leise. »Nicht nötig. Ich habe neue Kleidung, und diese hier ist ein wenig abgerissen. Mach damit, was du willst.«

Die junge Frau sah die schmutzigen Wäschestücke überrascht an. »Die Ärmelaufschläge sind ein wenig ausgefranst, und alles ist etwas zerzaust. Vielleicht ...«

»Ich habe gesagt: Nimm sie. Ich habe keine Verwendung mehr dafür.«

Sie schwieg und nickte.

Dumme Menschen. Sie und die anderen Kreaturen, die diesen Ort bevölkerten, bedrückten ihn genauso sehr wie Staub und Schmutz. Er stellte fest, dass er seinen Laden in Anasoma vermisste, den er stets sauber und aufgeräumt gehalten hatte. Dieser Laden war eine Oase der Ruhe gewesen, während sich die Tiere draußen vor seiner Tür im Schmutz gesuhlt hatten. Hier aber konnte er einfach nicht sauber genug werden. Und er stank nach Glöckchen.

Nicht mehr lange, sagte er zu sich selbst.

Er entfernte sich von der Frau, betrat die heißen Bäder, sorgte dafür, dass sein Korb mit der neuen Kleidung dort stand, wo er ihn im Blick hatte, und achtete darauf, sie nicht mit seinen schmutzigen Händen zu berühren. Ein junges Mädchen legte ein Handtuch für ihn auf einen Schemel, zusammen mit Wasser und einer Bürste.

»Hol noch ein paar Kübel heißes Wasser.«

Amerdan wartete, bis sie gegangen war, dann goss er mit einer Schöpfkelle warmes Wasser über sich und rieb sich mit Seife ein. Wenn er sauber war, würde er sich nicht auch noch in das heiße Bad begeben. Der Gedanke, das Wasser mit Dutzenden anderer Menschen zu teilen, verursachte ihm eine so starke Übelkeit, dass er sich beinahe übergeben hätte. Es reichte ihm, den Schmutz der Stadt abzuspülen und sich ein paar Stunden lang wieder wie er selbst zu fühlen. Das musste genügen.

Das Mädchen erschien mit zwei weiteren dampfenden Kübeln. Sie stellte sie neben den anderen Kübel und wartete.

»Bring noch zwei.«

Das Mädchen ging wieder davon, und er fuhr mit seiner Säuberung fort.

Glöckchen würde ihn bald zurück erwarten, und er lächelte. Sie hatte sich als nützlich erwiesen. Allerdings wusste er noch immer nicht, woran sie gerade arbeitete. Heute Morgen hatte sie ungewöhnlich abgelenkt gewirkt. Sie hatte einige ihrer Werkstücke ineinander gesteckt, bis sie hörbar eingerastet waren. Mit seinen neu entdeckten magischen Fähigkeiten hatte er sehen können, dass alles, was sie herstellte, sieben Verbindungsrunen besaß. Das waren viel mehr, als er beherrschen konnte. Unter Glöckchens Anleitung hatte er bisher zwei Stränge geschafft, und das auch nur für wenige Augenblicke. Es ärgerte ihn, dass dies eine Fähigkeit war, an der er arbeiten musste, aber ... die Belohnung war groß. Viel größer, als er es sich vorgestellt hatte.

Das Mädchen kehrte mit zwei weiteren Kübeln zurück.

»Das reicht. Fünf sind genug.«

Sie lächelte ihn scheu an, nickte und trat zu Seite. Und wartete.

Amerdan bedeutete ihr mit einer Kopfbewegung, dass sie gehen sollte, und sie eilte davon. Er hatte für eines der besten Bäder in der Stadt bezahlt, und er wusste genau, was alles zu den Dienstleistungen gehörte. Aber er wollte nichts davon haben. Die Adligen und Kaufleute, die hierher kamen, waren kaum besser als die Tiere, die es im Dreck trieben.

Endlich war er so sauber, dass es ihn zufrieden machte, und er trocknete sich mit dem Handtuch ab. Nachdem er sich angezogen hatte, holte er seine Freundin vom Boden des Korbes. Dotty blinzelte ihm zu, und er nickte und steckte sie unter sein sauberes Hemd.

»Komm, wir wollen sehen, was Glöckchen in der Zwischenzeit gemacht hat.«

Aus der Ferne beobachtete Caldan, wie die Köcherer am Tor die Leute, die in die Stadt strömten, kritisch beäugten. Sie holten ein paar Reisende heraus und führten sie zur Befragung an die Seite; einen von ihnen durchsuchten sie. Caldan vermutete, dass es eher aus Langeweile als aus anderen, ernsteren Gründen geschah.

Der Himmel war aufgeklart, und es wurde heller. Während er gegen eine Wand gelehnt dastand, war die Schlange derjenigen, die in die Stadt gelangen wollten, immer länger geworden, bis es so viele Menschen waren, dass er sie nicht mehr zählen konnte. Als die Sonne endlich über den Bergen im Osten aufging, kam eine weitere Köcherer-Schwadron der ersten zu Hilfe, und die andere Hälfte des Tores wurde geöffnet, damit mehr Menschen gleichzeitig hindurchgehen konnten, und sofort fluteten sie mitsamt ihrem Nutzvieh herein.

Es bildete sich ebenfalls eine Reihe von Personen, die die Stadt verlassen wollten, doch diese wurden kaum beachtet, und Caldan schloss sich einer Gruppe von acht Männern und Frauen an. Bald hatte er das Tor ohne Zwischenfall passiert und befand sich vor der Stadt.

Außerhalb der Mauern sprenkelten behelfsmäßige Hütten und heruntergekommene Gehöfte die Landschaft; teilweise hatten sie sich zusammengedrängt und bildeten kleine Siedlungen. Caldan verließ die Gruppe, unter die er sich zum Schutz gemischt hatte, und eilte die gepflasterte Straße so schnell entlang, wie er es wagen konnte.

Bleib ganz ruhig und sieh nicht zurück.

Mit der einen Hand umfasste er den Schildzauber in seiner Hosentasche für den Fall, dass er ihn rasch brauchte. Aber er würde sich nur im äußersten Notfall abschirmen.

Caldan schritt die Straße entlang und bog in den ersten ausgetretenen Pfad ein, den er fand. Er war breit und von Wagenrädern ausgefurcht, und das bedeutete, dass er wohl zu einem Dorf oder wenigstens zu einem großen Gehöft führte. Nun, da er außer Sichtweite der Straße war, nahm er den Käfer aus der Tasche und schickte ihn in die Luft. Der magische Automat flog voraus und hielt nach anderen Menschen und vor allem nach anderen Quellen Ausschau. Die hellhäutige blonde Frau, die seine Wette angenommen hatte, war nicht allzu erfreut gewesen, als sie Caldan und seine Dukaten gesehen hatte. Sie hatte ihn mit zusammengebissenen Zähnen angelächelt, während sie ihm die Zahlung seiner Schuld quittiert und den Automaten ausgehändigt hatte. Er war so dumm gewesen, in einem ihm unbekannten Spielhaus eine Wette abzuschließen, und daher hatte er Glück gehabt, seinen magischen Käfer wiederzubekommen. Am Ende hatte er der Frau noch einen schönen Tag gewünscht, während sie vor Wut geschäumt hatte.

Hin und wieder hielt Caldan an, setzte sich neben den Pfad, sandte seine Sinne in den Käfer und sah durch dessen Augen. Diesmal konnte er nicht vorsichtig genug sein. Soweit er wusste, war der Knochenring sein einziges Druckmittel, und wenn man es bei ihm fand, hatte er seinen Vorteil verloren.

Kurze Zeit später entdeckte er, wonach er gesucht hatte: eine Gruppe von Häusern, die sich um einen gemeinschaftlichen Brunnen zusammendrängten, der mit grauen Steinblöcken eingefasst und zum Schutz vor Schmutz, Staub und fallenden Blättern ein hölzernes Dach besaß.

Er holte einen faustgroßen Stein aus seiner Ledertasche. Sein Knochen-Kleinod war mit einem Lederriemen, der mehrfach um ihn und durch ihn hindurch geschlungen war, an den Stein gebunden. Caldan zögerte, dann holte er zwei Tücher aus der Tasche. *Damit sicher ist, dass er nicht beschädigt wird,* dachte er. Er wickelte den Stein in das eine Tuch, und mit dem anderen schützte er den Ring.

Schließlich schaute er sich um und vergewisserte sich, dass niemand ihn bemerkt hatte, dann legte er sich den Riemen seiner Tasche wieder über die Schulter und betrachtete die Häuser, die in bemerkenswerter Stille dalagen. Es war gut für ihn, wenn sich niemand in der Nähe befand.

Ihm war die Idee gekommen, als er begriffen hatte, dass er vermutlich schon recht bald den Meistermagiern des Kaisers gegenüberstehen würde. Das hatte ihn daran erinnert, wie Simmon das Kleinod-Schwert verborgen hatte. Es war ein geniales Versteck gewesen, aber in Flussrand hätte er es für den Ring nicht wählen können. Die Strömung in den Aquädukten, die das Wasser in die Stadt führten, war manchmal recht stark. Ein schwerer Gegenstand wie das Kleinod-Schwert war im Wasser sicher aufgehoben, aber kleinere Objekte würden von der Strömung davongetrieben werden. Daher brauchte er einen gewöhnlichen Brunnen.

Mit Hilfe der Winde holte Caldan einen vollen Kübel mit Wasser hoch und tat so, als wolle er sich Gesicht und Hände waschen sowie ein wenig trinken. Gleichzeitig schickte er seinen Automaten auf einen Flug um das Dorf herum und dann in einem weiteren Kreis um die benachbarte Gegend. Es gab kein Anzeichen von Leben, nicht einmal einen Hund oder ein Huhn. Seltsam.

Caldan nahm sich Zeit, sah sich immer wieder um, aber alles blieb still und ruhig im Dorf, als ob die Bewohner erst gestern ihre Sachen gepackt hätten und abgereist wären.

Er zuckte die Achseln und warf seinen Flussstein mitten in den Brunnen. Wenige Augenblicke später hörte er ein Platschen. Nun wusste er, wo er sein Knochen-Kleinod finden konnte, wenn er es benötigte. Dann drehte er sich um und entfernte sich von dem Dorf. Hinter ihm war es noch genauso still wie bei seiner Ankunft.

Caldan verlangsamte seine Schritte, als er sich dem Tor näherte, das nach Flussrand hineinführte. Noch vor einer Stunde hatten sich die Menschen, die in die Stadt gelangen wollten, ordentlich in eine Schlange eingereiht. Doch jetzt versuchte die Masse, gleichzeitig durch das Tor zu drängen. Einige stritten sich mit den Köcherern und deuteten in östliche Richtung, wo Caldan nun zum ersten Mal Rauch am Horizont bemerkte, der in gewundenen Säulen hoch zum klaren Himmel stieg.

Vor dem Tor schoben und drückten sich die Bauern, Kaufleute, Fuhrleute und Krämer in ihrem Bemühen, die Stadt zu betreten, gegenseitig weg. Unter ihnen waren viele schmutzige und in abgerissener Kleidung steckende Männer, Frauen und Kinder. Caldan vermutete, dass sie die Bewohner der wild wuchernden Siedlungen vor der Stadtmauer waren. Bisher verhielten sich alle noch halbwegs zivilisiert, aber es würde nicht viel dazu nötig sein, um ein Chaos herbeizuführen. Die Köcherer hatten offenkundig keine Ahnung, wie sie auf den Ansturm reagieren sollten.

Und es kamen immer mehr.

Weitere Gruppen zogen auf der Straße nach Flussrand und waren beladen mit ihren ganzen Besitztümern. Karren waren mit Möbeln gefüllt, Wagen mit Kisten und Kästen und Truhen beladen. In der Ferne deuteten aufgewirbelte Staubwolken an verschiedenen Stellen an, dass noch viele weitere Menschen auf die Stadt zustrebten.

Caldan sah die wilden Blicke der verängstigten Leute, die unbedingt die Stadt betreten wollten, und die verwirrten, erschrockenen Blicke der Köcherer.

»Bei den Ahnen«, fluchte er. Irgendetwas stimmte ganz und gar nicht, und er kam zu dem Schluss, dass die Indryallaner anrückten. Warum sie so lange gewartet hatten und was sie erreichen wollten, war ihm ein Rätsel.

Er klopfte einem stämmigen Mann auf die Schulter. Ein verärgertes Gesicht drehte sich ihm zu und betrachtete ihn von oben bis unten.

»Was willst du?«, presste der Mann mürrisch durch seine gelblichen Zähne.

»Was ist hier los? Sind es die Indryallaner?«

»Pah! Wir wünschten, sie wären es. Es ist noch viel schlimmer. Eine Horde von Jukari ist im Osten gesichtet worden. Ganze Städte und Dörfer wurden niedergebrannt! Weißt du, was sie mit den Menschen machen, die sie in die Pfoten bekommen?« Der Mann erschauerte und beugte sich vor. »Sie fressen sie auf.«

Jukari? In einer großen Gruppe? Caldan erinnerte sich daran, einige Male etwas über diese Kreaturen in Büchern über die Zerschmetterung und die darauf folgenden Jahrhunderte gelesen zu haben. Wenn er sich nicht irrte, waren nur selten mehr als zwei oder drei von ihnen gleichzeitig erspäht worden, und niemals in der Nähe der Zivilisation. Stets waren sie in der Gegend der Reichsgrenzen geblieben.

»Sind diese Berichte bestätigt worden?«

Der Mann mit den gelben Zähnen warf ihm einen scharfen Blick zu. »Kein Ahnung, aber ich bin nicht lange genug geblieben, um es herauszufinden.«

Eine ruhige Stimme hinter ihnen sagte: »Ich habe sie gesehen.«

Caldan drehte sich um und sah eine Frau, die die Hand eines großen Mannes hielt. Beide waren dürr und hager und trugen lederne Arbeitskleidung. Nach den Pferden hinter ihnen zu urteilen, die mit Fellen beladen waren, handelte es sich um Fallensteller.

»Wo?«, fragte Caldan. »Wie viele?«

Die Frau sah ihren Partner an, der ihr zunickte. Sie senkte den Blick und scharrte mit der Stiefelspitze im Staub der Straße. »Es war erst vor zwei Tagen. Am Morgen. Wir waren in die Stadt unterwegs, wo wir unsere Pelze verkaufen wollten – die Ausbeute von einigen Wochen. Es ist eine hübsche Stadt ... nein, es *war* eine hübsche Stadt«, berichtigte sie sich. »Sie lag in einem Tal, und wir haben von der Hügelkuppe aus gesehen, dass die Häuser niedergebrannt waren. Es muss in der Nacht geschehen sein, denn sonst hätten wir den Rauch gesehen. Wir haben mindestens hundert Jukari bemerkt. Scheußliche graue Kreaturen. Sie hatten sich zu Gruppen zusammengerottet und haben gefressen ... ich weiß nicht was, aber ...« Tränen traten in ihre Augen.

Der Mann legte die Arme um sie. »Ganz ruhig. Die Köcherer werden sich um sie kümmern.«

Die Frau nickte; es war eine kurze, ruckartige Bewegung. »Wir sind weggelaufen, so schnell wir konnten, denn wir wollten alle warnen, die wir auf dem Weg antrafen. Wir sind anderen begegnet, die ebenfalls schreckliche Dinge beobachtet haben. Sie kommen von überall.« Sie deutete auf ihre Umgebung. »Ich glaube nicht, dass es sich nur um eine einzige Gruppe von Ungeheuern handelt.«

Caldan befürchtete, dass sie recht hatte. Es sah so aus, als suche das ganze Land Schutz in Flussrand. »Warum haben die Köcherer nicht Alarm in der Stadt geschlagen? Es müssen schließlich Vorbereitungen getroffen werden!«

Gelbzahn höhnte: »Ja? Soll eine Panik ausbrechen? Außerdem glaube ich nicht, dass sie wissen, was zu tun ist.«

Die Reihe vor ihnen geriet in Bewegung, und sie schlurften auf das Tor zu. Anscheinend hatten sich die Köcherer dort dazu entschieden, ihre üblichen Untersuchungen und Befragungen aufzugeben, damit das Tor nicht zu einem Nadelöhr wurde und Chaos in der Menge ausbrach. Eine kluge Entscheidung.

Caldan dankte den Fallenstellern und dem anderen Mann mit einem Nicken, als sie das Tor passierten. Die diensthabenden Köcherer standen da und sahen dem Strom der Menschen nur noch zu. Sie wirkten ... besorgt. Kein gutes Zeichen. Die Köcherer waren nicht von großem Nutzen gewesen, als Anasoma angegriffen worden war. Wie sollten sie einer Horde albtraumhafter Kreaturen aus der Zerschmetterung standhalten? Mit ein wenig Glück würden die Stadtmauern sie zunächst aufhalten, aber wenn es den Bestien gelang, eine Bresche hineinzuschlagen ...

Caldan seufzte müde. Er konnte nicht mehr aus Flussrand fliehen, und sehr wahrscheinlich waren die Protektoren inzwischen auf dem Weg zu den Stadtmauern. Und er würde ihnen vermutlich nicht ein zweites Mal entkommen.

Caldan mischte sich unter die Menschenmenge auf der Stadtmauer und beobachtete die herannahende Flut der Flüchtlinge, deren Zahl sich inzwischen verzehnfacht hatte. In der Ferne hinter ihnen erhoben sich Rauchsäulen in den Himmel. Die Menschen, die nun auf das Tor zueilten, warfen immer wieder ängstliche Blicke über die Schulter und wirkten weitaus gehetzter und verängstigter als jene, mit denen er vorhin gesprochen hatte. Die Jukari mussten ihnen dicht auf den Fersen sein.

Mit gesenktem Kopf bahnte sich Caldan einen Weg durch die Menge zum hinteren Bereich des Wehrgangs auf der Stadtmauer und lehnte sich gegen eine Zinne. Die Einwohner von Flussrand sprachen voller Sorge miteinander und tauschten Mutmaßungen aus, und in den Stimmen und Bewegungen lag bereits ein Anflug von Panik.

Gerade hastete eine Schwadron Köcherer rechts von Caldan eine breite Steinrampe hoch, die zur Mauerkrone führte, und kam dabei an einem riesigen Katapult vorbei, das auf dem Torturm stand. Proteste folgten ihnen, wurden aber nicht beachtet. Dann sah Caldan Meister Schimmel und hinter ihm zwei bewaffnete und gerüstete Protektoren.

Endlich, dachte Caldan und sorgte sogleich dafür, dass sich etliche Menschen zwischen ihm und Schimmel befanden. Doch anscheinend hätte er sich keine Sorgen darum machen müssen, entdeckt zu werden, denn Schimmel und die Protektoren hatten nur Augen für die herbeiströmenden Flüchtlinge und die winzigen Flecken, die ihnen folgten. Caldan sah den schmucklosen Griff des Schwertes, das Schimmel trug – es war das Kleinod-Schwert.

Schimmel und die Protektoren unterhielten sich hitzig miteinander, hatten die Köpfe zusammengesteckt und unterstrichen jedes ihrer Worte mit heftigen Handbewegungen. Schließlich schüttelte Schimmel den Kopf und starrte wieder über die Mauerbrüstung. Er rang die Hände, und als er bemerkte, was er tat, zog er die Schultern hoch und legte die eine Hand fest um den Griff seines Schwertes.

Caldan sah sich nach einer anderen Möglichkeit um, die Mauer zu verlassen, aber er befand sich in zu großer Nähe des Tores. Die Rampe, an deren oberem Ende Schimmel stand, war der einzige Weg von hier nach unten. Egal, Schimmel würde nicht lange bleiben. Außerdem wirkte es so, als hätte er ohnehin beschlossen, nicht zu helfen. Caldan wunderte sich sehr darüber. Die Jukari hatten sich in größerer Zahl zusammengerottet, als es je der Fall gewesen war, und sie waren so weit ins Reich eingedrungen. Irgendetwas stimmte ganz und gar nicht ...

Sollte Schimmel nicht alle Protektoren zu Hilfe holen?

Die Köcherer sollten dort draußen sein und die Herbeiströmenden schützen, und die Protektoren sollten ihnen zur Seite stehen. Wenn sie hinausritten, konnten sie die Jukari mit eigenen Augen beobachten und die Flüchtlinge auf dem Weg in die Stadt eskortieren. Wenn das nicht geschah, würden viele Menschen sterben.

Doch stattdessen versteckten sich die Protektoren und Köcherer hinter den Stadtmauern.

Mit wachsender Verärgerung schüttelte Caldan den Kopf und beobachtete durch zwei Zinnen hindurch die Fliehenden. Wozu war Zauberei gut, wenn sie nicht einmal eingesetzt werden konnte, um gewöhnliche Bürger zu schützen?

Das Gesetz der Protektoren, verbotene Zauberei nicht benutzen zu dürfen, war lachhaft. Eine solche Haltung führte nur zum Tod vieler Menschen, und abermals fühlte Caldan, dass er das Richtige getan hatte, als er die Protektoren verlassen hatte.

Ich will nicht von ihnen beherrscht werden ... aber nichts kann mich davon abhalten, anderen Menschen zu helfen, oder?

Doch erst einmal musste er warten, bis Schimmel gegangen war, und er musste die Entwicklung vor der Stadtmauer beobachten.

Dutzende weitere Protektoren waren in den letzten Stunden eingetroffen, während die Sonne ihre Reise zu den Hügeln im Westen fortgesetzt hatte. Tatsächlich waren die Männer ein furchterregender Anblick, denn sie steckten in magisch aufgeladenen Rüstungen und trugen Schilder und Schwerter. Die Ansammlung von Amuletten und anderen magischen Gegenständen sowie dem einen oder anderen Kleinod brachte Caldans Knochen zum Vibrieren. Einige der Rüstungen sahen aus, als seien sie neu geschmiedet worden, während andere Stücke antik waren. Eine der Rüstungen war pechschwarz und durch einen Prozess hergestellt worden, den er nicht einmal erraten konnte. Die Runen auf der Oberfläche waren uralt und weitaus stilisierter als jene, die heutzutage in Gebrauch waren.

Schimmel hatte die Protektoren in kleinere Gruppen aufgeteilt und an Schutzpositionen entlang der Mauer aufgestellt, während die Jukari heranrückten. Und nun redete er mit jeder einzelnen Gruppe.

Sollen sie doch reden, dachte Caldan. Welchen Sinn hatte Zauberei, wenn sie aus Angst vor ... ja, vor was eigentlich eingeschränkt wurde? Wäre irgendein Bauer, der zusah, wie ihn ein Protektor vor den Jukari rettete, plötzlich in der Lage, selbst zerstörerische Magie einzusetzen und Amok zu laufen, bis er die Welt in eine neue Zerschmetterung stürzte?

Nein, dies war eine Politik, die nicht durch die Angst bestimmt war, dass diese Macht außer Kontrolle geriet, sondern durch die Angst von jemandem, der diese Macht nicht verlieren wollte. Wer also hatte etwas davon, wenn zerstörerische und zwingende Magie unterdrückt wurden? Wer konnte über die Protektoren gebieten, jedes in der Bevölkerung unerwünschte Wissen über Magie verbergen und dabei selbst verbotene Zauberei einsetzen? Die Meistermagier – solche Personen wie Joachim.

Und schließlich auch der Kaiser selbst.

Welchen besseren Weg gab es, solche zauberische Macht für sich selbst und die Personen in der unmittelbaren Umgebung zu behalten, als diese Macht zu unterdrücken?

Caldan fragte sich allmählich, wozu die Protektoren eigentlich da waren. Meister Schimmel und seine Leute schützten die Fliehenden nicht vor den Jukari, und das erschien ihm so ... schrecklich falsch.

Bereits dieser Gedanke war Hochverrat, aber Caldan fragte sich, welche Treue er einem Mann schuldete, der es zuließ, dass sein eigenes Volk unterging, nur damit er ein Geheimnis bewahren konnte.

Der dunkle Rauch, der von den Feuern aufstieg, kam näher, genau wie die Staubwolken in der Ferne. Ein Schatten verdunkelte inzwischen das Land im Osten am Rande des Blickfeldes. Caldan runzelte die Stirn und blinzelte hoch in den wolkenlosen Himmel. Das war kein Schatten.

Er hob die Hand und beschirmte seine Augen vor der Sonne. Mit der anderen Hand packte er den Griff seines Schwertes. Langsam kroch der Schatten näher, bis er einzelne Umrisse erkennen konnte: Jukari. Sie mussten es sein. Es waren nicht bloß wenige Gruppen, die sich zusammengeschlossen hatten – die Fallensteller hatten etwa hundert erwähnt. Nein, es mussten Tausende dieser Kreaturen sein.

Vor der Horde rannten andere winzige Gestalten herbei: Menschen, die den Jukari zu entkommen versuchten. Caldan sah entsetzt und voller Abscheu zu, wie der Schatten alles schluckte, was langsamer als er selbst war.

Caldan warf einen Blick hinüber zu Schimmel. Der Meister machte eine grimmige Miene, aber er wandte sich wieder ab und redete mit einigen seiner Protektoren.

Mehrere Gruppen im vorderen Teil der Horde lösten sich und liefen nach Osten und Westen auf Seitenstraßen zu, die von der Hauptstraße abzweigten, während der größte Teil weiterhin auf Flussrand zuhielt und immer mehr Opfer verschlang: Bauern, Kaufleute, Fallensteller, Krämer, Väter, Mütter, Kinder ... die Jukari verschonten niemanden. Und währenddessen unternahmen die Protektoren – nichts.

Beinahe hörte er schon die Rechtfertigungen der Protektoren. *Wenn die verbotene Zauberei bekannt wird, werden charakterschwache Zauberer sie nur zu ihrem eigenen Besten einsetzen. Wir dürfen keine weitere Zerschmetterung riskieren. Wir tun das, was wir können, im Geheimen. So ist es schon immer gewesen. Es ist nötig.*

»Nein«, flüsterte Caldan. »Das ist es nicht.«

Er ließ die Mauer los und rieb seine Hände. Inzwischen hatte er den Stein so fest umfasst gehalten, dass nun seine Finger schmerzten. Damals in Anasoma hatte er geglaubt, er würde seinen Platz bei den Protektoren finden ... aber das war vorbei. Wenn alle Meistermagier so wie Joachim waren und zauberisches Wissen zu ihrem eigenen Vorteil verbargen, dann hegten sie nicht die besten Absichten, vor allem nicht für die Bürger des Reiches. Das bedeutete, dass *sie* genau das waren, wogegen die Protektoren Schutz bieten sollten. Und die Protektoren waren dazu verführt worden, ihnen zu dienen.

»Meister Schimmel!«, rief ein Protektor etwa zwanzig Ellen entfernt auf der Mauer. Er deutete auf die Jukari-Horde. »Seht nur! Da kämpft jemand gegen die Bestien!«

Caldan richtete seine Aufmerksamkeit auf die Masse der winzigen Gestalten, genau wie Schimmel. Er kniff die Augen zusammen und versuchte das zu erkennen, was der Protektor gesehen hatte.

»Auf der Straße«, fügte der Protektor hinzu. »Zwei Menschen töten die Jukari – diejenigen, die sich zu weit von der Masse abgesetzt haben.«

Da ... ja. Caldan atmete tief ein. Aus der Entfernung betrachtet waren sie winzig, aber tatsächlich kämpften dort draußen zwei Männer gegen die Ungeheuer. Der eine saß auf einem Pferd und führte ein anderes an der Leine, während sein Gefährte zu Fuß war. Es sah so aus, als würden sie versuchen, den Flüchtigen genug Zeit zum Entkommen zu verschaffen. Während er zuschaute, hatte ein Jukari denjenigen der beiden erreicht, der zu Fuß ging. Caldan sah, wie er hoch über den Mann aufragte. Doch irgendwie blieb der Mann stehen, während der Jukari zu Boden sackte. Sie bewegten sich weg von dem gestürzten Untier und auf Flussrand zu, wobei sie zwischen den letzten Flüchtlingen und den herannahenden Ungeheuern blieben.

Zwei Männer gegen eine Flut von Jukari, die angesichts ihrer erdrückenden Unterlegenheit ihr Bestes gaben. Er warf einen Blick hinüber zu Schimmel, der reglos dastand. Und die Protektoren sahen zu. Ihre Tatenlosigkeit war eine Schande, die sie wohl nicht einmal wahrnahmen.

»Bei den Ahnen«, fluchte Schimmel und drehte den Jukari seinen Rücken zu. »Das ist unerträglich.«

Caldan sah Schimmel finster an. Er konnte doch nicht bloß hier herumstehen und nichts unternehmen!

Also lief er auf die Rampe zu und kam dabei an drei Köcherern vorbei, die gerade das Katapult mit kopfgroßen Steinen bestückten. Er sprang auf die Brustwehr, hüpfte von Zinne zu Zinne, vermied so die Menge und umging Schimmel. Eine verwegene Wut trieb ihn an. Es war ihm gleichgültig, ob er gesehen wurde; er musste etwas tun, damit dieses Abschlachten ein Ende fand.

Gedanklich überprüfte Caldan seine Ausrüstung. Kleinod-Ring, Amulette und ein einfaches, aber gut geschmiedetes Schwert. Es würde reichen müssen.

»Caldan!«

Caldan zuckte bei Schimmels Ruf zusammen, aber er lief weiter. Er hob den Kopf und begegnete Schimmels Blick. Das Gesicht des Meisters war dunkelrot, und er zeigte auf Caldan. Aber es war zu spät. Caldan hastete bereits die Rampe herunter und drückte die Menschen darauf mit der Schulter beiseite. Ein rascher Blick nach hinten bestätigte ihm, dass ihm die Protektoren folgten, behindert durch die Masse.

Am Fuß der Rampe wandte er sich in Richtung des Tores, das noch offen stand, und suchte in der hereindrängenden Masse nach dem, was er brauchte. Da: ein Protektor auf einem stämmigen braunen Pferd.

Caldan packte seinen Arm.

»He!«

»Tut mir leid«, sagte Caldan, zog mit aller Kraft und warf den gerüsteten Protektor aus dem Sattel. Der Mann landete mit einem Scheppern auf dem Pflaster.

Wenige Augenblicke später saß Caldan auf dem Rücken des Pferdes und steuerte es an den Menschen vorbei, die durch das offene Tor in die Stadt strömten.

»Platz da!«, rief er. »Lasst mich durch!«

Wütende Rufe folgten ihm, als die Leute durch die Masse des Pferdes beiseite gedrängt wurden. Die Leiber flossen um ihn herum, und hinter ihm schloss sich die Flut wieder und blockierte abermals jeden Versuch, ihm zu folgen. Die Protektoren versuchten ihn zu erreichen, aber gegen den Drang der Menge konnten sie nichts ausrichten. Die Menschen wollten nicht aus der Stadt heraus, sondern in sie hinein gelangen, und die Protektoren konnten gegen diese Flut nicht ankämpfen.

Caldan verspürte ein Jucken zwischen den Schulterblättern und beugte sich dicht über sein neu erworbenes Pferd. Wenn Schimmel einen Zauber gegen ihn schleudern wollte, dann war jetzt die richtige Zeit dazu ...

Er öffnete seine Quelle und verband sich mit seinem neuen Schildzauber. Sofort spürte er das vertraute Spannen der Haut, als der vielfarbige Schild ihn umgab. Caldan saugte die Luft in sich, stählte sich und zog aus seiner Quelle so viel Kraft wie möglich zur Verstärkung des Schildes. Es war ein Strom, wie er ihn nie zuvor gefühlt hatte. Seine Haare richteten sich auf, und die Luft schien zu vibrieren. Ein harsches Summen erfüllte seine Ohren, und der Geruch von heißem Metall und Zitronen war beinahe überwältigend.

Plötzlich schloss sich seine Quelle wie aus eigenem Antrieb. Caldans Geist wurde von dem Rückstoß getroffen, als der tobende Sturm innerhalb eines einzigen Augenblicks versiegte. Er fühlte sich, als sei er in eiskaltes Wasser gestoßen worden, und er zitterte heftig. Sein Kopf schmerzte. Dann sackte er nach vorn, drückte sich gegen den Hals des Pferdes und hätte sich beinahe übergeben, als sich ihm der Magen umdrehte. Sein Atem ging in kurzem, hundeartigem Keuchen.

Caldan warf einen Blick über die Schulter und sah, wie Schimmel sein Kleinod-Schwert unmittelbar gegen ihn gerichtet hielt.

Bei den Ahnen, habe ich das dem Schwert zu verdanken?

Das also war seine Funktion. Und er besaß keine Möglichkeit, sich dagegen zu verteidigen.

Dann hatte er das Tor hinter sich gelassen und lenkte das Pferd an die Seite, weg von den Menschen, die sich einen Weg nach Flussrand bahnten. Er ließ dem Pferd seinen Willen, und es trabte am Straßenrand auf die heranrückende Jukari-Horde zu.

Männer, Frauen und Kinder schenkten ihm verblüffte Blicke, als er an ihnen vorbeiritt, und manche riefen ihm zu, er sei in die falsche Richtung unterwegs. Andere feuerten ihn an, als ob ein einzelner Mann etwas gegen die Jukari ausrichten könnte.

Doch was sollte er ohne Zugriff auf seine Quelle tun?

Er streckte seine Sinne aus und betastete vorsichtig die Quelle. Sie war noch blockiert, aber die Sperre fühlte sich inzwischen weniger fest an, als ob die Barriere, die durch das Schwert-Kleinod errichtet worden war, allmählich zerbröckelte.

Entfernung. Die Barriere wurde mit zunehmender Entfernung schwächer.

Caldan ritt weiter. Vielleicht konnte er etwas bewirken. Das war es, wonach er sich sehnte. In ihm war etwas zerbrochen. Er dachte an seine Flucht aus Anasoma, als alle Protektoren getötet worden waren, an Glöckchens Entkommen und den Verrat durch Joachim, an die Entdeckung der Tatsache, dass die Protektoren ein doppeltes Spiel trieben, und an Mirandas erkrankten Geist, den er nicht heilen konnte. Er musste etwas tun. All seine Entbehrungen und Entscheidungen hatten ihn bislang nirgendwohin geführt.

Nach einigen Hundert Ellen nahm die Menge der Flüchtlinge beträchtlich ab. Diejenigen, an denen er nun vorbeikam, wirkten völlig verzweifelt; sie zeigten kummervolle Mienen und hatten wilde Blicke, als ob sie erwarteten, jederzeit eingeholt und in Sichtweite der Stadtmauern abgeschlachtet zu werden.

Plötzlich flutete die Kraft seiner Quelle zurück, und Caldan lachte. Nun konnte er etwas bewirken.

Er trieb sein Pferd weiter voran. Irgendwo vor ihm befanden

sich die beiden Männer, die das taten, was eigentlich die Protektoren tun sollten. Caldan wollte ihnen beistehen und dafür sorgen, dass sie und so viele Flüchtlinge wie möglich Flussrand lebend erreichten.

Da. Der Mann auf dem Pferd schwang ein blutbeflecktes Schwert. Einen Moment lang verstellte er Caldan die Sicht auf seinen Gefährten, doch dann lenkte er sein schweißbedecktes Reittier auf eine Gruppe verängstigter Männern und Frauen zu und trieb sie an weiterzulaufen, und nun war der andere Mann deutlich zu sehen. Er war von Kopf bis Fuß mit Staub und Spritzern aus schwarzem Jukari-Blut überzogen und sah mit seinen beiden kurzen Krummschwertern aus wie ein Stammeskrieger aus der Steppe.

Caldan riss den Blick von dem Mann los und beobachtete eine Gruppe von bellenden Jukari. Einen oder zwei konnte der Mann vielleicht besiegen, aber insgesamt sechs hatten sich hier zusammengeschlossen und rannten auf ihn zu. Der Stammeskrieger war hoffnungslos unterlegen, und doch ging er seelenruhig den Kreaturen entgegen, während ihm sein Gefährte dicht auf den Fersen folgte.

Es war das erste Mal, dass Caldan einen Jukari sah. Sie waren genauso, wie er es in den Büchern gelesen hatte, und sie ähnelten den Bildern, die er in einem Buch im Kloster gefunden hatte: mit grauer Haut, groß, einen gewöhnlichen Menschen mit Kopf und Schultern überragend, ein wildes Grinsen und scharfe, spitze Zähne.

Der Schwertkämpfer schrie auf und sprang den Anführer der Jukari-Gruppe an, während seine Schwerter in einem tödlichen Muster wirbelten. Blut sprühte aus zerschnittenem Fleisch, und die Jukari heulten vor nichtmenschlichem Schmerz. Der andere Mann stand in den Steigbügeln seines Pferdes und versuchte auf einen Jukari einzuschlagen, der seinen Gefährten umsprang. Dieser Mann war kein Kämpfer.

Dann bemerkte Caldan, dass er den einen Arm in einer Schlinge trug. Trotzdem bemühte er sich nach Kräften.

Caldan preschte an den fliehenden Männern und Frauen vorbei und schenkte ihnen kaum einen Blick.

»Geht!«, rief er ihnen zu, als ob sie diese Ermunterung benötigten. Aber mehr fiel ihm nicht ein.

Aus den Augenwinkeln sah er, wie drei weitere Jukari nur einige Dutzend Ellen entfernt auf die Männer zusprangen und rasch näher rückten. Nun waren es insgesamt neun. Die Männer würden verlieren. Caldans Blut kochte in seinen Adern wie geschmolzenes Metall, und Schweiß tropfte von seinem Gesicht.

Caldan steckte die Hand in die Tasche, zog seinen magischen Automaten heraus und warf ihn in die Luft. Ohne dass er lange darüber nachdachte, teilten sich fünf Stränge aus seiner Quelle und verbanden sich mit dem Käfer. Die schimmernden Bronzeflügel öffneten sich, und Caldan schickte ihn auf die drei Jukari zu, die sich von links näherten.

Er richtete seine Aufmerksamkeit auf den Stammeskrieger, der fünf Jukari gleichzeitig von sich fernhielt, so unglaublich das auch zu sein schien. Gutturale Schreie erfüllten seine Ohren und mischten sich mit den Rufen der beiden Männer, und ein ranziger, tierischer Gestank durchdrang die Luft, gepaart mit einem Geruch nach Blut.

Ein Pferd wieherte, als sich das gewaltige Schwert eines Jukari in seine Schulter fraß. Der Mann im Sattel war der blitzenden Klinge im letzten Augenblick ausgewichen. Sein Reittier geriet ins Taumeln, und er wurde abgeworfen. Mit einem heiseren Schmerzensschrei landete er auf seinem verletzten Arm. Sein Gefährte knickte allmählich unter dem Angriff der schweren Jukari-Schwerter ein.

Verzweifelt schaute Caldan nach links und gab seinem Käfer eine Reihe von Befehlen, dann zog er sein Schwert und trieb das Pferd unmittelbar auf die fünf Jukari vor sich. Schmerzen erfüllten seinen Geist, als er sich zwang, weitere Stränge von seiner Quelle abzuspalten. Ein vielfarbiger Schild hüllte ihn ein, und mit einem einzigen Gedanken dehnte Caldan ihn auf sein Pferd aus.

Einen Augenblick später rammten sie gegen den ersten Jukari und schleuderten ihn zu Boden. Das Pferd kreischte vor Entsetzen, aber der Schild fing einen großen Teil des Aufpralls ab, und Funken stoben über ihn. Caldan hieb mit seiner Klinge in das Gesicht eines verblüfften Jukari und spaltete es in zwei Hälften. Der Kopf der Kreatur wurde zurückgerissen, und sie sackte leblos zu Boden. Er hob sein Schwert erneut - ein Band aus schwarzem Blut flatterte daran, flog weg, und er hieb auf einen weiteren Jukari ein. Stahl prallte gegen Stahl, als die Kreatur ihr eigenes Schwert hob und seinen Schlag parierte. Caldan kreischte, sein Blut kochte, und er schlug abermals zu. Das Schwert des Jukari zerbrach in zwei Hälften. Caldans Klinge fuhr tief in die Schulter des Gegners, und dieser schrie auf wie ein Wesen aus einem Albtraum. Schließlich wehrte Caldan sein zerbrochenes Schwert mit großer Leichtigkeit ab, als der Jukari mit dem abgesplitterten Ende zuzustechen versuchte. Ein weiterer Schlag öffnete ihm die Kehle. Dann hatte Caldan die Gruppe hinter sich gelassen.

Die drei noch lebenden Jukari zögerten und verschafften ihm dadurch die Zeit, sich um die andere Gruppe zu kümmern.

Sein Käfer war inzwischen auf dem Boden gelandet und öffnete seinen Panzer. Eine winzige Zauberkugel rollte heraus. Caldan hatte seine Lektion mit seinem ersten Metallautomaten unter Anasoma gut gelernt. Es hatte keinen Sinn, etwas zu zerstören, das so große Mühe gekostet und so viele wertvolle Materialien verschlungen hatte, wenn auch eine kleinere Magie ausreichte. Der Käfer summte zurück zu ihm. Mit einem raschen Blick vergewisserte er sich, dass der Stammeskrieger zu seinem Gefährten eilte, der noch immer am Boden lag.

Die neue Gruppe bestand aus drei Jukari. Sie knurrten, als sie sich näherten. Mit offenen Mäulern traten sie auf Caldans Kugel zu. Sein Kopf fühlte sich an, als würde er bald explodieren, denn er hielt so viele Stränge gleichzeitig fest. Es waren zu viele. Er musste entscheiden, an welche er sich klammern wollte, denn sonst würden ihm bald alle entgleiten. Sein Schild verschwand, und er verband sich mit der Zauberkugel und leitete so viel Kraft aus seiner Quelle in sie, wie es ihm möglich war. Strahlende Helligkeit explodierte auf dem Boden. Die Jukari taumelten und beschirmten ihre Augen.

Caldan riss den Anker los.

Die Kugel wurde von den Kräften aus seiner Quelle vernichtet. Ein Donnerschlag hallte, als eine unsichtbare Macht die Jukari in alle Richtungen schleuderte. Lichtblitze zuckten über ihre Leiber, schwärzten die Haut und stießen Rauchschwaden aus. Caldan verband sich wieder mit seinem Schild, beinahe zu spät, denn die Kräfte fuhren auch über ihn und sein Pferd. Er biss die Zähne zusammen, als dunkelrote Funken über seinen Schild flackerten, aber es gelang ihm, die Stränge im Griff seines Geistes zu halten. Ranken aus Licht überzogen ihn und knisterten vor Energie. Sein Schild widerstand den Kräften, die gegen ihn stürmten, mit Leichtigkeit. Caldan wischte sich über die Stirn. Seine einzige Sorge bestand nun darin, dass er möglicherweise zu viele Stränge hielt und sie ihm in einem kritischen Augenblick entgleiten könnten. Der Stammeskrieger und sein Freund waren so weit von ihm entfernt, dass sie ihn nicht zu schützen vermochten.

Caldan stürmte auf die drei verbliebenen Jukari los und sah, wie der Schwertkämpfer einen von ihnen mit anmutigen Schlägen gegen Schenkel und Bauch fällte. Das Wesen quiekte auf, stürzte zu Boden und versuchte seine herausquellenden Innereien festzuhalten.

Die beiden restlichen Jukari ergriffen die Flucht. Der Schwertkämpfer schien ihnen nachjagen zu wollen, doch nach wenigen Schritten hielt er inne. Caldan sah ihnen nach, aber der Stammesmann hatte recht. Es war sinnlos für sie, die Kreaturen zu verfolgen - sie sollten sich eher auf Flussrand zubewegen. Schließlich durften sie keine Zeit vergeuden.

Er lenkte sein Pferd an den Schwertkämpfer heran, der nun seinem Freund zu Hilfe eilte. Caldan sprang aus dem Sattel. Der Mann auf dem Boden ächzte, sein Gesicht war ganz weiß, und er biss im Schmerz die Zähne zusammen. In geringer Entfernung von ihm lag sein Pferd in einer Blutlache. Es lebte noch und zitterte heftig. Das zweite Pferd, das er an den Zügeln hinter sich her geführt hatte, befand sich einige Dutzend Ellen entfernt und starrte sie an.

»Ich hole das Pferd«, sagte Caldan. »Wenn wir ihn in den Sattel heben können, kommt er vielleicht davon.«

Der Schwertkämpfer nickte knapp, sagte aber nichts. Er half seinem Freund, sich aufzusetzen, und dieser stieß einen Schrei aus und griff sich an den bandagierten Arm. Einige Herzschläge später hatte Caldan die Zügel des Ersatzpferdes gepackt und führte es auf die beiden Männer zu. Gemeinsam wuchteten sie den Verletzten auf das Pferd, wo er unbequem saß; sein Kopf rollte vor und zurück. Sie wickelten ihm die Zügel um die gesunde Hand.

Der Schwertkämpfer atmete tief ein. »Das muss genügen. Steig auf dein eigenes Pferd.«

Caldan sah ihn fest an. »Und was ist mit dir? Du musst dich nach dem, was du gerade durchgemacht hast, erholen. Ich bin noch ziemlich frisch. Du reitest, und ich laufe neben dir her. Ich habe das Gefühl, dass wir beide unsere Kraft noch brauchen werden, bevor wir Flussrand erreicht haben.«

Der Schwertkämpfer gab ein zustimmendes Grunzen von sich. Er betrachtete den Jukari, den Caldan getötet hatte, mit Ekel und Abscheu und packte die Griffe seiner wieder in den Futteralen steckenden Schwerter, als erwartete er, sie jeden Augenblick wieder benutzen zu müssen. »Danke für Eure Rettungsaktion. Ich bin Anshul cel Rau, und das ist Vasile.« Sein Gefährte wirkte nicht so, als hätte er ihn gehört. Er war fast bewusstlos und konnte sich kaum noch an seinem Pferd festhalten.

»Caldan. Ich wünschte, wir hätten uns unter besseren Umständen kennengelernt.«

Anshul stieß ein Lachen aus. »Das Töten von Jukari ist ein guter Umstand. Du bist ein Zauberer.« Er sah Caldan mit zusammengekniffenen Augen an, dann wandte er sich ab.

»So ungefähr. Jemand musste schließlich etwas unternehmen.«

Anshul schien Caldans Worte abzuwägen, und schließlich nickte er nachdenklich. »Es sind Vormag bei den Jukari. Sie sind ebenfalls Zauberer, aber sie sind feige und nicht so fähig wie du. Sie halten sich im Hintergrund, bis sie ein wenig Mut gefasst haben. Genug geredet. Wir müssen in Bewegung bleiben.«

Vormag ... Caldan grub tief in seinen Erinnerungen nach diesem Namen. Vor vielen Jahren hatte er in einem alten Text über sie gelesen. Sie waren magische Geschöpfe wie die Jukari, doch sie waren nicht als etwas Besonderes hervorgehoben worden. *Abscheulichkeiten* hatte der Text sie genannt.

Caldan folgte Anshuls Blick auf die Jukari-Horde. Die beiden Wesen, die vor den Männern geflohen waren, hatten inzwischen angehalten und warteten darauf, dass sich weitere ihrer Art zu ihnen gesellten. Er brauchte keine zusätzliche Ermunterung.

»Also los.« Caldan bedeutete dem Schwertkämpfer, er solle

sein Pferd nehmen, und er selbst führte Vasiles Reittier an der Leine auf Flussrand zu.

Er fühlte sich ... gut. Zum ersten Mal seit langer Zeit hatte er Zauberei zu einem guten Zweck eingesetzt. Keine Doppeldeutigkeit, keine Heimlichkeit. Nein, er hatte Leben gerettet und Ungeheuer getötet – sicherlich gab es auf der Welt einen Platz für solche Art von Zauberei? Doch das war eine Frage für einen anderen Tag. Nun musste er sich darauf konzentrieren, lebend nach Flussrand zurückzukommen. Während er neben der Straße herlief und das Pferd des verletzten Mannes führte, sah er, dass der Schwertkämpfer den geschwärzten Kreis im Gras, in dem drei versengte und rauchende Jukari-Leichen lagen, mit großem Interesse betrachtete.

Vermutlich hat er noch nie solche Zauberei gesehen.

Der Schwertkämpfer warf ihm einen Blick zu, den Caldan nicht deuten konnte, dann lenkte er sein Pferd neben das von Vasile und hielt dessen Schulter fest, damit er nicht aus dem Sattel fiel.

Amerdan fragte sich, ob Glöckchen eine Vorstellung von dem hatte, was er in Wirklichkeit war. Vermutlich nicht. Die Tatsache, dass jemand mehr als nur eine einzige Quelle besaß, hatte die Zauberin vollkommen verblüfft. Er war jemand, der beschützt werden musste ... und gehegt und gepflegt. Damit er ihrem Gott-Kaiser als eine Art von Geschenk dargebracht werden konnte.

Doch die einzigen Geschenke, die ausgetauscht werden würden, waren ihre Gaben an ihn.

Amerdan sah zu, wie sie ihr magisches Werk zusammensetzte: metallische Umrisse, bedeckt mit eingeätzten Runen und Symbolen, von denen er nur wenige kannte. Wenn er ehrlich war, hatte er alles, was er wusste, von ihr gelernt: Wissen, das sie ihm mitgeteilt hatte, wenn sie nicht gerade mit ihrer eigenen Magie beschäftigt war. Manchmal hatte er sie um mehr gebeten, weil er endlich alles von ihr haben und sich dieser zauberischen Schlampe entledigen wollte. Aber stets hatte sie ihm gesagt, es könnte gefährlich für seine Fortschritte oder seinen Geist sein, oder sie hatte einen ähnlichen Unsinn von sich gegeben. Doch solange er es nicht besser wusste, sollte er vorsichtig sein.

Aber der Drang ... Manchmal, wenn sie ihm den Rücken zuwandte, stellte er sich vor, wie sein Messer in sie fuhr. Dann musste er die Augen schließen und sich zusammenreißen. Selbst jetzt focht er einen inneren Kampf mit sich aus. Brauchte er sie wirklich zur Entwicklung seiner magischen Gabe – oder nicht?

Bald, versprach er sich wieder einmal.

»Wozu ist es gut?«, fragte er zum vierten Mal.

»Ich habe dir doch schon gesagt, dass eine Erklärung zu kompliziert für dich wäre.«

Amerdans Finger zuckten hinunter zu seinem Messer. Unter seinem Hemd drängte sich die Lumpenpuppe gegen seine Haut. »Ja, das hast du schon gesagt. Aber ich habe nicht gefragt, wie es funktioniert, sondern wozu es da ist.«

Glöckchen hielt in ihrer Arbeit inne. Sie hob eine dünne Metallscheibe mit einem ausgebohrten Loch in der Mitte; es war eine von einem Dutzend, die sie auf einen Stahlstab gesteckt hatte, der wiederum in einer schmalen Steinplatte befestigt war. Wenn sich alle Scheiben auf dem Stab befanden, würde das Ganze wie ein Schichtkuchen aus verschiedenen magisch aufgeladenen Metallen aussehen.

»Es ist so etwas wie ein Brennpunkt. Es wird einem Zauberer in großer Entfernung ermöglichen, sich auf meinen Aufenthaltsort einzustellen und seine Kraft hierher zu übertragen.«

Amerdan sah Glöckchen eingehend an. Ihre Hände liebkosten die Metallscheibe beinahe zärtlich. Er war nicht daran gewöhnt, beunruhigt zu sein, aber nun war er ... verunsichert. Wieso sollte jemand anderes ihren Aufenthaltsort kennen und ihr Kraft geben? Vielleicht war sie nicht stark genug, dem Kaiser allein gegenüberzutreten. Doch soweit er wusste, war ihre Magie in der Lage, alles zu überwinden, was der Kaiser zu seinem Schutz aufbringen konnte. Er betastete die Münze, die nun mit ihm verbunden war und ihm einen sicheren Zugang zum Kaiser gewähren würde.

»Aber ich muss doch so nahe wie möglich an den Kaiser herankommen. Wo wirst du dann sein?«

Glöckchen lächelte ihn an. »Das ist nicht mehr nötig. Ich habe neue Befehle erhalten. Wir müssen uns nur unter seine Streitkräfte mischen. Und wenn er eintrifft, ist unsere Arbeit erledigt.«

»Er? Werden wir den Kaiser nicht töten?«

Glöckchen lächelte noch immer, und ihr Blick war abwesend. »Nein, das ist nicht länger unsere Aufgabe. Der Gott-Kaiser persönlich wird bald hier sein. Dank unserer Arbeit ist er in der Lage herzukommen. Und dann wird all dieses sinnlose Kämpfen ein Ende haben. Ich kann es kaum erwarten, dass du ihm begegnest.«

41

Sie saßen im strömenden Regen.

Bei den Ahnen, fluchte Felice in sich hinein. *Was ist bloß los mit diesen Leuten?*

Es hatte nicht geregnet, als Rebecci die verbliebenen Schläger mit Savines neuem Körper zurück zu den Büros der Handelsgesellschaft der Fünf Ozeane geschickt hatte. Die Zauberin hatte Felice aufgefordert, ihr zu einem Kai zu folgen, der weit in den Hafen hineinragte, während sie Izak befohlen hatte, die Männer zu begleiten. Er hatte nichts dazu gesagt, aber der Blick der Erleichterung in seinen Augen war Dank genug.

Felice hatte Rebecci am Ende des Kais eingeholt. Die seltsame Frau schien all ihre Fragen zu überhören. Enttäuscht hatte sich Felice neben die Zauberin gesetzt, ließ die Beine über den Rand baumeln und schaute hinaus auf den Ozean. Bald hatte Regen eingesetzt; das kalte Wasser aus den dunklen Wolken durchtränkte die beiden Frauen vollständig. Dies trug nicht gerade dazu bei, dass Felice sich besser fühlte.

Sie zitterte und steckte die Hände in die Taschen. Noch hatte sie sich noch nicht ganz erholt und befürchtete, der kalte Regen könnte zu einem Rückfall führen. *Verdammte Zauberer.*

Erneut stieß sie Rebecci sanft mit der Stiefelspitze an. »Was macht Ihr gerade?«

Endlich wandte Rebecci ihr den Kopf zu. Nun, da der Regen ihre Kleider durchtränkt hatte und sie an ihrem Körper klebten, wirkte sie noch dürrer. Selbst das ungebändigte Haar hing nun glatt von ihrem Kopf herunter. Felice unterdrückte ein Lachen. Sie sah aus wie eine nasse Katze - eine, die seit Wochen nichts mehr gefressen hatte. Sie war so dünn wie ein Stecken. Es war ein Wunder, dass der Wind sie nicht ins Meer blies.

Vielleicht macht das Wasser sie schwer.

»Ich denke nach. Ich kommuniziere mit dem Ersten Erlöser.«

Rebecci drehte sich von Felice ab und starrte wieder auf das Wasser. Nun sah Felice, dass die Zauberin die Lippen bewegte, als ob sie redete, ohne aber dabei einen Laut von sich zu geben. Sie hatte die Hände in den Schoß gelegt und hielt etwas fest: den Diamantenzauber in dem kleinen Metallkäfig, wie Felice vermutete. Rebeccis Hände hatten eine grünliche Färbung, da sie von dem Licht des Edelsteins bestrahlt wurden.

Felice war es leid, aus keinem ersichtlichen Grund im strömenden Regen herumzusitzen. Sie hatte es vorhin geschafft, Rebecci endlich zum Reden zu bringen, also fuhr sie fort: »Ist Gazija der Erste Erlöser?«

Rebecci zögerte, aber schließlich nickte sie. Felice fühlte sich, als hätte sie etwas gewonnen, auch wenn es nur diese kleine Bestätigung war. Natürlich waren andere Fragen noch unbeantwortet, vor allem die nach dem recht seltsamen Titel. Erlöser - wovon?

»Er erlöst uns von der Aussicht auf unsere Auslöschung«, sagte Rebecci zur Antwort auf ihre ungestellte Frage.

Unheimlich. In Gegenwart dieser Frau war ihr eindeutig unbehaglich zumute.

»Was sagt er denn?«

Rebecci schwieg.

Felice zog die Schultern hoch und senkte den Kopf in dem

erfolglosen Versuch, den dicken Regentropfen zu entgehen. Auf einem Kai in der Nähe kreischte eine Möwe und starrte sie mit kleinen gelben Kugelaugen an. Inzwischen hatte Felice genug von diesen Leuten und ihren Verschleierungstaktiken.

»Wir sollten aus dem Regen herauskommen, Rebecci. Was hat es für einen Sinn, noch länger hierzubleiben?«

Rebecci erhob sich, und das grüne Licht blitzte auf, als sie den magisch aufgeladenen Diamanten in ihre Tasche steckte. »Es ist eine Taktik, meine Magie zu verschleiern.«

Felice blinzelte und schluckte. Das war eindeutig unheimlich. »Vor wem?«

Mit der Andeutung eines Lächelns zeigte Rebecci hinter sich auf den Kai, der zur Stadt führte. »Vor ihnen.«

Zwei kleine Gestalten kamen auf ihm herbei, beide waren dünn wie Schilfrohr – wie Rebecci. Es waren ein kleiner Junge und ein Mädchen. Sie gingen mit einer Sicherheit, die ihrem Alter Hohn sprach. Und ihre Kleidung ... Felice hatte noch nie gesehen, dass Kinder solche fein gewebten Stoffe trugen. Und solche Amulette, wie sie an ihren Hälsen und Fingern zu erkennen waren.

Etwa ein Dutzend Ellen entfernt hielten die beiden an, standen da, sagten kein Wort.

Lange war das einzige Geräusch das des Regens, der auf den hölzernen Kai prasselte. Die Möwe neben ihr kreischte erneut.

»Sagt Ihr mir, was hier los ist? Bitte?«, fragte Felice die Zauberin.

Das dürre Mädchen gab einen Laut von sich, der verdächtig an ein Kichern erinnerte. »Rebecci«, sagte sie mit hoher Stimme, »überlasse Savine uns.«

»Das werde ich nicht. Der Erste Erlöser hat sein Urteil gefällt.«

»Ein gebrechlicher alter Mann, der in der Vergangenheit feststeckt.«

»Ein Held, der uns alle gerettet hat, euch eingeschlossen.«

Das Kind erwiderte höhnisch: »Das ist tiefe Vergangenheit.«

»Aber sie ist noch immer von Bedeutung.« Rebecci machte einen Schritt nach vorn und stellte sich dabei vor Felice. »Lasst ab von eurem Weg«, sagte Rebecci zu dem Mädchen und dem Jungen mit erhobener Stimme, »oder ihr werdet das gleiche Schicksal erleiden.«

Das Mädchen und der Junge sahen einander an und tauschten einige Worte im Flüsterton aus. Der Junge zuckte die Achseln, machte auf dem Absatz kehrt und ging über den Kai zurück in Richtung der Stadt. Das Mädchen stand noch immer da und sah Rebecci finster an, als ob sein Blick Steine zum Schmelzen bringen könnte.

»Schütze dich«, sagte das Mädchen. »Wir werden zu dir kommen.«

»Ich schütze mich immer. Und nun geh, bevor ich dich hier und jetzt auspeitsche.«

Das Mädchen stieß ein Zischen aus, dann drehte es sich um und folgte dem Jungen. Beide zogen sich für Felices Geschmack viel zu lässig zurück. Die beiden Frauen beobachteten sie, bis sie in einer Straße Anasomas verschwunden waren.

»Kindzauberer?«, fragte sie Rebecci. »Das waren keine richtigen Kinder, oder?«

Die dürre Frau schüttelte den Kopf. Nun wirkte sie noch blasser als gewöhnlich. »Keineswegs.« Sie zögerte. »Der Erste Erlöser dankt Euch für Eure Hilfe, und ich glaube, ich muss Euch nun einige Dinge erklären.«

Felice schaute hoch zu den grauen Wolken; Wasser spritzte auf ihr Gesicht. »Oh ich glaube, das meiste habe ich schon selbst herausgefunden.«

Gazija war einer der Ratgeber des Königs gewesen – zwei Jahrhunderte vor der Zerschmetterung der Welt. Selbst zu Anfang, als alles fehlschlug, hatte er noch gehofft, sein Volk retten zu können. Jahrelang hatte er mit gehärtetem Stahl und mächtiger Zauberei gekämpft, bis sie in die Ecke gedrängt worden waren. Sie hatten die Wahl gehabt, sich zu unterwerfen und zu dienen oder zu sterben. Doch er hatte eine dritte Möglichkeit gefunden, indem er auf seine magischen Fähigkeiten vertraute, mit denen er sein Volk vor dem Untergang bewahren wollte. Und es hatte ihm vertraut. Die Untertanen hatten ihr zerbrechliches Leben in seine Hände gelegt.

Und er hatte versagt.

Die Mächte, die ihn aus seiner eigenen Quelle heraus angegriffen hatten, waren so stark gewesen, dass er sie nicht hatte beherrschen können. Am Ende war ihm das Fleisch von den Knochen gebrannt worden, bevor die Flammen auch sie verzehrten.

Bevor dies geschah, hatte er, verzweifelt und kurz vor dem Tod stehend, einen magischen Gegenstand erschaffen, der anders als alles war, was er bisher gemacht hatte. Er hatte die Bindesymbole in seinem Geist festgehalten und zwingende sowie zerstörerische Magie in einem einzigen Gefäß zusammengeführt – in einem magischen Wirkstück, das nur aus organisierter Energie bestand und von Willenskraft zusammengehalten wurde. Es war in der Lage, seine Essenz und sein Bewusstsein aufzunehmen.

Und er hatte überlebt. In gewisser Weise.

Er hatte sich in einer seltsamen, neuen Welt wiedergefunden, und die Schmerzen, die er hatte erdulden müssen, hatten ihn beinahe verrückt gemacht. Aber er hatte tatsächlich überlebt. Sein Volk vertraute ihm und folgte seinen Anweisungen. Ein Drittel schaffte es nicht.

Und jene, die es schafften ...

Er rettete sie, aber er verdammte sie alle zu einer Ewigkeit des Leidens und der Qualen. Es war eine körperlose Existenz, die sie dazu zwang, sich an Unschuldigen zu nähren, wenn sie weiterleben wollten. Sie waren zu Parasiten geworden.

In einem ganzen Jahrhundert des Suchens hatte er noch keinen Weg hinaus aus ihrer abstoßenden Existenz gefunden. Mit der Zeit erlag ein weiteres Drittel seines Volkes der Verzweiflung. Entweder lösten sie sich einfach auf, oder sie ließen sich freiwillig in unbelebte magische Gegenstände einschließen.

Seine größte Schande. Und sie verehrten ihn immer noch.

»Gazija? Könnt Ihr mich hören?«

Beim Klang der Stimme drehte er sich um und stützte sich dabei auf seine Stöcke. Dieser Körper war beinahe am Ende, aber er würde nicht den einfachen Weg wählen und ihn schon jetzt austauschen. Er musste mit gutem Beispiel vorangehen.

»Ja, Luphildern, was ist los?«

»Die Hauptmänner der Söldner werden nervös. Wir können von Glück reden, dass sich der Fluss vor Anasoma aufteilt und wir den Arm hochgekommen sind, der vom Ozean aus nach Süden führt. Aber sie sind noch nie auf diesem Fluss gewesen und wollen wissen, was sie zu erwarten haben. Und was geschehen wird, wenn wir unser Ziel erreicht haben.«

»Was habt Ihr ihnen gesagt?«

»Das Übliche. Aber sie sind nicht zufrieden. Die vielen Wochen, die sie auf ihren engen Schiffen verbracht haben, machen ihnen allmählich zu schaffen, wie ich fürchte.«

»Pah! Wir zahlen ihnen so viel, dass sie den Mund halten und die Landschaft genießen sollten.«

»Ich glaube, das ist eins der Probleme. Wir zahlen ihnen eine Menge, und bisher mussten sie dafür nicht viel tun. Einige von ihnen werden misstrauisch.«

»Eigentlich sollte man doch glauben, dass es ein Grund zum Feiern ist, wenn man Geld bekommt und bisher nicht dafür kämpfen musste. Doch anscheinend ist dem nicht so.«

»Einige Hauptmänner wollen unbedingt mehr Informationen über das erhalten, was ihnen bevorsteht. Sie wissen, dass sie immer tiefer in das mahrusische Reich eindringen, und sie vermuten, gegen die Köcherer kämpfen zu müssen. Und sie haben Angst davor, im Reich in der Falle zu sitzen und keinen Fluchtweg mehr zu haben.«

Gazija zog eine Grimasse. »Ich rede mit ihnen. Trommelt die Hauptmänner zusammen. Vermutlich ist es Zeit, dass sie von mir erfahren, was sie zu erwarten haben. Möglicherweise ist es das erste Mal, dass sie gegen Jukari und Vormag kämpfen, und es wäre gut, wenn sie das wissen. Außerdem ist es vielleicht das erste Mal, dass sie Helden sind – vorausgesetzt, der Kaiser verzeiht ihnen das Eindringen in sein Reich.«

Luphildern schüttelte den Kopf. »Was hat bloß ihre Zauberer geritten, einen solchen Weg zu beschreiten? Solche Ungeheuer zu erschaffen?«

»Verzweiflung«, antwortete Gazija. Das war ein Gefühl, das er selbst nur allzu gut kannte. »Aber vielleicht waren sie einfach nur verrückt.«

Er befürchtete, dass auch das der Wahrheit allzu nahe kam.

Aidan schleppte sich müde von der Brücke weg. Er war schon seit Stunden unterwegs, aber noch immer hatte er das Gefühl, sich von der Brücke zu entfernen, anstatt auf Flussrand zuzumarschieren, denn in Wahrheit war er noch nicht sehr weit gekommen.

Ihn als erschöpft zu bezeichnen wäre eine gewaltige Untertreibung gewesen. Sein Arm schmerzte, als säßen Nadeln im Fleisch, und wegen der Schmerzen konnte er nicht klar denken. Zweimal hatte er angehalten, ohne es zu bemerken, und sich nicht mehr bewegt, als er ein weiteres Sperrfeuer der Schmerzen hatte erleiden müssen. Er wusste nicht, wie lange diese Anfälle dauerten. Wenn er endlich wieder stark genug war, sich zu bewegen, summten Mücken um ihn herum, die er beim Trinken seines Blutes gestört hatte. Außerdem bemerkte er, wie durstig er selbst war. Wie lange war es her, seit er Wasser auf seiner Zunge geschmeckt hatte?

Aidan fand einen Pfad aus niedergetretenem Gras, der nach Nordosten führte. Zwar war das nicht gerade die Richtung, in die er gehen wollte, aber es war besser als nichts. Es war ermüdend, durch das hohe Gras zu stapfen, und alles, was ihm Energie sparte, war gut. Er taumelte dahin, stolperte den grünen und gelben Pfad entlang und kam zum ersten Mal zu der Erkenntnis, dass er Hilfe brauchte. Ohne sie würde er die Stadt nie erreichen. Gerade als ihn dieser Gedanke durchfuhr, bemerkte er einige Gestalten vor sich in der Ferne. Manche gingen zu Fuß, andere saßen auf Pferden oder in Karren. Er blinzelte mit seinen trockenen Augen und schluckte, so gut es bei seiner ausgetrockneten Kehle ging. Ihm gelang ein halbherziges Winken, doch dann ließ er den Arm sinken, als er begriff, dass er schon wieder stehen geblieben war. Vermutlich würden sie nicht auf ihn warten, darum sollte er weitergehen. Aidan seufzte tief und zog eine Grimasse, als er den verletzten Arm bewegte.

Vor seinem Blick erschien eine gepflasterte Straße. Er hielt an, beide Füße standen nun auf festem Stein. Für einen Moment schaute er auf und schüttelte den Kopf. Er war so sehr darauf konzentriert gewesen, einen Fuß vor den anderen zu setzen, dass er die Straße vor ihm nicht bemerkt hatte.

Jemand eilte an ihm vorbei und führte ein beladenes Packpferd an der Leine.

»Ent... Entschuldigung«, krächzte er.

Der Mann schaute nicht zurück, sondern blieb in Bewegung. Er schien es sehr eilig zu haben, was nicht weiter verwunderlich war, wenn er von den Jukari gehört hatte.

Aidan schaute die Straße zu beiden Seiten entlang. Im Westen reiste eine große Menschengruppe weg von ihm und auf

Flussrand zu. Nicht eine einzige Seele war in die entgegengesetzte Richtung unterwegs, soweit er sehen konnte. Im Osten näherten sich weitere Personen, und einige Hundert Ellen von ihm entfernt sah er eine Köcherer-Schwadron mit polierten Rüstungen, die so aussahen, als wären sie noch nie in Kampfhandlungen verwickelt worden. Sogar die Decken ihrer Pferde glänzten. Sie waren frisch gebürstet, als wüssten die Köcherer nichts Besseres mit ihrer Zeit anzufangen.

Aidan unterdrückte ein weiteres Seufzen. Flussrand stand ein blutiger Kampf bevor, wenn seine einzige Verteidigung aus Köcherern wie diesen bestand.

Als sie sich ihm näherten, zog Aidan eine kleine Börse aus seiner Hose. Darin befanden sich seine wertvollsten Besitztümer, und nachdem er kurz in ihnen herumgestöbert hatte, zog er eine gravierte Metallscheibe von der Größe seiner Handfläche hervor. Das war ihr ... Caitlyns Beglaubigungsschreiben – ihr Mandat, das Caitlyn vor so vielen Abscheulichkeiten bewahrt und sie in die Lage versetzt hatte, Vorräte bei jedem Außenposten der kaiserlichen Streitmächte einzutreiben, wenn es nötig war. Die Scheibe prickelte in seiner Hand wie ein lebendiges Ding. Ihm hatte sie nie behagt, denn sie war mit Magie aufgeladen, aber sie war wertvoll, und deshalb würde er sie nicht wegwerfen. Caitlyn hatte ihn gebeten, die Scheibe aufzubewahren, da sie das verstörende Gefühl nicht hatte ertragen können.

Als die Köcherer noch etwa zehn Ellen von ihm entfernt waren, hustete Aidan und räusperte sich. Er hielt die schimmernde Scheibe hoch. Sie war ein Symbol der kaiserlichen Macht, und niemand würde es wagen, sie nachzumachen oder unrechtmäßig zu beanspruchen.

»Im Namen des Kaisers befehle ich euch anzuhalten.«

Entsetzte Blicke begleiteten seine Worte und wanderten zu der Scheibe. Einer der Köcherer trieb sein Pferd näher an

Aidan heran. Er wirkte verärgert. Der Mann untersuchte die Metallscheibe eingehend mit zusammengekniffenen Augen. Schließlich atmete er tief durch und tippte sich an den Kopf.

»Worum geht es denn? Es war schwierig, bis hierher durchzukommen, und wir haben es eilig. Es gab eine Invasion in Anasoma, und den Gerüchten zufolge befinden sich zauberische Kreaturen aus der Zerschmetterung in den umliegenden Landstrichen.«

Aidan betrachtete ihre weichen Hände und makellosen Uniformen und Waffen. Fast hätte er gelacht, aber er beherrschte sich. Diese Männer waren alles, was zwischen den Jukari und den Menschen in Flussrand stand.

42

»Jetzt!«, rief Caldan. Er warf sich in den Entwässerungsgraben neben der Straße und hielt sich die Ohren zu.

Cel Rau landete einige Ellen von ihm entfernt, und Caldan zerriss sein Band mit dem magischen Gegenstand, den er auf dem Boden zurückgelassen hatte, bevor die Jukari angriffen.

Eine Kraftwelle überspülte sie und drückte sie fest in die feuchte Erde und das Unkraut. Lichtblitze umknisterten den Rand des Grabens, aber Caldan hatte den Sicherheitsabstand gut berechnet. Zwar hielt er noch den Schild um ihn und cel Rau aufrecht, aber er wollte ihn nicht zu stark beanspruchen, da sie ihn später vielleicht noch brauchen würden.

Das war das vierte magische Objekt, das er zerstört hatte, und inzwischen war er recht gut darin, den Radius der Vernichtung anhand der Stärke der Magie zu bestimmen. Da er nur noch Papiermagie übrig hatte, war das Gebiet nicht groß, doch es reichte, um jeden Jukari zu töten, der sich in der Nähe der Quelle befand.

Er kämpfte sich wieder auf die Beine, warf einen Blick hinüber zu Vasile und vergewisserte sich, dass er noch im Sattel saß. Vasiles Pferd trottete unbeeindruckt weg von dem Aufruhr hinter ihm und nahm Caldans Pferd mit. So lag es an Caldan und cel Rau, gegen die Gruppen von Jukari zu kämpfen, die auf sie zukamen.

Weitere geschwärzte, rauchende Jukari-Kadaver lagen verstreut auf der Straße. Außerhalb des verbrannten Kreises knurrte ein einzelner Jukari sie an, starrte dann auf seine toten Gefährten, umrundete den Kreis und kam auf sie zu.

Caldan brüllte auf und sprang dem Ungeheuer entgegen. In einem einzigen Augenblick überwand er die Strecke zwischen ihnen, und seine Klinge hackte tief zwischen Kopf und Schulter des Wesens. Blut spritzte hervor, schwarz und zähflüssig. Das Ding wimmerte und brach auf dem Boden zusammen. Caldan blinzelte sich den Schweiß aus den Augen und rang nach Luft. Im Unterschied zu den früheren Gelegenheiten, bei denen er solche Ausbrüche von Stärke und Schnelligkeit gehabt hatte, blieb ihm das Gefühl nun erhalten. Es schien zu verebben und wieder anzuschwellen, aber nie ganz zu verschwinden, als ob die Kraft wüsste, dass sie bald wieder gebraucht wurde und sich bereithielt. Der Kleinod-Ring an seinem Finger fühlte sich schwer und warm an, als ob er an Gewicht zugelegt hätte, und er brannte aus dem Inneren heraus.

Das Zerreißen seiner magischen Objekte war die gröbste und einzige Form der zerstörerischen Magie, die Caldan kannte. Sie gab ihnen einen Vorteil vor großen Gruppen von Jukari, solange sie selbst der Druckwelle rechtzeitig ausweichen konnten. Abermals wünschte sich Caldan, er wüsste mehr über diese Art von Zauberei, sei sie nun verboten oder nicht. In Situationen wie dieser wäre es sehr hilfreich, die Kräfte so kontrollieren zu können, wie er es bei Glöckchen gesehen hatte. Mehr als hilfreich - beinahe überlebensnotwendig.

Cel Rau kam an seine Seite, während Caldan sein Schwert an der groben Kleidung des Jukari abwischte.

»Das sind jetzt elf für dich«, sagte der Schwertkämpfer. »Du hast Vasile übertroffen, aber du hast noch eine Menge aufzuholen.«

Caldan nickte grimmig. »Hoffentlich wird es nicht nötig sein. Ansonsten würde es wohl bedeuten, dass wir überrannt werden, und dann sind alle Zahlen gleichgültig.«

Auf der Straße zeigten immer kleiner werdende schwarze Kreise an, wo er Zuflucht zu zerstörerischer Magie genommen hatte. An den Stellen, die sich ihnen am nächsten befanden, rauchten die Jukari-Leichname noch. Auch wenn cel Rau ein ausgezeichneter Schwertkämpfer war – er war in der Tat einer der besten, die Caldan je gesehen hatte – hätten sie doch niemals so lange überlebt, wenn Caldan nicht seine magischen Objekte nacheinander zerstört und sie beide vor den Explosionen und den Waffen der Jukari abgeschirmt hätte. Magische Gegenstände zu überladen und ihre Stabilität zu zerbrechen war grobschlächtig und verschwenderisch, aber ihm blieb nichts anderes übrig, wenn sie das hier überleben wollten.

»Weg von hier«, sagte cel Rau. »Da kommen noch mehr.«

Caldan hob den Kopf. Zwei weitere Jukari-Gruppen stürmten bereits auf sie zu. Rasch schaute er an Vasile vorbei auf eine fünfköpfige Familie, die auf die schützenden Mauern von Flussrand zueilte. Nahe. Sie waren schon so nahe. Er glaubte, die Gestalt von Meister Schimmel auf der Mauer neben dem Tor erkennen zu können.

Caldan fuhr sich mit der Hand durch die Haare und massierte sich den Nacken. Müde stieß er den Atem aus.

Der Schwertkämpfer klopfte ihm auf den Rücken. »Wir geben unser Bestes. Mehr können wir nicht tun.«

Also riss Caldan den Blick von Schimmel los und lief hinter cel Rau her. Zwischen den Kämpfen versuchten sie, so nahe wie möglich an Flussrand heranzukommen. Zwischen ihnen und den Jukari gab es keine Flüchtlinge mehr, alle befanden sich schon vor Vasile.

Wenigstens haben wir ihnen etwas Zeit verschafft.

Doch Caldan hatte kein solches Glück. Als sie Vasile erreicht hatten, sprach cel Rau einige harsche Worte in einer Sprache aus, die Caldan nicht kannte, und deutete nach links und rechts.

»Bei den Ahnen«, murmelte Caldan.

Zwei getrennte Jukari-Gruppen hatten die Straße verlassen und sie überholt, vermutlich als sie gegen andere Jukari gekämpft hatten. Sie waren nun so weit vor ihnen und bisher nicht sichtbar gewesen, dass sie einen gewaltigen Schlenker um sie herum gemacht haben mussten. Entweder handelte es sich um einen Teil der anderen Jukari-Gruppen, die sich Flussrand näherten, oder sie hatten absichtlich einen so weiten Bogen um Caldan und cel Rau geschlagen, weil sie nach leichterer Beute suchten. Und hinter ihnen kamen drei Vormag. Die Zauberkreaturen waren in Schilde gehüllt. Sie blieben stehen und fassten sich bei den Händen. Ein unheimliches Jammern drang aus ihren Mündern, das Gras um sie herum verdorrte und wurde schwarz, dann brach es in Flammen aus. Während sie sangen, dehnte sich der Brand in einer geraden Linie rechts und links von ihnen aus.

Caldan erkannte, dass es eine magische Barriere war. Sie glich jener, die von den Indryallanern auf den Mauern Anasomas benutzt worden war. Die Vormag überließen die Jukari ihrem Durst nach Blut, während sie durch ihre Magie verhindern wollten, dass jeder, der sich noch außerhalb von Flussrand befand, die Stadt erreichte.

Caldan streckte seine Sinne zu der Barriere aus und zuckte unter der rasenden Wut zurück, die von den Quellen der Vormag ausging. Sie fühlten sich wie schartige Risse an und waren ganz anders als die Quellen, die er für gewöhnlich wahrnahm. Als er sich gerade zurückziehen wollte, krallte sich etwas in seine Sinne, und er schrie vor Schmerzen auf, als stachlige Haken sich tief in ihn bohrten. Er spürte, wie sein Geist und seine Quelle auf die Vormag zu geschleift wurden. Er spürte ihren Hunger und Hass. Hastig schloss er seine Quelle und war schutzlos. Aber wenigstens löste sich der Griff der Vormag, als es nichts mehr gab, woran sie sich festhalten konnten.

Caldan wollte nicht wissen, was die Vormag überdies geplant hatten. Wenn er nicht rasch handelte, würde die Familie, die auf Flussrand zulief, abgeschlachtet werden.

In Caldans Adern kochte das Blut, und sein Kleinod stach ihm in den Finger, als ob ihm Stacheln gewachsen wären. Er bedeutete cel Rau, zu dem Ersatzpferd zu laufen.

»Nimm das Pferd. Sorge dafür, dass es Vasile gut geht. Ich kümmere mich um die hier. Bleib stets vor dem Jukari in unserem Rücken.«

»Dann solltest du das Pferd nehmen.«

»Ich bin schneller ohne es.«

Ohne auf eine Antwort zu warten, preschte Caldan vor. Seine Beine bewegten sich so schnell wie möglich. Die Straße und die Bäume schossen verschwommen an ihm vorbei. Vor ihm warf der Vater der Familie einen Blick zurück auf die Straße; Erleichterung lag in seinem Blick. Er hatte offensichtlich nicht gesehen, dass die Jukari von allen Seiten herbei eilten. Die Feuerbarriere, die ihnen den Weg versperrte, schien er ebenfalls bisher nicht bemerkt zu haben. Sie befanden sich noch etwa hundert Ellen von den Toren Flussrands entfernt, und sie begriffen nicht, dass sie es nicht bis in die Sicherheit der Stadt schaffen würden.

Sie würde es schaffen, wenn Caldan darüber zu entscheiden hätte.

Verzweifelt trieb er sich zu noch größerer Schnelligkeit an. Seine Stiefel hämmerten auf die gepflasterte Straße.

Hohe Schreie drangen von der Familie her, als die drei Töchter die Barriere sahen. Sie blieben stehen. Der Vater sammelte die Töchter um sich, seine Frau hielt sich an seinem Arm fest.

»Nicht stehen bleiben«, flüsterte Caldan sich selbst zu. Er wusste, dass sie einen höchst gefährlichen Fehler gemacht hatten. Schnell warf er seinen magischen Käfer in die Luft und schickte ihn auf die Vormag zu. Inzwischen besaß er bloß eine weitere Zauberkugel, aber er konnte noch immer den Automaten zerstören, wenn es notwendig wurde. Dann sprang er über den Entwässerungsgraben rechts von ihm und rannte auf eine Gruppe von Jukari zu. Er wollte sich zwischen ihnen und der Familie positionieren.

»Lauft weiter!«, rief er ihr zu.

Alle fünf sahen ihn mit angsterfüllten Gesichtern an. Dann trugen und schleiften die Eltern ihre weinenden Kinder mit sich. Als Caldan sah, dass sie sich wieder in Bewegung setzten, änderte er seine Richtung ein wenig und wollte die Jukari abfangen, und ganz kurz lenkte er sein Bewusstsein in den Käfer und sah durch dessen Augen. Es waren inzwischen acht Vormag und sechs Jukari, auf die er zulief. Ihm blieb keine Wahl.

Er biss die Zähne zusammen und bereitete sich darauf vor, seinen Käfer zu zerstören, als plötzlich Pfeile auf die Jukari niederregneten. Beide Gruppen brachen unter dem Sperrfeuer der schweren Pfeilspitzen zusammen, die durch Fleisch und Knochen schnitten. Wenige Augenblicke später waren von den Jukari nur noch Kadaver übrig, aus denen die Pfeile wie Nadeln in einem Nadelkissen hervorstachen. Endlich waren sie Flussrand so nahe gekommen, dass die Köcherer in Aktion treten konnten. Doch die Vormag waren noch da. Die Familie saß vor ihrer Barriere in der Falle, und er wusste, dass er die Vormag niemals allein würde besiegen können. Aber vielleicht war er in der Lage, ihre Feuermauer einzureißen.

Caldan trieb seinen Käfer mitten unter die Vormag. Er ließ seine letzte Zauberkugel fallen und zerriss den Anker.

Rauch und Staub umgab die Vormag. Caldan schaute hinter sich, und ihre Feuerbarriere knisterte und erlosch und hinterließ nur eine versengte Linie im Boden. Er schrie vor Triumph. Dann kam Wind auf, und er musste feststellen, dass die Vormag noch standen. Sie hatten sich mit Schilden umgeben, aber einer von ihnen hatte sich vornübergebeugt und die Hände über eine Schnittwunde in seinem Bein gelegt.

Er spürte, wie sie ihn anstarrten.

Caldan schrie auf, als sich rasiermesserscharfe Zähne in seine Quelle gruben. Er fiel auf die Knie und hielt sich den Kopf mit beiden Händen fest. Sie waren beinahe in ihm. Mit großer Mühe unterdrückte er ein Heulen, zog so viel Kraft wie möglich aus seiner Quelle und versuchte mit ihrer aushöhlenden Macht zu verhindern, dass sich die Vormag in seinem Geist festkrallten. Ein Stoß von einer der Bestien fuhr mitten in seine Quelle hinein und prallte wieder zurück, als sie seine brodelnde Kraft spürte. Das Ziehen und Zerren wurde eingestellt.

Caldan befand sich auf Händen und Knien, hielt den Kopf gesenkt und keuchte schwer. Schweiß tropfte von seiner Nase in den Staub. Er mühte sich auf die Beine.

Die Pfeile der Köcherer auf den Mauern von Flussrand hagelten auf die Schilde der Vormag herunter, die nun fast vollständig mit Funken übersät waren. Der Boden um sie herum war mit Pfeilen gespickt. Unter unheimlichem Schreien und Brüllen drehten die Vormag um und zogen sich zurück. Die Schäfte der Köcherer folgten ihnen.

Wenn sie nicht im letzten Augenblick daran gehindert worden wären, hätten sie mich in Stücke gerissen, erkannte Caldan.

Er hob sein Schwert im Salut an die Köcherer auf den Mauern, und Jubel drang an seine Ohren. Auf der Straße lief die Familie weiter in Richtung Tor. In Richtung Sicherheit. Sie würden es schaffen. Jetzt musste er sich um cel Rau und Vasile kümmern.

Also rannte er los. Einige Dutzend Ellen hinter cel Rau und

Vasile befand sich ein Rudel bellender, sabbernder Jukari. Den Männern fiel es immer schwerer, vor den Kreaturen zu bleiben.

Caldan raste an den Berittenen vorbei. Wie schon zuvor wusste er nicht, wie lange seine unnatürlichen Kräfte andauern mochten, doch währenddessen erfreute er sich an seiner Schnelligkeit und war begeistert von seiner Macht. Er aktivierte seinen Schild und prallte gegen die nächste Bestie. Sein Schwert bewegte sich wie aus eigenem Willen und wurde zu einem verschwommenen Pfeil aus Gewalt. Caldan schlitzte eine der Kreaturen von der Schulter bis zur Hüfte auf. Dann sprang er den Jukari links von ihm an. Ein Stoß nach oben. Schwarzes Blut spritzte. Er wirbelte herum. Sein Schwert flog mit blendender Schnelligkeit. Die Jukari konnten kaum reagieren und bewegten sich wie unter Wasser – langsam und träge und zäh. Ein Stoß durch einen Oberschenkel; ein Jukari heulte auf. Caldan warf sich herum und stieß wieder zu. Die Pflastersteine waren schlüpfrig vom Blut. Ein letzter Hieb, ein weiterer Jukari fiel.

Caldan erstarrte. Er hielt sein Schwert in Schutzstellung hoch über dem Kopf erhoben; es war mit schwarzem Blut überzogen. Um ihn herum lagen die Jukari, tot oder sterbend, und ihr fauliger Lebenssaft bildete Lachen auf dem Boden. Eine Schweißspur zog sich von seiner rechten Schläfe bis hinunter zur Wange. Kühle überspülte ihn, als sein Körper erkaltete. Sein Kleinod-Ring fühlte sich wieder normal an, als ob seine Magie zu nichts verblasst wäre.

Verwirrt sah er die Jukari an. War das etwa sein Weg? Verstand er jetzt das Kleinod und war in der Lage, das Aufquellen der Macht zu steuern?

Dieser Gedanke verursachte ihm Schwindelgefühle. Die Macht, die er spürte ... sie war berauschend.

Caldans Kraft floss aus seinen Beinen ab, und er schwankte

unsicher. Wer war er, dass er eine solche Macht ausüben durfte? War es wirklich seine eigene Macht, oder würde er an den Kaiser gefesselt sein und nur die Wahl zwischen Gehorchen und Sterben haben? Caldan spürte, dass er den Unterschied zwischen Richtig und Falsch kannte, und er sollte seine Fähigkeiten dazu einsetzen, anderen Menschen zu helfen. Aber vielleicht würde er bald keine Wahl mehr haben.

Auf einer Länge von mehreren Hundert Ellen strömten ihm zu beiden Seiten der Straße unzählige Jukari entgegen. Es waren zu viele für einen einzelnen Mann, egal wie groß seine Gaben und Fähigkeiten waren. Caldan sah zu, wie sie sich ihm näherten und ... was wollten sie? Geheul und nichtmenschliche Schreie erfüllten die Luft. Sie wollten töten, aber warum? Was trieb sie an? Jahrhundertelang waren sie im Verborgenen geblieben, abgesehen von einzelnen Sichtungen oder Begegnungen. Warum hatten sie sich ausgerechnet jetzt zusammengerottet und waren so tief ins Reich eingedrungen?

Ein summender Pfeilschwarm flog über ihn hinweg, und metallene Spitzen bohrten sich in die Jukari. Schreie und harsches Schmerzgebell stiegen von den Verwundeten und Sterbenden auf. Die Kreaturen, die sich noch bewegen konnten, flohen aus der Reichweite der Pfeile und zerrten ihre zu Boden gegangenen Kameraden mit sich.

Caldan riss sich von seinen Betrachtungen los, wandte dem Tod, den er verursacht hatte, den Rücken zu und ging auf die Stadt zu. Vor ihm hatten cel Rau und Vasile sie schon fast erreicht. Er freute sich, dass die beiden es geschafft hatten. Caldan selbst kam nur langsam voran, aber schließlich gelangte auch er vor das Tor. Als er darauf zuschritt, bemerkte er eine Bewegung. Die Köcherer auf der Mauer riefen etwas und hoben Bögen und Schwerter zum Salut hoch in die Luft. Sie bejubelten nicht sich selbst.

Sie bejubelten ihn, cel Rau und Vasile.

Auf der Mauer links vom Tor sah Caldan, wie Meister Schimmel ungerührt hinunterschaute. Caldan rief seinen Käfer zu sich und steckte ihn in die Tasche. Als er auf das Tor zuging, wurde der Jubel lauter.

Das Tor war inzwischen verriegelt und verrammelt und sicherte die Stadt zumindest vorläufig vor der Jukari-Horde. Die Köcherer senkten Seile herab, denn sie wollten es nicht riskieren, die Tore zu öffnen und dadurch einen Angriff der Jukari heraufzubeschwören. Caldan half cel Rau, Vasile mit dem Seil zu sichern, und rasch wurde er hoch zur Mauerkrone gezogen. Leider mussten die Pferde sich selbst überlassen bleiben. Bevor Caldan selbst nach oben gehievt wurde, sah er, wie die Tiere an der Mauer entlangliefen. Er hoffte, dass sie sich in Sicherheit bringen konnten.

Cel Rau packte ihn mit eisernem Griff am Arm. »Dein Geheimnis ist bei uns gut aufgehoben«, sagte er leise.

Caldan sah tief in die dunklen Augen des Schwertkämpfers. Er wusste nicht, was hinter ihnen vorging. »Was willst du ...«

»Sei kein Narr. Wir wissen mehr über Zauberei, als du dir vorstellen kannst. Wir müssen später darüber reden.«

Caldan schluckte und nickte knapp.

Cel Rau trat an die Mauer heran und ergriff eines der Seile, dann ließ er sich ebenfalls nach oben ziehen.

Dann warf Caldan noch einen letzten Blick auf die Szenerie hinter sich. Tote und sterbende Jukari lagen überall auf der Straße und schwärzten sie mit ihrem Blut. Er hielt sein einfaches Schwert fest gepackt; die Klinge war mit geronnenem Jukari-Blut überzogen. Wie sehr hasste er diesen Anblick! Er hasste den Gedanken an all das Sterben und die Zerstörung, die er bewirkt hatte, und er hasste ebenso sehr den Rausch, den er dabei verspürt hatte. Nein, er wollte nicht töten, und er wusste, dass ihn die Notwendigkeit heute dazu getrieben hatte. Aber morgen? Und übermorgen? Er war sich nicht sicher.

Seine Zukunft war düster und undurchsichtig. Miranda war noch immer krank. Amerdan befand sich noch immer in Freiheit. Glöckchen und die Indryallaner waren noch immer da, und die Jukari waren noch nicht erledigt. Und, was das Schlimmste war, er war wieder einmal ohne ein Zuhause. Doch das bedeutete nicht, dass ihn die Protektoren und die Meistermagier in Ruhe lassen würden. Aber er beabsichtigte nicht, sich ihnen auszuliefern, denn das würde nur Lügen, Unterwürfigkeit und am Ende den Verlust seiner Seele bedeuten.

Tod. Blut. Er hatte seine Zukunft als dunkel und unklar empfunden, doch je mehr er über sie nachdachte, desto fester schien sie zu sein, wie in Stein gemeißelt.

Es muss einen anderen Weg geben.

Caldan ließ den Griff seines Schwertes los, und es prallte mit einem dumpfen Klappern auf den Boden. Dann packte er eines der Seile und ließ sich auf die Brustwehr ziehen, wo er sogleich von einer Gruppe jubelnder Köcherer umringt wurde, die ihm auf Rücken und Schultern klopften.

Er sah keinen Grund zum Feiern.

43

Rebecci kam Felice nicht gerade glücklich vor. Obwohl die bleiche Frau sehr verschlossen war, glaubte Felice doch in ihrer Miene einige einander widerstreitende Gefühle zu erkennen, und keines davon war positiv. Doch sie verstand keines dieser Gefühle, wie zum Beispiel das der Verzweiflung. Warum zeigte Rebecci es, wo sie doch Savine erfolgreich gefangen genommen hatte? Und auch Angst war zu sehen. Aber Angst wovor? Oder bangte sie um etwas?

Oder war es beides?

Felice drückte sich tiefer in den gepolsterten Armlehnstuhl und nahm noch einen Schluck Pflaumenwein aus ihrem bauchigen Glas. Sie schaute sich im Zimmer um und betrachtete den dicken Teppich und die fein gezimmerten Möbel. Auf dem Fenstersims standen etliche kleine Glasfiguren – jede stellte ein stilisiertes Tier dar, das verschiedene Gegenstände festhielt. Ein Löwe hatte ein Buch zwischen den Tatzen, ein Vogel hielt ein Zepter im Schnabel. Sie glichen nichts, was Felice je gesehen hatte, doch sie erinnerten sie an Dominion-Spielfiguren. Kein Staub lag auf ihnen, was anzeigte, dass sich jemand um sie kümmerte.

»Gehören diese Figuren Euch?«, fragte Felice die Zauberin.

Rebecci nickte geistesabwesend. Sie starrte den Diamanten in dem kleinen silbernen Käfig an, wie sie es schon die letzte halbe Stunde getan hatte, seit sie in diesen Raum gelangt waren. Der kleine Käfig lag auf einem Tisch zwischen ihnen. Der kränkliche grüne Schimmer war zu einem schwachen, flackernden Licht herabgeschmolzen.

»Geheimnisse haben ihre Zeit«, sagte Felice, »und auch Antworten haben ihre Zeit.«

Ihre Bemerkung blieb in der Luft hängen.

Rebecci riss kurz den Blick von dem magischen Gegenstand los, doch dann kehrte sie zu dessen Betrachtung zurück. In der Zwischenzeit hatte sie einen tiefen Blick mit Felice getauscht.

»Ich sollte Euch töten«, sagte die Zauberin. »Ihr wisst zu viel.«

Felice versteifte sich, doch dann entspannte sie sich wieder und schüttelte den Kopf. »Wenn Ihr das wirklich tun wolltet, wäre ich schon längst tot. Nein ... Ihr braucht mich für irgendetwas.«

»Die Ratte ist aus dem Loch, wie es heißt. Oder wie es dort heißt, wo ich herkomme.«

»Und wo wäre das?«

»Ihr habt noch nie davon gehört.«

»Ich kenne eine Menge Orte. Aber vermutlich habt Ihr recht. Ich habe nicht von dem Ort gehört, von dem Ihr kommt, weil er nicht auf dieser Welt liegt, oder?«

Rebecci lehnte sich in ihrem Sessel zurück und schloss die Augen. Sie wirkte erschöpft – so todmüde wie jemand, der seit langer Zeit unter einer schweren Bürde lebt.

»Ich kann Euch helfen«, sagte Felice.

Rebecci schaute wieder von dem grünlichen Diamanten auf. Sie erhob sich zitternd und stützte sich auf dem Schreibtisch ab. »Der Erste Erlöser hat uns gewarnt, dass diese Zeit kommen wird, und so ist es. Wie sind die Überbleibsel von Überbleibseln. Und ich fürchte, wir sind unserer Aufgabe nicht gewachsen. Aber ich nehme an, das ist der Grund, warum der Erste Erlöser versucht, Euren Kaiser von der Gefahr zu überzeugen und uns zu vertrauen. Doch wir werden geopfert werden, ob er Erfolg hat oder nicht.«

Bei der Erwähnung der Opferung kniff Felice die Augen zusammen. Offenbar war Rebecci der Meinung, dass sie dem Untergang geweiht war, egal, was noch geschehen würde. Aber Felice glaubte fest daran, dass es stets mehrere Wege gab. Wenn das Dominion-Spiel sie etwas gelehrt hatte, dann war es die Tatsache, dass keine Lage hoffnungslos war.

»Wir müssen alles versuchen, was auch immer geschehen mag. Aber wenn ich Euch helfen soll, brauche ich Antworten. Vielleicht finde ich ja einen Weg für Euch. Und für Euer Volk.«

Ein Ausdruck der Trauer und des Kummers stahl sich in Rebeccis Miene. »Ich hoffe, dass Euch das möglich ist«, sagte sie, glaubte aber offenkundig nicht an ihre eigenen Worte.

»Dann will ich mehr über Kelhak erfahren. Er ist nicht wirklich Kelhak, aber er ist auch keiner von Euch.«

»Es ist Kelhaks Körper. Das zumindest entspricht der Wahrheit.«

»Aber wer beherrscht ihn? Oder ist es ein ... was? Etwas Gefährliches. Darum geht es, nicht wahr?«

»Glaubt mir, Ihr wollt nicht wissen, um was es sich bei ihm handelt.«

»Da irrt Ihr Euch. Ich *muss* es wissen. Wenn das Reich und die ganze Welt in Gefahr sind, dann muss ich etwas dagegen unternehmen.«

»Der Erste Erlöser hat einen Plan, aber keiner von uns kennt ihn vollständig. Uns sind nur einzelne Stücke und Bruchteile bekannt.«

Felice nickte. Gazija war der Zauberer, den Rebecci und ihre Gefährten verehrten. Der Mann, den sie draußen vor der Stadt hatte treffen sollen. Aber wenn er versuchte, Kelhak aufzuhalten, und nicht hier in Anasoma war ... das war der Grund, warum sich Rebecci noch hier befand – und warum sie Felice brauchte. Sie hatten einen Plan – einen, bei dessen Ausführung Rebecci zu sterben erwartete.

Das Jammern der Zauberin riss Felice aus ihren Gedanken. Rebecci wirkte nun noch bleicher, und sie zitterte.

»Rebecci«, sagte Felice, und ein Knoten der Angst zog sich in ihrem Bauch zusammen. »Was ist los?«

Rebecci ächzte leise, dann wischte sie sich eine Träne fort, die sich in ihrem Augenwinkel gebildet hatte. »Es ist das Böse. Es hat unsere Welt verwüstet und zerstört. Und es ist uns bis hierher gefolgt.«

»Dann muss ich unbedingt mit Gazija sprechen. Ich nehme doch an, dass das möglich ist?«

»Vielleicht. Ich vertraue Euch genug dafür.«

Felice spreizte die Hände. »Wer wäre schließlich sonst noch übrig?«

Rebecci wirkte nicht glücklich, aber sie nickte.

»Ich muss Euch etwas mitteilen«, sagte die Zauberin. »Gazija hat eine Aufgabe für mich. Sie ist ... gefährlich. Aber sie könnte den Krieg frühzeitig beenden.«

Man musste kein Genie sein, wenn man erkennen wollte, was das Ende der indryallanischen Invasion herbeiführen konnte.

»Ein Attentat«, sagte Felice. Das Wort hinterließ einen schlechten Geschmack in ihrem Mund.

»Ich habe mit ... jemandem Kontakt aufgenommen. Sie können helfen. Ich habe alles niedergeschrieben. Die Berichte befinden sich in einem Versteck in einer der Schubladen meines Schreibtischs.«

»Und warum erzählt Ihr mir das alles?«

Ihre Unterlippe zitterte, und Rebecci schlang die Arme um

sich. Sie schenkte Felice ein schwaches Lächeln, das sogleich wieder verschwand. »Weil ich Angst habe.«

Felice nickte. *Natürlich.* »Ihr glaubt, sie könnten Euch zuerst erwischen.«

44

Caldan ließ es zu, dass er auf die Ladefläche eines offenen Wagens neben den bereits dort liegenden Vasile gesetzt wurde. Cel Rau, der Schwertkämpfer, sah ihn ausdruckslos an, dann kümmerte er sich wieder um den Verletzten. Sobald sich Caldan niedergelassen hatte, gesellten sich vier Köcherer zu ihnen, und der Wagen rollte los.

Als Caldan es auf die Mauerkrone geschafft hatte, war er von den Köcherern wie ein Held empfangen worden. Aber er wusste, dass Meister Schimmel versuchen würde, ihn wieder zu bändigen, und das durfte er nicht zulassen. Zum Glück befand er sich jetzt auf der anderen Seite des Tores, weit weg von Schimmel und seinen Protektoren. Und nach allem, was geschehen war, drängten sich mehr Menschen als je zuvor auf den Straßen. Caldan hatte die Köcherer bestürmt, ihn sowie cel Rau und Vasile die Rampe hinunterzuschaffen, da sie dringende Informationen für den Hauptmann der Köcherer hätten. Die Soldaten hatten dem nur allzu gern entsprochen. Gerade wollte Caldan nicht darüber nachdenken, was die Protektoren ihm antun würden, wenn sie ihn erwischten. Seine Taten standen gegen alles, woran sie glaubten. Vielleicht würden sie ihn sogar zu einem abtrünnigen Zauberer erklären.

Der Wagen ruckte und rumpelte, als der Köcherer, der ihn

fuhr, die Pferde zu größerer Schnelligkeit antrieb. Vor ihnen machten berittene Köcherer Platz.

Caldan rieb sich mit Daumen und Zeigefinger über die Nasenflügel. Ein gewaltiger Schmerz erblühte in seinem Kopf; es war die Quittung dafür, dass er so lange so viele Stränge gehalten hatte. Er wusste gar nicht mehr, wie viele es gewesen waren – mindestens neun, aber mehr hatten es nicht sein können, oder? Fünf Stränge für seinen Automaten und vier für seinen Schildzauber. In all der Verwirrung und Panik wusste er es nicht genau, aber es schien richtig zu sein. Nein, dazu noch einen weiteren, den er mit seinen Zauberkugeln verbunden hatte.

Zehn? Wie war so etwas möglich?

Er wandte sich an den Köcherer, der ihm am nächsten saß. »Schnell! Wir müssen uns beeilen!« Sie schienen ihn ehrfürchtig anzublicken – oder zumindest mit einem gesunden Respekt.

Der älteste Soldat räusperte sich. »Unser Kommandant wird hören wollen, was ihr getan habt. Ihr alle. Und wahrscheinlich wird er euch persönlich dafür danken wollen.«

Neben ihm gab cel Rau ein grunzendes Geräusch von sich. »Warum ist er nicht auf der Mauer?«

Der Köcherer schenkte ihm einen verwirrten Blick. »Auf der Mauer? Er koordiniert die Verteidigung der gesamten Stadt. Da muss er an einem zentralen Ort sein.«

»Er hat die Jukari also nicht einmal gesehen?«

»Nein, das glaube ich nicht.«

Cel Rau kicherte in sich hinein und tröpfelte Wasser aus einem kleinen Schlauch in Vasiles Mund. Caldan konnte es nicht mit Sicherheit sagen, aber es sah so aus, als würde er das meiste davon auf der Wagenpritsche verspritzen. Er runzelte die Stirn und war verwirrt. Der Schwertkämpfer war ein vernünftiger Mann. Warum sollte der Kommandant der Köcherer seine Leute nicht von der Mauer aus koordinieren?

»Was werdet ihr gegen die Jukari unternehmen?«, fragte Caldan.

»Wir halten die Mauern. Wir schützen die Bewohner.«

Wieder kicherte cel Rau.

»Und das ist alles?«, fragte Caldan.

»Unsere Aufgabe ist es, die Stadt zu bewachen. Der Kaiser ist auf dem Weg hierher, und seine Streitkräfte werden die Jukari zermalmen, sobald sie hier sind.«

»Und wann wird das sein?«

»Äh ... bald. In ein oder zwei Tagen, vermute ich.«

»Und was würde geschehen, wenn die Streitkräfte des Kaisers nicht so nahe wären?«

Der Köcherer versteifte sich, und Caldan erkannte, dass er zu weit gegangen war. Diese Soldaten befolgten nur ihre Befehle. Es waren ihre Anführer, die diese Schelte verdient hatten. Die Tatsache, dass sie keine Köcherer zum Schutz der Flüchtlinge vor die Tore geschickt hatten, fachte heiße Wut in ihm an. Und die Protektoren waren auf der Mauer geblieben und hatten gar nichts getan. Außer ihm selbst hatten nur cel Rau und Vasile daran gedacht, diejenigen zu beschützen, die es am nötigsten gehabt hatten. Nur sie hatten das getan, was sie konnten, damit so viele Menschen wie möglich die Stadt lebend erreichten.

Vasile jammerte auf, als der Wagen einen Sprung machte.

Caldans und cel Raus Blicke trafen sich.

»Es geht ihm bald wieder gut«, sagte der Schwertkämpfer, »sobald wir ihn zu einem Arzt gebracht haben. In den letzten Wochen hat er viel durchgemacht.«

Caldan nickte. Er war froh, dass der Mann überleben würde. Nach allem, was er gesehen hatte, konnte er keinen weiteren Todesfall mehr ertragen. Vor den Mauern von Flussrand waren zu viele Menschen von den Jukari niedergemetzelt worden. Es war ein sinnloses Abschlachten gewesen.

Hinter dem knirschenden und knarrenden Wagen ritten zwei Protektoren, denen es irgendwie gelungen war, sich einen Weg durch die überfüllten Straßen zu bahnen. Bisher hatten sie nichts gesagt, sondern waren einfach zu dem Wagen aufgeschlossen und folgten ihm nun. Es war eine Warnung und vermutlich ein Schutz davor, dass Caldan nicht wieder etwas unternahm, das gegen ihre Regeln verstieß. Sie folgten in diskretem Abstand, aber Caldan wusste genau, warum sie da waren. Vielleicht war das auch der Sinn. Bis zu seinem Tod würde er die Protektoren niemals wieder loswerden.

Ein Summen am Rande seines Bewusstseins und der schwache Duft von Zitronen deuteten an, dass mindestens einer der Protektoren gerade Magie benutzte. Caldan öffnete seine Quelle und machte sich bereit. Vermutlich war Schimmel zu dem Schluss gekommen, dass er eine Gefahr darstellte. Caldan musste vorsichtig sein. Er war sich sicher, dass die Protektoren nichts tun würden, solange er von den Köcherern umringt war, die ihn wie einen Helden behandelten. Aber er bezweifelte auch nicht, dass es den Protektoren gelingen würde, den Kommandanten der Köcherer davon zu überzeugen, dass er Caldan ihrer Obhut überstellen sollte.

Er streckte seine Sinne aus und schätzte ihre Quellen ab. Beide waren schmal und zusammengeschnürt und hatten raue Ränder. Was ihre Talente auch sein mochten, sie waren sicherlich kaum in der Lage, einen voll ausgebildeten Schild zu halten. Aber er hatte von Glöckchen und dem Bluter gelernt, dass jeder seine eigenen Gaben besaß, und eine schmale Quelle bedeutete nicht unbedingt, dass ein Zauberer ungefährlich war. Also hielt er seine Quelle geöffnet und war bereit, sie beim ersten Anzeichen von etwas Verdächtigem mit seinem Schild zu verbinden.

Einer der Köcherer unterbrach seine Gedanken, indem er sich an alle Anwesenden richtete. »Entschuldigung. Wir, die

Männer und ich, möchten euch für das danken, was ihr da draußen getan habt. So etwas habe ich noch nie gesehen. Ihr habt euch den Jukari entgegengestellt und sie besiegt, und so habt ihr es vielen Menschen ermöglicht, Flussrand zu erreichen.«

Cel Rau schaute grimmig drein. »Und noch mehr sind gestorben.«

Für Caldan war das, was er damit ausdrücken wollte, offenkundig: Sie waren gestorben, weil keine Köcherer zu ihrer Hilfe ausgesandt worden waren. Aber der Soldat schien die Bedeutung von cel Raus Worten nicht begriffen zu haben und redete weiter: »Wir haben erkannt, dass du ein Zauberer bist, als wir deinen Schild gesehen haben. Auf diese Weise ist es dir wohl gelungen, nicht von den Ungeheuern verletzt zu werden. Aber ... wir haben da draußen Lichtblitze gesehen und Explosionen gehört. Bist du ... bist du wirklich in der Lage, Magie aus der Zeit vor der Zerschmetterung einzusetzen und zu beherrschen?«

Alle Soldaten sahen nun Caldan eindringlich mit einer Mischung aus Ehrfurcht und Angst an. Auch cel Rau starrte ihn an.

»Nein«, sagte Caldan rasch und schüttelte den Kopf. »Ich bin nichts Besonderes. Die Explosionen stammten aus einer alchemistischen Mischung, die mit großer Intensität brennt. Daran ist nichts Magisches.«

Cel Rau schenkte Caldan einen leeren Blick und kümmerte sich dann wieder um Vasile, während die Köcherer enttäuscht dreinschauten.

Eine Weile fuhren sie schweigend die Straßen entlang. Inzwischen musste sich die Nachricht von ihren Heldentaten herumgesprochen haben, denn etliche Leute kamen herbei und dankten ihnen. Einige junge Frauen schenkten cel Rau Blumen, die in einem Kreis gewoben waren, und ein Lächeln hellte sein ansonsten so ausdrucksloses Gesicht auf. Die Köcherer, die an den Straßenecken Wache standen, salutierten, als der Wagen vorbeifuhr, indem sie die Fäuste gegen den Brustkorb drückten. Kleine Kinder liefen hinter dem Wagen her und drängten sich zwischen ihn und die Protektoren.

Eine Welle durchdringenden Zitronendufts überspülte Caldan, und er erstarrte. Er richtete sich halb auf, streckte seine Sinne aus und prüfte die Luft. Sie kam aus Nordwest: eine pulsierende Magie, stark und mächtig. Wenn er alles entfesselte, was seine Quelle zu bieten hatte, würde er dieser Kraft noch immer nichts entgegenzusetzen haben. Plötzlich verschwand sie, und einen Augenblick glaubte er, er habe sie sich nur eingebildet. Aber nein, eine große Magie war in seiner Nähe, mitten in der Stadt, benutzt worden.

»Was ist los?«, zischte cel Rau.

Caldan bemerkte, dass seine Hand nach einem Schwert gegriffen hatte, das nicht mehr da war. Er zwang sich zur Entspannung, beachtete die neugierigen Blicke der Köcherer nicht weiter und beugte sich zu cel Rau hinüber.

»Zauberei. Sehr mächtige Zauberei.«

»Wo?«

»Ich weiß es nicht genau. Im Nordwesten.«

Cel Rau warf einen Blick auf die Protektoren, die in einiger Entfernung hinter dem Wagen her ritten. »Sie scheinen nicht besorgt zu sein.«

»Ich glaube nicht, dass sie es bemerkt haben.«

»In jeder großen Stadt gibt es überall Zauberer. Warum bist du so besorgt?«

Caldan biss sich auf den Daumennagel. Wie viel wusste cel Rau wirklich über Zauberei? Würde die Enthüllung gewisser Kenntnisse den Schwertkämpfer in Gefahr bringen? Gegenwärtig hatte Caldan nicht viele Möglichkeiten, und er wusste, dass der Mann bereit war, sein eigenes Leben zum Schutz von anderen aufs Spiel zu setzen, wenn es sein musste. Das müsste erst einmal reichen.

»Die meisten Protektoren befinden sich auf den Mauern und beobachten die Jukari. Soweit ich weiß, sind die Streitkräfte des Kaisers noch nicht eingetroffen, also sind seine Zauberer nicht in der Nähe. Die Magie, die kurz aufgeflackert ist, war so mächtig, dass die meisten Zauberer, denen ich bisher begegnet bin, sie niemals wirken könnten ...«

Glöckchen. Sie muss es gewesen sein ...

»Spuck es aus«, sagte cel Rau, als er sah, dass Caldan zögerte.

»Es gibt da eine Zauberin, nach der wir gesucht haben – eine der Invasoren aus Indryalla. Sie ist in der Stadt. Das muss ihr Werk gewesen sein. Und was immer sie vorhat, sie will dem Reich Schaden zufügen.«

»Und warum folgen dir diese beiden Protektoren?«

Schockiert öffnete Caldan den Mund, dann schloss er ihn wieder. Dem Schwertkämpfer entging nicht viel. Bevor er etwas erwidern konnte, fuhr cel Rau fort:

»Ich weiß, wer die Protektoren sind und was sie tun. Und das bedeutet, dass ich weiß, warum sie deine ... Mätzchen beobachten. Soweit es mich angeht, habe ich mehr Verständnis für deine Handlungen als für ihre. Also ... ich stehe an deiner Seite. Vasile wird es bald besser gehen; die Köcherer werden sich um ihn kümmern.«

»Wir müssen den Ursprung der Zauberei finden. Was immer Glöckchen plant ...«

»Glöckchen?«

»Ja, ja. Sie heißt Glöckchen. Sie muss aufgehalten werden. Die Protektoren haben es nicht geschafft, sie zu finden.«

»Und du glaubst, du bist dazu in der Lage?«

»Möglicherweise. Wenn wir das Glück haben, nahe genug an sie heranzukommen. Die Magie, die sie benutzt hat, ist sehr mächtig, und ich besitze die Gabe, Zauberei zu spüren.«

»Das habe ich bereits bemerkt. Wenn du recht hast, was dieses Glöckchen angeht ...«

»Ich habe recht. Wie wahrscheinlich ist es, dass es in dieser Stadt einen weiteren Zauberer gibt, der so mächtig ist?«

Cel Rau stieß ein Grunzen aus. »Du wärest überrascht.« Er warf einen Blick auf die Protektoren, die ihnen folgten. »Wie werden wir diese beiden los?«

Die Protektoren würden sie nur behindern, und Caldan wollte nicht, dass sie in die Sache verwickelt wurden, wenn er es verhindern konnte. Außerdem hatten sie sich bereits als nutzlos erwiesen. Es war besser, sie abzustreifen wie eine alte Haut.

»Wir gehen.«

Cel Rau stand auf und beugte sich zu dem Köcherer, der den Wagen fuhr. »Wir steigen hier aus«, sagte er zu dem überraschten Soldaten. »Gebt meinem Freund die bestmögliche Pflege. Wir werden ihn bald abholen.« Er sah Caldan in die Augen. »Jetzt?«

Hier war die Menschenmenge dichter und würde die Protektoren stark behindern. »Jetzt«, stimmte Caldan ihm zu, und beide sprangen über die Seite des Wagens.

Amerdan schwamm in der strahlenden Macht seiner Quelle. Sie badete ihn in ihrem violetten Licht. Lange konnte er an nichts anderes mehr denken, denn sie sättigte sein Bewusstsein vollkommen. Die glühenden Mächte lockten ihn. Es war eine Süße, von der er nie gewusst hatte, dass er sich nach ihr sehnte. Die Quelle zu schließen war fast schmerzhaft für ihn, aber er wusste, dass er es tun musste, denn sonst könnte ein Zauberer oder Protektor, der sich zufällig in der Nähe aufhielt, seine Fähigkeiten bemerken.

Bald werde ich so mächtig sein, dass ich mir darum keine Gedanken mehr machen muss. Glöckchen hatte damit begonnen, die Barriere anzubohren, die seine zweite Quelle blockierte, und es konnte für Amerdan nicht schnell genug gehen, bis sie diese Barriere vollständig durchbrochen hatte.

Glöckchen stand am Tisch und sah ihn mit dunklem Blick an. Er lächelte, wie ein Liebhaber lächeln mochte. Das war es, was jede Frau in ihrer Lage von ihm wollte … zumindest nahm er das an.

»Hör auf herumzuspielen und hilf mir«, befahl sie ihm. »Es ist fertig, und ich werde deine Hilfe brauchen, nachdem ich es überprüft habe. Es ist so schwer, dass ich es nicht allein heben kann. Wir beide müssen es nach unten in einen Karren tragen.«

»Natürlich, Glöckchen«, schnurrte er süßlich. »Wir bringen es also in die Nähe der kaiserlichen Streitkräfte?« Endlich. Es dauerte schon zu lange. Wenn er sie nicht unbedingt benötigen würde, dann … Das Verlangen stieg in ihm hoch und drohte seine Beherrschung zu überwältigen. Das alles dauerte schon viel zu lange. Er stählte seinen Geist und bezwang das Gefühl.

Amerdan trat an Glöckchen heran und strich über ihr Haar. Er würde ein wenig davon brauchen, wenn er zum Geisterfest im nächsten Jahr eine Strohfigur von ihr machen wollte.

Glöckchen schob seine Hand beiseite und erwiderte sein Lächeln. »Pass auf mich auf, Liebling. Die Überprüfung des Apparats wird eine Menge Kraft aus meiner Quelle erfordern. Es wird nur wenige Augenblicke dauern, aber es besteht die Gefahr, dass ich das Bewusstsein verliere.«

»Wie willst du das Ding denn einsetzen, wenn es so weit ist?«

»Jetzt habe ich ja dich. Vorher hätte ich das Risiko eingehen müssen und gehofft, dass es gut geht. Du bist allerdings noch nicht ganz in der Lage, mir bei der Magie zu helfen. Vorher muss ich dir einiges mehr beibringen.«

»Und in der Zwischenzeit?«

»Du wirst nichts aus eigenem Antrieb tun. Ich werde alle Kräfte und die verschiedenen Fäden kontrollieren. Ich werde mir nur Kraft aus deinen Quellen borgen. Mit deiner Hilfe wird es leicht sein.«

Sie ergriff seine Hand und drückte sie. Amerdan zwang sich, ihre Berührung zu ertragen. Für gewöhnlich konnte er sich vorher darauf einstellen, und so war das Gefühl nicht vollkommen unangenehm, aber in letzter Zeit hatte sie es sich angewöhnt, ihn ohne Vorwarnung anzufassen. Das war beunruhigend.

»Es wird nicht lange dauern. Sieh nicht so besorgt drein. Mir wird nichts passieren.«

Glöckchen wandte sich wieder ihrem magischen Gegenstand zu, und er spürte ihre offene Quelle. Das inzwischen vollständig zusammengesetzte metallische Artefakt sah unspektakulär aus: ein Stapel runder Metallscheiben, jede mit Runen und Symbolen besetzt. Amerdan hatte sich jede Scheibe genau angesehen, als Glöckchen mit ihr fertig gewesen war, und die Runen auswendig gelernt. Er würde herausfinden müssen, was sie bedeuteten, aber er vermutete, dass das nur eine Frage der Zeit war.

Seine Haut prickelte, als Glöckchen Kraft aus ihrer Quelle zog. Neidvoll beobachtete er, wie sie die Kraft in verschiedene Stränge aufspaltete: zuerst vier, dann sechs, dann acht und schließlich neun. Es war ein beeindruckender Kniff, den er noch erlernen musste. Wann immer er versuchte, mehr als zwei Stränge aus seiner Quelle zu nehmen, fühlte sich sein Kopf an, als würde er platzen, und er musste sich beinahe übergeben.

Während er zusah, erglühte die unterste Scheibe in einem violetten Licht, schwach zuerst, doch dann immer stärker. Als sie wie eine Kerze leuchtete, begann es bei der zweiten Scheibe. Dann kamen die dritte und die vierte. In Amerdans Ohren schmerzte es, und plötzlich schien der Raum kleiner geworden zu sein, als ob er zusammengepresst würde - und die beiden Menschen mit ihm.

Bald leuchteten alle Scheiben und verströmten ein Licht, das so hell wie das von hundert Kerzen war. Amerdan blinzelte in das Gleißen. Dann plötzlich verschwand es. Er spürte, wie Glöckchen ihre Quelle wieder verschloss, und sie sackte auf dem Stuhl zusammen.

Einen Augenblick saß sie da und atmete schwer. »Gut«, sagte sie. »Gib mir etwas Zeit zum Erholen, und dann tragen wir es in den Wagen. Sobald wir auf dem Weg sind, werde ich wieder genug Kraft haben, dir das beizubringen, was wir später brauchen.«

»Wenn du meine Kraft borgen und die Magie in Gang setzen willst?«

Glöckchen nickte müde, aber er sah, dass sie zufrieden war. »Und dann wird sich der Gott-Kaiser zu uns gesellen.«

45

»Dieser Teil der Stadt«, sagte cel Rau, »ist kein Ort, an dem man sich nachts aufhalten sollte. Und es ist noch unangenehmer, hier leben zu müssen.«

Caldan betrachtete die heruntergekommenen Gebäude zu beiden Seiten der Straße und die Haufen von Unrat, die eine Seitengasse versperrten, und er musste cel Raus Worten zustimmen. Kakerlaken krochen über die Abfälle und waren anscheinend immun gegen das Tageslicht und die an ihnen vorbeihastenden Menschen. Ein kleines Kind durchwühlte einen der Haufen. Es war schmutzig, trug zerfetze Lumpen, und Rotz tropfte ihm von der Nase auf die Oberlippe.

»Anasoma hat ähnliche Viertel. Ich ... hätte nie geglaubt, dass das Reich so ist. Es sollte doch eigentlich ... großartig sein, oder?« Er bedauerte die Menschen, die in solchen Gegenden leben mussten. Ihre Existenz war freudlos, und sie hatten kaum eine Aussicht darauf, von hier entkommen zu können. Trotz all seiner Pracht und seines Ruhmes hatte das Reich viele Fehler. Nicht der geringste davon war die Art und Weise, wie die Besitzlosen behandelt wurden.

Cel Rau spuckte auf die Straße. »Alle Städte haben solche Armenviertel. Je größer die Stadt ist, desto benachteiligter sind die Menschen dort.«

Caldan glaubte, der Mann wollte noch mehr sagen, aber er

tat es nicht. Mit wenigen Ausnahmen hatte er bisher nur hin und wieder ein paar Sätze gesprochen. Cel Rau war ein Mann, der nichts leichtfertig sagte. Und Caldan respektierte das.

Er schloss die Augen und verschaffte sich Zugang zu seiner Quelle. Nur zum Schein speiste er für einen Moment ein winziges Rinnsal seiner Schildmagie ein. Seine Umrisse waren jetzt nur verschwommen zu erkennen, und die Luft um ihn herum schien zu zittern. Er spürte, wie cel Rau an ihn herantrat.

»Spürst du es noch? Aus welcher Richtung kommt es?«

»Ja«, versicherte Caldan. Die Quelle der ursprünglichen Machtaufwallung war hier in der Nähe gewesen, das stand fest. Aber sie war nicht mehr da, und er konnte nicht herausfinden, woher sie gekommen war, solange sie nicht wieder einsetzte. Er kannte Glöckchen gut und wusste, dass sie nicht so dumm war.

»Hier entlang«, sagte er zu cel Rau und ging auf die Stadtmauer im Norden zu.

Die engen Straßen waren ein Labyrinth, das oft in einer Sackgasse endete, sodass sie den gleichen Weg zurückgehen mussten. Caldan hatte es inzwischen aufgegeben, hier Glöckchen finden zu wollen, aber er musste noch einige Zeit in der Gegend bleiben, falls es eine weitere Kraftwelle geben sollte. Doch wie er vermutet hatte, war sie zu gerissen für so etwas.

Er bog in eine breitere Straße ein, die von etlichen Wohnheimen und Pensionen gesäumt war. Dann stießen sie auf eine belebte Hauptstraße. Wenige hundert Ellen nördlich von ihnen befand sich eines der Stadttore.

Caldan bahnte sich einen Weg durch eine Gruppe von Menschen, die sich um eine Köcherer-Schwadron versammelt hatten und sie mit Fragen über die Jukari bedrängten. Nach ihren Mienen zu urteilen waren sie nicht allzu erfreut über die Antworten, die ihnen die Köcherer gaben. Vor ihnen kam der Verkehr zum Erliegen, als zu viele schwer beladene Pferde, Wagen und Karren gleichzeitig durch das Tor ziehen wollten. Im Gegensatz zum Osttor, wo der meiste Verkehr in die Stadt hinein führte, wollte durch dieses Tor jedermann nach draußen gelangen.

Während sie zusammen mit der Menge auf das Tor zugingen, bemerkte Caldan, dass die meisten Leute, die aus der Stadt herauszukommen versuchten, Händler und Kaufleute waren, daneben noch einige höchst verängstigt wirkende Familien. Diese konnte er verstehen, denn sie wollten gehen, weil sie befürchteten, dass die Stadt fallen könnte, und den Köcherern vertrauten sie nicht. Die Kaufleute hingegen waren vermutlich zu den Streitkräften des Kaisers unterwegs. Jede marschierende Armee brauchte vieles, damit sie in Bewegung bleiben konnte, und darin lag eine Hoffnung auf großen Gewinn.

»Narren«, bemerkte cel Rau.

Caldan folgte seinem Blick und sah, dass die Torflügel weit offen standen. Da im Osten eine Jukari-Horde nahte, wie sie seit Jahrhunderten nicht gesehen worden war, sollte die ganze Stadt verriegelt und verrammelt sein – schließlich waren diese Ungeheuer durchaus in der Lage, um die Stadtmauer herum zu laufen. Doch stattdessen ließen die Köcherer den ganzen Verkehr durch. Er musste dem Schwertkämpfer zustimmen.

Dann versteifte er sich, als jemand an seinem Bewusstsein zupfte. Es war ein seltsames, pulsierendes Gefühl, als ob derjenige, der gerade seine eigene Quelle berührte, damit vorsichtig experimentierte. Dieses Gefühl kannte er aus der Zeit, als er seine zauberische Ausbildung im Kloster begonnen hatte. Es war wie das Strecken neu entdeckter Muskeln. Und es kam von Nordwesten – von jenseits des Tores.

Caldan ließ ein bloßes Rinnsal aus seiner Quelle frei und erstreckte seine Sinne an der Schlange vor dem Tor vorbei und über die Mauer. Es war nicht bloß so, dass ein neuer Zauberer seine Quelle erforschte, sondern es wurde überdies Magie ausgeübt. Sie vibrierte vor erschöpfter Macht. Er war sich sicher, dass sie es sein musste, die er vorhin gespürt hatte.

Und das bedeutete, dass Glöckchen die Stadt verlassen und sich zu den Streitkräften des Kaisers aufgemacht hatte. »Bei den Ahnen«, fluchte er leise.

»Was ist los?«, fragte Cel Rau.

»Das magische Wirken, das ich vorhin gespürt habe, befindet sich inzwischen außerhalb der Stadt und bewegt sich auf die kaiserliche Armee zu. Ich glaube, dass Glöckchen daran beteiligt ist, und sie hat jetzt einen weiteren Zauberer bei sich. Wer immer es ist, er ist nicht besonders stark. Allerdings ziehen die beiden zusammen mit einem mächtigen magischen Gegenstand auf den Kaiser zu, und das kann in keinem Fall gut sein.«

»Nein, das kann es nicht.«

»Wir müssen ihnen folgen.«

Cel Rau betrachtete ihn. Lange. Dann nickte er.

»Also los.«

»Hör auf damit, dich auf die Probe zu stellen. Bald wird Zeit genug dafür sein.«

»Das hast du schon vorhin gesagt.« Amerdan bemühte sich, die Anklage aus seiner Stimme fernzuhalten.

Die zauberische Schlampe lächelte ihn an und legte ihm die Hand auf das Knie. Er schloss seine Quelle, der er soeben geöffnet hatte, und drängte sein Pferd, schneller zu laufen.

Bald preschten sie die Straße entlang und ließen die langsameren, schwer beladenen Wagen hinter sich, die Bier, Nahrungsmittel, Schnaps und Handelswaren aller Art transportierten, von denen die Kaufleute glaubten, die Soldaten des Kaisers würden sie haben wollen und viel Geld dafür ausgeben.

Die Leute waren wirklich naiv ... Sie glaubten, niemand könne den mächtigen Kaiser besiegen. Für sie war die Jukari-Horde bereits geschlagen, weil der Kaiser heranrückte.

Er schaute die hinausführende Straße entlang. In der Ferne sah er eine große Menge, die sich auf die Stadt zubewegte. Das musste die Armee des Kaisers sein. *So nahe.* Amerdan verlagerte sein Gewicht auf dem Sitz ihres Karrens und packte die Zügel fester. Er stellte sich vor, er hätte statt ihrer Glöckchens Kehle zwischen seinen Händen.

Tausende Soldaten hatten damit begonnen, sich einzugraben und das Lager aufzuschlagen. Überall, wo Caldan hinsah, bemerkte er mürrische Veteranen in abgenutzten funktionellen Rüstungen, die für diese Männer keine prunkvollen Schaustücke waren. Nein, das hier waren die besten Krieger des Kaisers, gestählt in zahllosen Scharmützeln mit den Stämmen der Steppe, mit der Sotharle-Union der Städte und den Jukari am Rande der Zivilisation. Berittene Soldaten, die verzierte Faustschilde und Krummschwerter mit breiten Klingen trugen, patrouillierten am Rande des Lagers. Ihre feindseligen Blicke beunruhigten Caldan, während er und cel Rau von dem behelfsmäßigen Dorf herbeikamen, das die Krämer und Kaufleute aus Flussrand in einiger Entfernung von der Armee hastig errichtet hatten. Die Straße war von Ständen gesäumt, an denen die Händler den Soldaten ihre Waren anboten. Vor einer Gruppe kleiner Zelte hatte sich bereits eine Warteschlange von Soldaten gebildet. Spärlich bekleidete Frauen, deren Gesichter von Schals verdeckt wurden, verschwanden stets dann mit einem neuen Soldaten in den Zelten, sobald ein anderer herauskam, der oft noch damit beschäftigt war, sich die Hose zuzuknöpfen oder sein Hemd in den Bund zu stecken.

Abseits von der Hauptgruppe der Soldaten gruben Arbeiter eine lange Reihe von Löchern in den Boden, und während Caldan zusah, hockte sich ein Köcherer über eines von ihnen und benutzte es, als würde ihm niemand zusehen. Caldan wandte den Blick ab.

»Jede Armee hat gewisse Bedürfnisse«, bemerkte cel Rau, dem offenbar nicht entgangen war, mit welcher Miene Caldan die Huren und die Latrinen betrachtet hatte.

Vor ihnen befand sich ein Kontrollpunkt, an dem die Köcherer jeden anhielten, der das eigentliche Lager betreten wollte. Etliche wichtig aussehende Soldaten trugen Papierstapel herum und verzeichneten den Inhalt aller Wagen, die in das Lager einfuhren. Die meisten enthielten Nahrungsmittel und Fässer mit Wasser und dünnem Bier, und die Soldaten leiteten sie zu verschiedenen Stellen im Lager. Caldan war sich sicher, dass sowohl die Person, die für den Ausbruch von Magie verantwortlich war, als auch jene, die mit ihrer Quelle experimentierte, bereits irgendwo im Lager waren.

Als sie sich dem Kontrollpunkt näherten, wurden plötzlich auf den Mauern von Flussrand die Hörner geblasen; ihr Schall hallte über die ganze Ebene, von der die Stadt umgeben war. Caldan und cel Rau schauten zurück und fragten sich, was dieser Aufruhr bedeutete; dann sahen sie etliche Köcherer-Formationen durch das Nordtor von Flussrand aus der Stadt marschieren. Sie wurden von Reitern angeführt, deren Banner im Wind flatterten. Auf diese Entfernung konnte Caldan nicht erkennen, ob sich Protektoren unter ihnen befanden, aber das war sehr wahrscheinlich. Die Köcherer zogen mit geringer Geschwindigkeit über die Straße auf das Lager zu.

»Narren«, bemerkte cel Rau abermals.

»Warum?«

Der Schwertkämpfer spuckte in den Staub. »Der Kaiser hat mehr als genug Soldaten mitgebracht, die sich um die Jukari kümmern können, bevor sie nach Anasoma weiterreiten.«

Caldan glaubte zu begreifen, warum cel Rau die Köcherer

als Narren ansah. »Also schließen sich die Köcherer aus der Stadt nur wegen der ... Erfahrung und des Ruhmes mit ihnen zusammen und lassen zu wenige Soldaten zur Verteidigung der Stadt zurück.«

Cel Rau nickte. »Da der Kaiser hier ist, schwebt die Stadt nicht in Gefahr, aber es ist trotzdem eine schlechte Strategie. Sie haben ihren Posten verlassen.« Der Schwertkämpfer zuckte die Achseln. »Doch das geht uns nichts an.«

»Richtig.«

Die Schlange vor dem Kontrollposten war lang und wurde immer länger, und mit jedem durchsuchten Wagen und Karren verzögerte sich ihr Eintritt ins Lager weiter. Cel Rau deutete nach Westen, wo eine große Gruppe von Menschen aus der Richtung des Händlerdorfes herbeikam. Soldaten und Bürger reisten zwischen der Ansiedlung und dem Lager hin und her, und dort überprüfte niemand, wer das Lager betrat.

Caldan nickte cel Rau zu, und sie begaben sich zu dem unbewachten Zugang. Das Gras unter ihren Füßen war von unzähligen Stiefeln plattgetreten worden. Dicht hinter dem Lagereingang führten drei Pfade in verschiedene Richtungen. In der Ferne sahen sie farbige Flaggen und Banner auf den Zeltspitzen. Um sie herum stellten die Soldaten ihre eigenen Zelte auf. Sie bestanden aus zerschlissenen und geflickten Stoffen, waren aber funktionell und standen in geraden Reihen. Zwischen je zehn Zelten befand sich ein offener Bereich, in dem sich die Soldaten trafen, ihre Ausrüstung säuberten und ihre kalten Rationen verspeisten. Es waren grobe Männer mit unrasierten Gesichtern und lauten Stimmen. Irgendwo links von ihnen brach ein Kampf aus, und die Streithähne wurden von heiserem Gejohle angefeuert.

Caldan und cel Rau traten zur Seite und ließen einige Soldaten durch.

»Wohin jetzt?«, fragte cel Rau.

Caldan deutete auf den Pfad, der mehr oder weniger gerade auf die größeren Zelte zuführte. »Er sollte uns näher an den Kaiser heranführen, und dorthin ist Glöckchen vermutlich unterwegs. Ich fürchte, wir müssen uns beeilen.«

Er bemerkte, dass die einzige andere Person, der er von Glöckchens mutmaßlichen Absichten berichtet hatte, Annelie gewesen war. Nun war sie tot. Klammerte er sich da an einen Strohhalm? Doch nichts sonst, was er sich vorstellen konnte, ergab einen Sinn, und die gewaltige Magie, die er gespürt hatte, machte seinen Verdacht nur noch stärker.

Er ging den Pfad entlang und bedeutete cel Rau, ihm zu folgen. Obwohl es hier inmitten der kaiserlichen Armee sicher war, wirkte der Schwertkämpfer so, als sei er auf alles vorbereitet. Seine rechte Hand schwebte in der Nähe des Schwertgriffs an seiner linken Hüfte, und er hatte den Daumen in den ledernen Schwertgürtel gehakt, als ob er jeden Augenblick erwartete, es ziehen zu müssen. Caldan leckte sich über die Lippen und erinnerte sich daran, dass er sein eigenes Schwert vor der Stadtmauer weggeworfen hatte und nun keine wirksame Waffe mehr besaß. Seine einzige Klinge war ein kleines Messer, das er zum Schneiden seiner Mahlzeiten benutzte. Zwar bezweifelte er, dass ein Schwert etwas gegen Glöckchen ausrichten konnte, wenn es zum Kampf kam, aber er fühlte sich trotzdem unbehaglich ohne Waffe.

Als sie sich den Zelten näherten, von denen er annahm, dass es die der Kommandanten und ihres Gefolges waren, wichen die groben Soldaten der Außenbezirke respektabler wirkenden Männern. Die fleckigen, geflickten Zelte waren hier durch neuere Versionen ersetzt, und auch die Ausrüstung der Soldaten wirkte neuer und in besserem Zustand. Rechts von ihnen waren Pferde in vier langen Reihen angebunden, die Tiere hatten viel Platz um sich herum. Mädchen und Jungen hoben die Pferdeäpfel mit Schaufeln auf und fuhren sie mit

Schubkarren davon. Vor ihnen befand sich das größte Zelt, das sie je gesehen hatten, und es war von einer Vielzahl kleinerer Zelte umgeben. Caldan vermutete, dass es sich um die Unterkunft des Kaisers handelte. Sie waren die einzigen Nicht-Soldaten auf dem niedergetrampelten Pfad und erhielten etliche neugierige Blicke. Manchmal eilten schlanke, drahtige Männer mit Ledertaschen an ihnen vorbei, vermutlich handelte es sich um Boten auf dem Weg zu anderen Teilen der Armee.

Eine Schwadron Soldaten versperrte ihnen den Weg. Sie waren sauber rasiert, trugen polierte Rüstungen und hielten ihre Speere aufrecht in den Händen. Ihr Anführer, der als einziger keinen Speer, sondern ein Schwert besaß, hatte den Blick fest auf sie gerichtet, während ein Mann mit gehetztem Blick sie zu sich heranwinkte. Der Mann saß auf einem klapprigen Stuhl hinter einem Tisch, auf dem zahlreiche Papiere durch Steine beschwert waren, damit der Wind sie nicht wegblies. Links von ihm stand ein Tintenfässchen, daneben lagen etliche Federn.

»Entschuldigung«, sagte der Mann laut. »Hier drüben.«

Caldan und cel Rau tauschten einen raschen Blick, dann begaben sie sich zu dem Tisch.

»Nennt eure Namen und euren Rang und was ihr hier zu schaffen habt. Ich vermute, ihr wollt einen der Kommandanten sprechen, aber ... ihr seht nicht aus wie die Abgesandten von Flussrand, die wir erwarten. Gar nicht.« Der Mann kniff die Augen zusammen. »Wer seid ihr?«

»Mein Name lautet Caldan, und ich bin ein Protektor. Wir haben dringende Informationen für den Kaiser.«

Cel Rau hob die Brauen, und Caldan sah, wie er ein Grinsen unterdrückte.

»Ach, wirklich?«, sagte der Mann langsam. »Dann will ich mal zu ihm gehen und ihn beim Mittagessen stören. Ich bin sicher, dass er sich sehr freuen wird, euch zu sehen.«

Die Soldaten hinter ihnen kicherten.

Der Mann seufzte und schüttelte den Kopf. Er hob eine der Federn auf und tauchte ihre Spitze in die Tinte. »Welche Informationen habt ihr? Ich werde dafür sorgen, dass jemand sie erhält.«

»Wir müssen sofort mit jemandem reden, der Befehlsgewalt hat. Es ist wichtig.«

»Ich habe *hier* die Befehlsgewalt, also werdet ihr mit mir reden. Heraus damit, oder ich werde diesen netten drei Herren hier befehlen, euch davonzujagen.«

»Ich weiß nicht, was du erwartet hast«, sagte cel Rau.

»Joachim hat uns geschickt«, sagte Caldan ins Blaue hinein. »Er ist ein Meistermagier. Er hat uns Informationen gegeben, die jetzt hier unbedingt gebraucht werden.« Er hoffte, dass diese Täuschung funktionierte. Zwar wusste er nicht, ob die Meistermagier namentlich bekannt waren oder welchen Rang sie besaßen, aber da sie mächtige Zauberer waren, war es möglich, dass die Erwähnung eines von ihnen etwas bewirkte.

»Dann könnt ihr mir bestimmt die Marke aushändigen, die er euch übergeben hat.«

Caldan runzelte die Stirn. Verzweiflung machte sich in seinem Magen breit. »Eine Marke? Er hat uns nicht …«

»Natürlich hat er euch keine gegeben. Weil er euch nicht geschickt hat, oder? Ihr seid die unfähigsten Spione, die mir je untergekommen sind.«

»Was? Wir sind keine Spione!«

Einige der Soldaten, die den Weg zu den großen Zelten versperrten, senkten ihre Speere und richteten sie auf Caldan und cel Rau.

»Genau das würden Spione sagen.«

Als die Soldaten auf sie zurückten, betastete Caldan seine Quelle und bereitete sich auf das Schlimmste vor.

Aber cel Rau warf eine gravierte Silberscheibe von der Größe eines Fingernagels auf den Tisch.

»So, so«, sagte der Mann. Er nahm die Scheibe an sich und umschloss sie mit der Faust.

Die Scheibe verursachte bei Caldan ein Prickeln, und da er seine Quelle geöffnet hatte, erkannte er, dass es sich um ein magisches Wirkstück handelte. Doch ... was war es? Er runzelte die Stirn. Kraft durchfloss sie. Es war nur ein Rinnsal, aber immerhin. Vorsichtig streckte er seine Sinne aus und versuchte herauszufinden, ob cel Rau eine Quelle besaß, Nichts. Nirgendwo in der Nähe hielt sich ein Zauberer auf. Wer also war mit dieser Scheibe verbunden und verlieh ihr Kraft? Vorsichtig betastete er sie mit seinen inneren Fühlern und atmete tief durch. Auf der Oberfläche der Scheibe fand er keine Verbindungsrunen. Die einzigen magischen Objekte, die keine Verbindungsrunen benötigten, waren die Kleinodien, aber ... konnte das sein? Es bestand nicht aus derselben unbekannten Legierung wie all die anderen Kleinodien – außer seinem Knochenring –, aber es handelte sich eindeutig um ein Kleinod. Ein winziger magischer Faden führte von der Scheibe in cel Raus Kopf.

Es musste sich um zwingende Magie handeln.

Der Mann streckte cel Rau das Kleinod entgegen, der es wieder in einer Tasche seines Gürtels verstaute. »Es ist auf dich eingestellt. Es ist eine Unteranweisung, aber sie ist echt. Wo ist die Hauptanweisung?«

»Entweder auf dem Weg hierher, oder auf dem Grund eines Flusses, oder bei den Jukari«, antwortete cel Rau.

»Hm. Also gut, das hier bringt euch bis zu den Meistermagiern, aber nicht weiter. Ihr werdet sie überzeugen müssen, dass sie euch den Weg nach oben frei machen.«

»Das reicht uns.«

Caldan schluckte und sah cel Rau an. Der Schwertkämpfer wirkte entspannt – als ob nichts geschehen wäre. Caldan begriff, dass das für cel Rau wirklich zutraf. Aber das bedeutete, dass er für die Meistermagier arbeitete, und plötzlich fragte sich Caldan, ob er dem Schwertkämpfer noch vertrauen konnte.

Die Soldaten hoben ihre Speere und machten Platz, damit Caldan und cel Rau zum Kommandozelt gehen konnten.

»Einer der Soldaten wird euch zum Bereich der Magier begleiten, damit ihr euch nicht verlauft«, sagte der Mann hinter dem Tisch. »Er liegt im Westen.«

Für Caldan war der Raum zwischen den gerüsteten Soldaten eine Linie, die er nicht überschreiten wollte. Cel Rau bemerkte, dass er zögerte. »Was ist los?«

»Ich ...«

In diesem Augenblick drang eine Welle reiner Magie von den Kommandozelten herbei. Sie fühlte sich genauso an wie die Magie, die Caldan in der Stadt gespürt hatte. Glöckchen *war* hier. Ein unvermittelter Windstoß fuhr in die Banner und Flaggen und peitschte den Staub auf, sodass sich die Soldaten die Augen zuhalten mussten.

Ein hallendes Brummen erfüllte die Luft, als eine Kuppel aus Zauberei, vier Mann hoch, in der Mitte der Kommandozelte erschien. Sie befand sich kaum fünfzig Schritte von Caldan und cel Rau entfernt. Ein weiteres Pulsieren von magischer Kraft ging von der Kuppel aus und überströmte sie. Der Schild wurde so schwarz wie die finsterste Nacht, und für Caldans Sinne fühlte er sich so fest wie gehärteter Stahl an. Wer immer sich darin befand, wurde von dem stärksten Schild, den er je gesehen hatte, sowohl verdeckt als auch geschützt.

Caldan spürte das magische Wirken innerhalb der Kuppel. Es machte seinen Geist verrückt und verzerrte die Luft um ihn herum. Er klapperte mit den Zähnen, als die Magie immer mehr Kraft in sich bündelte.

Die Soldaten schrien auf, und Dutzende von ihnen eilten auf die Kuppel zu und hieben mit ihren Schwertern auf die

Oberfläche ein. Auch einige Pfeile trafen den Schild, aber alles war nutzlos.

»Ich nehme an, wir kommen zu spät?«, rief cel Rau über den Aufruhr.

»Vielleicht. Ich habe keine Möglichkeit, etwas dagegen zu unternehmen. Vielleicht können die Meistermagier …«

Bevor er zu Ende reden konnte, schossen schimmernde gelbe Kugeln aus westlicher Richtung durch den Himmel. Die Meistermagier schätzten die Lage wohl als verzweifelt ein, denn sonst würden sie nicht so offen zerstörerische Magie einsetzen. Knisternd schlugen sechs Kugeln gegen den schwarzen Schild, der in gleißende weiße Funken ausbrach. Kräftige Zauberei bedeckte die Kuppel, spritzte von ihr ab und fiel auf die Soldaten vor ihr. Sie kreischten in Schmerzen und Entsetzen auf und stürzten zu Boden, als ihre Haut schmolz und rauchte. Einige, die nur kleinere Spritzer der Magie abbekommen hatten, bedeckten Arme, Beine und Gesichter mit den Händen. Nachdem sie einige Schritte getaumelt waren, fielen auch sie zu Boden, zuckten noch ein wenig und lagen dann ganz still da. Das Rufen und Schreien der Überlebenden wurde schwächer.

»Bei den Ahnen«, keuchte Caldan. Es war ein blutiges, chaotisches Durcheinander. Niemand gab Befehle, niemand wusste, was zu tun war. Glöckchen hatte den ersten Angriff der Meistermagier abgewehrt, als wäre die gegen sie gerichtete Zauberei nichts als ein lästiges Insekt, und ihm fiel nichts ein, was er hätte unternehmen können. Er hatte cel Rau gesagt, dass er nichts tun konnte, und er hatte es genauso gemeint. Aber er musste irgendetwas versuchen. Joachims Pfeile kamen ihm in den Sinn, doch er bezweifelte, dass sie auch nur einen einzigen Kratzer in die Kuppel zu ritzen vermochten.

Verzweifelt sah er sich um. Es musste hier doch etwas geben, das er benutzen konnte. Sein Blick fiel auf das Papier und die Federn, die der Mann hinter dem Tisch benutzt hatte.

»Was machst du?«, rief cel Rau, als er auf den Tisch zustürzte.

»Etwas. Irgendetwas«, antwortete Caldan. Er durfte keine Zeit verlieren. Glöckchens mächtige Magie sammelte weiterhin Kraft – viel mehr, als er je für möglich gehalten hätte. Kurz hob er den Blick, als neue Kugeln auf die Kuppel herabstiegen; diesmal waren sie rot und grün. Donner erfüllte die Luft, sobald sie auftrafen, und Caldan zuckte zusammen, als sich der Schmerz in seine Ohren bohrte. Überall um die Kuppel herum wurden die Soldaten zurückgeworfen, getroffen von einer unsichtbaren Kraft. Sie landeten als leblose Klumpen zwischen ihren rauchenden Kameraden. War das etwas, das Glöckchen vorhergesehen hatte? Gehörte das alles zu ihrem Plan? Sollte die Gegenwehr der Meistermagier die Soldaten für sie töten?

Jetzt war nicht die Zeit, um darüber nachzudenken. Er schob vier Papierblätter über den inzwischen verlassenen Tisch und tauchte eine Feder in das Tintenfass. Er war sich nicht sicher, ob er Glöckchens Schild so zerstören konnte, wie es Joachim bei dem von Annelie gelungen war und Amerdan es mit dem von Joachim gemacht hatte, aber vielleicht konnte er einen Riss hineinschneiden und einen Spalt öffnen. Er würde es mit einer Variation von Joachims magisch aufgeladenen Pfeilen versuchen, die mit den Kräften verbunden werden mussten, welche den Schild erschaffen hatten.

Also zeichnete und schrieb er wie ein Rasender.

Für Amerdan war die schwarze Kuppel, die sie umhüllte, von einzigartigem Interesse. Glöckchen hatte erklärt, dass niemand nach drinnen blicken konnte, aber er war erst davon überzeugt, als er die Reaktionen der Soldaten sah. Amerdan spürte die Kräfte, die sie zur Aufrechterhaltung des Schildes aus ihrer Quelle zog und hatte das Gefühl, dass er es ihr gleichtun könnte – zumindest beinahe. Aber die Zauberei, die in dieser Schöpfung steckte, überstieg noch seine eigenen

Möglichkeiten. Er musste dieses Werk von Glöckchen übernehmen, wenn das hier vorbei war. Seltsamerweise drang überdies kein Laut durch den Schild. Um sie herum befleckten Blut und Körperteile der Soldaten den Boden. Die Münder der Überlebenden waren in lautlosem Geheul aufgerissen. Amerdan konnte sich ihre irren Schreie vorstellen. Es war, als würde er ein Gemälde betrachten, in dem sich die abgebildeten Gegenstände bewegten.

Glöckchen hielt die Schildmagie in der einen Hand und hatte die andere auf die Metallscheiben gelegt, die sich noch auf dem Karren befanden.

»Ja«, murmelte Glöckchen mit einer Gefühlstiefe, aus der … Verlangen sprach?

Ihr Nacken zitterte unter seiner Hand. Er musste den Kontakt mit ihr aufrechterhalten und auch aus seinen eigenen Quellen Kraft ziehen, mit der Glöckchens Magie verstärkt wurde. Er jauchzte innerlich, als ein weiterer Splitter aus der Barriere, die seine Quelle eindämmte, wegbrach und sich auflöste. Seit Glöckchen mehr und mehr Magie aus seinen Quellen zog, zersetzten die frei werdenden Kräfte die Sperren immer stärker. Es war eine unerwartete, aber willkommene Nebenwirkung. Die eine Quelle war schon vollkommen rein, und die andere hatte sich beträchtlich geweitet. Bald würden beide frei und unbehindert sein. Dann besaß er die Quellen von zwei Zauberern. Und wenn alles nach Plan lief, würde er bald auch Glöckchens und Caldans Quellen in sich aufnehmen. Vier Quellen, verbunden durch das Wissen, das Glöckchen ihm mitgeteilt hatte, und verstärkt durch ihre magischen Objekte … er würde ein Gott sein. Er musste vorsichtig sein, denn schließlich würde bald der Gott-Kaiser von Indryalla hier eintreffen, doch Amerdan war zuversichtlich, auch ihn bald unter seinem Messer zu haben und ihm seine Quelle zu nehmen. Und dann konnte er …

Was? Was wollte er? Was waren seine Ziele und Absichten? Dieser Gedanke traf ihn bis ins Mark. Er war nicht länger damit zufrieden, von Ort zu Ort zu wandern und jedes Gefäß zu töten, auf das sein Blick fiel.

Ein Ächzen von Glöckchen holte ihn zurück in die Gegenwart.

»Was ist los?«, fragte er leise.

»Vielleicht nichts ... ich weiß es nicht. Diese Magie übersteigt mein Wissen, und so ...«

»Du weißt nicht, was sie bewirkt?«

»Man hat mir gesagt, was sie bewirkt, aber ... etwas stimmt nicht.«

Sorgen färbten ihre Stimme. Mehr als Sorgen – es war eine aufsteigende Panik.

»Sollte dein Gott-Kaiser jetzt hier sein?«

»Ich weiß nicht. Dieses Objekt baut mehr Kraft auf, als es eigentlich braucht. Es zieht mehr und mehr an. Ich ...« Glöckchen keuchte überrascht auf und verstummte, und er spürte, wie ein Zittern durch ihren Körper lief. Violette Fäden, die sich wie Schlangen wanden, krochen aus dem Gegenstand hervor. Sie schwankten unter der Kuppel, wuchsen an, wurden länger, bewegten sich nach oben, als würden sie etwas suchen.

»Nein!«, jammerte Glöckchen und sackte zu Boden, als ihre Beine nachgaben.

Amerdan kniete sich neben sie; seine Hand ruhte noch immer auf ihrem Hals. »Sag mir, was los ist.«

Während er sprach, berührten die Fäden das Dach der Kuppel und drangen geradewegs durch die Barriere. Dabei spürte er, wie das magische Objekt vor Kraft pulsierte, und seine Haut prickelte, als wäre sie mit Ameisen bedeckt. Außerhalb des Schildes wuchsen die Fäden. Eine Elle. Zwei Ellen. Dann drei. Sie zuckten und schwankten, als würden sie vom Wind erfasst. Doch sie strebten gleichzeitig in alle Richtungen.

Caldan fiel auf die Knie, und sein Geist fühlte sich an, als würde dessen Innerstes nach außen gekehrt. Er versuchte nicht verrückt zu werden, und hielt sich an allen Fragmenten des Bewusstseins fest, die er packen konnte. Noch hielt er die vier Papierstücke fest, die er beschrieben hatte. Cel Rau lag im Dreck neben ihm und hatte die Augen weit geöffnet. Seine Pupillen waren klein wie Nadelköpfe.

Die Welt schien immer schartiger zu werden. Die Umrisse der Soldaten zuckten, als die Strahlen von Glöckchens Schild sie durchpulsten. Auch ihn schienen die Wellen zu suchen. Jede einzelne drang ihm bis in den Kopf. Die Männer um ihn herum schrien. Die Wirklichkeit wurde verzerrt, verschwamm. Violette Fäden trieben aus der magischen Kuppel herbei, begleitet von einem hohen Jammern. Die Fäden bildeten träge Bögen und schnitten durch Fleisch und Knochen wie ein heißes Messer durch Wachs.

Caldan kippte vornüber und packte mit der freien Hand einige Grasbüschel vor ihm. Ein Krampf lief durch seine Muskeln, und er zuckte unter Schmerzen zusammen. Entsetzen überkam jene Soldaten des Kaisers, die Glöckchens Schildkuppel am nächsten waren. Abgehärtete Veteranen und junge Soldaten flohen gleichermaßen; sie schrien und hielten sich die Köpfe fest. Aber Caldans Schmerzen ließen rasch nach, und als er den Blick hob, sah er, dass sich cel Rau ebenfalls auf die Beine kämpfte.

Caldan schien weniger von dem betroffen zu sein, was die Soldaten überwältigt hatte, und das schien sogar auf cel Rau zuzutreffen. Er wusste nicht, ob es daran lag, dass er ein Zauberer war, und warum auch cel Rau nicht ausgeschaltet worden war, stellte ein Rätsel dar, dessen Lösung Caldan auf einen späteren Zeitpunkt verschob. Falls sie überleben sollten.

Tödliche zauberische Fäden wanden sich auf sie zu, als ob sie von ihren lebensprallen Körpern angezogen würden. Caldan gelang es schließlich, seinen Schild zu aktivieren, und ergriff cel Raus Arm, damit der Schild auch ihn einschloss. Vielfarbige Funken stoben davon, als die Fäden über Caldans Schild glitten. Der Schild hielt, wenn auch nur knapp. Er ächzte und wurde warm und saugte eine ungeheure Energie aus Caldans Quelle. Caldan musste den Schild nur mit vier Strängen aufrechterhalten, und doch schmerzte sein Kopf bereits unter der Anstrengung.

Die Fäden glitten über sie hinweg und bewegten sich weiter, als ob sie Beute suchten, in die sie besser eindringen konnten. Zwar war sich Caldan nicht ganz sicher, aber die Fäden, die sich nach Westen hin erstreckten, wirkten auf ihn dicker und lebhafter und verlängerten sich weitaus schneller als die übrigen. Im Westen sollten sich die Meistermagier befinden, und von dort waren die zerstörerischen Zauberkugeln gekommen.

Rechts von ihnen war ein unglücklicher Soldat von zwei violetten Fäden in die Enge getrieben worden. Er wollte sich gerade unter dem einen hinwegducken, als beide nach vorn schossen und durch ihn hindurch fuhren. Er gab keinen Laut von sich, als er in den Staub fiel. Sein Körper war in Teile geschnitten. Nun war er einer von Hunderten, die reglos am Boden lagen.

Als sich die tödlichen Fäden noch weiter von der schwarzen Kuppel entfernten, spalteten sie sich auf. Wie bei den Wurzeln einer Pflanze zweigten plötzlich Sprösslinge ab, suchten sich ihre eigenen Wege und erstreckten sich noch weiter in das Armeelager hinein.

Der Kraftfluss aus Caldans Quelle stockte, als die Fäden seinen Schild hinter sich gelassen hatten. Er brauchte einige Augenblicke, bis er sich erholt hatte. Schweiß strömte aus den Poren seiner Haut, und er hatte den Eindruck, innerhalb seines Schildes zu ersticken. Taumelnd mühte er sich auf die

Beine und stand zwischen den toten und sterbenden Soldaten des Kaisers. Neben ihm richtete sich cel Rau ebenfalls auf.

Er sah Caldan mit einem Ausdruck reinster Wut an. »Diese Abscheulichkeit muss ein Ende finden!«

Caldan hielt den Arm des Schwertkämpfers weiterhin umfasst. »Dann komm mit. Wir müssen unter den schwarzen Schild gelangen.«

Sie stolperten auf die Kuppel zu und gingen dabei möglichst den Lachen aus rasch abkühlendem Blut und den Körperteilen aus dem Weg, doch als der schwarze Schild schließlich vor ihnen aufragte, waren ihre Stiefel scharlachrot eingefärbt, und ihre Schritte hinterließen blutige Abdrücke im Boden.

Caldan glättete die vier Papierobjekte, die er hastig geschaffen hatte, und legte eine Hand auf den Kuppelschild. Er fühlte sich hart und dicht an, wie ein gewaltiger polierter Onyx. Immer wieder versuchte er eines der Papierobjekte oben rechts von ihm an dem Schild anzubringen, doch es hielt nicht.

»Bei den Ahnen!«, fluchte er.

»Was ist los?«

»Alle vier müssen befestigt sein, bevor ich sie untereinander und mit mir verbinden kann. Aber sie halten nicht an diesem Schild. Dumm. Daran hätte ich denken sollen!«

»Gib mir einen von ihnen. Ich will etwas versuchen.«

Caldan reichte cel Rau eines der Blätter, und der Schwertkämpfer trat an einen toten Soldaten heran. Entsetzt sah Caldan zu, wie cel Rau die Rückseite des Papiers durch eine allmählich gerinnende Blutlache zog. Dann drückte er das Papier gegen den Schild, und als er die Hand wegnahm, blieb es kleben.

»Reicht das?«, fragte cel Rau.

Ein blutiges Rinnsal sickerte unter dem Papier hervor und tropfte langsam an dem Schild herunter.

Caldan schluckte. »Ja. Mit den anderen drei machen wir es

genauso. Sie müssen die Ecken eines Quadrats bilden, das groß genug ist, um uns hindurchzulassen. Zwei von ihnen sollten wir deshalb dicht über dem Boden anbringen.«

Voller Abscheu folgte Caldan cel Raus Beispiel, beschmierte die drei anderen Papierblätter mit Blut und klebte sie an die Kuppel. Über ihren Köpfen drangen weitere violette Fäden aus der Kuppelspitze, und feinere Ranken aus Licht knisterten zwischen ihnen.

»Pass auf deinen Schild auf!«, rief cel Rau.

Caldan schaute hoch und bemerkte, dass weitere Kugeln auf die Kuppel und damit auch auf sie herabregneten. Mit einem Fluch schob er so viel Kraft wie möglich aus seiner Quelle in den Schild und breitete ihn auch über seine magischen Papiere an der Kuppelseite, damit sie nicht zerstört wurden.

Die Kugeln flogen auf sie zu. Caldan und cel Rau duckten sich, als sie einschlugen. Zersetzende Macht spritzte auf den Schild, der wiederum zuerst warm und dann heiß wurde, als er die ihn angreifenden Kräfte zu zerstreuen versuchte. Das Jammern, das aus der Kuppelmagie drang, wurde zu einem Schreien, doch es verebbte rasch wieder, als die Magie aus den Kugeln erstarb. Für Caldan fühlten sie sich nicht so stark an wie ihre Vorgänger. Vielleicht waren die dickeren magischen Fäden bereits weit genug nach Westen gekrochen und hatten die Magier angegriffen, und sie brauchten ihre Kräfte zur eigenen Verteidigung.

Caldan schob seine Müdigkeit beiseite und bereitete sich darauf vor, eine Verbindung zu seiner Papiermagie herzustellen. Mit ein wenig Glück würde es funktionieren. Wenn es nicht so war, dann wusste er nicht mehr, was er noch tun konnte.

»Verstehst du es denn nicht?«, jammerte Glöckchen. »Der Gott-Kaiser hat beschlossen, dass die Streitmächte des Kaisers zu vernichten sind. Und ich werde dabei geopfert. Für uns gibt es kein Entkommen mehr. Wir müssen unser Schicksal hinnehmen.«

Amerdan zischte vor Wut. *Wir?* Diese Zauberschlampe wollte ihn umbringen. »Sie sind noch nicht hier. Wir können noch fliehen. Sie werden versuchen, deine Magie zu zerstreuen, und das ist die perfekte Ablenkung für uns.«

Glöckchen senkte den Kopf. Die langen Haare fielen ihr vor das Gesicht. Sie schüttelte sich erschöpft. »Nein. Wenn der Gott-Kaiser beschlossen hat, dass ich sterben soll, dann wird es so sein. Er braucht mich, damit ich die Verbindung zu dem magischen Objekt aufrechterhalte. Und das werde ich bis zu meinem letzten Atemzug tun.«

»Du kannst die Verbindung aus der Ferne halten, indem du die Kraft aus meinen Quellen ziehst.«

»Ich ... ich weiß nicht.«

Glöckchen sah ihm in die Augen. Amerdan erkannte, dass sie sich in ihren Tod ergeben hatte. Das bedeutete, dass er nicht in der Lage sein würde, ihre Talente in sich aufzunehmen. Schließlich stieß er ein tiefes Knurren aus und warf einen Blick nach draußen. Er war überrascht – und auch wieder nicht überrascht – als er Caldan und einen anderen Mann in der Nähe des Schildes bemerkte. Kurz sah er zu, wie sie blutüberzogene Papierblätter gegen die Barriere drückten. Sie blieben kleben.

Was machst du da, Caldan?

»Es tut mir leid«, sagte Glöckchen gerade.

Leid? Was soll das bringen? Das bringt doch höchstens um. »Gib mir deinen Schildzauber. Denjenigen, der die Kuppel erschafft. Du kannst deinen gewöhnlichen benutzten, denn alle Soldaten um uns herum sind schließlich tot. Sie werden dich nicht mehr belästigen.«

»Willst du mich verlassen?« Glöckchen sah ihn mit Trauer in

den Augen an, dann nickte sie langsam. »Du hast recht, wenn du gehst. Ich hätte nie geglaubt, dass so etwas geschieht.«

Amerdan spürte die unterschiedlichen Stränge aus ihrer Quelle und die Verbindung zu einem neuen Schildzauber, den sie zusammen mit den anderen erschaffen hatte. Er sah noch einmal Caldan und den Mann bei ihm an und bemerkte, dass sie zwei weitere Blätter an die Kuppel klebten. Er war sich nicht sicher, aber er vermutete, dass sie versuchten, die Barriere zu durchdringen – was sonst könnten sie vorhaben?

Dotty wand sich unter seinem Hemd.

Flieh, schrie sie ihm zu.

Doch dann wären Glöckchens und Caldans Talente für ihn verloren, zusammen mit denen des Gott-Kaisers, der sich nicht dazu herabgelassen hatte, zu ihnen zu kommen. Der Gedanke, solche Möglichkeiten zu verlieren, die schon so nahe gewesen waren, erfüllte ihn mit Wut. Aber es gab noch andere Gefäße. Und andere Zauberer.

Amerdan zog sein Kleinod unter dem Hemd hervor. Als seine Hand dabei Dotty berührte, wand sie sich und presste sich gegen seine Brust. Er drückte das Kleinod fest und wusste nicht, was er tun sollte.

Ich sollte fliehen.

Aber ... das konnte er nicht. Er durfte die Möglichkeit, noch mehr Macht zu erlangen, nicht an sich vorbeiziehen lassen.

Glöckchen hat noch Zeit ... muss noch Zeit haben ...

»Ich übernehme den Schild. Dann kannst du dich kurz ausruhen und deine Kräfte sammeln, bevor sie möglicherweise den Durchbruch schaffen.«

Glöckchen nickte. »Ich werde sie so gut wie möglich aufhalten, aber ich fürchte, es wird nicht lange sein.«

Amerdan legte ihr das warme Metall-Kleinod gegen den Nacken, während seine Finger den Kontakt mit ihrer Haut aufrechterhielten. Er senkte die rechte Hand, vergewisserte sich, dass sie es nicht sehen konnte, und zog sein Messer heraus.

Die schwarze Kuppel flackerte kaum, als seine beiden Quellen an Glöckchens Stelle traten. Unter einem hörbaren Seufzer sackten ihre Schultern nach vorn.

»Versprich mir, dass du dich nach deiner Flucht dem Gott-Kaiser zeigst. Er muss alles über deine Quellen wissen. Sag ihm ... dass ich ihm vergebe. Mein richtiger Name ist Sorche. Mit dieser Information kommst du an den Beamten und Zauberern vorbei, die ihn umgeben.« Sie hob die Hand und streichelte die seine, die noch auf ihrem Nacken lag. »Versprich es mir.«

Amerdan atmete den Duft ihrer Haare und der Luft in ihrer Umgebung ein, die geschwängert war vom Staub und Schweiß und dem Blut der toten, nutzlosen Soldaten. Er saugte sie ein und genoss sie. Ein Zittern rann an seinem Rücken herunter, als er das Verlangen spürte.

»Ich verspreche es.«

Er rammte das Messer in die Kehle des Gefäßes, und es gab einen gurgelnden Laut von sich. Es griff nach ihm, die Fingernägel kratzten über die Haut seiner Arme, als sie sich fest um den Körper des Gefäßes schlossen. Und es wand sich, wie es alle taten. Aber es war sinnlos. Das Kleinod in seiner Hand leuchtete hell und heiß. Eine Schnur aus pulsierendem Licht wuchs aus ihm heraus bis in die Wunde am Hals des Gefäßes.

Das Gefäß stieß einen wortlosen Schrei aus, der schwer vom Gefühl des Verlustes war.

»Psst«, wisperte Amerdan. »Jetzt ist alles vorbei. Es ist vorbei.«

Er spürte Caldans magischen Versuch, den Schild zu durchbrechen, und hätte beinahe den Griff um die Stränge verloren, die mit der Schildmagie verbunden waren. Dieser Mann war stark, aber nicht annähernd so stark wie Amerdan mit seinen zwei - bald drei - Quellen. Der Schild hielt.

Amerdan zuckte vor Schmerzen zusammen, als die Farbe aus der Haut des Gefäßes wich und sie zu einem spröden Grau wurde. Er biss die Zähne zusammen, damit er nicht aufschrie, als die leuchtende Kordel verschwand. Schließlich brach er auf dem Boden zusammen, keuchte heiser und hielt noch immer das ausgetrocknete Gefäß fest.

Es ereignete sich ein zweiter Angriff auf den Schild, den er kaum mehr abwehren konnte. Was immer Caldan tat, er besaß mehr Erfahrung mit Schilden und deren Funktionsweise als Amerdan und versuchte auf unterschiedliche Weisen, die Kuppen zu durchbrechen. Und er würde es bald schaffen.

Caldan unterdrückte den Drang, gegen den Schild zu schlagen. Er grunzte vor Enttäuschung und wischte sich den Schweiß aus dem Gesicht. Eben war er so nahe gewesen; der Schild hätte beinahe nachgegeben. Seine Struktur war ihm unbekannt, irgendwie kreiste die Kraft durch verschiedene Lagen und Ebenen und wurde andauernd erneuert und ausgetauscht.

Cel Rau sah ihn kurz an, bevor er sagte: »Was immer du tust, du solltest es schneller tun. Die Magie bewegt sich weiterhin zwischen den Soldaten umher. Hunderte sind gestorben, seit wir die Kuppel erreicht haben.«

Caldan warf einen Blick hoch zur Kuppelspitze und fühlte sich, als würde ihn ein gewaltiges Gewicht niederdrücken. Er holte so viel Kraft wie möglich aus seiner Quelle und wollte einen letzten Versuch unternehmen. »Das ist es dann«, krächzte er. »Wenn ich es diesmal nicht schaffe, sehe ich keine Möglichkeit mehr.«

Cel Rau nickte. »In diesem Fall solltest du dich sputen.«

Mit einem einzelnen Gedanken verband sich Caldan wieder mit seiner Papiermagie, doch anstatt den Versuch zu unternehmen, den Schild zu durchbrechen, bemühte er sich, das Papier mit den Kräften zu vernetzen, die durch ihn pulsierten. Glöckchens Kräfte mussten den Raum innerhalb seiner eigenen Magie umgehen, anstatt gegen die leere Stelle anzukämpfen, die er erschaffen wollte. Und er spürte, dass es funktionierte. Innerhalb des Quadrats, das er gebildet hatte, hellte sich die Schwärze zu einem wirbelnden Grau auf. Die harte Barriere zuckte, als sie in seine eigene Magie hineingesaugt wurde, und ließ schließlich ein durchsichtiges Geviert in der Düsternis der Kuppel zurück.

Neben ihm hob cel Rau seine Schwerter, aber bevor sie eintreten konnten, verschwand die Kuppel plötzlich vollständig. Glühend heiße Nadeln aus Schmerz explodierten in Caldans Geist, als er den Rückstoß seiner zerbrochenen Magie in sich aufnehmen musste. Während er zu Boden sackte, spürte und hörte er, wie cel Rau vorwärtssprang. Unter Mühen öffnete er die Augen ein wenig und sah einen Karren, auf dem ein seltsames magisches Objekt stand, das die violetten Fäden aussandte. Daneben lag ein vertrockneter Leichnam, der halb über die Seite des Karrens hinaushing. Der Leichnam hatte lange, schwarze Haare, in denen etliche magische Glöckchen steckten. Frisches Blut umgab eine Stichwunde im Hals.

Cel Rau hastete auf einen Mann an der anderen Seite des Karrens zu. Caldan riss den Mund auf, als er Amerdan erkannte. Gerade als cel Raus Klingen auf ihn zublitzten, wurde der Händler ... schwarz. Ein Schild umschmiegte seine Haut. Cel Raus Klinge glitt daran ab, und weiße Funken stoben auf, bevor sie von dem Schild angesaugt wurden. Amerdan prallte gegen cel Rau, und er wurde gegen den Karren geschleudert. Die Schwerter fielen ihm aus den Händen.

Die onyxfarbene Gestalt trat auf Caldan zu, der sich nun mit seiner eigenen Schildmagie verband.

Ruckartig flog Amerdans Kopf zur Seite, als seine Aufmerksamkeit in Richtung Westen gelenkt wurde. Caldan hörte, wie er vor Enttäuschung zischte, dann sah er hinüber zu Amerdan. Blitzartig war er verschwunden, rannte über die toten Soldaten hinweg in Richtung Osten.

Er entwischte ... aber die Magie, durch welche die Fäden erschaffen worden waren, war noch aktiv. Sie musste vernichtet werden.

Bei den Ahnen! Amerdan musste warten. Je länger Caldan zögerte, desto mehr unschuldige Soldaten würden sterben. Er schaute in Richtung Westen und sah, wie sich etwa zwei Dutzend Personen näherten – Männer und Frauen jeden Alters. Sie waren von vielfarbigen Schilden umgeben, die in der Sonne wie Fischschuppen schimmerten. Die Luft um sie herum summte vor magischer Kraft, und Caldans Armhaare richteten sich auf. Seine Sinne verrieten ihm, dass diese Menschen mächtige magische Gegenstände und Kleinodien bei sich trugen. Es mussten die Meistermagier sein. Sicherlich wussten sie, wie die Rankenmagie ausgeschaltet werden konnte.

Er zuckte zusammen, als sich mehrere von ihnen bei den Händen fassten, und wieder flogen Kugeln aus zerstörerischer Magie auf ihn zu. Nein, sie würden die Magie nicht ausschalten – sie würden sie vollständig vernichten, nun da der Schild verschwunden und der magische Gegenstand auf dem Karren ungeschützt war. Caldan war fast völlig erschöpft. Er war so müde. Aber cel Rau würde diesen Angriff genauso wenig überleben wie er selbst, wenn er sich nicht zusammenriss. Doch der Schwertkämpfer war zu weit von ihm entfernt. *Wenn nur ...*

Er ächzte unter der Anstrengung und *griff* nach cel Rau, und irgendwie schaffte er es, seinen Schild bis zu dem Schwertkämpfer auszudehnen. Kurz wunderte er sich, denn das hatte er bisher als unmöglich angesehen – jemanden abzuschirmen, ohne ihn gleichzeitig zu berühren – aber er hatte keine Zeit, darüber nachzudenken.

Glöckchen ... ihr Leichnam musste in Sicherheit gebracht werden, sodass man herausfinden konnte, was mit ihr geschehen war. Was immer es war, es war unnatürlich.

Aber Caldan spürte eine Welle der Müdigkeit und Schwäche, als er versuchte, seinen Schirm auf Glöckchens weißlichen Leichnam auszudehnen. Sie war zu weit entfernt. Als die Kugeln auf sie herabstiegen, gab er es auf und konzentrierte sich stattdessen darauf, sich selbst und cel Rau zu schützen.

Die Kraft überspülte ihn wie eine Welle am Strand. Schwer. Konzentriert. Es war nicht nur das Entfesseln reiner Kraft aus jemandes Quelle, so wie es bei seinen eigenen ersten Versuchen gewesen war. Da war etwas, das diese Kraft in sich einschloss, einstellte und lenkte.

Als der Boden erzitterte und zerfressende Elemente den Karren in Flammen setzten, spürte er, wie die Magier die Kraft ihrer Quellen über den Zwischenraum hinweg in das magische Objekt gossen. Es erinnerte ihn an eine Brise, die eine Kerze löschte, oder an einen starken Windstoß, der die Flammen eines Lagerfeuers anfachte und gleichzeitig in eine bestimmte Richtung blies. Inmitten all der Vernichtung sowohl durch Glöckchens magische Arbeit als auch durch die Zauberei der Meistermagier dämmerte Caldan eine Erkenntnis: Er wusste, wie er zerstörerische Magie lenken konnte!

Papier, Holz, Lehm, Stein und Metall waren zu schwach, um solch mächtige, verstärkte Kräfte in sich halten zu können. Etwas anderes wurde als Ersatz benutzt: eine zauberische Barriere, ähnlich der eines Schildes, welche die Fähigkeit besaß, die zerstörerische Magie in sich zu behalten, und unempfindlich gegen die zersetzenden Kräfte war, die aus einer Quelle strömten.

Sein Schild fing die Kraft auf, die von den Magiern ausging, und der zauberische Gegenstand auf dem Karren schmolz. Der Karren brach zusammen, als seine tragenden Balken von den Flammen verzehrt wurden. Die Metallscheiben fielen zu Boden und verteilten sich geschmolzen im Staub. Welche Runen Glöckchen dazu benutzt und wie das Gerät funktioniert hatte, würde Caldan nie erfahren.

Die kombinierte Macht der Magier verblasste allmählich, und Caldans Augen schmerzten von den Lichtblitzen, während sein Geist von Erschöpfung überwältigt wurde. Aber er und cel Rau lebten noch. Von Glöckchen war nichts mehr zu sehen; ihr Körper und ihre magischen Geräte waren von der Zauberei der Meistermagier aufgezehrt worden. Die zerstörerischen Fäden waren zerbrochen, aber die Enden schwebten noch immer in der Luft. Und obwohl sie nicht mehr erneuert wurden, lagen sie weiterhin in einem Kreis um die Armee.

Caldan mühte sich auf die Beine und sah nach cel Rau. Der Schwertkämpfer atmete noch. Um ihn herum hallten Schreie, und er zwang sich, Glöckchens Zerstörungswerk zu betrachten.

In allen Richtungen verfolgten die violetten Zauberfäden noch immer die fliehenden Soldaten und mähten sie nieder. Einige Männer krochen über den Boden und versuchten sich mit den Leichen ihrer Kameraden zu bedecken, weil sie hofften, dass die Zauberei dann an ihnen vorbeigleiten würde. Doch ihre Hoffnung war vergeblich. Die tödlichen Fäden schwankten vor und zurück, obwohl das Gerät, das sie hervorgebracht hatte, inzwischen zerstört war. Caldan war umgeben von einem Meer des Todes: Leblose Körper waren von gerinnenden scharlachroten Flecken überzogen, Gliedmaßen waren von Rümpfen abgetrennt. Unter den Toten befanden sich Soldaten, Diener, Händler, Köche, Frauen. Die Magie machte keinen Unterschied. Metallrüstungen waren geschmolzen, hatten den Mächten der Zauberei keinen Widerstand geboten. Schwerter, mit denen nach den Fäden geschlagen worden war, waren zerschnitten worden. Am Ende war niemandem etwas anderes übrig geblieben als zu fliehen und über jene zu trampeln, die gestürzt waren oder nicht mehr hatten mithalten können.

Die Streitkräfte des Kaisers waren stark dezimiert worden. Ohne ein einziges Scharmützel waren sie dahingemetzelt worden. Caldan kannte Glöckchen und konnte einfach nicht glauben, dass sie eine solche Abscheulichkeit allein ausgeführt hatte. In Anasoma hatte sie schreckliche Dinge getan, aber sie hatte den Befehl dazu erhalten und geglaubt, dass sie das Leben von Tausenden rettete, indem sie einige Menschen tötete. Aber das hier ... Sicherlich hatte sie nicht gewusst, was sie tat. Hatte Amerdan sie dazu gebracht? Oder war er ebenfalls ein Werkzeug?

Schritte näherten sich. Er war umzingelt, und die Meistermagier schauten ihn mit kaum verhohlener Wut an.

»Wir sind durchgebrochen«, keuchte Caldan. »Aber einer von ihnen ist entwischt. Er ist in Richtung Osten gelaufen.«

»Schweig!«, bellte ihn eine Frau mit einem verrunzelten, sonnengebräunten Gesicht an.

Caldan ärgerte sich über ihren Ton. »Könnt Ihr sie nicht aufhalten? Die Fäden?«

Die Frau sah ihn finster an und ließ sich zu keiner Antwort herab.

Ein junger Mann mit bartlosem Gesicht erwiderte: »Nein. Wir können nur darauf warten, dass sie sich ganz auflösen.«

Wie die übrigen Meistermagier trug er eine makellose schwarze Hose, ein schwarzes Hemd und einen schwarzen Wollmantel. Alle Männer waren ähnlich gekleidet, während die Frauen statt des Mantels einen schwarzen Schal besaßen. Die Knöpfe waren aus Silber und wie Blütenblätter geformt, so wie auch Joachim sie getragen hatte. Das einzige Anzeichen dafür, dass sie sich inmitten einer fast ausgelöschten Armee befanden, waren ihre blutbefleckten Stiefel.

»Bis das geschieht, werden noch Hunderte sterben.«

Der junge Mann zuckte nur mit den Achseln. »Tausende. Aber wir haben überlebt, genau wie der Kaiser.«

Caldans Blut kochte angesichts der Gefühllosigkeit des Mannes. Ungläubig schüttelte er den Kopf, aber ...

Er hegte keine Illusionen über das, was die Meistermagier mit ihm anstellen würden. Sie kannten die zwingende Zauberei und mussten diesem schrecklichen Angriff so schnell wie möglich auf den Grund gehen. Also würden sie ihm alles, was er wusste, aus dem Kopf reißen und sich nicht darum kümmern, was sie dabei anrichteten.

Ein Kratzen an seinem Bewusstsein machte ihn wachsam, und gerade noch rechtzeitig verband er sich mit Glöckchens Schildzauber und errichtete eine nahtlose Barriere gegen die Berührungen durch die Magier. Er hatte ein wenig aus den Büchern der Meister gelernt, die er hatte kopieren lassen. Es reichte aus, um ihn zu schützen, aber das war auch schon alles. Das Kratzen wurde zu einem Krallen, dieses wiederum wurde zu einem Hämmern. Er hielt stand, bis ihre Versuche nachließen.

Der junge Mann vor ihm schnaubte belustigt. »Anscheinend ist mehr an dir, als wir dachten.«

»Joachim hat mich gebeten, Euch aufzusuchen.«

»Dieser Mistkerl ...«, platzte es aus der verrunzelten Frau hervor.

»Beruhige dich, Thenna«, fuhr der junge Mann sie an, und sie verstummte. Anscheinend stand er im Rang über ihr, auch wenn er noch sehr jung war.

»Ich war bei den Protektoren, bis Joachim mich gefunden hat. Er ist allerdings ... tot.«

»Gut, dass wir ihn los sind.«

»Also bitte, Thenna. Er war einer von uns.« Der junge Mann richtete seine Aufmerksamkeit wieder auf Caldan. »Wie heißt du, und warum hat unser Bruder Joachim dir aufgetragen, zu uns zu kommen?«

»Ich heiße Caldan, und das hat er nicht getan. Nicht wirklich.«

»Heraus damit, oder ich werde deine kleine Barriere zerschmettern und deinen Geist säubern. Du kannst mir glauben, dass ich dazu in der Lage bin, wenn ich es will.«

Caldan versuchte zu schlucken; sein Mund war ganz trocken. Er dachte lange nach, bevor er schließlich sagte: »Ich bin ein Berührter. Und ein Zauberer, wie Ihr sehen könnt. Aus irgendeinem Grund hat Joachim versucht, mich zu töten, aber ich konnte ihn besiegen. Die Protektoren glauben, dass er und einige seiner Gefährten Menschen getötet haben, weil sie an deren Kleinode herankommen wollten.« Er streckte die Hand aus und zeigte ihnen seinen eigenen Kleinod-Ring. »Dieser hier wurde mir von meinen Eltern gegeben, die gestorben sind, als ich noch ein Kind war.«

Der junge Mann sah die Magier um ihn herum an. Er schürzte die Lippen, als er nachdachte.

»Wir wussten, dass er etwas vorhat, Devenish. Sag mir nicht, dass du ...«

»Still, Thenna. Ich will es dir nicht noch einmal sagen müssen. Also gut«, meinte Devenish schließlich. »Am Ende finden wir die Wahrheit sowieso heraus. Du wirst in unserer Nähe bleiben, bis wir entschieden haben, was mit dir geschehen soll. Da draußen sind noch immer eine Jukari-Horde und eine Stadt, die geschützt werden muss. In den kommenden Tagen wirst du vielfältige Gelegenheit haben, deinen Wert unter Beweis zu stellen.«

Caldan erkannte, dass sich die Magier Sorgen machten – aber nicht wegen ihm. Nun, da die Armee dezimiert war, könnten die Jukari im Vorteil sein. Und die Stadt hatte ihre Köcherer zur Verstärkung geschickt, wodurch Flussrand beinahe schutzlos war.

»Es ist kein Zufall, dass die Jukari ebenfalls hier sind, oder?«

»Seltsam, nicht wahr?«, erwiderte Devenish. »Wenn ich regelmäßig wetten würde, dann würde ich darauf setzen, dass sie Teil eines sehr verzwickten Planes sind.«

»Ja. Aber warum haben die Jukari die Armee des Kaisers bisher nicht angegriffen? Sie hatten genug Zeit dazu, aber sie haben es nicht getan. Es ist fast so, als hielten sie sich zurück. Die Vormag müssen es ihnen befohlen haben.«

»Wirklich? Diese Zauberei hätte auch sie getötet, wenn sie noch gegen die Streitkräfte des Kaisers kämpfen würden. Sie konnten vorher entkommen.«

»Ihr versteht es nicht. Woher haben sie es gewusst?«

»Was meinst du damit?«, fragte Devenish.

»Sie hätten nicht wissen sollen, dass diese Zauberei im Anmarsch war, aber es wirkt so, als sei es ihnen bekannt gewesen. Sie haben sich zurückgezogen, damit sie nicht in die Schusslinie geraten. Das bedeutet, dass sie sowohl wussten, wann die Magie zuschlagen würde, als auch wie mächtig sie ist.«

Devenish schenkte Caldan einen abschätzenden Blick, dann nickte er. »Du hast recht. Auf deinen Schultern sitzt ein kluger Kopf. Die Jukari und die Vormag haben sich mit den Indryallanern verbündet. Und uns steht eine grauenvolle Zeit bevor. Sie müssen einen Weg gefunden haben, die Kreaturen zu manipulieren und aus gegeneinander kämpfenden Banden eine richtige Streitmacht zusammenzustellen. Ich fürchte diesen Gott-Kaiser. Er will das Reich vernichten, und die Gründe dafür kennen wir nicht.«

»He, Devenish«, rief ein anderer Magier. »Da kommen Schiffe den Fluss hinauf. Eine ganze Menge.«

Caldan schaute nach Süden auf den Fluss, und tatsächlich waren dort nun mindestens zwanzig Schiffe zu sehen. Sie alle waren seetüchtige, sehr breite, zweimastige Frachtschiffe, und bei ihnen befanden sich vier Karacken mit jeweils drei Masten.

Der Donner von Kriegstrommeln drang an ihre Ohren und hallte über das ganze Schlachtfeld. Er schien aus allen Richtungen zu kommen. Eine Schar nichtmenschlicher Gestalten rannte von Osten her auf die Reste der kaiserlichen Armee zu und verdunkelte Wiesen und Felder, die schon von der Zauberei angesengt waren.

Die Jukari kamen.

Die Bestien stießen heulende Laute aus. Blitze sprangen in der Horde auf, und Lichtbänder bogen sich von der einen Explosion zur nächsten.

Caldan hätte beinahe vor Erleichterung aufgeschrien ... doch dann erkannte er, dass die Blitze nicht von der Zauberei der Meistermagier verursacht worden waren. Die Vormag-Schilde hatten sich gebildet.

Thenna warf einen ängstlichen Blick auf die herankommende Welle. Sie verschränkte die Hände über dem Kopf und schaukelte auf den Absätzen vor und zurück. »Auch noch Vormag«, keuchte sie. »Dutzende. Wo kommen sie her?«

»Das spielt keine Rolle«, sagte Devenish. »Reiß dich zusammen, Thenna. Was soll denn der Kaiser denken?«

Als Devenish sie tadelte, schluckte Thenna und senkte den Blick.

»Die Schiffe werden warten müssen«, fuhr Devenish fort. Er hob die Stimme, damit sie seine Worte über den Aufruhr des Schlachtfeldes trug. »Magier, öffnet eure Quellen. Wir werden uns nicht kampflos ergeben.« Er hob den Arm und gab den Köcherern ein Zeichen. Diejenigen, die noch übrig waren, formierten sich in ordentlichen Reihen, und hinter ihnen saßen die Kommandanten auf ihren Pferden und gaben Befehle, die durch Trompetenstöße unterstrichen wurden. Einer der Generäle hob ebenfalls den Arm, und Devenish deutete in die Richtung der Jukari-Horde.

Thennas Mutlosigkeit und Devenishs gespielte Tapferkeit

verunsicherten Caldan. Gab es denn nichts, was sie tun konnten, außer im Kampf zu sterben? Überall um ihn herum spürte er offene Quellen, und Kraft floss durch magische Gegenstände, als sich die Meister auf den Zusammenprall vorbereiteten.

Eine erste Welle von Jukari traf mit schrecklichem Getöse auf die Schilde, die eine Reihe von Köcherern hochhielten. Violette Zauberfäden schwebten über den Vormag und den Jukari und verformten die Luft, während sie sich in den Himmel wanden. Dann zogen sie sich in die Länge, wurden gerade und fielen strahlend und blitzend auf die Köcherer herab, die ihnen am nächsten standen. Männer und Frauen zerfielen zu Stücken, als ob sie von gigantischen Messern zerschnitten worden wären. Feuer schlug aus ihnen hervor und verbreitete sich in alle Richtungen.

Soldaten brachen zusammen. Einige, die sich noch auf den Beinen befanden, flohen; ihre Entsetzensschreie stiegen in die Luft, aber andere hielten stand. Die Flammen, die an den toten Köcherern fraßen, zerstreuten sich rasch, als sich die tödlichen Ranken der Vormag zurückzogen; es war, als würden sich Schlangen für einen weiteren Angriff sammeln.

»Bei den Ahnen«, keuchte Thenna.

»Magier, zu mir!«, rief Devenish. »Alle kommen zu mir!«

Plötzlich ertönte ein gewaltiger Lärm, als ob Stahl zerspringen würde. Ein überwältigender Geruch nach Zitronen und heißem Metall überspülte Caldan, und er spürte, wie die Wirklichkeit um ihn herum verzerrt und gefaltet wurde. Dabei wurde ihm übel, und er fiel auf die Knie.

Blendendes Licht trat aus, und er schirmte sich die Augen mit der Hand ab. Alle Geräusche verstummten. Die Luft selbst *knisterte*, als würde sie zerbrechen. Die Erde unter seinen Füßen bebte.

Dann spürte er noch viele weitere Quellen in der Nähe. Es waren mindestens ein Dutzend – einige größer als andere, einige schmal und schartig, aber sie alle zogen Kraft. Caldan keuchte vor Unglauben auf. Sie kamen alle von demselben Ort – von derselben Person.

Caldan griff nach seinen magischen Objekten. Er lag am Boden, war in das geschwärzte Gras gefallen. Langsam hob er den Kopf.

In einem noch rauchenden Kreis aus versengter Erde stand ein Mann.

Er steckte in der feinsten Rüstung, die Caldan je gesehen hatte. Sie bestand aus hervorragend geschmiedeten Stücken mit Einlegearbeiten aus rötlichen Legierungen in verblüffenden Mustern, die von Edelsteinen durchbrochen waren. Das platinblonde Haar hing ihm bis über die Schultern, und seine Haut war sehr blass. Er schien mittleren Alters zu sein, doch dann sah Caldan seine Augen. Sie waren von einem polierten Violett, das in einem inneren Licht loderte, als ob die Macht seiner Quellen ihn von innen heraus erleuchtete. Das Summen von aktivierten magischen Objekten und Kleinodien erfüllte die Luft und war so stark, dass es über Caldans Haut zu wimmeln schien und die Haare an seinen Armen aufrichtete.

Dieser Mann hatte mehr als zwanzig Quellen. Das war unmöglich.

Die Meistermagier fielen auf die Knie und schauten mit verwirrter Miene zwischen ihrem Kaiser und der namenlosen Horde, die sich rasch näherte, hin und her.

Es konnte niemand anderes sein: Zerach-Sangur – der mahrusische Kaiser – war zum Kampf gegen die Jukari hergekommen.

»Erhebe dich, mein Volk«, sagte der Kaiser, dessen Stimme trotz der schrecklichen Lage fest und ruhig war. Seine Worte klangen tief und klar wie ein Chor, der gemeinsam spricht.

Entsetzt schaute Caldan zu den Jukari hinüber, die auf sie zurasten. Nun waren sie schon so nahe, dass er ihre fleckige graue Haut und die gelben Augen erkennen konnte. Sie riefen etwas in ihrer eigenen, unverständlichen Sprache, ihre Laute wurden zu einem Brüllen, und ihr ranziger Gestank überspülte ihn. Er sah wieder den Kaiser und die Meistermagier an. Warum unternahmen sie denn nichts?

Nun drückten sich die Magier dicht gegen den Boden und streckten sich aus. Außer Devenish. Er erhob sich; Neid und Stolz zeichneten sich auf seiner Miene ab. Caldan mühte sich auf die Knie.

»Mein Kaiser«, sagte Devenish. »Da sind Vormag ...«

»Ich weiß. Und heute werden sie um ihre Schöpfer weinen.«

Devenishs Kiefer bewegten sich, als ob er etwas sagen wollte, aber er nickte bloß und warf dann einen ängstlichen Blick auf die herannahenden Kreaturen.

Eine nachtdunkle Kugel umgab den Kaiser, dann kräuselte sie sich, verschwand und hinterließ eine kaum sichtbare Oberfläche. Caldans magischer Sinn wurde dadurch gedämpft. So etwas hatte er noch nie gefühlt. Was immer das für ein Schild war, den der Kaiser erschaffen konnte – er übertraf Glöckchens Obsidianschild bei Weitem.

Dennoch spürte Caldan weiterhin, wie sich die Macht aufbaute. Seine Knochen bebten, und seine Haut prickelte.

Der Kaiser reagierte auf den Angriff der Vormag mit eigenen zauberischen Fäden. Sie waren nicht violett, und sie wirkten drahtig – zusammengewickelt zu starken Kabeln. Caldan spürte eine Machtkonzentration, wie er sie bei einem einzelnen Menschen nie für möglich gehalten hätte.

Die Kabel waren so gerade wie Stäbe und stiegen in die Luft. Etwa hundert Ellen über dem Boden teilten sie sich. Blendende Lichter blitzten auf, und Kugeln, die so sengend wie die Sonne waren, schossen auf die Jukari und die Vormag zu.

Eine Feuersbrunst ergoss sich über die herannahenden Kreaturen. Es entstanden zischende, platzende Geräusche wie bei Wasser, das auf glühendes Metall trifft. Das Fleisch der Jukari wurde von ihren Knochen geschält und enthüllte schimmernde Eingeweide.

Die Vormag-Schilde erloschen unter dem Sperrfeuer. Gliedmaßen brachen in vielfarbige Flammen aus. Zuckende Körper fielen zu Boden. Verzehrende Ströme überspülten Jukari und Vormag gleichermaßen. Die Frontwelle dessen, was zunächst wie eine unaufhaltbare Horde gewirkt hatte, war nun nichts anderes mehr als eine schwärende, rauchende Ruine.

Der Himmel verdunkelte sich vor Pfeilen, die von den verbliebenen Köcherern abgeschossen wurden. Viele hatten sich von ihrem anfänglichen Entsetzen erholt, und das Erscheinen des Kaisers sowie die Macht seiner Magie gab ihnen Zuversicht.

Die Jukari und die Vormag wurden abgeschlachtet.

Der Kaiser lachte. Es war ein Laut, der Caldan die Kälte bis ins Mark trieb.

Devenish beobachtete das Geschehen mit unverhohlenem Neid.

Die Ungeheuerlichkeit der Macht, die der Kaiser entfesselt hatte, verblüffte Caldan. Er zitterte. Ein gewaltiges Gewicht drückte ihm die Knie in den Staub. Dabei wollte er weglaufen, so weit weg von diesen Menschen wie möglich, aber seine Beine wollten sich nicht bewegen. Er begriff es nicht. Mit diesen Zauberern hatte er nichts zu tun.

Vereinzelte Überlebende aus den ersten Jukari-Wellen flohen so schnell, wie es ihnen möglich war. Sie huschten über den Boden, taumelten, schwankten, jammerten und kehrten zu der Masse zurück, die stark angewachsen war, weil von hinten viele weitere Jukari zu ihnen aufgerückt waren.

Die Fliehenden pressten ihre Hände gegen tödliche Wunden. Klauenfüße stolperten. Was zunächst wie eine dunkle Masse der Abscheulichkeit gewirkt hatte, die auf die Armee zugeschwappt war, zog sich nun zurück wie das Meer bei Ebbe. Gestürzte Jukari und Vormag wurden sich selbst überlassen. Die meisten waren zerhackt, andere schrien vor Schmerzen. Pfeile folgten ihnen. Manche fanden Fleisch, doch die meisten fielen harmlos zu Boden, als die Kreaturen außer Schussweite gerieten.

Auch wenn der Angriff des Kaisers höchst beeindruckend gewesen war, hatte doch die Mehrheit der Jukari und Vormag unverletzt entkommen können. Und in der Ferne strömten immer mehr dieser Kreaturen herbei, sodass ihre Reihen zu einer brodelnden Horde von Jägerbestien anschwollen ...

Der Kaiser hob die Arme, seine metallüberzogenen Glieder spiegelten das zauberische Licht wider. Weitere Kabel traten aus, und ihr Strahlen erhellte die Unterseite der Gewitterwolken hoch am Himmel.

Wolken?, wunderte sich Caldan. *Wo sind sie hergekommen? Noch vor wenigen Augenblicken war der Himmel noch völlig klar gewesen.*

Ohne jedes erkennbare Signal verwandelte sich der strategische Rückzug der Jukari in eine heillose Flucht. Ihr animalisches Geheul wurde leiser, klang verängstigt und unterdrückt. Doch das hatte nichts mit den Köcherern zu tun. Der Grund dafür schien auch nicht in der Magie des Kaisers zu liegen. Caldan sah, wie sie in den dunkler werdenden Himmel starrten und in Panik aufjaulten.

Die schwarzen, wogenden Wolken begannen zu kreisen, und Röhren ragten plötzlich aus ihnen hervor wie Abflussrohre.

Ein kurzer Ausdruck des Entsetzens legte sich über das Gesicht des Kaisers, wurde aber rasch zu einer maskenartigen Ruhe umgeformt. Auch er hatte es bemerkt. Er hatte das gesehen, was die Horde so erschreckte. Und einen Augenblick lang hatte der Kaiser geradezu panisch gewirkt.

Seine zauberischen Kabel zogen sich zurück, und ihre Kraft

floss wieder in ihn. Ausbrüche rauer Magie strömten aus den Wolken und regneten auf den geborstenen Boden. Eine unirdische Gewalt tobte durch den Untergrund. Erde und Vegetation brachen auf, flogen in die Luft und fielen in Wolken aus dampfendem Staub wieder herab. Die Knochen der Erde erbebten unter dem zauberischen Widerhall.

Die Wolkenspiralen wurden langsamer, schwankten und tasteten sich wie Egel durch die Luft. Schimmernde Zungen aus Zauberei schlangen sich um sie, langsam zuerst, dann immer schneller.

Der Kaiser knurrte; es war ein animalischer Laut, der aus der Tiefe seiner Kehle aufstieg.

Ein Blitz schoss aus einer der Spiralen herab und drang hundert Schritte entfernt in die Erde. Alle Schatten wurden von sengendem Licht verbannt. Die Erde schimmerte orangefarben, erst rauchte sie, dann strahlte sie Hitze ab, während sie schmolz.

Einige Herzschläge lang konnte Caldan nichts anderes tun als zusehen, wie sich der Boden verflüssigte und durch Kanäle und Gräben in die Erde strömte.

»Magier, zerstreut euch!«, brüllte der Kaiser. »Haltet die Schilde erhoben und ausgebreitet! Ich werde versuchen, diese Magie auf mich zu ziehen!«

Die Magier rannten in alle Richtungen und stolperten über den unebenen Boden.

Der Kaiser stand innerhalb seiner Barriere fest und unerschütterlich, als würde ihn das alles nichts angehen. Aber Caldan konnte das Aufblitzen der Panik in seinem Gesicht nicht vergessen. Caldan öffnete seine eigene Quelle und verband sie mit seinem Schildzauber, dann wich er von dem Kaiser zurück – für den Fall, dass er sich doch geirrt hatte.

Eine Welle der Macht summte auf, und Caldan hatte den Eindruck, dass die zahlreichen Quellen des Kaisers verschwanden, als hätten sie nie existiert. In dem Augenblick, in dem dies geschah, verlangsamte sich das Wirbeln der Wolken. Die Spiralen trieben wieder wie beschworene Schlangen umher und suchten nach ihren Zielen.

Eine der Röhren stieg aus den kreisenden Wolken herab und traf dort auf die Erde, wo einer der Magier gestanden hatte. Es war eine Explosion zu hören, die an ein knisterndes Holzscheit erinnerte, nur tausendmal verstärkt. Die Quelle des Meistermagiers verschwand, war ausgelöscht worden wie eine Kerze. Die Wolkenspirale zog sich zurück und hinterließ einen rauchenden, verkohlten Leichnam.

Wenige Sekunden später schoss eine weitere Spirale herunter. Und eine Magierin verlor ihr Leben.

Über Caldan kreisten die Wolken, und es bildete sich ein Trichter. Die Atmosphäre brodelte; Druck baute sich auf.

Quellen, erkannte Caldan. *Sie zielen auf die Quellen. Und das ist der Grund, warum der Kaiser die seinen geschlossen hat.*

Angst packte ihn, aber er biss die Zähne zusammen und versiegelte seine eigene Quelle. Sein Schild erlosch, und er war ohne Verteidigung. Caldan hielt den Atem an und wartete. Die Spirale über ihm bewegte sich nicht. Sie suchte noch.

Sein Blick glitt hinüber zu dem Kaiser, der reglos dastand, als ob die bloße Andeutung einer Bewegung eine zauberische Entladung nach sich ziehen würde, der er nichts entgegenzusetzen hatte. Für seine Magier, die an die Überlegenheit seiner Kräfte glaubten, musste er aussehen wie eine Bastion gegen das Böse.

Caldans Herz hämmerte in seiner Brust. Einige Magier schrien auf, als die Macht in den Wolken zunahm, bis Caldan glaubte, einen Widerhall davon in seiner eigenen Quelle zu spüren, obwohl er sie geschlossen hatte.

Es war, als ob eine Macht von unvorstellbaren Ausmaßen sie rief.

Um ihn herum brüllten die Magier vor Verzweiflung. Einige fielen auf die Knie und weinten.

Caldan spürte, wie Hoffnungslosigkeit ihn überkam. Wie konnte er gegen so etwas ankämpfen?

Er biss die Zähne zusammen und stählte sich. Nein, er würde nicht zusammenbrechen wie diese Magier. Und irgendwo waren die Antworten auf die Frage nach dem, was hier vorging. Dieser Krieg ... die Indryallaner ... Kelhak ... es war alles viel größer, als jeder von ihnen wusste.

Aber dem Kaiser war offensichtlich klar, was hier geschah.

Plötzlich zogen sich die Spiralen zurück, wanden sich nach oben in die brodelnden Wolken hinein. Wenige Augenblicke später lösten sich die Wolken auf, und das Miasma der Zauberei zersetzte sich. Sonnenlicht schien auf das Schlachtfeld, und die letzten Fetzen Dunkelheit wurden vom Wind weggeblasen.

Es war keine Spur der Zauberei mehr zu bemerken, unter der der Kaiser erzittert war.

»Genug!«, rief der Kaiser. »Ich habe euch gerettet und die Jukari zurückgedrängt. Schließt eure Quellen, und kümmert euch um die Verwundeten. Die Köcherer sollen den Jukari nachjagen, bis sie ganz aus dem Gebiet um Flussrand verdrängt sind.« Er wandte sich an Devenish, der in der Nähe geblieben war, und senkte die Stimme. »Devenish, bring mir fünf Abkömmlinge. Noch heute Abend.«

Der Kaiser drehte den Jukari den Rücken zu und schritt über die zerrissene Erde, während er in den raucherfüllten Himmel schaute. Welche Zauberei er auch immer benutzt haben mochte, um so plötzlich zu erscheinen, er setzte sie nicht zu seinem Abgang ein.

Ein rascher Blick bestätigte, dass sich die Schiffe auf dem Fluss noch immer näherten. Caldan fragte sich, woher sie kamen und warum sie aufgetaucht waren. Das konnte kein Zufall sein.

Die Horde brodelte in der Ferne; sie stellte eine Bedrohung dar, aber sie griff nicht an. Ein bestialischer Geruch drang ihm in die Nase, und das Bellen und Waffenklappern der Ungeheuer schwoll zu einem gewaltigen Getöse an. Ihre Zahl war überwältigend, und wenn sie angriffen und es keine Zauberei gab, um sie zurückzutreiben ... dann würde es nicht gut ausgehen für die Köcherer und die Magier.

Vielleicht hatten sie Angst vor der Zauberei des Kaisers – doch dann erinnerte sich Caldan wieder an den Ausdruck der Panik auf dem Gesicht des Kaisers und daran, wie er seine Quellen geschlossen hatte. Es war nicht der Kaiser gewesen, der die Wirbel am Himmel vertrieben hatte. Sie hatten seinen Geruch verloren, als er seine Quellen versiegelt hatte ... und der Bastard hatte die anderen Zauberer dazu benutzt, um ... Sie waren ein Ablenkungsmanöver gewesen, durch das er seine eigene Haut gerettet hatte.

Der Kaiser wollte wie ein großer Retter dastehen, aber in Wirklichkeit hatte er die Zauberei von sich weg und hin zu den Magiern gelenkt.

Caldan betrachtete die Horde. Sogar aus dieser Entfernung konnte er ihre bestialische, animalische Wut und Raserei spüren, und er sah ihr wildes, raubtierhaftes Starren. Wenn die Vormag ebenfalls zu dem Schluss gelangen sollten, dass der Kaiser zahlenmäßig hoffnungslos unterlegen war und es nicht wagte, seine Magie einzusetzen, weil sie etwas heraufbeschwören konnte, das ...

Sie waren nicht dumm. Sie würden es herausfinden, früher oder später.

Und dann würde es nichts mehr geben, was die Horde noch aufhalten konnte.

Epilog

Vasile erwachte in einem Dunst des Schmerzes und beschirmte seine allzu empfindlichen Augen vor dem Licht einer Lampe. Er blinzelte, als sie sich mit Tränen füllten, und neben ihm hörte er das Schaben von Schritten.

»Richter«, sagte Aidan. »Ich bin froh, dass Ihr es geschafft habt.«

»Ich dachte ... Ihr seid tot«, krächzte Vasile.

»Noch nicht. Wo sind cel Rau und Chalayan?«

»Ich weiß nicht, wo cel Rau ist. Wir sind außerhalb der Stadt auf einen Zauberer gestoßen, und ich vermute, sie haben sich zusammengeschlossen. Und was Chalayan angeht ... Cel Rau hat ihn nach den magischen Handlungen auf der Brücke getötet. Er hat erkennen lassen, dass er und Ihr der übereinstimmenden Meinung seid, Chalayan sei zu mächtig geworden.«

Aidan nickte nur.

An Deck eines der Schiffe, die in den Hafen von Flussrand einliefen, stand Gazija und schaute über die Stadt und das angrenzende Land. Rauch stieg von großen Flächen verbrannten Grases und versengter Erde auf, welche die Felder fleckten. Krähen kreisten und landeten auf den Narben. Sie krähten und krächzten und schmausten, bis sie so vollgefressen waren, dass sie kaum mehr fliegen konnten.

»Es ist so, wie Ihr es vorhergesagt habt«, meinte Quiss hinter ihm.

Gazija drehte sich langsam um und sah ihn an. »Es war notwendig.« Mit seinem Gehstock klopfte er Luphildern gegen das Bein. »Wir müssen das Beste aus der Situation machen und uns bei dem Kaiser und seinen Magiern einschmeicheln. Kommt.

Es hat begonnen.«

Danksagung

Ein großer Dank an Angela und Isabelle.

Überdies möchte ich danken:

Derek Prior, ohne dessen Lektorat und Rat ich wohl kaum dort wäre, wo ich heute bin.

Michael J. Sullivan und seiner Frau Robin, die mir dringend benötigte Orientierungshilfen gegeben und viel Zeit damit verbracht haben, meine Fragen zu beantworten.

Ray Nicholson für seine ausgezeichneten Rückmeldungen und Einsichten. Und dafür, dass er all die kleinen (und möglicherweise größeren) Fehler entdeckt hat, die den anderen entgangen waren.

Aber vor allem danke ich den Lesern – jenen Menschen, die einem unbekannten Autor eine Chance gegeben und *Die Feuer von Anasoma* gekauft haben. Ohne euch hätte die Arbeit an *Das Juwel von Mahrusan* viel länger gedauert. Nun bin ich in der Lage, hauptberuflich zu schreiben und mir meinen Traum zu erfüllen. Dafür bin ich euch ewig dankbar.